Couvertures supérieure et inférieure
manquantes

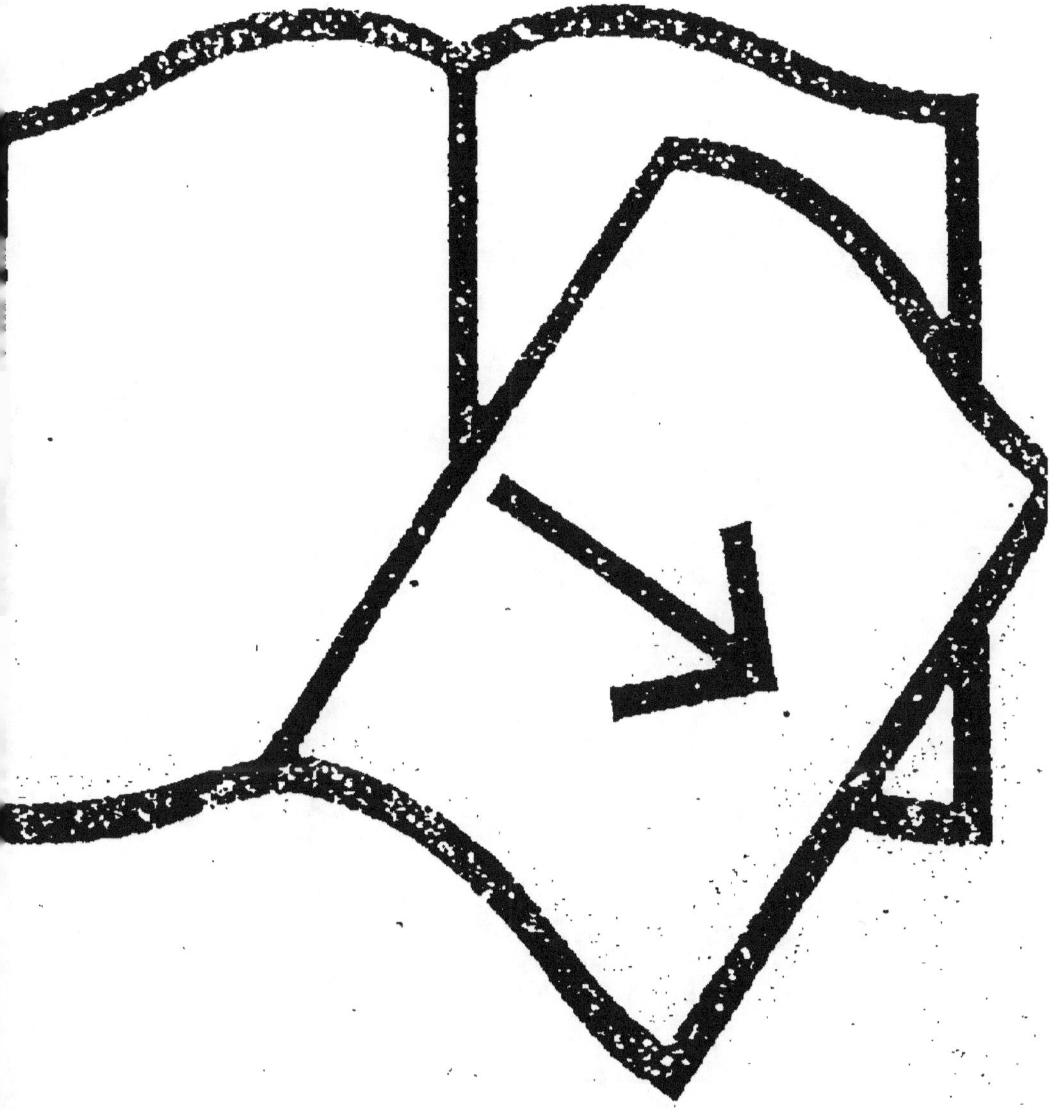

A TRAVERS SHAKESPEARE

JEAN RICHEPIN
de l'Académie Française

——

A TRAVERS
SHAKESPEARE

——

Conférences faites à l'*Université des Annales*

PARIS
ARTHÈME FAYARD & Cᵢₑ, ÉDITEURS
18-20, rue du Saint-Gothard

——

A TRAVERS SHAKESPEARE

I

LE ROMAN DE SA VIE
ET DE SON TEMPS

Un poète maudit. — Le « Secoue-Scène ». — Les acteurs au temps de la reine Elisabeth. — Shakespeare devant la postérité. — La vie de Shakespeare. — Ses œuvres attribuées à Bacon et Rutland. — Un détracteur de Shakespeare : Tolstoï. — La société au temps de Shakespeare. — Le théâtre. — Le vrai roman de la vie de Shakespeare.

MESDEMOISELLES,
MESDAMES,
MESSIEURS,

Un des critiques et commentateurs anglais de Shakespeare, l'érudit Lewis Theobald (je vous préviens que je vais probablement prononcer beaucoup de mots anglais; je les prononcerai de mon mieux, et vous tâcherez de les reconnaître comme s'ils étaient français), Lewis Theobald, dit cette phrase par laquelle je commencerai :

« Tenter de parler ou d'écrire sur Shakespeare, c'est entrer dans un grand, spacieux et magnifique édifice par un couloir étroit et obscur. »

Hélas! nous allons être obligés, aujourd'hui, de nous y tenir confinés, dans ce couloir; et non seulement il est étroit et obscur, mais il est encore encombré de toutes sortes d'horreurs. Je ne veux pas dire de mot plus grave; vous verrez tout à l'heure à quoi je fais allusion. Par bonheur, on y rencontre aussi, comme consolation et réconfort, des choses délicieusement touchantes. Et il peut y en avoi· dans le nombre; car la bibliothèque shakespearienne, ce qui constitue les livres, commentaires, études sur Shakespeare, ne compte pas moins de quatre mille volumes.

Quatre mille! Vous pensez bien que, malgré tout mon amour pour Shakespeare, et tout mon dévouement et mon zèle pour vous en parler, je n'ai pas lu ces quatre mille volumes. Ce n'eût pas été possible! Mais j'en ai lu néanmoins beaucoup, et en anglais, et en français. Et pour vous donner un exemple très topique des choses touchantes qu'on y rencontre, je vous dirai qu'un Anglais s'est amusé à compter le nombre des vocables employés par Shakespeare (qui est, vous le savez peut-être, le poète au vocabulaire le plus riche), et il n'en a pas trouvé moins de vingt-deux mille. Un autre commentateur a donné une preuve encore plus extraordinaire d'amour pour Shakespeare, c'est Capell, qui en a fait une édition précédée de trois volumes énormes de commentaires. Il a, lui, révisé le texte vers par vers, la plume à la main; tellement la plume à la main que, pour être bien sûr de ne laisser aucun mot lui échapper, il a recopié de sa propre main l'œuvre entière de Shakespeare, dix fois. Comme elle se compose de trente-six drames, et que chacun d'eux est de deux mille lignes ou vers, cela fait soixante-douze mille lignes ou vers qu'il a recopiés dix fois, c'est-à-dire un total de sept cent vingt mille vers. Un pensum himalayesque! Mais, n'en doutons pas, il a dû l'écrire sans douleur, et plutôt, même, avec des larmes de joie et d'attendrissement, comme s'il écrivait des lettres d'amour à une femme adorée.

Toutefois, si l'on trouve, parmi les commentateurs de Shakespeare, des passionnés sublimes de ce genre, on s'y heurte aussi à beaucoup de faux esprits, d'exaltés moins agréables, souvent même hargneux, malfaisants, ivres d'idées paradoxales, d'hypothèses saugrenues, et s'en intoxiquant (selon l'expression anglaise) d'autant plus qu'elles sont plus chimériques.

Il faut, d'ailleurs, avouer, à leur décharge; que ces chimères ont assez naturellement pour cause, et pour excuse, la pauvreté des documents authentiques sur Shakespeare.

Malone, vers le commencement du XIX⁰ siècle, se livre le premier à de consciencieuses recherches, très patientes et très compliquées, sur Shakespeare. Cela, d'ailleurs, plus tard, lui valut, de Victor Hugo, l'épithète d'imbécile; tout à fait injuste, vraiment! Mais on dirait que, par une loi fatale, tous ceux qui s'occupent de Shakespeare doivent finir par s'injurier à son propos.

Nous tâcherons d'échapper à cette loi, et de ne lapider personne avec les rares et maigres documents shakespeariens qu'on se jette mutuellement à la tête dans l'affreux couloir obscur et étroit. En tout cas, j'y brandirai pour flambeau une humble remarque, laquelle n'a jamais été faite, je crois bien, à savoir que ce pauvre grand homme de Shakespeare a été une effroyable victime toute sa vie, et peut-être encore plus après sa vie, que sa mémoire, comme sa vie, a été en proie à toutes sortes de guignons et de maléfices, et que, malgré sa gloire unique, il doit finalement être compté parmi ceux que Verlaine a nommés « les poètes maudits ».

***

Et, d'abord, il n'a pas eu, de son vivant, l'éblouissante suprématie, l'auréole comme miraculeuse, dont il jouit désormais. Son existence fut obscure et médiocre, quoiqu'il fût un *auteur à succès*. Ses pièces plaisaient au public; mais son rang parmi ses confrères restait sans éclat. Il luttait dans un

pêle-mêle d'auteurs dont il ne pouvait émerger.
Pensez qu'ils n'étaient pas moins de deux cent vingt-
trois, ces dramaturges, contemporains de Shakespeare, ou ses prédécesseurs, ou ses successeurs
immédiats, avec lesquels il se trouva ainsi en com-
pétition. Beaucoup étaient alors plus célèbres que
lui. Voulez-vous savoir à quel point? Écoutez.

Son nom est absent d'un certain registre, tenu par
le directeur du théâtre de la Rose, Henslowe, lequel
mentionne les auteurs ou acteurs ayant passé sur
son théâtre. Tous les noms des rivaux de Shakespeare sont dans ce registre. Le sien n'y est point.
C'était comme une personnalité négligeable.

Et il faut bien croire qu'il était cela, en effet, au
moins pour ses confrères. Car, à sa mort, c'est un
silence presque complet. Une ou deux épigrammes,
une ou deux épitaphes (dont, il est vrai, une
élogieuse de son plus grand rival, Ben Johnson) et
c'est là tout le salut qu'il reçoit en partant!

Mais, quoi! De sa vie, pendant qu'il était présent,
agissant, faisant jouer des pièces, rien non plus? Si!
Si! On a quelque chose, en effet; on a un petit docu-
ment, curieux, mais injurieux, qui est d'un nommé
Robert Greene. Un personnage bizarre, original, ce
Greene! Un bohème du temps, ancien *mauvais garçon*, qui vint à résipiscence et laissa comme un
testament, une sorte de pamphlet, sous ce titre :
*Groatsworth of wit, bought with a million of repen-
tances.* Cela veut dire : « Une obole (mot à mot une
pièce de huit sous) d'esprit, achetée avec un million
de repentirs. »

Or, dans ce libelle, il s'adı ˜e quelque part à ses
camarades, les auteurs dramatiq ˜ (il en était un)
et les met en méfiance contre uı. rtain individu.
Et voici ce qu'il en écrit. Pour les personnes qui
savent l'anglais c'est tout à fait savoureux. Oyez
plutôt comment il définit le quidam :

  « *An upstart crown, beautifield with our
feathers, that with his tiger's heart wrapt in a*

player's hyde, supposes hee is as well able to bombast out a blanke verse as the best of you. »

Traduction approximative : « Un corbeau parvenu, rendu beau par nos plumes, et qui (ici, une citation, par quoi l'on va savoir de qui il s'agit), avec un cœur de tigre enveloppé dans une peau de comédien, se suppose aussi capable que le meilleur d'entre vous, d'enfler la grandiloquence du vers blanc. » (C'est-à-dire le vers propre à la tragédie.)

Or, la phrase : « Avec un cœur de tigre enveloppé dans une peau de comédien », se rapporte à un vers qui se trouve dans la troisième partie de l'*Henri IV* de Shakespeare, et qui dit simplement : « *O tiger's heart wrapt in a woman hyde.* » Suivez-moi bien ; c'est assez compliqué, mais cela vous donnera un exemple des travaux d'approche auxquels se livrent les commentateurs! Dans une autre pièce sur Henri (une vieille pièce à laquelle Greene avait jadis collaboré) et dans la pièce de Shakespeare tirée de cette pièce-là (qu'il avait arrangée, rafistolée, comme il le fit si souvent), il se trouve précisément ce vers-là : « Un cœur de tigre enveloppé dans une peau de femme. » Et, maintenant, vous comprenez quel est l'homme désigné par Greene, quel est « ce corbeau parvenu embelli avec nos plumes, à nous autres auteurs dramatiques ». Eh! oui, c'est lui, c'est Shakespeare, qu'il nomme ensuite plus loin « un factotum du théâtre » et, plus clairement encore, le « secoue-scène », *shake-scene!*

C'est que, en effet, il était plus connu comme adaptateur, comme arrangeur, que comme poète. Il remettait au point très adroitement les vieilles pièces. Vous apprendrez, néanmoins, tout à l'heure, qu'un homme s'est rencontré pour prétendre que non. Mais, en dépit de cette négation unique, il reste établi et constant que le *shake-scene* savait vraiment à merveille son métier d'adaptateur, qu'il refaisait les vieilles pièces de façon à les rendre plaisantes pour le public, et, enfin, qu'à cette besogne il gagnait beaucoup d'argent. Quand on gagne de l'argent au théâtre, on y gagne du même coup une armée d'ennemis! C'est pourquoi Greene a satisfait son envie et l'envie de bien d'autres avec cette petite phrase dans son pamphlet. Et voilà qui nous explique aussi tant de silence quand disparut de l'arène et de la vie le rival heureux.

※※※

Mais ce n'était pas encore de là que venait la pire souffrance du pauvre Shakespeare. Il semble avoir souffert aussi, et amèrement, d'être un acteur. Oh! un acteur sans éclat, d'ailleurs! Car il ne jouait pas de grands rôles. Il jouait ce qu'on appelle aujourd'hui des *pannes*. On connaît, parmi ses créations, celle du Spectre, dans *Hamlet*. Vous voyez que ce n'est pas un important comédien. Importants ou non, au reste, les comédiens, alors, étaient l'objet d'un mépris dont nous n'avons pas idée. On parle du mépris pour eux, sous Louis XIV; mais qu'est-ce, auprès de l'état qu'on en faisait sous Elisabeth? On les considérait, à cette époque, comme des hors-la-loi, comme des coquins dignes du fouet, simplement. Lorsqu'on les prenait en vagabondage (c'est-à-dire en tournée), hors de Londres, et qu'ils n'appartenaient pas à un grand seigneur les ayant sous sa protection, on les reconduisait de bourgade en bourgade à coups de verges, après leur avoir percé l'oreille avec un fer rouge.

Hélas! Shakespeare en était un, de ces parias, de ces hors-la-loi, et nous savons, par son propre témoignage, que le poids de ce mépris lui était lourd et douloureux; car il s'en est plaint dans ses *Sonnets*. Dans le sonnet XXXVI (cette fois, je vous lis tout de suite la traduction, sans l'anglais), il dit à son protecteur, lord Southampton :

Tu ne peux d'une amitié publique m'honorer,
Sinon en enlevant cet honneur à ton propre nom.

Et dans un autre sonnet, le sonnet CXII, il dit :

Votre amour et votre pitié effacent la marque infamante
Que le scandale du vulgaire imprime sur mon front.

***

Méprisé ainsi pendant sa vie, comme acteur, et privé du rang suprême qu'il méritait comme auteur, Shakespeare mort fut presque tout de suite oublié. Ses deux disciples, Beaumont et Fletcher, le remplacent sur les affiches et l'éclipsent totalement. Son nom disparaît, même ses pièces continuant à être aimées du public; car on les rafistole, à leur tour, on les arrange selon la mode et les goûts nouveaux; mais on en change les titres, et, surtout, on ne les signe plus de son nom. Voici un certain nombre de pièces de lui, qui ont été remises au théâtre, mais refaites, et sous une autre signature : *La Tempête, Macbeth, Les Joyeuses Commères de Windsor, Le Songe d'une Nuit d'Eté, Timon d'Athènes, La Mégère Apprivoisée, Jules César, Le Roi Lear,* des œuvres, comme vous voyez, parmi ses plus belles.

Déjà, la réaction puritaine l'avait complètement étouffé. Les historiens littéraires, et la critique au goût du jour, achevèrent de l'éteindre. Dryden, un bel esprit à la mode, parlant de lui, résume ainsi ce qu'en pensaient maintenant les meilleurs juges :

« Beaucoup de ses pièces sont invraisemblables; et, d'ailleurs, toutes sont d'un style si bas, que le comique n'en est pas amusant ni le tragique émouvant. Le tout est encombré d'images affectées et incompréhensibles. »

Il y eut une petite refloraison de sa gloire à un certain moment, mais très courte et tout de suite étranglée par l'amour du néo-classique à l'imitation du français. A ce moment, on le considéra tout à fait comme barbare, comme suranné. Le peuple continuait à l'aimer, mais non pas la haute société, le monde élégant et « connoisseur ». On trouve mention (dans Addison, je crois) d'une représentation de *Macbeth* où il avait été indigné de voir ce monde élégant rire. On en était venu à juger *Macbeth* comique! Quelle belle chose qu'un certain « bon goût » !

Le célèbre Pope, une gloire du temps, un homme de beaucoup d'esprit, et qui, comme beaucoup d'hommes de beaucoup d'esprit (Voltaire en particulier, vous le constaterez tout à l'heure, hélas!) a dit beaucoup de bêtises, écrivit une préface *définitive* pour la sixième édition du fameux in-folio de 1623, et n'y trouva matière qu'à dénigrement. Porte-parole de la postérité, croyait-il et semblait-il, ce juge en dernier ressort représente là Shakespeare comme n'ayant jamais voulu plaire qu'à la foule et n'étant fait que pour elle.

Vous le voyez, la malédiction suivait son cours implacablement contre le poète maudit. Jugez à quel point, par ce seul trait : même ceux qui l'aimaient encore, ne lui témoignaient leur amour qu'avec une malfaisance involontaire! Témoin, le fameux acteur Garrick, qui le remit à la mode par sa façon admirable de le jouer, mais qui refaisait à sa guise toutes les pièces, croyant nécessaire de les corriger pour les améliorer. Il le promena, d'ailleurs, ainsi remanié, à travers toute l'Europe et il le fit connaître un peu jusqu'en France.

※ ※ ※

Hélas! c'est là qu'il a été le plus maltraité, le pauvre grand génie! Voltaire, rendons-lui cette justice, eut vent le premier de cette gloire et l'introduisit chez nous. Il imita l'étranger, en l'arrangeant à la façon classique et française, et s'en vanta même plus tard; mais en quels termes! Veuillez déguster, je vous prie.

« C'est moi, écrivit-il, qui, le premier, montrai aux Français quelques perles (écoutez bien la fin de la phrase), que j'avais trouvées dans son énorme fumier. »

Ce fumier, assez vite, était devenu à la mode, en ce xviii° siècle où l'on était, comme vous le savez, fort anglomane; aussi quelqu'un s'était-il avisé de traduire tout Shakespeare, en prose. C'était Letourneur. Oh! sa traduction est extrêmement pâle, décolorée, d'une fadeur extraordinaire, ne rendant pas du tout la violence de l'expression shakespearienne. Néanmoins Voltaire, furieux qu'on marchât sur ses brisées, appela ce Letourneur « un impudent imbécile »; et, quant à Shakespeare, qu'il avait *inventé*, il le traita désormais d'histrion, de barbare, déclara que ses pièces étaient des pièces de la foire; et enfin, dans la préface de *Sémiramis*, à propos du spectre de Ninus qui apparaît, ayant à parler d'*Hamlet*, voici ce qu'il osa en dire :

« C'est une pièce grossière et barbare, qui ne serait pas supportée par la plus vile populace de la France et de l'Italie. »

Et, plus loin, s'étale la fameuse phrase citée presque toujours de façon inexacte, et que voici dans toute son horreur textuelle, malheureusement pour Voltaire :

« On croirait que cet ouvrage (*Hamlet*, vous entendez!) est le fruit de l'imagination d'un SAUVAGE IVRE. »

✳✳✳

L'infortuné poète maudit ne fut vraiment remis en honneur que par la révolution du Romantisme, et en Allemagne, et en France.

En Allemagne, c'est grâce à de puissants critiques et à de grands écrivains (je passe très vite) tels que Lessing, Herder, Gœthe et Schiller, et notamment grâce à une traduction, absolument admirable, paraît-il (je ne sais pas l'allemand), de Schlegel, laquelle passe pour être la seule exacte. Et, certes, quoique ne connaissant pas l'allemand, j'en ai assez subodoré les racines, et la grammaire, et l'âme, pour admettre, sans examen, que la langue germanique

peut et doit être parfaitement capable de se juxta-
poser, de se coller, sur la langue anglo-saxonne de
Shakespeare. La traduction de Schlegel, je ne
l'ignore pas non plus, est tantôt en prose, tantôt en
vers ïambiques, tantôt en vers rimés, suivant tous
les rythmes de Shakespeare. Cela, nous ne pouvons
pas le faire en français; et je confesse, d'ailleurs,
en toute sincérité, qu'aucune langue latine ne saurait
arriver à rendre à peu près exactement la matière
et l'esprit du texte shakespearien.

Chez nous, les introducteurs romantiques du grand
Anglais furent Mme de Staël et Chateaubriand. Ah! si
j'en avais le temps, avec quelle joie, l'ayant copiée,
ici, je vous lirais la sublime page qui lui rend témoignage dans *Les Mémoires d'Outre-Tombe!* Puis c'est
Hugo, c'est Stendhal, qui l'ont exalté. Si bien que le
poète maudit a enfin cessé de l'être. L'heure de sa
résurrection sonnait. L'orgueil national de l'Angleterre s'en mêlant, c'était l'apothéose légitime,
absolue, et prochaine, et universelle!

✸✸✸

Non! Pas encore! La malédiction n'avait pas
épuisé sa force. Tout conspire toujours contre les
persécutés du destin! Et c'est justement à propos
de cette résurrection, que les pires désastres vont
fondre sur la tête du maudit!

Un grand poète, Coleridge (l'auteur, vous le savez,
de l'œuvre intitulée *La Chanson de l'Ancien Mari-
nier*), un très grand lyrique, épris de Shakespeare,
fou de Shakespeare, avait écrit un livre (qui ne fut
publié qu'après sa mort, en 1845, je crois; et, si
je ne me trompe, par sa fille), *Lectures sur Shakespeare*. Précisément à cause de son absolue admiration pour ce génie prodigieux, unique au monde, il
s'y étonne des misérables renseignements que don-
naient sur lui les biographies.

Je les ai abandonnés tout à l'heure, ces renseignements des biographies, au moment où j'ai parlé

de Malone; mais, fût-ce avec les découvertes de
Malone et des autres biographes qui avaient cherché
patiemment tout ce qu'on pouvait trouver sur
Shakespeare, les documents restaient toujours très
sommaires, très maigres, même comme hargneux et
hostiles; et de là vint, très naturellement, à Coleridge,
ce soupçon :

« Est-il vraiment possible que Dieu, voulant dire
à l'humanité des choses extraordinaires, ait pris
pour les révéler un pauvre être comme cet homme
de Stratford! »

Et telle est la source, vous allez le voir, d'où ont
alors coulé à flots les pires calamités pour Shakespeare.

❖ ❖ ❖

Qu'est-ce qu'on pouvait savoir, en effet, à ce
moment-là, sur l'existence de Shakespeare et
quelle biographie à peu près vraisemblable avait-on
chance d'en tirer? Je vais essayer de l'établir en
traits nets et succincts, sans parti pris pour ou
contre aucune thèse. Voici les détails, seuls authentiques, que l'on avait, et que je vous égrène à la
queue leu leu.

Né en 1564. Fils d'un père illettré qui était, à
Stratford-sur-Avon, marchand de laine, puis boucher,
et qui avait dix ou douze enfants. Lui, pauvre petit
enfant, fréquenta un peu l'école du village, fut
garçon boucher aidant son père, puis se maria à
l'âge de dix-huit ans et demi avec une jeune
fille orpheline qui s'appelait Anne Hathaway et qui
avait huit ans de plus que lui. Il en eut trois enfants,
un d'abord, et deux jumeaux ensuite; et, au bout
de trois ans de mariage, à peu près, il abandonna
sa famille, partit au hasard et arriva à Londres. Là
il aurait été, d'abord, gardien de chevaux à la porte
d'un théâtre. (On y venait souvent alors, en effet,
à cheval, et les gens faisaient garder leurs chevaux
par des sortes de grooms volontaires, connus comme

2

honnêtes.) Après quoi il fut *call-boy*, c'est-à-dire garçon d'appel employé au théâtre, puis souffleur, puis comédien, jouant de petits rôles comme je vous l'ai dit, puisque je crois que sa plus grande création a été le Spectre, dans *Hamlet*. Cependant, il avait pour amis certains bons comédiens du théâtre, notamment Burbage, qui était le Mounet-Sully de l'époque, et, en même temps, un peintre remarquable. Il devint, ensuite, codirecteur de théâtre (de cela on n'en est pas tout à fait certain; mais on croit pouvoir l'affirmer) pendant dix-huit ans. Comme tel, il fit bien ses affaires, gagna de l'argent, acheta une maison dans le faubourg de Southwark, des terres à Stratford, voire un titre d'écuyer (vous verrez tout à l'heure ce qu'on en a dit). Enfin, il prit sa retraite dans son pays d'origine, à quarante-sept ans; et, là, il vécut ses cinq dernières années, ayant pour compagnons favoris les toutes petites gens de l'endroit (notamment un avoué et un vieil usurier), souvent en procès avec ses voisins, se montrant créancier assez dur envers des débiteurs de misérables sommes. (On cite une dette de trente francs pour laquelle il poursuivit quelqu'un.) Il mourut à Stratford, en 1616, âgé de cinquante-deux ans, laissant un testament dont nous parlerons bientôt, et dont le pire qu'on puisse dire, sans y mettre de méchanceté, est qu'il ressemble à un testament quelconque, banal, contenant à peine une ou deux singularités, mais de celles qu'on trouve dans le testament de n'importe quel petit bourgeois.

Eh bien! vraiment, avec ces éléments-là, pouvait-on croire que l'auteur d'*Hamlet* et du *Roi Lear* était ce malheureux homme de Stratford? Évidemment non! Un doute s'imposait. Et c'est alors que naquirent toutes les hypothèses devenues le comble de la malédiction pour le poète maudit. On va, en effet, à partir de ce moment, s'acharner à prouver que le dénommé Shakespeare n'est pas l'auteur de cette œuvre admirable, qu'un autre doit être cet auteur, et qu'il fut seulement, lui, l'humble prête-nom de cet extraordinaire et prodigieux génie demeuré inconnu. Et c'est à qui prétendra l'avoir enfin découvert et vouloir le faire proclamer, cet empereur du drame, vouloir forcer le monde à l'adorer, ce dieu du théâtre, sous son vrai nom!

✿ ✿ ✿

On a d'abord songé au protecteur même de Shakespeare, à lord Southampton, et aussi à l'ami de Southampton, à lord Pembroke; mais cela parut tout de suite trop simple, et l'on trouva mieux en la personne du fameux chancelier Francis Bacon, un très grand homme, un haut esprit, l'auteur du *De Augmentis Scientiarum*, l'inventeur du *Novum Organum*, le créateur de la philosophie moderne, celui par qui la pensée, tout embourbée (si j'ose employer ce mot) dans la scholastique et les vieilles traditions d'Aristote, sortit enfin des ornières du syllogisme pour escalader, avec l'aide de l'induction, les sommets où sont arrivées aujourd'hui les sciences et la Science. Cet original et profond philosophe est, en même temps, on doit le reconnaître, un écrivain de tout premier ordre, dont les livres, écrits en latin, sont un trésor de belles phrases, de formules lumineuses, d'images resplendissantes et expressives, aussi riches de forme que de fond, et capables de plaire aux poètes autant qu'aux savants.

L'hypothèse de Bacon-Shakespeare offrait donc beau jeu à ses partisans, puisqu'il s'agissait d'attribuer à un génie, en effet, une œuvre de génie. Quelles raisons imaginèrent-ils en faveur de leur hypothèse? Vous me permettrez de ne point m'y attarder, en songeant que le problème a déjà inspiré plus de trois cents volumes.

Je me bornerai à vous exposer quelques-unes de ces raisons, les plus ingénieuses, les plus subtiles, et je dirai même les plus troublantes parfois; et vous aurez ainsi un aperçu de l'esprit dépensé à soutenir la cause de Bacon-Shakespeare.

En 1610, Bacon était membre d'une compagnie de navigation entre l'Angleterre et la Virginie. Un des bateaux de cette compagnie, appelé *Amiral*, d'une flotte qui faisait la traversée vers l'Amérique, fit, cette année-là, naufrage aux îles Bermudes. Or, en 1611, paraissait *La Tempête*, de Shakespeare, qui se passe, vous le savez, dans une île où un bateau vient de faire naufrage; et, dans la pièce, se trouve l'expression : *the still vexed Bermudas*, c'est-à-dire : « Les Bermudes, toujours agitées de tempêtes... »

— Vous voyez bien, disent les Baconiens, l'auteur de *La Tempête* est Bacon. Lui seul a pu parler ainsi, puisqu'il était de la Compagnie qui...

A quoi l'on répond, sans peine, que Shakespeare avait dû apprendre la chose par la rumeur publique, et qu'il avait profité de l'*actualité* pour situer un naufrage dans une île qui venait d'être célèbre l'année précédente.

Mais, voici bien mieux! Dans *Love's labours lost* (*Peines d'Amour Perdues*), on rencontre trois noms de gentilshommes français, qui sont à la Cour du roi de Navarre, et qui s'appellent Biron, Longueville et Dumain. Or, ces trois gentilshommes existaient, précisément, à la Cour du roi de Navarre, à cette époque, et le frère de Bacon a vécu à cette Cour, tout juste à cette époque, et il était en correspondance avec son frère.

— Ah! s'écrient les Baconiens, voilà un argument sans réplique, cette fois!

On n'a, en effet, rien à répondre à cela; et je ne vous ai point caché que telles de ces curieuses coïncidences sont parfois extrêmement troublantes. Soyons donc troublés un peu, ce coup-ci, et continuons à chercher. Voici un autre précieux renseignement :

Le chancelier Bacon possédait un carnet, qu'on a retrouvé, où il notait des réflexions, des remarques, des images, des mots, lui semblant dignes d'être conservés, sans doute. Or, on y a découvert, dans ce

carnet, des pensées et des phrases entières qu'il n'a
jamais publiées dans aucune de ses œuvres et qui se
lisent dans les œuvres de Shakespeare. Ah!

Ici, par exemple, il y a une réponse que l'on n'a
jamais pensé à faire, et que je fais hardiment aux
Baconiens. S'il y en a dans la salle, je suis tout prêt
à en discuter avec eux. Cette réponse, la voici :
c'est que Bacon pouvait avoir entendu les œuvres
de Shakespeare, et, ayant admiré ces pensées et ces
phrases très belles, qu'il les avait notées telles
quelles dans son carnet, comme Chamfort a recueilli
force mots, traits, anecdotes et formules de son
temps, choses entendues et non pas de lui. Bacon
n'ayant pas dit, comme Chamfort l'a fait, si ses
notes avaient été prises de la sorte, il est toujours
loisible de les supposer telles.

Arrivons à d'autres arguments encore plus forts.
Il y a, dans Shakespeare, des ignorances, comme
vous le savez, et de chronologie, et de géographie,
notamment plusieurs sur l'Italie. Il raconte, par
exemple, sur telle ville de l'intérieur qu'on y arrivait
par mer et sur un certain peintre, qu'il était sculpteur. Or, les Baconiens ont découvert qu'en effet, à
l'époque où Shakespeare écrivait, on arrivait dans
cette ville par un canal qui n'existe plus et qui conduisait à la mer; et, d'autre part, quant à ce prétendu
sculpteur qui avait été peintre, on avait gravé, en
effet, sur son tombeau (situé à Parme, si je ne me
trompe) qu'il avait été peintre et sculpteur. Or, comment Shakespeare aurait-il connu ces détails, alors
qu'il n'est jamais allé en Italie? Bacon, lui, y est allé,
avait pu savoir ces choses, et c'est pourquoi lui seul
doit être l'auteur des œuvres où cela est consigné.

Voilà un argument assez puissant, il faut bien en
convenir. Les Baconiens en ont malheureusement
trouvé d'autres, plus extraordinaires, jusqu'à en
paraître saugrenus, des acrostiches, des anagrammes,
des façons de prendre la première lettre de chaque
paragraphe d'une pièce, et, en lisant à la suite ces
premières lettres, de leur faire dire :

« Bacon est l'auteur de ce drame. »

Mais ce n'est pas toujours absolument exact. Il y a, parfois, Bacol au lieu de Bacon. Ou bien, en place de « ce drame », on trouve « ce dame ».

— Cela n'a pas très grande importance, proclament les Baconiens.

— Non, répondrai-je, lorsque l'on a la foi !

Or, je ne l'ai point, j'en fais l'aveu. Au surplus, vous m'excuserez si je ne pousse pas plus loin cette discussion, quand je vous aurai dit pourquoi. C'est que les Baconiens, anglais et américains, sont d'une violence extrême quand on n'est pas de leur avis. Ils traitent volontiers leurs adversaires de têtus, d'imbéciles, et vont même jusqu'à les appeler gens de mauvaise foi. J'ai peur... Je n'insiste pas... Je me tais...

***

Et, d'ailleurs, l'hypothèse baconienne est un peu abandonnée maintenant, depuis une autre qui a surgi, toute nouvelle. Ah! celle-là, elle est presque d'hier; et, si j'ose employer un mot d'argot moderne, je dirai que c'est l'opinion « dernier cri » sur la non-existence de Shakespeare. Elle affirme, celle-là, que le véritable auteur des drames, dits de Shakespeare, est lord Rutland.

On revient ainsi sur l'ancienne piste qui avait fait attribuer ces œuvres à lord Southampton ou à lord Pembroke, gentilshommes appartenant à la faction, ou bande, du fameux comte d'Essex, un des favoris d'Elisabeth, et qui, ayant ourdi contre elle un terrible complot, en fut finalement la victime. Seulement, cette fois, au lieu de Southampton ou de Pembroke, en faveur de qui rien ne plaidait sérieusement, on introduit un troisième lord, lord Rutland, et sur un véritable pavois de preuves que l'on proclame triomphantes.

La thèse est exposée dans un livre paru il y a quelques jours à peine, que j'ai achevé de lire avant-hier seulement, et qui ne comporte pas moins de cinq cent cinquante-neuf pages. L'auteur est un homme considérable et considéré en Belgique, m'assure-t-on, député de la ville de Liége et professeur d'histoire de la littérature française à la nouvelle Université de Bruxelles. Il a nom M. Célestin Demblon. Sa conviction est ardente et profonde. Il mérite évidemment qu'on la discute avec respect. C'est ce que je ferai. Il affirme, cependant, des choses qui... Enfin, je ne veux pas anticiper, vous allez bien voir !

Et, tout d'abord, lord Rutland, le nouveau dieu, a vécu de 1576 à 1612, tandis que Shakespeare a vécu de 1564 à 1616. C'est presque la même chose, direz-vous. Oui, mais *presque*, seulement. Et ainsi, pour l'histoire des débuts, il y a là un écart de douze ans, qui gêne beaucoup M. Demblon, et qui l'oblige à reporter plus près de nous toutes les premières pièces de Shakespeare.

Mais n'entrons pas tout de suite dans le débat et bornons-nous à exposer les faits.

Lord Rutland aurait donc fait partie de cette bande menée par le comte d'Essex, aurait été compromis dans le fameux complot, aurait été obligé de se cacher, de ne pas laisser savoir qu'il faisait du théâtre, et aurait pris un prête-nom.

Quant aux preuves, qui sont fournies dans ce gros volume, très intéressant à lire malgré son grand nombre de pages, M. Demblon y a une confiance absolue. Jugez-en !

« Jamais, écrit-il, jamais, on le conçoit, l'histoire littéraire n'eut pareille aventure, mystère si imprévu, secret si bien gardé. »

Puis, après avoir dit qu'il allait le révéler, ce secret, il ajoute, parlant des preuves qu'il va donner :

« Le reste s'explique d'une façon lumineuse, *éblouissante*, malgré quelques insignifiants points noirs, sans qu'aucun doute soit possible. »

J'hésite un peu à confesser que ces points noirs ne me paraissent pas du tout insignifiants, mais qu'ils me paraissent, au contraire, énormes, et que mon doute subsiste. Et si j'hésite à le confesser, c'est parce que M. Célestin Demblon est lui-même, comme les Baconiens, très dur avec ses contradicteurs possibles. Il les traite volontiers d'inintelligents, de têtus, d'encroûtés dans la vieille critique d'autrefois, et il les taxe aisément, lui aussi, de mauvaise foi. Alors, je n'ose pas trop discuter avec lui. D'autant plus que j'ai une excuse toute trouvée pour ne point le faire! Il annonce qu'il publiera prochainement un second livre, où le mystère sera complètement dévoilé, où la clarté dessillera les yeux des gens les plus aveugles. Eh bien! j'attendrai la publication de ce second volume, pour me faire une opinion définitive.

Et j'attendrai même autre chose! Car, dans cette histoire de Shakespeare, tout est merveilleux, comme vous allez voir. On y va de surprise en surprise. J'ai appris, hier au soir (voilà qui est encore plus neuf, n'est-ce pas?), oui, à minuit et demi (j'espère que je suis précis!), une autre, une suprême piste sur le vrai Shakespeare. Il y aurait, en Angleterre, un certain torrent, et au fond du lit de ce torrent, un caveau, et, dans ce caveau, une cassette, et, dans cette cassette, seraient des papiers qui, lorsqu'ils seront lus, donneront la clé, la seule, la bonne, du mystère, et diront enfin qui est Shakespeare. Je l'ai appris hier, à minuit et demi. J'attendrai aussi qu'on ait détourné le torrent, et trouvé la cassette, pour me faire une autre opinion.

※※※

Mais, cependant, sans languir jusqu'à cette solution du problème, je suis bien forcé de prendre, dans le livre de M. Célestin Demblon, intitulé *Lord Rutland est Shakespeare* (oh! mon Dieu, oui, tout simplement), d'y prendre, dis-je, les quelques faits suggestifs que je vais vous lire. Car je ne les citerai pas de mémoire. Je les ai copiés et en donnerai

lecture strictement, pour ne pas me tromper, pour
ne pas lui attribuer une chose qu'il n'ait pas écrite.
Je tiens à être tout à fait loyal dans cette discussion!
Mais je tiens aussi à vous montrer jusqu'à quel point
(si M. Demblon a tort, ce que je crois à plein, tout
en réservant encore mon opinion), jusqu'à quel point
notre pauvre Shakespeare a été victime de la malédiction qui pesait sur lui!

Shakespeare... Mais d'abord, M. Demblon ne
l'appelle jamais Shakespeare. Il l'appelle Shaxpere,
ou Shagsbere. Il n'a même plus de nom, le malheureux homme! Il devient simplement le Stratfordien,
ou l'homme de Stratford, n'importe qui, pis encore,
le gueux, l'illettré, le coquin!... Oui, ni plus ni moins.
Et voilà le résumé de sa biographie dernière, dite
définitive, établie, affirme-t-on, preuves en mains.

C'est la biographie que je vous ai résumée tout à
l'heure; mais vous l'allez voir, ici, présentée sous
quelles couleurs beaucoup plus noires et avilissantes!

Parents illettrés! Dégustateur d'*ale*, c'est-à-dire de
bière, c'est-à-dire ivrogne fieffé, tel est le père; et
vous êtes ainsi déjà tout préparés à savoir bientôt
que le fils devait chasser, ou plutôt boire, de race.
Et vous verrez à quel point. En attendant, il va très
peu, autant dire pas du tout, à l'école, sinon à l'école
buissonnière. C'est un vagabond précoce. Résultat
fatal : il sait à peine lire et ne sait pas écrire le
moins du monde. A ce propos, se déroule toute une
discussion sur les signatures qu'on a de Shakespeare,
qui sont au bas de certains actes, et qui, en effet,
sont dissemblables, n'ont pas l'air d'être de la même
main, et que M. Demblon attribue à des greffiers
différents. Car voilà bien pourquoi elles sont dissemblables, pourquoi elles ne sont pas de la même
main! Ce n'est pas le misérable ignare qui les a
tracées, parce que ce nommé Shakespeare, ou
Shaxpere, ou Shagsbere, ne pouvait pas signer lui-
même, ne sachant pas écrire. Ce qu'il fallait démon-
trer!...

Et alors, dans la suite de la discussion, à chaque

instant, M. Demblon, triomphalement, de s'écrier :

— Mais, à quoi bon discuter davantage tel ou tel point, puisque l'on a dûment établi plus haut que l'homme de Stratford ne savait pas écrire?

A quoi bon, nous aussi, discuter cet étrange cas de suggestion paralogique? Continuons la biographie à la manière noire.

Donc l'illettré de Stratford est encore dans son pays, et, quoique jeune, il a déjà un goût prononcé pour la boisson. Quant à son mariage avec Anne Hathaway, âgée de huit ans de plus que lui, en voici la nouvelle version, combien enlaidie! Anne était orpheline, et le mauvais garçon la séduit, puis ne l'épouse que le couteau sur la gorge, forcé par les oncles et les cousins. Et pourquoi l'épouse-t-il? Pour manger la petite dot qu'elle possède. Oh! bien pauvre! De quelques livres sterling! N'importe, il mange, et, surtout, boit à même pendant trois ans; après quoi, il abandonne la malheureuse, avec trois enfants sur les bras.

À ce moment-là, parti de Stratford-sur-Avon, vers l'âge de vingt-deux ans, l'ignoble Shaxpere, ou Shagsbere, que diable devient-il? Il est resté, pendant cinq ans, sans laisser de traces. Qu'est-ce qu'il a fait pendant ces cinq ans? Ah! ce qu'il a fait? Eh bien! il a pu vivre de trois façons, pas davantage. D'abord, en vagabond! Mais, alors, les vagabonds (les chemineaux, s'il y en avait, et il n'y en avait point) ne circulaient pas facilement; on les reconduisait, je l'ai dit tout à l'heure, de bourg en bourg, vergetés jusqu'à la ceinture, et on leur traversait l'oreille avec un fer rouge. Donc, pas moyen d'être vagabond, sinon en exerçant un métier. Il en exerça un! Il fut racoleur de recrues. C'est le plus infâme métier qu'on puisse faire. (Je le connais, j'ai failli être la victime d'un racoleur de ce genre, à Londres, quand j'étais jeune, et qu'on me croyait capable de faire un soldat pour Sa Majesté britannique; je m'en suis débarrassé; inutile de vous dire comment!) S'il n'a pas fait ce métier-là, il en a fait

d'autres plus extraordinaires et plus criminels encore.
Il aurait été voleur de grands chemins! Mon Dieu, oui,
simplement, voleur de grands chemins. Peut-être
soldat! Mais on l'accorde à grand'peine. On admet
plutôt qu'il a été racoleur de recrues et voleur de
grands chemins.

Il arrive ainsi, précédé de ce passé peu recom-
mandable, à Londres, en 1592. Là, on est certain
qu'il garde les chevaux à la porte d'un théâtre.
N'est-ce pas tout ce qui convenait à un rustaud de
cette espèce? Il est aussi (on y tient) *call-boy.*
« Domestique! » écrit avec ravissement le nouveau
biographe. Non, pas domestique! *Call-boy* signifie
garçon d'appel. L'emploi existe toujours dans les
théâtres. C'est l'avertisseur, l'homme qui psalmodie
à la Comédie-Française : « On va commencer », en
se promenant dans les couloirs; c'est l'homme qui
prévient les comédiens qu'il faut faire leur entrée en
scène, et qui guette, de la coulisse, les répliques pour
ces entrées. Et souvent, encore, les petites gens qui
ont ce modeste emploi sont, en même temps, des
comédiens, faisant partie de la figuration, et même
jouant des bouts de rôles. Leur fierté légitime se
révolterait à savoir qu'on les traite de domestiques.

Notre homme aurait été, alors, non pas codirecteur
de théâtre, comme l'autre légende le disait, mais
simplement ceci, gagneur d'argent. Ouais! Par quels
moyens? Car, comme directeur de théâtre, nous
comprenons qu'il ait pu entasser quelque argent, de
quoi s'acheter une maison à Stratford, ainsi que des
terres. Mais ce n'est pas cela du tout! On a retrouvé
qu'il logeait au coin d'une rue qui était la rue favo-
rite des usuriers! Conclusion : s'il a gagné de
l'argent, c'est qu'il a été usurier!

Oh! s'il n'avait été que cela! Mais il a été aussi
un pilier de taverne, et d'autres lieux encore plus
suspects. C'était un ivrogne fieffé. Et, la preuve,
c'est que ses protecteurs, à qui il servit de prête-
nom, l'ont portraituré dans leurs pièces, signées de
son nom, et savez-vous sous quelle figure? Il existe

de pied en cap! On le voit. Il a été pour le vrai poète, pour lord Rutland, le modèle de..., le modèle de ce prodigieux sac à vin et à vices, Falstaff. Oui, Falstaff, l'extraordinaire Falstaff, ce bouffon, ce voleur, ce menteur, ce couard, cet homme capable de toutes les infamies, mais qui, comme nous le verrons, est aussi un des types les plus étonnants de l'humanité, à la fois falot et grandiose, immonde et aimable, presque autant (plus, disent les Anglais) que notre Panurge.

Et c'est en étant ce crapuleux personnage, et grâce au protecteur qui l'avait pris comme prête-nom, à lord Rutland, véritable et génial auteur des trente-six pièces publiées sous la firme de Shakespeare, et grâce aussi à son ami lord Southampton, et avec leur argent joint à ses gains d'usurier, qu'il put acheter, pour lui et son père, un titre d'écuyer, moyennant des *titres faux*. Car, non content d'avoir déjà été voleur de grands chemins, et un ivrogne fieffé, et un usurier, le voilà aussi, de par son dernier biographe, devenu faussaire!

Poursuivons! C'est édifiant! De temps en temps, il fait une apparition à Stratford. C'est alors qu'il s'y manifeste créancier impitoyable, poursuivant un pauvre homme qui lui doit trente francs, en menaçant un autre de le faire vendre parce qu'il a endossé la dette d'un débiteur qui est parti. Ce n'est rien encore! Savez-vous quel est son familier, son hôte à Stratford, logeant chez lui? L'avoué. Pourquoi? Parce qu'il a des procès tout le temps. Or, cet illettré, féroce avare, a besoin d'avoir son avoué sous la main pour rédiger toutes les pièces de procédure, parce qu'il ne sait pas écrire, ne l'oubliez pas! Ainsi paré, l'homme de Stratford vend âprement du blé, de la laine, du malt, fait des affaires et des procès, rapace, sordide, et se distrait uniquement à la taverne. Il en est le pilier, et il y a pour compagnon favori, pour inséparable, pour ami de cœur...

Vous vous rappelez qui joue ce rôle dans *Ruy Blas,* quand don César le dépeint ainsi:

> Un homme dont jamais un juron ne tomba
> Et mon ami de cœur, nommé Goulatromba.

Eh bien! son ami de cœur, c'est pire que Goulatromba, c'est un certain John Combe, qui est un vieil usurier, un grippe-sou abominable. C'est avec lui qu'il vit ses cinq dernières années. Il dicte alors un testament contenant des clauses les plus ridicules (nous en parlerons tout à l'heure), et il meurt un mois après, un jour où il avait trop mangé et trop bu, il meurt d'indigestion et d'ivrognerie.

Telle est la biographie aux couleurs effroyablement noires, sales, infâmes, que M. Célestin Demblon nous étale complaisamment comme la seule véritable et authentique, et après laquelle il dit (et tout le monde le dira en chœur avec lui) :

— Est-il Dieu possible que ce soit cet homme-là qui ait écrit *Le Roi Lear* et *Hamlet?*

※ ※ ※

Hélas! pauvre Shakespeare, pauvre poète maudit! Malgré tout cela, malgré ces biographies extraordinaires contre le pauvre Stratfordien, tu n'avais pas encore bu le calice d'amertume jusqu'à la lie! Non! Quelque chose te restait à boire encore, et de plus amer que l'amertume, et de plus lie que la lie!

L'auteur était anonyme, soit! Mais, que ce fût Bacon, que ce fût Southampton, que ce fût Rutland, ou que ce fût le Stratfordien, peu importait à l'œuvre. Elle n'en demeurait pas moins, elle, et une belle œuvre, n'est-ce pas, belle indiscutablement?.

Eh bien! l'œuvre aussi devait être discutée. Pis encore que discutée; elle devait être niée comme chef-d'œuvre. Oui, niée, et niée totalement. Rien n'en subsisterait, s'il fallait croire les critiques que je vais vous lire. Et savez-vous qui en est l'auteur, de ces critiques? Hélas! hélas! Il y a peu de moments plus cruels dans la vie que ceux où, quand on aime les gens, on est obligé de les trouver en flagrant délit d'un sacrilège comme celui-là! La beauté de l'œuvre shakespearienne a été niée par un homme que je vénère et que j'admire, par Léon Tolstoï!

Il est vrai qu'il l'a écrit à soixante quinze ans, ce livre contre Shakespeare; mais il a déclaré que telle avait été l'opinion de toute sa vie, opinion mûrie, étudiée après discussions avec ses amis les plus intimes, en particulier avec Tourgueneff. Vous sentez combien il peut m'être dur et pénible de vous apporter ce petit livre. J'ai apothéosé devant vous, je crois, Tolstoï. En tout cas, si je ne l'ai pas fait ici, je l'ai fait un peu partout, en province et à l'étranger. J'ai pleuré et j'ai fait pleurer en racontant son admirable fin, cette fin qui est comme le sacrifice suprême d'un sublime chemineau de l'idéal, mourant seul et misérable pour cet idéal. Eh bien! quand même, il faut que j'en arrive à vous lire les abominables blasphèmes que voici. Hélas! Hélas!

Donc, dans ce livre, après avoir raconté *Le Roi Lear* d'une façon sommaire et complètement ridicule (et de très bonne foi; car je ne mets pas en doute, une seconde, la bonne foi de Tolstoï), il ajoute (et vous verrez, quand nous en serons au *Roi Lear*, ce que c'est que cette merveille) :

« Tel est ce drame célèbre. Tout absurde qu'il paraisse dans mon récit, que j'ai essayé de faire le plus impartial possible, je dirai franchement que dans l'original il est plus absurde encore. Et c'est la même chose dans tous les autres drames de Shakespeare les plus admirés, sans parler de ces absurdes fables comme... »

Et il cite, comme absurdes fables, plusieurs pièces, parmi lesquelles il y a *La Tempête, Comme il vous plaira* et *Cymbeline.*

Je continue à lire les citations, dans le livre; car, celles-ci, je n'ai pas eu le cœur de les copier moi-même; je n'aurais pas pu; j'ai préféré apporter le livre, et le sabrer de coups de crayon. C'est bien fait pour lui!

« Tous les personnages de ce drame et de tous les autres drames de Shakespeare vivent, pensent, parlent et agissent d'une façon qui est absolument en dehors de l'espace et du temps. »

Puis il tourne en grotesque, dans *Le Roi Lear* (je vous la lirai bientôt, cette scène), la terrible tempête pendant laquelle le roi Lear se promène en hurlant, et les herbes qu'il se met autour du front. Il le compare, d'une façon ridicule, à Ophélie.

Il continue; il arrive à la langue et aux caractères. Ecoutez!

« Tous les personnages de Shakespeare parlent une langue qui n'est pas la leur, mais celle de Shakespeare, toujours la même, pompeuse, enflée, et artificielle, que non seulement n'ont pu parler les personnages de ces drames, mais que jamais ni nulle part n'ont pu parler des êtres humains. »

Je saute deux pages menant à cette conclusion :

« Si, pourtant, comme cela a lieu chez lui, les personnages disent n'importe quoi n'importe comment et tous parlent la même langue, alors tout effet disparaît, même celui des gestes, de sorte que, quoi qu'en disent les adulateurs aveugles de Shakespeare, il n'y a pas, chez Shakespeare, de peinture de caractère. »

Vous voyez ce qu'il en reste! Encore trop, sans doute; car le démolisseur s'acharne.

« Tout étrange que puisse paraître aux admirateurs de Shakespeare mon opinion, certes, tout ce vieux drame (il parle d'un ancien Roi Lear où Shakespeare a pris le canevas de sa pièce), tout ce vieux drame est, sans aucune comparaison et sous tous les rapports, beaucoup meilleur que l'adaptation de Shakespeare. »

Je n'insisterai pas! Lui, il insiste, dit la même chose d'*Antoine et Cléopâtre*, de *César*, de *Richard III*, de *Shylock*, et, avec plus de rage destructrice encore, en particulier, d'*Hamlet*.

Enfin, nous voici au bouquet de ce monstrueux feu d'artifice. Allons vite. C'est déjà trop, de nous être attardés cinq minutes à de telles horreurs. Elles s'achèvent en des pages que je résume ainsi, avec une sorte de haut-le-cœur à mâcher ces choses :

« La conception du monde, telle qu'on l'extrait de Shakespeare, est la plus basse et la plus mesquine qu'on puisse imaginer.

« En second lieu, il ne présente aucune beauté de forme, ni dans la langue, ni dans les situations, ni dans les caractères; on trouve chez lui seulement une certaine habileté à conduire les scènes.

« Enfin, il n'y a aucune sincérité; c'est un homme qui joue avec les mots. »

Et, enfin, comme dernier mot, comme suprême arrêt, ceci :

« Les œuvres de Shakespeare ne satisfont donc à aucune des exigences de l'art, et, en outre, leurs tendances sont des plus immorales. »

Et dire que voilà Shakespeare compris par Tolstoï! N'est-ce pas à dégoûter de tous les jugements littéraires! Je vous ai dit ma profonde vénération pour le grand écrivain slave; mais, tout en le vénérant et en voulant lui pardonner de tels blasphèmes, on peut à peine y trouver des excuses. La seule qu'il y ait, c'est que Tolstoï est de bonne foi! En toute loyauté, il prétend que les admirateurs de Shakespeare sont, depuis le début jusqu'à maintenant, et seront éternellement, des gens en proie à une sorte de suggestion démente et se transmettant cette admiration sans en donner les raisons et sans pouvoir les donner, parce qu'ils n'en ont pas.

Il n'y a qu'une chose à répondre : c'est qu'il est, lui, tout grand qu'il soit, en proie précisément à une de ces suggestions, démentes aussi, et, précisément, par contre-coup et sans en avoir d'autre raison. Ce qui l'exalte à rebours, ce qui lui fait dire de Shakespeare ce qu'il en dit, c'est son idée fixe, religieuse et mystique.

Certes, c'est d'un bel idéal qu'il est ivre; et je

trouve légitime que Yasnaïa-Poliana, sa résidence, soit devenue un lieu de pèlerinage où l'on allait dévotement chercher la bénédiction de ce grand vieillard. Mais cet idéal devait tout à fait l'empêcher d'en entrevoir un autre, qui est précisément celui de Shakespeare.

Son idéal, à lui, c'est, en fin de compte, un idéal de moralisation à outrance, et l'idéal de Shakespeare pousse à l'outrance la vie seule, sans plus. Shakespeare ne s'occupe pas de la moraliser, ni de chercher le bonheur humanitaire, dans la morale ou ailleurs. Il ne vise qu'à trouver une expression, l'expression de la vie, pendant qu'elle vit, dans tous ses sens, dans les bons comme dans les mauvais. Il ne s'attarde pas non plus à la diviniser, ou à la vilipender. Il ne s'attache, en elle, qu'à sa force inépuisable d'expansion. Il ne croit même pas qu'elle ait un sens. Il me semble deviner qu'il la conçoit sans autre but qu'elle-même.

« La vie (fait-il dire par Macbeth qui va la quitter), la vie est un conte conté par un idiot, et qui ne signifie rien. »

Mais, néanmoins, elle est belle, pense-t-il, belle à voir agir, et à montrer pendant qu'elle agit. Et il a pour joie, lui, Shakespeare, de la représenter telle, de se la représenter à lui-même, d'abord, et de la montrer telle aux yeux des autres. Il est, en somme, ivre, à sa façon, lui aussi; mais ivre de cette ivresse dionysiaque que je vous ai dit être la source du théâtre grec. Oh! la splendide et féconde ivresse, par quoi l'homme se déifie, dans cet impérieux et fou besoin de se dédoubler, d'échapper à son moi, de s'*extérioriser*, en créant de la vie. Et n'est-ce pas la meilleure preuve qu'on trouve la vie belle, même quand on croit qu'elle n'a pas de sens, que de vouloir en créer, que de s'en faire le démiurge, que de donner corps et âme à des êtres imaginaires devenant vivants pour autrui, et dans lesquels on incarne tout ce qu'on n'a pas eu le temps ou l'occasion de vivre, tout ce qu'on aurait désiré vivre, tout ce qu'on a vécu en rêves, en des rêves à qui la magie de l'art donne finalement plus de réelle substance que n'en a la réalité elle-même?

♣ ♣ ♣

Seulement, pour comprendre cela, il faut faire ce que Tolstoï n'a pas su ou n'a pas voulu essayer de faire, il faut regarder la vie sans vouloir chercher à la corriger.

Et, tout d'abord, en ce qui concerne Shakespeare et son idéal de dramaturge, il eût été nécessaire que Tolstoï se fût enquis de la vie où s'était baigné Shakespeare, du milieu où il avait pris contact avec elle, de ce qu'il avait dû en tirer selon l'aspect sous quoi elle lui apparaissait. En d'autres termes, il était essentiel de savoir comment pouvaient être tissus les rêves qui composèrent son art et sa vie; car, vous le savez, il dit quelque part « que la vie est tissue de la même étoffe que nos rêves ».

Il y aurait, ici, à vous brosser (heureusement, je ne me suis pas trop perdu dans le couloir étroit et obscur, et nous en aurons le temps), à vous brosser un énorme tableau de l'époque où a vécu Shakespeare. Je n'ai pas le loisir de vous la montrer en détail. Pour qui désirerait, d'entre vous, en avoir les éléments, il faudrait lire les livres anglais du temps, les ouvrages des commentateurs; or, c'est une lecture un peu touffue et dure, très amusante, d'ailleurs, mais, en tout cas, impossible pour des jeunes filles. Il faudrait au moins lire (et, cela, je vous le conseille) certains chapitres substantiels dans l'*Histoire de la Littérature Anglaise*, de Taine; aussi un très joli, très curieux livre, de Philarète Chasles sur *L'Angleterre au XVIᵉ Siècle*; ou, enfin (car celui-ci est un livre tout à fait pour vous, en particulier, mesdemoiselles), un ouvrage dû au vénéré président de notre *Université*, à cet esprit charmant qui est à la fois un très savant érudit, mais dont on ne connaît pas toute la science, parce qu'elle est sourianto; je veux parler de l'ouvrage en trois volumes sur *Les Prédécesseurs, les Contemporains, les Successeurs et l'Œuvre de Shakespeare*, ouvrage dont l'auteur est notre ami, votre ami, à vous, l'excellent, le délicieux Alfred Mézières.

Je vais, en traits aussi brefs que possible, en couleurs peut-être trop voyantes, vous donner comme une pochade du tableau que l'on pourrait composer au moyen de tous ces livres.

Et, d'abord, contemplons la Cour, les femmes, la société. La reine était la fameuse Elisabeth, personne extrêmement compliquée; « la reine vierge », comme on l'appelait; « la reine soyeuse », comme on l'appelait aussi à cause de la quantité de robes de soie qu'elle possédait; car elle était à la fois pédante et follement coquette, très fastueuse, spirituelle, dansant la pavane encore à soixante-neuf ans et faisant bien d'autres choses encore que de danser la pavane, donnant chez elle et autour d'elle des exemples de luxe, de joie, de festins, de fêtes, où l'on jouait des pastorales, des *masques*, de petites pièces; et tout le monde se mettait à son diapason.

Les toilettes des femmes... (Voici une chose qui n'ira pas sans vous faire quelque plaisir, mesdemoiselles.) On prétend, en effet, que les toilettes féminines d'aujourd'hui sont extravagantes, qu'elles coûtent beaucoup trop cher, qu'elles sont de théâtre plus que de ville. Oh! que vous paraîtriez de modestes petites violettes, si vous vous trouviez à la Cour d'Elisabeth! Songez qu'à cette époque les postiches et la teinture étaient de règle. La reine avait les cheveux blonds, d'un blond cendré délicieux, à soixante-neuf ans. Or, tout le monde les voulait avoir de la même teinte, pour ne pas dire teinture. Ces cheveux, on les édifiait, au reste, en extraordinaires hautes coiffures qui n'ont jamais été dépassées, même par les fameuses coiffures, en pièces montées, du xviiie siècle. Les chaussures étaient des sortes de cothurnes en bois, grandissant les femmes d'au moins vingt centimètres. On avait le visage couvert

d'un masque, d'un loup plutôt, à barbe flottante; et
le cou au carcan dans des collerettes ou *fraises* des
couleurs les plus étonnantes, et de dimensions plus
étonnantes encore, à tel point que la reine elle-
même fut obligée de les modérer. Il y en avait qui
étaient grandes, disent les *reporters* du temps, comme
des roues de carrosse. Vous voyez que vous êtes loin
de ces modes-là, ô modestes Parisiennes du xxᵉ siècle!

Mais les femmes pouvaient arborer sans peur
d'aussi mirobolantes merveilles; car les hommes leur
faisaient proprement et fortement concurrence. Eux
aussi étaient couverts de rubans, de velours, de
soie, de dentelles, de pierreries. Ils portaient jusqu'à
des boucles d'oreilles. Ils exhibaient des vêtements
multicolores. Ils avaient un linge... Ah! quel linge!
On cite une chemise d'homme (d'homme, vous entendez bien), en fine toile de Hollande, qui valait
vingt livres, c'est-à-dire cinq cents francs. Étant
donné la valeur de l'argent à cette époque, c'est une
chemise qui représente à peu près quinze à dix-huit
cents francs. Je ne sais pas quel est l'élégant de nos
jours qui oserait se permettre de pareilles fantaisies!

L'excentricité florissait jusque dans la coupe des
barbes. On cite des livres spéciaux, des manuels,
sur l'art de porter sa barbe. Il y avait des barbes en
éventail, des barbes en scie, des barbes en poignard,
des barbes en parafes, je crois bien, bref, comme
un carnaval de barbes.

Malgré un luxe aussi singulier, des modes aussi
excessives, tant de raffinements, ces gentilshommes
étaient en même temps des athlètes et presque des
brutes. Ils avaient, poussé à l'extrême, le goût, cher
de tout temps aux Anglais, de tous les sports. Ils
cultivaient l'équitation, la chasse, l'escrime, la boxe,
les combats de bêtes. Et cela les entraînait, pour
cause de restauration nécessaire, à des mangeailles
et les beuveries comme on n'en voit que dans notre
Rabelais. Ces demi-brutes n'en étaient pas moins, à
l'occasion, des héros, épris de vie aventureuse, de
voyages, de dangers, de guerres nobles et de belles

conquêtes; car c'était la grande époque d'expansion maritime de l'Angleterre.

Notez, d'ailleurs, que ces athlètes et ces *matériels* aimaient violemment les arts, la littérature. Presque tous faisaient des sonnets. Et, pour reprendre une phrase de Taine, en l'enflant un tantinet, volontiers dirai-je qu'ils avaient des corps de charretiers, ou de bouchers, ou de boxeurs, avec des vêtements d'acteurs somptueux, des goûts d'artistes, et un parler de *Précieuses Ridicules*. Y a-t-il, en effet, d'autre expression à employer, pour peindre la manie verbale dont ils déliraient avec leur fameux Euphuïsme? C'était une façon de parler qui avait été lancée par un des prédécesseurs de Shakespeare, le poète Lily, dans un livre intitulé *Euphuès*. Ecrire ainsi, passe encore! Mais parler de la sorte, couramment! Une langue toute en pointes, en concetti, en images baroques, un feu d'artifice de mots, une salade de métaphores, de la poudre et du piment, une chose vous éblouissant les yeux, vous écorchant les oreilles du bon sens, vous emportant la bouche, à force de fantaisie, de truculence, d'outrance, d'originalité, de lyrisme!

Quand vous rencontrerez dans Shakespeare quelques plaisanteries un peu tarabiscotées, quelques pointes trop pointues (dans *Roméo et Juliette*, en particulier), ne vous étonnez pas! Et dites-vous, bien plutôt, qu'il était extrêmement modéré, pour son temps. J'ose vous affirmer qu'auprès de ses contemporains, les Euphuïstes, il donne l'impression d'un esprit sage jusqu'à en être académique, voire au sens le plus gris du mot.

Achevons cette esquisse de l'époque élisabethéenne! Vous le voyez, nous avons là, en somme, un mélange prodigieux de raffinement et de brutalité, presque bestiale; et à ce mélange, voici l'assaisonnement final : c'est l'habitude de la taverne. Il y en avait de célèbres, des tavernes; celle de la Hure, celle de la Sirène; et dans toutes, souvent jusque dans les plus basses, les gens du plus haut monde allaient boire

et fumer. On fumait terriblement. On était comme
dans la lune de miel avec les joies du tabac nouvellement découvertes. On fumait tellement, que l'on
fumait même au théâtre, et que les dames aussi
fumaient. Oui, au théâtre! On voyait de longs tuyaux
de pipes (car on fumait des pipes d'un demi-mètre
de long) être introduits par de jolies menottes sous
la barbe des masques.

Ces théâtres, dont je viens de prononcer le nom,
étaient extraordinaires. Le fameux théâtre du Globe
représentait une salle hexagonale, un donjon à six
pans, dont les bords seulement et la scène étaient
abrités. Le reste, le milieu, était à ciel ouvert. On
l'appelait « la Cour » (*the yard*), ou (*the pit*)
« l'endroit du combat de coqs ». Là, se tenaient les
gens du peuple, debout et amenant avec eux, à
l'occasion, leurs chiens. (On cite l'anecdote d'un
certain acteur qui, brusquement, en jouant *Hamlet*,
partit d'un éclat de rire, à cause de la singulière
physionomie qu'avait un bouledogue le regardant,
la tête penchée et les oreilles en pointes.) Les gentilshommes, les gens du monde, prenaient place
sur la scène, comme les seigneurs du temps de
Louis XIV; mais, eux, vautrés par terre à même de
la paille (tel était le comble de l'élégance), en fumant
des pipes et en buvant des vins d'Espagne, tandis
que les gens du peuple mangeaient des noisettes, des
pommes, et en jetaient débris et pelures sur les
dames.

Pour fournir des pièces à cet étrange public, il y
avait, je vous l'ai dit tout à l'heure, deux cent vingt-
trois auteurs, dont les noms nous ont été conservés
presque tous. Les plus célèbres sont : d'abord ce Lily,
dont je vous ai parlé tout à l'heure; Ben Johnson,
un puissant dramaturge, classique, fort érudit, savant
critique en même temps qu'auteur, et qui a écrit des
pièces tout à fait remarquables; Marlowe, un très
grand poète, dont l'œuvre mériterait une étude
spéciale. J'ai la joie de la connaître particulièrement; un de mes amis, le regretté Rabbe, en a fait

une traduction aussi complète, aussi précise qu'on peut la désirer, et j'ai eu l'honneur d'en écrire la préface, et d'étudier la vie de Marlowe. Entre parenthèses, et pour vous montrer que les poètes d'alors avaient une vie quelque peu tourmentée, je vous dirai que Marlowe est mort à vingt-sept ou vingt-huit ans, dans une sorte de duel de taverne avec un valet, qui lui avait pris sa... fiancée (mettons fiancée) et contre lequel, voulant se venger, il tira son poignard; mais son rival, plus fort que lui, prit et retourna le poignet de Marlowe, si bien que le poète eut son propre poignard enfoncé dans l'œil jusqu'à la cervelle, et fut tué sur le coup. Voilà comment on vivait dans les tavernes, à cette époque! D'autres poètes encore sont à vous citer, tels que les collaborateurs Beaumont et Fletcher, puis Ford, Massinger, et le formidable Webster, tout à fait hors de pair, celui-là. Il y a une pièce de lui, notamment, *Vittoria Accorombona*, que j'aurais voulu autrefois traduire et mettre à la scène chez nous, et qui fulgure de beautés égales aux plus rares de Shakespeare en personne.

Voilà, en somme, dans quel monde entre Shakespeare. Comment il y devint homme de théâtre, je vous l'ai à peu près expliqué tout à l'heure, et nous allons y revenir dans une instant avant de finir.

Et alors, étant donnés les romans fabriqués par les Baconiens, fabriqués par ceux qui veulent que lord Southampton, ou lord Pembroke, ou lord Rutland, soit l'auteur des œuvres attribuées à Shakespeare, je trouve qu'il vaut mieux nous en tenir à l'ancien roman, à ce pauvre roman de l'homme de Stratford, du poète maudit sur qui tant de malheurs ont fondu, au point qu'il en a été submergé, si bien que maintenant, ni son œuvre, ni son nom lui-même, n'existent, à ce misérable Shaxpere, ou Shagsbere, où... on ne sait plus comment il s'appelle!...

❧ ❧ ❧

Eh bien! oui, il faudrait revenir à ce roman-là, qui, je crois, est le plus beau de tous, le plus touchant, qui est celui de la légende et qui, comme toujours ou presque toujours, doit être celui de la vérité. Oui, reprenons sa biographie; et, chemin faisant, en la commentant, nous réfuterons quelques-unes des opinions, des raisons, que donnent les Baconiens et les autres; et j'espère que nous arriverons enfin à nous entendre sur le vrai roman de la vie de Shakespeare, sur la vie qu'il a dû réellement vivre, et pour laquelle nous l'aimerons plus encore, s'il est possible!

Ce n'est pas tant par les documents qu'on refait une vie. Certes, les documents sont précieux; mais d'où viennent-ils? Et quels sont les témoins? Comment se contrôlent-ils l'un l'autre? La vraie façon de concevoir la vie d'un homme, c'est de lire son œuvre, de s'en pénétrer, de tâcher à entrer dans son âme, d'y voir clair si on le peut, de monter jusqu'à lui, et alors, se rappelant ce qu'a rêvé de lui la légende, d'en prendre ce qu'elle peut donner, et d'en faire finalement la vérité suprême, celle que devinent seuls les poètes.

Donc, il est né à Stratford-sur-Avon, notre William Shakespeare, à nous, et fils d'illettrés, c'est entendu. Ni son père ni sa mère ne savaient écrire. Sur quoi des commentateurs, des ennemis, se sont écriés :

— Comment! Ce sont ces brutes qui ont pu donner naissance à une fleur aussi rare que celle-là?

L'un même va jusqu'à dire :

— Il n'est pas possible que l'écrivain de ces œuvres géniales n'ait pas été un gentilhomme!

Quelle singulière idée! Quelle aberration! Comme s'il ne pouvait pas y avoir, dans le sang d'un homme du peuple, des atavismes inconnus, lointains, expliquant tout! Comme s'il ne pouvait pas s'y trouver un, deux, trois anciens aïeux qui aient refleuri par

de nouvelles combinaisons dans cette fleur unique!...
Ah! qu'ils sont loin de cette étroitesse, et plus sages
que nous, les Chinois, qui n'anoblissent jamais la
descendance d'un grand homme (car un homme a
beau être un grand homme, on ne sait jamais ce
que sera son fils et ce que seront ses descendants).
Mais ceux qu'ils anoblissent, eux, ces Chinois, ce sont
les ancêtres. Quand un homme est un héros ou un
grand écrivain, un grand artiste, tous ses ancêtres
sont nommés marquis ou ducs; et on les honore
d'avoir enfin donné cette fleur dont ils ont été la
racine.

D'aucuns, parmi les détracteurs du Stratfordien,
disent aussi :

— Quoi! L'auteur d'*Hamlet,* avoir été garçon
boucher!

Eh! mon Dieu, de nos jours, mesdemoiselles,
mesdames, il existe un jeune poète auquel j'ai été
heureux de donner la main quand il est sorti du
milieu obscur où il vivait, et qui a débuté par un
volume de vers intitulé *La Chanson du Bronze,* et
qui est à la tête d'une bande de poètes ardents,
violents, fougueux, pour lesquels j'ai écrit une préface de tout mon cœur, une bande qui s'appelle « les
Loups ». Lui, il a nom Belval-Delahaye. Or, jusqu'en
1900, il fut garçon boucher. Il est aujourd'hui en bon
rang parmi nos bons poètes. Vous voyez qu'un
ancien garçon boucher peut bien être baisé au front
par la Muse! Et pourquoi pas? N'oublions jamais,
jamais, que le grand réservoir de toutes les éner-
gies, de toutes les forces, de toutes les splendeurs
d'une race, c'est presque toujours, c'est même toujours cette source profonde qu'est le peuple, cette
source même où bouillonne l'âme du pays.

※※※

J'arrive, maintenant, à toutes les accusations accu-
mulées contre l'homme de Stratford.

Je ne le défendrai pas. Je passe condamnation sur

son mariage, même s'il l'a fait dans les conditions lamentables qu'on dit, le couteau sur la gorge et épousant une fille de huit ans plus âgée que lui. Je passe condamnation aussi sur son abandon. Evidemment, il a eu tort de laisser une femme qui avait trois enfants et dont il avait mangé la pauvre petite dot! De même sur son ivrognerie, et pareillement sur les cinq ans où il n'a pas donné de ses nouvelles, et où j'admets tout ce qu'on veut : qu'il ait été soldat (ce qui était très bien), racoleur de recrues (ce qui était moins bien), voleur de grands chemins (ce qui était abominable). Soit! acceptons tout cela comme prouvé!

Mais enfin, quand même, je viens de vous dire comment a fini Marlowe, et je ne vous ai pas dit comment il avait vécu! Et n'avons-nous pas l'exemple de notre vieil ami, du grand poète français que nous avons aimé, qui a fait la délicieuse *Ballade des Dames du Temps Jadis* et celle *à sa mère, pour prier la Sainte Vierge*, l'exemple du pauvre François Villon, dont la vie fut plus que singulière, à celui-là? Voleur de grands chemins, aussi, lui, et qui a failli finir par être pendu! Et, même de nos jours, n'avons-nous pas eu le malheureux poète maudit, Verlaine, dont l'existence fut bien accidentée pour un homme du xix' siècle?

Non, encore un coup, je ne les défends point, je ne les excuse même pas! Mais je veux dire simplement une chose : c'est que l'art et la moralité sont sur deux plans différents, deux plans qui ne se confondent pas, en bonne justice. Que, de temps en temps, ils soient d'accord, et semblent se rejoindre sur un plan unique, voilà qui peut arriver, et on a le droit d'en être ravi. Oui, qu'un grand artiste soit en même temps un grand honnête homme, tant mieux! Quelle joie, si je peux en même temps l'admirer et l'estimer, et, l'ayant applaudi, lui serrer les mains! Mais si les deux plans restent séparés, qu'y faire? J'aurais préféré, certes, qu'il fût en même temps un très brave homme, le grand artiste, un bon père, bon époux; mais quand même, je vais jusqu'à préférer qu'il ait été tout le contraire et qu'il nous ait laissé une belle œuvre. C'est égoïste, j'en conviens. Cependant, nous, la postérité, nous qui jouissons du chef-d'œuvre, nous devons bien reconnaître que le créateur du chef-d'œuvre a rendu malheureux seulement les quelques personnes vivant à côté de lui, tandis qu'il a fait la joie de l'humanité entière. Et, de cela, sans plus, nous avons à tenir compte.

Donc, ne mêlons point, ici, l'art et la morale. Et continuons la biographie du poète maudit, si affreuse qu'on veuille nous la faire!

Nous voici maintenant à Londres, où notre évadé des grandes routes garde les chevaux à la porte d'un théâtre. Il y montre, dans ce métier de gueux, des qualités très spéciales, qui vont nous plaire, à nous autres, Français : c'est un débrouillard. (Et je vous prouverai, d'ailleurs, au cours de notre étude, que ce n'est pas un Anglo-Saxon pur, qu'il a beaucoup du Celte. Il en a l'imagination, l'esprit, l'à-propos, la subtilité, la grâce et l'allégresse.) Ici, à Londres, tout de suite, il s'est conduit comme un petit Celte, comme un petit gamin de Paris : il les garde, les chevaux, à la porte du théâtre, tellement bien qu'il a vite conquis une clientèle et qu'il ne peut y suffire; alors, il embrigade d'autres petits gamins pour l'aider; il est chef d'entreprise. Et, après lui, le nom leur est resté, à ces gamins; on les a surnommés longtemps : *the Shakespeare's boys*, « les garçons de Shakespeare ».

Eh oui! il était débrouillard, excellent homme d'affaires; et c'est pourquoi, peu à peu, une fois entré dans le théâtre, il y a monté en grade. De souffleur, il a passé petit comédien, puis codirecteur du théâtre. Il a rafistolé des pièces, avec adresse et succès. L'ancien *call-boy*, l'ancien avertisseur, est devenu le rapetasseur de vieilles mauvaises pièces, dont il en faisait de bonnes, contrairement à ce que prétend Tolstoï. Ce faisant, il apprenait son métier, l'art du théâtre, et, entre temps, il s'instruisait, il lisait. Qu'est-ce qu'il lisait? Mais tout ce qui pouvait alors paraître. Vous pensez bien qu'une intelligence comme celle-là était avide de lectures; or, presque tous les auteurs de l'antiquité, beaucoup du moins, étaient traduits; et aussi notre Montaigne, et le *Plutarque* d'Amyot. Shakespeare avait, en outre, à sa disposition, les innombrables recueils de contes, chansons, chroniques historiques et criminelles, que l'on vendait dans les rues, pour deux sous, et qu'on y vend encore à Londres, trésors de légendes, de ballades admirables, où le dramaturge peut puiser sans fin.

Directeur de théâtre, maître en l'art de la scène, il apprenait en même temps, comme à la volée, tous les vocabulaires, ainsi que font les gens qui ont ce don spécial d'emmagasiner les mots rien qu'à les entendre, non pas en fouillant les dictionnaires, mais parce que, fatalement, quand un mot leur entre dans l'oreille, ils en perçoivent aussitôt la vie, l'âme, le son, le goût, le parfum, et le respirent à la façon d'une fleur, dont leur mémoire devient le jardin.

Comme homme d'affaires, on lui a fait le reproche d'aimer trop l'argent. Mon Dieu! On a fait le même reproche à Hugo, qui était, paraît-il, lui aussi, fort entendu au soin de ses intérêts et qui a très bien dirigé l'administration de son bien. Lamartine est mort pauvre, écrasé sous la dette; Hugo est mort riche, laissant un héritage enviable. Qu'importe la chose, l'une ou l'autre, à leur génie?

Je consens même à l'hypothèse de cet amour pour l'argent allant jusqu'à l'avarice, comme on se plaît à le proclamer! Il ne faut pas oublier que le plus terrible avare qui ait jamais existé, c'est Dante, le grand Dante Alighieri. Cela ne l'a pas empêché d'écrire *La Divine Comédie*, si prodigieusement belle. Et puis, qui sait si, dans cet amour pour l'argent, il ne faut pas voir quelque chose de plus noble que la simple et vulgaire avarice, s'il ne faut pas y voir le désir bien naturel, le besoin impérieux d'un pauvre homme parti de rien, d'un humble,

d'un gueux, ayant compris que la véritable indépen-
dance s'acquiert seulement par l'argent gagné, par
les sous mis de côté, grâce auxquels on n'est point
l'esclave d'autrui. Peut-être est-ce ainsi, notre ancien
paysan de Stratford, qu'il a tourné au faiseur de
procès, au créancier, évidemment trop serré, trop
dur et âpre, qu'il fut à la fin de sa vie!

Mais voici une autre objection au Stratfordien.

— Où a-t-il appris, dit quelqu'un, le langage des
grands seigneurs, des nobles dames, de la Cour, des
rois?

Eh! donc, à en connaître et fréquenter quelques-
uns, voire de leurs entours! Car il n'en faut pas plus
aux génies divinateurs et créateurs. Notre Balzac a
fait vivre un monde de grandes dames où il n'avait
jamais pénétré; il n'y est entré qu'après l'avoir
décrit; car, lorsqu'il a commencé son œuvre, c'était
un malheureux ancien imprimeur et éditeur, ruiné,
mis en faillite, essayant de remonter le courant de sa
ruine et de payer ses dettes. Et Cuvier n'a-t-il pas
reconstruit toute une faune préhistorique, avec
quelques os, et son génie? Le grand poète ressuscite
de la sorte des âmes de seigneurs, et même de rois.
A l'occasion, il inventerait, s'il le fallait, jusqu'à des
âmes de dieux.

Un autre argument contre la réalité de notre
Shakespeare, c'est son indifférence à publier ses
œuvres. C'est vrai, de son vivant, ont été publiés
seulement seize de ses drames, dans les éditions cou-
rantes in-quarto à six pence (ce qui, à l'heure présente, représenterait environ trois francs, avec la
différence du taux de l'argent). Ces seize pièces ont,
d'ailleurs, été publiées, non par ses soins, mais bien,
la plupart du temps, par des éditeurs qui ne
mettaient même pas sur le titre le nom de l'auteur.
Tous les auteurs, à peu près, manifestaient alors la
même insouciance envers leurs œuvres dramatiques.
Les rivaux de Shakespeare, tous excellents *scholars*,
et fort entichés de leur valeur littéraire, ne prêtaient
guère attention qu'à publier leurs poèmes lyriques et

leurs sonnets. Ils n'attachaient qu'une importance
bien moindre au reste. Shakespeare a ainsi fait
paraître lui-même *Vénus et Adonis, Le Rapt de Lucrèce, Le Pèlerin Passionné*, et ses *Sonnets*. On
considérait comme productions éphémères les
œuvres de théâtre. Il en naissait tant! Aujourd'hui,
les succès de théâtre donnent une façon d'apothéose,
et tout triomphateur de la scène est prêt à fonder
une religion dont sa dernière œuvre sera l'évangile. Au temps de Ben Johnson, de Marlowe et de
Shakespeare, on était beaucoup plus modeste. On
prenait une vieille pièce, on la ravaudait, on en
faisait *Le Roi Lear, Macbeth*, ou *Hamlet*, voilà tout,
et l'on ne croyait point avoir écrit *Les Tables de la
Loi*.

C'est ainsi que, rentré chez lui, à Stratford,
Shakespeare ne s'est plus occupé de ses pièces. Son
métier de dramaturge était fini. Il avait pris sa retraite. La place était à d'autres. Bonsoir, les amis!
Grand bien vous fasse! Moi, je me repose.

Ah! certes, il n'en eût pas été de même si, en place
d'un « professionnel », nous avions devant nous un
amateur. Le Bacon, le Rutland, conscient de son
extraordinaire génie, en eût-il gardé le secret avec
tant d'insistance, toute sa vie, et pour l'éternité?
Ayant écrit *Hamlet, Lear, Othello, Macbeth*, et le
reste, malgré toutes les raisons prétendues qu'il
avait de se cacher, de se taire, est-ce qu'il n'aurait
pas, fût-ce à son lit de mort, crié, hurlé, qu'il en
était l'auteur de génie? Ce cri, ce hurlement
in extremis, était aussi naturel, de leur part, que
l'insouciance et le silence du professionnel habitué
à l'éphémère de sa gloire dramatique.

Aussi bien, quel étrange prête-nom ils eussent
choisi, ces lords, en ce Stratfordien illettré, quand
ils avaient sous la main tant de *scholars* infiniment
plus vraisemblable! Quoi! Au lieu d'un Marlowe,
d'un Ben Johnson, ils prennent qui? Cet ancien rustaud, ce ci-devant garçon boucher, et qui ne savait
pas même écrire! Un ivrogne, en outre, un bas

ivrogne, un Falstaff vicieux, aussi peu sûr que possible, qui, le lendemain, aurait révélé le secret, qui les aurait « fait chanter » sans aucun doute, étant donné l'abominable crapule qu'on nous a dépeinte! Quelle démence! Quelle absurdité!

Eh! n'est-ce pas dément aussi, et encore plus absurde, nous crie-t-on, de voir votre Shakespeare revenu à Stratford-sur-Avon, et y vivant pendant cinq ans sans jamais plus rien produire? L'hypothèse est-elle seulement vraisemblable?

Hélas! comment peut-on si mal comprendre, si peu pénétrer, dans l'âme d'un homme comme celui-là! Mais, si petit qu'on soit, il me semble qu'on doit la concevoir, cette âme, qu'on ne peut pas ne pas l'admirer, la beauté de cette fin! Certes, oui, cet homme, je le vois tel, réfugié à Stratford, après avoir exprimé, rêvé, ressenti, vécu, toutes les passions humaines, après en avoir eu la bataille et le tumulte dans sa tête, dans son cœur. Oh! certes, je le vois, et je l'approuve, et le comprends, et l'admire, se retirant du monde, las, écœuré, soûl de savoir tout ce qu'est la vie, ne voulant plus la voir dans ses éruptions, préférant la vivre avec des simples, avec des brutes, oui, des brutes, redevenu lui-même une de ces brutes!

Son compagnon le plus cher est ce vieil usurier de John Combe! Parbleu, oui. Et pourquoi pas? Mais il devait être fort réjouissant, ce vieil usurier, et conter des histoires très drolatiques. Puis, quel brave homme que l'usurier! comme disait si joliment Banville. C'est le seul homme qui vous rende service, tout juste quand vous en avez besoin, et le seul dont la marchandise ait bien la valeur qu'il lui attribue, et même une valeur supérieure encore, puisque les cent francs qu'il vous fait payer deux cents francs, ils en représentent pour vous, parfois, plus de mille, vous sauvant la vie! Sans compter que, pendant que les autres marchands vous fournissent des produits falsifiés, du lait écrémé, du vin mouillé, de la viande et du poisson à la glace,

du beurre en margarine, lui, le probe et le
consciencieux usurier, il vous donne toujours de
l'or qui est en or véritable, si bien qu'il est, en
somme, le seul honnête homme du monde!

Mais assez rire! Nous voici au testament, au fameux testament de Shakespeare. Oh! ce testament,
comme on a mal su l'interpréter! Et, cependant,
comme il dit bien ce qu'il veut! C'est un tout petit
bien qu'avait le mourant, et dont il laisse à chacun
un tout petit morceau. On s'étonne qu'il ait l'air, à
un moment, d'avoir oublié sa femme; car il met, en
marge :

« *Item*, à ma femme, le second de mes deux bons
lits. »

— Quoi! ajoute-t-on, même pas le meilleur?

Mais qui vous dit que ce n'est pas là quelque
mauvaise plaisanterie? Dame, oui! Un mot de la
dernière heure, comme celui de Rabelais :

— Tirez le rideau, la farce est jouée!

On épluche d'autres détails. Il n'a rien donné aux
gens qu'il a connus! A qui, voyons? A ses protecteurs? Ce n'était pas la peine : ils étaient de riches
gentilshommes qui l'avaient complètement oublié,
sans doute, et qui, maintenant, avaient de nouveaux
protégés. Mais, à ses anciens camarades du théâtre,
il laisse des legs. A Burbage, par exemple, et à deux
autres comédiens. Et savez-vous ce qu'il leur laisse,
cet avare, cet homme soi-disant rapace, qui savait
tant la valeur de l'argent? De quoi se payer à
chacun, en souvenir de lui, une bague; et pour
cela, sur un héritage de peut-être deux ou trois
mille francs (car ce n'était pas davantage), il lègue
à chacun environ deux cents francs. Vous voyez
bien qu'il a pensé à ses anciens camarades!

Mais voici, pour les détracteurs du Stratfordien,
le comble de l'horreur, et de quoi prouver, sans
appel possible, son néant comme génie : c'est que,
dans cet héritage, dans cette maison, il n'y a point
trace, aucune, ni d'un manuscrit, ni d'un seul livre.

Eh bien! oui, il est mort là, n'ayant chez lui aucun manuscrit, aucun livre. Et cela prouve seulement, entendez-vous bien, qu'il était, longtemps avant sa mort totale, déjà mort et à la gloire, et à l'art, et aux lettres. Est-ce donc possible? Ecoutez!

De nos jours, toutes proportions gardées, a eu lieu la même chose. Je vous ai parlé une fois déjà du poète Arthur Rimbaud, qui, à dix-huit ans, manifesta un véritable et prodigieux génie verbal, reconnu par le père Hugo en personne, et qui brusquement, quittant Paris et le monde littéraire, partit pour de lointains voyages, alla s'enfouir dans un comptoir commercial en Abyssinie, y devint un simple et ponctuel agent, et dont la correspondance dernière, adressée à sa famille, à sa mère surtout, ne parle plus que de tout petits intérêts, d'affaires et choses banales, comme celles dont Shakespeare pouvait s'occuper à Stratford-sur-Avon.

Si un adolescent a ainsi renoncé à l'art, ayant du génie, et voyant devant lui toute son œuvre future qui lui criait de marcher vers elle, et qui l'appelait à l'apothéose offerte, comment ne pas admettre qu'un homme ait cédé mieux encore au besoin de faire halte, après son œuvre faite, complète, exprimée à plein? Mais on l'entend d'ici, le pauvre être las de sa tâche énorme, on l'entend haleter, désirer la paix, les simples, les brutes, et dire avec des soupirs de pitié sur lui-même :

— Oh! non, non! assez, de Londres, du monde, des tavernes, des gens de théâtre, des gens d'esprit! Allons aux champs! Parmi nos congénères de jadis, avec qui je boirai, avec qui je trouverai doux de trop boire, avec qui je mourrai comme sont morts mes ancêtres, comme meurent les feuilles de nos bois quand vient l'hiver.

Que voilà, pensera-t-on, des idées mesquines! Eh non! songez-y une seconde, et, au lieu de voir cela en petit, voyez-le en grand, et il vous arrivera ce qui m'est arrivé à moi-même, quand je me suis

4

figuré ainsi cette fin. Brusquement s'évoquèrent et chantèrent en moi ces vers de Lamartine :

Lorsque du Créateur la parole féconde
En un jour de malheur eut enfanté le monde
      Des germes du chaos,
De son œuvre imparfaite il détourna la face,
Et d'un pied dédaigneux la lançant dans l'espace,
      Rentra dans son repos.

Et, alors, je l'ai vu aussi, lui, le pauvre petit bonhomme de Stratford, celui qui est allé à Londres tenir les chevaux à la porte d'un théâtre, qui a été *call-boy*, qui est devenu souffleur, acteur, adaptateur, auteur, qui a fait *Macbeth*, *Le Roi Lear*, *Hamlet*, cet homme qui a mis toute la vie humaine sur la scène, qui a été ivre de Dionysos, qui a été lui-même un dieu créateur, comme celui dont parle Lamartine, et qui, alors, fatigué de toute sa création, voulant se reposer, a laissé tomber autour de lui toutes ses œuvres comme des feuilles mortes dont il ne voulait plus s'occuper; et ces feuilles-là, tombées au pied de l'arbre, sont devenues cet énorme fumier dont parle Voltaire; oui, un fumier; mais de ce fumier sort la sève qui monte toujours dans l'arbre, qui le fait reverdir et refleurir tous les ans, et qui fait qu'éternellement nous y venons, et que toutes les générations, tant que subsistera le monde, y viendront, pour y entendre le vent passer dans ses branches, pour y voir toutes les bêtes de la forêt, depuis les commentateurs pareils aux rats et aux belettes (et, parfois, aux écureuils, quand ils sont gentils) jusqu'aux oiseaux, l'aigle qui trompette, et le hibou dont les yeux savent le secret des choses, et enfin le mystérieux et divin rossignol de l'âme humaine, qui est là, qui pleure, qui sanglote toute la nuit, ivre de joie, d'extase et aussi de douleur, à être obligé de toujours vivre, vivre, et vivre, sans jamais savoir pourquoi.

II

OTHELLO

———

Le Mélange du Tragique et du Comique dans Sha-
kespeare. — Deux Types Eternels : Othello le
Jaloux; Iago l'Envieux. — L'Art des Préparations
dans le Théâtre de Shakespeare. — Le Caractère
de Desdémona. — Le Drame conduit par Iago. —
La Scène du Mouchoir. — Le Chant du « Saule ».
— La Mort de Desdémona.

MESDEMOISELLES,
MESDAMES,
MESSIEURS,

L'autre jour, malgré tout ce qui encombrait nos
pas, nous sommes arrivés au bout du couloir étroit
et obscur, et j'ai pu vous mener moi-même jusqu'à
la pleine lumière du jour sans trop nous égarer.
Aujourd'hui, j'ai bien peur que nous nous perdions
complètement, et voici pourquoi : c'est que nous y
sommes brusquement, à cette lumière du jour, en
pleine forêt vierge, au centre même, dans une petite
clairière qui va tout de suite être envahie par des
broussailles, des fondrières, des rocs, des arbres
terribles foudroyés; et je ne sais vraiment pas
comment nous allons nous y faire un chemin. Je
vais y tâcher de mon mieux. J'ai apporté Shakespeare dans la traduction la plus simple, très probe,

très consciencieuse, qui n'a rien d'éclatant, celle
de Montégut. J'essaierai de vous lire, par-ci par-là,
d'autres traductions. J'essaierai moi-même (c'est bien
prétentieux; mais enfin, j'ose le tenter) de vous lire
certains morceaux où je m'efforcerai, comme je
l'ai fait pour le grec, de coller des paroles françaises sur le texte anglais, ce qui est beaucoup plus
difficile que sur le texte grec. En attendant, et
aujourd'hui, pour me guider un peu, j'ai simplement
mis de petites marques dans cette forêt vierge,
hélas! comme le pauvre Petit Poucet avait laissé
tomber des morceaux de pierre dans la forêt pour
retrouver son chemin. Si je me perds, je me perdrai
avec vous; et ce sera ma seule consolation.

Je me demande même encore si je vais commencer
par *Roméo et Juliette* ou par *Othello*, parce que je
ne suis guère certain de pouvoir, en une heure,
vous résumer, même à la galopade, deux pièces
comme celles-là.

※ ※ ※

Avant tout, que j'étudie l'une ou l'autre, ou que
je n'en étudie qu'une (ce qui est très probable), je
vous supplierai de faire abstraction de ceci : c'est
que vous êtes Françaises et Parisiennes! Car il faut
bien vous dire que vous allez être de suite choquées
en vous trouvant dans Shakespeare, et non pas seulement par la violence des sentiments et la violence
de l'expression. Rien que devant cela, d'ailleurs, il
y a déjà de quoi reculer un peu, surtout pour des
jeunes filles; l'expression, en effet, est souvent d'une
rude crudité; si « le latin dans les mots brave
l'honnêteté », l'anglais de Shakespeare la brave peut-
être plus encore; et sans qu'il faille trop en vouloir
au poète, puisqu'il a pour excuses, d'abord, la brutalité de l'époque où il vivait, et aussi sa propre
brutalité, naturelle à un homme du peuple, et enfin
son génie réaliste en même temps que prodigieusement lyrique. Mais ce qui vous choquera sans

doute le plus aura pour cause la différence d'esprit entre cette littérature du Nord (car, malgré tout, Shakespeare est du Nord), et la littérature classique à laquelle nous sommes habitués.

Je vous ai parlé de forêt vierge. Eh bien! notre belle littérature à nous, vous le savez, ressemble à ces admirables parcs dessinés par Le Nôtre, et dont Versailles est le plus beau modèle. Il y a des allées admirables, splendides, avec des arbres bien taillés, des statues; on y voit se promener, sous les quinconces, parmi les boulingrins, des hommes et des femmes en parfaite toilette, d'une tenue exquise, parlant une langue élégante, aiguë, subtile; et ce n'est pas moi qui en dirai du mal, car vous vous rappelez sans doute quel éloge absolu j'ai fait du *Misanthrope*, cette pièce unique dans l'histoire de la littérature théâtrale, ce chef-d'œuvre où toutes les passions les plus violentes existent, mais ne rugissent pas, et s'expriment toujours, chez les femmes, derrière un éventail, et dans le coin de la bouche, avec un sourire, chez les hommes. Il y a loin de ce théâtre-là à celui-ci, où nous avons affaire à des brutes déchaînées trop souvent, où passent des gens du peuple mêlés à de grands seigneurs, où ces gens du peuple parlent comme doivent parler les gens du peuple, où se trouve ce qu'on a appelé depuis « des tranches de vie », où, parfois, dans de brèves scènes, les personnages se montrent, s'expriment, par deux ou trois mots qui disent tout, où l'on voit leur portrait se dresser en pied par ces deux ou trois mots, exactement comme dans Saint-Simon, lequel dépeint quelque part un seigneur (dont il ne dit pas même le nom et qu'on ne revoit jamais dans ses Mémoires) par ces trois épithètes :

« C'était un homme obscur, frénétique et débauché. »

Non, l'on ne le revoit plus; mais, l'ayant vu ainsi une fois, cela suffit, on ne l'oublie plus. Dans Shakespeare, c'est la même chose, à chaque instant.

Chez lui, pour vous choquer, il y a aussi ce mé-

lange perpétuel du tragique et du comique, auquel
nous, Français, nous ne pouvons pas nous accou-
tumer. Nous sommes des gens méthodiques, classi-
ficateurs, voulant que tout soit bien en place; et
nous oublions, hélas! nous qui généralisons tout,
nous oublions que lorsqu'on veut arriver à généra-
liser la vie, il faut la regarder, cependant, je ne
dirai pas sous toutes ses faces, mais au moins sous
ces deux faces principales, l'endroit et l'envers, en
sachant que si le tragique en est l'étoffe, c'est
presque toujours le comique qui en est la doublure.

Eh bien! dans Shakespeare, on voit l'étoffe, et on
voit en même temps la doublure. Voilà encore qui
va vous gêner.

Chez nous, on cherche le type, la classification,
l'humanité généralisée en quelqu'un qui la représente, qui représente une de ses passions. Vous
savez que c'est la grandeur de notre théâtre et aussi
du théâtre grec. Ici, c'est par une succession de
petits détails, de cris brusques, de lyrisme fou par
moment, que les personnages sont faits, que leur
portrait se dresse, et qu'ils restent quand même
inoubliables comme des types, et vivent en réalité.

※ ※ ※

Je vais, toute réflexion faite, commencer par
Othello, parce qu'il se rapproche le plus de notre
conception du théâtre.

Là, il y a, en effet, deux types, non pas présentés
avec la rigidité que nous y mettrions, nous, mais
avec toute la liberté d'allure qu'y met Shakespeare,
et toutes ses touches de vie à la fois familière et
lyrique; et néanmoins ces deux types sont parfaits,
et poussés à la généralisation extrême et absolue.
C'est le type du jaloux en amour; et c'est le type du
méchant, de l'envieux, qui sait qu'il est méchant et
qui veut l'être. Vous avez tout de suite reconnu
Othello et Iago.

On a discuté fort abondamment sur le personnage

de Iago et sur sa qualité de type, que certains ne
lui ont pas reconnue. Montégut, entre autres, dans
une très consciencieuse étude, et malgré sa profonde admiration pour Shakespeare, ne veut pas que
Iago soit le type de l'envieux. Il prétend que c'est
un méchant vulgaire, qui n'arrive que peu à peu
à des méchancetés parfaites. Vous verrez que c'est
là une erreur. Dès le début, on sent l'homme qui sait
qu'il est méchant, qui souffre du bonheur des
autres, qui désire les faire souffrir, qui ne jouit et
n'a de bonheur personnel qu'à détruire le bonheur
d'autrui, et qui s'en rend compte, et qui est
conscient. En général, on ne se rend pas compte
du mal que l'on fait. Hugo a dit, dans un de ses
beaux vers de pensée :

> Personne n'est méchant, et que de mal on fait !

Oui, le vrai méchant, l'homme qui sait que le
mal existe et qui veut le faire, celui-là est aussi
rare que le grand amoureux, que l'homme de génie.
Dans son genre, il est sublime. Eh bien! Iago est
celui-là.

Quant à Othello, c'est la jalousie incarnée, et Shakespeare a su accumuler sur lui tout ce qu'on
pouvait accumuler sur un homme pour en faire un
jaloux. En effet, d'abord, il n'est plus tout jeune;
c'est un homme entre quarante-cinq et cinquante
ans, qui a épousé une toute jeune femme de dix-
huit à vingt ans. Ainsi, déjà, il y a entre eux cette
différence d'âge qui fait que l'homme peut être
Arnolphe avec Agnès; et c'est ce qu'il est, en somme;
mais un Arnolphe tragique, comme vous verrez.
D'autre part, il n'est point beau, du moins à l'estime
des Vénitiens d'alors. C'est un Maure, et ce Maure
est un Africain qui est presque nègre; s'il n'est
pas nègre complètement, il est mulâtre très foncé.
Lui-même le dit à un certain moment : « *For I am
black* », « car je suis noir». En outre, c'est un
soldat, un homme qui aime la gloire, qui aime l'ac-

tion pour la gloire. Or, rien ne vous détourne de
cette action-là comme cette autre action qu'est
l'amour, ne voulant aucun objet que lui-même.

D'autre part, Desdémona, celle qu'il aime, est
entourée d'une cour de gens qui la trouvent charmante, d'officiers qui sont les aides de camp de son
mari le général. Elle a, au surplus, un caractère
très particulier, aussi complexe que Juliette est un
être simple, comme vous le constaterez quand nous
serons à *Roméo et Juliette*. Son nom même l'indique : il signifie *fille de démon*. Cependant, Dieu
sait que ce n'est pas une perverse! Mais une
curieuse, oui, une raffinée, une femme qui a refusé
les plus beaux partis de Venise, d'admirables
gentilshommes comme celui dont parle à certain
moment Emilia, sa suivante, disant de lui « que
beaucoup de Vénitiennes se seraient damnées pour
un baiser de sa lèvre inférieure ». De ces partis-
là, voilà ce qu'a refusé Desdémona, s'amourachant
d'Othello, ce noir, ce mulâtre foncé, ce guerrier qui
est presque un soudard parfois. Il y a là une bizarre
curiosité un peu inquiétante, avouons-le. Desdémona est une intellectuelle, comme on dirait aujour-
d'hui.

Que de raisons réunies, pour que cet homme
tombé en amour (je dis « tombé en amour », comme
s'il s'agissait d'une maladie, et c'est bien ainsi, vous
vous rappelez, qu'Euripide le concevait dans
Phèdre), pour que cet homme devienne un jaloux,
devienne *le* jaloux!

❈ ❈ ❈

L'histoire d'Othello (et nous aurons souvent à
parler de la sorte, presque à toutes les pièces de
Shakespeare) n'est pas de son invention; mais cela
n'a aucune importance. C'est un nommé Cinthio, un
Italien, qui, dans un recueil appelé *Hécatonmithi*,
a, pour la première fois, mis au jour cette anecdote.
Mais je ne m'attarderai pas là-dessus; tous ces dé-

tails, vous les trouverez dans les manuels et dans
les dictionnaires; vous me pardonnerez si je ne
vous les dis pas. Je ne vous en toucherai que quelques mots, simplement pour vous montrer que, dans
l'auteur italien, c'était un pur mélodrame, un fait
brutal, grossier, et rien de plus.

Chez lui, Iago aime Desdémona; c'est par jalousie,
parce qu'il est repoussé d'elle, par envie, qu'il en
veut à Othello, son chef. Il arrive à se venger d'elle
par une mort effroyable. On la tue avec des sacs de
sable, on fait écrouler un toit sur elle. Othello se
cache, n'avoue pas le crime. C'est un horrible fait-
divers, comme on en lit tous les jours dans les
gazettes. Il a fallu Shakespeare pour en faire une
étude de passions.

❦ ❦ ❦

Entrons-y, maintenant, à même cette étude.
Jetons-nous dans la forêt vierge. Je vais vous lire,
autant que je pourrai, en résumant très vite, l'exposition qui, dans Shakespeare, est toujours faite par
des choses vues, jamais par des récits. Car c'est lui,
en cela, qui est le classique, en suivant le vieux
précepte du sage Horace, oublié par nous autres,
Français, et qui commande de montrer les choses.
Ce qu'on écoute, en effet, entre par une oreille et
s'en va par l'autre; ce qu'on voit entre par les deux
yeux et reste là; on ne l'oublie plus.

Toutefois, avant même cette exposition des faits,
nous avons, dès la première scène, une exposition
de caractères. Parlant avec Roderigo, tout de suite
Iago dit l'homme qu'il est. Je ne m'y attarde point,
non plus qu'à tous les détails de l'intrigue. A l'user,
vous constaterez sans peine combien les pièces de
Shakespeare sont admirablement intriguées. Tout
ce qui est dit sert à quelque chose. C'est l'art des
préparations, cet art que Sarcey estimait l'art pri-
mordial du théâtre, poussé à ses extrêmes limites.
Il n'y a pas de Sardou, pas de Scribe, pas de Beau-

marchais, qui soit aussi expert et aussi madré
(j'emploie ce mot exprès) dans ce jeu des préparations! Notez tout à l'heure, par exemple, en passant, comment l'histoire du mouchoir est amenée;
c'est extraordinaire!

Autre chose! La logique dans Shakespeare (je
vous dis les choses un peu à bâtons rompus; mais
nous sommes dans la forêt vierge, nous marchons
au hasard, nous sautons des fondrières; n'y faites
pas attention), la logique est celle-ci. Chez nous, on
pose un fait, et on en tire, par des syllogismes,
toutes les déductions. Dans Shakespeare, ce n'est
jamais ainsi que cela se passe : un fait est amené
par le hasard; c'est un grain qui est jeté; mais, une
fois le grain jeté, il pousse; et la logique n'intervient
que dans les conséquences du fait qui a été semé
par le hasard. Voilà toute la grosse différence qu'il
y a entre notre théâtre et celui-là. Vous verrez, en
effet (et encore bien plus dans *Roméo et Juliette*),
que c'est le hasard qui a tout fait au début; mais,
cette prémisse posée, la logique reprend ses droits
et même aux plus tragiques conséquences, d'autant
plus atroces que le geste initial du hasard était plus
vague.

Donc, Iago explique qu'il méritait le grade de
lieutenant, qu'Othello le lui a refusé, et a préféré
nommer un certain Cassio, un officier instruit, intel-
ligent, bel homme, aimé des dames, homme du
monde! Rien n'est plus terrible que l'envie de ce
qu'on appelait autrefois, dans l'armée, un « pied-de-
banc », c'est-à-dire un vieil adjudant, voyant passer
par-dessus lui, au choix, un officier distingué dont il
prétend qu'il ne sait rien que par les livres. Iago
est, ici, sans plus, ce pied-de-banc, ce bas envieux.
Mais cette chance de Cassio, c'est ce qui fait
déborder le fiel d'Iago le Méchant contre son chef
Othello.

Voici exactement dans quelle situation ils sont
à ce moment-là. Othello vient d'enlever et d'épouser
(car dans ce pays d'Italie où Shakespeare situe ses

pièces, et à cette époque, on enlevait et on s'épousait aussitôt, le mariage se faisait dans les douze heures, même dans les six heures qui suivaient l'enlèvement), il vient d'enlever et d'épouser la fille du sénateur Brabantio, la belle Desdémona. Iago réveille Brabantio, avec des cris que je ne vous répéterai pas, car ce sont des insultes abominables; il lui fait savoir que sa fille est partie, qu'elle est avec le Maure. Il sort de sa maison, il s'aperçoit qu'en effet sa fille n'y est plus, il court pour la chercher. En route, il rencontre Othello; mais Othello vient lui-même d'être appelé chez le Doge parce qu'il se prépare une grande expédition contre les Ottomans de l'île de Chypre. (Je vous dis cela très vite, très vite.) Tout d'abord, Brabantio veut se venger par un coup d'épée; mais Othello l'arrête; ils vont ensemble trouver le Doge, et c'est devant le Doge que se liquide d'abord cette première affaire.

Comment ce Maure, ce noir, cet homme de cinquante ans ou à peu près, a-t-il pu enlever cette jeune fille charmante, ornée de toutes les beautés, de toutes les grâces, riche, fille d'une famille puissante? Comment a-t-il pu l'enlever, si ce n'est par des maléfices et des sortilèges?

Et voilà précisément de quoi le sénateur Brabantio, à peine devant le Doge, va immédiatement accuser Othello.

— Moi aussi, dit-il, je viens pour me mêler aux affaires; non pas celles de l'Etat : j'en ai une qui me tourmente beaucoup plus.

— Laquelle?

— Ma fille!

— Ta fille? Serait-elle morte?

— Non, elle n'est morte que pour moi! Elle est subornée; elle m'est volée; elle est corrompue par des sortilèges et des médecines achetées à des charlatans; car la nature, quand elle n'est pas imbécile, aveugle, infirme, ne peut se tromper à ce point sans le secours de la sorcellerie.

Le Doge prononce :

— Quel que soit l'homme qui t'a enlevé ta fille
par ces moyens damnables, il sera puni.

— Je remercie Votre Grâce, dit le sénateur.
L'homme qui a enlevé ma fille, c'est ce Maure que
votre mandat spécial a, paraît-il, appelé ici pour
les affaires de l'Etat.

— Nous en ressentons un profond chagrin, disent
tous les sénateurs.

Le Doge, à Othello :

— Que pouvez-vous répondre à cela pour votre
défense?

BRABANTIO. — Rien, car c'est la vérité.

Tout de suite, vous allez voir le noble caractère
de cet homme. Car, si Othello devient une bête
fauve, un tigre, à la fin, c'est par amour qu'il le devient; et c'est ce qui fait que, même dans l'horrible
supplice qu'il inflige à Desdémona (non pas de la
tuer, ce qui ne serait rien, mais de la croire coupable quand elle l'adore jusqu'au dernier moment,
ainsi que vous le verrez), s'il en arrive là, c'est par
excès d'amour, comme tous les jaloux. Tel est, en
somme, le fond de la moralité dans la pièce de
Shakespeare. Mais goûtez d'abord la noblesse d'âme
du Maure. Voici comment il se défend :

— Très puissants, très graves, très révérends
seigneurs, il est très vrai que j'ai enlevé la fille de
ce vieillard; il est très vrai que je l'ai épousée; la
mesure et la portée de mon offense vont jusque-là,
mais pas plus loin. Rude je suis dans mon élocution,
et mal partagé dans l'art de parler le doux langage
de la paix; car depuis que ces bras ont eu la taille
de la septième année, et jusqu'à la dernière lune, ils
ont toujours trouvé leur plus cher exercice dans les
champs couverts de carnage. En dehors de ce qui
concerne les faits de guerre et les campagnes, je ne
puis donc que peu parler de ce vaste monde. Par
conséquent, en plaidant moi-même ma cause, il est
peu à craindre que je l'embellisse. Cependant, avec
votre gracieuse patience, je vous ferai rondement et
sans fard le récit de l'histoire entière de mon amour.

Je vous dirai par quelles drogues, par quels
charmes, quelles conjurations, quel pouvoir magique, j'ai séduit sa fille, puisque ce sont ces moyens
qu'on m'accuse d'avoir employés.

BRABANTIO. — Eh! oui, une jeune fille qui fut
toujours timide, d'un caractère si paisible, si séden-
taire, que, lorsqu'elle remuait, elle en rougissait,
aller, en dépit de la nature, des années, de la nation, de la fortune, de tout, tomber amoureuse d'un
être qu'elle avait peur de regarder!

OTHELLO. — Je vous en conjure, envoyez chercher
la dame, et qu'elle parle de moi devant son père.
Si son récit me montre odieux à vos yeux, ne vous
contentez pas de reprendre la confiance que vous
m'aviez donnée, la charge que je tiens de vous; et
que votre sentence tombe sur ma vie elle-même.

— Allez chercher Desdémona, ordonne le Doge.

Et, pendant qu'on y va, Othello raconte, en effet,
comment il l'a séduite. Je vous résume la tirade,
qui est fort belle. Il raconte que, voyant Desdémona,
comme elle était curieuse de combats et d'aventures,
elle lui demanda souvent de lui raconter ce qu'il
avait fait, et il le racontait très simplement. J'arrive
à la fin.

— Plus d'une fois, dit-il, je lui dérobai des larmes
en lui parlant de quelqu'un des coups douloureux
qui avaient frappé ma jeunesse. Mon histoire
achevée, elle me donna, pour mes peines, un monde
de soupirs. Elle jura que c'était étrange, en vérité,
étrange à l'excès, que c'était lamentable, étonnam-
ment lamentable! Elle aurait souhaité ne pas l'entendre. Cependant, elle aurait souhaité que le ciel
l'eût fait naître un tel homme. Elle me remercia et
me dit que si j'avais un ami qui l'aimât, je n'avais
qu'à lui apprendre à raconter mon histoire et que
cela suffirait pour qu'elle l'épousât. Sur cette insi-
nuation, je parlai. Elle m'aima pour les dangers
que j'avais courus. Moi je l'aimai pour la pitié qu'elle
leur donna. Telle est la seule sorcellerie que j'ai

employée. Mais voici venir la dame. Qu'elle témoigne!

Je le vois, vous êtes émus par la simplicité et la noblesse de ce plaidoyer.

Ah! l'éloquence de Desdémona est plus profonde encore! Et profond aussi son amour. Car sans cesse, et toujours de plus en plus, et même accusée, presque condamnée, même sur son lit de mort, même après sa mort (car elle se réveille un moment), elle aime de tout son être Othello. Elle sait très bien (et toutes les femmes qui sont en proie à un vrai jaloux comme celui-là le savent) que c'est par excès d'amour que l'homme arrive, non pas à les haïr, mais à les tuer, parce qu'on tue par amour beaucoup plus que par haine. Mais n'anticipons pas. Suivons la scène présente.

BRABANTIO. — Oui, écoutez-la parler, je vous prie. Qu'elle confesse que c'est elle qui fit la moitié du chemin, et je veux bien alors que la destruction tombe sur ma tête si mon blâme le plus fort se porte sur cet homme. Venez ici, jolie demoiselle, découvrez-nous, devant toute cette noble compagnie, quel est celui à qui vous devez surtout obéissance.

Ici, le chef-d'œuvre du plaidoyer, en quelques phrases.

DESDÉMONA. — Mon noble père, j'aperçois ici un devoir partagé. Je vous suis obligée pour ma vie et mon éducation. Ma vie et mon éducation m'apprennent quel respect je vous dois. Vous êtes le maître de mon obéissance, puisque je suis toujours votre fille. Mais voici mon époux; et la même obéissance que ma mère vous montra, vous préférant à son père, je reconnais et je déclare que je la dois au Maure, mon époux.

BRABANTIO. — Ah! Dieu soit avec elle!

Et alors il regrette d'avoir une enfant, il dit :

— Quel malheur d'avoir eu une enfant unique pour la voir commettre un crime pareil! Mais, enfin, n'en parlons plus! Parlons des affaires de l'Etat.

Et voici ce que l'on propose : c'est qu'Othello

parte pour l'île de Chypre; car lui seul est capable
de rétablir les affaires de la République. Or,
Othello, malgré son amour, malgré toute la tendresse qu'il a pour Desdémona, est un homme ue
devoir, et il dit au Sénat :

— Soit! Bien qu'il me soit dur de quitter mon
bonheur à peine éclos, je partirai. Je demanderai
simplement que ma femme soit logée aux frais de
l'Etat, qu'elle reçoive une pension et qu'elle ait
l'éclat que réclament sa naissance et son sang.

LE DOGE. — Mais elle peut loger chez son père,
si vous y consentez.

BRABANTIO. — Je n'y consens pas!

OTHELLO. — Ni moi!

DESDÉMONA. — Ni moi non plus!

LE DOGE. — Vous?

DESDÉMONA. — Oui, moi. Puisque j'ai assez aimé
le Maure pour vouloir passer ma vie avec lui, et
l'éclat franc de ma conduite et l'orage affronté de la
fortune le proclament assez haut devant le monde,
mon cœur est soumis à toutes les conditions de sa
carrière. C'est dans son âme que j'ai vu le visage
d'Othello, et j'ai voué mon âme et ma fortune à
son honneur et à sa vaillance.

Et alors elle demande à partir avec lui.

OTHELLO. — Seigneur, je vous conjure que son
désir lui soit accordé. Le ciel m'en soit témoin, ce
n'est pas pour flatter l'appétit de ma passion, non!
Ce n'est pas pour ma satisfaction personnelle! Si je
vous adresse cette demande, c'est pour répondre à
son vœu avec empressement et amour. Le ciel défende aussi que vos vertueuses Seigneuries pensent
que je négligerai vos sérieuses et grandes affaires
pour elle. Non! Mais, avec elle, toute mauvaise fortune s'écartera de mon front.

LE DOGE. — Qu'il soit fait comme tu veux. Tu
l'emmèneras avec toi.

Et le Doge, qui est un brave homme, veut essayer
de calmer Brabantio, et il lui dit :

— Allons, seigneur Brabantio, s'il est vrai que la

vertu n'est jamais sans un charme de beauté, votre gendre est encore plus beau qu'il n'est noir.

Brabantio lui répond par un mot, qui est le grain semé par le hasard. Ecoutez-le tomber! C'est de ce grain que va pousser l'horrible plante vénéneuse qui empoisonnera le cœur d'Othello.

— Veille sur elle, Maure, dit le père, si tu as des yeux pour voir! Elle a trompé son père, elle peut te tromper aussi!

Et il sort.

Othello répond :

— Ma vie pour gage de sa foi!

Et il l'emmène, tranquille.

Mais voici venir Iago, le futur et savant jardinier du mauvais grain. Il invite le jeune Roderigo, amoureux de Desdémona et qui voulait l'épouser, à les suivre dans Chypre. Et il va se servir de lui comme instrument pour en faire une des mailles du filet qu'il prépare contre Othello et sa femme.

Là, je ne peux pas entrer dans tous les détails de l'intrigue, qui est une merveille. Il n'y a pas un événement qui ne se produise, à partir de maintenant, par la logique même qui le fait découler de ce qui vient d'être posé.

❦ ❦ ❦

Nous sommes au second acte, à Chypre. Les vaisseaux arrivent. D'abord, celui de Cassio, le nouveau lieutenant, qui va servir à être une autre maille du filet; puis celui d'Iago, l'honnête Iago, comme tout le monde l'appelle, *honest Iago*, car tout le monde l'estime et a confiance en lui. C'est lui qui amène Desdémona. Il en a été spécialement chargé. Et enfin, Othello débarque à son tour, et retrouve sa femme, et s'écrie, fou de joie en la retrouvant :

— O ma belle guerrière! Je suis aussi émerveillé que content de vous voir ici, devant moi, ô joie de mon âme! Si à toutes les tempêtes succèdent de tels calmes, puissent les vents souffler jusqu'à réveiller

la mort. Je ne puis parler, comme je le voudrais,
de mon bonheur; il m'étouffe! Ah! c'est trop de
joie! Que ceci.. et ceci encore (il l'embrasse avec
effusion) soient les plus grandes discordes que connaissent jamais nos cœurs!

Vous voyez qu'ils sont parfaitement unis. Iago
le voit aussi, et il souffre de ce bonheur qu'ont les
autres. Et c'est pourquoi il redouble de soins contre
ce bonheur, son supplice à lui. Il en perd presque
la nette vision des choses. Il essaie de persuader à
Roderigo que Cassio aime Desdémona; et, lui-même,
il s'efforce de croire à cet amour. Ainsi, tout méchant qu'il est, il cherche à sa méchanceté des
raisons. Mais vous verrez tout à l'heure que vite il y
renonce; bravement, car il n'est pas lâche dans le
crime, il boit le calice de sa scélératesse jusqu'au
fond, et il s'en soûle complètement.

Il continue donc à intriguer. Il désire pousser
Cassio à une rixe, afin que quelqu'un du pays en
soit victime, et que le lieutenant perde sa place,
toujours convoitée par Iago. Une rixe, en effet, éclate
entre Roderigo et Cassio; car il a fait boire celui-ci,
qui n'en a pas l'habitude. Ce jeune officier, pris de
vin, se bat. Un des seigneurs de Chypre, Montano,
veut intervenir. Il est blessé. A ce moment, Othello
arrive.

— Que se passe-t-il, *honest Iago?* Raconte-moi la
chose?

Et l'honnête Iago répond. Dieu le garde de dire
du mal de qui que ce soit! Il n'en dit pas. Il n'en
dit pas de Roderigo. Il en dit encore moins de
Cassio, qui est son meilleur ami, qu'il adore. Il raconte, néanmoins, l'affaire de telle façon, qu'Othello
voit très bien que Cassio était ivre et répond brusquement :

— Je sais, Iago, je sais! Ton honnêteté et ton
amitié te portent à adoucir l'affaire pour qu'elle
pèse moins sur Cassio. Je comprends, Cassio, je
t'aime; seulement, tu ne seras plus jamais mon
officier.

Et le lieutenant est cassé de son grade. Oh! que
de fortes mailles vont, par là, s'ajouter au filet!
Iago saura, en effet, persuader à Cassio que, s'il
veut rentrer en grâce auprès d'Othello, il n'y a
qu'un moyen : c'est d'agir sur Desdémona, qui est
charmante, avec laquelle il est toujours fort galant;
il faut que Desdémona intercède auprès du Maure
pour le faire rétablir, lui, Cassio, dans sa place; elle
en a la puissance; Othello fait tout ce qu'elle veut.
La marche n'est-elle pas toute indiquée à suivre,
toute naturelle? Et de quel cœur le perfide donne
tendrement cet avis!

— C'est par affection sincère et honnête bon
vouloir que je vous donne ce bon conseil.

CASSIO. — Je le crois vraiment. Demain matin,
de bonne heure, je supplierai la vertueuse Desdémona de plaider ma cause.

IAGO. — Vous êtes dans le vrai chemin. Bonne
nuit, lieutenant! Il faut que je veille à la garde.
Bonne nuit!

CASSIO. — Bonne nuit, honnête Iago!

C'est à croire, réellement, qu'il veut l'être, honnête! N'essaie-t-il pas de se duper lui-même, avec la
casuistique des méchants médiocres, qui n'osent pas
avoir conscience de leur méchanceté? Oui, un instant, il en est là.

— Ce que je fais, dit-il, n'est pas mal. Qui oserait
dire que je joue le rôle d'un scélérat, lorsque l'avis
que je donne est franc et honnête? En quoi suis-je
un scélérat, parce que je conseille à Cassio la ligne
de conduite qui le mène directement à son bien?

Mais, soudain, sa lâcheté l'écœure, et il s'écrie :

« Ah! divinités de l'enfer! lorsque les diables
veulent suggérer les plus noirs péchés, ils les pré-
sentent d'abord sous les formes les plus célestes,
comme je le fais maintenant. Car, tandis que cet
honnête imbécile sollicitera auprès de Desdémona
pour réparer sa fortune, et qu'elle plaidera passionnément sa cause auprès du Maure, moi, j'insinuerai,
dans l'oreille d'Othello, ce soupçon empoisonné, que

c'est par coupable tendresse qu'elle le fait rappeler, et plus elle s'efforcera... »

Ainsi, vous le voyez, après avoir tenté de ruser avec sa méchanceté, il la confesse; il proclame qu'il se sait un scélérat et ne pense plus qu'à bien ourdir sa scélératesse.

Et, certes, il l'ourdit bien. En expliquant tout son plan! Et l'on constate et l'on admet ici à plein combien Shakespeare est un homme de théâtre. Il ne faut pas oublier la profonde différence qu'il y a entre le théâtre et le roman. Le roman est analytique; il doit raconter, il le peut, et dans les menus détails; on a tout le temps de le lire. Le théâtre, pas! Il faut que tout parle aux yeux, et dans l'instant même. Eh bien! Shakespeare étant un homme de théâtre avant tout, écrit toujours en majuscules, si j'ose m'exprimer de la sorte. C'est ce qui fait que souvent on le trouve gros (je ne dirai pas grossier, mais gros). Eh bien! oui, les ficelles sont quelquefois des câbles; mais qu'importe si, au bout du mouvement qu'elles font, il se produit un coup de tonnerre; et vous jugerez chez lui s'il s'en produit de formidables.

※ ※ ※

Nous arrivons ici à la fameuse scène où la jalousie commence à paraître, la grande scène entre Iago et Othello. J'ai marché heureusement assez vite; nous pouvons nous étendre à loisir sur cette scène, et la déguster goutte à goutte. Car s'il y a des choses écrites en majuscules dans Shakespeare, il y a aussi des nuances, des subtilités, des pénétrations d'âme extraordinaires. Sans doute pensait-il à cette merveilleuse scène, le blasphémateur Tolstoï, quand il était obligé de concéder à Shakespeare un art merveilleux pour conduire une scène! Ecoutez comme celle-là est conduite.

Desdémona va donc protéger Cassio. Elle le fait d'une façon charmante, très aimable.

Or, Cassio est en train de lui demander son inter-
cession, et, au moment où elle la lui promet, Emilia,
la suivante, vient dire :

— Madame, voici venir Monseigneur.

CASSIO. — Madame, je vais prendre mon congé.

DESDÉMONA. — Non, restez! Ecoutez-moi parler.

CASSIO. — Oh! oh! pas maintenant, madame. Je
suis très mal à l'aise et incapable de servir mes
propres affaires.

DESDÉMONA. — Bon, bon! Faites comme vous le
jugerez convenable.

Et Cassio sort. C'est bien le hasard qui cause cette
sortie; car Cassio pourrait être un homme plus
hardi et rester, puisqu'il n'est pas en faute. Immédiatement, Iago saute sur ce nouveau grain de hasard
et il dit ce simple mot, à mi-voix.

— Ah! je n'aime pas cela!

OTHELLO. — Que dis-tu?

IAGO. — Rien, monseigneur, rien... Ou, je ne sais
pas!

OTHELLO. — Mais n'était-ce pas Cassio qui s'est
séparé de ma femme, là?

IAGO. — Monseigneur, non, non, assurément, je ne
puis croire qu'il se fût enfui ainsi comme un coupable en vous voyant!

OTHELLO. — Je crois que c'est lui!

DESDÉMONA. — Eh bien! monseigneur?

Vous le voyez, il n'en dit pas long, Iago; mais
le grain est jeté, le grain empoisonné; la plante va
pousser; il saura l'arroser pour qu'elle prospère.
Ecoutez! Ecoutez!

Desdémona intercède, en effet, pour Cassio; elle
fait un plaidoyer très chaud, très amical. Othello
l'écoute, et :

— Je t'en prie, non, n'insiste pas, dit-il.

DESDÉMONA. — Pourquoi me refuser ce que je
demande? Vous me dites toujours que vous m'ac-
corderez tout ce que je demanderai. Je vous demande
une chose de si peu d'importance!

OTHELLO. — Non, non, je ne te refuserai rien!

non! Tu me le demanderas; mais un autre jour!
J'aime mieux parler d'autre chose, aujourd'hui.
Adieu. (*A Desdémona*) Je te rejo'ns sur-le-champ.

DESDÉMONA. — Faites comme le cœur vous dira,
monseigneur. Quoi que vous disiez, je suis obéissante.

Elle sort, et Othello reste seul avec Iago; et voici
la suprême maille sinistre dans toute son horreur.
Le diable en personne admirerait avec quelle prodigieuse habileté Iago en serre le nœud.

OTHELLO. — Excellente espiègle! La damnation
tombe sur mon âme! Comme je l'aime! Ah! quand
je ne l'aimerai plus, c'est que le chaos sera entré
en moi!

Car c'est un soupçon qui a passé en lui, un très
vague soupçon, fugitif. Il n'y pense plus déjà. Mais
Iago est à l'affût. Savourez ses phrases :

IAGO. — Mon noble seigneur...

OTHELLO. — Que dis-tu, Iago?

IAGO. — Est-ce que Michel Cassio connaissait
votre amour lorsque vous faisiez la cour à madame?

OTHELLO. — Il l'a connu, oui, depuis le commencement jusqu'à la fin. Mais pourquoi me demandes-tu cela?

IAGO. — Mais pour la satisfaction de ma pensée,
pas pour autre chose. Rien de grave.

OTHELLO. — Et quelle est-elle, ta pensée, Iago?

IAGO. — Je ne croyais pas qu'il l'eût connue alors.

OTHELLO. — Oh! si, si, il nous a servi souvent
même d'intermédiaire.

IAGO. — En vérité?

OTHELLO. — En vérité! Oui, oui, en vérité. Mais
qu'est-ce que tu vois là-dedans? Est-ce qu'il n'est
pas honnête?

IAGO. — Honnête, monseigneur?

OTHELLO. — Honnête, oui, oui, honnête?

IAGO. — Si, monseigneur, autant que je sache.

OTHELLO. — Voyons, quelle est ta pensée?

IAGO. — Pensée, monseigneur?

OTHELLO. — Pensée, monseigneur? Mais, par le

ciel, tu me fais écho comme s'il y avait dans ta
pensée quelque monstre trop hideux pour être
montré! Tu veux dire quelque chose, certes. Je t'ai
entendu dire tout à l'heure que tu n'aimais pas
cela, lorsque Cassio a quitté ma femme. Qu'est-ce
que tu n'aimais pas? Et lorsque je t'ai dit qu'il était
dans mes secrets pendant tout le cours de mes
amours, tu as crié : « En vérité!... » et tes sourcils
se sont contractés et rejoints en forme de bourse,
comme si tu avais voulu renfermer dans ton cerveau
quelque horrible secret! Allons, si tu m'aimes,
montre-la-moi, ta pensée!

IAGO. — Mais, monseigneur, vous savez que je vous
aime!

OTHELLO. — Oui, je crois que tu m'aimes, mais
c'est précisément parce que je te sais plein d'affection, d'honnêteté, que tu pèses tes mots avant de les
prononcer. Pourquoi? Pourquoi? Car ces façons
d'agir sont ruse habituelle chez un coquin déloyal
et menteur; mais chez un homme juste, ce sont des
révélations voilées qui s'échappent d'un cœur incapable de dominer son émotion.

IACO. — Mais pour ce qui est de Michel Cassio,
j'oserais jurer, monseigneur, que je le crois honnête.

OTHELLO. — Je le crois aussi.

IAGO. — Les hommes devraient être ce qu'ils
paraissent; ou plutôt que ceux qui ne le sont pas,
ne ressemblent à personne.

OTHELLO. — Oui, c'est certain, les hommes
devraient être ce qu'ils paraissent.

IAGO. — Et c'est pourquoi je crois Cassio un très
honnête homme!

OTHELLO. — Non, il y en a plus que cela là
dedans! Je t'en prie, exprime-moi tes pensées telles
que tu les rumines en toi-même. Donne à ta pire
pensée le vêtement du pire mot.

IAGO. — Mon bon seigneur, pardonnez-moi, quoique je sois tenu à tout acte loyal d'obéissance, je
ne suis pas tenu à ce dont tout esclave est exempté :
exprimer mes pensées. Parbleu! Disons qu'elles sont

viles et fausses! Et quel est le palais où de vilaines
choses ne s'introduisent pas quelquefois? Mais qui
donc a un cœur si pur que des soupçons odieux
n'y tiennent pas parfois leurs séances légales et
leurs assises en compagnie des pensées vertueuses?

OTHELLO. — Tu conspires contre ton ami, Iago.

IAGO. — Je vous en conjure, monseigneur! Comme
ma supposition peut être erronée (car, je le confesse,
oui, c'est une malédiction de ma nature, je soupçonne le mal; et souvent ma défiance crée des
fautes qui n'existent pas)..., que votre sagesse n'accorde aucune attention à un homme dont l'imagination est si apte à se tromper; et n'allez pas vous
bâtir des échafaudages de troubles sur les fonde-
ments peu sûrs de mes observations imparfaites.
Vous laisser connaître mes pensées ne vaudrait rien
pour votre tranquillité et votre bien, ni pour mon
honneur d'homme, mon honnêteté et ma sagesse.

OTHELLO. — Que veux-tu dire?

IAGO. — Mais la bonne renommée, monseigneur,
chez l'homme et chez la femme, c'est le joyau le
plus personnel de l'âme. Quiconque me vole ma
bourse me vole de la drogue, peu de chose, rien;
c'était à moi, c'est à lui, ç'avait été l'esclave de mil-
liers d'autres. Mais celui qui me filoute de ma bonne
renommée me dérobe une chose qui ne l'enrichit
pas et qui me rend tout à fait pauvre.

Vous le voyez bien, que cet homme n'est pas un
homme vulgaire. La subtilité de ce raisonnement est
formidable.

— Par le ciel, dit Othello, ah! je les connaîtrai,
tes pensées!

IAGO. — Vous ne le pourriez pas, quand bien
même mon cœur serait dans votre main, à plus
forte raison tant qu'il reste en moi.

OTHELLO. — Ah!

IAGO. — Ah! monseigneur, prenez garde à la jalousie, c'est le monstre aux yeux verts qui se moque
de la viande dont il se nourrit!

OTHELLO. — Allons, ne crains rien, on ne me

rendra pas jaloux en me disant que ma femme est
belle, qu'elle reçoit avec grâce, aime la compagnie,
est libre dans ses discours, chante, joue et danse
bien. Chez quiconque est vertueux, ces actions-là
sont très vertueuses. Je ne tirerai pas davantage de
la faiblesse de mes mérites le plus petit sujet de
crainte, le plus petit doute sur sa fidélité; car, en
somme, elle avait des yeux et elle m'a choisi. Non,
Iago, non! Il faudra que je voie, avant de douter.

IAGO. — Ah! que je suis heureux de cela! Car,
maintenant, j'aurai une raison de vous montrer plus
franchement l'amour et le respect que je vous porte!
En conséquence, pour obéir à mon devoir, recevez
cet avis, monseigneur! Je ne parle pas encore de
preuves; mais veillez sur votre femme, observez-la
bien avec Cassio; faites usage de vos yeux, sans
jalousie et sans méfiance. Je ne voudrais pas que
votre noble et franche nature fût trompée par suite
de sa générosité; mais veillez-y, veillez-y! Voilà
tout! Je connais le caractère de notre pays. A Venise,
les femmes laissent voir au ciel les caprices qu'elles
n'osent pas montrer à leur mari. Toute leur conscience consiste, non pas à ne pas faire, mais à tenir
caché.

OTHELLO. — Parles-tu là sérieusement?

IAGO. — Oh! non, mais enfin... Elle trompa son
père en vous épousant! [C'est le mot de Brabantio,
il vous en souvient!] ...Au moment où elle semblait
frissonner et avoir peur devant vos regards, c'est
alors qu'elle les aimait le plus, vos regards!

OTHELLO. — Oui, c'est, en effet, ce qu'elle fit!

IAGO. — Ah! bien. En ce cas, continuez le raisonnement! Celle qui, si jeune, put dissimuler au point
de tenir les yeux de son père aussi étroitement fermés
que le cœur d'un chêne, si étroitement qu'il prit cela
pour de la magie... (Un silence.) ...Oh! mais je suis
à blâmer! Je vous demande humblement pardon,
vraiment, de cet excès d'affection pour vous.

OTHELLO. — Je te suis à jamais obligé, Iago.

IAGO. — Je vois que cela a quelque peu troublé votre esprit.

OTHELLO. — Oh! du tout, pas un seul brin!

IAGO. — Oh! sur ma foi, si! Je crois que cela vous a troublé! J'espère que vous voudrez bien considérer que ce que je vous dis vient de mon affection pour vous. Mais je vois que vous êtes ému! Je dois vous prier de ne pas donner à mes paroles de plus grosses conséquences ni de plus grande étendue que celles du soupçon, du simple soupçon.

OTHELLO. — C'est ce que je ferai.

IAGO. — Mais si vous alliez plus loin, monseigneur, mes paroles obtiendraient un détestable succès auquel elles ne visent pas! Cassio est mon digne ami! Et... Oh! monseigneur, je vois que vous êtes ému...

OTHELLO. — Non, non, non! pas beaucoup ému. Je crois, je suis certain que Desdémona ne peut être qu'honnête.

IAGO. — Puisse-t-elle vivre longtemps telle, et puissiez-vous vivre longtemps pour la croire telle! Cependant, il est certain que, quand la nature s'égare...

OTHELLO. — Ah! oui, voilà le point, voilà le point!

IAGO. — Aussi, pour être partie avec vous, pour n'avoir pas pris goût à tant de mariages proposés avec des hommes de son pays, pour avoir préféré... Oh! oh! je ne dis pas que son âme est corrompue; mais, pardonnez-moi... Je ne prétends pas dire non plus que mes paroles s'appliquent à elle exactement..., et, cependant, je craindrais que son âme, revenant à un jugement plus froid, plus naturel, n'arrivât à vous comparer aux hommes de son pays, et...

OTHELLO. — Ah! non, non! Adieu, adieu! Si tu en aperçois davantage, tu me le diras.

IAGO. — Monseigneur, je prends congé de vous.

Il s'en va; puis il revient, relance encore un coup de poignard, lui conseille toujours de veiller :

— En attendant, monseigneur, tenez-moi pour trop préoccupé de mes craintes, oui, beaucoup trop,

comme j'ai grande cause de croire que je le suis; et,
j'en conjure votre honneur, regardez Desdémona
comme innocente, parfaitement innocente.

OTHELLO. — Crois que j'aurai de l'empire sur
moi-même.

IAGO. — Allons, cette fois, je prends congé de
vous,

Et il le laisse tout seul.

※ ※ ※

Immédiatement, le poison fait son œuvre. C'est
fini, Othello est empoisonné complètement! Il se met
à réfléchir, et il dit :

— Oh! non! Ah! si je pouvais croire une chose
pareille, quand même les attaches seraient les fibres
de mon cœur... Oh! non, non! Mais, peut-être c'est
parce que je suis noir..., et je n'ai pas les dons
doucereux que possèdent les messires de boudoir!
Mais c'est peut-être aussi parce que je descends la
pente des années! Oh! ce n'est pas encore très sensible! Voyons! (Et il se redresse, tâchant de se sentir
jeune; puis, retombant.) Allons, allons, elle s'est
détachée... Oui, oui, je dois être trompé, je n'ai
qu'une consolation, de la haïr! Oh! malédiction du
mariage, faut-il, faut-il que nous soyons fous de nous
dire les maîtres de cette délicate créature! Ah! j'aimerais mieux être un crapaud, et vivre des vapeurs
d'une prison, que d'abandonner un coin de la chose
que j'aime à autrui! Ah! non, non, non, pas ça!...
Mais voici Desdémona qui vient. Oh! si elle était
perfide! Que le ciel se moque donc de lui-même!
Oh! non, je ne peux pas croire qu'elle soit perfide!

(*Desdémona arrive.*)

— Laissez-moi, je souffre!

(*Il a très mal à la tête. Elle prend son petit
mouchoir, un mouchoir qu'il lui avait donné
comme cadeau, son premier cadeau, et elle
essaie de lui bander le front.*)

— Non, non, non, laissez-moi!

> (*Il jette le mouchoir et il s'en va. Elle le suit, affolée par ce geste qui est le premier geste brutal qu'il ait avec elle. Le mouchoir reste à terre; et Emilia, la femme de chambre, le ramasse; mais à peine l'a-t-elle que Iago entre et le lui prend. Elle lui dit.)*

— Pourquoi?

— Cela ne te regarde pas!

Comme il est très dur avec elle, il ajoute :

— Je prends le mouchoir, j'en ai besoin.

Et il s'en va.

Maintenant, il a une arme terrible, vous allez voir comment il va s'en servir.

Vous notez cet art de la préparation. Cela n'a l'air de rien; mais rien n'y est employé au hasard! C'est par tendresse que Desdémona veut bander le front de son mari, car elle comprend parfaitement qu'il souffre, et vous devinez à quoi va servir le mouchoir.

Nouvelle scène, plus loin, entre Othello et Iago. Le Maure souffre atrocement.

— Fausse, fausse envers moi!

IAGO. — Allons, allons, général, ne songez plus à cela!

OTHELLO. — Arrière, toi, va-t'en! Tu m'as étendu sur le chevalet! Ah!...

Il essaie de se persuader que tout est perdu pour lui, surtout parce qu'il ne pourra plus être un grand général. Oui, on s'imagine ainsi des causes à sa douleur : « Cela va m'empêcher de travailler », dit-on, quand on est artiste. Lui, dit : « Adieu, adieu les combats, la gloire, les trompettes!... » Il a un grand flot de lyrisme. Mais, au fond, c'est à elle qu'il pense; il ne pense qu'à elle, à l'avoir perdue, elle; et il en donne le témoignage indiscutable, c'est que brusquement il revient sur Iago, et lui crie au visage :

— Scélérat, ne manque pas de me donner la

preuve que ma bien-aimée... Oui, donne-moi la preuve oculaire! Ou bien...

Et il le prend à la gorge, prêt à l'étrangler, et rugit :

— Par le prix de l'âme immortelle de l'homme, il aurait mieux valu pour toi ne pas être né, chien, que d'avoir à répondre à ma colère, maintenant qu'elle est éveillée!

IAGO. — Ah! monseigneur, je vous en prie! En êtes-vous donc là?

Et alors l'admirable réponse du monstre d'hypocrisie, où coule à flots toute la fange de sa traîtrise :

— Voilà bien la récompense quand on aime trop les gens! Oh! monde monstrueux! Misérable imbécile qui t'arranges pour faire de ton honnêteté un vice! Oui, apprends, apprends comme il est peu sûr d'être droit et honnête! Ah! je vous remercie de ce profit, monseigneur; et désormais je n'aimerai aucun ami, puisque l'affection engendre de telles offenses!

— Non, non, non! reste, supplie Othello... Ah! par l'univers, je ne sais plus où j'en suis! Je crois que ma femme est honnête et je crois qu'elle ne l'est pas! Je crois que tu es juste et je crois que tu ne l'es pas! Je veux avoir quelque preuve. Son nom, qui était aussi frais que le visage de Diane, est, maintenant, aussi barbouillé que mon propre visage. Ah! s'il y a des cordes, des couteaux, des poisons, du feu, des rivières qui noient, je ne supporterai pas cela! Ah! ah! que je voudrais avoir satisfaction!

Il voudrait... Il voudrait.

Oui, mais comment? Pensez que si c'est vrai, les précautions des coupables sont prises! Comment faire pour les avoir en faute?

Et alors Iago va insinuer des quarts de preuves, des huitièmes de preuves; et c'est avec tous ces brins qu'il fera un faisceau de vraisemblance, par quoi l'autre finira par être convaincu, pareil à un misérable oiseau qui se sent collé dans les gluaux, pris de tous côtés, et qui ne peut plus ouvrir les ailes pour aller où veut son amour. Car il l'aime toujours, sa Desdémona, le pauvre jaloux. A chaque instant, il dit : « Non, ce n'est pas possible! » Et la preuve aussi qu'il l'aime, c'est qu'il l'insulte, puis revient à elle et va presque lui rendre la foi en son honnêteté, lorsque Iago lui glisse :

— Dites-moi, monseigneur, seulement une chose! Car je cherche si je ne pourrais pas vous donner les preuves que vous demandez. Est-ce que vous n'avez jamais vu à la main de votre femme certain mouchoir avec un dessin de fraises?

— Si! Je lui en ai donné un de ce genre. Ce fut même mon premier présent.

— Ah! cela je n'en sais rien; mais j'ai vu un mouchoir tout à fait pareil (et, ce mouchoir, je suis sûr qu'il était à votre femme)... J'ai vu, aujourd'hui, Cassio qui s'en servait, de ce mouchoir, pour s'essuyer la moustache.

— Oh! gronde le Maure, si c'est celui-là!...

— Celui-là, riposte Iago, celui-là ou bien tout autre lui appartenant, cela parle contre elle, avec les autres preuves!

— Oh! clame Othello, pourquoi le gueux n'a-t-il pas mille existences! Une seule est trop pauvre, trop faible, pour ma vengeance! Ah! oui, maintenant, maintenant je vois que c'est vrai! Regarde un peu, Iago, regarde. Je souffle vers le ciel tout mon amour passionné. Pft! Il est parti... Lève-toi, lève-toi, noire vengeance, du fond de l'enfer!

IAGO. — Oh! contenez-vous, monseigneur, contenez-vous!

OTHELLO. — Oh! du sang, du sang, du sang!

IAGO. — Mais patience, vous dis-je, patience! Vous changerez peut-être de sentiment!

OTHELLO. — Non, jamais, Iago, jamais, jamais! Tiens, écoute. A cette heure, par ce ciel de marbre là-bas, j'engage ma promesse pour l'exécution religieuse d'un serment sacré...

Et il s'agenouille.

IAGO. — Ne vous relevez pas encore, monseigneur.

il s'agenouille aussi ; puis, d'une voix religieuse, il prononce :

— Soyez témoins, ô vous, lumières éternellement brûlantes en haut, et vous, éléments qui nous enveloppez de toutes parts, soyez témoins qu'ici Iago met au service d'Othello outragé les armes de son esprit, de ses mains, de son cœur ! Qu'il commande, et quelque sanglante que soit l'œuvre, obéir sera pour moi acte de compatissante bonté.

OTHELLO. — J'accueille ton affection, non avec de vains remerciements, mais en l'acceptant de plein cœur, et je vais immédiatement te mettre à l'épreuve. Tiens, d'ici à trois jours, apprends-moi que Cassio ne vit plus.

IAGO. — Mon ami Cassio est mort ; c'est chose faite à votre requête ! Mais elle, monseigneur, elle, qu'elle vive !

OTHELLO. — Non, qu'elle soit damnée, la perfide ! Viens ! allons chercher le moyen de la tuer le plus vite possible ! Désormais, tu es mon lieutenant.

Pauvre Desdémona ! Elle ne pense plus qu'à ce mouchoir perdu. Elle sait qu'Othello y tenait, puisqu'il lui en avait fait présent tout à fait au début de leur liaison. Comme elle est dans ces pensées, Othello revient la trouver.

— Comment allez-vous, monseigneur ?

— Bien, ma bonne dame, bien, bien ! (Ah ! que dissimuler est difficile !) Et vous, comment allez-vous ?

DESDÉMONA. — Bien, monseigneur.

OTHELLO. — Donnez-moi votre main. Cette main est moite, madame.

DESDÉMONA. — Elle n'a pas encore senti l'âge ni connu le chagrin qui dessèche.

OTHELLO. — Oh ! oui, elle témoigne d'un cœur riche et libéral !

Et il se perd dans des allusions gênées, lourdes, sans savoir même ce qu'il veut dire. Soudain...

OTHELLO. — Mais... vous n'auriez pas le mouchoir que je vous ai...?

DESDÉMONA. — Pourquoi?

OTHELLO. — J'ai un violent et vilain rhume qui me gêne. Prêtez-moi ce mouchoir.

DESDÉMONA. — Voici, monseigneur.

OTHELLO. — Non, pas celui-là! Celui que je vous ai donné.

DESDÉMONA. — Je ne l'ai pas sur moi.

OTHELLO. — Non?

DESDÉMONA. — Non, en vérité, monseigneur.

OTHELLO. — Oh! c'est une grande faute!

Et il raconte que ce mouchoir lui a été donné à lui-même par sa mère, que c'est un mouchoir magique qui a été tissé par des sorcières, en Afrique, et que cela porte malheur aux gens quand on le perd.

DESDÉMONA. — Vraiment? Est-ce exact?

OTHELLO. — Très véritable. Par conséquent, ayez-en grand soin.

DESDÉMONA. — Oh! plût au ciel que je ne l'eusse jamais eu!

OTHELLO (d'une voix volubile). — Ah! pourquoi? Pourquoi?

DESDÉMONA. — Mais pourquoi parlez-vous ainsi précipitamment, et comme transi?

OTHELLO. — Est-ce qu'il est perdu? Est-ce que vous ne l'avez plus? Parlez, parlez! Est-il égaré?

DESDÉMONA. — Oh! le ciel nous bénisse!

OTHELLO. — Mais répondez, mais il n'est pas perdu?

DESDÉMONA. — Si par hasard il l'était...

OTHELLO. — Comment?

DESDÉMONA. — Je dis qu'il n'est pas perdu!

OTHELLO. — Allez le chercher. Laissez-le-moi voir. Je veux le voir.

DESDÉMONA. — C'est ce que je ferai, monseigneur; mais pas maintenant. Vous cherchez là une ruse pour m'empêcher de vous parler de Cassio!

OTHELLO. — Allez chercher le mouchoir, je le veux! Mon esprit s'égare...

Et, à tout ce qu'elle dit, il répond toujours avec

rage, en criant le mot, qui est comique en français, qui ne l'est pas en anglais :

— *Handkerchief! Handkerchief!* « Le mouchoir, le mouchoir! »

Il crie de plus en plus, et il sort affolé.

A ce moment, Cassio apprend qu'Othello est en colère. Il y a là toute une série de scènes avec Bianca, qui est une amie de Cassio; et Iago va encore se servir de cela, vous allez voir comment tout à l'heure. Mais, avant, nous arrivons au comble de la fureur chez Othello; car la scène avec Iago recommence, alors non plus pour insinuer au Maure le soupçon et le poison, mais pour en contempler les ravages.

Iago lui dit, non seulement que Cassio a le mouchoir, mais qu'il a reçu de Cassio l'aveu de la faute. Devant cet aveu, la colère d'Othello n'a plus de borne. Il hurle. Je n'essaierai pas de l'imiter. C'est un fauve qui rugit. Et il finit par se rouler à terre, en convulsions. Il a une attaque d'épilepsie. On ne donne presque jamais cette note-là au théâtre. Je l'ai cependant vue une fois dans ma vie. J'étais fort jeune, j'avais dix-huit ans; c'était, avant la guerre; il y a donc, par conséquent, fort longtemps. J'ai eu alors la joie de voir jouer Othello par un acteur qui était un mulâtre de l'Amérique du Nord, et qui était presque noir. Il avait nom Ira Aldrige. Il me paraît impossible qu'Othello soit jamais incarné mieux qu'il ne l'était par cet homme. Il avait cette marche de panthère qu'ont les noirs, cette marche souple, ces reins élancés, maigres, cette largeur d'épaules, et la férocité du regard, le nez épaté qui a comme un air de mufle de bête sauvage; et dans cette scène de convulsions, il se roulait par terre en écumant. C'est à ce moment que Iago le contemple et qu'il dit :

— Opère, opère, ma médecine! Les sots crédules sont attrapés ainsi et c'est ainsi que bien des dames nobles et chastes sont calomniées.

Et, quand Othello se réveille, il lui répète que Cassio a avoué la faute. Il fait mieux. Il fait assister

Othello à une scène entre Cassio et Bianca. Cette scène n'est pas de l'invention de Shakespeare non plus; elle est dans le conte premier où l'on fait parler Cassio et Bianca, et Othello, qui est caché, ne voit que les gestes. Il voit Cassio qui ricane parce que, cette femme, il ne l'aime pas. Or, Othello croit que l'on parle là de Desdémona. Aussi sa fureur devient folle. Il est complètement certain que Desdémona est coupable.

C'est à ce moment que des envoyés de Venise viennent lui annoncer qu'on le relève de son commandement pour lui en donner un plus grand, et qu'il est remplacé par Cassio. Comme Desdémona a trouvé cela charmant, puisque, ainsi, tout s'arrange à souhait, elle ne peut s'empêcher de dire qu'elle en est joyeuse. Othello la regarde avec des yeux de fou. Il croit qu'elle avoue ainsi son amour pour Cassio.

— J'en suis joyeuse, je vous assure!

— En vérité?

— Mais, monseigneur!

— Et, moi, je suis joyeux de vous voir en démence.

— Comment, mon bon Othello!

— Comment?

Et il la frappe devant les envoyés du Doge.

C'est la seconde fois qu'il la rudoie; il l'a rudoyée tout à l'heure; mais, maintenant, c'est plus que du rudoiement; c'est de la brutalité, il la frappe.

Eh bien! malgré cela, elle lui pardonne. Quand elle est seule avec Emilia, elle raconte à Emilia ce qui est arrivé, et elle dit :

— Oui, je pense qu'il est jaloux. Je ne sais pas pourquoi, je ne l'ai pas mérité! Mais, en réalité, même quand il est ainsi furieux contre moi, je sais que c'est parce qu'il est plein d'amour pour moi, et je ne peux pas lui en vouloir! Je trouve même qu'il est beau quand il est ainsi.

Vraiment, est-il possible d'aimer d'un amour plus tendre, plus profond, plus absolu?

***

Nous voici à une scène tout à fait exquise, celle qui clôt le quatrième acte, et qui est célèbre; car c'est la fameuse scène du *Saule*. Vous savez qu'*Othello* a été souvent mis en musique, notamment par Rossini, et que la scène du *Saule,* lorsque la chantait l'illustre Malibran, avec son cœur et sa vie elle-même pleurant dans sa voix, faisait pleurer toute la salle. Il y a vraiment de quoi, comme vous allez voir; car même sans musique, la scène amène des sanglots.

Desdémona est dans sa chambre avec Emilia, sa suivante, et c'est Emilia qui parle la première.

— Et que vous a-t-il dit en partant?

— Eh bien! il m'a dit de congédier ma suivante.

— Moi?

— Oui. Et de me mettre au lit.

— Ah!

— Et qu'il allait revenir immédiatement.

— Il vous a dit de me congédier?

— Oui, ce sont ses ordres. Par conséquent, ma bonne Emilia, donne-moi mon costume de nuit, et adieu. Nous ne devons pas lui déplaire, jamais.

— Je voudrais que vous ne l'eussiez jamais vu!

— Oh! moi, je ne voudrais rien de pareil! Mon amour lui est si entièrement soumis que même sa mauvaise humeur... (je t'en prie, délace-moi), oui, même ses rebuffades, ses expressions de colère, me paraissent grâce et beauté.

— J'ai mis au lit les draps que vous m'aviez commandé d'y mettre. (Ce sont les draps de leurs noces.)

— Ah! tout m'est égal, à présent, tout! Ah, vraiment, quelles folles âmes sont les nôtres! Si je meurs avant toi, Emilia, je t'en prie, plie-moi dans un de ces mêmes draps.

— Allons, allons, madame, vous dites des sornettes.

— Ma mère avait une suivante qui s'appelait Barbara. Elle était amoureuse, et il se trouva que celui qu'elle aimait devint fou et l'abandonna. Elle savait une certaine chanson du *Saule*. C'était une vieille chanson; mais elle exprimait bien sa destinée, et elle mourut en la chantant. Ce soir, cette chanson ne veut pas me sortir de l'esprit; j'ai bien de la peine à m'empêcher de laisser tomber ma tête tout d'un côté, et de chanter la chanson, comme la pauvre Barbara... Je t'en prie, dépêchons-nous!

Vous sentez ces bouffées de poésie qui passent toujours dans Shakespeare!

ÉMILIA. — Irai-je vous chercher votre robe de nuit?

DESDÉMONA. — Non, non! dégrafe-moi ici, dégrafe-moi!

Et elle chante, pendant qu'on la déshabille :

« La pauvre âme s'assit en soupirant au pied d'un sycomore. — Chantez tous le saule vert. — Sa main sur son sein, sa tête sur son genou, — Chantez le saule, le saule, le saule, — Les fraîches ondes couraient auprès d'elle et murmuraient ses soupirs. — Chantez le saule, le saule, le saule. — Ses larmes amères tombaient et adoucissaient les pierres... »

— Pose là ces vêtements, pose-les là, oui. « Chantez le saule, le saule, le saule. »

— Je t'en prie, dépêche-toi, Emilia; il va venir tout à l'heure!

« Chantez tous que d'un saule vert doit être formée ma couronne. — Que personne ne le blâme. — J'approuve son dédain. »

— Non! ce n'est pas là ce qui suit. Attends! Mais, chut! écoute! Qui frappe?

ÉMILIA. — C'est le vent.

Desdémona se remet à chanter.

Et, alors, elles ont une conversation (c'est bien la tranche de vie, comme nous disons), conversation entre une dame et sa suivante. Elle demande soudain à Emilia :

— Est-ce que vraiment tu crois qu'il y a des femmes capables de tromper un homme qu'elles aiment?

— Oh! dit Emilia, oui, souvent cela arrive.

— Ce n'est pas possible! Comment une femme peut-elle faire une chose aussi monstrueuse que celle-là?

— Bah! dit Emilia. Enfin, cependant, si l'on vous demandait de le faire pour le monde entier, pour un trésor, un empire...

— Oh! non, oh! non, dit-elle! oh! ne me dis pas d'horreurs pareilles! Pour rien au monde, pour le monde entier, pour le trône du monde, oh! non, oh! non; être infidèle à celui que j'aime!...

Et c'est sur cette pensée qu'elle reste seule et qu'elle va se coucher dans cette chambre où Othello entrera tout à l'heure, vous allez voir comment.

❋❋❋

Ici, je suis obligé de résumer, d'abréger encore! car l'intrigue suit sa marche pendant tout ce temps, sa marche rapide, admirable, où tout a été préparé. Il arrive toutes sortes de choses! Cassio va être assassiné par Roderigo, car Iago a bien machiné les choses. Cassio doit mourir, et, une fois Cassio tué, il n'y a plus de témoin contre la calomnie inventée par Iago. Quant à Roderigo, celui qu'il a amené à Chypre pour servir de première maille à son filet, il sera tué aussi. Ces deux-là disparus, alors personne ne saura plus rien, personne ne pourra démentir, auprès d'Othello, les mensonges dont il l'a enveloppé. Mais la mort de Desdémona nous réclame, et je passe rapidement sur tout le reste pour arriver à cette effroyable mort, et vers les splendides cris d'humanité et d'amour que vous allez entendre.

Desdémona est couchée sur son lit, endormie. Un flambeau brûle. Othello entre, s'arrête et la regarde dormir.

Ici, les commentateurs ont beaucoup hésité sur les premiers mots qu'il dit. Tous, me semble-t-il, même Montégut, ont mal compris ces premiers mots.

Leur erreur vient de leur excessive subtilité, en général. Le plus sûr moyen de ne point se tromper, ils ne l'emploient pas. C'est trop simple. Il consiste à se mettre dans la peau du personnage qu'on désire expliquer.

En entrant, disent-ils, et dit Montégut, Othello s'est vu dans un miroir; il s'est aperçu qu'il était noir, ou vieux, ou moins jeune qu'autrefois, que la jalousie l'avait fait souffrir au point de creuser ses rides. Non, ce n'est pas cela. Il entre, il regarde longuement Desdémona, et il dit (dans le texte anglais) :

It is the cause! It is the cause, my soul!

— Voilà la cause, voilà la cause, ô mon âme! Permettez que je n'en dise pas plus devant vous, chastes étoiles!

Pourquoi ne voudrait-il pas dire aux chastes étoiles qu'il est noir? Non! Ce qu'il veut dire, le voici : C'est cela, ce pauvre petit être, cette femme, ce rien du tout, qui est presque une enfant, c'est elle qui est la cause, la cause de tout, du bien, du mal; car la vie en sort, et la mort aussi en sort; et tout est ruiné quand elle ne vous aime plus; et tout sourit, et le ciel s'ouvre, et l'on est au paradis quand elle vous aime; et rien n'est plus miraculeux que cela.

It is the cause! It is the cause, my soul!

Voilà la seule cause de tout ce qui est au monde. C'est ça, l'amour, le désir, le baiser... Et l'on a comme honte, en effet, d'avouer cette cause et de nommer ça aux chastes étoiles! Voilà tout ce qu'il dit.

Puis, près de la tuer, il hésite avec un sentiment bien humain encore, et prouvant que, jusqu'au bout, il l'adore.

— Cependant, je ne répandrai pas son sang, je ne déchirerai pas cette peau plus blanche que la neige, polie comme l'albâtre et tout embaumée! Elle doit

mourir, cependant! car, sans cela, elle trahirait
d'autres hommes!... Eteignons la lumière, éteignons-
la...

Ici, Aldrige faisait un fort beau geste. Il écrasait la
lumière avec sa main sans s'apercevoir qu'il se
brûlait.

— Oui, dit-il, oui, éteindre la lumière. Ah, si je
t'éteins, flamme, et que je m'en repente ensuite, je
pourrai te rappeler à ta clarté première; mais une
fois ta lumière éteinte, à toi, le plus merveilleux
ouvrage de l'habile nature, je ne sais où est le feu
de Prométhée qui pourrait rallumer ton éclat. Alors
que j'aurai arraché cette rose, je ne pourrai lui
rendre sa puissance vitale; elle devra nécessairement se flétrir! Ah! ah! je veux la respirer encore
sur son buisson...

Il s'approche d'elle et la baise doucement sur les
lèvres.

— O souffle embaumé qui persuade presque à la
justice de briser son glaive... Un baiser de plus...
Un encore! Ah! sois ainsi quand tu seras morte, et
je te tuerai, et je t'aimerai encore... Oui, un, le der-
nier. Ah! jamais baiser si doux ne fut aussi fatal.
Ah! je dois pleurer, mais ce sont des pleurs cruels.
Cette douleur est céleste. Elle frappe là où elle aime...
Oh! Elle s'éveille!

Desdémona s'éveille, en effet.

— Qui est là? Othello?

— Oui, Desdémona.

— Voulez-vous venir au lit, monseigneur?

— Avez-vous prié, ce soir, Desdémona?

— Oui, monseigneur.

— Si vous vous souvenez de quelque crime qui
vous laisse encore irréconciliée avec le ciel et la
grâce divine, sollicitez bien vite le pardon.

— Hélas! monseigneur, que veulent dire ces
paroles?

— Demandez-en le pardon, vous dis-je, et soyez
brève. Je vais faire quelques pas en attendant; car
je ne voudrais pas tuer ton âme en état de péché.

Non, le ciel le défend, non, je ne veux pas tuer ton
âme!

— Est-ce que vous parlez de tuer?

— Oui, oui, j'en parle.

— Alors, le ciel ait pitié de moi!

— *Amen*, de tout mon cœur.

— Quoique vous parliez ainsi, monseigneur, j'espère que vous ne me tuerez pas! Cependant, j'ai
peur, car vous êtes fatal quand vos yeux roulent
ainsi. Pourquoi je crains, je ne le sais pas, puisque
je ne me connais pas de crime, mais, cependant, je
sens que j'ai peur.

— Pense à tes péchés!

— Mes péchés? Ce sont les tendresses que je vous
porte.

— Oui, oui! Et c'est pour cela que tu vas mourir.

— Oh! c'est une mort bien peu naturelle que
celle qui tue parce qu'on aime! Hélas! pourquoi,
pourquoi mâchonnez-vous ainsi votre lèvre inférieure? Ah! quelque passion sanguinaire ébranle tout
votre être. Ces mouvements en sont les signes...
Cependant, j'espère, j'espère que ce n'est point moi
qu'ils menacent.

— Allons, paix! tiens-toi tranquille.

— C'est ce que je fais, monseigneur! Mais qu'y
a-t-il? Dites?

— Ce mouchoir que j'aimais tant, que je t'avais
donné, tu l'as donné à Cassio?

— Non, sur ma vie et sur mon âme! Envoyez
chercher cet homme et questionnez-le.

— Chère âme, prends garde au parjure, tu es sur
ton lit de mort.

— Oui, mais pas pour mourir tout de suite, je
vous en supplie!

— Si, immédiatement. Par conséquent, confesse
franchement ton crime; car nier chaque détail avec
serment ne pourrait dissiper ni détruire la violence
de la conviction sous laquelle je gémis. Tu vas
mourir.

— Alors, le Seigneur ait pitié de moi!

— *Amen! Amen!*

— Ayez pitié, vous aussi! Je ne vous ai jamais offensé de ma vie. Je n'ai jamais aimé Cassio, sinon d'un sentiment banal que le ciel me permettait de lui accorder. Je ne lui ai jamais donné de cadeau.

— Par le ciel! J'ai vu le mouchoir dans ses mains. O femme parjure, tu changes mon cœur en pierre, et tu vas me faire commettre un meurtre alors que je me proposais un sacrifice. J'ai vu, j'ai vu le mouchoir, te dis-je.

— Alors, c'est qu'il l'a trouvé! Je ne le lui ai jamais donné. Envoyez-le chercher, et qu'il confesse la vérité.

— Il l'a confessée.

— Quoi, monseigneur, il a confessé...

— Qu'il avait usé de toi.

— Comment? Criminellement?

— Criminellement.

— Il ne dira pas cela, monseigneur!

— Non, il ne le dira pas; car sa bouche est fermée. L'honnête Iago a reçu des ordres pour cela.

— Ah! ma crainte devine le sens de ces paroles. Quoi! quoi! il est mort?

— Oh! quand il aurait eu autant d'existences que de cheveux, mon appétit de vengeance les aurait dévorées.

— Hélas! hélas! il est trahi et je suis perdue!

— Ah! tu ne vas pas le pleurer à ma face!

— Ah! bannissez-moi, monseigneur, mais ne me tuez pas! Tuez-moi demain! Laissez-moi vivre au moins la nuit!

— Si tu résistes...

— Une demi-heure, une demi-heure seulement!

— Non, point de retard, que ce soit fait!

— Seulement le temps de dire ma prière?

— Non, il est trop tard!

Il prend l'oreiller et il l'étouffe.

Emilia vient frapper à la porte.

— Monseigneur, monseigneur!

— Ah! quel est ce bruit? Elle n'est pas morte...,

pas tout à fait morte? Oh! je suis cruel, mais cependant compatissant. Je ne veux pas prolonger ses souffrances...

Et il pèse sur l'oreiller en disant tout bas :

— Ainsi! Ainsi!

Emilia continue à frapper.

— Qui est là?

— C'est Emilia.

Enfin, il finit par ouvrir. Elle entre.

— Eh bien! qu'est-ce que tu veux à cette heure?

— Ah! mon bon seigneur, un meurtre infâme vient d'être commis là-bas.

— Comment? Tout à l'heure?

— A l'instant même.

— Mais quel crime?

— Eh bien! Roderigo vient d'être tué par...

— Comment, Roderigo? C'est Cassio que tu veux dire!

— Non, Cassio n'est pas tué.

— Cassio n'est pas tué?

A ce moment, Desdémona se réveille encore, comme si elle était coupable (voyez la destinée!).

— Ah! par erreur, mise à mort par erreur!

Emilia se précipite, va vers le lit :

— Mais c'est la voix de madame! Au secours! au secours! Ah! madame, parlez encore! Oh! douce Desdémona, ma douce maîtresse, parlez!

DESDÉMONA. — Je meurs innocente!

ÉMILIA. — Ah! qui a commis ce crime?

DESDÉMONA. — Personne, personne... Moi-même! Adieu! Rappelle-moi à mon cher seigneur... Adieu.

Et elle meurt, l'innocente, en innocentant Othello.

❀❀❀

Ici, j'abrège encore de plus en plus. Tout finit par s'expliquer. On ramène Cassio qui n'est que blessé, on ramène Iago qui est fait prisonnier. Emilia raconte comment le mouchoir a été volé. Iago essaie de se défendre. Il poignarde Emilia. Othello

lui donne un coup d'épée, mais ne fait que le blesser; et il s'écrie :

— Quelle chance que je ne l'aie pas tué! Ah! il
vaut mieux qu'il souffre encore! Mourir est un bonheur, est le seul bonheur!

Il finit par comprendre qu'il a tué une innocente.
A ce moment, cette bête féroce devient douce comme
un agneau. Il rend son épée qu'on lui demande, il
est prêt à partir comme prisonnier et il rend son
épée à Cassio même, à cet ennemi. Seulement, écoutez ce qu'il dit avant de mourir et admirez sa façon
de mourir. Je vais vous la dire et presque vous la
jouer, comme la jouait le prodigieux mulâtre. Il ne
se poignardait pas. Il tirait une sorte de petit
yatagan et voici comment il mourait :

— Un mot ou deux, avant que vous partiez, messeigneurs. J'ai rendu à l'Etat quelques services et on
le sait là-bas. Je vous prie, lorsque, dans vos lettres,
vous raconterez cet événement affreux, parlez de
moi, tel que je suis. N'atténuez rien; mais n'ajoutez
rien par malice. Si vous agissez ainsi, alors vous
tracerez le portrait d'un homme qui n'aima pas avec
sagesse, mais qui n'aima que trop bien, d'un homme
qui ne fut pas aisément jaloux, mais qui, une fois
inquiet, se laissa emporter jusqu'aux dernières
extrémités, d'un homme dont les yeux vaincus, bien
que peu habitués à la mode des pleurs, versèrent des
larmes avec autant d'abondance que les arbres
d'Arabie leur gomme. Peignez-moi ainsi, et ajoutez
ce détail : qu'une fois, dans Alep, un malicieux Turc
en turban battait un Vénitien et insultait la république de Venise. Je saisis à la gorge le chien cir-
concis et je le frappai, ainsi...

Et il tombait, la gorge coupée. Puis il se relevait
un instant après en disant :

— Ah! ah! Desdémona, je t'embrasse. Je t'em-
brassai avant de te tuer. Je n'ai plus que ce moyen,
me tuer, pour mourir sur un baiser.

III

ROMÉO ET JULIETTE

*Le Conte de Masuccio. — Le Coup de foudre dans
« Roméo et Juliette ». — Les Personnages du
Drame. — La Fête chez les Capulets. — Duo
d'amour. — Le Frère Laurent. — La Scène du
Balcon. — La Scène du Tombeau. — La Mort de
Roméo et de Juliette.*

MESDEMOISELLES,
MESDAMES,
MESSIEURS,

La pièce dont nous allons nous occuper aujourd'hui, *Roméo et Juliette*, n'appartient pas, comme *Othello*, à la maturité de Shakespeare; c'est, au contraire, une de ses premières pièces, une pièce de jeunesse, et elle a précisément tout le charme, toute la fraîcheur, tout le velouté qu'a la jeunesse. Et néanmoins, comme vous allez voir, elle est aussi déjà une merveille de métier (j'emploie ce vilain mot dans son beau sens), et il ne s'y rencontre rien qui ne tende à bien montrer, à préciser, à fouiller le fond des caractères et à faire vivre la passion qui est ici étudiée.

Cette passion est la passion qui a fourni le plus de matière au théâtre, puisque c'est l'amour. Cette fois aussi, Shakespeare s'est élevé aux types. Roméo

et Juliette sont le type du couple amoureux, à un tel
point qu'il n'y a, dans leur aventure, aucune autre
passion qui vienne à la traverse. Dans presque toutes
les pièces où il est question d'amour, même les
plus puissantes, comme *Phèdre,* par exemple, il y
a toujours combat entre l'amour et quelque chose,
soit une autre passion, soit un devoir, soit un
intérêt. Ici, il n'y a que l'amour. Les deux amoureux n'ont qu'un seul obstacle opposé à leur amour :
cet obstacle est le monde entier. Ils sont dans une
situation à ne devoir jamais ni se rencontrer, ni
s'aimer; car ils sont les enfants de deux familles
absolument ennemies; ils ne se sont même jamais
vus quand ils étaient enfants ou jeunes gens; ils
habitent la même ville sans se connaître; et il semble
que, de toute éternité, un Montaigu ne peut pas
épouser une Capulet, ni un Capulet une Montaigu.
Il y a donc tout pour que jamais ils ne s'aiment.
Mais il y a l'amour, qui est plus fort que tout; et
la pièce est l'étude de l'amour et de sa puissance
extraordinaire, divine, pour vaincre tous les empê-
chements. Mais vous verrez qu'ils finissent aussi par
en être victimes; et je vous expliquerai seulement à
la fin pourquoi et par quel symbole, me semble-t-il,
Shakespeare a réalisé ce tour de force, dans un
drame de passion, dans une histoire mouvementée,
amusante comme le roman-feuilleton le plus touffu,
de mettre une des plus hautes et des plus amères
pensées philosophiques illuminant la passion la plus
tragique de toutes, celle de l'amour.

Nous contemplons ici aussi, comme dans *Othello,*
et encore mieux peut-être, Shakespeare aux prises
avec un sujet déjà traité, qui n'est pas de lui, et
nous admirons tout ce qu'il a pu faire avec un
canevas dont l'invention lui est presque totalement
étrangère.

Le conte, sur lequel il a brodé *Roméo et Juliette,*
était déjà en circulation depuis une cinquantaine
d'années quand il le ramassa d'un coup d'aile et
en tira cette chose éternelle qui est *Roméo et Juliette.*

Car il faut bien savoir, avant tout, que l'histoire n'est pas réelle, n'est pas authentique. Les héros, Roméo et Juliette, les Capulets, les Montaigus, sont tous des êtres de fantaisie. Vous verrez, tout à l'heure, que c'est précisément par la magie de l'art que ces fictions sont devenues plus réelles que la réalité. Que ces personnages ne soient pas du tout historiques, on en a quasi l'absolue certitude grâce à l'argument que voici : c'est que Dante, qui vivait à cette époque, qui a été exilé à Vérone, s'il avait connu cette aventure, si elle avait eu pour source un fait authentique, s'en serait évidemment inspiré, nous laissant à son occasion un de ces admirables épisodes, comme celui d'Ugolin ou de Francesca di Rimini. Ce n'est là qu'un témoignage négatif, sans doute, mais combien puissant, et contre lequel, au reste, ne se dresse aucune positive affirmation d'archives historiques.

Aussi bien, le conte inventé datait-il de fort loin. Le premier narrateur en fut un certain Masuccio. Le second, plus adroit, fut Luigi da Porto, qui sut donner au récit un air de vérité. Adressant à une parente un recueil de nouvelles, de souvenirs prétendus réels, il feint que l'histoire de Roméo et Juliette lui fut transmise par un archer véronais qui, se promenant avec lui et le voyant triste à cause d'un chagrin amoureux, lui dit :

« Je vais vous raconter une histoire d'amour qui vous distraira et qui vous prouvera que toujours les histoires d'amour finissent mal. »

Quelque temps après, le même conte fut repris, développé, arrangé, par un autre écrivain, tout à fait exquis, celui-là, par Matteo Bandello, ou Mathieu Bandel; car il habita en France et fut évêque d'Agen. C'était un dominicain, et il a laissé un recueil de nouvelles tragiques fort remarquables, dont plusieurs sont de véritables chefs-d'œuvre dans l'art du conte italien, et peuvent se mettre à côté des contes de Boccace.

Le conte de *Roméo et Juliette*, dans Bandello, est

exactement, comme scénario, ce qu'est la pièce de Shakespeare; sauf, vous le verrez, un tout petit détail, mais qui a une énorme importance. Le conte est agréablement conté, quoique assez froid et assez sec, surtout quand on le lit après avoir bu à la coupe lyrique du drame shakespearien.

Comment ce conte est-il arrivé jusqu'au poète anglais? On le sait à peu près exactement. Bandello fut traduit par un auteur français, Pierre Boisteau, continué lui-même par Belleforest, lequel, en publiant son livre (vers 1650, si je ne me trompe), explique, dans une préface, qu'il a dû corriger l'auteur italien, parce qu'il le trouvait souvent mal écrit, et de lecture peu intéressante, si bien que, souventefois, il l'a refait à sa guise. Je vous dirai tout à l'heure quels détails, en particulier, il a complètement changés, et pourquoi Shakespeare s'est approprié ces changements. Le recueil français fut, à son tour, sinon traduit, du moins imité en anglais, quant à ce qui touche *Roméo et Juliette,* dont Arthur Brooke fit un poème en 1562; et, très vraisemblablement (Malone l'affirme), c'est ce poème que connut et dont s'inspira Shakespeare.

A quel moment se rapporte la première représentation de la pièce? On en discute. On sait qu'il y eut, du vivant de Shakespeare, quatre éditions de *Roméo et Juliette.* On sait aussi (et le détail est très précieux) qu'il fit, entre la première et la seconde édition, à deux ans de distance, des corrections fort intéressantes et de magistrales améliorations. Certaines scènes, qui n'étaient qu'indiquées dans la première version, ont été développées par lui dans la seconde. Il attachait donc une importance particulière à cette pièce. La date de la première représentation en a pris une toute spéciale pour nous. Ecoutez plutôt! C'est un petit alinéa de critique chronologique dont le détail vous amusera, je crois. Malone avait fixé cette date vers 1695. Or, il est à peu près certain qu'elle doit être reculée beaucoup plus loin; et la raison de cette certitude est fournie par le texte même de la pièce, par une affirmation formelle de la nourrice, qui, pour préciser un événement (au propre le sevrage de Juliette), le rattache à un autre événement, historique celui-là, le fameux tremblement de terre éprouvé, dit-elle, onze ans auparavant. Or, justement, il y avait eu un tremblement de terre à Londres en 1580. Conclusion : la pièce a dû être jouée pour la première fois onze ans après ce fait, c'est-à-dire en 1591.

Ici, une toute petite parenthèse pour revenir à M. Célestin Demblon et à son fameux lord Rutland. Lord Rutland est né en 1576, douze ans après Shakespeare, et, par conséquent, si la pièce était de lui, il l'aurait écrite à quinze ans. Qelle que fût la précocité de son génie, il me paraît difficile qu'un homme de quinze ans produise un tel chef-d'œuvre. On peut, à quinze ans, faire un joli poème, mais non pas une pièce machinée, menée, complète comme celle-là! Tandis que Shakespeare, le vrai, le nôtre, l'aurait écrite, lui, à vingt-sept ans.

❋❋❋

Un dernier mot avant d'entrer dans la pièce! Le scénario n'étant pas de Shakespeare, qu'a-t-il donc inventé? Ceci d'abord, qui est capital : le coup de foudre. Comment ces êtres, qui n'étaient pas faits pour se rencontrer, se rencontrent-ils, et comment s'aiment-ils brusquement? Voilà, entre autres, une des inventions de Shakespeare. Et en voici une seconde, s'appliquant à la conduite de la pièce! Je vous ai montré déjà le rôle essentiel joué, chez lui, par le hasard, par ce semeur du grain, absurde, parfois, mais aux pousses toujours logiques et portant toutes leurs conséquences fatales. Nulle part, mieux qu'ici, on ne voit cette main du hasard, furtive et ridicule, amenant la rencontre de deux êtres destinés à ne jamais s'aimer, et qui s'aimeront, et parmi les plus épouvantables et les désormais inévitables catastrophes.

※ ※ ※

Voici, maintenant, l'exposition, très rapide, et que je vais vous résumer et qui toujours se fait, avec Shakespeare, par les yeux.

Après un bref prologue, à la manière antique, mais inutile, tout de suite des faits, et de l'action.

Des gens sont dans la rue, en train de se disputer et de se battre à coups d'épée. Les uns sont des Capulets; les autres des Montaigus. La foule arrive; les bourgeois sortent; on voit des bâtons, des cannes, des pertuisanes frapper; on entend crier : « A bas les Capulets! — A bas les Montaigus! » On comprend que la rivalité de ces deux maisons ensanglante la ville. La bagarre est vite à son comble. Les vieux Capulets et les vieux Montaigus s'en mêlent. Un barbon veut aller prendre son épée; sa femme lui crie :

— Une épée? Plutôt une béquille!

Survient le prince, qui met le holà, en déclarant que, la prochaine fois où ces désordres se reproduiront, les coupables seront punis de mort.

Pas un de ces détails, ni des suivants, n'est oiseux. C'est ici le chef-d'œuvre de ce que doit être une exposition. Tous les personnages sont peu à peu présentés et exposés avec leur état d'âme.

Voici d'abord Roméo, qui est, comme vous savez, un Montaigu. Il arrive avec son ami et cousin, Benvolio, et il lui explique qu'il est amoureux. Oh! pas de Juliette! Ce serait trop simple! Il est amoureux d'une charmante femme qui s'appelle Rosaline et qui, à ce qu'il croit, le méprise. Il ne pense qu'à elle. On dirait que c'est un amour forcené, que c'est le seul amour de sa vie. N'oubliez pas que Roméo est un tout jeune homme, ayant au plus dix-neuf ans, de même que Juliette (j'ai oublié de vous le dire) est à peine une jeune fille, est encore presque une enfant. Musset a écrit :

Quinze ans! O Roméo, l'âge de Juliette!

Mais il la vieillit terriblement! Elle a quatorze ans moins quinze jours. Voilà l'âge exact de Juliette. C'est proclamé formellement dans la pièce, vous en aurez la preuve.

Roméo arrive donc, ne parlant que de Rosaline. Il est dans l'état qui a été défini (je puis en parler devant vous, mesdemoiselles, sans qu'on me reproche de vous intéresser à des discussions de passions que vous ne devez pas connaître), un état, dis-je, qui a été défini par un Père de l'Eglise, saint Augustin (car j'ai fréquenté aussi saint Augustin!). Saint Augustin, parlant de cet état, dans ses *Confessions*, dit de lui-même : *Nondum amabam, verum amare amabam*. (« Je n'aimais pas encore, mais j'aimais à aimer. ») Eh bien! Roméo est alors un petit saint Augustin prêt à aimer n'importe qui et n'importe quoi. Voilà la vérité sur son cas; et il aime Rosaline ainsi, en attendant qu'il aime pour tout de bon.

Nous apprenons, ensuite, que, chez Capulet, on pense à marier Juliette. Pas avec Roméo, bien sûr, avec ce Montaigu! Non. Avec un jeune gentilhomme qui a nom Pâris. Le père envoie porter des invitations à une fête qu'il va donner, et il dit à ce jeune Pâris :

— Venez à la fête ce soir; vous parlerez à ma fille. C'est la première fois qu'elle va dans le monde...

(Vous voyez que rien ne change! On allait déjà dans le monde pour s'y connaître entre jeunes gens et s'épouser!)

— ... Et, si vous lui plaisez comme elle vous plaît, eh bien! nous parlerons des fiançailles.

Les billets d'invitation sont portés en ville par un certain valet qui... Le voilà, le grain du hasard, de l'affreux hasard, de l'absurde hasard, ce grain de quoi tout va germer! Car le valet, à qui l'on confie la distribution de ces billets, est un nouveau venu dans la maison, et il va les porter et il ne sait pas lire. Ce qui fait que, trouvant une bande de jeunes gens dans la rue, il leur dit :

— Messires, vous seriez tout à fait aimables si

7

vous vouliez me rendre le service de me dire les
adresses qui sont sur ces billets que j'ai à porter.

Ces jeunes gens, c'est la bande de Roméo, avec
Benvolio, son cousin, avec Mercutio, dont nous parlerons tout à l'heure, et qui est encore une des
inventions de Shakespeare. Ils commencent par
plaisanter le valet, qui veut alors remporter ses
invitations. Pour un peu, les jeunes gens n'en pren-
draient pas connaissance! Mais il faut qu'ils les
voient, puisque c'est là le grain de hasard d'où tout
va sortir. Roméo, donc, aimable, obligeant, regarde
les adresses, avise celle de Rosaline, de la femme
qu'il adore, affirme-t-il dans son fol amour d'aimer.

— Et chez qui est cette fête? demande-t-il au valet.

— Chez mon maître.

— Qui est ton maître?

— Capulet.

On lui indique les adresses où il doit porter les
invitations; et voilà Roméo, avec cette perspective
que la Rosaline, dont il est épris, doit assister à la
fête de ce soir. Lui et ses amis n'ont plus alors
qu'une idée :

— Si nous allions à la fête des Capulets?

Mais c'est dangereux, puisque la maison est celle
de leurs ennemis. Bah! Il s'agit d'un bal masqué!
Ils n'y seront point reconnus. Roméo s'habillera, lui,
en pèlerin; et là il pourra voir enfin, de près, la
fameuse Rosaline dont il est fou, et à laquelle il
pourra dire son amour.

Nous sommes toujours en pleine exposition. Voici
s'expliquer la nourrice, bavarde. Ah! c'est une nourrice extraordinaire! Celle d'Oreste, dont je vous ai
parlé naguère, disait certaines choses assez comiques;
celle-ci en dit bien d'autres! Et elle est aussi comme
la nourrice de Phèdre; elle ne demande qu'une
chose au monde : c'est que sa petite nourrissonne
(qui est, maintenant, Mlle Juliette) soit aussi heureuse
qu'elle peut l'être. Et pour qu'elle le soit, cette
nourrice fera tout ce qui est à faire et à ne pas faire.
Aucun scrupule, aucune idée morale, rien n'est

capable de l'arrêter, de la faire réfléchir, pourvu qu'elle obtienne le sourire de l'enfant à qui elle a donné le sein. Elle se damnerait, et l'univers entier avec elle, pour ce sourire.

Je vous passe la petite histoire que je songeais tout à l'heure à vous lire, où se trouve le souvenir du tremblement de terre. La lecture en est décidément impossible. La nourrice y parle, en effet, non seulement du tremblement de terre, mais de beaucoup d'autres choses! Quand vous serez plus grandes, mesdemoiselles, vous pourrez lire toute la scène. Ou bien, alors, lisez-la dans Shakespeare, en anglais. Je ne m'y oppose pas! Comme cela, au moins, vous apprendrez l'anglais!

J'ouvre ici, à ce propos, une petite parenthèse : Étant enfant, à l'âge de huit ou neuf ans, j'avais pour parrain un homme qui était un des abonnés du Cirque, et j'ai connu là deux clowns fameux, Auriol et Bothwell. Celui-ci, qui mourut plus tard d'une façon tragique, me demanda un jour, à moi, gamin, si j'apprenais l'anglais, et pourquoi je l'apprenais. Je fis cette réponse niaise, que je répétais pour l'avoir entendue, à savoir que l'anglais était utile pour voyager, pour le commerce. Le clown m'interrompit et dit, très grave :

— Non, ne pensez pas ainsi. C'est bête. Il faut apprendre l'anglais pour une seule chose, pour lire Shakespeare.

Il avait parfaitement raison, et je vous transmets sa parole comme une parole d'Évangile.

Encore un nouveau personnage, et combien exquis! C'est Mercutio, créé de toutes pièces par l'invention de Shakespeare. Mercutio est un des amis composant la bande de Roméo, et cet ami-là en est l'âme, ou plutôt l'esprit. Voilà un être qui rappelle d'aimables souvenirs tout particulièrement aux hommes. Les femmes n'ont jamais connu, je pense, ce genre d'ami. Au fait, qu'en sais-je? Je n'ai point eu le bonheur d'être demoiselle et de goûter comment sont les amitiés entre jeunes filles. Mais, entre jeunes gens, dans toutes les bandes où l'on a passé, il y a toujours eu un Mercutio, c'est-à-dire un compagnon charmant, paradoxal, joyeux, pantalonnant, spirituel, quelquefois d'un esprit un peu grossier, et, en somme, le boute-en-train de la bande. Celui-ci, le Mercutio de la jeune bande des Montaigus, est certainement le plus aimable parangon de ce camarade, et il en reste le prototype. Hélas! vous aurez vite la douleur de le perdre, première victime du mauvais hasard, et, du même coup, une des causes des malheurs infligés à Roméo. Ce Mercutio parle en perpétuels concetti. C'était la mode à cette époque, comme je vous l'ai dit à propos du temps d'Elisabeth. C'était aussi la mode en Italie, où se passe la pièce, et de même en Provence, à l'époque des troubadours, des cours d'amour, où l'on n'exprimait les sentiments qu'en faisant miroiter l'esprit sous toutes ses facettes. Mercutio est aussi, et surtout, poète. Chaque fois que Shakespeare, vous l'avez vu, a l'occasion de mettre un personnage qui peut être poétique, il s'y complaît. Ecoutez plutôt la fantaisie lyrique qui fleurit sur les lèvres de Mercutio.

Ces jeunes gens sont en train de bavarder, et Roméo dit un rêve qu'il a fait. Vous constaterez souvent, en maint endroit, la place que tiennent, dans Shakespeare, les rêves, les pressentiments et le mystère dont on est toujours enveloppé. Mais, en attendant, voici de quelle façon Mercutio commente le rêve de son ami :

— Eh bien! dit-il, je vois que c'est la reine Mab qui vous a visité. Ah! la reine Mab, c'est elle qui met au monde les enfants dans le monde des fées. Elle se présente sous une forme qui n'est pas plus grosse que l'agate placée à l'index d'un conseiller municipal. Elle est traînée sur un char de légers atomes, et passe sur les nez des gens endormis. Les rayons des roues de son carrosse sont faits de longues pattes de faucheux; la capote est en ailes de sauterelles; les rênes, de la plus fine toile de l'araignée; les harnais, des humides rayons du clair de lune; le manche de son fouet est un os de grillon; la mèche est un fil tout menu; son cocher, un petit moucheron en habit gris, qui n'est pas de moitié aussi gros qu'un petit point rond enlevé au doigt indolent d'une jeune fille; la coque de son char est une noisette vide, creusée par le menuisier écureuil, ou le vieux ver, qui sont, de temps immémorial, les carrossiers des fées. C'est dans cet équipage que, toutes les nuits, elle galope à travers les cervelles des amants qui, alors, rêvent d'amour, et sur les doigts des hommes de loi qui, soudain, rêvent d'honoraires, et sur les lèvres des dames qui, soudain, rêvent de baisers.

N'est-il pas délicieux, le boute-en-train qui égaie la bande de Roméo? Ah! que l'on eût aimé à gambader avec elle par les rues de Vérone!

Et voilà encore un personnage posé, vivant, connu! Nous avons ainsi, déjà, la nourrice, le père et la mère Capulet, et Roméo en personne. Maintenant, entrons à même la pièce, au cœur de l'action.

❋ ❋ ❋

Nous sommes à la fête, chez les Capulets. Roméo a pénétré avec ses amis, et il est habillé en pèlerin. N'hésitez pas à flairer là un symbole; car Shakespeare est plein de symboles. Le pèlerin, n'est-ce pas l'homme en amour, celui qui va vers un but mystérieux, vers une étape où il doit avoir la révélation d'une grâce infinie, céleste Va, va, pèlerin! L'angélus tinte et va t'ouvrir le ciel.

C'est grande fête chez les Capulets! Que de monde! Que de jolies dames! Tout d'un coup, dans cette foule où il devait trouver Rosaline, Roméo aperçoit une jeune femme, ou une jeune fille, qu'il n'avait jamais vue. Il arrête un valet et le questionne :

— Quelle est cette dame qui enrichit la main de ce cavalier, là-bas?

— Je ne sais pas, messire.

— Oh! elle apprend aux torches à brûler avec éclat! A la voir ainsi posée sur la joue de la nuit, on dirait un riche joyau à l'oreille d'un Ethiopien! Beauté trop riche pour qu'on en use, trop précieuse pour la terre! Ce qu'est une colombe au plumage de neige parmi des corbeaux assemblés, cette dame le paraît parmi ses compagnes. Alors que la danse sera finie, je guetterai l'endroit où elle ira se reposer, et je donnerai à ma main grossière le bonheur divin de toucher la sienne. Mon cœur a-t-il donc aimé jusqu'à présent? Ah! démentez pareille chose, ô mes yeux! Car jamais, jamais, je n'avais vu la vraie beauté avant ce soir!

Et il s'avance, en effet, au milieu de la foule, il rejoint cette jeune personne, ne pense plus le moins du monde à Rosaline, et s'approche de la merveille nouvelle, et bravement lui dit :

— Si ma main, indigne de cet honneur, profane cette sainte châsse que je touche (car il lui prend la main avec la hardiesse qu'on a dans ce pays d'Italie; quand vous lirez Stendhal, vous verrez que cela n'a jamais changé), j'ai un moyen d'expiation charmante : mes lèvres, pèlerines rougissantes, sont prêtes à effacer par un tendre baiser le rude attouchement de ma main à la vôtre.

— Bon pèlerin, répond Juliette (oh! admirez le miracle d'ingénuité, de pureté et en même temps de hardiesse, dans cette fille qui n'aura quatorze ans que dans quinze jours, mais qui est Italienne, et qu'à un moment donné son père décrit comme étant pâle, brune, avec de grands yeux ardents et brûlés de fièvre), vous faites trop grande injustice à votre main, qui n'a montré en cela qu'une dévotion conforn.. aux usages; car les saints ont des mains que touchent les mains des pèlerins, et le serrement de mains est le baiser des pieux porteurs de palmes.

— Les saints n'ont-ils pas des lèvres, et les pieux porteurs de palmes aussi?

— Oui, pèlerin, oui, ils ont des lèvres, mais qu'ils doivent employer pour la prière.

— Oh! en ce cas, chère sainte, laissez les lèvres faire ce que font les mains; elles prient; exaucez leur prière, de crainte que la foi ne se tourne en désespoir.

— Oh! les saints ne bougent pas, quoiqu'ils exaucent les prières qui leur sont faites!

— Alors, ne bougez pas, sainte, tandis que je vais goûter le fruit de ma prière; car c'est ainsi que tes lèvres purifient les miennes de leur péché.

Et il lui donne un baiser.

— En ce cas, dit-elle, mes lèvres ont, maintenant, le péché qu'elles ont enlevé.

— Le péché de mes lèvres? réplique Roméo! Oh! faute délicieusement reprochée! Eh bien! rendez-le-moi, mon péché, rendez-le-moi!

— Madame, fait la nourrice intervenant, votre mère désire vous dire un mot.

Et les deux jeunes gens se séparent.

Voilà la première rencontre. Voilà le coup de foudre, comme vous le voyez, dans toute sa violence. Mais chez elle aussi! Car, un instant après, tout le monde quittant la fête, elle s'attarde dans un coin avec sa nourrice, et regarde les gens qui s'en vont, et elle demande :

— Nourrice, écoute-moi! Quel est ce gentilhomme, là-bas, qui sort?

— Celui-là, c'est le fils et l'héritier du vieux Tiberio.

— Ah! Et quel est celui qui passe la porte à présent?

— Pardi, je crois que c'est le jeune Petruchio.

— Et quel est l'autre qui suit, et qui n'a voulu danser avec personne?

— Je ne sais pas!

— Eh bien! va, demande son nom. Et, s'il est marié, c'est mon tombeau qui me servira de lit nuptial.

Tel est son premier mot d'amour. Vous voyez s'il est violent, profond, et que, tout d'abord, elle est conquise.

Une seconde plus tard, tandis que Roméo sait qui est cette femme aimée de lui par-dessus tout et pour laquelle il se ferait tuer, et que c'est la fille des Capulets, elle-même apprend que le jeune homme qui, s'il est marié, causera sa mort, c'est le fils des Montaigus. Et, donc, tout, et à tout jamais, les sépare. Ainsi l'action est engagée, le premier acte est fini, et l'on reste épouvanté de cette exposition si rapide, parlant si net aux yeux, et annonçant tous les orages et tous les désastres possibles après cet initial coup de foudre.

✽✽✽

ACTE II

Que va-t-il maintenant, tout d'abord, se passer? Oh! rien que de très naturel et de très simple, étant donné qu'ils s'aiment avec une telle violence et une telle intensité! Roméo, suivi par ses amis, se promène par les rues. Ils sont sortis de la fête. Ses amis s'imaginent qu'il est toujours épris de Rosaline, et ils lui en parlent; mais il ne les écoute pas, il les quitte, les perd, disparaît. Ses amis le cherchent et ne le trouvent point. Où est-il? Devant un mur. Et voici ce qu'il dit :

— Puis-je aller plus avant, lorsque mon cœur est ici, derrière ce mur? Allons, allons, mon corps, lourde argile, prends ton élan et va le rejoindre, ce cœur.

Et il escalade le mur et saute dans le jardin. C'est le jardin des Capulets. Il est entré là pendant que ses amis le cherchent; et, à la scène suivante, c'est là qu'il est, tout seul, dans le jardin des Capulets où, si on le trouve, on va le tuer, peut-être d'une façon immonde, à coups de bâton; mais que lui importe!

— Celui-là rit des cicatrices, dit-il, qui n'a jamais ressenti la douleur d'une blessure. Mais, doucement, doucement, voilà une fenêtre qui s'ouvre,

(*C'est Juliette qui paraît.*) Quelle est cette lumière qui perce là-bas à travers cette fenêtre? Ah! cette fenêtre est l'orient, et Juliette est le soleil. Lève-toi, bel astre, et tue la lune envieuse qui est déjà malade et pâle de chagrin...

Notez comme tout cela est hérissé de pointes, chargé d'images, tout miroitant de concetti. C'était la mode, et l'on est en Italie, au temps de la Renaissance. Admettez donc tout ce clinquant. Aussi bien, songez à tout ce qu'il cache, en vérité. Oui, il y a excès de chatoiements, de papillotements; mais ainsi joue la lumière à la surface de l'eau qui coule, qui court, qui danse, et cette eau a beau être irisée par le ballet de toutes les couleurs de l'arc-en-ciel, n'empêche qu'elle est profonde, et qu'au fond il y a un abîme terrible : l'amour infini du jeune homme.

Laissez-le donc être lyrique, et s'exalter à dire :

— Elle! C'est elle! Oh! ses yeux! Quelle merveille! Deux des plus belles étoiles du firmament, ayant à faire, les ont suppliés, ses yeux, de briller à leur place, jusqu'à leur retour. Mais non! non! elle ne serait pas ici, elle serait au ciel!

Sans doute, c'est la vieille image des yeux comparés à des étoiles. Mais écoutez ce qu'il en fait, lui!

— Non, dit-il, les étoiles de son visage feraient honte aux étoiles, comme le plein jour fait honte à une lampe; et ses yeux, s'ils étaient au ciel, à la place des étoiles, perceraient les airs d'un flot de lumière si brillant, que les oiseaux chanteraient et croiraient qu'il ne fait plus nuit. Ah! voyez, voyez comme elle appuie sa joue sur sa main! Oh! que ne suis-je un gant à cette main, afin de pouvoir toucher cette joue!

Juliette regarde dans l'ombre et soupire :

— Hélas de moi! Hélas de moi!

— Elle parle! dit-il. Oh! parle encore, ange lumineux!

Et voici leur premier duo! Ils n'en ont pas beaucoup, comme vous verrez! Deux; pas plus! Voici le premier, et c'est elle qui l'entonne, en pensant tout haut à lui.

— O Roméo, Roméo! Pourquoi es-tu Roméo! Oh! renie ton père, ou rejette ton nom; ou, si tu ne veux pas, lie-toi seulement par serment à mon amour, et je ne serai pas plus longtemps une Capulet.

ROMÉO, *à part.* — En entendrai-je davantage, ou répondrai-je à ce qu'elle vient de dire?

JULIETTE. — C'est ton nom seul qui est notre ennemi! Après tout, tu es toi-même, et non pas un Montaigu. Qu'est-ce que c'est qu'un Montaigu? Ce n'est ni une main, ni un pied, ni un visage, ni toute autre partie du corps appartenant à un homme! Oh! porte un autre nom! Qu'y a-t-il dans un nom? La fleur que nous nommons la rose sentirait tout aussi bon si elle s'appelait autrement! Ah! Roméo, renonce donc à ton nom, et en place de ce nom, qui ne fait pas partie de toi, prends-moi tout entière.

ROMÉO, *parlant à haute voix.* — Je te prends au mot. Appelle-moi seulement ton amour, et je serai rebaptisé; et désormais, non, je ne voudrai plus jamais être Roméo.

JULIETTE. — Qui es-tu, toi qui, protégé par la nuit, viens ainsi surprendre les secrets de mon âme?

ROMÉO. — Je ne sais plus de quel nom me servir pour te dire qui je suis. Mon nom, chère sainte, m'est odieux à moi-même, puisqu'il est ton ennemi. S'il était écrit, je déchirerais le mot qu'il forme.

— Mes oreilles n'ont pas encore bu cent paroles de cette voix; et, cependant, j'en reconnais le son! N'es-tu pas Roméo, et un Montaigu?

— Ni l'un ni l'autre, belle vierge, si l'un ou l'autre te déplaît.

— Dis-moi, comment es-tu venu ici et pourquoi? Les murs du jardin sont élevés, difficiles à escalader; et, considérant qui tu es, cette place est mauvaise pour toi, si quelqu'un de mes parents t'y trouve.

— Oh! j'ai franchi les murailles avec les ailes légères de l'amour; car des limites de pierre ne peuvent arrêter l'essor de l'amour. Que peut-il oser qu'il ne puisse exécuter aussi? Quant à tes parents, ils ne sont pas un obstacle!

— Mais, s'ils te voient, ils t'assassineront!

— Hélas! il y a plus de péril dans tes yeux que dans vingt de leurs épées!

(C'est un mot qu'on dit dans les madrigaux; mais, ici, le mot ne ment pas; car, si les Capulets surgissent, Roméo peut être tué.)

— Ah! veuille seulement, ajoute-t-il, abaisser un doux regard sur moi, et je suis cuirassé contre toutes les haines.

— Je ne voudrais pas, pour le monde entier, qu'on te vît dans le jardin!

— Va, j'ai le manteau de la nuit pour me dérober à leur vue! Et, d'ailleurs, à moins que tu ne m'aimes, ils peuvent me trouver s'ils veulent! Mieux vaudrait que leur haine mît fin à ma vie, que si ma mort était retardée sans que j'eusse ton amour.

— Mais quel est celui qui t'a enseigné la direction de cette place?

— C'est lui, c'est l'Amour, qui m'a excité à la découvrir. Il m'a prêté ses conseils et je lui ai prêté mes yeux. Je ne suis pas pilote; et, cependant, fusses-tu aussi éloignée que le vaste rivage baigné par la plus lointaine mer, je m'aventurerais pour une conquête telle que toi.

(Remarquez ici combien Juliette est délicieuse et charmante, et que sa hardiesse, à l'apparence excessive, est, au contraire, l'indice d'une pureté absolue.)

— Le masque de la nuit est sur mon visage, dit-elle; et sans cela une rougeur virginale colorerait mes joues pour les paroles que tu m'as entendue prononcer ce soir. Volontiers, je désirerais m'attacher aux convenances, volontiers; et nier ce que j'ai dit; mais adieu les cérémonies! M'aimes-tu? Je sais que tu vas dire oui; et je te prendrai au mot; cependant, si tu jures, tu peux te montrer menteur; et l'on dit que Jupiter rit des parjures des amants. O gentil Roméo, si tu m'aimes, déclare-le loyalement! Cependant, si tu pensais que je suis trop aisément conquise, eh bien!... et bien! je serai mutine, je froncerai le sourcil, je dirai non, pour te donner occa-

sion de me supplier. Autrement, pour rien au monde
je ne ferais chose pareille! La vérité, beau Montaigu,
est que je suis très passionnée, peut-être, et, par
conséquent, tu pourras trouver ma conduite légère;
mais crois-moi, gentilhomme, je me montrerai plus
sincère que celles qui ont plus d'artifice pour être
réservées. J'aurais été plus réservée toutefois, je dois
l'avouer, si, à mon insu, tu n'avais pas surpris
l'expression passionnée de mon sincère amour! Pardonne-moi donc, et n'impute pas cette promptitude
à la légèreté d'un sentiment que cette nuit ténébreuse
t'a révélé ainsi.

Roméo. — Dame, je jure par cette lune charmante
qui est là-bas...

Juliette. — Non, non! Ne jure pas par la lune:
la lune est inconstante!

— Mais par quoi jurerai-je?

— Oh! ne jure pas du tout! Ou, si tu veux jurer,
jure par ta gracieuse personne, divinité de mon
cœur idolâtre, et je te croirai.

— Sur le cher amour de mon cœur...

— Non, ne jure pas, cela vaut mieux. Quoique ma
joie vienne de toi, je ne puis en tirer aucune de cet
engagement de ce soir; il est trop téméraire, trop
précipité, trop soudain, trop pareil à l'éclair qui
cesse d'être avant qu'on puisse dire : « Il brille! »
Oh! la douce, la belle nuit! Ce bourgeon d'amour,
mûri par le souffle ardent de l'été, nous le retrouverons peut-être, fleur splendide, à notre prochaine
rencontre. Bonne nuit, Roméo! Bonne nuit! Qu'une
paix et une félicité, aussi douces que celles qui remplissent mon cœur, descendent dans le tien.

Roméo. — Oh! vas-tu me laisser déjà, aussi peu
satisfait?

— Mais quelle satisfaction pourrais-tu avoir?

— Mais l'échange de ton vœu de fidèle amour
contre le mien.

— Mais je t'ai donné le mien, Roméo, avant que
tu ne l'eusses demandé! Et, cependant, je voudrais
qu'il fût encore à donner.

— Oh! tu voudrais le retirer? Pourquoi cela, mon amour?

— Simplement pour être libérale et te le donner encore! Ma générosité est aussi illimitée que la mer; mon amour est aussi profond; plus je te donne plus je possède; car tous deux sont infinis. (*La nourrice appelle de l'intérieur.*) Ah! j'entends du bruit là dedans! Adieu, mon cher amour. Oui, tout à l'heure, tout à l'heure, ma bonne nourrice, je viens! Aimable Montaigu, sois fidèle. Attends seulement quelques minutes dans l'ombre, je vais revenir! (*Elle se retire de la fenêtre.*)

ROMÉO. — O heureuse, heureuse nuit! Je crains, puisqu'il fait nuit, que tout ceci ne soit qu'un rêve; car c'est trop délicieux pour être réel! (*Juliette reparaît à la fenêtre.*)

— Trois mots seulement, mon cher Roméo, et puis bonne nuit, cette fois! Si le caractère de ton amour est honorable, jure-moi que, maintenant, nous sommes époux.

— Oui, dit-il, nous allons nous épouser.

Et, en effet, ils vont de ce pas chez le frère Laurent pour lui demander de les unir en mariage.

✿✿✿

Le frère Laurent est un personnage suave. Il faudrait avoir le loisir de vous le présenter longuement. Lui, quand il parle, c'est en vers rimés. Il est essentiellement un poète. Pour un peu, il s'exprimerait en sonnets. Et quel brave homme! Il va donc les recevoir et les marier.

Mais, depuis que nous sommes avec eux, il s'est passé force chose. Les amis croient toujours que Roméo aime Rosaline, et, pendant ce temps, le frère Laurent va marier Roméo et Juliette en se disant que cela terminera toutes les querelles. Chez Juliette, le gentilhomme Pâris vient la demander en mariage. Vous jugez si, de la sorte, l'action s'enchevêtre d'une

façon extraordinaire. La nourrice est envoyée aux
nouvelles pour savoir où se trouve Roméo afin que
l'on procède au mariage. J'abrège, surtout pour la
nourrice, qui, chaque fois qu'elle paraît, a de longues
scènes où elle fait languir Juliette. Enfin, nous arrivons au mariage, où le délicieux frère Laurent leur
dit des douceurs mirifiques. Ainsi, quand il voit
venir de loin Juliette, ces mots, par exemple :

— Ah! voici arriver la dame! Certes, ce n'est pas
un pied aussi léger qui usera jamais la durable
pierre! Ah! les amoureux, ils peuvent marcher sur
les toiles d'araignées qui se balancent mollement
dans l'air, ils ne traverseront pas ces toiles.

Telle est l'âme poétique du frère Laurent.

— Bonsoir à mon pieux confesseur, lui dit-elle,
et que Roméo te remercie pour nous deux!... Au
reste, faut-il faire montre de notre bonheur? Ceux
qui peuvent compter leur fortune ne sont jamais que
des mendiants.

Et là-dessus, le frère Laurent leur dit :

— Venez avec moi, nous allons rapidement achever cette affaire; car, avec votre permission, vous
ne demeurerez pas seuls, mes enfants, avant que la
sainte Eglise ait fait de vous une seule personne!

Et il les emmène au fond de sa grotte où il va
les marier.

❅ ❅ ❅

ACTE III

L'acte troisième!... Et toujours les conséquences
qui marchent, qui poussent sorties du grain. Vous
avez vu, tout à l'heure, que, dans le bal, il s'est
passé un dialogue entre Roméo et Juliette. Ce dialogue a été entendu par Tebaldo, qui est son cousin.
C'est un homme brutal, violent et sanguinaire. Il
rencontre dans la rue Mercutio, Benvolio, la bande
des Montaigus, et leur cherche querelle. Roméo
arrive, essaie de les séparer. Pour la première fois,

il se montre conciliant; car, d'ordinaire, il a aussi l'épée facilement à la main. Il est traité de lâche par Tebaldo. Un duel s'engage entre Mercutio et Tebaldo. Mercutio est blessé. Il tombe mort. Mort, lui, le cher compagnon, le boute-en-train de la bande, celui qu'aimait le plus Roméo parmi ses amis! Roméo se reproche d'avoir été lâche vraiment.

— C'est mon amour, dit-il, qui m'a rendu efféminé!

Il tient tête à Tebaldo qui revient; et, à son tour, Tebaldo est tué. C'est Roméo qui le tue.

Ici, nouvelle scène des gens dans la rue, qui crient, se battent. Le prince arrive, et condamne le malheureux qui a contrevenu aux ordres formels donnés. Pendant que Roméo fuit, poussé par Benvolio, le prince déclare que, pour cette fois, il fait encore grâce de la vie, mais que Roméo sera puni de bannissement.

Voilà Juliette qui est toute seule, attendant les nouvelles, et la nourrice revient, lui annonçant la mort de Tebaldo et le bannissement de Roméo. Elle crie, d'abord, contre celui qui a tué son cousin; mais quand la nourrice, qui dit toujours *Amen!* à chaque parole de Juliette, ajoute :

— Que la honte tombe sur Roméo pour avoir tué...

— Non! s'écrie Juliette. Puisse ta langue se couvrir d'ampoules pour le souhait que tu viens de former! Ah! quelle bête, moi, j'étais de gronder contre lui!

— Mais allez-vous parler bien de celui qui a tué votre cousin?

— Et parlerai-je mal de celui qui est mon époux...? Car ils sont mariés, en somme, maintenant!

— Ah! mon pauvre seigneur, quelle langue caressera ton nom, puisque moi, ton épouse depuis trois heures, j'ai pu le blesser. Eh bien! oui, il a tué mon cousin; mais mon cousin voulait tuer mon époux! Allons, allons, retournez, folles larmes, à la source d'où vous êtes sorties! Il vit, mon époux, que Tebaldo voulait tuer; et lui, il est mort! Eh bien! quoi?... C'est bien fait pour Tebaldo. Mais alors,

6.

pourquoi donc est-ce que je pleure? Ah! oui, je sais
pourquoi je pleure! Je pleure parce que Roméo est
banni!

Et elle envoie vite la nourrice pour savoir comment il prend cette peine du bannissement, et ce qu'il
est devenu. La nourrice court rapidement chez le
frère Laurent, où nous trouvons Roméo qui, en effet,
est désespéré de ce bannissement. En vain, le pauvre
frère Laurent essaie de le consoler, Roméo répond :

— Non! non, ah! ne me dis rien! Que veux-tu
que je fasse, si je quitte Vérone? Le monde n'existe
pas pour moi, en dehors de Vérone! Il y a le pur-
gatoire, la torture, l'enfer! Etre exilé d'ici, c'est être
exilé du ciel! Le ciel est ici où vit Juliette! Mais
le moindre chat, le moindre chien, la plus petite
souris, vivent ici dans le ciel, puisqu'ils peuvent la
contempler! Et moi, Roméo, je ne le peux plus. Ah!
ne me dis pas encore que l'exil n'est pas la mort!
N'avais-tu donc, pour me tuer, aucune potion empoisonnée, aucun couteau bien effilé, aucun genre de
mort soudaine, aussi bas fût-il, au lieu de ce mot :
banni! Oh! Banni! Mais, frère, les damnés se servent
de ce mot en enfer, et leurs hurlements l'accompagnent! Comment as-tu le cœur, étant un prêtre,
un pieux confesseur, un homme qui absout les
péchés, et mon ami déclaré, comment as-tu le cœur
de m'égorger avec ce mot, ce mot : Banni! Banni?

Et il veut se tuer, tout simplement. Il se précipite
par terre :

— Non, ne me dis rien, tu ne peux pas me parler!
Si Juliette était ta bien-aimée, si tu n'étais marié que
depuis trois heures, si Tebaldo avait été tué par toi,
si tu étais éperdu d'amour comme moi, banni
comme moi, alors tu ne parlerais pas! Tu pourrais
arracher tes cheveux, et tomber à terre comme je
fais en ce moment, pour prendre la mesure de la
fosse où je vais dormir!

A ce moment, on frappe à la porte. C'est la nourrice qui arrive et raconte ce qui se passe là-bas. Elle
dit que c'est exactement la même chose, que sa

maîtresse fait ce qu'il fait. Elle est couchée, sanglotant et pleurant, pleurant et sanglotant. Puis, en vail-
lante commère :

— Allons, dit-elle, allons, messire, relevez-vous!
Relevez-vous, si vous êtes un homme. Au nom de
Juliette, par amour pour elle, relevez-vous, tenez-
vous droit! Pourquoi vous laisser tomber dans un
tel désespoir!

Et lui, de plus en plus fou, désespéré, tire son
épée et veut se tuer. Le frère Laurent l'en empêche,
et lui dit que, en tout cas, son devoir, puisqu'il est
marié avec Juliette, est d'aller la trouver.

Roméo ira, en effet, trouver Juliette. Il recommande à la nourrice de se tenir derrière le mur, où
son valet lui jettera une échelle de corde. Ainsi
pourra-t-il joindre Juliette et la consoler, puisqu'il
est son époux.

Et voici leur second duo d'amour, et le dernier,
hélas! Car ils n'en auront plus d'autre, les infor-
tunés! C'est le fameux duo qu'on appelle le duo du
balcon. Vous savez ce que représente la scène; c'est
la chambre de Juliette, et le balcon donnant sur le
parc.

❦ ❦ ❦

J'ai eu la joie, en Angleterre, de voir jouer cette
pièce bien des fois en anglais; mais une fois, entre
autres, en province, à Manchester, par une troupe
qui était composée presque d'amateurs. Ils n'avaient
pas un grand génie dramatique, certes! En revanche,
leur candeur, leur simplicité, m'ont donné ce régal,
que je crois unique au monde, et que nous ne verrons jamais à Paris, d'un Roméo qui avait dix-huit
ans, et d'une Juliette qui en avait quinze et demi.
Eh bien! cette scène du balcon, c'est comme cela
qu'il faut qu'elle soit jouée, par deux enfants qui,
en effet, ne pensent qu'à leur amour et qui sont
beaux de pureté, d'ingénuité, sublimes par un
manque absolu d'artifice et même d'art.

Quand le couple va au balcon, Juliette dit :

— Quoi! Tu veux partir? Mais le jour est encore loin! C'était le rossignol, ce n'était pas l'alouette, dont le chant a bercé ton oreille craintive. Il chante la nuit, tiens..., là-bas, sur ce grenadier. Crois-moi, mon amour, c'était le rossignol.

Roméo. — C'était l'alouette, le héraut du matin, et non pas le rossignol! Regarde bien, aimée, regarde ces jalouses bandes de lumière qui, dans le ciel d'Orient, enlacent les nuages voulant se séparer. Les flambeaux de la nuit sont consumés, et le jour joyeux pose la pointe de son pied sur la crête des montagnes. Il me faut partir et vivre, ou rester et mourir.

Juliette. — Non, cette lumière là-bas n'est pas la lumière du jour, je le sais bien, moi! C'est quelque météore que le soleil exhale pour te servir cette nuit de torche et t'éclairer dans ta route vers Mantoue! Oh! reste encore, reste; tu n'as pas besoin de partir!

Roméo. — Que je sois pris, que je sois mis à mort, j'en suis heureux si tu le veux ainsi. Je dirai volontiers que cette lueur grise, là-bas, n'est pas l'œil du matin, mais le pâle reflet du front de la lune. Je dirai que ce n'est pas l'alouette dont les notes élevées frappent la voûte du ciel! J'ai plus désir de rester que je n'ai envie de partir! Viens donc, viens, mort, et sois la bienvenue, puisque Juliette le veut ainsi. Qu'en dis-tu, mon âme, qu'en dis-tu? Oui, causons! Tu dis vrai, il n'est pas encore jour!

Juliette. — Mais si! Ah! si, c'est le jour! Oh! c'est le jour! Oh! pars, vite, vite. Oui, oui, c'est l'alouette qui chante ainsi, hors de ton, des mélodies âprement discordantes et des notes suraiguës. Il y a des gens qui disent que l'alouette fait de beaux accords; mais non, ce n'est pas vrai, puisqu'elle nous sépare! Oh! fuis, va-t'en, je t'en supplie! Voici la lumière qui monte de plus en plus! Pars!

Roméo. — Plus grandit la lumière, hélas! plus s'augmentent les ténèbres de nos malheurs.

La nourrice arrivant :

— Madame, votre mère se rend à votre chambre!
Le jour est levé. Soyez prudents, faites attention.

JULIETTE. — Alors, alors, fenêtre, laisse entrer le
jour et laisse sortir ma vie!

Et Roméo enjambe le balcon, met le pied sur
l'échelle de corde, et descend.

— Adieu, adieu! Un baiser encore, et je descends!
Et il disparaît.

JULIETTE. — Mais es-tu donc parti ainsi? O mon
seigneur, mon époux, mon ami! Oh! il faut que tu
me fasses savoir de tes nouvelles, n'est-ce pas,
chaque jour, à toutes les heures; car, dans une
minute il y a tant de jours! Oh! à ce compte, comme
je serai vieille avant de revoir mon Roméo!

ROMÉO. — Adieu! Je ne laisserai échapper aucune
occasion qui pourra te porter mes saluts, ô ma bien-
aimée!

— Oui! Mais penses-tu que nous nous revoyons
jamais?

— Oh! je n'en doute pas! Et tous ces malheurs
serviront de thème à de douces conversations en
nos jours à venir.

— O mon Dieu! Mon âme est pleine de pressentiments tristes! Il me semble, maintenant, que tu es
si bas, là-bas, il me semble que je te vois comme
un mort dans le fond d'une tombe! Ou mes yeux
me trompent, ou tu me parais tout pâle…, tout pâle!

ROMÉO. — Crois-moi, mon amour, c'est ainsi que
tu parais, là-haut, à mes yeux. Le chagrin altère et
boit notre sang! Adieu! Adieu!

Et, après lui, c'est sa voix qui disparaît dans
l'ombre. Et tel est leur second, leur suprême duo!

Et la terrible suite des catastrophes continue. La
mère, puis le père, viennent dire à Juliette que
Pâris la demande en mariage et que, pour éviter
toutes sortes de complications, étant donné qu'on
est en deuil puisque Tebaldo a été tué justement
hier, il faut que le mariage se fasse dans deux jours.

Donc, dans deux jours, elle va être donnée à un
autre homme, elle qui est mariée à Roméo! Elle

résiste; puis, elle ruse; puis, elle finit par dire
franchement que non, qu'elle ne veut pas. Alors, une
scène où le père l'insulte. La mère la défend; la
nourrice aussi; et le père sort furieux, disant qu'il
la déshéritera, qu'il la maudit. Et elle est successivement abandonnée par sa mère, d'abord, et même
par sa nourrice; car la nourrice, toujours avec
son idée de vouloir le bonheur de l'enfant, lui conseille de faire ce qu'exige son père, de renoncer à
Roméo, d'en épouser un autre. Elle n'y voit pas
d'inconvénient, elle, la nourrice; elle ne croit pas à
ce grand amour pour Roméo et elle se dit :

— Bah! L'un ou l'autre, qu'importe!

Sur quoi la pauvre enfant ne dit plus rien, cesse
de discuter; mais, sachant que l'amour est plus
fort que tout, elle fait semblant d'accepter, elle va
courir chez le frère Laurent qui est le refuge de ces
pauvres et gentils pécheurs, et elle lui déclare net
ceci :

— Trouve-moi un moyen, quel qu'il soit, pour
empêcher qu'on me marie avec un autre homme,
puisque je suis mariée avec mon Roméo, et si tu ne
trouves pas ce remède, je me tuerai. Voici un couteau. Si tu n'as pas de remède à me donner, si tu
ne peux pas me faire éviter ce mariage, eh bien!
celui-ci servira d'arbitre entre nous deux, et je me
tuerai à tes yeux.

Effrayé, le pauvre frère Laurent lui dit :

— Ecoute! Je vois que tu préfères la mort à ce
mariage qu'on te propose. Eh bien! si vraiment tu
préfères la mort, le remède que je vais te proposer
est un remède aussi terrible que la mort.

Et voici ce qu'il lui propose :

— Je vais te donner un narcotique qui t'endor-
mira. Tu passeras pour morte pendant un certain
nombre d'heures. On fera tes obsèques; on te portera au tombeau, le visage découvert (comme on le
fait encore en Grèce; je l'ai vu à Athènes; les morts
passent dans la rue, portés sur les épaules des
vivants, et le visage complètement découvert); puis,

Roméo, qui est parti pour Mantoue, où il est exilé, sera prévenu par quelqu'un que je lui enverrai, et il reviendra; et, à temps, nous irons tous les deux te réveiller dans ta tombe, dans ta fausse tombe. Mais songe à ce que tu vas accepter! Le sépulcre où l'on te mettra, c'est celui où dorment tous tes ancêtres, et c'est là que Tebaldo, ton cousin, est couché, depuis un jour à peine, tout sanglant dans son linceul. Auras-tu le courage de passer là des heures en tête-à-tête avec de telles horreurs?

— Oui, dit-elle. Je n'ai pas peur! Donne-moi cette potion, et ne parle pas de crainte. L'amour me rend forte. Je n'ai peur de rien!

Et, en effet, elle emporte la potion.

La fête continue. On prépare tout pour la noce. Juliette reste seule, avec sa mère d'abord, qu'elle écarte, puis avec sa nourrice. Alors, quand elle est là avec ses toilettes qu'elle a essayées pour la noce, quand elle est toute seule, ayant congédié aussi la nourrice, alors, malgré son courage, elle a une angoisse devant l'atroce chose à laquelle elle va se soumettre. Et c'est ici une des corrections de Shakespeare.

Dans la première version, il n'y avait que quelques mots disant sa peur. Ici, il y a insisté; il a montré le sentiment de terreur de cette pauvre enfant, sentiment naturel comme celui que vous avez vu dans Euripide pour la malheureuse Iphigénie. Et, alors, il est arrivé à exprimer une sorte de paroxysme dans la terreur. Il faut que Juliette (et voilà l'horrible difficulté quand on joue ce rôle), il faut que Juliette soit une enfant qui n'ait pas quatorze ans, et, néanmoins, vous allez voir jusqu'à quel délire de terreur elle s'exalte.

Elle vient de dire adieu à sa nourrice.

— Adieu! (*Puis, bas.*) Dieu sait quand nous nous reverrons! Ah! il coule en mes veines un petit frisson qui glace presque en moi la chaleur de la vie! Ah! je vais les rappeler, j'ai trop peur! Oui, oui! Nourrice! Oh! non! non! Que ferait-elle? Il faut

absolument que je joue seule ma scène lugubre...
Viens, fiole... Mais quoi! Et si ce breuvage n'agissait
pas du tout, si l'on allait me marier demain matin!...
Oh! non, non! voici qui s'y opposerait... Repose ici,
toi... (*Elle met un poignard à côté d'elle.*) Mais si
c'était un vrai poison, que le frère m'a subtilement
remis pour me faire mourir, dans la crainte de se
déshonorer par ce nouveau mariage puisqu'il m'a
déjà mariée à Roméo! Oh! non, non, non! Cela ne
se peut pas. Il a été de tout temps reconnu pour
un saint homme! Non, c'est mal, d'accueillir une
aussi mauvaise pensée... Et qu'arrivera-t-il si, lorsque
je serai dans la tombe, je me réveille avant l'heure
où l'on viendra me délivrer? Ah! ne serai-je pas
suffoquée dans ce caveau dont la bouche infecte ne
livre passage à aucun air salubre, et n'y mourrai-je
pas étouffée, avant que Roméo ne vienne? Ou, si je
vis, n'est-il pas probable que l'horrible sensation de
la mort et de la nuit associée à la terreur du lieu,
ce caveau, cet ancien sépulcre où depuis des cen-
taines d'années se sont entassés les os de tous mes
ancêtres ensevelis, où le sanglant Tebaldo encore
fraîchement en terre se putréfie dans son linceul,
où, dit-on, les esprits reviennent à certaines heures
de la nuit... Oh! si alors je me réveille, je perdrai la
raison, environnée comme je serai de toutes ces
terreurs hideuses! Et alors, alors, en proie à la folie,
ah! mais, que ferai-je! que ferai-je!... Voyons! Est-ce
que je rêve? Il me semble, il me semble que j'y suis,
que je vois le spectre de mon cousin cherchant
Roméo qui lui traversa le corps de sa rapière...
Arrête, Tebaldo, arrête!... Mais non, non! Va, je
viens, Roméo, je viens! Je viens; c'est pour toi que
je bois ceci!

Et elle se jette brusquement sur le lit, en avalant
le narcotique.

❖❖❖

Le lendemain, arrive la nourrice, pour la réveiller.
Vous allez la voir, la nourrice, dans toute son atroce

réalité de commère, et, pourtant, Dieu sait qu'elle adore cette enfant!

— Maîtresse! Maîtresse! Juliette!... Ah! elle dort solidement, j'en réponds. Mais, mon agneau! Ah! fi! la petite dormeuse! Voyons, ma chérie... Madame, madame, mon cher cœur! Eh! petite fiancée! Alors, quoi? Pas un mot?

Et elle se livre à des plaisanteries, à des badinages que je ne peux pas vous lire, mais qui sentent la femme du peuple à plein nez. Tout d'un coup, elle s'aperçoit que Juliette est tout habillée sur son lit.

— Comment! Habillée avec vos parures? Vous vous êtes donc levée, habillée et recouchée? Eh! madame! madame... Au secours! Au secours! Madame est morte!... Oh! quel malheur! Oh! pourquoi suis-je née! Oh! oh! Un peu d'eau-de-vie, un peu d'eau-de-vie...

Et elle se met à courir, prête à pâmer, terrifiée à la fois et grotesque, dans toute sa simplicité.

Tout le monde arrive, les parents, Pâris, le frère Laurent qui venait pour la noce. Le frère Laurent arrange tout, console chacun de son mieux, dit qu'au lieu d'une noce on fera des obsèques; car c'était l'habitude, en Italie, d'enterrer tout de suite après la mort. Tout le monde se dirige donc vers le cimetière, où Juliette va être portée le visage à découvert, et sera mise dans la tombe. Elle y a été déposée quand s'ouvre le cinquième acte.

※ ※ ※

ACTE V

Roméo est là-bas, à Mantoue, exilé. Il attend des nouvelles, et va sans doute y recevoir la lettre par laquelle le brave frère Laurent doit lui faire savoir qu'il peut revenir réveiller Juliette. Mais l'homme qui a été envoyé pour porter cette lettre a été

empêché de partir; c'est un moine, et, comme il y
avait des menaces de peste dans son couvent, on l'a
gardé. La lettre n'est donc pas arrivée. Ce qui arrive,
c'est Balthazar, un domestique de Roméo, qui lui
annonce les obsèques de Juliette. Et Roméo devient
fou de désespoir. Oui, fou, dans Shakespeare! Dans
Bandello, le petit jeune homme amoureux est resté
un Italien, très simplement amoureux, un pauvre
être charmant, d'ailleurs, qui se laisse mourir de
douleur, sans plus. Ici, nous avons affaire à un
grand amoureux tragique, à une sorte de jeune lord
ardent, violent, que la passion et le désespoir rendent
frénétique.

— Va, dit-il à Balthazar, va d'abord me préparer
de quoi écrire! Puis, loue des chevaux! Nous partons
ce soir. Oui, moi, je sais ce qu'il me reste à faire.

Et il se rappelle une boutique d'apothicaire qu'il
dépeint dans une description merveilleuse de réalisme. Il a vu là des sortes d'animaux bizarres, et
des fioles de poison, et il dit :

— C'est un pauvre diable qui, pour un peu d'or,
me vendra un poison (dont la vente était défendue,
sous peine de mort, à Mantoue).

Il se rend, en effet, chez l'apothicaire, achète ce
poison. Je vous passe la scène, qui est pourtant d'un
pittoresque extraordinaire; mais j'ai hâte d'en être
à la scène finale, au formidable et sublime dénouement.

La scène est au cimetière, où vient d'abord Pâris,
celui dont les fiançailles n'ont pas abouti. Il est avec
un page. Il apporte des fleurs. C'est un charmant
jeune homme. Il dit qu'il veut mettre ces fleurs
autour du tombeau de sa bien-aimée, et il aposte son
page en lui recommandant, si quelqu'un pénètre
dans le cimetière, de donner un coup de sifflet pour
le prévenir. En effet, pendant qu'il est en train
d'orner de fleurs le tombeau, un coup de sifflet
retentit, et il voit arriver un homme qu'il ne reconnaît pas tout de suite et qui porte une torche. C'est
Roméo, avec Balthazar. Roméo dit à Balthazar :

— Donne-moi cette pioche et la barre de fer pour soulever... Tiens, prends cette lettre; demain matin, de bonne heure, aie soin de la remettre à mon seigneur et père. Donne-moi la lumière. Quelque chose que tu entendes ou que tu voies, je t'ordonne, sur ta vie, de rester à l'écart et de ne pas m'interrompre dans mes actions. Je descends dans l'asile de la mort, pour contempler le visage de ma dame. Ainsi donc, pars, va-t'en. Mais si, soupçonneux, tu reviens pour épier ce que je fais, je te couperai en morceaux et je sèmerai tes membres dans ce cimetière affamé d'existences. La situation et les pensées de mon âme sont frénétiques, plus féroces et plus inexorables que les tigres à jeun ou que la mer mugissante!

Vous le voyez, cet être enfantin et charmant est devenu un héros et presque une bête fauve.

Balthazar se cache. Alors Pâris s'avance. Il croit à un odieux sacrilège. Il veut défendre le tombeau de la jeune fille. Roméo lui dit :

— Non, non! laissez-moi, seigneur; allez-vous-en. Ne vous occupez pas de moi, mon bon et gentil jeune homme, ne tentez pas un homme désespéré!... Fuis d'ici et laisse-moi seul. Pense à ceux qui dorment ici, et que leur pensée te fasse fuir. Je t'en conjure, jeune homme, ne fais pas tomber un autre péché sur ma tête en me poussant à la fureur! Va-t'en! va-t'en! va-t'en! Tu diras plus tard que la clémence d'un fou frénétique t'a sauvé la vie.

Pâris ne l'écoute pas, tire son épée; ils se battent. Pâris est tué.

Pâris, *avant de mourir.* — Ah! ah! je suis tué! Mais, si tu es charitable, ouvre la tombe et dépose-moi à côté de Juliette.

Roméo. — Sur ma foi, je le ferai! Tâchons de reconnaître son visage... Ah! c'est le parent de Mercutio, le noble comte Pâris! Oui, que me disait mon valet, en route, pendant que mon âme, bouleversée de tempêtes, l'écoutait sans l'entendre? Je crois qu'il m'a dit que Pâris devait être marié à

Juliette! Me l'a-t-il dit, ou non? Ou bien ai-je rêvé la chose? Oui, je suis assez fou pour avoir imaginé cela tout seul en l'entendant parler de Juliette!... Oh! donne-moi ta main, gentilhomme, toi qui fus inscrit avec moi sur le livre de l'âpre malheur! Oui, oui, je vais t'ensevelir en un glorieux tombeau. Un tombeau? Non pas, ô jeune homme égorgé! mais un phare; car Juliette y est couchée, et sa beauté fait du caveau une salle de fête pleine de lumière. Viens! viens! Mort, couche-toi ici, enterré par un homme mort aussi.

Il le dépose dans le caveau. Puis, presque dément :

— Ah! que de fois les hommes, lorsqu'ils sont sur le point de mourir, se montrent gais! C'est ce que leurs gardiens appellent « un éclair avant la mort »... Allons! allons! voilà que je plaisante!...

Il voit, à ce moment, Juliette, et s'écrie :

— O ma chérie, ma femme!... (*Il la regarde.*) La mort qui a sucé le miel de ton haleine n'a pas eu encore de pouvoir sur ta beauté; tu n'as pas été conquise; l'étendard de la beauté est encore rouge sur tes lèvres et sur tes joues, et le pâle drapeau de la mort n'y a pas été planté. (*Il trouve le corps de Tebaldo.*) Tebaldo! Oui, c'est toi qui es couché là, dans ton linceul sanglant! Ah! quelle plus grande réparation puis-je te faire, que de séparer de ce monde celui qui fut ton ennemi, au moyen de cette même main qui a tranché ta jeunesse dans sa fleur! Pardonne-moi, cousin, pardonne-moi! (*Il revient à Juliette.*) O chère Juliette!... Mais pourquoi es-tu encore si belle? Croirai-je que l'immatériel Trépas est amoureux, et que ce monstre maigre et abhorré te garde dans les ténèbres pour être sa bien-aimée? Oh! non, non, non! Je vais aller habiter avec toi, et jamais plus, jamais, je ne quitterai ce palais de sombre nuit! Là, je resterai avec les vers qui sont tes filles de chambre; là, j'établirai le lieu définitif de mon repos, en débarrassant cette chair, fatiguée, de la tyrannie des étoiles funestes... Ah! ah! regardez-la pour la dernière fois, mes yeux! Prenez votre dernière étreinte, mes bras! Et vous, mes lèvres, ô vous qui êtes les portes de l'âme, scellez d'un baiser loyal un marché éternel que je conclus avec la mort... Je bois à mon amour. (*Il boit le poison.*) Tu étais un honnête marchand de poison, toi, ta drogue agit vite... Ah! je meurs ainsi avec un baiser.

Et il meurt, les lèvres sur celles de Juliette.

❧ ❧ ❧

Arrive le frère Laurent, qui vient jusqu'au tombeau et découvre successivement tout ce tas d'horreurs : le cadavre de Tebaldo, celui de Pâris, celui de Roméo.

— Ah! mon Dieu, dit-il, je suis arrivé trop tard!

En effet, il sait que sa lettre n'a pas été remise et il ajoute :

— Quelle heure implacable que celle qui a été coupable de tout ce lamentable hasard! Mais voilà que la dame s'agite...

Juliette, en effet, se réveille.

— O secourable frère, où est-il, mon seigneur? Je me rappelle bien où je devais me trouver, et m'y voilà. Où est mon Roméo?

On entend du bruit dehors.

— J'entends du bruit, dit vivement le pauvre frère. Dame, dame, sors de cet antre de mort.

(Il la supplie, explique le malentendu, dit qu'on va venir les surprendre, qu'il faut qu'elle fuie, que Roméo est mort.)

— Allons, viens, ma bonne Juliette!

— Oh! non! non! Pars d'ici, toi! Moi, je ne m'en irai point. Jamais!... Qu'y a-t-il là? Une coupe, serrée par la main de mon fidèle bien-aimé? Ah! c'est le poison, je le vois, qui a mis fin prématurément à ses jours!... Oh! méchant! il a tout bu, et ne m'en a pas laissé..., par amitié, une seule goutte pour me venir en aide après lui!... Ah! je vais baiser tes lèvres. Peut-être y a-t-il encore un peu de poison,

assez pour me faire mourir en y goûtant le cordial
du baiser. (*Elle le baise sur les lèvres.*)... Tes lèvres
sont chaudes!

On entend au dehors une voix disant :

— Conduis-nous, petit! De quel côté?...

— Du bruit! s'écrie-t-elle. Oui, oui. En ce cas, il
faut que je me dépêche!

Et elle arrache le poignard de Roméo :

— O poignard, qui es là bien à point! Voici ta
gaine! Tiens, rouille-toi là... (*Elle se poignarde.*)
Fais-moi mourir.

Et elle meurt, sur le corps de Roméo.

※ ※ ※

A ce moment, tout le monde arrive, et tout va
s'expliquer. Le prince est là qui dira que la querelle des Capulets et des Montaigus est désormais
terminée. Mais à présent, cela, que nous importe?

Ce qui nous importe, désormais, c'est de tirer (bien
vite, hélas!) les deux conclusions qu'il faut tirer
de cette œuvre.

D'abord, la première, en l'honneur du génie de
Shakespeare, à la gloire de cette magie de l'art
créateur, faisant vivre une histoire qui n'a rien
d'historique, et demeurer un conte qui avait été conté
par deux conteurs italiens, traduit en français, retra-
duit en anglais dans un poème, et destiné, dans cet
état, à tomber au néant. Saurait-on jamais, sans
Shakespeare, que Roméo et Juliette ont existé? Car,
à l'heure qu'il est, on sait qu'ils ont existé, on le
croit, on en est certain. Pourquoi? Parce que le génie
est venu et que, d'un coup d'aile, il a emporté ces
deux héros du conte dans un plan supérieur, dans
le plan du lyrisme, de la poésie, où les types
humains deviennent éternels et sont ceints du flamboiement, comme dit Hugo, des yeux qui les
regardent. Ils vivent par le génie du poète, et par la
foi de ceux qui y croient; et c'est ce qui fait qu'au-

jourd'hui encore, à Vérone, bien qu'on sache (que
des gens comme moi, comme vous, comme d'autres,
maintenant, sachent) que Roméo et Juliette n'ont
pas existé en somme, pas plus que les Montaigus et
les Capulets, on voit des pèlerins qui viennent là en
pèlerinage, et qu'on leur montre la maison des
Capulets, et une sorte d'auge en pierre appelée le
tombeau de Juliette; et l'on ne peut s'empêcher de
s'imaginer qu'elle a été là, en effet, et l'on pleure
malgré soi! On a beau se dire que ce n'est pas vrai,
on pleure! Mais qu'importe que ce ne soit pas vrai?
Les pleurs qu'on verse, ils sont vrais, eux, ils sont
authentiques, ils montent du fond du cœur; c'est le
sang de soi-même et sa vie que l'on verse dans ces
pleurs. Eh bien! c'est le privilège du génie de faire,
avec des êtres de fantaisie et de rêve, des êtres dont
les détails sont empruntés à la réalité, et qui deviennent plus vivants que la réalité elle-même.

La seconde moralité qu'il faut tirer est, celle-là,
plus triste, plus amère, et je vous demande presque
pardon de vous la révéler; car elle a l'air d'un blas-
phème contre l'amour. Mais elle n'en a que l'air. Au
fond, elle le glorifie mieux encore. Écoutez!

Il faut s'arrêter une seconde sur le dénouement.
Dans Bandello, il y a un autre dénouement : Roméo
et Juliette se retrouvaient et échangeaient un dernier
baiser. Plus tard, Garrick, le grand comédien anglais
qui remit Shakespeare à la mode, reprit ce dénouement, et les fit se retrouver, en effet, une dernière
fois. L'auteur français, Boisteau, est celui qui a
imaginé le dénouement où ils se réveillent l'un après
l'autre, sans pouvoir se revoir et se reparler. Pourquoi Shakespeare a-t-il choisi celui-là? Au point de
vue du théâtre, comme on dit, il est certain que
l'autre dénouement est meilleur. On se détend à les
voir se retrouver, à savoir qu'une dernière fois ils
se fondent l'un dans l'autre, et qu'ils ont, enfin, ne
fût-ce que le temps d'un éclair, la récompense, la
fleur suprême, de leur amour. Il semble que cela
vaut mieux et qu'on s'en va le cœur soulagé! Ici,

au contraire, on s'en va le cœur serré en se disant :

— Comment, ils n'ont pas eu la joie, une dernière
fois, de se dire qu'ils s'aimaient? Ils n'ont eu que
deux duos d'amour dans leur courte vie, et ils n'ont
pas eu l'apothéose d'un dernier, d'un suprême duo,
juste le temps de soupirer le mot sacré : « Je
t'aime! » Puis, un baiser! Et la mort! Non! Ils n'ont
pas eu cela. Le poète ne l'a pas voulu.

Et il a bien fait, parce que c'est ainsi que sa
pièce s'est amplifiée jusqu'à l'infini, dans le symbole
de l'amour impossible, source de toutes les réalités
à force d'être irréalisable. Ayez le courage d'entendre ce que je vais avoir le courage de vous dire!

L'amour est la plus terrible de toutes les passions
que nous traversons dans la vie; et ce qu'il y a de
particulièrement terrible, c'est l'idéal que l'on y
cherche, de vouloir, avec deux êtres, composer un
seul être, de tâcher à ce que deux *moi* n'en soient
plus qu'un. Or, quoi que l'on fasse pour y arriver,
sauf dans l'instant du coup de foudre qui, en effet,
vous fond ensemble comme le baiser du tonnerre
amalgame deux corps différents, ou bien dans la
mort, cette union cherchée ne se trouve pas. Malgré
tout, on reste des êtres séparés, comme Roméo et
Juliette ont été séparés. Etant enfants, ils ne se sont
jamais vus. Il y avait entre eux la haine des Montaigus et des Capulets. Et il y a, entre tous les
êtres vivants, une sorte de haine de la Vie contre
nous, nous forçant à passer à côté les uns des autres
comme deux astres dans l'espace, qui se voient, qui
s'aiment, qui se parlent, mais qui jamais ne se
mêlent, ou, quand ils se mêlent, le font dans une
catastrophe où ils tombent en poussière et anéantis.

Et non, cependant, ils ne sont pas anéantis! Car,
de leur poussière, naîtra un jour un autre être. C'est
précisément à cause de cela que Shakespeare qui,
comme je vous l'ai dit, aime la vie, et veut la représenter dans sa force, quelle qu'elle soit, bonne ou
mauvaise, a préféré cette conclusion, qui est la
conclusion même de la vie. Si, lorsqu'on s'aime, les

deux *moi* qu'on représente pouvaient n'en faire qu'un, alors la Vie serait finie depuis longtemps, puisque l'amour a existé! Mais précisément parce qu'on ne peut pas y arriver, à cette fusion, on en a soif toujours, et de là vient qu'on la poursuit, chacun à son tour, et que d'autres êtres après nous la poursuivront encore, et continueront, et reprendront éternellement ce rêve impossible, qui fait la cruauté, la grandeur, la divinité de l'amour, cette lutte où l'on n'est plus qu'un par l'enfant seulement, si bien que de la sorte la Vie se perpétue sans fin, dans un miracle aussi implacablement absurde que délicieusement adorable.

IV

MACBETH

La Beauté Lyrique dans « Macbeth ». — L'Etude de
Deux Ames Criminelles. — La Scène des Sor-
cières. — L'Idée du Crime chez Lady Macbeth. —
Les Tentations de Macbeth. — Les Suggestions de
Lady Macbeth. — Le Crime. — Le Remords. —
Le Somnambulisme.

MESDEMOISELLES,
MESDAMES,
MESSIEURS,

Nous n'aurons pas aujourd'hui, comme nous
l'avons eu pour *Othello*, et comme nous l'avons eu
pour *Roméo et Juliette*, le miel de paroles amoureuses pouvant sucrer la coupe où nous allons boire
l'horreur tragique. Nous n'aurons que de l'horreur.
Nous allons être en pleines ténèbres sanglantes, avec
deux héros du mal, deux criminels, deux protagonistes monstrueux, dont aucun ne saurait être sym-
pathique, puisque la conclusion de cette causerie
sera de savoir lequel des deux est le plus abominable.

Tout, d'ailleurs, concourt à rendre ces ténèbres
plus épaisses. Nous sommes à une époque lointaine,
au xɪᵉ siècle, parmi des Barbares qui viennent à
peine d'être civilisés par le christianisme, qui sont

9

encore à demi-nus, vêtus de costumes aux couleurs
voyantes, tatoués, portant des plumes comme des
Peaux-Rouges. Leurs mœurs sont farouches, bru-
tales. Ils habitent des châteaux en pisé, dans lesquels
ils se retranchent pour se massacrer les uns les
autres. Nous sommes au commencement de la féoda-
lité, au sortir de la sauvagerie.

Le pays lui-même est sinistre. Si jamais vous
voyagez en Ecosse, je vous recommande d'aller voir
l'endroit où se passe *Macbeth*, et qui s'appelle, en
dialecte écossais, *Hart Muir*, ce qui veut dire « la
sauvage bruyère ». C'est une lande plantée de
bruyère, en effet, de cette plante qui porte malheur,
dit la superstition du peuple; et la bruyère n'y
alterne qu'avec l'ajonc, tout hérissé de petits dards
prêts à vous piquer. A l'horizon, s'allonge la mer,
couverte de brumes, que déchirent et mâchent les
crocs des rochers. Vous pouvez, d'ailleurs, même
sans aller en Ecosse, vous donner cette impression
de lande en Bretagne ou dans certains coins du
Cotentin. Barbey d'Aurevilly a décrit admirablement
une de ces landes cotentines au début d'un de ses
romans. Rien n'est plus évocateur de visions, de
cauchemars, de terreurs, que ces immenses étendues
mornes, que ces brouillards dont les lambeaux effi-
lochés semblent des suaires autour de blancs fantômes se tordant les bras.

Nous avons encore, avec *Macbeth*, une autre cause
de ténèbres tout à fait différente : c'est que le texte
même de Shakespeare en a été à peine établi. La
pièce ne fut publiée qu'après sa mort, dans la
fameuse édition in-folio de 1623, et d'après des copies
de théâtre, collationnées par des souvenirs de comédiens. Il n'y a ici aucun texte que Shakespeare ait
revu lui-même. Il y a donc beaucoup de fautes,
beaucoup d'interpolations. Et, en outre, le personnage principal étant (comme j'espère vous le démon-
trer) un Celte, c'est-à-dire un imaginatif, un lyrique,
et presque tous les personnages étant comme lui, on
trouve particulièrement dans cette pièce ce qu'il y

a dans tout Shakespeare, mais ici avec une intensité presque folle, un débordement de lyrisme comparable seulement à celui du vieil Eschyle. Les mots, quasi tous de rude saxon monosyllabique, ont beau être très brefs, ils sont gros de sens, qui s'enchevêtrent les uns dans les autres. Un seul petit vocable, comme vous le verrez, peut aussi porter comme trois ou quatre fleurs différentes; et cela crée, autour même des pensées, une atmosphère d'images, non pas métaphores de rhétorique, mais images vivantes, pullulantes. C'est ce que Mæterlinck, dans l'introduction de sa très belle traduction de *Macbeth*, appelle si merveilleusement « la beauté diffuse de l'œuvre ». Essayer de traduire cela, c'est tout à fait impossible. Il s'y est lui-même essayé. Il y est parvenu assez souvent. D'autres traducteurs ont eu aussi parfois cette chance. Mais qu'on y arrive jamais pleinement, il ne faut pas l'espérer. Vous devrez donc, de temps en temps, me pardonner et me faire crédit si, ayant à vous lire des passages débordant de ce suc, ayant cette saveur effrayante de mystère, je vous lis le texte shakespearien en collant aux mots anglais des mots français, quitte à parler dans je ne sais quel patois bizarre, qui sera moitié français, moitié anglais, mais qui vous donnera peut-être la sensation de ces images, de ce mystère et de ces ténèbres où nous allons errer à tâtons comme des fantômes nous-mêmes.

❀❀❀

L'histoire qui sert de sujet au drame, n'en parlons pas. Shakespeare ici, comme presque partout, n'a rien inventé. Les grands auteurs dramatiques de génie n'ont pas besoin d'inventer les scénarios de leurs pièces; c'est par l'expression seule qu'ils les font vivre, par la façon de montrer, comme sous des fulgurations, le fond des âmes, à l'aide du verbe qui les illumine, tandis que parlent les personnages.

Qu'est-ce qu'il a voulu exprimer dans cette pièce? Est-ce l'ambition, comme on le dit souvent? Non, ce n'est pas l'ambition. *Macbeth* est l'étude de deux âmes criminelles, une âme d'homme et une âme de femme; et ces deux âmes. criminelles le sont avec une telle intensité toutes les deux, qu'on se demande, en effet (et c'est le thème de notre causerie, si ce mot peut-être employé pour tant d'horreurs que nous allons voir), quel est définitivement, de ces deux monstres, le plus monstrueux.

Hier au soir, un peu avant minuit, comme j'allais m'endormir, la tête peuplée de tous ces cauchemars, venant de relire pour la... je ne sais quelle fois, le texte entier, en anglais, de Shakespeare, je reçus une étrange visite. Un jeune Danois m'apportait, descendant du train (et s'excusant de n'avoir pu arriver plus tôt), un livre qu'il a traduit, qui n'est pas encore publié chez nous, et qui a pour auteur M. Auguste Goll, grand criminaliste danois, et ancien directeur de la police de Copenhague. Ce livre est intitulé *Les Types Criminels dans Shakespeare*. Malgré la fatigue et l'heure avancée, je l'ai dévoré, et j'ai eu la joie de voir que nous nous étions rencontrés dans l'interprétation du caractère d'Iago, et dans celle que je vais vous donner aujourd'hui de Macbeth et de lady Macbeth. Nos conclusions n'aboutissent pas toujours exactement par les mêmes voies; mais peu importe! J'ai été heureux de voir qu'un homme expert dans les questions criminelles concluait ici, comme moi, expert en ces matières seulement comme un poète peut et doit l'être! Car ce qui nous distingue des autres hommes, vous le savez, c'est que nous avons la faculté de nous dédoubler, d'entrer dans les âmes qui ne sont pas les nôtres, et d'y vivre, de leur donner un corps, comme les comédiens le font, et d'être absolument sincères pendant que nous le faisons; grâce à quoi, lorsque nous créons (je dis nous, c'est une façon de parler), lorsque Shakespeare crée *Macbeth*, il est Macbeth et lady Macbeth. Et voilà pour quelle raison, dans l'espèce de réquisitoire (car on a dit que j'allais prononcer aujourd'hui un réquisitoire contre lady Macbeth; mais n'en croyez rien; je ne suis pas un homme à prononcer un réquisitoire, surtout contre une femme, si coupable qu'elle soit), bref, dans cet exposé des faits, pour être absolument impartial, je prendrai les témoignages mêmes des deux coupables; ce qu'ils ont dit, je vous le dirai, je vous le répéterai, je vous le commenterai à peine; et c'est vous qui déciderez, vous seules, en dernier ressort! Pas tout à fait en dernier ressort, puisque vous devez entendre encore, dans quinze jours, l'admirable plaidoyer de défense prononcé par Henri Robert, qui, vous le savez, défend la veuve et l'orphelin, et aussi ceux qui font des veuves et des orphelins. Je suis convaincu qu'il vous rendra lady Macbeth blanche comme une hermine après que vous aurez, avec moi, vu la noirceur de son âme; car, je vous le dis d'avance, je ne vous prends pas en traître, la vraie coupable, c'est elle. Je vous impose presque, d'avance, cette conclusion; mais ce n'est pas moi qui agis de la sorte; c'est lady Macbeth en personne qui va s'accuser devant vous.

Macbeth, lui, est un brave guerrier, un héros, un honnête homme, un brave homme; mais c'est un faible, un de ces faibles qui se laissent troubler, suggestionner, comme on dit; c'est un homme à imagination, un Celte, ne l'oubliez pas; c'est un rêveur, un lyrique, qui a des visions, des hallucinations, qui grossit les choses. Et, en même temps, comme tous les Celtes, c'est un raisonneur, un homme qui analyse toutes les nuances d'une idée ou d'une sensation, et qui, étant donné un fait, en déduira toutes les conséquences. *Argute loqui!* Il sait parler et discuter avec finesse, avec astuce. Il a ce mélange d'imagination et de syllogisme qui est la caractéristique des Celtes.

Elle, au contraire, je vous le montrerai tout à l'heure, ce n'est pas une Celte; elle est Saxonne, Anglo-Saxonne; elle est de race germanique; elle

ressemble aux fameuses héroïnes des Niebelungen,
vous verrez en quoi. C'est un être positif qui va
droit aux réalités, qui ne considère que les réalités.
Elle appartient à la race de celui qui a dit : « La
force prime le droit. » Quand une chose est faite,
si elle est bien faite, lady Macbeth ne comprend pas
comment ni pourquoi on en peut avoir remords ou
même regret.

Voilà les deux personnages posés, et vous allez,
maintenant, les regarder à l'œuvre. Vous constaterez
tout de suite, dès la seconde scène, de quelle façon
géniale Shakespeare a su troubler le Celte, qui vient
d'être victorieux, qui a remporté un grand triomphe
sur les ennemis de son pays, et dont, juste à ce
moment-là, l'âme va être ébranlée par une fantastique apparition. Tel est le grain, en effet, jeté par
hasard, comme toujours dans Shakespeare, et d'où
fleuriront pour Macbeth toutes les catastrophes.

❀❀❀

Les premières scènes se passent dans cette lande
déserte où, si peu imaginatif qu'on soit, on ne peut
pas, à certaines heures, le soir, par exemple, et dans
le brouillard, se dérober à la vision d'êtres surnaturels. En Bretagne, quand vous voudrez vous en
donner la peine, vous verrez danser des korrigans
dans la lande. Tout le monde peut en voir. Ici, nous
apparaissent tout de suite trois sorcières.

Ne vous moquez pas trop de ces sorcières, en
pensant que c'est un moyen dramatique bien enfantin! Non! Même aujourd'hui, en notre époque de
lumière et de progrès, comme on dit volontiers,
personne n'a le droit de traiter de sauvages les
hommes qui croient aux sorcières; car, de nos
jours, neuf personnes sur dix (et je ne parle pas
seulement des femmes, mais aussi des hommes, des
savants, et même des médecins) ne se gênent pas
pour consulter des cartomanciennes, des chiroman-

ciennes, des voyantes, des somnambules et des devi-
neresses. Ne soyez donc pas étonnés que des Barbares du XIe siècle aient été impressionnés par des
sorcières.

Si j'avais le loisir d'étudier la pièce par le menu,
si nous avions des heures pour nous attarder sur le
texte de *Macbeth*, je m'amuserais à vous montrer ce
que font et ce que disent les sorcières, vers par vers;
et je vous ferais voir alors que Shakespeare n'est
pas seulement un très profond psychologue, un
merveilleux auteur dramatique, mais qu'il est, en
même temps, un artiste subtil, raffiné, et qu'on peut
étudier dans le détail une scène de Shakespeare,
comme on étudie un sonnet de Heredia. Les mots
sont placés exprès à un endroit, et avec telle ou
telle spéciale sonorité, parce qu'il le veut ainsi. Un
tout petit exemple de technique va vous en rendre
compte.

Les pièces de Shakespeare sont écrites en prose,
en vers blancs et en vers rimés. Le grand vers de la
tragédie, celui qui s'appelle *the blanke verse*, et qui,
chez nous, est impossible, se hausse, de temps en
temps, à être un vers anapestique (l'anapeste étant
composé de deux brèves et une longue); mais le
rythme le plus usuel est le rythme ïambique, auquel
la langue anglaise se prête le mieux, et qui se bat
par une brève et une longue. Or, notez ceci : presque
toujours, quand les sorcières parlent, elles emploient
le rythme précisément contraire, le trochée, qui se
compte par une longue et une brève. Je vais vous
dire un vers en anglais qui va vous en faire sentir
le son et la cadence :

> *When we shall we three meet again...*

Cela donne un temps lourd, un temps bref; et,
quand on l'écoute, on a la sensation de voir une sorcière sautiller, ou, pour prendre le terme vrai, plus
exact, *sauteler*, comme un crapaud ou comme une
bête qui a une jambe coupée. Cela donne un côté
boiteux, mystérieux et bizarre à la fois, presque

burlesque, quoique sinistre, et qui va bien aux sorcières.

✿✿✿

Maintenant que je vous ai fait ce petit cours de
versification, nous entrons dans le texte, traduit,
autant qu'on peut essayer de traduire ces choses-là,
c'est-à-dire mal, mais avec une sorte de dévotion
dans la fidélité.

PREMIÈRE SORCIÈRE. — Quand serons-nous les trois
ensemble, derechef, dans le tonnerre, les éclairs, ou
dans la pluie?

DEUXIÈME SORCIÈRE. — Après le hourvari fini,
après la bataille là-bas, perdue ou gagnée.

TROISIÈME SORCIÈRE. — Ce sera avant le coucher
du soleil.

— A quel endroit?

— Sur la bruyère.

— Oui, pour nous rencontrer avec Macbeth.

Ici, des rimes triplées au bout de vers très courts :

— ¡*Where the place?*

— *Upon the heath.*

— *There to meat with Macbeth.*

A cet instant, un long miaulement de chat.

Une des sorcières dit :

— Je viens, Graymalkin.

Puis, une espèce de soupir de flûte; c'est le cri
du crapaud.

— Paddock appelle, dit la deuxième sorcière.

Et la troisième ajoute :

— On y va!

Et, enfin, la fameuse formule, en trochées, toujours, et en vers à rimes :

Fair is foul, and foul is fair.
Hover through the fog and filthy air.

« Beau est laid et laid est beau.
« Planons à travers le brouillard et l'air sale. »

Sur quoi elles s'évaporent dans cet air, et disparaissent, cependant qu'arrivent des guerriers racontant que Macbeth vient de triompher, par une éclatante victoire, des ennemis qui avaient envahi l'Ecosse.

Et voici revenir les sorcières, dans une autre partie de la lande, toujours sous le brouillard, des voiles de brouillard qui se lèvent, et que les sorcières déchirent comme à des vols de chauves-souris. Puis, elles font halte encore, et bavardent de tout. ce qu'elles ont manigancé pendant ce bref voyage, qui a été très long; car, étant des sorcières, elles ont pu faire la moitié du tour du monde en bien moins de quatre-vingts jours, voire seulement en une ou deux minutes. L'une a tué le cochon; l'autre a pris le pouce d'un pilote naufragé. Tout en jacassant, elles attendent Macbeth, dont l'approche est annoncée par de lointains roulements de tambour. Cela les met en gaieté. Et alors elles se prennent par la main, et chantent.

Les fatidiques sœurs, la main dans la main, courrières de la mer et de la terre,
Ainsi vont en rond, en rond,
Trois fois pour le tien, trois fois pour le mien,
Et trois fois de plus pour faire neuf.

Puis, brusquement, cessant de chanter et danser :
— Chut! font-elles. Le charme a fini de tourner.
Et voici Macbeth et son ami Banquo. Combien différents : l'un, Banquo, très honnête homme, mais solide dans sa conviction d'honnête homme; et l'autre, Macbeth, qui est un brave, un guerrier, un honnête homme lui aussi, mais un faible, un de ces gens sur qui les moindres suggestions peuvent avoir prise. Et vous allez juger comment les sorcières et la Destinée travaillent pour lui bouleverser l'âme.

❋❋❋

Il vient d'être vainqueur; il est donc dans l'exaltation de son triomphe; et il aperçoit soudain ces trois êtres bizarres, des femmes, vieilles, tordues, décharnées, boiteuses, portant au coin des lèvres de longs poils blancs qui leur font comme une barbe fantastique, à la fois grotesques et mystérieuses.

— Regardez, Macbeth! dit Banquo. Quels sont ces êtres-là, si décharnés, d'un accoutrement si farouche, qui ne semblent pas des habitants de la terre, et qui, cependant, sont sur elle.

Il s'approche, et il leur dit :

— Vivez-vous? Ou êtes-vous quelque chose que l'homme peut questionner? Vous paraissez me comprendre; car toutes ensemble vous posez votre doigt gercé sur vos lèvres en vieille peau! Vous avez l'air d'être des femmes et, pourtant, vos barbes m'empêchent de le croire!

Macbeth, qui est beaucoup plus impérieux, leur crie :

— Parlez si vous pouvez! Qui êtes-vous?

Ecoutez leurs troublantes réponses!

PREMIÈRE SORCIÈRE. — Profond salut, Macbeth! Salut à toi, thane de Glamis. (Thane est un titre qui veut dire baron.)

DEUXIÈME SORCIÈRE. — Profond salut, Macbeth! Salut à toi, thane de Cawdor.

TROISIÈME SORCIÈRE. — Profond salut, Macbeth! Salut à toi! Tu seras roi plus tard.

BANQUO. — Bon seigneur, pourquoi tressaillir ...

Car Macbeth, immédiatement, est troublé. Un frisson le secoue des pieds à la tête.

— Pourquoi, continue Banquo, pourquoi semblez-vous craindre des choses qui sonnent d'un si beau son?

Et il recommence à interroger les sorcières. Il voudrait savoir quelque chose sur son propre sort. Or, elles lui apprennent qu'il sera moins grand que Macbeth et plus grand, moins heureux et plus heureux; car il ne sera pas roi, mais ses fils seront rois.

Macbeth s'avance alors. Il a soif d'en apprendre davantage, et il les interpelle avec brutalité. Il sait qu'il sera thane de Glamis, puisque le titre appartient à sa famille; mais comment serait-il thane de Cawdor, comment, puisque Cawdor est vivant? Quant à être roi, il n'y croit pas...

— Allons, parleuses qui parlez à demi, dites-moi d'où vous tenez cette étrange nouvelle? Pourquoi, sur cette bruyère flétrie, nous barrer le chemin avec vos prophéties? Parlez, parlez, je le veux!

Un coup de tonnerre, après un éclair, et elles disparaissent.

Ici, un mot qui n'a jamais été traduit exactement. Banquo lui dit :

— La terre a des *bulles*, comme l'eau. En voilà. Elles crèvent et s'évaporent.

Et Macbeth reste préoccupé par ce qu'il vient d'entendre.

— Y avait-il vraiment ces êtres-là, dit Banquo, ou bien avons-nous mangé de la racine qui rend fou?

— Vos enfants seront rois! répond Macbeth.

— Et vous, vous serez roi! réplique Banquo.

MACBETH. — Et thane de Cawdor aussi! n'est-ce pas cela qu'elles disaient?

BANQUO. — Oui, du même accent, avec les mêmes mots.

Arrivent des officiers, qui viennent annoncer que Macbeth vient d'être nommé, par le roi, thane de Cawdor.

— Pourquoi m'habillez-vous de vêtements qui sont à un autre? s'écrie-t-il rudement.

— Oui, le thane de Cawdor est vivant, font-ils, mais des trahisons capitales l'ont jeté bas, et l'on vous a donné sa place.

❊❊❊

Ah! vous le concevez, le trouble profond qui, naturellement, ébranle de fond en comble l'âme de cet homme! Deux prédictions sont déjà réalisées; pourquoi la troisième ne se réaliserait-elle pas! Et immédiatement, au plus intime du malheureux, qui n'est pas un criminel, une tentation naît, vague, très vague, et qui, s'il était seul au monde, n'irait peut-être pas plus loin, ne se préciserait point.

Ecoutez plutôt ce dialogue :

— Thane de Glamis et de Cawdor! L'autre titre est encore à venir!... N'espérez-vous pas, Banquo, que vos enfants seront rois?

BANQUO. — C'est étrange! Mais souvent, c'est pour nous perdre que les instruments des ténèbres nous disent des vérités. Ils nous amorcent par des bagatelles et nous entraînent dans un abîme de conséquences profondes.

Mais Macbeth, à part, isolé, continue à être en proie au mauvais rêve.

— Deux vérités sont dites! Ce sont les prologues d'un drame qui doit avoir pour dénouement la royauté! Ah! cette suggestion surnaturelle ne peut pas être mauvaise, puisque la réalité lui donne déjà raison. Mais, si elle est bonne...

Et, certes, l'idée du crime possible est déjà en lui; cependant, c'est à l'état d'une brume terrifiante, qui ne prend pas corps, sinon dans l'horreur qu'il en a.

— Car, dit-il, si cette idée est bonne, pourquoi la tentation dont l'horrible image fait se dresser soudain mes cheveux sur ma tête et se heurter mon cœur contre mes côtes? Pourquoi tressaillir à l'idée d'un meurtre qui n'est encore qu'un fantôme de ma pensée?

Banquo et les officiers remarquent qu'il est absorbé; ils le réveillent pour qu'on aille trouver le Roi, et Macbeth dit :

— Ne parlez plus de ces choses, il ne faut plus y penser.

Il ne pense pourtant plus qu'à cela, hélas!

En réalité, les premières coupables, les voilà! Ce sont les sorcières, qui ont jeté ce grain. Mais ce grain aurait sans doute avorté dans l'âme de Macbeth, qui est honnête, qui est brave, qui est loyal. Ah! quelque chose va le faire germer et pousser!

Le fumier où va se nourrir sa sève, il est tout prêt. Oui, le fumier, si j'ose employer un aussi vilain mot pour une aussi délicieuse créature que lady Macbeth. Car, ne vous y trompez pas, elle est exquise. On représente toujours lady Macbeth comme une virago! Non, mais non! C'est une femme charmante, séduisante, vipérine! Oui, toute en nerfs, et c'est ce qui fait que, à la fin, elle sera dominée par ses nerfs. Mais cela n'ôte rien à son charme, à sa grâce. Et elle est aimante aussi, épouse ne songeant qu'à son époux! Car jamais, vous le verrez, jamais elle ne s'occupe d'elle-même; elle ne vise que sa joie, sa fortune, sa gloire, à lui, pour lui!

⁂

Nous nous trouvons, maintenant, dans le parc du château de Macbeth. Lady Macbeth est en train de lire une lettre qu'elle vient de recevoir, où Macbeth lui raconte ce qui lui est arrivé, comment les sorcières l'ont salué thane de Glamis et de Cawdor.

Elle lit, et voici ce que dit la lettre :

« ...Et elles m'ont dit aussi : « Salut, tu seras roi! » J'ai tenu à t'écrire ces choses, très chère compagne de ma grandeur, afin que tu partages ma joie et mon espoir. Couche cela dans ton cœur, et adieu! »

Ecoutez ce qu'elle crie, toute seule :

— Macbeth, tu es Glamis, tu es Cawdor, tu seras tout ce qu'elles ont dit!

Et aussitôt, elle ajoute qu'elle craint la nature de Macbeth, sa bonté, et notez par quel admirable mot elle définit à fond l'âme de cet homme qu'elle aime :

— Oui, dit-elle, ta nature est trop pleine du *lait de l'humaine tendresse* pour marcher droit au but. Tu voudrais être grand. Tu es ambitieux. Mais tu n'as pas l'audace qu'il faut dans le mal. Tu n'oses pas tricher et tu voudrais gagner en trichant.

Eh bien! elle est prête, elle, à gagner en trichant, pour que ce soit lui, lui qu'elle aime, qui gagne.

— Accours donc, ajoute-t-elle; viens vite; que je
te verse, moi, mon courage dans ton oreille, et que
j'étouffe en toi tout ce qui peut t'écarter du cercle
dont une puissance surnaturelle doit te couronner.

A ce moment, un messager arrive, et lui annonce
que le Roi va venir coucher dans sa maison, ce soir.
Une autre femme serait épouvantée, à l'idée que
l'occasion du crime rêvé se présente; et elle se
dirait : « Non, je ne le commettrai pas! » Elle, au
contraire, à l'instant même, saisit cette occasion
aux cheveux. Elle se décide, et, pour elle, le crime
est déjà fait.

— Venez, dit-elle, venez, vous, esprits des pensées
de meurtre; changez-moi de sexe (dans le texte :
unsex me, « désexuez-moi ») et, du crâne aux talons,
emplissez-moi de la plus atroce cruauté! Faites mon
sang épais. Barrez l'entrée au remords pour l'empêcher d'ébranler ma volonté farouche. Entrez dans
mes mamelles de femme, et, de mon lait, faites du
fiel. Viens, profonde Nuit, et mets ton manteau le
plus foncé, ton manteau de fumée d'enfer, que mon
couteau aigu ne voie pas la blessure qu'il fera, et
que le ciel ne puisse pas soulever la courtine des
ténèbres pour me crier : « Halte! Halte! »

Vous voyez si lady Macbeth est résolue au crime!

***

Macbeth arrive. Ici, une scène capitale. Très
courte, comme toutes les très belles scènes de Shakespeare; elle n'a pas vingt vers; mais vous allez,
rien que par ces vingt vers, juger quel est le vrai
coupable des deux complices. Lui, il a déjà eu l'idée
du crime, oui; mais une idée vague qui n'a fait que
passer rapidement dans son imagination de Celte.

Il n'en est pas de même chez lady Macbeth. Elle
va s'emparer de Macbeth, et l'inciter à prendre la
résolution scélérate.

Il entre. Voici comme elle le reçoit :

— Salut, Glamis! Salut, Cawdor! Salut, plus grand encore que tout cela! Ta lettre m'a transportée au delà de ce présent qui ne sait rien; et je sens désormais tout le futur dans l'instant.

— Mon très cher amour, dit Macbeth, tu sais que Duncan vient ici ce soir?

Il dit cela en hésitant. Lui n'a pris aucune décision encore, et il est terrifié à l'idée que le Roi va venir. Mais elle, pratique (n'oubliez pas cela), positive, qui n'est pas une idéaliste, une raisonneuse comme lui, et qui voit les faits seulement :

— Et, quand part-il? demande-t-elle.

Macbeth, avec des points de suspension qui sont marqués dans le texte :

— Demain..., à ce qu'il se propose.

Il ne s'engage pas; il ne dit rien; il répète ce qu'a dit le Roi. Elle, brusquement, sa décision étant prise :

— Ah! jamais le soleil ne le verra, ce demain!

Macbeth pâlit, tant l'idée de l'assassinat est brutale et intense.

— Votre visage, monseigneur, s'écrie-t-elle alors, est un livre où l'on peut lire d'étranges choses! Je vous en prie, pour tromper le temps, paraissez comme le temps.

C'est une phrase bien ambiguë, une phrase à la beauté diffuse, comme dit Mæterlinck. Mais attendez, elle va se préciser, cette beauté d'horreur!

— C'est la bienvenue qu'il faut porter dans vos regards, dans votre main, dans vos paroles. Paraissez la fleur innocente, et soyez le serpent qui est dessous. Il faut faire bon accueil au Roi. La grande affaire de cette nuit, je m'en charge.

Vous entendez! La grande affaire! C'est déjà tout prêt dans sa pensée.

— ...Elle seule donnera à toutes nos nuits et à tous nos jours la souveraineté et la domination.

Macbeth risque une dernière tentative d'évasion hors du crime :

— Nous en reparlerons,

Mais elle, affirmative toujours, et nette, et impérieuse :

— Ayez seulement le visage clair. Occupez-vous à cacher vos craintes. Laissez tout le reste à moi.

Dès ce moment, le crime est arrêté; les complices sont d'accord; et le chef de la conspiration, c'est elle.

※※※

Le roi Duncan arrive. Il faudrait vous lire, en la faisant savourer, toute cette scène délicieuse, qui est un instant de repos. J'ai dit qu'il n'y avait pas du tout de bleu, dans *Macbeth;* il y en a, pourtant, un tout petit peu ici; mais il est, si j'ose parler ainsi, un bleu d'une hypocrisie merveilleuse. Une virago ne saurait jamais recevoir le Roi comme le fait lady Macbeth. C'est une hôtesse charmante, aimable, presque câline. Du reste, le Roi arrive bien disposé, dans un paysage qui fait exception en Ecosse, un de ces paysages au bord de certains lacs, ressemblant à des paysages de Suisse, quasiment artificiel, tant il est joli. Il y a de l'herbe. Il y a quelques arbres. Et Banquo fait remarquer que dans les créneaux du château logent des martinets; et partout, dit-il, où pullule et fréquente cet oiseau, j'ai observé que l'air était suave. L'hôtesse dit au Roi des paroles aussi suaves que cet air; et le vieux Duncan, qui est un affable gentilhomme, lui prend la main, la lui baise, et entre dans le château avec le sourire aux lèvres et la joie au cœur.

Ici, une scène qui est un chef-d'œuvre entre tous les chefs-d'œuvre de Shakespeare, une scène où Macbeth discute avec lui-même les raisons de ne pas commettre le crime. Un autre n'aurait pas manqué d'en faire un dialogue entre les deux complices. A quoi bon? Lady Macbeth n'a pas besoin d'assister aux pensées de Macbeth. Elle les devine. Tout à l'heure, en le voyant, rien qu'à ses yeux, elle va comprendre tout ce qu'il s'est dit, et elle saura qu'elle ne doit pas s'y arrêter; car lorsque l'homme a raison dans sa pensée, jamais la femme n'entre dans le jeu ainsi offert, jamais; elle dérobe l'épée, comme on dit en escrime, et attaque sur un autre point. C'est pourquoi nous sommes toujours vaincus.

Donc, voilà Macbeth, seul d'abord, et qui raisonne. Ainsi que je vous l'ai dit, c'est à la fois un lyrique et un psychologue. C'est un Celte, tout ensemble imaginatif et discuteur de détails. *Argutè loquil* disait déjà le vieux et sage Caton. Le Celte sait parler avec finesse, avec subtilité. Et en cela, d'ailleurs, on peut dire que tout homme est Celte, comparé à la femme. Nous autres, en effet, ce qui nous caractérise dans la discussion, c'est que, de prime abord, immédiatement, nous essayons de voir toutes les facettes d'une idée, toutes les conséquences possibles, bonnes ou mauvaises, que cette idée peut avoir. La femme, non pas! Faiblesse chez elle, dit-on; mais ne le croyez pas. De là, au contraire, sa force, sa grandeur. Quand elle voit une chose, dans le bien ou dans le mal, elle ne voit que cela; et elle y marche tout droit, sans chercher de *si*, de *car*, de *mais*, sans analyser les tenants et aboutissants, sans se préoccuper des conséquences; et voilà tout le secret magique de son pouvoir impulsif, instinctif, irrésistible.

Macbeth, lui, réfléchit encore, pèse, raisonne, fait halte. Il se dit :

— Si c'était fini une fois fait, alors il serait bien que cela fût fait tout de suite. Ah! si, avec l'assassinat, on pouvait ramasser d'un coup de filet toutes ses conséquences! Pour ici-bas; oui, pour ici-bas seulement! La vie à venir, j'en risquerais le saut! Mais c'est que, déjà, dès ici-bas, le crime trouve son châtiment. Le calice que nous avons empoisonné, la justice nous force un jour à le boire.

Ceci est proprement le sens, la notion du remords. Il a la certitude que, une fois le crime commis, on se repent parfois de l'avoir commis. Et en outre, il a, plein lui, ce lait de l'humaine tendresse, dont parlait tout à l'heure sa femme. Il pense à Duncan, et que Duncan est ici sous sa protection, et qu'il est son hôte, et qu'il est bon, et...

— Ne fût-ce qu'à ce titre de mon hôte, je devrais monter la garde devant sa porte, le défendre des meurtriers, au lieu de tenir le couteau moi-même!... Et puis, il est si noble, si grand, que ses vertus, comme des anges, sonneraient de la trompette contre son assassin. Oh! non, non! Je n'ai vraiment d'autre éperon que mon ambition pour piquer les flancs de ma volonté, qui saute sur place et se dérobe devant l'obstacle.

Ah! certes, s'il était seul, il ne le commettrait pas, le crime! S'il n'avait que cet éperon de son ambition, cela ne suffirait pas pour le rendre assassin de son hôte, de son parent, d'un homme aimable comme le Roi. Il regretterait peut-être plus tard l'occasion manquée; du moins, resterait-il un homme qui a voulu un crime, et qui ne l'a pas commis. Mais l'éperon qui va le faire sauter par-dessus l'obstacle, le véritable et impérieux éperon, et la cravache, et en même temps le mors qui le soulève comme un cheval prêt à se dérober, c'est lady Macbeth.

✻✻✻

En arrivant, elle comprend, dans les yeux de Macbeth, qu'il hésite. Vous croyez qu'elle va lui parler des raisons qu'il a pu se donner? Du tout! Elle lui parlera de tout autre chose, d'abord! Et que répondra-t-elle, lorsqu'il lui dira, pour couper court d'avance à toute discussion :

— Nous n'irons pas plus loin dans cette affaire, n'est-ce pas?

Elle ne répondra rien, ne donnera aucun argument pour ou contre, mais se moquera de lui, et l'appellera lâche. Qu'est-ce qui peut être plus sensible à cet homme, qui est la bravoure même, que d'être appelé lâche? Et elle insistera sur l'outrage!

— L'espérance dans laquélle vous vous pavaniez, elle était donc ivre? Elle s'est donc endormie depuis? E'le ne se réveille donc maintenant que pour regarder, pâle et verte de peur, ce qu'elle envisageait tout à l'heure si délibérément? Ah! désormais, c'est ainsi que je verrai aussi ton amour! Oui, tu redoutes d'être le même dans tes actes et dans tes désirs! Lâche devant ta propre estime, tu restes comme le pauvre chat du proverbe, entre « je voudrais » et « je n'ose pas » !

Mais elle a beau se moquer de lui, ce n'est pas encore par là qu'elle peut le prendre. Il réplique par une phrase très digne, mais un peu banale, me semble-t-il, bien qu'elle affecte le ton sublime. C'est généralement des phrases de ce genre que nous essayons de trouver, quand nous n'avons rien à dire :

— Assez, je te prie! J'ose faire tout ce que doit faire un homme. Qui ose faire plus n'en est pas un.

Mais elle sait bien quel est cet homme qu'elle a devant elle; et alors, connaissant qu'il est bon, qu'il est honnête, qu'il est loyal, et que pour rien au monde il ne manquerait au point d'honneur et à ce qu'il croit son devoir, flairez-vous ce qu'elle va lui prouver? Que, l'idée du crime, c'est lui qui l'a eue, que si elle en a parlé, elle, c'est parce que lui, il la lui avait mise dans la tête, à elle, et que, par conséquent, puisque c'est lui qui a eu cette idée, il doit la mener jusqu'au bout. Elle arrive jusqu'à lui dire qu'il a juré de tuer le Roi. Le pauvre homme n'a jamais prononcé ce mot! Rappelez-vous les paroles qu'il a dites! Il s'est borné à un obscur acquiescement, que lui dictaient les suggestions. Il a dit que « l'on verrait » et que « peut-être... » et d'autres vagues formules d'acceptation... Cela suffit pour qu'elle affirme qu'il a expressément dit oui; et elle va lui faire croire qu'il l'a dit en effet.

— Alors, réplique-t-elle, quelle est donc la bête qui vous a forcé à m'ouvrir cette entreprise? Quand vous osiez le faire, alors vous étiez un homme; et il faut être maintenant beaucoup plus que ce que vous étiez, si vous voulez être beaucoup plus qu'un homme. Ni l'heure, ni le lieu ne s'offraient alors, et cependant vous vouliez les faire naître. Ils se sont faits eux-mêmes, et c'est leur complicité, maintenant, qui vous défait, vous. J'ai allaité, et je sais combien il est doux d'aimer l'enfant qui vous tette. Eh bien! pendant qu'il souriait à ma face, j'aurais arraché mon tétin de ses gencives sans dents, et je lui aurais fait gicler la cervelle, si j'avais juré cela *comme vous avez juré ceci!*

Non, non, mille fois non, il n'a point juré ceci, de tuer le Roi. Jamais il ne l'a juré. Mais qu'importe! Le voilà, par tant d'assurance, convaincu de l'avoir juré. Et de bonne foi! Car la suggestion entre en lui. Il croit qu'il a juré. Et maintenant, s'il a juré cela, en effet, est-ce que, par devoir, par sentiment d'honneur, il ne doit pas aller jusqu'au bout? Puisqu'il a fait un serment à. cette femme qu'il aime, dont il est aimé, pourquoi ne le tiendrait-il pas, ce serment? Il faut, il faut absolument qu'il le tienne.

Et la suprême et pauvre réplique qu'il trouve encore, c'est la seule, qu'on bégaie quand on est décidé, au fond, et que l'on s'attarde seulement à chercher de menues objections de détail, par lâcheté devant l'acte.

— Et si le coup manquait, dit-il?

Quelle réponse piteuse, indigne de lui, de ce guerrier, de cet homme! Et pourquoi manquerait-il donc, le coup? Est-ce qu'elle en doute un instant, elle? Non, certes. Car elle, la femme positive, pratique, attentive aux faits, elle a tout prévu, déjà, tout pesé, tout organisé. Son plan est prêt.

— Manquer! s'écrie-t-elle. Chevillez seulement votre courage au dernier cran, et le coup ne manquera pas. Après son rude voyage, Duncan dormira profondément. Ses deux chambellans, lourds de boisson et d'orgie, seront gisants comme des pourceaux entre le sommeil et la mort. Alors, contre Duncan sans gardiens, nous pourrons tout, vous et moi. Quant à ses officiers, c'est eux que nous accuserons de ce grand crime.

❧ ❧ ❧

Vous voyez comme l'affaire a été admirablement préparée par elle dans tous ses détails et comme toutes les conséquences en furent examinées, calculées! Alors, que peut-il faire, lui! Il est convaincu qu'il a juré le crime; le plan du crime est tout dressé. Il n'y a qu'à le suivre, ce plan, le plan de lady Macbeth. Et vous constatez vous-mêmes, sans que j'aie à prononcer quoi que ce soit qui ressemble à un réquisitoire, vous devez conclure, juger, que lui, c'est l'homme raisonneur, ergoteur, psychologue, et en même temps le Celte, l'imaginatif, l'idéaliste, qui aura des visions tout à l'heure; et qu'elle, c'est la femme, uniquement poussée par l'instinct, l'impulsive qui voit, sans plus, le but à toucher, et qui vers ce but va droit. Et, tout ensemble, vous vous rappelez qu'elle est, non point une Celte, mais une Saxonne, de race germanique, de cette race qui se glorifie des grands politiques cherchant les règles de leur morale dans la *réalité des choses*. En vérité, des deux, c'est lui qui est faible, c'est lui qui est rêveur, c'est lui qui est passif; et c'est elle qui est forte, c'est elle qui est pratique, c'est elle qui est active. Il n'est que le bras, elle est la tête. Il n'est que le corps, elle est l'âme.

Aussi ne résiste-t-il plus. Subjugué, obéissant, heureux de l'être, il la prend dans ses bras, il l'étreint frénétiquement et il s'écrie :

— Allons! c'est décidé! Je vais tendre tous les nerfs de mon corps vers cet acte terrible. Ah! n'enfante que des fils! Car ta chair indomptée ne peut faire que des mâles.

Et il l'embrasse, de tout son être fondu en elle, de toute sa soumission enthousiaste et presque extatique, proclamant ainsi, mieux que tous les réqui-

sitoires du monde, à quel point il est l'instrument,
le très humble instrument, et rien de plus, dans ce
crime conçu, organisé, voulu, par elle, et par elle
seule!

Tout le procès est dans ce premier acte.

***

Maintenant, vous allez assister à l'exécution de
ce crime. La mise en scène, formidable, est de l'invention même de Shakespeare. Il vous faudrait le
voir jouer en entier pour que vous eussiez à plein
la sensation de l'horreur tragique qui s'en dégage.
Nulle part, je crois, cette horreur n'a été poussée
plus loin. Tous les détails de l'assassinat, les circonstances physiques et les circonstances morales,
sont vivants, agissants, et ce qui les accentue, les
met en lumière et en relief, c'est toujours le con-
traste des deux caractères par quoi se précisent les
deux complices de nature si différente : d'un côté,
le Celte, le visionnaire, l'homme qui a des hallucinations, et, de l'autre côté, la femme pratique et
positive.

Le décor représente la cour du château, dont
l'aile droite est occupée par les appartements de
Macbeth et de sa femme, dont la partie centrale, de
face, présente la grand'porte donnant sur le dehors,
et dont l'aile gauche forme le pavillon où est couché
le Roi.

Macbeth dit à un serviteur d'aller trouver lady
Macbeth pour qu'elle lui prépare son breuvage du
soir, et qu'elle frappe sur la cloche quand le breuvage sera prêt.

Le serviteur s'en va. A peine Macbeth est-il seul,
marchant vers l'escalier qui conduit au pavillon,
que surgit à ses yeux une hallucination. Il voit, dans
l'air, un poignard.

— Est-ce là un poignard qui est devant moi, que
je vois, tournant son manche vers ma main? Viens!

Laisse-moi t'empoigner. (*Il essaie de le saisir et n'y arrive point.*) Je ne t'ai pas, et, cependant, je te vois encore. N'es-tu pas, fatale vision, sensible au toucher comme à la vue? Ou bien es-tu un poignard de rêve, une fausse création de mon cerveau en feu?... Je te vois encore, sous une forme aussi palpable que celui-ci. (*Il tire son poignard.*) Tu marches à l'avant-garde dans le chemin que j'allais suivre. Oui, je te vois, je te vois toujours, et, sur ta lame, des gouttes de sang qui n'y étaient pas. C'est cette sanglante affaire qui prend corps devant moi...

❧❧❧

Vous le reconnaissez, le Celte (et aussi, en descendant, le Français!). Imaginatif, il a une vision, s'y abandonne... Puis, sa raison prend le dessus. Il s'analyse, il dit : « Ce n'est qu'une vision! » Et du coup, il va prendre conscience que tout cela est faiblesse quand il faut agir.

— Oui, je comprends! Tandis que je menace, lui, il vit là-bas. La chaleur de l'action s'éteint sous la froide haleine des paroles.

Ici, la cloche sonne. Sur quoi, se ressaisissant, il dit :

— C'est le signal. J'y vais! j'y vais! et c'est fait.

Et il gravit l'escalier rapidement. L'homme d'action s'est réveillé; le batailleur, brave, monte à l'assaut, à la bataille.

A ce moment, arrive lady Macbeth, par l'autre côté. Elle sait bien qu'étant la tête et lui étant le bras, il faut laisser au bras l'exécution de la chose. Mais, néanmoins, elle a toujours peur qu'au dernier moment il ne soit repris par le lait de l'humaine tendresse, et elle vient surveiller, en disant :

— Ce qui les a soûlés m'a rendue hardie; ce qui a soufflé leur flamme allume la mienne... Mais, écoutons!.. Chut!... C'était le hibou qui criait son sinistre bonsoir... Macbeth fait la chose. Les portes sont ouvertes, et les valets, repus, dorment. J'ai drogué leurs boissons.

Elle a bien tout prévu, tout arrangé, jusqu'au moindre détail.

On entend, à l'intérieur de la maison, la voix de Macbeth criant :

— Qui est là? Quoi? Ho!

— Hélas! dit-elle, j'ai peur qu'ils ne se soient éveillés, et que cela ne soit pas fait! C'est la tentation qui nous perd, ce n'est pas l'acte... Ecoutons... J'avais préparé les poignards. Sûrement, il les a trouvés...

Elle redoute que Macbeth soit arrêté par une terreur, par quelque vision. On se demande, en effet, pourquoi elle n'a pas exécuté le crime elle-même. Mais parce que jamais la tête n'exécute le crime. Il faut que le bras le commette. Elle, lady Macbeth, la femme, si hardie qu'elle soit en décisions, il lui manque je ne sais quoi de la brute que l'homme a et que la femme n'a pas. Elle y a bien songé, lady Macbeth, à tuer elle-même le Roi; mais savez-vous pourquoi elle ne l'a point osé faire? Parce qu'elle n'est pas une virago. Parce qu'elle aussi, elle a un tout petit reste d'humaine tendresse, parce qu'une goutte de ce lait lui est resté au coin de la lèvre. Elle a vu le Roi dormir, et elle dit :

— Moi, j'aurais fait la chose, si le Roi, dans son sommeil, n'avait pas ressemblé à mon père quand il dormait!

Brusquement, Macbeth revient, le poignard à la main.

— Mon mari! s'écrie-t-elle.

Entendez et notez la parole d'amour.

La réplique suivante, de Macbeth, on la traduit généralement ainsi :

— J'ai fait la chose.

Or, le texte est : *I have done the deed.* Ce qui signifie :

— J'ai fait le fait!

Après quoi, Macbeth ajoute :

— N'as-tu pas entendu un bruit?

— J'ai entendu le hibou huir et le grillon gril-
lonner, répond lady Macbeth.

Et elle demande, à son tour:

— N'avez-vous pas parlé?

— Quand?

— Maintenant.

— Comme je descendais?

— Oui.

— Ecoute, écoute! Qui couche dans la seconde
chambre?

Et voici le récit des choses qu'il a vues, et aussi
de toutes les hallucinations contre lesquelles a dû
lutter cet homme d'imagination, et qu'elle n'aurait
pas eues, elle!

— Qui couche dans la seconde chambre?

— Ses deux fils, Malcolm et Donalbain.

Macbeth regarde ses mains sanglantes, et grom-
melle :

— Ah! voilà qui est pitoyable à voir.

— Idée de fou, de dire : « Pitoyable à voir! »

— Ecoute! Il y en a un qui a ri dans son sommeil, et qui a crié : « Meurtre! Meurtre! » Ils se
sont éveillés. J'ai fait halte pour les écouter. Mais
ils ont dit leurs prières, et se sont rendormis après
avoir murmuré, l'un : « Dieu vous aide! » et l'autre :
« Amen! » comme s'ils m'avaient vu avec ces mains
de bourreau. Et quand ils ont dit : « Dieu vous
aide », je n'ai pas pu dire : Amen!

— Ne pensez pas à cela si profondément!

— Mais pourquoi, pourquoi n'ai-je pas pu dire :
Amen! J'avais tant besoin, cependant, de bénédiction!
Et le mot Amen! est resté là, collé dans ma gorge.

Lady Macbeth ne comprend pas qu'on puisse avoir
du remords, qu'on se laisse aller à en avoir, qu'on
n'en chasse pas l'idée.

— Ne cherchons pas! Ne pensons pas! Cela nous
rendrait fous.

— Mais, dit Macbeth, sans aucun doute j'ai
entendu une voix qui criait : « Ne dors plus! Macbeth
vient de tuer le sommeil, l'innocent sommeil, le

sommeil qui reprise l'étoffe de notre vie effiloquée par les chagrins, le sommeil, douce mort quotidienne, bain du rude labeur, baume des esprits malades... »

En vérité, on croirait qu'il délire. Et elle le croit, elle, qui l'interrompt ainsi :

— Ah! si. Ecoute! Et la voix criait encore : « Ne dors plus! » Et par toute la maison elle criait : « Glamis a tué le sommeil; et c'est pourquoi Cawdor ne dormira plus, Macbeth ne dormira plus! »

— Mais voyons, voyons! objecte lady Macbeth, la positive, qui était cela qui criait ainsi? Pourquoi, mon cher seigneur, détendre votre force dans ces imaginations de cerveau délirant?

Car elle ne délire pas, elle! Pourquoi délirer? Pourquoi ne pas considérer froidement la réalité des choses? Ecoutez ses conseils sages.

— Allez, allez prendre un peu d'eau, et de ce hideux témoignage lavez vos mains. Pourquoi avez-vous emporté ces poignards? Ils doivent rester là-bas! Allez les reporter, et barbouillez les serviteurs endormis avec le sang du Roi!

— Oh! non! Oh! non! je n'irai plus, j'ai peur. Regarder cela de nouveau, je n'ose pas.

Elle n'a point peur, elle. Méprisante, altière, féroce, écoutez-la.

— Lâche! lâche! crie-t-elle! Infirme de volonté! donne-les-moi, les poignards! Les endormis et les morts ne sont que des images! C'est l'œil de l'enfance qui s'effraie d'un diable peint. Si le Roi saigne encore, je vais empourprer leurs faces avec son sang.

Et elle monte l'escalier d'un pas résolu, superbe dans son audace contre l'horreur du crime, contre la vue et l'odeur du sang.

Macbeth reste seul. On frappe à la grand'porte du fond.

— D'où vient cela qui frappe? Ah! comment se fait-il que le moindre bruit m'épouvante? Oh! Oh! quelles mains sont ici. Elles arrachent mes yeux!... Tout l'Océan pourrait-il laver ce sang qui est sur ma main? Non, non! C'est ma main plutôt qui rendrait écarlates les vagues innombrables et ferait l'eau verte toute rouge.

Mais voici redescendre lady Macbeth. Et l'on est forcé de l'admirer, vraiment, tant son courage dans le crime, son sang-froid, son cynisme impassible et indomptable, touchent à une sorte de sublimité. A la phrase de Macbeth, elle répond ainsi en rentrant :

— Regarde! mes mains sont de la couleur des tiennes. Ce qui est honteux, c'est d'avoir le cœur si blanc.

Ici, derechef, on frappe à la grand'porte. Mais elle n'en prend aucune terreur vaine. Très calme, elle continue à tout peser et préparer.

— J'entends, dit-elle, frapper à l'entrée du sud. Retirons-nous dans notre chambre. Un peu d'eau, et nous voilà nets de cette action. C'est bien facile, tu vois. (*On frappe encore.*) Ecoutons.

Et, tandis qu'il reste hébété, elle lui donne les ordres de ce qu'il faut faire pour être à l'abri de tout danger.

— Mettez votre robe de nuit, de peur qu'on ne nous appelle, et que nous ayons l'air d'avoir veillé. Ah! ne soyez pas perdu si pauvrement dans vos pensées!

Et elle l'entraîne, comme un corps inerte. Ces pensées, dans lesquelles il se perd si *pauvrement*, ce sont des pensées morales qu'elle n'a point, c'est le remords qui les soulève dans l'âme de Macbeth. Il la suit, en gémissant :

— Ah! savoir ce que j'ai fait! Mieux vaudrait ne pas savoir que je suis. Ah! oui, frappe, frappe! Réveille Duncan avec ton tapage! Ah! si tu le pouvais, si tu le pouvais!

❀❀❀

Suit une scène que je ne vous lirai point, et qui, pourtant, lorsqu'on la joue, en Angleterre, est d'un effet prodigieux. C'est la scène du portier qui arrive

en titubant, ivre, et, au lieu d'ouvrir, se livre à des
calembredaines, à des plaisanteries, à des calembours
qui n'en finissent plus. Force critiques pensent que
cette scène fut faite uniquement pour plaire au gros
public, aux gens du parterre. Non! Elle sert aussi et
surtout à autre chose. Elle est destinée à détendre
un peu les nerfs! Car, vraiment, pendant ces effroya-
bles horreurs que je viens de vous lire, de vous
vivre autant que je l'ai pu, j'ai senti le frisson passer
parmi vous comme il a passé en moi; or, on ne
saurait demander à des spectateurs de continuer plus
longtemps à frissonner ainsi. Shakespeare a donc
songé à les réchauffer avec un rire d'énorme plaisanterie.

Après quoi, tout de suite, l'horreur reprend; car
voici entrer Macduff et Lennox, que vient recevoir
Macbeth en robe de chambre.

La nuit a été sinistre, racontent les survenants. Il
y a eu de la tempête, et même, dit l'un, la terre a
eu la fièvre, elle a tremblé.

Macduff propose d'aller réveiller le Roi; et il
monte au pavillon d'où il ressort, un instant plus
tard, en criant :

— Horreur! Horreur! Horreur!

— Ah! dit Macbeth, qu'y a-t-il donc?

— Montez, vous allez voir! La destruction a fait
son chef-d'œuvre! Entrez!

Et Macbeth y va. Cette fois-ci, Macbeth n'a plus
peur; car il est dans l'action. Quand il est seul, c'est
un visionnaire; mais quand il a des gens qui le
regardent, « l'œil du public est un aiguillon de
gloire », pour le Gaulois et pour le Français, et il
marche.

Les deux fils du Roi sont appelés par Macduff;
on leur apprend que leur père est mort.

Lady Macbeth sort à son tour. Elle vient voir si
tout est bien en place. Macbeth sort du pavillon, et
raconte devant tous qu'il y avait là deux chambellans qui l'ont regardé, éperdus, et que, dans la fureur

de son dévouement au Roi, pour les punir, il les a tués. Lady Macbeth se dit :

— A la bonne heure! Tout va bien.

Puis :

— Emportez-moi! Emportez-moi!

Comme si elle allait se trouver mal. C'est l'art suprême des femmes, comme vous savez!

Elle feint, en effet, de s'évanouir. On l'emporte.

Les jeunes fils de Duncan, comprenant très bien que quelqu'un de la bande a tué leur père, se consultent, décident de ne point rester ici, car *il y a des poignards dans le sourire des gens*, et ils fuient loin du péril menaçant.

Les autres se rendent dans la salle du Conseil pour délibérer sur ce qui s'est passé et ce qu'on doit faire. Quant à lady Macbeth, elle rentre enfin chez elle, prendre le repos qu'elle a bien gagné. Car l'œuvre est faite, et parfaite; tous les détails en sont réalisés comme elle voulait qu'ils fussent, et c'est à cela, uniquement à cela, aux faits, à leur exécution exacte, qu'elle repensera plus tard.

❀❀❀

Nous pénétrons, maintenant, dans l'étude, profonde et minutieuse, de cette âme particulière qu'est devenue l'âme de Macbeth, une âme criminelle en proie au remords. On se rappelle que l'idée de ce remords s'y est installée, en cette âme, dès le premier jour, dès la première minute, où elle a pensé au crime, avant même qu'il fût commis. Or, désormais, comme Macbeth est habité, hanté, par ce remords, il ne songe plus qu'à lui, et d'abord au danger qu'il court, de ce fait, auprès de ceux qui peuvent connaître son crime. Il faut absolument qu'il se débarrasse d'eux.

En même temps, il est possédé par ce démon particulier que Poe aurait pu analyser quand il a étudié le *démon de l'alcool;* car c'est aussi une sorte

d'alcoolisme, que le besoin de tuer encore lorsque
l'on a tué une fois. Il n'est point nécessaire, pour
sentir cet épouvantable besoin, d'avoir commis des
assassinats. Il suffit d'avoir une âme de dramaturge
qui a fait penser, rêver et agir des assassins. Il est
certain que la soif du meurtre les travaille à la
façon de tous les excitants et narcotiques (ce qui est
la même chose), à la façon du vin, de l'absinthe, de
la morphine, de l'opium. On y est condamné à
augmenter de plus en plus la dose pour retrouver
l'ivresse dont on ne peut plus se passer. Et il y a
de la sorte, j'oserai dire, une ivrognerie du sang à
laquelle Macbeth est entraîné. Et ainsi, après le Roi,
et ses chambellans, il va être comme *obligé* de faire
beaucoup d'autres victimes, et, notamment, de commencer par Banquo.

❊❊❊

Ici, je vais avoir le temps de vous faire assister à
toute la scène formidable du banquet, où le Remords
s'incarne dans le fantôme.

Un banquet est offert pour célébrer la royauté de
Macbeth. Parmi les seigneurs qui doivent y prendre
part sont Banquo et son fils.

Mais Banquo et son fils vont faire une promenade
à cheval et Macbeth profite de cette occasion pour
leur tendre un guet-apens et s'en débarrasser, car
n'oubliez pas que les descendants de Banquo doivent
être rois.

Lady Macbeth, croyant que tout est fini avec le
premier crime, ne s'inquiète plus, elle, de toutes les
conséquences encore en germe dans le crime; mais
lui, le raisonneur, il les cherche toujours et les
trouve, et s'ingénie à les parer. Et, comme il adore
sa femme, il veut lui épargner les nouveaux crimes,
suites fatales du premier. Il lui dit :

— Laisse! J'ai préparé quelque chose qui te fera
plaisir; mais sois innocente de le savoir avant que
le fait soit accompli, *my dearest chuck.*

C'est là qu'il la nomme ainsi, ce qui signifie « ma
très chère poule ». Car tous les deux, ils s'adorent.
Ce sont des époux très tendres. Et remarquez-le, un
auteur sur cent, peut-être, ferait ce qu'a fait Shakespeare, indiquerait de cette façon discrète et comme
furtive cette tendresse. Les quatre-vingt-dix-neuf
autres se serviraient de cette amorce d'amour sensuel
donnant prise à la femme sur l'homme. Un mot, dans
Shakespeare, une simple petit mot en passant, et
presque comique de familiarité, suffit à faire sentir
que l'amour est entre eux.

L'assassinat de Banquo préparé sans qu'elle en
soupçonne rien, Macbeth attend, inquiet, le résultat.
Il rôde autour de la table pendant que les convives
se placent. Il guette à la porte le retour des assassins
apostés. Un des assassins arrive et lui dit qu'en effet
Banquo est tué, mais que le fils a pu s'échapper.

— Enfin, dit-il, si le vieux serpent est mort, cela,
pour le moment, suffit. Le serpenteau, je le retrou-
verai plus tard.

Lady Macbeth lui fait alors observer que les convives sont assis et qu'il ne remplit pas son devoir en
allant et venant sans prendre place. Il y a un trouble,
une gêne, dans toute l'assistance. Il s'en aperçoit, se
reprend.

— Oui, c'est vrai, tu me rappelles à mes devoirs!
Puis, s'adressant aux convives :

— Allons! Bon appétit, messieurs, et bonne diges-
tion! La gloire de notre royauté serait ici au complet
si la personne de notre ami Banquo y était présente!

Vous voyez qu'il a quand même une belle audace
dans le crime. Il vient de le faire tuer et il souhaite le
voir. Il semble l'appeler, le défier presque.

— Plaise à Votre Majesté, dit Lennox, de s'asseoir.

Et Lennox lui montre un fauteuil à côté de lui.
Soudain, sur ce fauteuil se dresse le spectre de
Banquo, que personne ne voit, sauf Macbeth. Alors
le mot, un de ces mots comme il y en a dans Shakespeare, un mot gonflé de sens, et qui n'est pourtant pas exactement le mot qu'on attendait, mais qui

en dit bien plus, car tout le mystère est en lui!
Macbeth, du regard, fait rapidement le tour de la
table; puis, les yeux fixes, hagards, contemplant le
fauteuil, crie :

— *The table is full.* (« La table est pleine. »)

Lennox persiste à montrer le fauteuil et dit :
— Il y a une place réservée, sire.
— Où? demande Macbeth d'une voix rauque.
— Ici, Monseigneur. Mais qu'y a-t-il qui trouble
Votre Majesté?
Et Macbeth furieux, comme s'il était le jouet d'une
farce infâme :
— Qui de vous a fait ceci?
— Quoi, Monseigneur?
Du coup, Macbeth contemple le spectre dans les
yeux, et l'interpelle :
— Tu ne peux pas dire que c'est moi...
Le spectre fait signe que si.
— Ne secoue pas ainsi tes boucles sanglantes
contre moi...
LENNOX. — Levons-nous, messieurs. Sa Majesté
n'est pas bien.
Lady Macbeth veut sauver la face contre tous et
contre tout.
— Asseyez-vous, mes amis. Monseigneur est sou-
vent ainsi, et depuis sa jeunesse. Je vous en prie,
restez à vos places. L'accès est momentané! Le temps
d'y penser, et le Roi de nouveau sera bien. Si vous
faites trop attention à lui, vous l'offenserez et vous
augmenterez son délire. Mangez et ne le regardez pas.
Elle s'approche de lui et lui jette dans l'oreille :
— Etes-vous un homme?
— Oui, répond-il, et un homme courageux, puisque
j'ose regarder ce qui ferait pâlir le diable!
— O sottise, réplique-t-elle rudement. C'est quelque
image de votre peur! Comme ce poignard qui, disiez-
vous, vous conduisait vers Duncan et qui n'était que
de l'air. Oh! ces fêlures de cerveau, ces tressaille-
ments, c'est bon dans un conte de bonne femme, au

coin du feu, l'hiver, quand on fait cercle autour de
la grand'mère!... Mais c'est la honte même! Pour
qui faites-vous de pareilles grimaces? En somme,
vous ne regardez là qu'un fauteuil, un fauteuil...

MACBETH. — Je t'en prie!... Là, là, vois... Regarde!
Tiens!

Et, s'adressant au spectre, discutant avec lui :

— Comment dites-vous? Hein? que m'importe? Si
tu peux faire signe de la tête, parle aussi! Ah! si
les charniers doivent envoyer ceux que nous enter-
rons, nos tombeaux sont donc des gésiers de milans
qui vomissent...

Brusquement, comme chassé par l'insulte, le spectre
disparaît.

LADY MACBETH. — Quoi? Tout a fait énervé par
la folie?

MACBETH. — Comme il est vrai que je suis ici,
je l'ai vu.

— Oh! fi! fi! c'est une honte.

Elle n'y comprend rien, en effet. Comment pourrait-elle savoir que Macbeth est en proie à cette
chose nouvelle, le remords? Oh! ce regret, en lui,
ce regret du Barbare, à l'éveil de sa conscience, ce
regret du temps où, avant d'avoir été affiné par une
religion, une civilisation, il n'était encore qu'un
animal! Il tuait, alors, et c'était fini. L'animal a-t-il
des remords d'avoir tué? Je ne crois pas. Le Barbare n'en avait pas non plus; et Macbeth regrette
cela dans cette phrase admirable :

— Ah! le sang a été versé plus d'une fois avant
ce jour; mais il fut un temps où, quand la cervelle
était dehors, l'homme mourait; et alors c'était fini,
tout! Mais, aujourd'hui, on ressuscite avec vingt
blessures mortelles dans le crâne, et on nous chasse
de nos sièges. N'est-ce pas plus contre-nature que
le meurtre lui-même?

LADY MACBETH. — Mon cher seigneur, vos nobles
amis trouvent que vous leur manquez!

— Oui, c'est vrai, j'oublie! N'y faites pas attention,
messieurs. J'ai un étrange mal qui n'est rien pour

ceux qui me connaissent. Allons, amitié et santé à tous! Je vais m'asseoir. Donnez-moi du vin, jusqu'au bord. Je bois à la joie générale de toute la table, et à notre cher ami Banquo dont nous sommes privés. Que n'est-il ici! A tous et à lui, je bois.

Il s'approche pour trinquer, brave et bravant sa peur domptée. Mais, comme provoqué, le spectre reparaît. Fou, le Celte s'indigne et l'outrage.

— Arrière! Quitte ma vue! Que la terre te cache! Tes os sont sans moelle. Ton sang est froid! Tu n'as pas de pensée dans tes yeux qui jettent des flammes. Oh! ce qu'un homme ose, je l'ose! Prends la figure que tu voudras, autre que celle-ci, et mes nerfs solides ne trembleront plus! Ou bien revis, et défie-moi dans un lieu solitaire, avec ton épée! Si je tremble d'y aller, alors proclame que je suis la poupée d'une petite fille. Allons, va-t'en! Va-t'en, ombre horrible, moquerie sans réalité! (*Le spectre disparaît.*) Ah! enfin!... Lui parti, je redeviens un homme!... (*Aux invités.*) Je vous en prie, asseyez-vous.

Lady Macbeth. — Vous avez chassé la gaieté...

Elle continue à faire ce qu'elle peut pour calmer le trouble qui s'est emparé de tous; mais impossible! Tout le monde s'en va; on se lève; on dit au revoir; et les deux criminels restent seuls.

Alors, lui, il persiste dans son idée logique, l'ivrognerie du crime, la soif du sang. Il voit bien que ce n'est pas fini, que cela commence à peine, que le meurtre de Banquo sera suivi d'autres meurtres, et ce remords d'autres remords. Et, frénétique, il grogne, en fauve :

— Il y aura du sang. Comme on dit, le sang veut du sang.

Puis, comme réveillé :

— Où en est la nuit?

Lady Macbeth. — Si près du matin, qu'elle se confond presque avec le jour.

— J'irai revoir les sœurs fatidiques! Il faut qu'elles m'en disent davantage. Je suis décidé à tout. Je suis dans le sang; j'y ai marché si loin que, maintenant, c'est la même chose de revenir sur mes pas ou de continuer à avancer!

Et ici, l'une de ces expressions intraduisibles, dit-on. Elle est traduite dans Mæterlinck; mais j'avais eu l'honneur et la joie, voilà trente ans, de la traduire aussi, presque exactement. Aucune traduction n'est absolue. D'ailleurs, voici le texte :

Strange things I have in head, that will to hand;
Which must be acted ere they may be scanned.

Et voici le mot à mot, barbare, mais gros de sens :

D'étranges choses j'ai dans la tête, qui commandent à la main,
Qui doivent être agies avant d'être scandées (pesées).

A coup sûr, vous avez savouré . tout le suc violent des vocables, et vous en avez le 'oût âcre et fort, comme si vous en aviez mâché la pulpe anglaise elle-même.

Dans la réplique suivante, de lady Macbeth, notez bien, je vous prie, sa douceur toute maternelle. Je vous la rappellerai tout à l'heure, et m'y raccrocherai pour bien me défendre de vous avoir fait contre une femme un réquisitoire. Elle dit :

— Venez, monseigneur; vous avez besoin de ce qui est nécessaire à toutes les natures, de sommeil!

— Oui, dit-il, allons dormir. Pardon de mon étrange oubli de moi-même. C'est l'effet d'une peur d'initié qui demande à s'endurcir dans l'habitude. Nous ne sommes...

Ici, derechef, une chose mal traduite. On dit toujours : « Nous sommes encore bien jeunes dans le crime. » Non! Voici la traduction exacte : « Nous ne sommes que des jeunes dans *the deed*, dans l'action, dans l'acte, dans l'agir. »

❋❋❋

Le quatrième acte débute encore par les sorcières. Je dois passer toute la scène, si curieuse qu'elle soit, au point de vue de la sorcellerie. Je vous en donnerai l'odeur seulement :

LA PREMIÈRE. — Trois fois le chat moucheté a miaulé...

LA DEUXIÈME. — Trois fois, et une fois le hérisson a gémi...

LA TROISIÈME. — La harpie crie : « Il est temps! Il est temps!»

Et alors des danses autour du chaudron.

> — En rond, autour du chaudron, allons!
> Dans ses entrailles empoisonnées, jetons!
> Crapaud, qui, sous la froide pierre,
> As, trente et un jours et trente et une nuits,
> Sué ton venin en dormant
> Bous, le premier, dans le pot enchanté!
>
> Double, double peine et trouble!
> Feu brûle! Chaudron, fais des bulles!

Et alors, elles jettent dans le chaudron tout ce qu'y peuvent jeter des sorcières : un filet de serpent de marais, un œil de lézard, une queue de grenouille, un dard fourchu de vipère, une écaille de dragon, une dent de loup, un nez de Turc, des lèvres de Tartare, un fiel de bouc, une momie de sorcière, et elles glapissent :

> Faites la soupe épaisse et gluante.
> Double, double peine et trouble!
> Feu brûle! Chaudron, fais des bulles!

Admirez comme c'est imitatif dans les plus menus détails. Shakespeare est artiste, jusqu'en cette chose monstrueuse et énorme. C'est comme un Michel-Ange qui s'amuserait à faire, dans un coin, de petites miniatures. Il cisèle ses vers comme pourrait le faire un Heredia. Tout Shakespeare est là.

Les sorcières arrêtent leur danse. La deuxième dit :

— Par le picotement de mes pouces, je sens qu'un maudit approche. Qui que ce soit, entrez!

On traduit ainsi; mais elles parlent avec des assonances plus mystérieuses :

Open locks,
Whoever knocks!

C'est Macbeth qui entre. Ici, je ne vous lirai rien. Je vous dirai seulement l'indispensable, pour vous faire comprendre la fin de la pièce. Elles lui font voir les fils de Banquo devenus rois, et tous leurs descendants, entre autres Jacques Ier, alors roi d'Ecosse et d'Angleterre. Et elles lui annoncent trois choses : qu'il doit se méfier de Macduff, mais qu'il n'a rien à craindre tant qu'il ne verra pas la forêt de Birnam marcher contre lui, et, enfin, qu'il sera tué seulement par un homme qui n'est pas né d'une femme. Sur quoi, Macbeth est satisfait, enchanté, et il se jette plus que jamais dans le sang avec frénésie.

Il fait massacrer, d'abord, la femme et les enfants de Macduff, ne pouvant pas tuer Macduff lui-même.

❀❀❀

Je vais pouvoir vous lire la scène, très courte, où est concentrée, en huit petites lignes, comme sait le faire Shakespeare, toute l'horreur de ce meurtre du fils de Macduff.

C'est d'abord une scène charmante entre lady Macduff et son fils, un très délicieux enfant qui parle comme un petit gentilhomme de sept ou huit ans. La mère vient de lui dire que son père les a abandonnés.

— Eh bien! dit-il, nous trouverons à vivre comme les oiseaux!

Et il continue à jacasser d'une façon gentille et spirituelle.

Surviennent les assassins, et voici la scène où le petit est tué.

— Quelles sont ces figures? dit lady Macduff.

— Où est votre mari? demande l'un des meurtriers.

— En un lieu assez maudit, j'espère, pour que des gens tels que toi puissent le trouver.

— C'est un traître!

— Tu mens, toi! dit le petit, oui, toi, scélérat aux oreilles poilues comme une bête!

LE MEURTRIER. — Quoi, vous, œuf? — *What, you egg!* — (*Il le frappe.*) Graine de traître!

L'ENFANT. — Il m'a tué, ma mère. Sauvez-vous... Sauvez-vous, je vous prie.

— A l'assassin! crie la mère, éperdue et courant.

Voilà toute la scène! Mais elle amène un mot sublime, à la scène suivante. Quand le Roi, en Angleterre, lève des troupes pour venir punir le terrible tyran, on vient raconter à Macduff qu'on a tué, chez lui, sa femme, ses enfants. Il gémit :

— Tous, mes pauvres petits poussins! Tous, jusqu'au dernier? Oh! l'horrible chose!

— Tu seras vengé, sois tranquille! Nous tirerons de Macbeth la vengeance la plus éclatante!

Macduff répond ce seul mot, désespéré, sublime de juste rage impuissante :

— Il n'a pas d'enfants!

❊❊❊

Nous sommes au dernier acte. Et puisque je fais, paraît-il, le réquisitoire de lady Macbeth, il faut bien que vous voyiez l'accusée qui va s'accuser elle-même.

Lui, vous le savez, il a continué sa route, dans le sang. Il est devenu le tyran, l'abominable tyran qui prend plaisir à tuer et à faire massacrer. Mais elle, elle est restée toujours la même; elle rumine éternellement la première chose qu'elle a faite, le premier crime, et tout ce qui a été commis depuis, et c'est pour se répéter que tout a été très bien fait, très bien préparé. Comme une excellente ménagère qui a tout mis en ordre, elle ne comprend pas pourquoi son mari souffre. Il souffre du remords; elle, elle ne sait pas ce que c'est. Mais, à force de ruminer ces choses dans la solitude (car à qui parlerait-elle de son crime ? Pas à lui, il en commet d'autres! A des amis? elle n'en a pas!), à force de ruminer son crime, tout en le trouvant fort bien exécuté, en cherchant quel est le détail qui a manqué, elle arrive, elle aussi, à sentir cette obsession du sang qui a taché ses mains.

Et nous constatons encore ici que, bien loin d'être une virago, c'est une femme faible, charmante, délicieuse, toute en nerfs; car elle n'a eu que cette force nerveuse jusque-là, cette force des impulsifs qui vont au but tout droit, quel qu'il soit, à travers tout. Les femmes peuvent être les plus abominables criminelles avec cette sûreté dans la marche, comme elles peuvent être Jeanne d'Arc; c'est le même élan qui les emporte. Mais alors, ses nerfs prenant le dessus, elle montre qu'elle est une femme ayant une maladie nerveuse (je ne veux pas prononcer le nom médical, ne faisons pas de science ici) qui se manifeste en dernier lieu par des actes de somnambulisme.

C'est un de ces actes que vous allez voir maintenant; car, puisque vous êtes appelés à prononcer un jugement sur cette coupable que j'ai accusée (non pas moi, mais dont j'ai répété les dires pour vous les donner comme matière à votre jugement), vous allez, maintenant, la contempler en personne et l'entendre, et ce sera le dernier élément du jugement que nous prononcerons après ensemble, dans quelques minutes.

***

Le médecin et la dame de compagnie sont dans la galerie du château, et le médecin dit à la dame de compagnie :

— Deux nuits, j'ai veillé avec vous; mais je ne puis apercevoir rien de vrai dans ce que vous m'avez rapporté. Quand est-ce qu'elle s'est promenée ainsi la dernière fois?

LA DAME. — Depuis que le Roi a commencé la guerre.

Lui, en effet, il guerroie, il est heureux, il tue, il risque de se faire tuer. Il est dans le sang. Mais elle, elle est seule, et de temps en temps, elle se lève de son lit, elle jette sa robe de nuit sur elle, elle ouvre sa chambre, elle écrit une lettre, elle la cachette, la scelle, puis elle retourne à son lit, et tout cela dans le plus grand silence.

— Et l'avez-vous quelquefois entendue parler? Et que disait-elle?

— Oh! cela, monsieur, je ne veux pas le répéter après elle.

— Vous le pouvez, à moi. Il est même nécessaire de m'en faire part.

— Oh! ni à vous, ni à personne, monsieur, car je n'ai pas de témoins pour confirmer mon dire... Ah! tenez, monsieur, la voici qui vient, par la galerie. C'est bien son allure ordinaire; et, sur ma vie, elle dort profondément. Observez-la. Ne bougez pas.

— Comment a-t-elle cette lumière?

— Mais cela était près d'elle. Elle a de la lumière près d'elle continuellement, c'est son ordre.

— Regardez, ses yeux sont ouverts.

— Oui, mais ils ne voient pas plus que s'ils étaient fermés.

— Qu'est-ce qu'elle fait, maintenant? Regardez comme elle frotte ses mains.

— Oui, c'est son geste habituel, de faire semblant de se laver les mains. Je l'ai vue, parfois, continuer à faire cela un quart d'heure entier.

Lady Macbeth, *se frottant les mains*. — Toujours, il y a une tache.

Le Médecin. — Ecoutons! Elle parle. Je vais prendre par écrit tout ce qui tombera de sa bouche pour aider ma mémoire plus fortement.

Lady Macbeth. — Va-t'en, tache damnée! Va-t'en, je te dis... Une! deux! Allons, voici le moment de faire la chose... L'enfer est ténébreux... Fi, monseigneur, fi! Un soldat! Et avoir peur! Qu'importe si quelqu'un le sait, quand nous serons assez puissants pour que personne ne puisse nous en demander compte!... Ah! qui aurait pensé que le vieil homme avait tant de sang dans lui!

LE MÉDECIN, *à la dame.* — Avez-vous remarqué cela?

LADY MACBETH. — Macduff avait une femme. Où est-elle, maintenant?... Quoi!... Est-ce que ces mains ne seront jamais propres?... Allez, monseigneur, ne tremblez plus! Vous gâtez tout avec ce tressaillement.

LE MÉDECIN, *à la dame.* — Allez, allez, vous avez connu ce que vous ne deviez pas connaître.

LA DAME DE COMPAGNIE. — Elle a dit ce qu'elle ne devait pas dire, je suis sûre de cela. Le ciel connaît ce qu'elle a connu.

LADY MACBETH, *flairant sa main.* — Ici, est l'odeur du sang, toujours... Tous les parfums d'Arabie ne feraient pas sentir bon cette petite main... Oh!... Oh!... Oh!...

LE MÉDECIN. — Quels soupirs, n'est-ce pas? Le cœur est douloureusement chargé

LA DAME DE COMPAGNIE. — Je ne voudrais pas avoir un cœur pareil dans mon sein pour la dignité de son corps tout entier.

LE MÉDECIN. — Bien, bien, bien.

LA DAME DE COMPAGNIE. — Priez Dieu que cela soit, monsieur.

LE MÉDECIN. — Cette maladie est au-dessus de ma science. Toutefois, j'ai connu des gens qui ont marché dans leur sommeil et cependant sont morts saintement dans leur lit.

LADY MACBETH. — Lavez vos mains!... Mettez votre robe de nuit. N'ayez pas l'air si pâle. Je vous le dis encore : « Banquo est enterré; il ne peut pas sortir de sa tombe. »

LE MÉDECIN. — Ah! ce qu'elle dit!...

LADY MACBETH. — Au lit! Au lit! Au lit!... On frappe à la porte. Venez, venez, venez, venez! Donnez-moi votre main. Ce qui est fait ne peut pas être non fait... Au lit! Au lit! Au lit!... (*Elle sort.*)

Ma conclusion va être très brève, maintenant, Il ne reste plus que quelques minutes à dépenser. Tout est presque fini, tout s'achève dans la frénésie de la bataille.

Macbeth est dans la bataille, dans l'action. On vient lui apprendre que dix mille Anglais sont là pour l'attaquer. Il répond :

— Qu'importe! Je ne m'arrêterai que quand ma chair hachée en morceaux tombera de mes os.

On vient lui dire aussi :

— La reine est morte!

— Eh bien! dit-il, elle aurait dû mourir plus tard, le moment eût été mieux choisi pour une telle parole.

Mais, pourtant, Celte comme toujours, il pense, il réfléchit, il raisonne, et il dit :

— Oui, demain, et demain, et demain, se traîne ainsi, à petits pas, de jour en jour, jusqu'à la dernière syllabe du temps enregistré; et tous nos hiers n'ont fait qu'éclairer, ces fous, la route vers la poussière de la mort. Ah! la vie! Qu'est-ce que la vie? Eteins-toi, court flambeau! La vie n'est qu'une ombre en marche, un pauvre comédien qui se carre et se démène son heure sur la scène et qu'ensuite on n'entend plus.

Et la fameuse phrase que je vous ai citée, naguère :

> It is a tale
> *Told by an idiot, full of sound and fury,*
> *Signifying nothing.*

(« C'est un conte conté par un idiot, plein de bruit et de furie, ne signifiant rien. »)

※※※

Et, maintenant, tout arrive, tout s'accumule. On vient lui dire, quoi? Que la forêt de Birnam marche. (Ce sont les soldats anglais qui ont pris des branches pour se couvrir.) Il répond :

— Qu'importe! Oui, je suis las du soleil! J'en ai

assez! Mais sonnez la cloche d'alarme. Souffle, souffle, vent; viens, tempête! Au moins, nous mourrons avec le harnais sur le dos.

Il a envie de se tuer; mais il résiste jusqu'au dernier moment. L'action, la vie, même dans le mal, est une belle chose, et il dit :

— Pourquoi jouerais-je le fou romain qui se tue sur sa propre épée? Tant que je vois des vivants, les blessures font mieux sur eux que sur moi.

A ce moment, on l'avertit que Macduff accourt vers lui. Cela lui est encore égal. Mais Macduff veut le tuer comme, lui, il a tué sa femme et ses enfants. Bah! Macbeth lui dit :

— Tu peux faire ce que tu voudras, tu ne me tueras point; je ne crains rien! Tu aurais plus vite fait d'ouvrir des plaies dans l'air que de me faire saigner! Je ne peux être tué que par un homme qui n'est pas né d'une femme.

— Eh bien! c'est moi. Je suis né de ma mère quand elle était morte. Je suis né d'un cadavre. Ah! rends-toi!

— Moi, me rendre? Pour servir de pâture aux malédictions de la canaille? Jamais! Tout est contre moi : tu es né d'un cadavre, la forêt de Birnam marche, soit! Mais je resterai quand même, je me battrai encore! Viens, à qui de nous deux dira grâce!

Ils sortent en se battant, et un instant après Macduff revient, portant, au bout d'une pique, la tête de Macbeth.

⁂

Les voilà morts tous deux, les criminels dont nous avions à nous occuper. Mais non, ils ne sont pas morts! Ils vivent éternellement dans nos cerveaux, dans nos âmes, par l'horreur, comme Roméo et Juliette y vivent par la tendresse et le charme. Alors, nous sommes encore devant le problème posé au commencement : lequel des deux est le plus monstrueux, lequel, vraiment?

Eh bien! je crois que, par le texte même, par
tout ce que je vous ai dit (non pas de moi; je n'ai
pas fait de réquisitoire, non), c'est bien elle qui est
l'âme, c'est bien elle qui est la conductrice, c'est
elle qui pousse Macbeth; sans elle, il ne serait pas
devenu l'abominable meurtrier, l'homme qui se
trempe dans le sang! C'est elle, oui, qui organise.
Lui, c'est l'imagination affolée. Elle, c'est l'instinct
qui va toujours droit. Mais, comme je vous l'ai dit,
l'instinct va dans le bien comme dans le mal. Et
quel est-il donc, l'instinct qui la pousse? En vérité,
c'est là seulement ce qu'il faut voir.

Certes, je n'ai pas prononcé un réquisitoire; je
n'ai pas l'âme d'un procureur général; jamais de
la vie je ne l'aurai. Je suis de la race des poètes,
qui plaident pour les humbles, pour les pauvres,
pour les malades. Les criminels sont des malades
qu'il faut guérir, comme disait Socrate, comme disait
Eschyle. Je suis de leur avis. C'est pourquoi, n'attendez pas de moi, quoi qu'on en ait dit, que je fasse le
réquisitoire de lady Macbeth; car si elle pèche,
apprenez-le, c'est par une aberration d'instinct
maternel. Oui, elle a eu des enfants; et elle n'en a
plus. Mais si, elle en a   encore un : c'est cette
grande brute qui est un enfant, qui est un faible,
qui est un homme pour qui elle veut la gloire et la
puissance; et c'est pour lui, pour lui seul, qu'elle a
commis le crime, ce n'est pas pour elle. Alors,
comment voulez-vous qu'une femme, qui commet un
crime pour son petit, ce soit moi qui, le premier,
lui jette la pierre?

Non, ce n'est pas moi qui enlèverai de la pique de
Macduff la tête de Macbeth pour la remplacer par
celle de lady Macbeth. Ah! supposez qu'au lieu de
lady Macbeth, ce soit une autre femme, que ce soit
lady Macduff, par exemple, elle que nous avons vue
tout à l'heure, et que, pour venger son pauvre petit
qui a été assassiné abominablement, elle ait commis
les crimes les plus atroces! Supposez que ce soit sa
tête, qu'on apporte au haut d'une pique. Eh bien! en

vérité, je ne sais plus si c'est celle-là, ou celle de lady Macbeth! Je ne pense plus qu'à la tête d'une mère ayant commis des crimes pour son petit. Est-ce que je vais l'outrager, la souffleter, lui cracher au visage? Non, non! Je ne peux pas. Et ce que je mettrai sur son front, avec toute la tendresse qui est dans le cœur d'un poète, c'est un baiser!

V

FALSTAFF

Le quartier d' « East-Cheap », à Londres. — La Taverne de la « Tête de Sanglier », repaire de Sir John Falstaff et de sa Bande. — Une des plus prodigieuses Créations de Shakespeare : Sir John Falstaff. — Son Portrait physique. — Son Amitié avec le Prince de Galles. — Vol des Pèlerins. — Falstaff à la Guerre. — Sa Couardise. — Ses Stratagèmes. — Le Prince de Galles devient Roi. — Disgrâce de Falstaff. — Son Chagrin. — Sa Mort.

MESDEMOISELLES,
MESDAMES,
MESSIEURS,

Aujourd'hui, je renie absolument toutes les métaphores que j'ai employées touchant ce que j'ai appelé la forêt vierge du théâtre shakespearien. Il n'y a pas, en effet, moyen, quoi que je fasse, de vous mener dans une clairière, encore moins dans un site farouche et ravagé. A peine pourrai-je vous laisser entrevoir un coin de champ de bataille. En réalité, je vais être obligé de vous conduire dans une ville; et quelle ville! A Londres. Et dans quels quartiers de Londres! A East-Cheap, le quartier de l'Est, où l'on vendait à bon marché. Et quoi? Voici. C'était alors le quartier général des tavernes, des hôtelleries, des lieux où l'on mangeait, où l'on buvait, où, pour mieux parler, l'on bâfrait et l'on pintait, où l'on se

livrait à la godaille et à la goinfrerie la plus extraordinaire, dont seuls les festins gargantuesques et les
beuveries de Rabelais peuvent vous donner une idée.

Et dans quel endroit particulier de ce quartier
allons-nous? Dans une taverne qui s'appelait la
taverne de la « Tête de Sanglier », et qui était bel
et bien un repaire de truands aussi peu recomman-
dables que ceux des Repues-franches chères à notre
François Villon. Soyons franc, et avouons que c'était
un bouge. Et dans cette taverne-bouge, je vais vous
faire connaître, vous présenter, une bande de sacri-
pants, parmi lesquels vous trouverez, d'ailleurs, un
prince de Galles en train de jeter sa gourme. Oh! il
deviendra plus tard un grand roi. Hélas! celui qui
nous a infligé la défaite d'Azincourt. Mais, pour le
moment, c'est une sorte de Télémaque du vice et de
la débauche, ayant pour Mentor un homme de cinquante à soixante ans, au moins cinquante-cinq, à
cheveux blancs, à barbe grise, le crâne un peu
chauve, et qui lui enseigne, à ce prince, à peu près
tous les vices et même ceux qui n'existent pas, car
il serait capable d'en inventer.

C'est un chevalier, sir John Falstaff. Vous croyez
le connaître déjà. Erreur! Car celui que je vous pré-
senterai n'est pas le Falstaff que vous avez vu et
entendu, fort convenable, en somme, et qui a été
popularisé par des adaptations et surtout par la
musique, le Falstaff en qui a refleuri délicieusement
le génie septuagénaire de Verdi, le Falstaff qui sert
de bouffon aux *Joyeuses Commères de Windsor*. Et,
certes, il est charmant, exquis, gracieux, quoique
burlesque, ce Falstaff-là. Mais (permettez-moi de vous
l'apprendre, si vous l'ignorez) ce n'est pas le vrai,
l'authentique, le rare, le gros, l'énorme Falstaff. Ce
n'en est qu'une ombre, un pâle pastel, fait à la
demande de la reine Elisabeth, qui avait pris goût
(et il y avait de quoi!), dans plusieurs pièces, au
grand Falstaff, au prodigieux Falstaff, et qui, cha-
grine de le savoir mort, ce héros du rire, avait prié
Shakespeare de le faire revivre dans une œuvre

nouvelle; car elle avait envie de le revoir et de s'en divertir. Et c'est pour satisfaire cette fantaisie royale que le poète écrivit, ou plutôt qu'il brocha, en quatorze jours, et en vers, *The Merry Wives of Windsor*. Plus tard, il reprit l'œuvre, la refit en prose, et ainsi laissa une comédie tout à fait aimable, divertissante, en effet, mais sans aucune des profondeurs qu'il y a toujours dans Shakespeare. La pièce, en farce tempérée, s'achève poétiquement, par une sorte de féerie, dont la fantaisie ailée est d'un charme tout à fait précieux; mais, enfin, ce n'est point ici le grand Shakespeare que nous adorons; et, surtout, ce n'est pas le gros Falstaff, le monstrueux Falstaff que je vais vous faire connaître.

Celui-ci, pour entrer en relations avec lui, non seulement il faut entrer, comme je vous l'ai dit, à la taverne de la Tête de Sanglier; mais il faut entrer dans cette partie de l'œuvre de Shakespeare que constituent les drames nationaux, les drames historiques. Ce serait une série d'admirables conférences, non pas par le conférencier, mais par la matière, que de se promener dans cette partie de l'œuvre shakespearienne. Il y a là toute l'histoire d'Angleterre, racontée, mise en œuvre, vivante, à la fois épique, dramatique et lyrique, dans un cycle de dix grandes pièces. Quel dommage qu'aucun de nos poètes français n'ait eu l'idée, ou la puissance, de faire cela pour notre admirable histoire! Hélas! pour voyager avec fruit dans ce domaine des drames nationaux anglais, il faut être, avant tout, Anglais; car cette histoire est tout spécialement intéressante pour ceux dont les aïeux en furent les héros.

Il n'en va pas tout à fait ainsi, par bonheur, de Falstaff lui-même, qu'on extrait et qu'on en peut extraire, d'*Henri IV*, première partie, *Henri IV*, deuxième partie, et un peu du commencement d'*Henri V*. Falstaff, lui, appartient bien, certes, et proprement à l'Angleterre. Il est aussi Anglais qu'on saurait être, « genuine », comme ils disent là-bas. Mais il appartient aussi à l'humanité tout entière.

C'est un type; même plus qu'un type; c'est, en
réalité, l'incarnation de toute une philosophie. Il ne
s'en doutait peut-être pas lui-même, le brave homme,
le gros homme, tout en panse, plus pansu que penseur; mais que Shakespeare s'en soit douté, qu'il l'ait
voulu, consciemment ou non, voilà qui est indé-
niable. Cette philosophie, en effet, c'est la philosophie de la Renaissance elle-même : c'est la révolte
de la chair, si longtemps matée, opprimée, pendant
tout le moyen âge, par l'ascétisme, par le mysti-
cisme, par les terreurs de l'An mille; c'est la revanche
de cette chair, de la nature, non pas immorale, mais
amorale, comme on dit aujourd'hui, c'est-à-dire ne
se souciant pas du tout de la morale; c'est, surtout,
la revanche du rire, de ce rire que Rabelais appelle
le propre de l'homme, du rire gonflant des joues
pleines, s'esclaffant sur des lèvres humides de boisson; c'est la revanche de ce bon et large et plein
rire en belle santé, contre le rire sinistre, le rictus,
que vient de voir grincer le moyen âge aux mâ-
choires sans gencives de l'horrible danse macabre.
C'est la revanche de ce rire-là.

***

Nous avons eu aussi cette revanche chez nous,
vous le savez, dans Rabelais, et en particulier dans
son personnage de Panurge. Toutefois, Panurge est,
surtout, la révolte de l'esprit, tandis que Falstaff
représente celle de l'instinct. Et voilà pourquoi
Panurge est maigre, fin, matois, ironique, méchant
à l'occasion, même facilement méchant, et non pas
toujours pour se défendre, mais bien encore par
désir de nuire et parce qu'il attaque. Gras, au contraire, est sir John Falstaff, et spirituel et fin sans
être ni vouloir être méchant. Pour tout dire, même,
l'instinct, en lui, ne se révolte pas, mais plutôt
s'épanouit. Il ne rirait pas de bon cœur, on le sent,
si quelqu'un devait souffrir de son rire, que n'ai-

guise aucune arrière-pensée! qui est fait de joie, de
plaisir à rire et à faire rire les autres. Comme il le
dit en un certain endroit, se définissant, car il se
connaît fort bien, le brave homme :

I am not only witty in myself... — (« Je ne suis
pas seulement spirituel en moi-même ») — *but I
am the cause that wit is in the other man* (« mais je
suis la cause que l'esprit est dans les autres hommes).
Il sait, par expérience, que lorsqu'il paraît, il rend
les autres spirituels, parce que, précisément, la joie
essentielle de son esprit, en s'épanouissant, se par-
tage, se propage, et qu'elle est contagieuse.

Or, la grande force de ce personnage, et ce qui
fait qu'on l'aime, c'est cette contagion de son rire;
et il ressemble par cela, en réalité (si l'on a envie
de lui trouver un ancêtre), ou plutôt il rend la vie
à cet ancêtre; car c'est lui-même; il en est la résurrection; je veux parler du vieux Silène, le Falstaff
de la mythologie. Vous n'avez certes pas oublié ce
Silène et ses fils les Satyres que je vous ai fait connaître quand nous nous sommes occupés du drame
satyrique, du *Cyclope*. Vous vous rappelez qu'ils
sont doués (il n'y a pas d'autre mot) de tous les
vices : sensuels à tous les points de vue, ils sont, en
outre, menteurs, voleurs, poltrons au suprême degré;
mais on leur pardonne tout cela, parce qu'ils sont
gais, amusants, hilares, fols, à demi animaux et ainsi
ingénus, innocents, et aussi parce qu'ils dansent
des danses (oh! bizarres, et même pires, qui s'appellent la *cordace* et la *sikinnis*), mais qui sont
excitantes à la joie et vous donnent à vous-mêmes
envie de danser. On en a comme une trépidation
grisante d'allégresse et de belle humeur. Eh bien!
c'est la même que donne l'esprit du gros Falstaff.
Presque plus encore que Silène, il rit de tout son
corps. Cette énorme panse n'est pas seulement grotesque; elle est aimable; c'est une chose qui rit
aussi. Et la face de Falstaff rit pareillement avec ses
quatre mentons. Et il rit tout entier avec toute sa
graisse, cet homme, que l'on appelle de tous les noms

ridiculisant son énormité, que successivement on
baptise « sac à vin » (naturellement), « muid de
bière », « éponge à sherry », «gros boudin vivant »,
« pièce de rosbif qui se promène sur deux pattes »,
bref, cette masse de chair, c'est, en réalité, comme
une montagne de rire. Et, telle est la raison de sa
grandeur typique et symbolique, et pourquoi je ne
crains pas d'affirmer que son personnage est la
création la plus prodigieuse de Shakespeare, avec
celle d'Hamlet lui-même. Car cette montagne de rire,
par moments, en arrive à évoquer l'idée d'un volcan
qui éclate de rire; et de cette bedaine qui s'esclaffe,
il jaillit alors comme des fusées de feu; et, si l'on
peut dire que les larmes sont saintes, sont bonnes par
leur amertume, par le sel qu'elles ont en elles et
qui cicatrise les blessures, on doit dire aussi, d'un
rire pareil, qu'il est sain, qu'il est bon, et que ses
éclats, étant des fusées de feu, participent ainsi à la
vertu du feu qui purifie tout.

✿✿✿

Mais pourquoi tant analyser, au lieu de vous la
montrer, cette joie qu'il exhale, et l'esprit qu'il sème
autour de lui? Ecoutez plutôt sa première scène avec
celui qu'il appelle, par un diminutif familier, Hal.
Hal, c'est le prince Henri, qui deviendra plus tard
Henri V, mais qui alors n'est que le jeune prince
héritier, vivant à l'écart de son monde, de la politique, de la Cour, et mêlé à cette bande de sacri-
pants, d'ivrognes, à la taverne de la Tête de Sanglier.
Mon Dieu, oui, voilà en quelle aimable société il
jette sa gourme, ce futur grand roi; oui, des piliers
de taverne, filous au jeu et coupeurs de bourse à
l'occasion, et allant même parfois jusqu'au vol à
main armée sur les grands chemins. Et ce qu'il y a
de plus extraordinaire, c'est qu'une telle société, un
pareil apprentissage, et les leçons de débauche et
de vice d'un Falstaff lui ont servi, vous le verrez, à
ce prince, pour devenir un grand roi.

En attendant, voici sur quel ton conversent le vieux maître d'orgie, de vice et même de crime, et son imberbe élève en infamie :

— Eh bien! Hal, quel moment du jour est-il, mon garçon?

— Ton esprit est devenu si épais à force de boire du vieux xérès, de te déboutonner après souper, de dormir sur les bancs après midi, que tu as oublié de demander la chose que tu désires réellement savoir. Ce n'est pas l'heure! Que diable as-tu à faire avec le moment du jour? A moins que les heures ne soient des verres de vin et les minutes des chapons, je ne vois pas de raison pour que tu prennes la peine inutile de demander le moment du jour qu'il est!

— Vrai, vous vous rapprochez de mon opinion, Hal; car nous qui prenons les bourses, nous marchons à la clarté de la lune et des sept étoiles, et non à la clarté de Phébus, ce chevalier errant si blond. Mais je t'en prie, mon aimable plaisant de prince, lorsque tu seras roi, fais en sorte qu'on nous appelle les « forestiers de Diane », les « gentils-hommes de l'ombre », les « mignons de la lune », et que les gens disent que nous sommes des hommes de bon gouvernement, étant gouvernés, comme la mer, par notre noble et chaste patronne, la lune, sous la protection de laquelle nous volons. Et, une chose encore. Quand tu seras roi, est-ce que tu continueras à faire pendre les voleurs, et est-ce que les gens de résolution comme moi seront toujours réfrénés par le mors rouillé de cette vieille grotesque, la mère la Loi? Allons, quand tu seras roi, tu ne pendras pas un voleur?

— Non, dit le prince, c'est toi qui pendras.

Et ils continuent à plaisanter de cette façon, quoiqu'il y ait là une petite pointe de mélancolie chez le vieux Falstaff; mais ne la prenez pas au sérieux; il dit cela en riant; vous le comprendrez tout de suite.

— Ah! dit-il, tu m'as fait beaucoup de mal, mon Hal! Dieu te le pardonne! Avant de te connaître,

je ne connaissais rien; et maintenant, si j'ose dire
la vérité, je vaux à peine autant qu'un damné. Je
dois renoncer à cette vie et j'y renoncerai. Par le
Seigneur, si je n'y renonce pas, dis que je suis un
scélérat.

Or, à l'instant, le prince Henri lui dit :

— Où prendrons-nous une bourse pleine d'or
demain, Jack?

— Pardi! répond l'autre, où tu voudras, mon
garçon. Ah! je fais partie de l'affaire; et si je refuse,
dis que je suis un double scélérat!

— Oh! Oh! remarque le prince, voilà un amende-
ment singulier! Tu passes de la prière à l'escamo-
tage des bourses!

— Eh! mon cher prince, c'est ma vocation. Ce
n'est pas péché, à un homme, de travailler selon sa
vocation, non!

Mais voici venir Poins, apportant justement de
bonnes nouvelles. Bonnes pour nos coupe-bourses,
s'entend! Gadshill, un de la bande, a une affaire en
train, toute prête; il n'y a qu'à cueillir la poire
mûre. Des pèlerins vont à Canterbury, avec de beaux
cadeaux. On est sur leur piste, et on peut les attaquer à tel endroit pour les dévaliser. Le jeune prince
n'a pas encore trempé dans un acte pareil, de bri-
gandage à main armée. Aussi renâcle-t-il, quand
Falstaff lui demande s'il fera partie de l'expédition.

— Qui, moi, devenir un voleur de grand chemin!
Oh! non, sur ma foi.

Et Falstaff de s'écrier :

— Alors, il n'y a ni honnêteté, ni virilité, ni bonne
camaraderie en toi; et tu ne sors pas du sang royal
si tu n'es pas capable d'arrêter un homme pour dix
shillings.

— Eh bien! alors, soit, une fois dans ma vie je
ferai le fou.

La chose est donc arrangée. La bande d'assail-
lants se composera de Bardolph, l'homme au nez qui
sert de lampion tant il est rouge (je vous le présen-
terai tout à l'heure), de Gadshill, de Peto, de Fals-

taff, de Poins et du prince. Mais Poins, le bouffon favori de Hal, lui dit :

— Si vous voulez, nous ferons une excellente plaisanterie. Nous laisserons voler seuls ces quatre bandits; et, quand ils auront l'argent des pèlerins, nous, nous surgirons à notre tour, déguisés, avec d'autres masques, avec des manteaux de bougran (une sorte de bure jaune) et nous leur reprendrons l'argent qu'ils auront volé. Nous aurons, ensuite, de quoi rire.

Et le prince est enchanté, tout se combinant fort bien ainsi.

Je vais assez vite, et cours à la scène du vol. D'abord, nous assistons à un petit tableau d'un réalisme fort savoureux. C'est dans la cour de l'auberge, la nuit, au tout petit jour. Il y a des voituriers, des maraîchers, qui portent des légumes à Londres. C'est exactement une scène que vous verriez se passer au delà du mont Valérien, par exemple, ou dans la plaine de Vanves, s'il s'agissait de notre pays. Les voituriers vont réveiller les pèlerins qui leur ont demandé de les emmener en leur compagnie, par crainte des voleurs. Or, dans la même cour, un des voleurs, Gadshill, s'entend avec le chambrier pour qu'il trahisse les pèlerins, qui, enfin, se mettent en route.

Et voici nos brigands allant à l'embuscade; Falstaff se plaint :

— Je t'en prie, mon bon prince Hal, aide-moi à retrouver mon cheval, bon fils de roi. Je n'en peux plus, d'aller à pied.

En effet, on a mis son cheval de côté, pour qu'il ne puisse pas aller plus loin. C'est Poins qui lui a joué ce tour, voulant filer en avant avec Henri.

— Non, gémit le gros homme, je ne pourrai jamais porter ma chair aussi loin à pied, pour tous les trésors de ton père, Hal. Enfin, si c'est une plaisanterie, je ne l'aime pas quand elle va si loin, et surtout à pied.

Le prince s'écarte avec Poins. Et, soudain, Gadshill arrive, criant alerte aux trois qui restent, Bardolph, Peto et Falstaff.

— Encapuchonnez-vous. Mettez vos masques! Il y a de l'argent du roi qui descend la colline.

Les pèlerins arrivent. Or, comme le prince et Poins ne reviennent pas, Falstaff se trouve seul à la tête des trois autres bandits. Ils arrêtent les voyageurs, quand même, à eux quatre, les prennent à la gorge, les enchaînent, les lient et les emmènent. A peine les ont-ils conduits dans une autre partie de la route :

— Venez, dit Falstaff, venez, mes maîtres, et nous allons partager. Et puis, à cheval, avant qu'il soit jour! Ah! si le prince et Poins ne sont pas deux couards fieffés, il n'y a pas d'équité au monde! Il n'y a pas plus de valeur dans ce Poins que dans un canard sauvage.

Soudain, surgissent Poins et Henri, déguisés, avec des masques nouveaux et en costumes de bougran. Et le prince crie d'une voix terrible :

— Votre argent!

— Scélérats! ajoute Poins qui les charge.

Et tous deux se précipitent sur les voleurs. Ceux-ci s'enfuient. Seul, Falstaff esquisse une vague estocade, puis se sauve en mugissant tandis qu'on court derrière lui.

Les suites, la bonne farce attendue, vous allez en jouir bientôt.

Le lendemain, à la taverne, le prince et Poins attendent le retour penaud de Falstaff et de ses trois acolytes. Mais ce n'est pas en penaud qu'il rentre, notre gros homme; c'est en homme furieux contre les lâches qui l'ont abandonné. Ecoutez plutôt ce début de dialogue.

— Salut, Jack! Où es-tu allé hier? demande le prince.

Et Falstaff de répondre, orgueilleusement :

— Peste soit de tous les couards, et vengeance sur eux! Voilà ce que je dis! Et *amen*, morbleu! Heum! Breum! Donne-moi un verre de xérès, garçon!

Plutôt que de mener cette vie-là longtemps, j'aimerais mieux coudre des chaussettes, et les rapiécer, et
les ressemeler! Peste de tous les couards! Donne-
moi un verre de xérès, coquin! N'y a-t-il plus de
vertu en ce monde?

Il boit.

LE PRINCE (à Poins). — As-tu jamais vu Phébus
embrasser une boule de beurre, et le beurre, au
cœur sensible, se fondre sous les doux propos du
soleil? Si tu l'as vu, contemple-moi ce phénomène-
ci.

FALSTAFF. — Coquin que vous êtes, il y a aussi de
la chaux dans ce vin... Ah! dans un méchant homme
il n'y a rien à trouver que de la coquinerie. Cependant, un lâche est pire qu'un verre de vin avec de
la chaux. Oui, un vilain lâche... Va ton chemin,
vieux Jack, meurs quand tu voudras! Si l'énergie,
la bonne énergie virile, n'est pas chose oubliée maintenant sur la surface de la terre, je veux passer pour
maigre comme un hareng saur. Non, il n'y a pas, en
Angleterre, trois hommes braves qui aient encore
évité la potence; et l'un d'eux est gros, et se fait
vieux! Dieu vous protège! Ah! c'est un mauvais
monde que le nôtre, dis-je! Je voudrais être un
tisserand, je chanterais des psaumes! Peste de tous
les lâches, dis-je encore. Donne-moi un verre de
xérès!

— Qu'est-ce à dire, sac à laine, que murmurez-
vous?

— Ça, un fils de roi!... Si je ne te chasse pas de
ton royaume avec un poignard de bois, et si je ne
pousse pas tous tes sujets devant moi comme un
troupeau d'oies sauvages, je veux bien ne plus
jamais porter de poils sur mon visage. Vous, prince
de Galles! Peuh!

— Qu'est-ce à dire, fils de gueuse, grosse toupie
humaine? Qu'y a-t-il?

FALSTAFF. — N'êtes-vous pas un couard? Répondez-moi là-dessus. Et Poins, que voilà, en est un
autre... Heum! Breum! Donnez-moi un verre de

xérès. Je suis un coquin, si j'ai bu seulement d'aujourd'hui.

LE PRINCE. — Scélérat! C'est à peine si tes lèvres sont essuyées de la dernière rasade.

— Heum! Breum! Ça ne fait rien! Donnez-moi un verre de xérès. Peste de tous les couards, dis-je encore.

LE PRINCE. — Enfin, qu'y a-t-il?

— Ce qu'il y a? Il y a que quatre de nous, ici présents, ont pris mille livres ce matin.

— Ah! et où est cet argent, Jack? Où est-il?

— Où il est? Il nous a été enlevé. Cent hommes sont tombés sur nous, pauvres quatre!

— Quoi, l'ami, cent hommes?

— Je suis un coquin si je n'ai pas ferraillé pendant deux heures avec une douzaine de ces cent hommes. Ah! j'ai échappé par miracle. J'ai reçu huit bottes dans mon pourpoint, quatre dans mon haut-de-chausses; j'ai eu mon bouclier traversé de part en part; mon épée est dentelée comme une scie à main. Tiens, regarde!

Effectivement, il montre son épée, qu'il a eu soin, comme on le devine, de denteler tout exprès.

— Jamais je ne me suis mieux conduit depuis que je suis un homme; mais tout a été inutile! Ah! peste soit de tous les couards! Qu'ils parlent, ceux-là (en montrant ses compagnons), et s'ils disent plus ou moins que la vérité, ce sont des scélérats et des fils de ténèbres.

GADSHILL. — Oui, nous quatre, nous sommes tombés sur une douzaine d'individus.

FALSTAFF. — Douze? Seize, au moins!

GADSHILL. — Et nous les avons liés; et comme nous étions en train de partager le butin, six ou sept sont venus, sont tombés sur nous.

FALSTAFF. — Et ils ont détaché les autres qui sont allés joindre ceux-là.

LE PRINCE. — Quoi! Vous avez combattu contre eux tous?

FALSTAFF. — Tous? Je ne sais pas ce que vous

pouvez appeler tous; mais, si je n'ai pas combattu contre cinquante, que je sois une botte de radis. Ah! s'il n'y en a pas eu cinquante-deux ou cinquante-trois après le pauvre vieux Jack, je suis une créature à une seule jambe.

LE PRINCE. — Ah! priez Dieu de n'en pas avoir tué quelqu'un.

FALSTAFF. — Eh! parbleu! il n'est plus temps de prier, maintenant. J'en ai poivré deux : je suis sûr d'avoir donné leur dû à deux, deux coquins en manteau de bougran. Je te dis ce qui en est, Hal; et si je dis un mensonge, crache-moi au visage et appelle-moi cheval. Tu connais ma vieille défense; je suis posé comme je suis là (il se met en garde); j'ai poussé ma pointe comme cela. Quatre coquins en bougran fondent sur moi...

— Comment, quatre? Tu ne disais que deux, tout à l'heure.

— Quatre, Hal, j'ai dit quatre. Donnez-moi un verre de xérès... Oui, oui, j'ai parfaitement dit quatre! Et ces quatre-là sont venus tous de front, et se sont attaqués principalement à moi. Oh! je n'ai pas été déconcerté; et j'ai reçu leurs sept pointes dans mon bouclier, comme ça.

LE PRINCE. — Sept pointes? Comment donc? Ils n'étaient que quatre, et ils avaient sept pointes?

— Sept, par cette poignée d'épée, ou je suis un scélérat, m'entends-tu?

— Oui, Jack, je te vois ainsi.

— Ah! tu fais bien, car cela vaut la peine d'être vu et entendu. Les neuf individus en bougran dont je te parlais...

— En voilà déjà deux de plus!

— Leurs pointes étant brisées, ont commencé à me céder le terrain; mais je les serrais de près; alors, je les ai attrapés corps à corps; et, en un clin d'œil, j'ai donné leur dû à sept des onze.

— Oh! prodige! Deux individus en bougran qui en ont produit onze!

— Mais, comme si le diable s'en était mêlé, voilà

que trois manants de coquins, en habit de drap vert de Kendal, sont venus par derrière, et sont venus sur moi; car il faisait si noir, Hal, que tu n'aurais pas pu voir seulement tes mains.

LE PRINCE. — Mais ces mensonges ressemblent au père qui les a engendrés! Ils sont gros comme une montagne, évidents, palpables. Comment, amas de tripes à cervelle de boue, graisseuse boule de suif, comment as-tu pu reconnaître que ces bandits étaient en drap vert de Kendal, puisqu'il faisait si noir que tu ne pouvais pas voir ta main! Voyons, donne-nous des explicaitons! Que réponds-tu? Voyons votre explication, Jack, votre explication!

FALSTAFF. — Comment! De la violence? Ah! non! Dussé-je être condamné à l'estrapade et à tous les chevalets du monde, je ne dirai rien par violence. Moi, vous fournir des explications par violence! Non, jamais!

LE PRINCE. — Ecoute, couard effronté, casseur de lits, énorme montagne de chair...

FALSTAFF. — A bas, toi, étique individu, peau d'anguille, langue de bœuf fumée, sardine sèche!... Ah! si le souffle ne me manquait pas, si je n'étais pas un peu asthmatique, je te le dirais, à quoi tu ressembles, aune de tailleur, fourreau de sabre, étui à flèches, méchant petit fleuret debout!...

LE PRINCE. — Bon! bon! Respire un peu, et puis recommence; et lorsque tu seras fatigué de ces basses comparaisons, écoute un peu ce que je vais te dire.

— Ecoute, oui, écoute bien, mon Jack! ajoute Poins.

LE PRINCE. — Eh bien! sache que nous deux, nous vous avons vus, vous quatre, vous jeter sur quatre hommes, tout bonnement...

Et il raconte qu'ils étaient, eux deux, vêtus de vestes de bougran, et que ce sont ces fameux deux en veste de bougran qui sont devenus l'armée énorme dont parle Falstaff.

Vous croyez que Falstaff va être démonté? Pas le moins du monde. Il est souple, ce gros homme,

comme certains gros chats qui se retournent, comme
les grasses anguilles, comme les phoques, tenez, qui
sont si gros et si gracieusement jouent dans l'eau
moins mobile qu'eux. Et le voilà qui prend la chose
gaiement, et riposte du tac au tac en une délicieuse
volte :

— Ah! ah! par le Seigneur, je vous avais reconnus, aussi bien que celui qui vous a faits. Ça!
écoutez, mes maîtres! Est-ce qu'il m'appartenait de
tuer l'héritier présomptif? Devais-je me tourner
contre mon prince légitime? Eh! parbleu, tu sais
bien que je suis vaillant comme Hercule! Mais,
observez l'instinct! Jamais un lion ne touchera à un
vrai prince. L'instinct est une grande chose! J'ai été
couard par instinct. Bon! je n'en penserai que mieux
de moi et de toi, ma vie durant; de moi, comme d'un
lion vaillant, et de toi comme d'un vrai prince.
Mais, chers gars, par le Seigneur, je suis heureux
que vous ayez l'argent. Allons, l'hôtesse, allons!
Fermez les portes; veillez cette nuit; vous ferez
demain vos prières. Ohé! galants, copains, enfants,
cœurs d'or, que tous les titres de la bonne camaraderie vous soient donnés! Voyons, nous mettons-
nous en train de rire? Jouons-nous immédiatement
quelque bonne pièce? Oui, ça va aussi.

LE PRINCE. — Ça va! Et le sujet de la pièce, ce
sera ta fuite.

FALSTAFF. — Ah! si tu m'aimes, Hal, ne parlons
plus de cela. Du vin! Et rions!... Hôtesse!... Garçon,
un verre de sherry!

❃❃❃

Vous voyez quel prodigieux boute-en-train!

A ce moment-là, on vient chercher le prince de
la part de son père; on le mande au palais. C'est
Falstaff qui va recevoir le gentilhomme, et il revient
en disant :

— Eh bien, tu vas être grondé d'une façon sérieuse! Ton père est furieux, paraît-il, et veut te voir.

Et comme le prince est élevé, par ce Mentor du vice, à se moquer de tout, le prince a cette idée d'une immoralité singulière : répéter, comme une scène de théâtre, la scène qui va se passer, là-bas, entre son père et lui.

— Fais le rôle de mon père, dit-il, et examine-moi sur les actions de ma vie.

FALSTAFF. — Bon! Si le feu de la grâce n'est pas complètement éteint en toi, tu vas être ému tout à l'heure. Donnez-moi un verre de sherry, pour rendre mes yeux rouges, afin qu'on puisse croire que j'ai pleuré comme un père triste, car je dois parler sous le coup de l'émotion, et je vais le faire dans un style de *Cambyse*. Bon, m'y voilà ! Reculez-vous, nobles seigneurs, que je puisse faire des gestes.

L'HOTESSE (*qui assiste*). — Oh! Jésus; oh! c'est une bonne farce! Oh! sur ma parole, quelle bonne farce!

FALSTAFF. — Ne pleurez pas, ma douce reine; car les averses de larmes sont inutiles. Pour l'amour de Dieu, seigneurs, emmenez ma triste reine; car les larmes obstruent déjà les écluses de ses yeux.

L'HOTESSE. — Mais il joue aussi bien cela qu'aucun de ces enjôleurs de comédiens que j'aie jamais vus!

FALSTAFF. — Paix, ma bonne pinte, paix, ma bonne chatouille-cerveau! (*Au prince.*) Harry, Harry, non seulement je m'étonne des lieux que tu choisis pour perdre ton temps, mais encore des compagnons que tu te donnes. Oh! mon fils..., car tu es mon fils; ce qui m'en donne la certitude, c'est surtout une certaine coquine de manière de clignoter des yeux, et une certaine manière idiote de laisser pendre ta lèvre inférieure, manières que tu tiens de moi. Donc, si tu es mon fils, voici le point grave : pourquoi, étant mon fils, te fais-tu ainsi montrer au doigt? Il y a une chose, Harry, dont tu as souvent entendu parler, et qui est connue de beaucoup de gens dans notre pays sous·le nom de poix. Cette poix salit, ainsi que le rapportent les anciens écrivains. Il en va de même de la compagnie que tu fréquentes; car, Harry, je ne te parle pas à présent dans l'ivresse, mais bien dans les larmes; je ne parle pas dans la joie, mais dans la tristesse; je ne parle pas seulement en paroles, mais aussi, tu le vois, en gémissant. Et cependant, mon fils, il y a un homme vertueux que j'ai souvent remarqué dans ta compagnie; mais je ne sais pas son nom.

LE PRINCE. — Et quelle espèce d'homme, s'il plaît à Votre Majesté?

FALSTAFF. — Un homme de très bonne apparence, ma foi! corpulent, d'une joyeuse mine, d'un œil agréable et d'un très noble maintien; qui, si je juge bien, doit être âgé de cinquante ans, ou même, par Notre-Dame, incliner un peu vers la soixantaine. Maintenant, je me rappelle que son nom est Falstaff. Si cet homme était adonné au libertinage, il me tromperait bien; car, Harry, je vois la vertu dans ses regards! Si donc l'arbre doit être reconnu à son fruit, je te le dis péremptoirement, il y a de la vertu dans ce Falstaff. Garde celui-là; mais bannis les autres. Et dis-moi, maintenant, méchant valet de garçon, dis-moi où tu as passé tout ce mois dernier.

Ici, un changement! Le prince, voulant riposter à la plaisanterie de Falstaff, dit :

— Eh bien! intervertissons les rôles, si tu veux. C'est toi qui vas faire le fils, et moi je vais faire le père.

Et alors, jouant le rôle de son père, il dit ses vérités à Falstaff devenu Harry :

— Ah! tu es emporté violemment loin de l'honneur, mon fils! Il y a un diable qui te hante, sous la figure d'un vieux gros homme, un homme-tonneau, qui est ton compagnon! Pourquoi converses-tu avec ce coffre d'humeurs, cette huche de bestialité, ce paquet gonflé d'hydropisie, cet énorme muid de sherry, ce sac bourré de viande de rebut, ce bœuf rôti de Manningtree, ce ventre farci de boudin, ce vice à l'âge respectable, cette iniquité en cheveux

blancs? A quoi est-il bon, si ce n'est à goûter le
sherry et à le boire? En quoi a-t-il de la propreté
et de la tenue, sauf quand il découpe un chapon à
table et qu'il le mange tout entier? En quoi est-il
habile, si ce n'est dans la ruse? En quoi est-il rusé,
si ce n'est pour la coquinerie? En quoi est-il coquin?
En toute chose. En quoi est-il homme de bien? En
rien.

FALSTAFF. — Je voudrais que Votre Grâce, mon
père, me permît de la comprendre. Qui Votre Grâce
veut-elle ainsi désigner?

LE PRINCE. — Mais ce scélérat, cet abominable
corrupteur de la jeunesse, ce vieux Satan à barbe
blanche, Falstaff.

FALSTAFF. — Monseigneur, je connais l'homme.

LE PRINCE. — Oui, je sais que tu le connais.

FALSTAFF. — Mais dire que je connais en lui plus
de mal qu'en moi-même, serait en dire plus que je
n'en sais. Qu'il est vieux (et il n'en est que plus à
plaindre, hélas!); ses cheveux blancs en témoignent
assez; mais qu'il soit, sauf votre respect, un chena-
pan, un corrupteur, cela, je le nie entièrement. Si
le vin de sherry sucré est un défaut, que Dieu protège le misérable! Si être vieux et d'humeur gaie
est un péché, alors plus d'un vieux compère que je
connais est damné. Et si être gras est haïssable,
alors les vaches maigres de Pharaon sont aimables.
Non, mon bon seigneur, bannissez Peto, bannissez
Bardolph, bannissez Poins; mais quant au doux
Jack Falstaff, au cher Jack Falstaff, au véridique
Jack Falstaff, au vaillant Jack Falstaff, qui est d'autant plus vaillant qu'il est le vieux Jack Falstaff, ne
le bannis pas de la compagnie de ton Henri! Bannir
le gros Jack, c'est bannir, pour moi, le monde entier!

A ce moment, arrive le shérif, qui vient arrêter
les auteurs d'un certain vol commis la nuit dernière.
C'est le vol des pèlerins. Vite, avant que le shérif
n'entre, le prince, bon garçon, fait cacher tous les
voleurs dans le haut, sauf Falstaff qui est fatigué,
qui a bu beaucoup de verres de sherry, comme vous

le savez, qui ne peut donc pas monter, et que l'on fourre derrière la tapisserie. Le shérif entre alors, et le prince lui dit :

— Vous faites votre devoir, c'est très bien; mais vous pouvez vous en rapporter à ma parole; je ferai demain conduire chez vous les hommes que vous recherchez; pour le moment, ils ne sont pas ici.

Le shérif sort, n'osant pas résister au fils du roi. Puis, quand il est sorti, on va vite chercher tous les voleurs, là-haut. Quant à Falstaff, on l'appelle, il ne répond pas. Alors, on regarde derrière la tapisserie, et Poins l'y trouve profondément endormi, et « ronflant comme un cheval ».

LE PRINCE. — Ecoute avec quel effort il respire! Tiens, fouille ses poches. Que diable peuvent-elles contenir?

Poins fouille les poches de Falstaff.

— Oh! rien que des papiers, monseigneur.

— Mais voyons ce que sont ces papiers. Lis-les.

POINS (lisant). — Ce sont des notes d'auberge.

Et voici ce qu'il lit :

« Item, un chapon, deux shillings, deux deniers.

« Item, sauce, 0 shilling, quatre deniers.

« Item, xérès, deux gallons, cinq shillings, huit deniers.

« Item, anchois et xérès après souper, deux shillings, six deniers.

« Item, pain, un sou. »

— Oh! monstrueux! rien qu'un sou de pain pour cette épouvantable quantité de xérès!...

Voilà la fin de l'acte deux, et vous connaissez, maintenant, un peu Falstaff.

❋❋❋

Savez-vous où ils vont aller? La guerre est déclarée. Hotspur, le chef des révoltés écossais (ce nom veut dire l'éperon chaud), est un très vaillant capitaine, en rébellion contre le roi d'Angleterre. On va donc faire la guerre, et le prince s'y rend en personne. Il a promis une compagnie d'infanterie, comme vous le verrez tout à l'heure, à son ami Falstaff.

Mais, en attendant, il faut que je vous présente un peu Bardolph, l'autre ami de Falstaff. Ils sont là, toujours, dans une chambre de la taverne où ils logent, où ils sont hébergés, où ils mangent, où ils boivent, et cela sans jamais payer. C'est le prince, comme bien vous pensez, qui paie.

FALSTAFF. — Est-ce que je ne suis pas, mon cher Bardolph, indignement maigri depuis cette dernière action? Est-ce que je ne déchois pas? Est-ce que je ne diminue pas? Parbleu, ma peau pend sur moi comme la robe de chambre d'une vieille dame. Ah! que veux-tu, c'est ma mauvaise société qui m'a perdu. Hélas! J'étais aussi vertueux, aussi bien doué qu'un autre gentilhomme; j'avais toutes les vertus qu'il me fallait; je jurais peu; je ne jouais pas aux dés plus de sept fois par semaine; je vivais bien, et en bonne mesure; mais, maintenant, je vis hors de toute loi et de toute mesure.

BARDOLPH. — Eh! vous êtes si gras que vous devez être nécessairement en dehors de toute mesure, sir John, en dehors de toute mesure raisonnable, sir John.

— Dis donc, toi, amende ta face, et j'amenderai ma vie! Tu es notre amiral; tu sais, Bardolph, tu portes la lanterne à la poupe, c'est-à-dire à ton nez. Tu es le chevalier de la lampe ardente.

— Vraiment, sir John, ma figure ne vous a fait aucun mal?

— Au contraire! Tu es une perpétuelle apothéose, un perpétuel feu de joie. Tiens, tu m'as épargné mille marcs en lampions et en torches, lorsque je me suis promené avec toi, pendant la nuit, de taverne en taverne. Mais le xérès que tu m'as bu m'aurait facilement acheté une bonne provision de lumières chez le marchand de chandelles le plus cher de l'Europe. J'ai entretenu le feu de la salamandre que vous êtes, depuis trente-deux ans, monsieur. Dieu me récompense de cette action!

BARDOLPH. — Pardieu! je voudrais que mon visage fût dans votre ventre!

FALSTAFF. — Alors, merci de Dieu, je serais bien sûr d'avoir le cœur enflammé!

Mais voici l'hôtesse qui arrive et à laquelle Falstaff se plaint qu'on ait vidé ses poches; car il est resté sous le coup de son somme derrière la tapisserie. (Cette brave hôtesse, vous la reverrez, plus tard, mariée avec un certain Pistol, un des compagnons de Falstaff, après avoir été plus ou moins demandée en mariage par tous les gens de la bande).

Elle répond à Falstaff :

— Jamais de la vie! Comment veux-tu qu'on t'ait volé chez moi? Ma maison est une honnête maison!

— Eh bien! dit Falstaff, je jure que mes poches ont été dévalisées. Allez, allez..., vous êtes une femme!

— Qui, moi? Ah! je te défie, lumière de Dieu! On ne m'a jamais malmenée ainsi dans ma propre maison!

— Allez, allez! je ne vous connais que trop bien!

— Non, sir John, vous ne me connaissez pas, sir John; vous me devez de l'argent, sir John, et, maintenant, vous me cherchez querelle pour ne pas me le rendre. Oui, je vous ai acheté une douzaine de chemises pour votre...

— Hou! tais-toi! c'était de la grosse toile de Doullens, de la mauvaise toile! Je les ai données à la femme du boulanger, qui en a fait des tamis pour la farine.

— Aussi vrai que je suis une femme véridique, c'était de la toile de Hollande, à huit shillings l'aune. D'ailleurs, vous me devez en outre beaucoup d'argent, sir John, pour votre nourriture, et votre vin d'extra, et encore vingt-quatre livres d'argent prêté.

— Bardolph en a eu sa part; qu'il paie!

— Lui, hélas! il est pauvre, il n'a rien.

— Comment, pauvre? Mais regardez son visage!
Qui appelez-vous riche alors? Qu'on monnoie son
nez, qu'on monnoie ses joues! Moi, je ne paierai pas
un denier. Vous voulez faire de moi une dupe novice.
Oui, on m'a volé! J'ai perdu une bague à cachet,
qui venait de mon grand-père, et qui valait au
moins quarante marcs...

— O Jésus! J'ai entendu le prince lui dire, je ne
sais combien de fois, que cette bague était en cuivre.

— Le prince, peuh! Le prince est un Jacquot.
Mordieu, s'il était ici et qu'il parlât de la sorte, je
le bâtonnerais comme un chien, le prince!

A ce moment, survient justement le prince, avec
Poins. Tous les deux entrent d'une façon charmante, en battant le pas de charge, et Hal jouant du
flageolet sur son épée.

— Quoi, dit Falstaff, est-ce la guerre déclarée?
Est-ce que nous devons partir?

— Oui.

Et alors l'hôtesse essaie de réclamer son argent.
Le prince veut tout arranger et dit :

— Mais voyons, qu'est-ce que tu as perdu, John?
On t'a vidé tes poches; mais qu'est-ce qu'il y avait
dedans?

— Ce qu'il y avait? Il y avait au moins quarante
livres dans chaque poche, et une bague à cachet,
de mon grand-père.

— Oui, une bague, une bague de cuivre qui valait
quatre sous!

— C'est ce que je lui ai dit, monseigneur, glapit
l'hôtesse. Et alors, il vous a appelé Jacquot, et il a
dit qu'il vous bâtonnerait.

— Comment, il a dit cela?

— Oui, il a dit cela.

FALSTAFF. — Il n'y a pas plus de foi en toi que
dans une poire cuite, tiens! Allez, bahut! Allez,
bahut!

— Quoi, bahut ? Mais je ne suis pas un bahut,
monsieur; je suis la femme d'un honnête homme; et,

en mettant à l'écart votre chevalerie, vous êtes un drôle de m'appeler ainsi.

— Et toi, ton sexe mis à l'écart, tu es une bête de dire autrement.

— Quelle bête, quelle bête?

— Un bahut, je te dis, un bahut!

Le prince apaise cette querelle qui continue cependant, et ils se disent bien d'autres choses! Je ne peux vous citer que les choses à peu près citables. Finalement, on le convainc de n'avoir eu dans ses poches que les notes d'auberge dont on lui parle. Et vous croyez qu'il est démonté, d'être pris en flagrant délit d'abominable mensonge? Pas du tout; car voici ce qu'il répond :

— Ecoute, mon Hal, écoute. Oui, tu me demandes d'avoir honte; mais comment veux-tu que que j'aie honte d'une chute! Tu sais bien qu'Adam fit la sienne, de chute, étant en état d'innocence! Et que pourrait faire, dis-moi, le pauvre Jack Falstaff dans ce temps d'immoralité? Tu le vois, j'ai bien plus de chair qu'un autre homme, et, par conséquent, je suis bien plus facile à faire trébucher!

C'est à ce moment que le prince lui annonce qu'il lui donnera une charge d'officier d'infanterie. A quoi le brave homme répond qu'il l'aurait préférée dans la cavalerie, parce que la marche à pied le fatigue. Et cette histoire finit, comme toutes les histoires de Falstaff, par son appel à boire :

— Allons, hôtesse, ne pensons plus à tout cela! Un grand déjeuner et heum! breum! pour me mettre en train, un verre de sherry, toi, garçon!

※※※

Voici notre gros homme à la guerre; et cette bonne humeur qu'il a eue, il va la porter partout, même à la guerre.

Il commence, d'abord, par être chargé de recruter des soldats. On pratiquait, à cette époque, comme

on faisait encore, il y a un siècle, pour la marine.
On choisissait comme soldats les jeunes gens riches,
qui se rachetaient, et les recruteurs en tiraient
profit, payant des remplaçants à bas prix.

On pense si Falstaff est bon joueur à ce jeu.

— Parbleu, dit-il, j'ai pris des gens qui n'avaient
jamais été soldats, quelques serviteurs fripons congé-
diés, fils cadets de frères cadets, garçons de tavernes,
voleurs en fuite, aubergistes en état de banqueroute,
voilà les gars que j'ai, pour tenir la place de ceux
qui s'étaient rachetés du service, si bien que vous
jureriez que j'ai choisi cent cinquante enfants pro-
digues déguenillés, récemment revenus de garder
les pourceaux et de se nourrir de glands et d'eau
de vaisselle. Un confrère, de joyeuse humeur, qui
m'a rencontré en route, m'a demandé si j'avais
débarrassé tous les gibets de leurs pendus.

Tels sont les soldats qu'il amène. Aussi, quand le
prince lui dit :

— Quels sont ces étranges gaillards qui viennent
à ta suite?

— Ce sont, réplique-t-il, mes soldats, Hal, mes
soldats, de braves soldats.

— Eh! je n'ai jamais vu de plus pitoyables drôles.

— Bah! bah! C'est assez bon pour être haché.
Chair à canon, chair à canon, Hal! Ils rempliront
un fossé aussi bien que des meilleurs. Bah! camarade, hommes mortels, hommes mortels!

— Oui, mais, sir John, dit un seigneur qui est là,
il me semble qu'ils sont pauvres et maigres à l'excès!

— Ma foi, monseigneur, pour ce qui est de leur
pauvreté, je ne sais pas où ils l'ont prise, et quant à
leur maigreur, ce n'est certes pas moi qui la leur
ai enseignée!

Vous allez voir qu'il garde cette bonne humeur
jusque sur le champ de bataille où, néanmoins, il
se conduit comme Panurge pendant la tempête, avec
une lâcheté effroyable. Mais cette lâcheté elle-même
devient, je ne dirai pas de la bravoure, mais une
façon de bravoure chez lui, puisque cet homme qui

a peur, comme Panurge, qui a peur des coups, lui, il
en reçoit aussi, des coups, et s'y expose ferme et va
au fort de la bataille. C'est ainsi qu'il le raconte,
simplement cette fois :

— Ah! je savais bien, à Londres, comment échapper aux coups de feu de la dette; mais, ici, je crains
les coups de feu qui n'ont d'autre manière de
compter que sur votre caboche. Je suis aussi bouil-
lant et aussi pesant que du plomb fondu! Ah! le
plomb! Dieu détourne de moi le plomb! Je n'ai pas
besoin de peser plus que mes tripes; c'est déjà bien
assez! Mais j'ai conduit ma troupe à un endroit où
ils ont été poivrés. Sur mes cent cinquante, il n'y
en a que trois qui soient en vie, et ceux-là sont
destinés à mendier pour le reste de leur existence.

Il y est cependant allé, les conduire, et s'il n'en
est resté que trois, il est bel et bien le troisième.

C'est en cet état qu'il est rencontré par le prince,
qui lui dit :

— Que fais-tu là? Tu restes à ne rien faire! Ah!
prête-moi ton épée. Bien des gentilshommes, dont
la mort n'est pas vengée, gisent, froids et raides,
sous les sabots des chevaux de l'ennemi, ivre de son
triomphe. Je t'en prie, prête-moi ton épée! la mienne
est brisée.

— Hal, je t'en prie, ouf! donne-moi la permission
de respirer un peu. Jamais je n'ai accompli de faits
d'armes pareils à ceux que j'ai exécutés aujourd'hui.

— Eh bien! si tu ne veux pas me donner ton
épée...

— Non, mais prends mon pistolet. Tiens, là, si tu
veux...

— Donne-le-moi. Comment, il est dans son étui?

— Oui, Hal, oui. Il est chaud, il est tout chaud;
et il y a de quoi saccager une ville!

Le prince ouvre l'étui et en tire le pistolet de
Falstaff, et ce pistolet, c'est une bouteille de xérès!

— Comment, s'écrie Hal, est-ce le moment de plaisanter, de badiner?

Il lui rejette sa bouteille. Falstaff la prend, et pour peu il dirait :

— Garçon, un verre de xérès!

Et lui-même, joyeusement, il se la jette dans la barbe.

Resté seul, il rencontre un soldat qui s'appelle Douglas, un Ecossais. Ils se battent ensemble. Il fait bonne contenance. Il donne et pare une ou deux estocades. Tout d'un coup, il tombe par terre. Il n'est pas blessé; il fait simplement le mort, mais il expliquera plus tard pourquoi.

Pendant qu'il est ainsi à terre, arrive Hotspur, le fameux chef des révoltés qui, lui, se bat avec le prince Henri. Il y a un duel terrible. Henri le blesse, le tue, et Hotspur tombe à quelque distance de Falstaff qui, lui, ne bouge pas. Le prince Henri, très brave et très généreux, rend hommage à la bravoure de Hotspur, et dit :

— Je veux cacher sous mes couleurs ta face mutilée. Tu as été un brave!

Et il lui pose sur le visage son écharpe, en ajoutant :

— Je me serai reconnaissant pour avoir rempli en ton honneur les beaux rites de l'affection chevaleresque. Adieu, brave!

Il aperçoit alors Falstaff à terre, et il dit une parole qui vous reviendra tout à l'heure, quand vous aurez vu disparaître Falstaff; malgré tous les vices et tous les défauts du gros homme, il dit cette parole de tendresse (vous verrez qu'après cela il en dit une beaucoup plus dure; mais celle-ci c'est le vrai fond de son cœur, tant qu'il n'est pas roi d'Angleterre) :

— Eh! quoi, dit-il, Falstaff, ma vieille connaissance! Est-ce que toute cette chair ne pourrait pas conserver un peu de vie? Mon pauvre Falstaff, adieu! Ah! je me serais passé plus facilement d'un plus honnête homme que toi!

Certes, l'adieu est peu de chose. Quand même, oui, on les regrette, ces gens, quand on les a ren-

contrés dans la vie, et il y en a toujours dans toutes
les bandes de jeunes gens, je vous l'ai dit l'autre
jour; il y a un Mercutio; il y a aussi toujours un
Falstaff, dans chaque poignée de bohèmes qui
essaient cette bataille particulière qu'est la bataille
des arts, à Paris, où l'on commence dans la misère,
en mangeant, comme il est dit très justement, de la
vache enragée. Triste régiment dont tant de recrues
sont comme celles de Falstaff tout à l'heure, des gens
ayant l'air d'être descendus du gibet. Dans ce régi-
ment-là, on a connu des Falstaff, oui; et quand ils
s'en vont, on a une larme de pitié et de tendresse
pour eux, et l'on dit, comme le prince attendri :

— Je me serais passé plus facilement d'un plus
honnête homme que toi!

A peine le prince est-il parti, que Falstaff se soulève et se confesse :

— J'ai joliment eu raison, tout à l'heure, de faire
le mort. Le diable d'Ecossais me pressait; il aurait
pu me tuer; et voilà maintenant ce Hotspur qui est
là; hum! qui me dit qu'il ne fait pas le mort comme
moi? Et s'il allait se réveiller, et me sauter dessus?
Oh! il est plus fort que moi, celui-là, il n'y a rien
à faire! Non! Je vais me débarrasser de lui, à tout
hasard; ce sera plus sûr.

Et alors il se lève, il va vers Hotspur qui pourrait, en effet, ne pas être mort, et il lui donne un
coup de poignard en se disant :

— Ça, c'est une excellente idée! Parce que je dirai
que c'est moi qui l'ai tué.

A peine a-t-il fait cela qu'il charge Hotspur sur
son dos et il se met à marcher. Il rencontre un peu
plus loin le prince Henri et le prince Jean.

LE PRINCE. — Tiens! Quoi? Mais quel est cet
homme? Mais je l'ai vu mort tout à l'heure!

— Mais non, monseigneur; je vais tout vous
expliquer. Comme le monde est la proie de l'erreur!
Je vous accorde que j'étais à terre tout à l'heure et
hors d'haleine; et c'est aussi ce qu'il était, lui,
Hotspur. Mais nous nous sommes relevés tous deux

au même instant, et nous avons combattu une grande
heure d'horloge de Shrewsbury. Si on consent à me
croire, bon! Sinon, eh bien! que ceux qui ont pouvoir de récompenser la valeur portent le péché sur
leurs têtes. Je veux mourir, prince, si je ne lui ai
pas fait cette blessure, que vous voyez. Ah! si
l'homme vivait et qu'il me démentît, ah! mordieu!
je lui ferais manger un morceau de mon épée!

LE PRINCE JEAN. — C'est la plus étrange histoire
que j'aie jamais entendue!

LE PRINCE HENRI. — Non; ce qu'il y a d'étrange
c'est le camarade. Allons, soit, sir John, emportez
votre charge noblement sur votre dos. Pour ma part,
si un mensonge peut te faire honneur, j'aurai soin
de dorer le tien des plus belles paroles qui soient
en mon pouvoir.

Ils s'en vont; et Falstaff, pour la première fois de
sa vie, ayant presque fait une action d'éclat, ayant
fait quelque chose qu'on pourra prendre pour une
action d'éclat, est près de se repentir et de se corriger. A quoi tient la destinée? A peu de chose, comme
vous l'allez voir.

— Oui, dit-il, oui, je vais aller chercher ma récompense. Celui qui me récompensera, que Dieu le
récompense aussi! Ma foi, si je deviens plus grand,
je deviendrai moins gros, car je me purgerai. Je
laisserai là le xérès, et je vivrai proprement comme
un noble tel que moi devrait le faire.

Mais, hélas! il ne pourra pas suivre ce bon conseil
qu'il se donne. Il continuera la vie effrayante qu'il
mène, et vous allez savoir, un peu plus loin, à quoi
ont abouti ses belles intentions.

Il est devenu, en effet, une sorte de gentilhomme;
car nous le retrouvons, dans *Le Roi Henri IV*
(deuxième partie), flanqué d'un page qui lui porte
son bouclier. Il fait une mauvaise rencontre, celle
du Grand Juge. L'histoire de ce Grand Juge vaut la
peine d'être racontée en deux mots : il avait été
chargé de requérir contre le prince en personne.
(L'anecdote est authentique dans les Annales d'An-

gleterre.) Le prince, furieux qu'un magistrat osât requérir contre lui, prince de Galles, l'avait souffleté en public. Vous admirerez la belle leçon que Shakespeare a tirée de cette incartade, qui était plus qu'une incartade chez le prince. Mais dégustons d'abord comment Falstaff traite ce Grand Juge. Il faudrait vous lire toute la scène; elle est charmante en anglais, mais elle serait très longue dans une traduction n'en pouvant rendre l'esprit.

Sitôt qu'il voit le Grand Juge, Falstaff dit à son page :

— Il me semble qu'il s'en va; tant mieux!

— Oui, car c'est l'homme qui vous avait accusé du vol.

— Ah! eh bien! sauvons-nous, je ne tiens pas à le revoir.

Mais le juge le faisant rappeler, il arrive avec son page en lui soufflant à l'oreille :

— Dis-lui que je suis sourd!

Et l'interrogatoire commence, avec des quiproquos extraordinaires. Et c'est là, un instant avant, que le bon Falstaff avait dit :

— Je sais que j'ai de l'esprit; mais je ne me contente pas d'avoir de l'esprit moi-même, j'en fais trouver aux autres quand je suis avec eux.

Je passe l'interrogatoire; cependant, quelques répliques vous amuseront.

— Je vous ai fait mander pour que vous veniez me répondre sur des accusations qui n'atteignent rien moins que votre vie.

FALSTAFF. — Celui qui se boucle dans sa ceinture ne peut pas vivre dans une plus petite, monsieur.

— Vos ressources sont très minces, et votre dépense est grande.

— Je voudrais, monsieur, que ce fût le contraire, que mes ressources fussent plus grandes, et ma panse, ou ma dépense, plus mince.

— Vous avez égaré le jeune prince.

— Non, monsieur, c'est le jeune prince qui m'a

égaré. Je suis le compère au gros ventre, et lui le chien qui me conduit.

— Il n'y a pas un poil blanc de votre face qui ne dût vous rappeler au sentiment de la gravité.

— Non, monsieur; au sentiment de l'obésité, si vous voulez, de l'obésité.

— Vous suivez le jeune prince par monts et par vaux, comme son mauvais ange.

— Non, monsieur, non! Ah! comme la vertu est peu estimée par le temps de marchands de pommes cuites où nous vivons! Vous qui êtes vieux, monsieur le juge, vous ne comprenez pas les capacités de nous qui sommes jeunes! Vous voulez apprécier la chaleur de notre foie par l'amertume de votre bile! Mais nous qui sommes dans le printemps de notre jeunesse, monsieur, nous sommes fous parfois, je dois le confesser...

LE JUGE. — Osez-vous inscrire votre nom sur les registres de la jeunesse, vous sur qui le temps par tous ses caractères a écrit vieillesse? N'avez-vous pas la main sèche, la joue jaune, la barbe blanche, la jambe qui fléchit, le ventre croissant?... Votre voix n'est-elle pas altérée? Votre haleine courte? Votre menton double? Votre esprit simple? Chaque partie de vous-même n'est-elle pas flétrie d'antiquité, et vous voulez encore vous appeler jeune? Fi! Fi! Fi! sir John.

— Milord, écoutez-moi bien. Je suis né vers trois heures de l'après-midi avec une tête blanche et un ventre quelque peu rond. Quant à ma voix, je l'ai perdue à pousser des acclamations et à chanter des psaumes. Je ne veux pas m'amuser à vous prouver davantage ma jeunesse. La vérité est que je ne suis vieux que de jugement et d'intelligence. Que celui qui voudra parier avec moi mille marcs à qui fera les meilleures cabrioles me prête l'argent pour parier, et il verra ensuite! Ah! quant au soufflet que le prince vous a donné, il l'a donné comme un prince brutal, et vous avez senti comme un lord sensible. Je l'ai réprimandé pour cela, milord, et le jeune lion

s'en repent, non pas sous le sac et les cendres, parbleu, mais sous de la soie neuve et avec du vieux
xérès.

— Bon! Dieu envoie au prince un meilleur compagnon que vous!

— Non, monsieur, Dieu envoie au compagnon du
prince un meilleur prince, si c'est possible!...

Je vous passe toutes les plaisanteries qui continuent. Je vous passe aussi une scène de recrutement
qui est tout à fait cocasse, car on y voit en action
ce qu'il racontait tout à l'heure. Enfin, je vous passe
toutes sortes de scènes dans la taverne; car vous
pensez bien qu'ils reviennent toujours dans cet endroit qui est leur quartier général, dans la bonne
taverne de la Tête de Sanglier. Je ne vous en lirai
qu'une toute petite chose, l'éloge du vin, parce que
là, comme l'a fait justement remarquer un commentateur, on sent presque l'esprit et l'âme de Rabelais.
On dirait que Shakespeare a lu Rabelais. Je ne
pense pas qu'il l'ait lu, mais c'est une chose qui
était dans l'air à tel point que cette page pourrait
être dite par Jean des Entommeures, par exemple.

Sir John vient d'avoir un dialogue avec le prince
Jean, dont il n'est pas aimé (celui que nous avons
vu tout à l'heure quand Falstaff portait Hotspur sur
ses épaules), et, quand le prince est parti, il dit :

— Vous me souhaitez bonne chance, prince; moi,
je vous souhaiterai seulement un peu d'esprit; cela
vaudrait beaucoup mieux que votre principauté. Ah!
sur ma foi, c'est un jeune homme à sang-froid, qui
ne m'aime pas! Personne ne peut le faire rire! Ce
n'est pas étonnant : il ne boit pas de vin. Ah! une
bonne bouteille de xérès, voilà qui vous a une double
opération! Cela vous descend dans le cerveau, vous
y sèche toutes les sottes, lourdes et âcres vapeurs
qui l'enveloppent, vous le fait ouvert, prompt, inven-
tif, plein de conceptions légères, ardentes et délec-
tables, qui, communiquées à la voix, à la langue,
où elles prennent forme, sortent en saillies excel-
lentes. La seconde propriété de l'excellent xérès est

d'échauffer le sang qui, étant auparavant froid et
lent, laissait le foie blanc et pâle, ce qui est signe
de pusillanimité. Mais le xérès l'échauffe et le fait
courir du centre aux extrémités. Il illumine le visage
qui, pareil à un phare, ordonne à tout le reste de ce
petit royaume, l'homme, d'avoir à s'armer. Et alors
toute la bourgeoisie des esprits vitaux, et les autres
petits esprits intérieurs, se rassemblent autour de
leur capitaine, le cœur, qui, puissant et enflé de son
armée, peut accomplir n'importe quel acte de courage, et cette valeur vient du xérès. Il s'ensuit que
l'habileté dans les armes n'est rien sans le xérès,
car c'est lui qui la met en œuvre. De là vient que
mon prince Harry est si vaillant, car ce sang si
froid, dont il a naturellement hérité de son père, il
l'a, comme on fait d'une terre maigre, stérile et nue,
labouré, cultivé, ensemencé par l'excellent travail
du boire sec et par un bon engrais de fertile xérès;
en sorte qu'il est devenu très chaud et très vaillant.
Tenez, si j'avais mille fils, le premier principe que
je leur enseignerais serait d'abjurer tout breuvage
insipide et de s'adonner au vin!

Hélas! ce prince dont il parle ainsi et à qui il a
rendu de grands services, comme vous le verrez
tout à l'heure, ce prince qu'il aime et dont il fut
tant aimé, va cesser de l'aimer en devenant roi. Il
y a là une admirable scène dans Shakespeare, où
l'on voit cette transformation qui est fréquente dans
l'histoire anglaise. Nous l'avons eu, de nos jours,
sous les yeux, ce spectacle d'un prince de Galles
gaspillant sa vie dans les plaisirs, et qui, le jour où
il monte sur le trône, devient un grand roi. C'est
ainsi qu'a été le dernier prince de Galles, célèbre
par tant de fastueuses fantaisies, et qui a fini en
très grand roi d'Angleterre sous le nom d'Edouard VII.
Ici, nous avons le même exemple; et la plus belle
preuve de cette transformation noble et haute qui
puisse être donnée est celle de la scène entre le
Grand Juge et le prince.

Le Grand Juge est fort gêné, à l'heure présente,

d'être le Grand Juge avec ce roi dont il a reçu autrefois un soufflet et qu'il a voulu arrêter. Mais le roi lui dit :

— Vous avez bien fait, et rempli votre devoir, quand vous étiez Grand Juge contre moi; et c'est moi qui ne fus qu'un polisson en vous souffletant.

Et il le garde à la place qu'il avait, de Chancelier et de Grand Juge du royaume.

Hélas! il n'en va pas de même avec le pauvre Falstaff, comme vous allez voir. Cette fin est triste. Elle va être un peu corrigée par le récit de sa mort; mais, en attendant, écoutez combien cela est douloureux :

Falstaff vient. Il sait qu'Henri IV est mort, que son prince Hal est nommé roi sous le nom d'Henri V, et il arrive avec Bardolph, Pistol, et toute sa bande, en leur disant :

— Tenez-vous près de moi, je vais vous mettre en faveur tous auprès du roi. Je vais lui cligner de l'œil quand il passera, et remarquez seulement la jolie mine qu'il va me faire. Viens ici, Pistol, tiens-toi derrière moi. Ah! si j'avais eu le temps de commander des livrées neuves! Mais, peu importe! Mon pauvre équipement vaut mieux, cela montre l'empressement que j'avais de le voir, le sérieux de mon affection.

— Oui, oui, disent les autres.

— ...Mon dévouement. Oui, cela fait voir que j'ai chevauché nuit et jour sans penser à rien autre, sans me donner même le temps de changer de chemise, et que, si je suis sale du voyage et tout en sueur pour le voir, c'est que je n'ai pensé à rien d'autre que de le voir, parce que je l'aime.

Le roi Henri V paraît, avec le Grand Juge et tout son cortège. O joie dans le cœur de notre gros homme! Et elle éclate.

FALSTAFF. — Dieu protège ta grâce, mon Hal! O mon royal Hal! Dieu te protège, mon doux enfant!

Le roi Henri V reste très froid et dit :

— Milord Grand Juge, parlez à ce vaniteux individu.

LE GRAND JUGE. — Falstaff, avez-vous votre bon sens? Savez-vous à qui vous parlez?

FALSTAFF. — Mon roi, mon Jupiter! Mais c'est à toi que je parle, mon cher cœur, mon Hal.

LE ROI, *sévèrement*. — Je ne te connais pas, vieillard! Va dire tes prières. Comme des cheveux blancs conviennent mal à un bouffon et à un farceur! J'ai longtemps rêvé d'une espèce d'homme comme toi, aussi gonflé de graisse, aussi vieux, aussi libertin; mais, maintenant, je suis réveillé et je méprise mon rêve. Désormais, traite moins bien ton ventre et un peu mieux ton honneur. Laisse là la gourmandise. Sache que la tombe s'ouvre pour toi trois fois plus large que pour les autres hommes. Ne me réplique pas par une plaisanterie de bouffon! Ne présume pas que je sois la personne que j'étais; car Dieu sait, et le monde verra, que j'ai donné congé à mon premier moi, et ainsi ferai-je pour tous ceux qui lui ont tenu compagnie. Lorsque tu entendras dire que je suis redevenu ce que j'étais, viens me retrouver, et tu redeviendras ce que tu étais, le précepteur et le père nourricier de mes désordres. Mais jusqu'à ce jour, je te bannis, sous peine de mort, à dix milles de ma personne, ainsi que je l'ai fait pour mes autres mauvais conseillers. Je vous fournirai les moyens de vivre, afin que le manque de ressources ne vous entraîne pas au mal, et lorsque nous apprendrons que vous vous réformez, nous vous donnerons un avancement en proportion de vos capacités et de votre mérite. (*Au Grand Juge.*) Seigneur Grand Juge, chargez-vous de faire réaliser la teneur de mes paroles. Marchons!

Et il s'en va. Voilà tout son adieu au pauvre Falstaff.

Celui-ci n'en est pas encore désarçonné; il essaie de faire croire à ses compagnons (peut-être le croit-il lui-même, car il est brave homme, il est bon, vous verrez tout à l'heure que oui) et il leur dit :

— Ne soyez pas en peine, mes amis, de ce qui vient de se passer! Il m'enverra chercher, pour s'entretenir en particulier avec moi. Voyez-vous, il faut bien qu'il paraisse ainsi devant le monde. Mais croyez-moi, croyez-moi, il m'enverra chercher!

Hélas! Hal ne l'envoie pas chercher. Hal oublie son vieux Jack.

Dans la première partie du dernier drame, *Henri V*, se passe toute la terrible histoire qui a abouti pour nous à la défaite d'Azincourt. C'est une admirable victoire anglaise; car c'est avec une douzaine de mille hommes, bons soldats, en les exhortant, en étant lui-même un vaillant guerrier et un grand capitaine, qu'Henri V vainquit l'armée des chevaliers français, fous, désordonnés, armée beaucoup plus nombreuse que l'armée anglaise. On conçoit qu'alors Hal ait autre chose à faire que de penser au vieux Jack. Mais lui, le pauvre Falstaff, ne pense qu'à son Hal. Il en a eu un coup au cœur, et il va en mourir.

A la taverne de la Tête de Sanglier, nous retrouvons mistress Quickly, qui a été épousée par Pistol (elle a choisi un de ses soupirants); et, pendant qu'elle cause, le page de Falstaff arrive.

— Mon hôte Pistol, dit-il, il vous faut venir près de mon maître, Falstaff; et vous aussi bonne hôtesse. Il est très malade et voudrait se coucher. Toi, bon Bardolph, tu mettras ton nez entre ses draps; ça fera l'office d'une bassinoire! Viens, viens, il est très malade.

L'hôtesse va voir Falstaff, et elle revient un instant après en disant :

— Ah! si jamais vous êtes nés de femmes, venez, venez tous, vivement, voir sir John, le pauvre cœur! Il tremble tellement la fièvre quarte, que c'est très lamentable à contempler. Ah! le roi, par sa réponse de l'autre jour, lui a brisé le cœur...

— Oui, ajoute Pistol, son cœur est fracturé et *corroyé*.

— Certes, fait Nym, le roi est un bon roi, mais il dépasse un peu trop les bornes. Ah! plaignons-le.

— Ah! conclut Pistol, plaignons tous le pauvre chevalier.

Et ils y vont. Et pendant qu'ils sont là, le roi continue la guerre. Il ne pense plus du tout à son Falstaff. A un moment donné, pourtant, il demande vaguement de ses nouvelles et voici en quels termes. Avec mépris, il dit :

— Est-ce que le vieux cochon mange toujours dans son auge?

Et c'est là tout le souvenir qu'il en a gardé.

Pauvre vieux Falstaff, hélas! Tout le monde, heureusement, n'a pas ce souvenir de lui. Oui, il est cruel, le roi. Non, certes, tout le monde ne pense pas comme lui. Car voici ce qu'en dit la bonne hôtesse, ce qu'en garderont les petites bonnes gens qu'il a connues, et pour qui, lui, Falstaff, reste un être de tendresse et de charme.

Mistress Quickly veut aller avec son mari Pistol à la ville prochaine, où une affaire les appelle.

— Je t'en prie, je t'en prie, mon doux miel d'époux, laisse-moi te conduire jusqu'à Staines.

— Oh! non, non, dit Pistol, car mon cœur viril se déchire. Ah! Bardolph, de l'entrain! Et toi, Nym, réveille ta verve vantarde! Allons, petit page, hérisse ton courage! Car Falstaff est mort, pauvre Falstaff, et nous n'avons plus qu'à gémir.

BARDOLPH. — Ah! que ne suis-je où il est, où qu'il soit, dans le ciel ou bien dans l'enfer!

Et voici le récit de sa mort par l'hôtesse :

— Oh! non, à coup sûr, il n'est pas en enfer. Il est dans le sein d'Arthur, si jamais homme alla dans le sein d'Arthur! Il a fait une belle fin, allez, et il est parti comme partirait un enfant dans sa robe baptismale. Il est parti juste entre midi et une heure, juste au moment où la marée commençait à descendre; car, lorsque je le vis (ici, notez

tous les signes de l'agonie) remuer ses draps,
jouer avec des fleurs et sourire à ses bouts de
doigts, je compris qu'il n'y avait plus qu'une route
pour lui; car son nez était aussi effilé qu'une
plume, et il bavardait de campagnes vertes.
« Allons, sir John, lui dis-je, allons, allons, mon
homme, ayez bon courage! » Là-dessus, il cria tout
haut : « Dieu! Dieu! Dieu! » trois ou quatre fois.
Alors, moi, pour le rassurer, je lui conseillai de ne
pas penser à Dieu; j'espérais qu'il n'y avait pas
encore nécessité de le troubler de ces pensées-là.
Alors, il m'ordonna de lui mettre d'autres couvertures sur ses pieds. Je mis ma main dans le lit, et
je les touchai. Ils étaient aussi froids qu'une pierre;
alors, je touchai ses genoux, et tout était toujours
froid comme une pierre.

— Est-ce que c'est vrai qu'il a demandé du
xérès?

— Oui, oui, cela il l'a fait!

Et, le pauvre homme, il a eu raison de le faire;
et il est vraiment parti, comme le dit la bonne
femme, ainsi qu'un enfant dans sa robe baptismale;
il est parti candide, ingénu, et réalisant ce qu'a
chanté plus tard le beau vers de Tristan Corbière,

Pur à force d'avoir purgé tous les dégoûts.

VI

LE ROI LEAR

Les Eléments du Drame. — La Légende de la Reine des Fées. — L'Histoire du Roi Lear et de ses trois Filles. — L'Histoire du Duc de Glocester et de ses deux Fils. — Le Caractère de Cordelia. — Le Rôle du Bouffon. — Edgar, le pauvre Tom. — La Folie du Roi Lear. — Les Horreurs du Drame. — Les Férocités Physiques et Morales. — Le Retour de la Douce Cordelia.

MESDEMOISELLES,
MESDAMES,
MESSIEURS,

Je crois que, maintenant, après *Othello*, après le dénouement de *Roméo et Juliette*, après les forfaits du couple Macbeth et surtout d'elle, ce terrible monstre féminin, je crois que vous êtes suffisamment acclimatés au dramatique shakespearien pour pouvoir entrer de plain-pied dans *Le Roi Lear*. Néanmoins, je vous en préviens, tenez solidement vos nerfs en bride; car c'est ici, de tout le théâtre de Shakespeare, la pièce la plus noire, la plus navrante, la plus tragique, la plus pleine de catastrophes, de meurtres, de cruautés, de sauvageries, celle qui présente la vie sous les couleurs les plus atroces et les plus désespérantes.

Vous allez y voir, en effet, d'abord deux êtres féminins encore pires que lady Macbeth; puis, et surtout, un malheureux homme victime de toutes les calamités imaginables. Calamités presque plus terribles que celles qui tombent sur Œdipe, et que nous avons étudiées l'année dernière et il y a deux ans; car, en somme, Œdipe, dans tous ses malheurs, n'était que la victime de la Fatalité, du Destin; c'étaient les dieux eux-mêmes qui le persécutaient; et, dans sa résistance aux dieux, avec sa jeunesse, son orgueil, il prend lui-même la figure d'une sorte de demi-dieu, ce qui fait que, tout en le plaignant, on l'admire. Ici, nous avons, comme héros de la pièce, le pauvre roi Lear, c'est-à-dire un roi, oui, mais un vieux roi, un homme de quatre-vingts ans; et il est en proie, non pas au Destin, mais à sa propre folie, laquelle est née d'un tout petit grain, d'un germe infime, comme toujours dans Shakespeare. Ce petit germe est un rien d'orgueil, de tyrannie. Et de là, pourtant, ont découlé toutes ses misères.

Et quelles misères! Les plus féroces, les plus torturantes, qui puissent fondre sur un être humain; puisqu'il est persécuté, haï, méprisé, bafoué, rendu infâme et presque immonde, et grotesque, par ses propres filles. Je ne dis pas même par ses enfants! Un fils, cela serait moins extraordinaire; mais une fille, qui doit être l'incarnation de la douceur, de la tendresse, de la bonté, de la maternité future! Et devenir, pour celle-là, un objet d'exécration, d'horreur, d'envie, voilà ce qui tombe sur le roi Lear. Et cela ne suffit pas, quand même. Tout conspire contre lui, tout! Il ne reste à côté de lui qu'un serviteur et son propre fou, son bouffon. Tels sont les seuls êtres qui lui demeurent fidèles! A part cela, il va de peine en peine. Plus il est vieux, plus il est faible, et plus le poids des calamités l'écrase. A chaque instant, il sent sa raison près de s'en aller; c'est un cri que vous lui entendrez pousser tout le temps, comme un refrain :

— Mon Dieu! que je ne devienne pas fou!... Oh! non! je sens que je deviens, que je vais devenir fou!

Et, en effet, il choit dans la démence, et, pire
que la démence, il retourne à l'*enfance*. Il est et se
sent ridicule. On se moque de lui. La nature elle-
même lui est hostile; les éléments se déchaînent;
la pluie le lave, le débue, comme dit Villon. Il a
l'air d'un pauvre vieux mendiant. Il en est un, sans
abri, sans pain, obligé de coucher dans une étable
de pourceaux. Voilà tout ce que cet ancien roi
trouvera au bout de sa vie; et cela jusqu'au dénouement, que je ne veux pas vous dire d'avance. Vous
le connaissez, d'ailleurs; mais vous en verrez le
détail affreux, vous en boirez, avec le pauvre
vieux, toutes les horreurs jusqu'à la lie.

Tant d'horreurs, hâtons-nous de le dire dès le
premier mot, ne sont pas de l'invention de Shakespeare. Non! Quelques-uns, le croyant, n'ont pas
craint d'affirmer qu'il était un cruel, pour s'être
ainsi complu à de telles catastrophes! Songez qu'il
y en a de monstrueuses. Par exemple, cet acte de
sauvagerie : un autre père que le roi Lear est,
comme lui, persécuté par son enfant, et arrive à
être dénoncé, cru coupable, condamné, savez-vous
à quoi? A ce supplice qu'on lui inflige en public :
on lui arrache les yeux, et l'on marche dessus.
Vous le verrez tout à l'heure. Mais toute cette sauvagerie, toute cette cruauté, ce n'est pas de Shakespeare. Comme je vous l'ai déjà dit une fois, et
c'est la vérité, les grands auteurs dramatiques ne
se piquent pas toujours d'être des inventeurs. À
quoi bon! La vie suffit pour donner les éléments
d'un drame : les faits-divers de tous les jours sont
là! Mais il s'agit d'en donner l'expression, et de
savoir jouer, en quelque sorte, sur ces instruments
de musique qui sont les passions humaines, ces
violons, ces violoncelles faits comme tous les instruments à cordes, vous le savez, avec des boyaux
d'êtres vivants, boyaux de chats, pour les violons.
Par cela seul vit le drame. Et, donc, l'auteur dramatique de génie ne cherche pas lui-même à faire
ces violons; ce qu'il veut, c'est faire chanter sur

eux, de la façon la plus pénétrante, la plus douloureuse, toutes les passions humaines. Et voilà ce que fait Shakespeare. Il n'est pas fabricant de violons; il est l'homme qui joue sur ces violons, vous allez voir tout à l'heure avec quelle puissance, avec quelle virtuosité d'expression, jusque dans l'atrocité quand il le faut.

※※※

Qui est l'inventeur du roi Lear, on ne le sait pas. C'était une vieille légende qui courait en Angleterre. Dans *La Reine des Fées*, de Spencer, il est question du roi Lear. Il y a, dans le vieil historien Hollinsted, une sorte de traduction d'après une chronique bretonne de Geoffrey Monmouth. Et il y a surtout le fameux drame auquel Tolstoï faisait allusion, drame qui se jouait longtemps avant Shakespeare, et qui fut republié en 1605, deux ans après que Shakespeare eut donné le sien (comme pour profiter de l'actualité), ce vieux drame que Tolstoï, dans son inconscience (je ne trouve pas d'autre mot plus respectueux), trouve supérieur à celui de Shakespeare. Non, il n'est pas supérieur. Il en a tous les éléments; mais une chose lui manque, essentielle, vous verrez laquelle, et que sans elle le drame de génie n'existe pas.

Mais la véritable source n'est pas encore là; elle est plutôt dans la vieille ballade populaire. Il y avait une vieille ballade, comme il y en a encore tant en Angleterre, et d'admirables; car c'est un pays de littérature populaire, de folklore, incomparablement riche en ballades écossaises, irlandaises, anglaises, qui sont de purs chefs-d'œuvre. On les vendait, du temps de Shakespeare, et on les vend encore, *two pence*, « deux sous », dans les rues. C'est peu de chose pour avoir une perle et un diamant! Et quand le pauvre garçon était *call boy*, ou peut-être lorsqu'il gardait les chevaux à la porte des théâtres, il a dû lire ces légendes, les apprendre

par cœur; et c'est cela qui en lui-même a chanté
un beau jour, qui s'est mêlé à tous les éléments du
vieux drame qu'on jouait depuis longtemps; c'est
tout cela qu'il a repris et dont il a fait *Le Roi
Lear.*

Mais ce qu'il a inventé, c'est précisément le trait
de violon qui vous entre au fond du cœur comme une
épée et qui en fait sortir tout le lait de la tendresse
humaine; et ce qu'il a inventé aussi, c'est le personnage qui est seulement indiqué dans tous ces contes,
dans toutes ces légendes, dans toutes ces vieilles
pièces, et qu'il crée, lui, et fait jaillir du chaos, du
néant, comme ici : le personnage unique, le personnage divin de Cordelia, la troisième fille du roi Lear.

Comment et en quoi l'a-t-il inventé, ce personnage? Voici. Ce n'est pas, je crois, ainsi que le dit
Hugo, dans son livre intitulé *William Shakespeare,*
où flamboient, d'ailleurs, tant de lumières étonnantes
comme il savait en trouver, des éclairs de génie lan-
cés par ce génie et qui vont illuminer à fond une
âme de génie comme celle de Shakespeare. Je crois
que Hugo, en ce cas spécial de Cordelia, s'est un peu
trompé; j'en demande humblement pardon à sa mémoire; dire qu'Hugo s'est trompé, c'est un blas-
phème; mais vous allez voir que j'ai raison. Dans une
très belle image lyrique, développant toute son enver-
gure, il dit que certaines œuvres, notamment *Le Roi
Lear,* ressemblent à des cathédrales comme la Giralda
de Séville (que vous connaissez, sans doute, au moins
de nom et de vue par des reproductions), où l'entas-
sement des arceaux, des spirales, des escaliers, des
arcs-boutants, des flèches, des clochetons, de la
masse elle-même et de la flèche suprême, a l'air d'être
fait exprès pour que se dresse, à la cime, un ange aux
ailes dorées, précisément comme sur la Giralda; et il
conclut qu'ainsi Shakespeare, ayant en lui ce personnage de Cordelia, n'a fait tout ce drame, plein de ténèbres, d'horreurs et de massacres, que pour planter
en haut cette statue. Non, Shakespeare a fait mieux
que cela. Le drame existait, la cathédrale existait;

mais elle était en décombres, elle était éparse dans le vieux mélodrame d'autrefois, dans la légende, dans les chansons qu'on vendait au coin des rues. Shakespeare a contemplé ces décombres, il est entré dans toutes ces caves, il a pénétré parmi toutes ces ténèbres, parmi ces crimes, ces cruautés, ces horreurs; et il a reconstruit la cathédrale; et sur la flèche, en haut, à la cime, il y a mis cette Cordelia, qui existait aussi, mais qui n'était rien que la troisième fille ramenant son père sur le trône; et il en a fait, lui, lui seul, cet ange aux ailes dorées, cette enfant presque innocente, ayant presque encore la grâce de l'enfance, et qui devient l'enfance maternelle en quelque sorte, cette enfance extraordinaire se faisant mère pour allaiter ce vieux père de quatre-vingts ans, et l'allaiter, non pas du lait ordinaire, comme dans la vieille légende romaine où un captif était nourri par sa fille, non! Ce n'est pas le lait-nourriture qu'elle lui donne, c'est le lait de la tendresse humaine, c'est avec cela qu'elle l'a allaité, qu'elle a pris ce vieillard perdu, hagard, dément, ridicule, et qu'elle lui a rendu peu à peu la grâce, le sourire, la connaissance (car vous verrez qu'il finit par la reconnaître), et qui l'a amené à avoir un dernier rayon de soleil, de joie, de beauté et de bonté avant sa mort. Voilà la statue que Shakespeare a dressée en haut de la cathédrale, cette statue divine, unique dans l'histoire de l'art dramatique et même de l'humanité, et en faveur de laquelle, quels que soient les crimes commis par les femmes, par les Lady Macbeth grandes ou petites, il faut toujours continuer à s'agenouiller, mesdames, devant votre sexe.

❉❉❉

Cela dit, en guise de préambule, et avant que nous puissions arriver à la voir, cette Cordelia (car il n'y a qu'à la fin, au milieu des ténèbres, que surgit ce petit grain d'aube qui s'étale et qui va envahir tout le ciel), il faut bravement entrer dans les horreurs

et y patauger, et s'y baigner jusqu'au cou. Vous allez
trouver ici tout ce qu'on peut imaginer de crimes, de
scélératesses et de catastrophes, presque voulues; car
l'art de la combinaison dramatique est poussé par
Shakespeare à l'extrême. Il faut même, pour essayer
de ne pas nous perdre dans la lande à la suite du roi
Lear, faire bien attention à tous les linéaments que
je vais vous donner, des deux et trois drames qui
marchent à côté l'un de l'autre, formant le tissu du
drame.

Il y a, d'abord, l'histoire du roi Lear et de ses
trois filles; puis, parallèlement, comme dans beaucoup d'œuvres de Shakespeare, la même histoire
transposée : c'est l'histoire du duc de Glocester avec
ses deux fils, un fils légitime, et le second, né d'une
femme perverse, et qui a hérité de cette mère les
mauvais instincts de trahison et d'infamie grâce
auxquels il s'acharnera contre son père. Il arrivera
ainsi à Glocester les mêmes aventures qu'au roi Lear.
On ne s'instruit jamais que par sa propre expérience.
Il a beau voir le roi Lear puni pour avoir cru à deux
de ses filles et n'avoir pas cru à la troisième, il
commettra la même faute avec ses deux fils. Il y a
donc la trame de ces deux fils, Edmond qui est le
traître complotant contre Edgar, son frère, pour qu'il
soit évincé, traqué, avec sa tête mise à prix, puis
complotant contre son père, Glocester, auquel il fera
infliger ce hideux supplice, d'avoir les yeux arrachés.
Nous tâcherons, parmi ces horreurs, de ne pas nous
perdre dans la lugubre lande où va tout à l'heure
errer le roi Lear.

Après la première scène, où nous entendons les
explications d'Edgar et d'Edmond, les deux fils de
Glocester, nous trouvons la scène initiale d'où sort
tout, où se montre le petit grain de l'injustice com-
mise par le roi Lear, ce fatal petit grain qui sera le
germe gros de tous les malheurs. Quel affreux châtiment, pour si peu de chose! Mais c'est ainsi que
procède l'implacable logique des conséquences.

Donc, c'est dans un sentiment d'orgueil un peu

égoïste que le roi, voulant se débarrasser du pouvoir (car il est vieux), a réuni ses filles et leur dit :

— Je vais partager entre vous, de mon vivant, mes biens, mon trône et ma couronne; chacune de vous aura sa part, mais la part sera proportionnée à l'affection que vous allez me témoigner, et que je mérite.

Et les deux filles aînées, Goneril et Régane, l'une après l'autre, exagèrent avec emphase leur amour pour leur père. L'une dit :

— Quoi qu'il arrive, je vous aime plus que les mots n'ont de force pour le dire, plus chèrement que la vue, que l'espace, que la liberté, au-dessus de tout ce qui peut être estimé de riche et de rare, etc., etc.

Régane, la seconde, dit la même chose, en exagérant encore. Cordelia reste à part, muette. C'est un petit être tout simple, presque innocent, comme vous allez voir, presque une sainte. Elle dit en aparté :

— Que pourra faire Cordelia? Aimer, et garder le silence.

Après une seconde réplique de Régane, elle ajoute :

— En ce cas, pauvre Cordelia... Et cependant, non; je suis sûre que mon amour est plus riche que ma langue.

Enfin, son père l'interroge elle-même. Elle est fière, cette petite, c'est là son seul défaut. Vous allez juger comment elle en est punie. Ah! certes, en vous disant qu'ici la vie était présentée sous des couleurs atroces, je n'ai rien dit de trop, hélas! A la fin de la pièce, les crimes seront châtiés, oui; mais la vertu ne sera pas récompensée, ne le croyez pas! Elle sera châtiée autant que les crimes. Tout sera châtié par la vie implacable, impassible, qui ne distribue pas le bien et le mal, qui va au hasard, continuant son chemin; et ce sont seulement les neutres et les indifférents qui profiteront de ces malheurs.

Cordelia est donc interrogée par son père. Après les exagérations des deux aînées, écoutez ce qu'elle répondra :

— Vous, dit le père, notre joie, notre dernière fille, mais non la moins aimée (c'est, au contraire, la plus chère, il le dit), vous dont les vignobles de France et les pâturages de Bourgogne cherchent, en rivaux, à intéresser la jeune affection (car les deux sœurs aînées sont mariées, l'une au duc de Cornouailles, l'autre au duc d'Albanie, et la cadette est demandée par le duc de Bourgogne et le roi de France), à votre tour, que pouvez-vous dire qui vous gagne un lot plus opulent que celui de vos sœurs? Parlez!

CORDELIA. — Rien, monseigneur.

LEAR. — Rien! Le rien ne peut venir que du rien. Parlez encore.

CORDELIA. — Rien.

LEAR. — Le rien ne peut venir que du rien. Parlez encore.

CORDELIA. — Malheureuse que je suis! Je ne puis faire monter mon cœur jusqu'à ma bouche. J'aime Votre Majesté comme c'est mon devoir, ni plus, ni moins.

LEAR. — Qu'est-ce à dire, Cordelia? Réparez un peu vos paroles si vous ne voulez pas ruiner votre fortune.

CORDELIA. — Mon bon seigneur, vous m'avez engendrée, élevée, aimée, et je vous rends ces devoirs par les devoirs qui me sont légitimement imposés; je vous aime, je vous obéis, je vous honore par-dessus tous. Pourquoi mes sœurs ont-elles des époux, si elles disent qu'elles n'aiment que vous? Peut-être, lorsque je me marierai, l'époux, dont la main recevra mon engagement, emportera-t-il avec lui la moitié de mon amour, de ma sollicitude, de mon devoir; à coup sûr, je ne me marierai jamais comme mes sœurs, pour n'aimer absolument que mon père.

Vous admirez, n'est-ce pas, la sincérité de cette réponse? Hélas! Trop sincère!

LEAR. — Mais est-ce que ton cœur est d'accord avec ces paroles?

CORDELIA. — Oui, mon bon seigneur.

LEAR. — Si jeune, et si peu tendre!

Et elle répond, dans son exquise et ingénue fierté :

— Si jeune et si franche, monseigneur!

LEAR. — Soit! Eh bien! alors, que ta franchise te serve de dot; car, par la lumière sacrée du soleil, à partir de ce moment, tu m'es étrangère, je ne t'aime plus.

Et voilà la faute du roi Lear, et toute la petite peccadille de l'infortunée Cordelia.

Là-dessus, quand le bon serviteur du roi (le brave Kent, qui va le suivre dans ses malheurs) essaie de prendre la défense de la pauvre jeune fille, il est bousculé par le roi, insulté, outragé; le roi va même jusqu'à lever la main sur lui et le bannir.

Restent les deux prétendants, le duc de Bourgogne et le roi de France; et Shakespeare nous fait jouer un beau rôle dans la personne de notre roi. Tandis que le duc de Bourgogne refuse la main de Cordelia qui n'a plus de dot, le roi de France la prend, trouvant qu'elle est charmante d'avoir répondu avec une telle franchise et qu'il sera heureux de la mener dans sa belle France. Elle dit adieu à ses sœurs. Et à peine les deux misérables seules, voici ce qu'elles disent, elles, du père qui vient de leur donner toute sa fortune :

— Ma sœur, dit Goneril, vous voyez quelles grandes altérations l'âge a désormais apportées en lui. C'est l'affaiblissement de sa raison.

Et l'autre, de répondre :

— Il a toujours été peu solidement en possession de lui-même; il faut nous attendre à des explosions soudaines, pareilles à celle qui lui a fait exiler Kent.

A peine viennent-elles de recevoir le don précieux de tout le royaume, elles pensent déjà, uniquement, à toutes les excuses qu'elles pourront avoir, de l'ingratitude dont elles vont le payer.

Ici, l'enchevêtrement des drames. Glocester, le père, est poussé contre son fils légitime, Edgar, par son fils bâtard, Edmond, qui veut lui persuader qu'Edgar l'a trahi, et y réussira plus tard, comme vous verrez. Cependant, la trame du drame de *Lear* continue à se dérouler. Lear vient d'abord chez sa

première fille, Goneril, où il doit passer un mois.
Mais, hélas! au bout de très peu de temps, Goneril
est lasse d'héberger cent chevaliers que le roi mène
avec lui; car il persévère à être un roi généreux,
fastueux, prodigue. Ces chevaliers sont, d'ailleurs, un
peu turbulents; Goneril s'en plaint; et lui, furieux, va
chez sa seconde fille, Régane, en se disant qu'au
moins celle-là sera bonne pour lui. A ce moment,
Oswald, l'intendant de Goneril, se montre grossier
avec le roi; et Kent, le serviteur tendre et aimant (qui
est revenu déguisé et que le roi ne reconnaît pas,
car il a déjà la tête un peu faible), Kent rosse
Oswald avec tant de vigueur, que le bon roi le prend
à son service et va l'emmener à travers son exil.

Ici, survient le fou, le bouffon, sur le rôle duquel
il faudrait nous appesantir; mais nous n'aurions pas
le loisir de le faire; et, d'ailleurs, je suis obligé de
vous confesser que l'esprit est une chose *intransva-
sable* d'un pays dans un autre. Les plaisanteries du
bouffon sont délicieuses en anglais; ce sont des jeux
de mots, des pointes, des calembredaines, quelquefois des grossièretés comme peut s'en permettre un
bouffon, qui est un pauvre homme du peuple; et le
tout, en anglais, est ravissant; mais en français, neuf
fois sur dix, cela perd tout son charme et tout son
esprit. Je ne vous en traduirai de temps en temps un
petit mot que lorsque je croirai pouvoir le faire, et
que le français s'y prêtera. L'essentiel sera de vous
faire remarquer que, partout, ce bouffon est le seul
ami qui reste au roi Lear avec son serviteur Kent, et
que ce fol lui dira toujours ce qu'il doit lui dire, la
vérité, les mots de sagesse, à quoi le roi ne croira
jamais.

Comme Goneril se plaint du bouffon qui est inso-
lent, comme elle se plaint aussi des chevaliers, Lear
est furieux. Il s'en va donc retrouver sa seconde fille.
Mais Goneril a vite écrit à Régane ce qui se passe,
que leur père est très exigeant, et, quand il arrivera,
qu'il faut lui répondre comme elle lui a répondu elle-
même, sévèrement, durement.

Le voilà donc parti, affolé, et, dès ce moment, tout
prêt à la démence, que l'on sent poindre, quand déjà
il dit :

— Oh! ne permettez pas que je devienne fou! Que
je ne devienne pas fou, ciel clément! Gardez-moi en
équilibre! Ah! je ne voudrais pas, je ne voudrais pas
être fou!

Et c'est ainsi qu'il arrive dans le château de Glocester, où Régane est en ce moment en visite de
fête.

Glocester vient d'être tout à fait conquis par son
fils Edmond contre Edgar, à tel point que le père,
croyant qu'Edgar a voulu le faire mourir, met à prix
la tête de ce prétendu parricide, qui est, au contraire,
comme vous le constaterez plus loin, un fils exem-
plaire et charmant.

Là-dessus, le roi trouve, puni, exposé aux fers, à la
porte du château, son bon serviteur Kent, venu là
déguisé comme toujours. C'est Régane et Cornouailles,
devant l'insolence de Kent envers Oswald, qui l'ont
puni de ce châtiment, consistant à être botté de fer
depuis les chevilles jusqu'aux genoux; et il a passé
là toute la nuit. Le roi est outré de fureur, qu'on ait
infligé ce supplice à un homme qui était son messager; mais il a beau réclamer, Glocester vient lui dire
que ni Cornouailles, ni sa fille Régane, ne peuvent
lui répondre en ce moment.

— Intraitables, dit-il.

— Intraitables? Qui donc est intraitable quand le
roi parle?

Car le pauvre vieux se croit toujours le roi.

Enfin, Cornouailles et Régane viennent, mais c'est
pour l'insulter; ils viennent pour dire que Goneril a
eu raison de le renvoyer, qu'elle-même, Régane, fera
pareillement, et pire encore. Et alors voilà le pauvre
roi s'exaltant contre ses deux filles qui l'ont renvoyé
toutes les deux, et qui dit :

— Je ne resterai ni chez l'une, ni chez l'autre.
J'aimerais mieux encore aller chez la dernière, celle
qui est partie pour la France.

Mais, d'autre part (suivez bien, je fais tout ce que je peux pour vous rendre clair cet imbroglio, qui est effroyablement embrouillé; il n'y a pas de drame de Bouchardy qui le soit autant), d'autre part, Edgar, que nous avons vu chassé, sa tête mise à prix, se demande comment échapper à la meute déchaînée contre lui. Il a passé une première nuit dans le creux d'un arbre, puis il est parti à travers la lande, et, pour se cacher, il imagine le déguisement suivant. Il y avait alors, en Angleterre, des errants, des fous, qu'on appelait... des « pauvres Tom », ou des espèces de Turlupins. C'étaient des fous à moitié guéris qui sortaient de Bedlam et qui allaient mendier, tantôt avec des prières, tantôt avec des hurlements, pour se faire donner à manger. Or, Edgar, le fils de Glocester, s'est déguisé en l'un de ces extraordinaires mendiants, et il en raconte lui-même ainsi le projet, avant de l'exécuter :

— Je barbouillerai mon visage de boue; je roulerai une couverture autour de mes reins; j'embrouillerai mes cheveux de nœuds comme s'ils avaient été mêlés par un lutin; et j'exposerai bravement ma nudité à ciel ouvert, aux vents et aux persécutions du climat. Cette contrée m'offre des exemples de mendiants de Bedlam qui, avec des beuglements, enfoncent dans leurs bras nus des épingles, des épines de buissons, des clous, des tiges de romarin, et qui, sous cet horrible aspect, parcourent les petites fermes, les pauvres chétifs hameaux, les bergeries, les moulins, et, quelquefois, par des malédictions de lunatiques, quelquefois par des prières, forcent la charité de leurs habitants. Pauvre Turlupin! Pauvre, pauvre Tom! C'est encore quelque chose, d'être un pauvre Tom! Edgar, ce n'est plus rien.

Et vous contemplerez, tout à l'heure, réunies dans la lande, ces trois démences : l'un, le bouffon du roi (un fou spécial; est-ce un fou? est-ce un sage? mais, quand même, un être qui a quelque chose de dérangé dans l'esprit); l'autre, qui simule le fou de Bedlam; et, enfin, le vrai fou, le roi Lear; et ces trois folies vont se confondre, dialoguer, se surexciter, s'exalter mutuellement.

❧❧✻

Revenons au roi Lear seul, qui attend la réponse de sa fille et de son gendre, et à qui Glocester vient annoncer qu'on ne veut pas le recevoir, puis à qui Régane dit outrageusement qu'il ferait bien d'aller demander pardon à sa fille Goneril, puisqu'il a eu le tort de l'offenser, sur quoi il s'écrie :

— Moi, demander pardon à ta sœur, misérable enfant !

Et il les insulte, il les maudit. Mais il a beau les maudire, elles sont les plus fortes. Elles lui disent qu'il n'a pas besoin de cent chevaliers, pas même de cinquante !

— Et quel besoin avez-vous d'un seul, dit Régane (car c'est elle la plus cruelle, la plus vipère des deux), oui, même d'un seul ?

— Quel besoin ? répond le roi. Mais le besoin, le besoin ! On a besoin du superflu comme du nécessaire. Une femme a besoin de toilettes ! Un mendiant lui-même a besoin d'un superflu, qui lui est le seul nécessaire. Eh bien ! moi... Mais non, non ! Toute réflexion faite, ce dont j'ai besoin, c'est de patience. Et je m'en irai ! Mais je ne pleurerai pas ! Ah ! j'ai grande cause de pleurer ! Mais ce cœur se brisera en cent mille pièces, avant que je pleure. O insensé, insensé ! Je vais devenir fou, je le sens, je vais devenir fou !

Et il s'en va, éperdu, hagard, échevelé, et, au moment même où il part, on entend le bruit d'un orage qui monte à l'horizon.

— Retirons-nous, dit Cornouailles, il va y avoir un orage épouvantable.

RÉGANE. — La maison est petite. Le vieillard et ses gens ne peuvent pas y être aisément logés.

GONERIL. — Et le blâme en doit retomber sur lui.

Il s'est arraché lui-même au repos. Il faut qu'il subisse les conséquences de sa sottise.

RÉGANE. — Oh! pour ce qui est de lui en particulier, je le recevrais avec plaisir; mais pas un seul des hommes de sa suite.

GONERIL. — C'est aussi mon intention!

Glocester revient et leur dit que Lear, en rage, est parti à travers la lande, dans cette lande déserte où il n'y a pas un abri; et les deux infâmes filles disent :

— C'est bien! Fermons nos portes, car ses chevaliers pourraient être excités et revenir, dangereux pour nous. Laissons-le aller! Tant pis pour lui! Nous, mettons-nous à l'abri de la tempête, et qu'on barre les portes.

Et nous voici au troisième acte. J'ai été vite dans cet exposé, tenant à vous rendre clairs tous les détails de l'imbroglio afin de donner toute son horrible clarté au drame dont s'épanouit ici la rose la plus monstrueuse.

***

La voici dans toute la splendeur de sa prodigieuse horreur.

Représentez-vous d'abord bien le décor. Au fond, à certains tableaux (car on va en différents endroits de la lande, de la bruyère), au fond, de temps en temps, on aperçoit le château de Glocester, où les deux filles, avec leurs maris, sont en train de souper au chaud, de faire bombance; en en voit flamber les fenêtres en joie, tandis que, par la lande, erre, passe et repasse le pauvre vieux roi, suivi de Kent, son serviteur; de Glocester, qui fait la navette entre lui et la maison où l'on ne veut pas le recevoir, et suivi surtout de son fou, qui le console avec des calembredaines, et du troisième fou, qui va surgir dans un instant, mettant le comble à cette horreur.

Le roi va et vient, vague et divague, paraît et disparaît; il semble ballotté par le vent, comme une feuille morte. Tenez! Regardez-le! Le voici tout seul ici, avec son bouffon. La tempête est devenue effroyable! Des tonnerres! Des éclairs! La pluie, qui tombe comme un torrent, glace sa peau. Le vieillard se promène au milieu de cette tempête, de ce hourvari, avec sa barbe et ses cheveux qui se dressent en l'air comme s'ils étaient des fous eux-mêmes. Et il clame, dans le fracas :

— Soufflez, vents! Oui, oui, soufflez! Faites éclater vos joues! Faites rage! Cataractes et trombes, vomissez vos flots jusqu'à ce que vous ayez submergé nos clochers, et noyé les coqs de leurs flèches! Flammes sulfureuses, rapides comme la pensée, avant-courrières des foudres qui fendent les chênes, venez, venez griller mes cheveux blancs!

En vain le bouffon lui dit, avec des mots enfantins :

— Ecoute, écoute, nononcle, mon oncle! L'eau bénite de cour, dans une chambre sèche est préférable à cette eau de pluie à ciel ouvert! Bon nononcle, rentrons! Demande la bénédiction de tes filles; car, vois, la nuit n'a pitié ni des gens sages, ni des fous!

LE ROI. — Gronde à plein ventre, tempête! Crache, feu! Vomis, vomis, pluie! Ah! ah! ni la pluie, ni le vent, ni le tonnerre, ni le feu, ne sont mes filles! Je ne vous accuse pas d'ingratitude, vous, éléments! Je ne vous donnai jamais un royaume; je ne vous appelai jamais mes enfants; vous ne me devez rien, aucune obéissance! Eh bien! Eh bien! laissez tomber votre horreur, selon votre plaisir. Me voici là, moi, votre esclave, un vieillard pauvre, faible, infirme, méprisé. Allez! allez! Ecrasez-moi! Vous en avez le droit, vous, vous qui n'êtes pas mes enfants!

Le fou essaie encore de le consoler avec des chansons, et Kent arrive.

— Hélas! dit-il, Sire, êtes-vous ici? Oh! les êtres qui aiment la nuit, eux-mêmes n'aiment pas les nuits pareilles à celles-ci! Les cieux courroucés effraient les rôdeurs des ténèbres, et les obligent à garder la tanière. Ah! depuis que j'existe, je ne me rappelle pas avoir entendu parler de telles nappes de feu, de tels craquements horribles de tonnerre, de tels grondements de vent rugissant, de pluie aussi cataractante!

Et, en effet, la tempête redouble, comme si le ciel était dément.

KENT. — Hélas! hélas! tête nue, ô mon gracieux seigneur! Tout près d'ici se trouve une hutte qui vous prêtera quelques secours contre la tempête. Venez vous y reposer, tandis que je retournerai, moi, vers cette dure maison, plus dure que les pierres dont elle est bâtie, et dont on vient encore, à l'instant même, de me refuser l'entrée quand je suis allé la demander pour vous. Oui, j'y retournerai, j'essaierai de contraindre leur affabilité avare.

LEAR. — Ma raison, je le sens, commence à s'égarer. (*Au bouffon.*) Oui, oui, marchons! Marchons, mon enfant! Comment vas-tu, mon enfant, mon fou? As-tu froid? J'ai si froid moi-même! Dis, toi, où est-elle, cette chaumière, mon ami? — Ah! quel art étrange possèdent nos besoins! Des choses viles, ils peuvent en faire de précieuses! Allons, où est-elle, votre hutte? O mon fou, mon pauvre drôle, j'ai encore dans mon cœur une place qui souffre pour toi!

Et le fou chante en riant

> Celui qui a un tout petit peu d'esprit,
> Hé! ho! le vent et la pluie!
> Doit se contenter de son lot de hasard,
> Quand même il pleuvrait tout le temps.
> *Homo sum, humani nihil a me alienum puto.*

LEAR. — Oui, oui, c'est vrai, mon enfant! Allons, mène-moi à cette hutte, cher ami, mène-moi.

Et le fou continue à chanter et à enfiler des calembredaines.

Ils marchent dans la lande. Ils disparaissent. Un autre décor surgit: c'est dans le château de Glocester. Dans ce château, un autre drame aussi continue, le second des trois drames enchevêtrés.

Glocester confie à Edmond avoir reçu une lettre annonçant que le roi de France envoie une armée en Angleterre; or, cette lettre, le misérable Edmond, qu'il croit son fils chéri, va s'en servir pour faire condamner son père comme il a fait condamner son frère. La malédiction des filles ingrates contre leur père, contre le roi Lear, a son écho ici, parallèlement, par ce fils infâme contre son père qui a été trop bon pour lui.

Nous revenons dans la lande, pour un autre tableau. Vous le voyez, les tableaux se succèdent; et par la magie de ce théâtre shakespearien, on peut, en même temps, vivre dans quatre ou cinq endroits différents.

Le roi et ses amis sont arrivés devant la hutte promise, et c'est là que va se combiner le comble de l'horreur : le trio des fous faisant comme une explosion de démences.

— Oh! gémit le roi, par une nuit pareille, mes filles, m'avoir mis dehors! Tombe, pluie, tombe! Je te supporterai! Par une nuit comme celle-ci, ô Régane, ô Goneril, votre vieux bon père, dont le cœur franc vous donna tout... Mais non, non... Ce chemin-là conduit à la folie. Évitons-le! Assez là-dessus!

KENT. — Tenez, mon bon seigneur, voici la hutte! Entrez!

LEAR. — Je t'en prie, entre toi-même. Cherche tes propres aises. Cette tempête au moins ne me permettra pas de réfléchir à des choses qui me feraient plus de mal qu'elle-même. Cependant, j'entrerai, plus tard... Entre, d'abord, toi, mon fou, mon enfant, passe le premier.

Et, resté seul sous le vent, l'averse et le tonnerre, ce pauvre vieux roi, qui est bon, savez-vous à quoi il pense? Il ne pense plus à ses propres calamités. Il pense (et voyez le profond regard du poète dans l'avenir), il pense aux petits, aux gueux, aux humbles, à ceux pour qui personne, alors, n'avait de pensée: et il dit, le vieux roi :

— O indigence sans asile!... Entre, va, mon fou, entre! Moi, je vais prier, et puis je dormirai.

Et la voici, sa prière, son admirable prière, au vieux roi martyr :

— Pauvres misérables nus, en quelque endroit que vous soyez, vous qui recevez l'averse de cette tempête sans pitié, comment vos têtes sans toit et vos ventres sans nourriture, comment votre dénuement en loques et percé à jour de toutes parts, pourront-ils vous protéger contre des temps pareils à celui-ci? Ah! j'ai pris trop peu de souci de votre condition, jadis! Accepte cette médecine-là, toi, toi, ma Majesté! Expose-toi de manière à sentir ce que les misérables sentent, afin de verser sur eux ton superflu et de montrer plus tard des cieux plus justes.

Voilà ce qu'il dit, ce roi, voilà sa prière, et celle de Shakespeare, vers des cieux plus justes, meilleurs aux pauvres gens!

A ce moment, dans l'intérieur de la cahute, on entend une voix : c'est Edgar, en pauvre Tom de Bedlam, qui crie :

— Une brasse et demie d'eau! Une brasse et demie d'eau! Pauvre Tom!...

Le bouffon sort précipitamment de la cabane, effaré, criant au roi :

— N'entre pas, nononcle, n'entre pas! il y a un esprit! Secourez-moi!

KENT. — Donne-moi la main. Qui donc est là?

LE BOUFFON. — Un esprit, je te dis. Il prétend que son nom est pauvre Tom.

KENT, *vers le fond de la cabane.* — Qui es-tu, toi qui grommelles là dans la paille? Sors!

EDGAR, *bondissant.* — Arrière! Le méchant démon me poursuit! A travers la piquante aubépine souffle le vent froid... Brrr, brrr... Va à ton lit froid, réchauffe-toi dedans.

LEAR. — Est-ce que tu as tout donné à tes deux filles, toi aussi? Est-ce pourquoi tu en est venu là?

EDGAR. — Qui donc donne quelque chose à pauvre Tom? Le méchant démon l'a poursuivi à travers le feu, à travers la flamme, à travers gués et gouffres d'eau, par-dessus bourbiers et fondrières. Il a mis des couteaux sous son oreiller, et des cordes dans son banc d'église; il a mis de la mort-aux-rats dans son potage; il lui a insinué l'orgueil dans le cœur, afin qu'il fît trotter son cheval bai sur des ponts larges de quatre pouces... Dieu bénisse tes cinq sens!... Tom a froid. Ah! da, da, da, da, da! Que Dieu te préserve des ouragans, des astres malins et du refroidissement! Faites la charité à pauvre Tom, que le méchant démon tourmente. Ah! si je pouvais le tenir là, maintenant, et là, et là encore, et là.

LEAR. — Ah! comment est-ce que ses filles l'ont amené jusque là? Ne pouvais-tu pas te réserver quelque chose? Tu leur as donc tout donné? Eh bien! que toutes les pestes que dans l'air flottant la destinée suspend sur les crimes des hommes tombent sur tes filles.

KENT. — Mais il n'a pas de filles, Sire.

LEAR. — Il n'en a pas? A mort, traître, à mort! Rien n'aurait pu précipiter une créature humaine dans un tel degré d'abjection, s'il n'avait pas eu de filles ingrates.

Alors, Edgar chante :

Pillicock s'assit sur la colline de Pillicock.
Halloo! Hallooo! Looo! Loo!

LE FOU. — Oh! cette froide nuit nous change tous en fous, décidément!

EDGAR. — Prends garde! Prends garde au méchant démon! Obéis à tes parents! Tiens religieusement ta parole! Ne jure pas! Ne jure pas...

Et il continue à déblatérer, chantant des chansons, imitant le vent, disant que le vent fait : *Hou! Hou!* et, à chaque instant, comme refrain, parmi les noms des démons qui le tourmentent, Modo, Mahu, Smulkin, Flibberliggibet, criant :

— *Tom is cold!* (« Tom a froid. »)

Et voilà les visions auxquelles le pauvre roi, déjà
lui-même affolé, à demi-fou, est en proie. Si bien
qu'il finit par arracher ses vêtements; à quoi le
bouffon lui objecte :

— Je t'en prie, nononcle, du calme! C'est une mauvaise nuit pour nager.

C'est au milieu de ce cauchemar que revient Glocester, qui ne reconnaît pas son fils Edgar, déguisé
en fou chez Bedlam.

Et, cependant, là-bas, chez Cornouailles, les com-
plots continuent. Cornouailles a la lettre qui lui a été
livrée par Edmond, et jure vengeance contre Glocester; car il croit que Glocester l'a trahi.

Entre temps, le vieux Lear est arrivé au bout de
sa promenade folle dans la lande. Il est à l'abri,
enfin, dans une chambre de la ferme. Là, un véritable
accès de folie le prend. Il veut juger ses filles, il
fait placer ses amis, qu'il prend pour elles, et les
juge comme si c'était Goneril et Régane. Edgar en
oublie son rôle et se met à pleurer.

— Car, dit-il, mes larmes commencent à prendre
tellement son parti, qu'elles vont me faire gâter tout
mon rôle.

LEAR. — Les petits chiens, les petits chiens sont
comme les autres, ils aboient tous après moi... Ecoute,
écoute un peu.

Rentre Glocester, qui vient leur dire :

— Prenez garde, on veut tuer le roi.

Il a appris, en effet, que Cornouailles et Régane,
oui, la fille même du roi Lear, vont venir le faire
prendre pour qu'on le tue. Alors, il leur dit :

— Emmenez-le vite. Emmenez-le. Emportez-le!

Et le roi, qui est tombé dans une somnolence
presque paralytique, reste là. Tous travaillent à le
sauver, même Edgar. On le met dans un fauteuil,
comme on peut, on le prend et on l'emporte, endormi, dans une fuite traquée par les assassins.

Alors, Cornouailles, qui sait que Glocester a fait
évader Lear, vient à lui, et c'est ici que vous allez
assister à cette scène d'horreur épouvantable, à cette

scène de sauvagerie, qu'il faut néanmoins vous lire;
car c'est là un des caveaux ténébreux, un des endroits immondes, une salle pleine de sang pourri,
par où il est nécessaire de passer, pour voir tous
les décombres de la cathédrale dont parlait Hugo, et
afin que vous sentiez mieux tout à l'heure, pour finir,
la beauté de la Vierge qui se dressera sur la pointe
de la flèche, en plein ciel.

✿✿✿

Glocester est arrêté, amené devant Cornouailles et
sa femme Régane, la fille du roi Lear, qui lui disent:

— C'est toi qui as fait évader le roi Lear?
Pourquoi?

— Pourquoi? répond Glocester. Parce que je ne
voulais pas voir tes cruels ongles arracher ses pauvres yeux, femme scélérate, ni ta sœur, aussi sauvage que toi, enfoncer dans sa chair sacrée ses crocs
de truite féroce. Ah! sous une tempête pareille à celle
que sa tête a supportée cette nuit, noire comme
l'enfer, la mer se serait soulevée et serait allée éteindre les feux des étoiles! Et cependant, pauvre vieux
cœur, il accroissait de ses larmes la pluie du ciel!
Ah! si, par ce temps affreux, les loups avaient hurlé
à ta porte, mais tu aurais dit au portier: « Bon
portier, tournez la clé, ouvrez! » Et tout ce qu'il y
avait de cruel dans la nature se serait apaisé! Mais
toi, toi, non! Oh! je verrai la vengeance aux traits
rapides s'abattre sur de tels enfants!

CORNOUAILLES. — Non, tu ne verras jamais cela!
Garçons! Tenez-le dans le fauteuil où il est assis.

Et il s'approche.

— Oh! rugit Glocester. Oh! Que celui qui veut
vivre vieux vienne à mon secours!

— Non! Non!

Et il lui prend l'œil, l'arrache, l'écrase; et l'infâme Régane, qui assiste à cela, trouve le moyen de
se railler de cet homme! Elle dit :

— Ah! ah! un côté va se moquer de l'autre! Enlevez donc le second œil aussi.

Cornouailles va le faire.

Un serf, un pauvre malheureux que son maître a le droit de traiter sans merci, l'arrête et dit :

— Oh! non, non! monseigneur, retenez votre main. Je vous ai servi depuis mon enfance; mais je ne vous ai jamais rendu un meilleur service qu'en vous invitant, ici, maintenant, à vous arrêter.

RÉGANE. — Qu'est-ce à dire, chien?

L'HOMME. — Si vous portiez une barbe au menton, vous, je vous la secouerais dans cette querelle. Que prétendez-vous faire?

CORNOUAILLES. — Quoi, mon serf!

Il dégaine.

L'HOMME. — Eh bien! avancez donc, mon maître, et affrontez les chances de la colère.

Le serf dégaine aussi. Ils combattent. Cornouailles est blessé. Régane crie à son mari :

— Ah! donne-moi ton épée! Quoi! Un paysan nous traiter ainsi!

Elle prend l'épée et blesse le serviteur.

— Ah! je suis tué!

Et il ajoute :

— Glocester, monseigneur, il vous reste un œil pour voir quel malheur tombera sur eux!

CORNOUAILLES. — Non, non! pour qu'il n'en voie pas davantage, prenons toutes nos précautions. (*Arrachant l'œil.*) A terre, vile gelée! (*Il l'écrase.*) Où est, maintenant, ton éclat

GLOCESTER. — Ah! tout est ténèbres et désolation! Où est mon fils Edmond? Edmond, réveille en toi tout le feu de la nature pour venger cet acte horrible!

RÉGANE. — Dehors, traître, scélérat! Tu appelles celui qui te hait. C'est lui qui nous a révélé tes trahisons; il est trop honnête pour avoir pitié de toi.

GLOCESTER. — Ah! ah! ah! oh! c'est de la folie! En ce cas, Edgar, Edgar mon vrai fils, a été calomnié!

O Dieu bon, pardonnez-moi ma faute; et faites prospérer mon fils que j'ai banni!

RÉGANE (l'abominable, la cruelle, la scélérate femme!). — Allons, allons, jetez-le dehors; et qu'il flaire sa route vers Douvres, puisqu'il ne voit plus clair.

Et ils s'en vont. Il ne reste là que les pauvres serviteurs qui vont chercher un peu de chanvre et de blanc d'œuf, pour panser la face saignante de Glocester aveugle.

Telle est cette scène de sauvagerie.

※ ※ ※

Il est impossible, pensez-vous, de pousser l'horreur plus loin. Eh bien! si. Car cela n'est que de l'horreur physique, et si Shakespeare a mis cette scène atroce, c'est pour montrer qu'il y a quelque chose de plus formidable encore, et de plus cruel, de plus monstrueux, de plus féroce que la férocité physique : la férocité morale. Cette face sanglante est moins hideuse à contempler, et moins lugubre que le cœur déchiré d'un père rendu fou par l'ingratitude de ses filles, et vous verrez la consolation qu'il en tire à la fin.

Glocester, aveugle (encore une scène d'horreur), part à travers la lande, et rencontre son fils Edgar, qui ne se fait pas reconnaître; et le père et le fils s'en vont, le père allant jusqu'à la falaise de Douvres, où il veut se jeter dans la mer pour mourir. Et, pendant ce temps, la trame de trahisons qui court sur le drame continue toujours. Les deux sœurs sont éprises de cet Edmond le bâtard qui est beau; c'est un traître, mais il a la beauté des gens qui sont séducteurs; or, toutes les deux se le disputent.

Vous savez que Cornouailles vient d'être tué; or, Cornouailles, c'est le mari de Régane; par conséquent, Régane est veuve, elle est libre. Alors, Goneril se dit :

— C'est elle qui va prendre Edmond, et l'épouser!
Voyant cela, elle se dit :

— Non, j'empêcherai ma sœur d'épouser Edmond;
c'est moi qui l'épouserai.

Mais voici une complication nouvelle du drame.
Edgar va dévoiler la vérité à Albanie; il a volé à
Oswald, l'intendant, une lettre envoyée par Goneril
à Edmond, et par laquelle lettre Albanie verra que
sa femme, Goneril, veut le faire tuer pour pouvoir
épouser Edmond. Tout cela, je vous le dis en guise
d'explication, parce qu'enfin il nous faut arriver à
la petite clarté, à la petite aube qui point là-bas, de
si loin, depuis le commencement du drame, et qui
est Cordelia, le seul point lumineux, et tendre, et
doux, dans toutes ces hideuses ténèbres.

Cordelia, nous allons la voir d'abord, non pas
elle-même, mais par des mots qu'elle dit.

Kent a envoyé prévenir Cordelia, qui est en
France, que son père allait venir à Douvres et qu'elle
vînt au-devant de lui. Voici le gentilhomme qui est
allé la voir, qui l'a vue.

— Et, dit Kent, vos lettres ont-elle arraché à la
reine quelques démonstrations de chagrin?

LE GENTILHOMME. — Oui, monsieur, elle les prit et
les lut en ma présence. De temps à autre, une grosse
larme roulait sur sa joue délicate.

— Oh! alors, dit Kent, cette nouvelle l'a émue?

— Oh! non pas jusqu'à la colère, monsieur. La
patience et le chagrin luttaient à qui lui donnerait
la plus sainte expression.

— Mais n'a-t-elle pas fait de questions verbales?

— En vérité si, monsieur, une ou deux fois elle
a soupiré le nom de père! père! Mais avec effort,
et comme si le mot oppressait son cœur. Puis, elle
s'est écriée : « Ah! mes sœurs! Honte du sexe féminin. Quoi! Au milieu de la tempête, dans la nuit! »
Et, alors, elle secoua l'eau sainte qui coulait de ses
yeux célestes et en mouilla ses exclamations de douleur! Puis, elle partit pour parler seule avec son
chagrin.

La voilà présentée sans que vous l'ayez vue. Vous allez la voir à la scène suivante. C'est dans une tente, au camp français. Elle arrive avec l'armée de son mari; car il a été, lui, obligé de rester en France. Elle arrive seule au secours de son père.

— Hélas! dit-elle, il paraît bien que c'est lui! On l'a rencontré il n'y a qu'un instant, aussi fou que la mer agitée, chantant tout haut, couronné de fume-terre, de bardane, de ciguë, d'orties, d'ivraie, de toutes les herbes stériles qui croissent dans notre blé nourricier! Qu'on mette une compagnie en cam-pagne, qu'on visite chaque pouce de terre dans la campagne couverte de moissons, et qu'on le con-duise devant nos yeux.

Et elle demande au médecin s'il y a moyen de le guérir.

— Hélas! dit le médecin, je connais des narco-tiques, des choses qui pourront le faire reposer; mais, ce qui le fera le mieux reposer, c'est le som-meil et c'est surtout de vous voir.

Et elle dit :

— Nous le verrons bientôt, car je suis venue ici, avec une armée, sans aucune idée d'ambition, mais pour lui seul, pour le voir, mon père, le tendre amour, et pour son droit. Ah! puissé-je bientôt l'entendre!

Pendant ce temps-là, la rivalité de Régane et de Goneril travaille d'un autre côté. Glocester et Edgar se trouvent ensemble; le père veut sauter par la falaise; le fils se fait reconnaître; je ne peux pas lire ces détails, car je suis poussé en avant, attiré par Cordelia et par Lear.

Il est, lui, devenu maintenant tout à fait en enfance, tout à fait. C'est ici qu'il arrive accoutré comme Tolstoï l'a vu quand il l'a trouvé ridicule. Hélas! Comment peut-on trouver ridicule cet homme de quatre-vingts ans, avec des fleurs dans les cheveux, comme Ophélie, mais de vilaines fleurs sauvages, et qui est en enfance, certes; mais, après tous les malheurs qu'il a subis, n'est-il pas naturel qu'il le soit? Ah! pauvre vieux roi, pauvre cher enfant tout blanc!

— Oui, dit-il, venez! Ah! ah! Mais ne me touchez pas, non, non! J'en ai le droit, je suis le roi en personne!

Et il dit là des choses incohérentes, et, en même temps, parfois un mot profond, subtil. Vous allez juger. J'en veux, au hasard, cueillir quelques-unes dans la scène.

— Ah! voici l'argent de ton enrôlement, petit!... Et regardez, regardez, une souris... Ah! ah! ah! Eh! eh! ce morceau de fromage mou rôti suffira!... Voici mon gantelet, je vais l'essayer sur un géant... Faites avancer les hallebardiers!... Bien volé, mon oiseau, bien volé. Dans le blanc! Bing! Donne-moi le mot de passe.

EDGAR, *qui s'approche*. — Douce marjolaine.

LEAR. — C'est bien, passe!

GLOCESTER, *qui est aveugle*. — Je connais cette voix!

LEAR. — Goneril, ma fille, contre une barbe blanche! Ils me flattaient comme un chien; ils me disaient que j'avais des poils blancs à ma barbe ayant même que les poils noirs eussent poussé. Dire oui et non à tout ce que je disais! Mais lorsque, un jour, la pluie vint à me mouiller et que le vent me fit claquer des dents, et quand le tonnerre refusa de s'apaiser sur mon ordre, alors je les ai bien connus, alors je les ai bien dépistés! Allez! allez! ce ne sont pas des gens de parole! Ils me disaient que j'étais tout. Ce n'est pas vrai, c'est du mensonge! Je ne suis pas à l'épreuve de la fièvre.

GLOCESTER. — Je me rappelle parfaitement le timbre de cette voix. N'est-ce pas celle du roi?

LEAR. — Oui, oui, roi, jusqu'à la plus petite parcelle de moi-même! Lorsque je prends mon air sévère, voyez comme les sujets tremblent! Je fais grâce de la vie à cet homme. Quel était ton crime?...

Et une longue tirade que je vous passe.

GLOCESTER, *s'approchant de lui.* — Laissez-moi baiser cette main...

LEAR. — Laissez-moi d'abord l'essuyer, monsieur; elle sent la mortalité...

GLOCESTER. — Ah! fragment ruiné de la nature! Ce grand univers se réduira lui-même au néant! Me reconnais-tu?

LEAR, *qui regarde cet aveugle avec ses orbites pleines de sang.* — Oui, je me rappelle parfaitement bien tes yeux. Mais pourquoi regardes-tu de travers? Non, non! Fais tout ce que tu pourras, Cupidon aveugle, je ne veux pas aimer, je ne veux pas aimer! Lis-moi ce défi. Remarques-en seulement l'écriture.

GLOCESTER. — Ah! quand bien même toutes les lettres seraient des soleils, je ne pourrais pas voir!

EDGAR. — Je n'aurais pas pu croire à une telle scène, si on me l'avait racontée. Elle existe, et sa vue brise mon cœur.

LEAR. — Lis! lis donc!

GLOCESTER. — Comment, avec les trous de mes yeux!

LEAR. — Oh! oh! oh! en êtes-vous là avec moi? Il n'y a pas d'yeux dans votre tête, ni d'argent dans votre bourse! Oh! oh! oh! Ah! mais, cependant, vous avez peut-être vu un jour un chien de fermier aboyer contre un mendiant

GLOCESTER. — Oui, Sire. Et la créature s'enfuir devant le roquet.

LEAR. — Eh bien! ce jour-là tu as contemplé la grande image de l'autorité : un chien qui est obéi quand il est en fonctions. Hein? Allons! allons! mais retirez-moi mes bottes... Plus fort, tirez plus fort... Là, c'est bien, c'est bien. Eh! Eh! Mais, mais, si tu veux pleurer sur ma fortune, prends mes yeux. Ah! je te connais parfaitement bien, vois-tu! Ton nom est Glocester. Mais aie patience, nous sommes venus ici-bas en pleurant. Tu sais que la première chose qu'on fait quand on sent l'air, c'est de piailler. Écoute, je vais te prêcher. Lorsque nous sommes nés, nous pleurons; lorsque nous sommes venus dans ce grand théâtre de fous...

A ce moment, des officiers et des soldats arrivent : ce sont les soldats de sa fille Cordelia, qui viennent le chercher pour le conduire devant elle. Il croit qu'on en veut à son existence.

— Ah! ah! dit-il, mais il a encore de la vie, ce roi! Parbleu, si vous pouvez l'attraper, ce ne sera qu'à la course!

Et il se met à courir comme un lapin, ce pauvre vieux qui devient ridicule, grotesque, avec ses fleurs de fumeterre et d'ivraie dans les cheveux. Oui, Shakespeare le fait tomber jusque-là, jusqu'à être en enfance. Il faut qu'il y tombe à cette enfance, pour que Cordelia puisse être la mère que je vous ai dit tout à l'heure, qui va l'allaiter avec le lait de l'humaine tendresse.

※ ※ ※

Cependant, le drame va s'achever, en se corsant de plus en plus. Les sentiments de Goneril sont enfin mis à jour. Albanie voit que cette femme avait voulu le trahir. C'est Kent qui lui apporte la lettre, et Edgar lui promet d'être l'accusateur de l'infâme Edmond le jour où le traître l'appellera à lutter contre lui. Et enfin, nous allons voir ici, ensemble, Lear et Cordelia.

Comme, avant d'en arriver là, on nous a menés loin! C'est tout à fait à la fin du quatrième acte. Shakespeare nous a fait attendre pusque-là pour monter l'avant-dernier échelon, qui va nous conduire là-haut, aux pieds de la Vierge qui domine toute la cathédrale.

LE MÉDECIN. — Madame, il dort toujours, regardez!

Ils sont dans une tente du camp français. Le vieux roi est endormi. On a profité de son sommeil pour lui mettre de beaux vêtements, et le médecin fait jouer doucement de la musique pour qu'il puisse s'éveiller sur des idées heureuses.

16

— Hélas! dit Cordelia, hélas! Comment ont-elles fait, mes sœurs, pour être aussi cruelles envers lui? Pauvre abandonné, que ce pauvre petit bonnet protégeait à peine! Mais le chien de mon ennemi, quand bien même il m'aurait mordue, aurait, cette nuit-là, reçu place à mon foyer! Et tu fus contraint, toi, pauvre père, de gîter avec des pourceaux et des drôles vagabonds, sur de la paille pourrie. Hélas! hélas! c'est merveille que tu n'aies pas tout perdu à la fois, la vie et la raison! (*Au médecin.*) Ah! ah! monsieur, voici qu'il se réveille. Parlez-lui.

LE MÉDECIN. — Non, parlez-lui, vous, madame; c'est ce qui vaut le mieux.

CORDELIA. — Comment se trouve mon royal seigneur? Comment se porte Votre Majesté?

LEAR. — Vous me faites dommage en m'arrachant à la tombe... Oui, certes, tuez une âme bienheureuse; mais je suis attaché sur une roue de feu, moi, si bien que mes propres larmes brûlent comme du plomb fondu.

CORDELIA. — Sire, me connaissez-vous?

LEAR. — Oui, je vous connais! Vous êtes un esprit. Quand êtes-vous morte?

CORDELIA. — Ah! toujours, toujours égaré à l'excès!

LE MÉDECIN. — Il est à peine éveillé. Laissez-le tranquille un instant.

LEAR. — Où est-ce que j'étais? Où suis-je? Est-ce la belle lumière du jour? Oh! je suis le jouet d'étranges illusions! Je pourrais vraiment mourir de pitié en en contemplant un autre dans mon état. Je ne sais que dire... Je ne jurerais pas que ce sont là mes mains! Voyons!... Voyons!... Cependant, je sens bien que cette épingle pique. Oh! je voudrais être assuré de ma condition.

CORDELIA. — Oh! levez les yeux sur moi, Sire, et étendez vos mains au-dessus de ma tête pour me bénir... Oh! non, non! Sire, ce n'est pas vous qui devez vous agenouiller!

Car le pauvre vieux vient de s'agenouiller devant Cordelia.

LEAR. — Je vous en prie, ne vous moquez pas de moi, belle dame! Je suis un vieillard imbécile et radoteur de quatre-vingts ans accomplis, pas une heure de plus ni de moins; et pour vous parler franc, je crains que ma raison ne soit pas tout à fait dans son assiette. Mais il me semble que je vous connais, oui..., et que je connais cet homme. Cependant, je reste dans le doute; car j'ignore absolument quel est le lieu où je suis, et, malgré tous mes efforts, je ne puis pas arriver à me rappeler ces vêtements que je porte...; et je ne sais pas non plus où j'ai logé la nuit dernière. Oh! oh! ne riez pas de moi, vous tous; car aussi vrai que je suis un homme, je crois que cette dame..., je crois que cette dame... est mon enfant, Cordelia!

Elle répond simplement d'une voix angélique :

— *I am!* « C'est cela que je suis! »

LEAR. — Tiens! Vos larmes sont donc humides? Mais oui, ma foi! Oh! je vous en prie, je vous en prie, ne pleurez pas! Ah! si vous avez du poison pour moi, donnez, je le boirai. Car je sais bien que vous ne pouvez pas m'aimer! Vos sœurs m'ont fait du mal, mais sans raison, tandis que vous, vous aviez quelque raison pour ne pas m'aimer.

— Oh! non, non! dit Cordelia, je n'en ai aucune, aucune vraiment!

— Mais, suis-je en France?

— Non, vous êtes dans votre propre royaume, Sire.

— Oh! ne me trompez pas!

LE MÉDECIN. — Soyez rassurée, bonne madame; sa grande furie s'est apaisée, vous voyez! Cependant, il y a danger à le faire repasser en pensée par les jours qu'il a vécus. Invitez-le à entrer; ne le troublez pas davantage jusqu'à ce qu'il soit mieux raffermi dans sa raison.

Et voici le premier éveil de raison, du moins le second; vous allez voir avec quelle simplicité Cordelia lui parle :

— Plairait-il à Votre Altesse de se promener?

Et elle lui prend le bras.

— Oui! Mais il faut être patiente avec moi. Je vous en prie, maintenant, oubliez et pardonnez. Je suis vieux, un pauvre vieil imbécile!

Et ils s'en vont ensemble.

❧ ❧ ❧

Nous arrivons, enfin, au dernier acte, où la coupe de l'amertume va être bue jusqu'à la lie par ce pauvre homme, sur qui vous voyez toutes les catastrophes imaginables fondre l'une après l'autre, sauf la joie d'avoir retrouvé là sa petite Cordelia. En effet, il va maintenant, allaité par elle, comme je vous le disais tout à l'heure, retrouver la joie, la raison, même le sourire; à regarder dans ces yeux de fleurs, il va refleurir, lui aussi, mais pour bien peu de temps, comme vous allez voir, et pour être supplicié ensuite d'autant plus cruellement encore.

Le drame a marché. La lettre remise à Albanie le dispose à être clément envers Lear et Cordelia qui sont dans l'armée française. Mais, à ce moment, on vient apprendre que, l'armée française étant vaincue, Lear et Cordelia sont pris. Et voici enfin où le crime est puni, oui, mais la vertu n'est pas récompensée, hélas! puisque la vie n'est point juste.

Edmond arrive, en tête de l'armée victorieuse, à cheval. Cordelia et Lear sont enchaînés. Edmond va les faire mettre en prison, en donnant un ordre terrible au capitaine qui les conduit. Et voici les premiers mots que disent les deux captifs, mots vraiment exquis de la part de Lear.

CORDELIA. — Père, nous ne sommes pas les premiers qui, avec les meilleures intentions, avons subi la pire infortune. C'est pour toi que je m'afflige, roi opprimé; sans cela, je pourrais bien rendre à la menteuse fortune mépris pour mépris. Ne verrons-nous pas ces filles et ces sœurs?

LEAR. — Non, non, non, non! Viens, allons en prison. Tous deux seuls, ensemble, nous chanterons comme de petits oiseaux en cage. Lorsque tu me

demanderas ma bénédiction, je m'agenouillerai et
je te demanderai la tienne. Nous vivrons ainsi, nous
prierons, nous chanterons, nous dirons de vieux
contes, nous rirons aux papillons dorés et nous écouterons de pauvres hères parler entre eux des nouvelles de la Cour. Viens! viens!

Et ils s'en vont. Edmond, pendant qu'ils parlent,
dit au capitaine :

— Tu m'en réponds sur ta vie!

Et il lui donne un ordre, vous saurez bientôt
lequel.

Albanie arrive. Il veut voir Lear et Cordelia.
Edmond parle haut; car, maintenant, il va devenir
époux. Mais les deux sœurs s'insultent. Tout se
découvre. Albanie fait arrêter Edmond et Goneril; il
a la lettre dans laquelle Goneril parlait de le faire
tuer, lui, pour épouser l'infâme fils de Glocester.
Alors, le héraut appelle :

— Si quelqu'un veut venir défendre la cause de
l'accusation...

Edgar sort de la foule, habillé en chevalier. Le
duel s'engage entre Edgar et Edmond. Les deux
frères! Voyez comme les horreurs s'entassent toujours, toujours, jusqu'à la fin. Edmond tombe, et, au
moment où il est là, on voit Goneril qui sort, et on
dit que Glocester vient presque de mourir, en sou-
riant, à la nouvelle que son fils Edgar n'est pas
coupable, et de douleur à la certitude que son fils
Edmond l'avait trompé. Arrive Kent, et à ce moment
on envoie chercher Lear et Cordelia, car il faut que
tout se dénoue.

— Hélas! dit Edmond, qui est à moitié tué par
Edgar et qui va mourir, oui, pourvu que vous n'ar-
riviez pas trop tard!

— Comment! Qu'as-tu donc dit et fait?

— Le capitaine que j'ai envoyé a reçu commis-
sion de ta femme Goneril et de moi-même...

On apprend que Goneril, elle aussi, vient de se
tuer d'un coup de poignard, après avoir empoisonné
sa sœur Régane. Toutes les horreurs s'accumulent

de plus en plus. Avant d'arriver à la dernière plate-
forme où nous allons voir resplendir l'apothéose de
Cordelia, et de votre sexe, il nous faut de plus en
plus marcher sur des cadavres, sur des empoisonnés,
sur des morts, des gens massacrés, des crimes, dans
le sang, jusqu'au bout.

— Et, alors, quel ordre as-tu donné?

— J'ai donné l'ordre de pendre Cordelia dans sa
prison et d'attribuer le blâme de cet acte à son
désespoir.

— Ah! que les dieux la protègent! Emportez-le,
lui, hors d'ici!

Alors, on voit revenir les deux officiers qui sont
allés chercher les prisonniers; et Lear arrive avec
sa Cordelia morte dans ses bras. Elle a encore le
lacet au cou! Il clame :

— Ah! ah! ah! hurlez, hurlez, hurlez! Oh! vous
êtes donc des hommes de pierre? Si j'avais vos
langues et vos yeux, je m'en servirais de telle sorte
que la voûte du ciel en craquerait!... Ah! ah!... Elle,
elle... En allée pour toujours! Je sais reconnaître
quand on est mort et quand on est vivant! Elle,
elle..., elle est morte comme la terre! Ah! donnez-
moi un miroir, oui, un miroir! Si son haleine le
ternit ou le tache, c'est qu'elle vit...

KENT. — Est-ce donc la fin du monde qui nous
est prédite?

EDGAR. — Oui, l'image de cet horrible jour...

ALBANIE. — Ah! qu'il tombe et que le monde cesse!

LEAR. — Oui, regardez, cette plume remue! Elle
vit! Si elle vit, c'est un bonheur qui rachète toutes
les douleurs que j'ai jamais senties.

KENT, s'agenouillant. — O mon bon maître!

LEAR. — Je t'en prie, va-t'en!

EDGAR. — C'est le noble Kent, votre ami!

LEAR. — La peste soit sur vous tous, meurtriers
et traîtres! Ha! j'aurais pu la sauver peut-être! Maintenant, maintenant, elle est partie, oui, pour toujours. Cordelia, Cordelia, attends un peu!... Hein!
qu'est-ce que tu dis?... Sa voix était toujours douce,

genfille, basse, *gentle*, *low* [et cet aparté, délicieux à
ce moment], chose excellente chez une femme!

Avec ses deux autres filles qui criaillent comme
des harpies, avoir cette petite dont la voix était une
voix angélique, quel paradis! Car, vous le savez, s'il
y a une séduction chez la femme, chez la mère, chez
la fille, chez la sœur, c'est la voix. Le regard et la
voix, c'est ce qui fait tout le charme de la femme.
Et alors Lear se rappelle cette voix. Et il redouble
de pleurs. Puis, soudain, il dit, fermement :

— J'ai tué l'esclave qui était en train de la pendre!

L'OFFICIER. — C'est vrai, messeigneurs, il l'a fait.

LEAR. — Hein! ne l'ai-je pas fait, mon garçon? Ah!
j'ai vu le temps où, avec ma bonne épée tranchante,
je les aurais fait tous sauter! Mais je suis vieux,
maintenant, et les douleurs me pillent, m'écrasent!...
(*A Kent.*) Qui êtes-vous, monsieur? Mes yeux ne sont
pas des meilleurs. Oui, je vous reconnaîtrai dans un
instant.

Et Kent se fait reconnaître, le brave serviteur qui
l'a suivi tout le temps sous un autre nom. Le roi
lui dit :

— Vous êtes le bienvenu ici, monsieur.

— Non, non, dit Kent, ni moi, ni personne de
nous! Car tout est triste et sombre et mort. Vos filles
aînées se sont détruites elles-mêmes, et sont mortes
désespérées.

LE ROI. — Oui, ainsi je crois.

ALBANIE. — Hélas! il ne sait plus ce qu'il dit. A
quoi bon nous présenter?

Un officier arrive, apprenant qu'Edmond est mort
à son tour.

ALBANIE. — Qu'importe ce rien! Une vétille! Pensons à mieux. Seigneurs et nobles amis, tous les
soulagements qui pourront être appliqués (*En montrant Lear.*) à cette grande ruine lui seront accor-
dés; et pendant la vie de sa vénérable Majesté nous
résignerons entre ses mains notre pouvoir absolu.

C'est ainsi, en effet, que, dans la vieille légende,
finissait l'histoire. Le roi était rétabli dans ses privi-

lèges. Mais Shakespeare est trop l'interprète de la vie pour croire que la vie a pu terminer les choses ainsi. Non, voici comment elle les arrange, la féroce impassible!

Au moment où le roi parle, on voit Lear qui s'approche tout près du visage de son enfant et qui lui dit :

— *My poor fool!* (« Ma pauvre innocente! »)

Et lui qui, tout à l'heure, hurlait comme l'orage dans la lande, lyrique, formidable, grandiose, c'est à toute petite voix, en mots simples, enfantins, qu'il parle.

— Et ma pauvre innocente est pendue? Non, non, non! Plus de vie! Quoi! Pourquoi un chien, un chat, un cheval, un rat vivent-ils, et toi tu n'as plus de souffle du tout? Tu ne reviendras plus jamais, jamais, jamais... Je vous en prie, défaites ce bouton! Merci, monsieur... Voyez-vous ceci! Regardez-la! regardez ses lèvres, regardez ici!...

Et son visage se pose sur le visage de Cordelia, doucement, doucement, comme un flocon de neige qui fond dans l'eau, ainsi..., ainsi...

VII

JULES CÉSAR

Les quatre Héros du Drame : Jules César, Brutus, Cassius, Antoine. — Les Sources du Drame. — Le Complot. — Le Crime de Brutus. — La Curée. — Antoine au Forum. — L'admirable Discours prononcé par l'Ami de César.

MESDEMOISELLES,
MESDAMES,
MESSIEURS,

De tout le théâtre shakespearien, *Jules César* est la pièce la plus classique dans les universités et les collèges d'Angleterre, et cela pour plusieurs raisons.

La première est qu'on n'y entend pour ainsi dire presque pas, et même pas du tout, ni soupirer, ni chanter, ni crier, ni rugir la passion que vous avez entendue pousser tous ces cris et agir avec toute cette violence dans *Roméo et Juliette* en particulier et dans *Othello*. Il n'y a pas d'amour dans *Jules César*.

Cette tragédie est, d'autre part, la pièce de Shakespeare où le style se rapproche le plus du style du théâtre français; j'entends par là que, tout en étant d'une langue fort imagée (car Shakespeare est toujours imagé, n'exprimant ses idées que par des images), les images s'y sont pas synthétiques, souvent excessives, truculentes, comme dans *Le Roi Lear*, ou *Hamlet*, ou *Macbeth*. Elles sont ici, en réalité, des images beaucoup moins lyriques qu'ora-

toires. Et cela encore explique le succès scolaire de
Jules César en Angleterre, pays où l'on prise particulièrement l'éloquence, celle de la chaire et celle
de la tribune. Or, *Jules César* abonde en chefs-
d'œuvre oratoires. Vous en admirerez surtout deux,
un de Brutus et un autre d'Antoine; et celui-ci,
comme certains sermons de Bossuet sont le chef-
d'œuvre de l'éloquence sacrée, est peut-être le chef-
d'œuvre de l'éloquence politique populaire, c'est-
à-dire de l'éloquence à la fois instinctive, impulsive,
improvisée, mais prodigieusement habile, au fond,
d'un homme qui sait ce qu'est l'âme de la foule et
qui a l'art de la pétrir à son gré par la parole
uniquement, par cette force qui est la plus puissante
de toutes.

Aussi ne puis-je pas du tout me ranger à l'avis
du plus grand critique de Shakespeare, du docteur
Johnson, lequel prétend que *Jules César* est une
pièce froide. Evidemment, il n'y a pas là les coups
de sensibilité, de passion, qui éclatent dans les autres
pièces de Shakespeare. Il fait appel ici surtout à
l'esprit, à la raison, au raisonnement. Mais l'émotion qui s'en dégage, pour être d'une qualité plus
sévère, n'en est pas moins intense.

Peut-être, cependant, vous, mesdemoiselles, en
particulier, allez-vous avoir un peu plus de peine
que de coutume à écouter cette pièce, à l'analyser, à
la pénétrer; car elle s'adresse surtout à des hommes.

Il y est, en effet, surtout question de philosophie,
de philosophie politique et sociale, ce qui est très
grave. Il s'y débat un procès formidable, qui ne sera,
je crois, jamais clos, entre la liberté et l'autorité,
chacune ayant ses droits à revendiquer, et ces droits
étant contradictoires.

Un autre problème y est offert, et dont la solution
reste toujours pendante : le problème du régicide.
A-t-on le droit de commettre un régicide? Dans
quelles conditions est-ce un crime? A quel moment
précis, au contraire, l'auteur de ce crime peut-il être
un héros? La question se posera éternellement, et on

l'a tranchée dans les deux sens, de façon aussi
péremptoire dans l'un que dans l'autre.

Hugo a écrit deux vers qui résument, comme il sait
le faire, avec un coup de marteau sonnant comme sur
un gong, la pensée de ceux qui veulent que le régicide
ne soit pas toujours un crime. Son premier vers dit,
contre le tyran :

Tu peux tuer cet homme avec tranquillité.

— Cependant, va-t-on objecter, si cet homme est
soutenu, approuvé, légitimé dans sa tyrannie par
l'assentiment presque unanime d'un peuple, ai-je le
droit, moi, solitaire, de le tuer?

— Oui, répond Hugo, qui en donne la raison dans
ce second vers :

Car ce qui brise un peuple avorte aux pieds d'un homme.

Mais une réplique aussitôt s'impose, que voici.
Cet homme, ce vengeur unique, où prend-il le droit
de s'ériger ainsi, solitairement, en justicier, en
suprême arbitre qui se proclame ainsi un faiseur de
destin? N'est-ce pas dire, par cela même, qu'il se
croit plus qu'un homme, qu'il est un surhomme,
presque un dieu? Et, en réalité, c'est bien ce que
tout conspirateur politique est obligé de penser; car
pour vouloir imposer sa façon de voir, sa volonté, à
tout un peuple, il faut se considérer comme un dieu
en droit de régenter ce peuple. Or, voilà aussi, en
général, ce que le tyran, le despote, est ou s'imagine
être. On lui fait croire, en tout cas, qu'il l'est. Tout
le débat va donc se résumer, se resserrer en ceci :
qui des deux, le tyran ou le régicide, est, réellement
et véritablement, le surhomme?

Et c'est bien de la sorte que le problème est posé
par Shakespeare.

Qui de nous, qui de nous va devenir un dieu?

s'écrie quelque part Musset. Eh bien! il y a des cas
dans l'histoire, dans la vie du monde, il y a des

minutes, où ce vers-là devient la devise de toute une
génération. Ici, est-ce Brutus qui va devenir un dieu,
ou bien est-ce César? Toute la question sera là.

❊❊❊

Ainsi ne vous étonnerez-vous pas si, à propos de
Jules César, je ne vous parle pas de *La Mort de
César* par Voltaire. Voltaire a fait une tragédie sur
le même sujet, Jules César, et il a presque traduit,
en l'édulcorant beaucoup, le *Jules César* de Shakespeare, en trois actes et en vers blancs; mais il s'est
arrêté là, considérant qu'au troisième acte, César
étant mort, la pièce était finie. C'est une erreur. En
réalité, la pièce va, avec raison, jusqu'au cinquième
acte, jusqu'à la mort de Brutus, qui, seule, clôt et
parachève le drame. Le vrai sujet du drame, en effet,
n'est pas la mort de Jules César, mais bien de savoir
si sa mort fut ou non un crime; et ce drame-là comporte non pas un protagoniste unique, mais quatre
héros qui sont Jules César, Brutus, Cassius et Antoine.

Avant de les voir à l'œuvre, donnons, en quelque
sorte, le signalement de leur caractère, par quelques
traits nets et typiques.

En Jules César, vous contemplez l'incarnation du
tyran, du despote, du maître devenu presque un
dieu et croyant qu'il l'est. César, à cette époque à
cinquante-six ans. Il faut donc bien faire attention à
ceci, que Shakespeare n'a voulu peindre que ce
César-là. Le grand critique danois, George Brandès,
s'indigne, à certains endroits, contre Shakespeare
qui n'a pas su, dit-il, comprendre César. Or, c'est
lui, Brandès, qui n'a pas su, à ce moment-là (ce qui
est un genre de faute extrêmement rare chez lui),
comprendre ce qu'a voulu Shakespeare. Shakespeare,
en effet, n'a pas voulu étudier *tout* César, mais le
César de la fin, le César spécial, étrange, sorte ·de
chrysalide que devient un homme quand il va en
sortir ce monstrueux papillon, un dieu. César a failli
être un dieu. D'ailleurs, il se croyait de race divine,

descendant, par la *gens Julia*, de Vénus en personne.
A-t-il pu, sincèrement, avoir, jusqu'à cette illusion,
foi en cette légende? Pourquoi pas? L'état d'âme
qu'engendre le pouvoir absolu, dans l'ivresse habituelle et prolongée du despotisme, explique fort bien
une pareille exaltation du *moi*, poussée jusqu'à
l'hypertrophie, et prenant comme conscience de
l'apothéose.

Certes, il est loin, ce César-là, de l'ancien César,
spirituel, fin, charmant, et que Shakespeare n'igno-
rait pas quand même. A preuve ce mot qu'il lui fait
dire à propos d'un certain conspirateur, représenté
comme dangereux :

— Lui, dangereux, Dolabella! Non, non. Rien à
craindre de lui. Il est gras. Parlez-moi de Cassius
et de Brutus, oui! Des maigres, ceux-là. Les seuls
conspirateurs à craindre, ce sont les maigres.

Il le sait bien, lui qui, avant le Rubicon, l'a été,
cet ambitieux, ce conspirateur maigre! Aujourd'hui,
d'ailleurs, il n'est plus de ceux qu'on jauge ni qu'on
juge; il est en passe d'être dieu; aussi ajoute-t-il
qu'il ne craint rien ni personne, étant César!

Et les voici : les deux maigres redoutables, les
deux autres héros du drame, dressés en face de
César, et destinés à montrer finalement quel est ici
le surhomme, quel est celui qui a le droit d'être
dieu. Voici Brutus et Cassius.

※※※

Brutus, c'est l'homme de la théorie, le platoni-
cien, le rêveur, dont les regards sont fixés sur un
idéal, le croyant qui vit complètement dans l'absolu.
De là, sa beauté. De là aussi, politiquement, sa
faiblesse.

Car, à côté de lui, nous avons l'autre type du
conspirateur. Cassius, un philosophe épicurien, un
athée, un réaliste, un politicien pratiquant déjà la
politique qui sera codifiée plus tard dans *Le Prince*,
de Machiavel, la politique des résultats. Cassius voit

clair, toujours; il ne se trompe jamais sur les gens, parce que la haine est clairvoyante, tandis que la splendeur de l'idéal, l'amour de l'idéal, rendent aveugle.

Brutus, lui, ne regarde que cela, son idéal, et ne discerne rien des réalités. Aussi commet-il fautes sur fautes, comme joueur politique, et sans doute est-ce à cause de ces fautes qu'il a perdu la partie. Mais non! Il devait la perdre! Car, en somme, ce n'est pas contre César qu'il luttait, comme j'espère vous le montrer tout à l'heure, c'est contre la destinée elle-même, plus forte que toutes les combinaisons. Cassius le réaliste, lui-même, ne pouvait rien là-contre. Et du moins Brutus, perdant la partie, l'a perdue *en beauté.*

***

Et voici, enfin, le quatrième personnage, le quatrième héros du drame, et celui qui pour moi, artiste, est peut-être le plus intéressant de la pièce : c'est Antoine. Lui aussi, Antoine, est un politicien; lui aussi est un réaliste; mais, en même temps, ce politicien, ce réaliste, ce chercheur de résultats, il a certainement su comprendre ce que voulait César. Il est donc un césariste, c'est-à-dire qu'il conçoit et prévoit et voit vivre tout ce qui était alors *en puissance,* comme disent les philosophes, dans cette graine nouvelle, tout ce que j'essaierai de vous y montrer : l'amour et la foi des petits, des humbles, et l'avènement fatal de la plèbe qui, n'ayant pas été assez forte pour se débarrasser à elle seule des tyrans, des petits tyrans de caste (ses oppresseurs, ses dévorateurs jusqu'alors), donne enfin toute sa force innombrable, et la confie, disciplinée, à un être unique, désormais son idole, et ainsi s'adore elle-même en lui, en ce dieu à la fois son émanation et son incarnation, en César.

Car tel est, exactement, tout le sujet de la pièce que nous allons ensemble étudier aujourd'hui.

✻ ✺ ✻

La source où Shakespeare a puisé pour écrire
Jules César, vous la connaissez certainement, et
j'aimerais vous y faire boire : c'est le récit de Plutarque, l'admirable biographie de Plutarque. Le poète
n'a fait presque, en somme, que la mettre en scène.

Mais admirez ici la souplesse extraordinaire de
ce génie, qui, dans des pièces comme *Roméo et
Juliette*, *Othello*, était si prodigieusement italien; qui,
avec *Shylock*, a si bien fait revivre Venise; qui a
traduit l'âme de toute sa race dans ses drames nationaux, où il est à la fois le pur Anglo-Saxon, et l'Ecossais, et le Celte; et qui, tout d'un coup, lui, le pauvre
petit *call-boy*, l'ancien garçon boucher, le gamin de
Stratford-sur-Avon, après s'être instruit comme il a
pu, en lisant un *Plutarque* traduit en anglais, va
ressusciter l'âme romaine, et une époque particulière de cette âme, et même une des époques clima-
tériques de l'humanité; car il ne faut pas oublier que
la mort de César marque une étape essentielle dans
l'histoire de la civilisation méditerranéenne.

J'espère avoir le loisir de vous faire voir, avant
de terminer, tout ce qu'il y a dans cette mort, tout
l'écroulement d'un monde fini, celui de la cité, et
l'éclosion d'un autre monde, d'un monde nouveau,
celui du christianisme, qui, pour les non-croyants,
devient simplement l'avènement de la plèbe et des
républiques modernes, tout à fait différentes de la
république antique. Chemin faisant, vous constaterez
combien, même sans vous attarder à cette philosophie de l'histoire, vous trouverez de charme à la
reconstitution, sans plus, de cette histoire, tant elle
est vivante. Shakespeare, vous le jugerez, est Romain
à tel point qu'il semble avoir été un citoyen de
Rome.

Il y a, nonobstant, certains menus détails, évidemment faux, de couleur locale, que Voltaire relève
complaisamment... Ah! pourtant, c'est lui qui a tort.

Tenez... Ah! ce Voltaire! C'est l'homme le plus spirituel de tous les Français, qui sont les gens les plus spirituels du monde!

Oui, mais, comme tous les gens spirituels, trop spirituels, quand Voltaire dit une sottise, elle est si spirituellement sotte qu'il n'y a pas moyen d'en parler! Eh bien! quand même, parlons-en! Oui, plusieurs détails sont faux comme couleur historique dans Shakespeare, mais en apparence seulement. Erreurs dans la lettre, ils sont vérité dans l'esprit. Exemple! Dans un certain endroit, il dit que Brutus était *the angel*, « l'ange » de César. Voilà un mot catholique, n'ayant rien à faire avec la Rome de ce temps-là. Mais ce que le poète voulait dire, c'est que Brutus était, pour César, ce que l'on appelle en Grèce, à propos de Socrate, le dieu, le petit dieu intime, le daimon, de César. C'était celui qu'il aimait le mieux au monde. C'était, comme on dirait aujourd'hui, l'ange gardien de César. Et de là vient que le crime de Brutus est particulièrement horrible. Brutus, tant aimé par César, aime César aussi; et néanmoins il le tue parce que la théorie veut qu'il le tue. C'est pourquoi vous verrez plus tard... Mais je ne veux pas anticiper ni gaspiller trop de temps à ces épluchages du texte. Mieux vaut entrer dans le drame le plus tôt possible; car le drame lui-même est autrement intéressant que toutes ces arguties pour ou contre une sottise de Voltaire.

Un mot encore, toutefois, pour admirer que Shakespeare, en se faisant ici très oratoire, comme je vous l'ai dit, s'est par cela même montré parfaitement Romain. Le peuple romain, la littérature romaine, sont essentiellement oratoires. Et rien ne peut mieux donner l'impression, la saveur même, de cet esprit spécial, que les deux discours, chacun chef-d'œuvre dans son genre, de Brutus et d'Antoine.

Nous allons, maintenant, entrer de plain-pied dans l'œuvre, et voir, comme toujours dans Shakespeare, les personnages posés s'expliquer eux-mêmes.

❉❉❉

Voici d'abord Cassius, qui essaie d'englober Brutus
dans une conspiration contre César. Cassius, c'est le
réaliste, l'homme positif, qui ne s'occupe que des
faits, pour qui l'idéal et l'absolu n'existent pas;
mais il sait très bien que l'absolu et l'idéal sont une
grande force, et que, s'il pouvait avoir avec lui
Brutus, son idéal, sa vertu, son honorabilité, les
souvenirs de l'ancien Brutus qui a délivré Rome des
Tarquins, il aurait la plus grande autorité qu'on
attend d'un parti.

Hugo (je cite souvent Hugo; mais il a exprimé
beaucoup de choses dans des vers lapidaires et
uniques), Hugo a dit, à propos d'un certain parti :

Nous avons avec nous le bonhomme de bronze.

Eh bien! tout parti politique veut avoir avec lui,
et il a, en général, son bonhomme de bronze. Le
bonhomme de bronze, ici, c'est Brutus. Cassius essaie
donc de le séduire, de l'enjôler. Tout habile qu'il
soit, il y fait d'abord faux bond, précisément parce
qu'il n'a point, lui, l'âme des bonshommes de
bronze. Par suite, les arguments qu'il va lui présenter n'ont aucun effet sur l'âme de Brutus.

Le premier argument qu'on a contre un homme
prédestiné qui se croit dieu, et que, dans toute
génération, on a contre l'homme de génie qui s'élève
au-dessus des autres, est celui-ci :

— De quel droit s'élève-t-il au-dessus de moi?
J'ai été son camarade; j'étais plus fort que lui dans
telle ou telle de nos études; aujourd'hui, voilà qu'il
est président de la République! et moi je ne suis
rien du tout.

Cassius expose ainsi, en argument *ad hominem*
pour Brutus, cet argument de basse envie :

— Je ne puis dire ce que vous et les autres hommes
pensez de cette vie; mais, pour ce qui est de moi
en particulier, j'aimerais autant ne pas exister que

de vivre soumis à l'obligation de me courber devant
un être égal à moi. Je suis né libre comme César;
vous de même, Brutus; nous avons été tous deux
aussi solidement nourris que lui, et nous pouvons
tous deux supporter le froid de l'hiver aussi bien
que lui.

Et il raconte, à l'appui, des anecdotes. Un jour,
étant sur le bord du Tibre, César lui proposa de
traverser le Tibre à la nage, tout habillés. Ils se
jetèrent dans l'eau. Arrivé au milieu du fleuve,
César, n'en pouvant plus, lui cria au secours, et
Cassius le porta sur son dos comme Enée portait
son père Anchise.

— Une autre fois, dit-il, je l'ai vu, en Espagne,
avoir la fièvre. Cette voix qui aujourd'hui prononce
des discours qu'on inscrit sur des tables de marbre
demandait en tremblant qu'on lui apportât un peu
d'eau, parce qu'il brûlait de fièvre. Comment puis-
je admettre que l'homme que j'ai vu ainsi, qui était
là mon inférieur, puisse devenir un roi, un César, et
que moi je reste en bas? Eh bien! en somme, à qui
la faute? C'est à nous. Il est des occasions où les
hommes sont maîtres de leurs destinées; si nous
sommes des subalternes, la faute, cher Brutus, n'en
est pas à nos étoiles, mais à nous-mêmes. *Brutus* et
César! Qu'est-ce qu'il y a dans ce *César?* Pourquoi
ce nom sonnerait-il mieux que le vôtre? Ecrivez-les
ensemble; votre nom est aussi beau. Prononcez-les
ensemble; ils remplissent aussi bien la bouche. Je
le demande, de quelle substance s'est donc nourri
notre César, pour être devenu grand à ce point?

Mais tout cela ne trouble point Brutus; car Brutus
aime César, et il sait que César est un être supérieur. Mais voici un argument, l'argument, qui va le
toucher :

— Vous et moi, dit Cassius, nous avons été élevés
à admirer un autre Brutus, celui qui aurait autant
aimé voir le diable établir son empire dans Rome
pour l'éternité que d'y voir un roi.

C'est le premier Brutus qui, vous le savez, a délivré Rome des Tarquins.

Voilà le grain qui est jeté (comme toujours dans Shakespeare), et c'est de là que va partir tout le raisonnement, toute la théorie, de Brutus. N'est-ce pas un devoir pour lui, un roi se présentant prêt à remplacer les anciens Tarquins d'autrefois, n'est-ce pas un devoir pour lui, de faire comme son ancêtre, et de débarrasser son pays de ce roi?

— Nous en reparlerons plus tard, dit-il. Mais sachez, en tout cas, ceci : c'est que j'aimerais mieux être un villageois, que de me parer du titre de fils de Rome aux dures conditions que cette époque va probablement nous imposer.

Probablement! Il n'y a que des probabilités encore. César aspire-t-il, oui ou non, à la tyrannie? Voilà ce qu'il faudrait savoir. Or, hier, à une fête, aux Jeux, aux Lupercales, Antoine lui a offert par trois fois une couronne de roi, et par trois fois César l'a repoussée avec un geste indigné. Oui, mais, au fond, la désirait-il, cette couronne? Voilà ce que Brutus voudrait savoir, et ce que personne ne sait encore.

Cependant, Cassius continue à recruter des partisans, des conjurés, et vous allez voir ici, que lui, pratique, ne s'occupe absolument que de cela : ramasser tous les conjurés et leur donner le bonhomme de bronze, c'est-à-dire Brutus, qui donnera l'autorité nécessaire pour que le parti plaise à la foule.

Quant à Brutus, il est inquiet. Jugez-en par son fameux monologue. Je vais abréger un peu ce monologue, pour pouvoir étudier tout à fait et à fond les grands discours dont je vous parlais.

— Oui, dit-il en débutant, cela doit se faire par sa mort.

Je vous lis quand même une assez grande partie du monologue, parce que c'est ce même monologue que se font évidemment, avec conscience ou incons-

cience, en le disant ou en le sentant, tous les poli-
ticiens qui arrivent au crime politique.

— Oui, cela doit se faire par sa mort. Pour ma
part, je ne me connais aucune raison personnelle
de le frapper, si ce n'est l'intérêt général. Il voudrait être couronné. Mais, s'il le veut vraiment, est-ce
que cela changerait sa nature? Là est la question.
C'est le jour lumineux qui fait sortir la vipère; et
cela demande qu'on avance prudemment le pied.
Le couronner? Voilà l'affaire! Dans ce cas, j'avoue
qu'alors nous l'armons d'un dard qui pourrait nous
blesser. Mais...

Il continue à discuter avec lui-même, et il se
demande :

— César a-t-il manifesté des goûts pour la royauté?
Non, pas jusqu'à présent. Mais c'est une chose bien
connue que l'humilité est l'échelle de l'ambition
à ses débuts, l'échelle que l'ambitieux grimpe la face
vers le mur; mais, lorsqu'il a une fois atteint le
faîte suprême, il tourne alors le dos à l'échelle, et
regarde en haut les nuages, méprisant les vils degrés
par lesquels il est monté. C'est ce que peut faire
César. Pour qu'il ne le puisse, il faut donc le prévenir. En effet, comme la querelle que nous lui
cherchons ne trouve aucune justification dans ce
qu'il est maintenant, il faut l'appuyer sur cette considération, que le personnage qu'il est, une fois
agrandi, courrait à telles et telles extrémités. Par conséquent, je dois le regarder comme un œuf de serpent qui, une fois couvé, deviendrait malfaisant
selon les lois de sa nature, et, donc, le tuer dans sa
coquille.

Voilà tout le raisonnement de l'homme politicien
voulant commettre un crime politique contre quelqu'un qui *aspire* à la dictature. Ainsi c'est un cercle
vicieux. Le tuer quand il sera roi? Non. Je dois le
tuer avant; car ce qu'il faut empêcher, c'est, précisément, qu'il devienne roi.

Et Cassius, très habilement, travaillant comme le
lui aurait conseillé plus tard Machiavel, fait jeter

des lettres sur le chemin de Brutus, lettres qu'on lui apporte de tous côtés, dans lesquelles il y a toujours le fameux mot :

« Tu dors, Brutus, tu sommeilles! Parle donc, réveille-toi, Brutus. Parle, frappe, redresse! »

Si bien que Brutus en est hanté, et qu'il finit par se dire :

— Oui, Rome, je te fais la promesse que si le redressement de tes griefs doit s'ensuivre, tu recevras de la main de Brutus l'entier accomplissement de ta pétition.

Mais il voudrait, lui qui est l'homme de l'idéal et de l'absolu, il voudrait être ce justicier ouvertement. La conspiration, les cachotteries, les gens qui se réunissent dans l'ombre, lui paraissent quelque chose de vil. Et la preuve, c'est qu'à peine en présence des conjurés que lui amène Cassius, lorsqu'il s'agit de prêter serment, Brutus leur prend simplement les mains, et, à la proposition de Cassius ainsi formulée :

— Jurons notre résolution.

— Non, non, réplique-t-il, pas de serment! Est-il besoin d'un autre engagement que l'engagement secret pris par des Romains qui ont donné leur parole? Est-il besoin d'un autre serment que la promesse faite par l'honneur à l'honneur, que cette chose sera exécutée ou que nous périrons en l'exécutant? Faites jurer les lâches, les hommes cauteleux, les vieilles bêtes que l'âge affaiblit, et ces âmes patientes qui sont toujours prêtes à souhaiter la bienvenue à toute injure; faites jurer dans les mauvaises causes ces créatures dont on se défie, mais n'allez pas ternir la vertu intacte de notre entreprise ni...

Je vous passe la fin de la harangue. C'est regrettable, car vous pourriez constater combien le poète, ce pauvre petit bonhomme de Stratford, avait pris jusqu'à la période latine. Il y a là des phrases qui se développent avec une traîne d'incidentes et de grands mots, et finissant comme les plus belles phrases de Cicéron, le maître en cet art.

Mais allons plutôt, tout de suite, à regarder les maladresses, les fautes, que commet l'idéaliste Brutus. Le réaliste Cassius, beaucoup plus fin politique, se dit :

— Puisque nous sommes tous d'accord, il faut aller jusqu'au bout de l'acte que nous allons faire.

Et, à quelqu'un demandant :

— N'y aurait-il de frappé que César?

— Bien demandé, dit Cassius. Je crois qu'il n'est pas bon que Marc-Antoine, si aimé de César, lui survive. Nous découvrirons en lui un habile agent de complot; et vous savez que ses ressources, s'il les met en œuvre, peuvent atteindre assez loin pour nous causer des embarras. Donc, prévenons ce danger, et qu'Antoine et César tombent ensemble.

Cassius a raison. Peut-être ne seraient-ils pas venus à bout de tuer Antoine; mais, très probablement, ils seraient aussi venus à bout de cela; et, en tout cas, avec cela ils auraient atteint tout ce que visait leur conspiration, tandis que, vous le verrez, c'est par Antoine que tout le Césarisme va se redresser. Seulement, Brutus, l'homme noble, sublime, idéal, et qui n'est pas pratique, commet une première sottise en ne consentant pas à ce que l'on tue Antoine.

— Non, dit-il, non! Notre conduite paraîtrait trop sanguinaire, si, après avoir abattu la tête, nous hachions les membres.

Remarquez ici le sens du développement, de l'amplification oratoire.

— Cela, ajoute-t-il, ressemblerait à cette colère qui s'acharne après le cadavre qu'elle a frappé, à cette cruauté qui persiste après la mort; car Antoine n'est qu'un membre de César. Soyons des sacrificateurs, mais non pas des bouchers. C'est contre l'âme de César que nous nous dressons tous; et, dans les âmes des hommes, il n'y a pas de sang. Ah! que ne pouvons-nous atteindre l'âme de César sans frapper

ses membres! Mais, hélas! pour arriver à ce résultat, il faut que César saigne. Tuons-le donc hardiment, mes nobles amis, mais non pas avec colère.
Egorgeons-le comme un mets fait pour les dieux, et
ne le taillons pas en pièces comme une pâture faite
pour les chiens.

Vous sentez toute la perfection impeccable du
développement! Bel orateur, soit! Mais piètre politique! Car, en fin de compte, il aboutit à quoi? A se
porter garant d'Antoine, à le considérer comme
négligeable, tandis que Cassius dit justement :

— Non! Antoine sera très dangereux pour nous;
vous verrez que c'est moi, hélas! qui aurai raison.

Ici, une très noble scène entre Brutus et sa femme
Portia. Je devrais peut-être vous la lire, parce que
c'est la seule détente que nous aurions dans la pièce,
avec une autre scène entre César et sa femme Calpurnia. Ce sont les deux rôles de femme; mais
chacun n'a qu'une scène; et, vraiment, après les
femmes délicieuses que je vous ai montrées, avec
la Portia de *Shylock*, je ne peux pas vous montrer
celle-ci, qui est une matrone romaine sublime, admirable, mais qui n'amène aucun sourire par sa grâce
et son charme. Elle est la fille de Caton, la femme
de Brutus, elle veut simplement savoir les secrets
de son mari et mourir avec lui s'il doit mourir. Tout
cela est fort bien; mais je crois que nous devons
d'abord aller à César.

❊❊❊

Les conjurés veulent que César vienne au Sénat,
car c'est le Sénat qu'ils ont choisi pour lieu de sa
mort. Voici César qui, vous allez en avoir la preuve,
est bien présenté ici comme le candidat à la divinité,
et de bonne foi, puisqu'il se sait et se sent descendu
de Vénus. Il attend que le Sénat lui offre la couronne
et l'apothéose; mais, étant divin et croyant à l'au-
delà, il est superstitieux. Or, au début de la pièce,
un devin s'est présenté devant lui et lui a dit :

— Prends garde aux Ides de Mars!

Et aujourd'hui, c'est précisément le jour prédit par le devin. Il vient aussi de converser avec sa femme Calpurnia, qui a eu un rêve pendant la nuit. Il envoie consulter les augures, et les augures répondent qu'il faut s'en tenir à l'avertissement de ce rêve, qu'il y a danger à sortir aujourd'hui, qu'il vaut mieux ne pas sortir. Donc, César a des hésitations, non pas devant les hommes, mais devant l'ordre du destin. Il se sent un dieu, l'homme du destin; et le destin peut donc lui parler face à face. Vous savez que les despotes ont cet état d'âme très particulier. Il y en a un témoignage que je vous ai peut-être cité, qui est admirable : c'est le mot de Louis XIV, après la défaite de Malplaquet, disant, dans toute la sincérité et la loyauté de son cœur de grand roi :

« Dieu a donc oublié tout ce que j'ai fait pour lui? »

Oui, cela vous fait sourire! Mais, quand on s'imagine qu'on est le représentant de Dieu sur la terre, on dit cela tout ingénument et de très bonne foi.

Donc, César croit aux pronostics que lui envoient les dieux par les augures et les devins. Mais les conjurés sont là, ils viennent; et l'artifice du langage, comme disait Banville, aura raison, même de ces scrupules de dieu. Un certain Decius, qui est un homme d'esprit, lui dit :

— Mais enfin, quelles raisons donnerai-je au Sénat pour que vous ne veniez pas à la séance où vous devez venir?

— Aucune, dit César. Tu lui diras que je ne veux pas y aller!

— Cela ne suffira pas, et aura l'air d'un caprice.

— Eh bien! tu diras que Calpurnia a eu un songe et que j'en ai peur.

— Toi, César? Tu veux que je donne cette raison? Ce sera ridicule. Au surplus, voici ce que veut dire le songe.

Il donne une autre interprétation, et il ajoute :

— Et cette interprétation vous paraîtra bien meilleure, lorsque vous aurez entendu ce que je veux vous apprendre. Sachez-le donc dès maintenant! Le Sénat a décidé de donner aujourd'hui une couronne au puissant César. Si vous leur envoyez dire que vous ne viendrez pas, leur avis peut changer. En outre, cela pourrait se tourner en moquerie, si quelqu'un s'avisait de dire : « Ajournez le Sénat à une autre fois, jusqu'à ce que l'épouse de César ait fait de meilleurs rêves. » Si César cache sa personne, ne chuchotera-t-on pas : « Eh bien! voilà César qui a peur? »

Ces arguments touchent César, l'ancien César, homme d'esprit, homme fin et en même temps homme très brave. Decius s'en aperçoit bien, et insiste :

— Pardonnez-moi, César; c'est le tendre désir que j'ai de votre élévation qui me pousse à vous parler ainsi. Ma discrétion se trouve dépendante de mon affection, simplement.

— Vos craintes ne vous semblent-elles pas maintenant bien folles, Calpurnia? dit César. Ah! je suis honteux de leur avoir cédé, ne fût-ce qu'un moment. Donnez-moi ma robe, car je sortirai.

Et voici qu'on vient le chercher, que les conjurés entrent tous : Publius, Cinna, Trebonius, Metellus, Casca, Ligarius, et surtout son cher Brutus. Il se laisse décider et il se rend au Sénat. La lutte est engagée entre le représentant du nouveau destin, César, et le représentant de l'ancien destin, Brutus.

Ils arrivent sur la place du Capitole. La mise en scène est fort belle à faire : c'est une masse de peuple dans la rue qui conduit au Capitole; et, dans la foule, Artémidore, poète grec, et le devin. Des fanfares. Entrent César, Brutus, Cassius, Casca, Decius, Metellus, Trebonius, Cinna, Antoine, Lepidus, Popilius, Publius, tous les conjurés, et d'autres, ses amis les plus intimes, qui entourent César.

— Les Ides de Mars sont arrivées, dit César en voyant le devin.

— Oui, César, réplique le devin, mais elles ne sont pas encore passées.

Et Artémidore veut remettre un placet à César. Dans ce placet, il lui dit (car il l'a su par des indiscrétions commises) le complot qui est ourdi contre César. Mais César est aveuglé à ce moment-là; il prend le placet et ne le lit point. Puis, il entre au Sénat.

Voici exactement la scène du meurtre, telle qu'elle est, d'ailleurs, dans Plutarque; elle n'est, ici, que mise en scène, mais admirablement.

A l'entrée, Popilius s'approche de Cassius, et lui dit :

— Je souhaite que votre entreprise d'aujourd'hui réussisse!

— Quelle entreprise, Popilius, demande Cassius, anxieux.

POPILIUS. — Portez-vous bien!

Et il s'en va vers César.

BRUTUS (à *Cassius*). — Que te disait donc Popilius Lœnas?

CASSIUS. — Il souhaitait que notre entreprise d'aujourd'hui pût réussir. Je crains que notre complot soit découvert.

BRUTUS. — Regardez comment il va se conduire avec César; observez-les.

CASSIUS. — Sois prompt, Casca; car nous craignons d'être prévenus. Dis-moi, Brutus, que faut-il faire? Si la chose est connue : ou bien César ne s'en retournera jamais, ou ce sera Cassius, car je me tuerai moi-même.

BRUTUS. — Sois ferme, Cassius. Popilius Lœnas ne parle pas de nos projets; il sourit, et César n'a pas changé de visage.

CASSIUS. — Trebonius sait choisir son moment; car voyez, Brutus, voici qu'il entraîne Marc-Antoine à l'écart.

En effet, Marc-Antoine n'assistera pas au drame, qui marche vers son dénouement.

DECIUS. — Où est Metellus Cimber? Qu'il s'avance

et qu'il présente immédiatement sa requête à César.

Car le complot consistait en ceci : Metellus Cimber devait demander à César de revenir sur le décret de bannissement prononcé contre son frère, à lui, Cimber. Et comme César résisterait à cette demande, on voulait l'acculer peu à peu, et profiter de cela pour lui sauter à la gorge et le sacrifier.

BRUTUS. — Metellus Cimber est prêt. Faites foule à ses côtés et secondez-le tous.

CINNA. — C'est à vous, Casca, à lever le premier la main.

CASCA. — Oui, nous sommes toujours prêts, n'est-ce pas?

CÉSAR. — Quelle chose irrégulière César et son Sénat ont-ils aujourd'hui à redresser?

METELLUS (s'approchant). — Très haut, très grand et très puissant César, Metellus Cimber jette au pied de ton siège un humble cœur...

(Et il s'agenouille.)

Observez qu'ils vont tous faire le geste de la servitude, et Brutus lui-même. César en a un écœurement.

CÉSAR. — Je suis obligé de te devancer, Cimber! Ces génuflexions de chien couchant et ces basses révérences pourraient fouetter d'orgueil le tempérament des hommes ordinaires, et les pousser à faire dégénérer en loi d'enfant les décrets antérieurement rendus. N'aie pas la sottise de croire que César porte un cœur assez vain pour que son énergie fonde sous l'influence des choses qui attendrissent les imbéciles, c'est-à-dire les mots doux, les profondes courbettes, les viles caresses d'épagneuls. Ton frère est banni par décret. Si tu t'inclines, si tu pries, si tu me cajoles à son sujet, je te repousse du pied hors de mon chemin comme un chien. Sache que César ne connaît pas d'injustice, et que ce n'est pas davantage sans de bonnes raisons qu'il se laisse fléchir.

Reconnaissez que c'est bien la parole d'un despote, d'un tyran, presque d'un dieu! Il se croit infaillible et le proclame.

METELLUS. — N'y a-t-il donc pas de voix plus digne que la mienne et qui puisse faire plus agréablement retentir à l'oreille du grand César une sollicitation pour le rappel de mon frère banni?

Brutus s'approche. Que va-t-il faire, lui? Regardez! Ecoutez!

BRUTUS. — Je baise ta main, César...

Oui, il va jusque-là, lui, l'homme de l'idéal, de l'absolu! Et c'est pourquoi, dans son Enfer, Dante le met au plus profond parmi les traîtres, à côté de Judas qui a donné le baiser de paix à Jésus. Ceci, pour Dante, est exactement la même chose. Judas a trahi le pouvoir spirituel dans Jésus, et ici Brutus trahit le pouvoir temporel en baisant la main de César dont il est si profondément aimé.

— Mais, ajoute-t-il toutefois, si je te baise ta main, ce n'est pas par flatterie. J'exprime le désir que Publius Cimber obtienne de toi la permission immédiate de revenir.

CÉSAR. — Quoi, Brutus!

CASSIUS. — Pardonne, César, pardonne! Cassius s'incline aussi bas que ton pied, pour solliciter l'affranchissement de Publius Cimber.

CÉSAR. — Ah! je pourrais certainement être ému, si j'étais comme vous!

Vous voyez qu'il ne se juge point pareil aux autres hommes. Et il insiste :

— Les prières pourraient m'émouvoir, si j'étais moi-même de nature à prier pour émouvoir. Mais je suis constant comme l'étoile du Nord. Les cieux sont émaillés d'innombrables étincelles; toutes sont de feu, et chacune d'elles est brillante ; mais, de toutes, il n'y en a qu'une seule qui garde sa place. Or, il en est ainsi du monde. Il est amplement fourni d'hommes, et ces hommes sont de chair et de sang, susceptibles d'être émus; cependant, dans le nombre, j'en connais un, mais un seul, contre lequel nul assaut ne peut prévaloir, et qui garde sa position sans être ébranlé par aucun mouvement; et cet homme, c'est moi. Laissez-moi un peu vous le

prouver par ceci, que je fus inébranlable pour que
Cimber fût banni, et que je reste inébranlable pour
le maintenir banni.

CINNA. — O César!

CÉSAR. — Arrière, arrière! Tu veux donc soulever
l'Olympe?

DECIUS. — Grand César...

CÉSAR. — Est-ce que Brutus lui-même ne s'est pas
inutilement agenouillé?

Alors Casca, qui est le bras qu'on a choisi (car
c'est le plus brute de tous, un Romain dur, entêté,
violent, et qui ne comprend que les actes), alors
Casca s'écrie :

— Vous, mes mains, parlez pour moi.

Et Casca frappe César au cou. César lui saisit le
bras. Il est alors frappé par divers autres conjurés;
et dans le hourvari qui se fait là comme autour
d'une bête forcée (car vous entendrez plus tard
Antoine le comparer à un cerf qui a été forcé par
des chiens), César se défend d'abord; mais il voit
tout à coup Brutus s'approcher de lui, l'épée à la
main. Alors, il dit le mot qui, dans Suétone, est en
grec, et qu'il a dû prononcer en grec, car les
hommes élégants parlaient grec : « Καὶ σύ τέκνον. »
(« Et toi aussi, mon fils, mon enfant!»)

Et, là-dessus, il voile sa tête avec son manteau,
et il est frappé par tous les conjurés. Il finit par
tomber. Vous verrez qu'il tomba devant le socle de
la statue de Pompée, et qu'il l'éclaboussa de son
sang.

A ce moment, les sénateurs, et les hommes du
peuple qui sont là, se dispersent en désordre. Il y
a un grand tumulte dans la salle. Cinna s'écrie :

— Liberté! Affranchissement! La tyrannie est
morte!

CASSIUS. — Que quelques-uns montent aux rostres
populaires, et qu'ils crient : « Liberté! Délivrance!
Affranchissement! »

BRUTUS. — Peuple et sénateurs, ne soyez pas
effrayés, restez calmes! La dette de l'ambition est

payée et personne autre que nous, les auteurs de
l'acte, n'en portera la responsabilité.

A ce moment, rentre Trebonius, celui qui avait
emmené Antoine.

CASSIUS. — Où est Antoine?

Car Cassius pense que le danger va venir de là,
et il ne se trompe pas.

TREBONIUS. — Antoine s'est enfui à sa maison;
tout effaré, d'ailleurs. Hommes, femmes, enfants, tout
le monde est saisi d'effroi... On pousse des cris.
On court comme si nous étions au jour de la fin du
monde.

BRUTUS. — Destin, nous allons donc connaître
votre bon plaisir. Courbons-nous, Romains, et bai-
gnons nos bras jusqu'aux coudes dans le sang de
César, et teignons-en nos épées; et puis sortons, et
allons droit à la place du Marché. Là, élevant nos
armes sanglantes au-dessus de nos têtes, crions tous
ensemble : « Paix, délivrance et liberté! »

Cassius, pris à ce moment-là par l'enthousiasme de
Brutus, lui aussi, l'homme des faits et de la réalité,
le politicien sans scrupule pour les moyens à employer, il devient un héros et il a ce coup de soleil
de gloire qui se pose toujours au front des condamnés
politiques, quelle que soit leur foi.

— Oui, dit-il, courbons-nous, trempons nos mains
dans ce sang. Combien de fois, dans les siècles à
venir, la scène sublime que nous venons de jouer
ne sera-t-elle pas représentée chez des nations à
naître et dans des idiomes encore inconnus!

❋❋❋

Mais voici revenir la forte réalité, qui va nous
ramener de ce ciel aux splendides chimères. C'est
l'envoyé d'Antoine; c'est un serviteur qui vient dire,
de la part de son maître :

— Antoine vous fait demander si vous voulez bien
le recevoir, et lui expliquer pour quelles raisons
vous avez tué César.

— Soit, dit Brutus, qu'il vienne! Je lui assure toutes garanties de salut; il pourra parler et s'en aller ensuite sain et sauf, aussi tranquille qu'il sera venu.

Cassius se méfie de cette arrivée d'Antoine. Il voit clair, lui, et, s'il n'y avait que lui, vous verriez comment il recevrait Antoine. Mais Antoine est beau joueur. C'est le grand orateur, c'est l'homme qui est sûr de sa puissance de verbe, et qui pense qu'avec cela, sans plus, une bonne langue (ainsi dira, plus tard, Louis XI à Péronne), quand on a cela dans la bouche, on défie tous ses ennemis, et l'on peut être leur vainqueur.

Antoine entre au milieu des conjurés qui ont les bras teints de sang, qui ont leur épée à la main. Il entre tout seul, sans armes, et voici ce qu'il dit, et par quoi il va tout de suite les épouvanter d'admiration.

En entrant, il salue ainsi le cadavre de César :

— O puissant César, es-tu donc couché si bas! Tes conquêtes, tes gloires, tes triomphes, tes butins, sont-ils tous réduits à ce petit espace? Adieu, adieu! (*Puis, se tournant vers les conjurés.*) Je ne sais pas, seigneurs, quelles sont vos intentions, quels, à votre sens, doivent encore subir la saignée, quels sont tenus pour malsains. Si je fais partie de ceux-là, il n'y a pas pour moi d'heure préférable à cette heure de la mort de César, ni d'instrument qui vaille de moitié vos glaives enrichis du plus noble sang du monde entier. Je vous en conjure donc, si vous me portez haine, satisfaites votre passion, tandis que vos mains empourprées sont chaudes et fumantes. Vivrais-je mille années, je ne me sentirais pas en aussi bonnes dispositions de mourir; nulle place, nul moyen de mort, ne me plairont jamais autant que d'être massacré ici par vous, les maîtresses âmes, la fleur des âmes de ce siècle, ici près de mon César!

Brutus, étonné, stupéfait d'admiration, lui dit :

— Non, tu ne seras pas tué. C'est nos mains qui

sont sanglantes, mais nos cœurs sont purs. C'est par pitié pour la souffrance générale de Rome que nous avons fait ce que nous avons fait. Veuillez patienter seulement quelques instants, jusqu'à ce que nous ayons apaisé la multitude, et je vous expliquerai pourquoi, moi qui aimais César au moment où je le frappai, j'ai agi comme je l'ai fait.

Cassius redoute encore. S'il n'y avait que lui, il aurait profité de l'offre que faisait Antoine. Il a mis sa main sur son épée, tout prêt à le tuer; mais Brutus l'a arrêté, et Antoine continue à jouer beau jeu.

Admirez la force et la magie de l'art oratoire! Cet homme sent qu'il va être vainqueur.

— Je ne doute pas de votre sagesse, dit-il. Que chacun de vous me tende donc sa main sanglante. Je veux, d'abord, serrer la vôtre, Marcus Brutus; puis je veux prendre la vôtre Caius Cassius; puis la vôtre, Decius Brutus; et la vôtre aussi, Metellus; la vôtre, Cinna; et vous, mon vaillant Casca, la vôtre aussi; et la vôtre, mon bon Trebonius, qui, bien que le dernier, n'êtes pas le moins aimé de moi. Hélas! messeigneurs, que vous dirai-je? Mon crédit est placé maintenant sur un terrain si glissant, que vous devez avoir de moi une de ces deux mauvaises opinions : ou bien je suis à vos yeux un lâche, ou je suis un flatteur. (*Puis, revenant bravement au mort.*) Ah! que je t'aimais, César, cela est bien vrai. Si donc ton esprit nous contemple maintenant, ô très noble, est-ce que cela ne t'afflige pas plus encore que ta mort, de voir ton Antoine faisant la paix avec tes ennemis, et serrant leurs mains sanglantes en présence de ton cadavre? Ah! si j'avais autant d'yeux que tu as de blessures, et s'ils versaient tous des larmes en aussi grande abondance que ces blessures versent ton sang, cela me conviendrait mieux que de m'entretenir d'amitié avec tes ennemis. Pardonne-moi, Jules, pardonne-moi! C'est ici que tu as été forcé comme un cerf par une meute...

Et il se met à pleurer éperdument son ami, son maître, son dieu.

Essayez de conclure! Ou bien il est sincère, et c'est quand même admirable; ou bien il joue un jeu. En réalité, il joue un jeu; il veut gagner leur confiance; mais il va tellement loin dans l'expression de son amour pour César que Cassius, toujours méfiant, lui dit :

— Mais est-ce que tu es venu ici pour être notre allié ou notre ennemi?

— Votre allié! Votre allié! s'écrie Antoine. Et la preuve, c'est que je viens vous demander aussi une permission : celle d'exposer le corps de César sur la place du Marché et de monter à la tribune, afin de parler pour l'organisation des funérailles, comme il convient à un ami.

— Vous le pourrez, Marc-Antoine, dit le généreux, sublime et maladroit Brutus.

Cassius le prend à part, veut l'y faire renoncer; mais Brutus tient à son idée; il veut rendre hommage à César, car César a été un grand homme autrefois. Et il accorde la permission à Marc-Antoine de faire les funérailles, de prononcer un discours, après que lui-même, Brutus, aura expliqué sa conduite au peuple.

Là-dessus, tous sortent, sauf Antoine, qui reste seul.

Qu'il ait joué un jeu jusque-là, et un jeu terrible, vous allez en être convaincus par le cri qu'il pousse enfin :

— Oh! pardonne-moi, sanglant morceau d'argile, si je suis doux et pliant avec ces bouchers. Tu es la ruine de l'homme le plus noble qui ait jamais vécu dans le cours des siècles; mais malheur à la main qui a répandu ton sang précieux! Je prophétise à cette heure, sur tes blessures, qui, pareilles à des bouches muettes, ouvrent leurs lèvres de rubis pour me demander le secours de ma voix, je prophétise qu'une malédiction tombera sur les générations des hommes. Oui, il y aura la guerre en toute l'Italie,

et ton esprit errant par soif de vengeance ira partout, criant : « Carnage! », d'une voix de monarque.

Il se rend alors au Forum, et nous allons avoir le
temps d'admirer en détail cette scène prodigieuse.

❦❦❦

Brutus et Cassius sont avec les citoyens. Les
citoyens demandent des explications. Brutus va leur
en donner. Il monte à la tribune, et il prononce un
discours qui est, lui aussi, un chef-d'œuvre de rhétorique, comme vous l'allez voir, d'amplification, très
beau, impuissant, toutefois, à toucher le cœur
d'aucun des hommes qui sont là.

— Soyez patients, Romains, compatriotes, amis.
Ecoutez-moi pour ma cause et soyez silencieux.
[J'abrège l'exorde et j'arrive au fort de la harangue.]
S'il est, dans cette foule, quelque cher ami de César,
je dis à celui-là que l'amour de Brutus pour César
n'était pas moins grand que le sien. Si donc cet ami
demande pourquoi Brutus s'est élevé contre César,
voici ma réponse : Ce n'est pas que j'aimais moins
César, c'est que j'aimais Rome davantage. Qu'auriez-
vous préféré, César vivant et vous mourant tous
esclaves, ou César mourant et vous vivant tous
homme libres? Comme César m'aimait, je le pleure;
comme il fut heureux, j'ai applaudi à sa fortune;
comme il était vaillant, je l'honore; mais comme il
était ambitieux, je l'ai tué. Voilà des larmes pour
son amour, des applaudissements pour sa fortune,
de l'honneur pour sa valeur, et la mort pour son
ambition. Qui, dans cette foule, est assez bas pour
vouloir être esclave? S'il en est un, qu'il parle; car
c'est lui que j'ai offensé. Qui est assez barbare pour
ne pas vouloir être Romain? S'il en est un, qu'il
parle, car c'est lui que j'ai offensé. Qui est assez vil
pour ne pas aimer son pays? S'il en est un, qu'il
parle, car c'est lui que j'ai offensé. Je m'arrête.
J'attends une réponse.

C'est, ici, un procédé connu, d'interpeller au

hasard, dans la foule. Et, comme toujours, on lui répond, en effet :

— Aucun, Brutus, aucun!

— Alors, je n'ai offensé personne. Je n'ai pas plus fait envers César que vous ne feriez envers Brutus.

Et il finit son long discours, très bien développé, en disant :

— Je pars sur ces dernières paroles. Ainsi que j'ai tué mon meilleur ami pour le bien de Rome, j'ai le même poignard pour moi-même lorsqu'il plaira à mon pays de réclamer ma mort.

Et quel est le résultat de ce discours au peuple? Le voici :

— Vive Brutus! Vive Brutus!

UN AUTRE. — Portons-le en triomphe à sa maison.

UN AUTRE. — Donnons-lui une statue avec ses ancêtres.

UN TROISIÈME. — Qu'il soit César!

Tel est le suprême résultat du régicide!

BRUTUS. — Mes bons compatriotes, laissez-moi partir seul!

Et il leur dit que, maintenant, il faut donner la parole à Antoine, qui va rendre à César les honneurs auxquels César a droit. Il s'en va là-dessus, et nous arrivons au discours d'Antoine.

Je vous le lirai avec le moins de commentaires possible. Je vous supplierai même, vous, mesdemoiselles, de tâcher, pendant cinq minutes, à être des citoyens romains. Voilà tout ce que je vous demande. Le décor ne signifie rien. Vous n'avez pas besoin de le voir. Vous l'imaginez. Ayez un cœur de citoyen appartenant à la plèbe romaine (cela vous sera difficile, mais faites l'impossible) et écoutez ce discours. Vous aurez pour récompense d'être des cœurs pétris, remués, retournés, émus, bouleversés, comme cet homme va le vouloir, uniquement avec cet instrument, le verbe souverain, le verbe, qui va pleuvoir en vous comme les langues du Saint-Esprit tombaient sur les apôtres.

Voici quel est, à ce moment-là, le sentiment de la foule :

UN CITOYEN. — Il fera bien de ne pas dire du mal de Brutus ici!

UN AUTRE. — Oui, César a été un tyran.

UN AUTRE. — Oui, cela est certain. Nous sommes bien heureux que Rome en soit débarrassée.

UN AUTRE. — Paix! Paix! Ecoutons ce qu'Antoine va dire.

ANTOINE. — Nobles Romains...

DES VOIX. — Silence! Holà! Ecoutez. Voici le discours d'Antoine qui commence. Silence!

Et vous distinguerez tout de suite... Mais non, pas de commentaires! Laissons-le parler, lui, Antoine. Voici son discours, traduit aussi près que possible du texte.

❊❊❊

— Amis, Romains, compatriotes, prêtez-moi vos oreilles. Je viens pour ensevelir César, non pas pour le louer. Le mal que font les hommes vit après eux, le bien qu'ils font est souvent enterré avec leurs restes. Qu'il en soit ainsi pour César! Le noble Brutus vous a dit que César était ambitieux. S'il en a été ainsi, c'était une grave faute, et César l'a gravement expiée. Ici, avec la permission de Brutus et des autres (car Brutus est un homme honorable; et ainsi sont-ils tous, tous, oui, des hommes honorables), je viens donc parler pour les funérailles de César. Il était mon ami, fidèle et juste pour moi; mais Brutus dit qu'il était ambitieux, et Brutus est un homme honorable! César a conduit ici, dans Rome, bien des captifs dont les rançons ont rempli les coffres publics; est-ce en cela que parle l'ambition de César? Ou en ceci, peut-être, que, lorsque les pauvres criaient, César pleurait. L'ambition devrait être faite d'une plus dure étoffe! Cependant, Brutus dit que César était ambitieux, et Brutus est un homme honorable! Tous, vous avez vu, aux Lupercales, que j'ai présenté à César trois fois une couronne royale, que trois fois il l'a refusée. Etait-ce là de l'ambition? Et, cependant, Brutus dit qu'il était ambitieux, et pour sûr Brutus est un homme honorable! Oh! je ne parle point de désapprouver ce que Brutus a dit; mais je suis ici pour parler de ce que je sais. Vous l'aimiez tous autrefois, César, et non sans cause. Quelle cause vous empêcherait, alors, d'être en deuil pour lui? O jugement, tu t'es réfugié chez les bêtes brutes, et les hommes ont perdu leur raison! Mais soyez patients avec moi, je vous en prie. Mon cœur est dans ce cercueil, là, avec César, et il faut que je m'arrête jusqu'à ce qu'il me revienne.

C'est le coup de l'émotion, non pas jouée, mais sincère, et qui va permettre aux gens de réfléchir sur ce qu'ils ont déjà entendu.

PREMIER CITOYEN. — Il me semble qu'il y a beaucoup de raison dans ses dires!

UN AUTRE. — Si tu considères froidement l'affaire, César a subi un grave tort!

UN TROISIÈME. — Est-ce votre avis, messieurs? Je crains qu'il n'en vienne un pire à sa place.

UN AUTRE. — Avez-vous bien noté ses paroles, qu'il n'a pas voulu prendre la couronne? Donc, il est certain qu'il n'était pas ambitieux.

LE PREMIER. — Mais si cela est prouvé, d'aucuns le paieront cher.

UN CITOYEN (regardant Antoine). — Pauvre âme, ses yeux sont rouges comme le feu, à force de pleurer!

LE TROISIÈME. — Mais il n'y a pas, dans Rome, un homme plus noble qu'Antoine.

LE QUATRIÈME. — Faites attention, maintenant! Attention, il va recommencer à parler.

ANTOINE. — Encore hier, la parole de César aurait pu tenir tête à l'univers; maintenant, il gît là, et nul si pauvre qu'il soit, qui lui rende hommage! O mes maîtres, si j'étais disposé à soulever vos cœurs et vos esprits vers la rébellion et la rage, je ferais tort à Brutus, et tort à Cassius; et vous le savez tous, ce sont des hommes honorables. Je ne veux pas leur faire tort. Je choisis plutôt de faire tort au mort, de faire tort à moi-même et à vous, que de faire tort à des hommes si honorables. Mais voici un parchemin, avec le sceau de César; je l'ai trouvé en son cabinet; c'est son testament. Ah! si le peuple entendait ce testament... [Pardonnez-moi, je n'ai pas du tout l'intention de vous le lire.] Mais ils accourraient tous et baiseraient les blessures de César mort, et tremperaient leurs mouchoirs dans son sang sacré. Oui, ils mendieraient un de ses cheveux pour en faire une relique, et, en mourant, ils mentionneraient ce cheveu dans leur testament, eux, et le légueraient comme un riche héritage à leur postérité.

UN CITOYEN. — Nous voulons l'entendre, le testament! Lisez-le, Marc-Antoine.

LES AUTRES. — Le testament! Le testament! Nous voulons entendre le testament de César.

ANTOINE. — Eh bien! patience... Je ne dois pas vous le lire. Il ne convient pas que vous sachiez à quel point César vous aimait. Vous n'êtes pas de bois, vous n'êtes pas de pierre; vous êtes des hommes; et, étant des hommes, à entendre le testament de César, ah! cela vous enflammera, vous rendra fous. Mais il est bon que vous ne sachiez pas que vous êtes ses héritiers; car, si vous le saviez, ah! qu'est-ce qui pourrait sortir de là?

UN QUATRIÈME. — Oui, lisez le testament, nous voulons l'entendre, Antoine! Le testament de César!

ANTOINE. — Voulez-vous être patients, mes amis? Voulez-vous attendre un peu encore? Je suis allé plus loin que je ne voulais; et, en parlant, je crains de faire du tort aux hommes honorables dont les poignards ont assassiné César.

Entendez-vous tinter cette petite phrase, accrochée à ce mot, ironique cette fois, « *honorables* »? Et il insiste, féroce, sans en avoir l'air.

— Je suis allé trop loin, oui, je le crains.

UNE VOIX. — Ça, des hommes honorables! Ce sont des traîtres.

VOIX DIVERSES. — Ce sont des scélérats, des meurtriers.

D'AUTRES VOIX. — Le testament! Lisez le testament!

ANTOINE. — Vous voulez me pousser, donc, à lire le testament? Alors, faites un cercle autour du cadavre de César, et laissez-moi vous montrer, d'abord, celui qui fit le testament. Mais descendrai-je des rostres? Voulez-vous m'en donner la permission?

— Oui, oui, venez en bas!

— Descendez, vous en avez la permission.

— Un cercle, un cercle, mettez-vous en rond... Mais écartez-vous du cercueil, écartez-vous du corps.

— Place pour Antoine, le très noble Antoine.

ANTOINE. — Non, non, ne vous pressez pas ainsi sur moi! Reculez un peu! Plus loin, je vous prie!

— Oui, oui, en arrière! Poussez-vous en arrière!

ANTOINE. — Si vous avez des larmes, préparez-vous à les répandre maintenant. Vous connaissez tous ce manteau. Je me rappelle la première fois que César le mit. C'était un soir d'été, dans sa tente, le jour où il déconfit les Nerviens. Voyez, à cet endroit, le poignard de Cassius a traversé! Voyez quelle déchirure a faite ici l'envieux Casca. Et c'est par celle-ci que son tant bien-aimé Brutus l'a assassiné. Et quand il en arracha son acier maudit, remarquez de quelle hâte l'a suivi le sang de César, comme s'il se fût rué hors des portes pour résoudre si c'était bien Brutus ou non qui frappait ainsi, tellement contre nature! Car Brutus, comme vous le savez, c'était l'ange de César. Jugez, ô vous, dieux, combien César l'aimait! De tous les coups, celui-là fut le plus monstrueux. Car, lorsque le noble César le vit, lui, l'assassiner, cette ingratitude, plus forte que le bras des traîtres, le vainquit totalement. Alors, alors, se brisa son grand cœur! Et, dans son manteau, voilant sa face, juste contre le socle de la statue de Pompée, sur qui ruissela le sang, le grand César tomba. Quelle chute ce fut là! Alors moi, et vous,

et nous tous, nous sommes tombés à bas, tandis que
la trahison s'épanouissait, triomphante. Ah! maintenant, maintenant, vous pleurez! Et je m'en aperçois, vous la sentez la puissance de la pitié! Ah! ah!
que voilà de délicieuses gouttes! Oh! bonnes âmes,
quoi, vous pleurez, rien qu'à contempler la robe
déchirée de notre César. Regardez ici (*Il le découvre*),
le voici lui-même, défiguré, comme vous le voyez,
grâce aux traîtres.

UN CITOYEN. — Ah! pitoyable spectacle! Noble
César!

UN AUTRE. — O jour de malheur!

VOIX. — Ah! les traîtres, les scélérats! Oh! les sanglantes visions!

— Nous serons vengés! Vengeance!

— Oui, vengeance! En avant! Cherchez, brûlez,
flambez, tuez, égorgez! Que pas un traître ne vive!

ANTOINE. — Arrêtez, arrêtez, concitoyens!

VOIX. — Paix, là-bas, paix! Ecoutez donc le noble
Antoine!

— Oui, nous l'écouterons, nous le suivrons, nous
mourrons avec lui.

ANTOINE. — Bons amis, doux amis, ah! que je ne
vous excite pas ainsi à de soudains mouvements de
révolte! Mais ceux qui ont fait cet acte sont honorables!... Mais oui!... Quels griefs particuliers ils ont,
je ne le sais pas, hélas! quels griefs qui leur aient
fait commettre cela. Mais ce sont des hommes sages
et honorables, et ils vous en donneront, je n'en doute
pas, de bonnes raisons. Mais je ne viens pas, amis,
pour vous voler vos cœurs. Je ne suis pas un orateur,
moi...

Ecoutez ce comble de l'habileté oratoire!

— Non, je ne suis pas un orateur comme l'est
Brutus. Je suis, ainsi que vous me connaissez tous,
un homme simple, sans finesse, qui aime son ami;
et cela, ils le savent bien, ceux qui m'ont donné permission en public de parler pour lui; car je n'ai ni
esprit, ni vocabulaire, ni mérite, pas de geste ni
d'élocution, ni le pouvoir du discours pour agiter le

sang des hommes; je parle seulement tout droit; je vous dis ce que vous-mêmes vous savez; je vous montre les blessures de César, pauvres, pauvres bouches muettes, et je leur demande de parler pour moi; mais, si j'étais Brutus, et que Brutus fût Antoine, il y aurait ici un Antoine qui bouleverserait vos âmes, et qui mettrait dans chaque blessure de César une langue forçant les pierres de Rome à se lever pour l'insurrection et la révolte.

— Oui, oui, nous nous révolterons! Nous brûlerons la maison de Brutus! En avant! Venez! Cherchons les conspirateurs!

ANTOINE. — Ecoutez-moi encore, mes amis! Ecoutez, compatriotes! Encore un mot!

— Oui, oui, paix! Ecoutez le très noble Antoine.

On s'imaginerait que le discours est fini. Mais non, il a gardé la chose la plus profitable pour la fin.

— Eh bien! quoi, amis! Vous allez faire vous ne savez quoi! Et en quelle chose César a-t-il mérité ainsi votre amour? Vous avez oublié le testament dont je vous ai parlé.

— Oui, c'est vrai! Le testament! Ecoutons le testament!

— Le voici, et sous le sceau de César. A chaque citoyen romain, il donne, à chaque homme en particulier, soixante-quinze drachmes.

— Très noble César! Nous vengerons sa mort!

— O royal César!

ANTOINE. — Ecoutez-moi avec patience.

— Paix! paix : écoutez!

— En outre, il vous a laissé tous ses parcs privés, ses vergers, ses jardins nouvellement plantés de ce côté du Tibre; il vous les a laissés, à vous et à vos héritiers, pour toujours, comme lieux publics de plaisir, pour vous y promener, pour vous y divertir. En voilà un César! Ah! quand donc en viendra-t-il un autre pareil?

VOIX DIVERSES. — Jamais! Jamais!... Marchons! En avant! En avant!

UNE VOIX. — Brûlons son corps sur le terrain sacré;

et, avec les tisons, incendions les maisons des
traîtres.

— Enlevons le corps!

UN AUTRE. — Allons chercher du feu!

UN AUTRE. — Arrachons les bancs!

UN AUTRE — Les sièges, les fenêtres, tout!

ANTOINE. — Maintenant, laissons cela travailler.
Mal, tu es sur pied. Prends ta route par où tu voudras.

❀❀❀

Je vais presque rester là-dessus. Je ne suis pourtant pas de l'avis de Voltaire : la pièce n'est pas
finie. Mais le reste peut être dit en quelques minutes.
C'est l'arrêt du Destin tout simplement.

Après ce prodigieux discours, ce chef-d'œuvre de
l'art oratoire s'adressant à une foule hostile et la
retournant complètement pour en faire cette foule
d'émeutiers, que va-t-il arriver maintenant? Vous le
devinez. Ils vont incendier les maisons des gens qui
ont tué César, et la guerre civile sera déchaînée.
Puis, les Triumvirs qui remplaceront César : Antoine,
Lépide et Octave. On reverra les proscriptions. La
division sera partout, même entre Cassius et Brutus.
Portia en mourra de désespoir, voyant les Triumvirs
remplacer César, et son pauvre homme victime de
l'idéal auquel il n'a pu donner la fin qu'il espérait.

Et voici, enfin, à Sardes, le fantôme de César qui
apparaît. Et la moralité, elle est là : c'est que ce
fantôme apparaît à Brutus, pourquoi? Pour lui
prouver que le Césarisme survit à César.

— Qui vient ici? dit Brutus, rêvant sous sa tente.
Je suppose que ce sont mes yeux affaiblis qui donnent
forme à cette apparition s'avançant sur moi. Es-tu
quelque chose de réel? Es-tu un dieu, un génie, un
démon, toi qui glaces mon sang et fais dresser mes
cheveux? Dis-moi ce que tu es.

— Je suis ton mauvais génie, Brutus.

— Pourquoi viens-tu?

— Pour te dire que tu me verras à Philippes.

— Bon! Ainsi je te reverrai encore?

— Oui, à Philippes.

— Eh bien! en ce cas, soit, je te reverrai à Philippes. Maintenant que j'ai repris cœur, voilà que tu t'évanouis! Je voudrais converser plus longtemps avec toi.

Brutus, en effet, vous le voyez, a été brave. Mais ce qu'il voudrait dire au fantôme, qu'est-ce que cela peut être? Probablement ceci :

« J'ai cru bien faire en te tuant; mais je ne suis pas arrivé à ce que je voulais. Je n'ai pas donné la paix et la liberté à Rome; elle est plus esclave qu'avant toi.

Ce sentiment-là, ils vont tous l'avoir; car au champ de bataille de Philippes, où ils vont perdre la bataille contre les Triumvirs qui remplacent César, ils vont, l'un après l'autre, se condamner à mort et s'exécuter.

Cassius, le premier, l'homme qui n'a pas réussi! Il se fait tuer par un affranchi qui le délivre avec l'épée même dont il s'est servi pour frapper César.

— Là, prends ici la poignée; et, dès que j'aurai couvert mon visage (il l'est, maintenant), dirige le fer, frappe. César, tu es vengé par l'épée même qui te tua.

Et il tombe.

Après lui, c'est Titinius. Après Titinius, c'est Brutus lui-même, qui va se tuer, et qui dit :

— O Jules César, tu es puissant encore. Ton âme erre dans les airs et tourne nos épées contre nos propres entrailles!

Tous les conjurés ont ainsi la fureur de se tuer.

Brutus essaie de leur commander halte.

— Venez, pauvres débris de mes amis, reposons-nous sur ce rocher.

Et il demande successivement à tous ses amis de tenir l'épée sur laquelle il se précipitera. Aucun ne le veut; car on l'aime, car il est beau ce vaincu, qui, en somme, comme vous l'avez vu tout à l'heure, n'a jamais eu aucune idée d'intérêt personnel. Enfin, quand il est seul avec un dernier serviteur, Straton :

— Je t'en prie, toi, Straton, reste auprès de moi. Tu es un garçon jouissant d'une bonne estime; ta vie a conquis quelque parcelle d'honneur. Eh bien! tiens-moi mon épée, détourne ton visage pendant que je me précipiterai sur elle. Veux-tu, Straton?

— Donnez-moi d'abord votre main. Adieu, seigneur...

— Adieu, mon bon Straton!

Et Brutus se jette sur l'épée, en disant :

— César, maintenant, sois apaisé! Je ne te tuai pas avec la moitié de plaisir que j'en ai à me tuer moi-même.

Et pourquoi donc se tuer ainsi? Il a donc eu un remords? Oh! non, Brutus n'a pas de remords; mais il a un regret, le regret d'avoir commis un acte inutile; et probablement est-ce là, en réalité, le sentiment de Shakespeare, celui que nous avons, et celui qui est exprimé par Antoine lui-même, le héros de la pièce, tout compte fait, le vrai héros, comme artiste, quand il prononce ceci sur Brutus :

— Celui-ci était le plus noble Romain de tous. Tous les conspirateurs, sauf lui, firent ce qu'ils ont fait par envie contre le grand César. Lui seul fit partie de leur bande dans une honnête pensée patriotique et pour le bien commun de tous. Sa vie fut noble; et les divers éléments étaient si bien mêlés en lui que la nature pouvait se lever et dire à l'univers entier : « Celui-là était un homme. »

Oui, c'était un homme; mais seulement un homme, et rien de plus! Il n'était pas de taille à être un surhomme. Et, en réalité, le crime de Brutus (car il en a commis un), ce n'est pas d'avoir tué César, c'est de n'avoir pas compris ce que représentait César, c'est de ne pas avoir compris (mais on ne comprend ces choses que deux mille ans après) qu'on était ici à une des étapes de l'humanité, qu'à ce moment précis la vénérable civilisation antique, par castes, était morte, et que la cité romaine ne devait plus exister.

Toute l'histoire de Rome, jusque-là, c'est l'histoire des vaines luttes soutenues par la plèbe. Et si j'avais le temps de vous faire entrer dans le *Conciones* et de vous lire des discours de tribuns du peuple, vous constateriez que depuis le commencement, cette histoire ne pense qu'à cela, qu'à faire gravir la plèbe en haut, lui gagner du terrain sur les patriciens, sur les chevaliers, sur les gens de la noblesse. Cette plèbe n'y est arrivée, enfin, n'a pu y arriver, qu'en s'incarnant dans un homme en qui elle a condensé toutes ses forces éparses. En réalité, ce qui était là en ascension, c'était l'humanisme, cette fleur dont je vous parle toujours, qui marche et qui monte, depuis le fond de la Méditerranée, dans la civilisation méditerranéenne, et qu'a si nettement formulée le vers de Térence :

Homo sum, humani nihil a me alienum puto.

(« Je suis homme, et rien de ce qui est humain ne doit m'être étranger.»)

Son éclosion finissait par briser le cadre trop étroit de la cité, avec ses castes. Il y avait là, comme il y a toujours, un écroulement des anciens dieux et un nouveau dieu qui surgissait. Virgile l'a dit dans un autre vers admirable :

Magnus ab integro sæclorum nascitur ordo

(« Voici que naît tout entier, de fond en comble, un grand ordre de choses. ») Cet autre ordre de choses est toujours en croissance, nous ne sommes pas arrivés encore à son épanouissement; mais c'est alors qu'il a commencé, c'est là qu'est sortie de terre sa première pousse.

Brutus, à ce moment-là, incarnait, représentait les anciens dieux; et les fidèles aux anciens dieux sont toujours touchants, mais ils sont toujours vaincus. Et les apôtres du nouveau dieu sont d'abord vaincus aussi; ils tombent, mais pour se relever; et si l'on compare le sang qu'ils versent tous les deux, celui de Brutus, l'apôtre des anciens dieux, est rouge, et fait penser au soleil couchant qui disparaît, pour ne plus revenir, tandis que le sang de l'autre, celui de César, au lieu d'être rouge, est rose, et fait penser à l'aurore annonçant une nouvelle journée au prochain midi de flamboyante apothéose.

VIII

HAMLET

Hamlet devant les Commentateurs. — Le Caractère d'Hamlet. Son Portrait physique. Son Portrait moral. — Le Vrai Sujet du Drame. — La Peur de l'Action. — Hamlet agira-t-il ou n'agira-t-il pas? — Les Hésitations, les Rêveries, les Folies du Héros d'Elseneur. — Hamlet devant le Spectre. — Hamlet et Ophélie. — Le Monologue d'Hamlet. — Hamlet et sa Mère. — La Fameuse Scène du Cimetière.

MESDEMOISELLES,
MESDAMES,
MESSIEURS,

J'ai besoin, particulièrement aujourd'hui, de toute votre attention et de toute votre indulgence, parce que *Hamlet*, que nous allons essayer d'étudier, est la pièce de Shakespeare la plus difficile certainement à pénétrer, et cela pour plusieurs raisons. La première de toutes, c'est que, quoique vers la fin elle devienne presque mélodramatique, par la fureur de l'action, elle est, dans les trois quarts de sa contexture, l'œuvre la moins théâtrale de ce grand homme de théâtre. C'est presque une œuvre philosophique plus qu'une œuvre de théâtre. Ensuite, il y a une

grande cause de difficulté à pénétrer dans *Hamlet.*
Si vous voulez bien vous souvenir d'un vers de Hugo,
que je vous ai cité plusieurs fois, vous comprendrez
ce que je veux dire. Ce vers, c'est celui où Hugo
dépeint Vénus ainsi :

Ceinte du flamboiement des yeux fixés sur elle.

Eh bien! pour certaines œuvres de génie, et, en
particulier, pour *Hamlet,* il en va de même. *Hamlet*
est entouré d'une telle attention, d'une telle fixité de
regards, que cela fait autour de l'œuvre comme des
rayons d'ostensoir, à cause de tous les rêves, de tous
les commentaires, de toutes les idées, de toutes les
discussions qui ont brillé, étincelé autour de cette
œuvre, et on est ébloui au point d'en être aveuglé.
Il y a là comme un halo, en quelque sorte, d'éblouis-
sement autour de l'œuvre, et vous allez comprendre,
sans que je veuille ni puisse m'étendre beaucoup,
que, par exemple, si on veut se rappeler — et malgré
soi on se les rappelle — les appréciations d'hommes
comme Gœthe, comme Henri Heine, comme Hugo,
dans son livre de *William Shakespeare,* comme Paul
de Saint-Victor, dans son admirable chapitre des
Deux Masques consacré à *Hamlet,* on est gêné par le
souvenir de ce qu'ont pensé, imaginé et, quelquefois, songé des intelligences aussi hautes et aussi
profondes elles-mêmes que celles-là.

Mais cela n'est encore rien. Il y a les réalisations
artistiques, il y a le souvenir de Delacroix; il y a,
pour toutes les générations, le souvenir des comédiens ou des chanteurs qui ont incarné le rôle. Les
gens qui ont entendu Faure se rappellent, malgré
eux, Hamlet sous le visage de Faure. Les romantiques, ceux que j'ai connus, ainsi Banville, qui
avait vu Rouvière, ne voyaient Hamlet qu'à travers
Rouvière. Nous autres, nous aurons gardé le souvenir impérissable et opprimant, j'ose le dire,
malgré toute notre admiration pour les précédents

interprètes, de Mounet-Sully et de Sarah Bernhardt. Tant cela fait un ensemble, je le répète, de lueurs tellement aveuglantes que cela devient presque des ténèbres. Et il y a des ténèbres lumineuses, si je puis m'exprimer ainsi. Mais tout cela n'est encore rien. Il faut se rappeler que, pour Shakespeare lui-même, il y a un mystère et des ténèbres dans son œuvre. Lui, si insouciant, en général, qui ne s'est pas occupé de la publication de ses pièces, a montré un souci particulier pour *Hamlet*.

Il l'a recommencé trois fois; il y a travaillé une première fois étant jeune; il a fait une esquisse d'après la vieille légende de Saxo Grammaticus, qu'il connaissait par la traduction française de Belleforest, traduite elle-même en anglais. Il y avait là un mélodrame très puissant qui l'a inspiré, qui lui a donné envie de faire la pièce. Puis, il y est revenu plus tard; puis, une troisième fois, il y est revenu encore, et il a publié une édition dont le titre dit que cette édition est augmentée de presque du double de ce que contenait la précédente. Et, en effet, quand on compare les trois *Hamlet*, surtout le premier et le dernier, on s'aperçoit que, dans le premier, il n'y a qu'une esquisse, qu'une légère ébauche, qu'il y a des développements tout entiers qui n'y sont pas, et qu'il y a de même des scènes qui manquent, et vous allez voir que ces scènes sont capitales, notamment une toute petite scène de rien, le passage de Fortinbras, au milieu de la pièce.

Vous verrez tout à l'heure quelle importance cela a pour la philosophie même de l'œuvre. Le caractère d'Hamlet, par exemple, n'existe pas dans la première version; le fantôme lui-même n'existait pas dans l'histoire racontée par Belleforest et, tout cela va nous amener à prouver, à essayer de prouver, — car je ne veux dire aucun mot prétentieux, je n'ai pas l'outrecuidance de vous apporter une solution à ce problème mystérieux d'*Hamlet*, j'ai, au contraire, le désir de vous montrer toutes les causes qui en font un mystère impénétrable, — à essayer de

prouver que ce qui rend le caractère d'*Hamlet* difficile à pénétrer, c'est que c'est une des rares œuvres
dans lesquelles Shakespeare ait mis certainement
— on le devine, quoi qu'il ne l'ait pas dit — de lui-
même. Sa philosophie, c'est là qu'il l'a exprimée,
ainsi que Molière a exprimé son cœur dans *Le Misanthrope*. On n'en peut douter, Shakespeare, quel
qu'il soit, a exprimé sa façon de voir et de concevoir
la vie, dans *Hamlet*. Vous verrez tout à l'heure qu'elle
n'est pas exactement la même que celle que nous
avons   extraite   dernièrement   de   *Macbeth*,   par
exemple.

Donc, tout cela nous gêne, nous trouble pour
pénétrer dans cette œuvre. Alors, la première chose
à faire, c'est d'oublier complètement, de nous débarrasser, de nous débarbouiller, — comme si on se
débarbouillait d'aurore, de soleil et de splendeur! —
de nous débarbouiller de tous les commentaires que
nous pouvons avoir lus. Cela est peut-être très facile
pour plusieurs d'entre vous, pour beaucoup d'entre
vous, mesdemoiselles, qui n'en avez lu aucun : vous
êtes dans les meilleures conditions pour comprendre
Hamlet. Rien n'est gênant comme d'avoir trop lu.

Pour ceux qui l'ont compris et qui l'ont goûté,
pour nous, il faut nous mettre devant *Hamlet*, y
ajouter notre rêve; votre rêve, à vous qui le voyez
pour la première fois, ce rêve s'ajoutera aux autres
qui forment cette auréole, ce halo, cet ostensoir de
flamboiement, qui sont autour de l'œuvre. Ce rêve
de flamboiement, il faut le refaire nous-mêmes en
suivant le travail que Shakespeare a fait, car il n'a
compris que peu à peu, et que longtemps après, tout
le sens de son œuvre, tous les symboles qui y étaient
contenus. Cela arrive souvent pour les œuvres de
génie, et c'est ce qui est arrivé, en particulier, pour
Don Quichotte. Vous savez que Cervantès l'avait
commencé pour faire une satire des romans de
chevalerie, et peu à peu, son personnage étant sorti
de lui, étant vivant, en le voyant vivre et comme
extériorisé, comme un fils qu'on voit grandir et qui

ne vous ressemble plus et qui a des goûts différents
des vôtres, il s'est imaginé que son Don Quichotte
pouvait devenir l'être idéal et sublime qu'il en a fait
dans la seconde partie. Eh bien! de même Hamlet
n'est devenu le Hamlet complet, le Hamlet dans
lequel nous n'allons voir, même en oubliant tous les
commentaires précédents, nous n'allons voir tant de
symboles, qu'à la longue.

✻✻✻

Il faut, d'abord, nous débarrasser de toutes les
visions que nous en avons, artistiques ou théâtrales,
et il faut voir son portrait physique. On ne le connaît
pas très bien, en général. Nous, en particulier, nous
avons été trompés par les romantiques, par Delacroix, même par nos admirables interprètes modernes, qui ont toujours rendu Hamlet en Latin. Ils
ont fait d'Hamlet un personnage brun, maigre, nerveux, sanguin et bilieux. Ce n'est pas du tout Hamlet;
il n'est pas du tout comme cela! Hamlet est un
homme du Nord; il est blond, il est un peu gras. Sa
mère le dit au dernier acte, quand il fait assaut avec
Laertes; elle dit :

— Ah! il va s'essouffler vite, car il est gras et
court d'haleine.

C'était, en effet, un blond, un lymphatique, un
gras, nerveux en même temps, mais le contraire d'un
sanguin bilieux que nous représentent toujours nos
interprètes, et c'est ce qui nous explique toute la
pièce, car un sanguin bilieux, vous allez le voir,
agirait à l'instant même. Oreste, par exemple, dans
le même cas, agit tout de suite, vous savez avec quelle
rapidité, quand il tue sa mère. Hamlet, au contraire.

On a comparé le drame d'*Hamlet* à celui d'*Oreste*.
C'est une erreur absolue. Le véritable sujet n'est
pas que Hamlet tue sa mère et le frère de son père,
qui ont assassiné le père qu'il aime; ce n'est pas
cela! C'est le sujet des *Choéphores*, c'est le sujet de

L'Orestie; mais, dans Hamlet, le sujet est uniquement celui-ci : Hamlet agira-t-il, ou n'agira-t-il pas?
Va-t-il se décider, ou ne se décidera-t-il jamais? Et
c'est ce qui fait que la pièce est si peu théâtrale
jusqu'au dernier acte, où s'accumule toute l'action en
un mélodrame. Je vous le répète, toute la pièce, c'est
cela : à chaque instant, Hamlet hésite.

Mais je n'ai pas fini son portrait, je n'ai fait que
son portrait physique. Voici son portrait moral.

C'est un jeune homme de vingt-quatre ans, qui
sort d'une Université, l'Université allemande de Wittenberg, où il a appris de la philosophie. Il est beau
causeur, presque bavard. C'est un analyste, c'est
un homme qui raisonne. « Analyser », vous le savez,
est un mot qui vient du grec et qui veut dire « délier,
séparer les choses les unes des autres ». Si vous vous
en rapportez à l'étymologie, qui est souvent une
grande institutrice, vous verrez qu'il existe un mot
qui a les mêmes racines, sauf une. « L'analyse »,
l'art de délier les choses, vous conduit à la para-
lysie, c'est-à-dire à l'absence d'action. Tout Hamlet,
c'est cela! C'est un homme qui s'analyse et qui s'analyse tellement que son analyse le paralyse et que,
finalement, il n'agit pas. Si on oublie cela, on ne
peut pas comprendre Hamlet.

Tout cela étant donné, vous avez le personnage
vivant d'Hamlet, que vous allez voir paraître tout
debout, dans la pièce, et marcher, je ne dirai pas
agir, mais parler, discuter, s'analyser, rêver. Et, à
la suite de ce personnage, vous allez voir se dégager,
— comme toujours dans Shakespeare, avec sa façon
à lui, — par toutes les petites touches qu'il accumule, le type. Le type de quoi? Ah! on a beaucoup
cherché! Ne cherchons pas, oublions tout ce qu'on
a dit. Regardons simplement la pièce. C'est le type
de l'homme, simplement, de l'homme en général.
Ce qui fait que cette pièce, si peu pièce de théâtre,
émeut profondément tout le monde, c'est que, à
chaque instant, toute proportion gardée, on fait dans
la vie exactement ce que fait Hamlet : on est placé

devant une action à faire, un devoir à remplir, et on
ne remplit pas le devoir, on ne fait pas l'action,
bonne ou mauvaise, parce qu'on a trop réfléchi. Et
toute la question est là. La vie ne réfléchit pas; c'est
l'homme qui réfléchit, qui pense, qui est abstrait. La
vie n'est jamais abstraite, elle est concrète, elle
nous rappelle à l'instant, à l'action. Il faut toujours
prendre une décision, et, quand on l'a prise, il faut
agir. Si on n'agit pas, le moment de la décision est
passé, et, généralement, la vie de quatre-vingt-dix-
neuf hommes sur cent se passe ainsi : à fuir devant
l'action, à chercher les motifs de ne pas la faire et
à arriver au bout de sa vie sans l'avoir faite. C'est,
précisément, ce à quoi arrive Hamlet. Vous verrez
qu'avec cette idée qu'il doit tuer quelqu'un, — non
pas sa mère, car il n'est pas question qu'il tue sa
mère, mais le mari nouveau de sa mère, le frère de
son père, — il discute toujours, il retarde toujours,
et, finalement, vous verrez que, s'il le tue, c'est par
hasard, quand il a la main forcée par le hasard. Lui
n'a pas voulu, comme Oreste a voulu, tuer sa mère!
Toute la pièce est là.

✲✲✲

Donc, écoutons-le vivre après ce préambule que
j'ai fait aussi bref que possible, et, si vous l'écoutez
dans les dispositions que je viens de vous dire, avec
le portrait physique et moral trop rapide, mais, je
crois, exact et buriné profondément que je vous ai
montré, alors cette pièce mystérieuse, impénétrable,
intraduisible, — car vous verrez que la traduction
ne rend pas les dessous qu'il y a sous tous ces mots
savoureux de Shakespeare, — s'éclairera néanmoins.
Vous verrez toutes ces vapeurs de mystère, de ténèbres, toutes ces vapeurs aussi des commentaires qui
ont été faits, s'évanouir à la simple clarté de la vie
qui va se dresser devant vous, comme s'évanouis-
sent, au matin, toutes les vapeurs et tous les brouil-

la.'ds de la nuit quand paraissent les flèches d'or du soleil qu'est la vie.

Au début, je vais suivre la pièce exactement, en la racontant aussi vite que possible.

Nous allons, tout de suite, entrer dans la pièce par l'apparition d'un spectre qui n'existait pas dans la première version, dans l'ancienne légende. Ce spectre est vu par des officiers qui sont de garde sur l'esplanade, à Elseneur. L'endroit, d'ailleurs, est sinistre. J'y suis passé et j'ai eu, naturellement, la curiosité — car les personnages de drames sont pour moi aussi réels, sinon plus, que les personnages de la vie — d'aller voir l'esplanade d'Elseneur. Ils sont là, en sentinelle, et, depuis plusieurs nuits, ils voient apparaître un spectre, qui est le spectre de l'ancien roi mort. On a raconté qu'il avait été piqué par un serpent, pendant son sommeil. Et Hamlet souffre de la mort de son père qu'il aimait passionnément. Un de ses amis intimes, Horatio, a essayé de parler au spectre; le spectre s'est évanoui au chant du coq, et les officiers prennent la décision d'aller en instruire Hamlet.

Nous avons, ensuite, Claudius qui, lui, est le frère du roi mort, et la reine qui parle avec Hamlet, et on sent déjà qu'il est triste, qu'il voit les choses en noir, qu'il a le mépris du mensonge, car il dit ceci à sa mère :

— Je ne sais pas ce que c'est que les semblants, madame.

Mais tout cela n'est rien, voyons donc la cause réelle de sa tristesse. A un moment où il reste seul, il se dit :

« Oh! si cette trop, trop solide chair pouvait se fondre, se liquéfier et se réso   e en rosée! Oh! si l'Éternel n'avait pas formulé ses décrets contre le suicide! O Dieu! combien fastidieux, usés, vulgaires, stériles, me semblent tous les biens de ce monde. Fi de ce monde, fi! Que les choses en soient venues là! Mort seulement depuis deux mois, pas même autant, pas deux mois! Un roi si excellent, si aimant

pour ma mère, qui ne pouvait pas souffrir que les
vents du ciel visitassent trop rudement son visage!
Ciel et terre! faut-il que je me rappelle que, cependant, au bout d'un mois... Oh! ne pensons plus à
cela!... Fragilité, ton nom est femme! — Un tout
petit mois, avant même qu'elle eût achevé d'user les
souliers avec lesquels elle suivait le convoi de mon
pauvre père, toute en larmes comme Niobé! — elle,
elle-même; — ô Dieu! une bête privée de la faculté
de raisonner aurait pleuré plus longtemps! — elle
s'est mariée à mon oncle, le frère de mon père... Oui,
au bout d'un mois, avant que le sel de ses très indignes larmes eût cessé d'irriter ses yeux rougis, elle
s'est mariée! Oh! l'exécrable promptitude! Non, cela
n'est pas bien, cela ne peut pas mener à bien... Mais
brise-toi, mon cœur, brise-toi, car je dois retenir ma
langue. »

Voilà le sentiment qui l'anime jusqu'à présent. Il
est triste de la mort de son père et de la nouvelle
union, si vite contractée par sa mère.

A ce moment, ses amis viennent lui apprendre
qu'ils ont vu le spectre de son père. Il dit qu'il ira;
mais, avant de le suivre, il y aurait à vous lire deux
scènes charmantes de Laertes et d'Ophélie avec leur
père, Polonius. Il y a, sur presque tous les personnages de Shakespeare, de mauvais clichés, de mauvais signalements qui ne sont pas exacts. On représente Polonius comme un grotesque, purement grotesque, comme une épreuve, avant la lettre, de
M. Prudhomme. C'est un homme comique dans sa
façon de s'exprimer, mais tout ce qu'il dit est extrêmement sage. Ses paroles, à son fils qui va partir
faire ses études en France, et à Ophélie touchant
l'amour que le prince Hamlet a pour elle, sont des
miracles de sagesse. Il recommande à sa jeune fille
de ne pas se laisser prendre aux belles paroles du
prince et de faire bien attention...

Mais je suis forcé de sauter ces scènes. Il faudrait,
rien que pour Hamlet, passer une année entière à
l'étudier.

Nous arrivons donc à la grande scène de l'esplanade, à l'apparition du spectre et au dialogue avec son fils.

Comme toujours, la scène est présentée d'une façon très réaliste par Shakespeare.

« — Brrr... L'air pique rudement. Il fait très froid! dit Hamlet.

« — Oui, l'air est âpre et mordant, dit Horatio.

« — Quelle heure est-il?

« — Bien près de minuit, je crois.

« — Oh! non, c'est sonné.

« — Ah! vraiment? Mais je ne l'ai pas entendu : en ce cas, nous approchons de l'heure où le spectre a l'habitude de faire son apparition, »

Et, ici, Hamlet se livre à des conversations, car il est extrêmement bavard, ne l'oubliez pas. On voit que c'est un jeune homme qui a la liberté de tout dire, puisqu'il est prince, qu'il est charmant, qu'il aime la belle parole, qu'il est philosophe, qu'il a fait beaucoup de philosophie, un peu nuageuse, à l'Université de Wittenberg, et qu'il se croit très expert sur les mœurs et les coutumes des gens avec lesquels il vit.

Comme il est en train de parler, tout à coup :

— Regardez, Monseigneur! il vient! dit Horatio.

— Anges et ministres de la grâce, défendez-nous! s'écrie Hamlet.

Et il contemple le spectre de son père.

Ici, il y a tout de suite un symbole. Vous verrez plus tard que je n'invente rien, que c'est exact. Pourquoi ce spectre? Ce n'est pas uniquement pour demander vengeance contre l'homme qui l'a tué. Non. Pas de spectre symbolique avant Shakespeare; c'est lui qui l'a inventé, et c'est un des sujets de la pièce, le plus grave peut-être : c'est le contact de l'homme avec l'au-delà. Dans *Macbeth*, nous ne l'avons jamais. Là, c'est l'éveil de la conscience morale; ici, c'est l'éveil de la conscience métaphysique. Ce spectre incarne, — si j'ose employer cette image bizarre pour un spectre qui n'est qu'une

vapeur, — il incarne l'au-delà, l'infini, le mystère
qui, à chaque instant, dans la vie, vient nous mettre
la main à la gorge et nous étreindre.

Le spectre vient et il dit à Hamlet :

— J'ai à te dire des choses... Ecoute.

— Mais, dit Hamlet, quel esprit es-tu? Es-tu un
bon esprit ou un esprit qui vient me tromper?

Car il a déjà un doute, il n'est pas sûr que ce ne
soit pas le diable qui vient pour le faire se damner.

Le spectre lui fait signe de venir, ses amis veulent
l'empêcher de le suivre, mais, comme il est très
brave, il dit :

— Non, j'irai! Si c'est à mon corps qu'il en veut,
je saurai bien me défendre. Si c'est à mon âme, elle
est immortelle et elle ne craint rien.

Ses amis, affligés de le voir partir, le laissent suivre
le spectre.

Dans un autre endroit de l'esplanade, le spectre
lui raconte comment il est mort.

— Je suis l'âme de ton père, dit-il, condamnée,
pour un certain temps, à errer la nuit, jusqu'à ce
que les crimes dont je me suis souillé pendant ma
vie selon la nature soient effacés par les flammes de
la purification.

Car il a été tué en état de péché mortel puisqu'il
n'a pas eu le temps de se confesser.

— Mais, continue-t-il, voici comment je suis mort.
Ce n'est pas du tout la piqûre d'un serpent, c'est
par un poison qui m'a été versé dans l'oreille, et
ce poison, celui qui le versait, c'était mon frère,
Claudius. Il a épousé, ensuite, ta mère. Mais [et ceci
prouve bien que ce n'est pas le même sujet qu'*Oreste*]
ne te venge pas de ta mère, je ne te le demande
pas, tu n'en as pas le droit. Laisse-la à ses remords.
Mais l'homme qui m'a tué, mon frère, oui, celui-là
tu dois le punir.

Il ne lui en dit pas davantage. Et, alors, quel est
l'effet que lui produit ce premier contact avec
l'infini, le mystère et l'au-delà, à cet homme qui
n'y avait peut-être jamais pensé d'aussi près? Le

premier est celui-ci, un effet de terreur. Oui. Mais,
en même temps, un doute, une ironie : « Est-ce vrai?
Ne suis-je pas la dupe d'une invention, d'une imagination de mon cerveau? » Et la preuve, c'est que,
quand il est rejoint par ses amis et qu'il veut leur
faire jurer de ne jamais parler de cela à personne,
par mesure de prudence, — car, jusqu'à présent, il
joue un peu le fou, l'innocent, parce qu'il redoute
que son oncle, et même sa mère, ne veuillent se
débarrasser de lui, — il leur dit de jurer qu'ils ne
révéleront pas la présence du spectre à leurs yeux.
Comme ils hésitent et qu'il leur dit : « Jurez sur
mon épée! » la voix du spectre qui a disparu leur
crie, sous terre :

— Jurez!

— Ah! dit-il, l'ami! est-ce ainsi que tu parles? Tu
es donc là, ma bonne pièce sonnante?...

Il prend la chose en riant, maintenant. Et, plus
loin, il va la prendre encore bien plus en riant, car,
lorsqu'il se déplace pour faire un nouveau serment,
on entend encore le fantôme qui les suit sous terre
et qui dit :

— Jurez par son épée!

— Bien dit, vieille taupe, riposte Hamlet.

Vieille taupe! On ne comprend pas pourquoi cet
homme, si respectueux envers son père et qui l'adore
au point qu'il a dit tout à l'heure, le traiterait de
cette façon injurieuse. Pourquoi? Parce qu'il n'est
plus question du fantôme de son père à ce moment;
il est question du mystère, de l'infini, de cette pensée,
de cette angoisse métaphysique qui avait rendu un
homme comme Pascal fou, et qui arrive au cerveau
de l'homme et qui veut l'interroger. Et la première
arme dont on se sert, pour s'en défendre, c'est
l'ironie. On rit, on plaisante et on dit à l'infini :

— Laisse-moi donc tranquille!

Mais, plus loin, il oublie cette ironie, il redevient
sérieux, et quand le fantôme a dit une dernière fois :

— Jurez! il dit, très gravement :

— Repose! repose, âme en peine! J'ai compris,
j'ai compris. Ah! ce temps-ci est hors de son équilibre : ô fatalité maudite! Pourquoi faut-il que je sois
né, moi, pour l'y faire rentrer!

C'est alors la terreur de l'homme qui va être acculé
à une action. C'est un penseur, c'est un rêveur, c'est
un analyste. Il y a une action à faire, le meurtre
de Claudius à exécuter. Tout le sujet de la pièce va
être là : c'est que jamais cet homme, qui est brave
dans le danger, n'aura le courage d'agir, parce qu'on
peut être brave dans le rêve, brave dans la pensée,
mais, quand il s'agit de transformer sa pensée en
une action, quand il s'agit de prendre sa plume et
d'en faire une épée, et de planter cette épée même
dans le corps d'un scélérat, il y a bien des gens qui
n'osent pas, qui ont peur. Le sang fait peur, l'action
fait peur. Les vrais hommes sont ceux qui, lorsqu'ils
ont une pensée, peuvent la transformer en épée et
frapper, bien ou mal, peu importe! Ceux-là sont des
hommes d'action. Les hommes comme Hamlet, hélas!
n'en sont pas.

❈❈❈

Nous sommes, maintenant, au second acte. Très
rapidement, je poursuis.

Ophélie vient raconter à son père qu'Hamlet est
venu la voir, les bas sur les talons, le pourpoint
ouvert. C'est là la cause d'une certaine erreur. On
dit qu'Hamlet est souvent négligé dans son costume.
Non. Il s'est négligé là exprès, quand il est venu
trouver Ophélie, et il continue à faire croire de plus
en plus qu'il est fou. Quelle est la cause de cette
simulation? La véritable cause, qui n'est pas, hélas!
à l'honneur d'Hamlet, c'est qu'il a besoin de ce
masque pour garantir sa vie. Si l'on savait qu'il a sa
raison, certainement on se débarrasserait de lui. En
croyant qu'il est un innocent, un grand dadais qui,
de temps en temps dit des folies, on le laisse vivre.

Et Ophélie raconte qu'il a poussé des soupirs lamentables, qu'il l'a prise par le poignet; qu'elle l'a repoussé comme le lui a conseillé son père, mais qu'elle croit que c'est son amour qui le rend fou. Et, en effet, c'est ce que le bon Polonius va dire au roi.

Le roi est avec la reine et deux gentilshommes, Rosencrantz et Guildenstern, qui sont des Anglais, et le roi va les charger de distraire Hamlet, ou, du moins, il les a envoyé chercher pour le distraire, et vous verrez, tout à l'heure, ce qu'il espère d'eux. Eux croient, et le roi aussi, que la cause de son égarement n'est pas l'amour. Mais Polonius dit au roi :

— Je vous dirai la vraie raison. Mais, d'abord, recevez les envoyés de Norvège.

Ici, un tout petit coin qui n'a l'air de rien, qu'on oublie dans toutes les traductions et qu'il faut montrer avec insistance. Ce sont les envoyés norvégiens qui viennent dire que le jeune roi de Norvège, Fortinbras, lève des soldats, mais que ce n'est pas contre le royaume de Danemark, c'est contre la Pologne. Vous le verrez tout à l'heure. Ce n'était pas dans la première version, mais dans la troisième. Et c'est là qu'est la clé, le schibboleth de toute la pièce.

Donc, Polonius raconte qu'Hamlet est amoureux fou de sa fille et qu'elle lui a remis de très bon cœur, — car c'est une jeune fille tout à fait obéissante, il faut la prendre pour modèle absolument, mesdemoiselles, sauf dans sa fin, qui est lugubre et triste, car vous savez qu'elle devient folle et qu'elle meurt noyée; je ne vous souhaite pas de la suivre jusque-là, — qu'elle a remis à son père un billet qui est resté célèbre. Musset l'a traduit, d'ailleurs en vers, Hamlet écrivant à la jeune fille :

« A la céleste, à la suprêmement belle Ophélie, idole de mon âme, pour mettre dans sa gorgerette. »

— Est-ce Hamlet qui a envoyé cela? demande la reine.

— Oui, oui, oui, répond Polonius. Madame, allendez un instant, je vais être un lecteur fidèle :

« Doutez que les étoiles soient de feu, doutez que le soleil se meuve, doutez que la vérité est et prenez-la pour mensonge, mais ne doutez jamais que j'aime. O chère Ophélie, je suis mal à l'aise dans le mètre, je n'ai pas l'art de mesurer mes soupirs, mais que je t'aime bien, oh! oui, bien fort, crois-le. Adieu, à toi pour toujours, ma très chère Dame, tant que cette machine du corps lui appartiendra.

« HAMLET. »

Et on décide ceci — c'est dans la vieille légende — de lui tendre un piège, de le mettre face à face avec Ophélie, en lui permettant, à elle, de suivre la scène jusqu'au bout, afin de voir vraiment si Hamlet est fou. Car, disait la vieille légende, s'il est réellement fou, il ne pensera pas à son amour, et, s'il est amoureux, il parlera de son amour de façon qu'on voie qu'il n'est pas fou. C'est ce qui vous expliquera un peu, tout à l'heure, la dureté de la scène qu'il a avec Ophélie. Il sent qu'il ne vit que parmi des pièges et des traquenards, et, même cette charmante enfant, il sent qu'elle sert d'amorce au traquenard dans lequel on le veut mener.

Ici, Hamlet entre, lisant; il plaisante Polonius; il joue la folie; il dit un tas de choses charmantes. On lui demande ce qu'il lit :

— Des mots, des mots...

Car il y a, parmi ses folies, une foule de choses très sages, raisonnables et spirituelles. Avec les deux gentilshommes norvégiens, il parle de philosophie. Il les confesse; il leur dit qu'ils sont des espions envoyés par son oncle, et lui-même se confesse en disant :

— L'homme ne me plaît pas beaucoup, ni la femme non plus. Messieurs, soyez certains que tout cela finira très bien. On vous envoie pour savoir si je suis fou? Eh bien! voici la vérité : Je ne suis fou que lorsque le vent souffle du nord-nord-ouest; mais,

quand il souffle du sud, j'ai toute ma raison, et je
reconnais un faucon d'un héron.

Voilà les plaisanteries. Il y en a beaucoup d'autres, je n'ai pas le temps de vous les lire. Je continue.

Ces deux gentilshommes annoncent à Hamlet qu'on
a fait venir des comédiens pour le distraire. Il salue
les comédiens. Il fait dire à l'un d'eux une tirade sur
Hécube. Ce n'est pas la grande scène des comédiens,
c'est la scène qui précède. Le comédien la joue admirablement, il pleure à chaudes larmes en jouant.
Et Hamlet arrange avec les comédiens qu'ils joue-
ront, devant le roi et la reine, une certaine pièce
qui s'appelle *Le Meurtre de Gonzague* et qui ressemble exactement au meurtre du père d'Hamlet par
Claudius et au mariage qui a suivi entre Claudius et
la mère d'Hamlet. Puis, quand les comédiens sont
partis, une fois qu'il est seul, voici ce qu'il dit, —
et c'est toujours l'éternel sujet : il n'y en a pas
d'autre dans la pièce :

— Pourquoi est-ce que je n'ai pas le courage de
tuer l'homme qui a assassiné mon père? Ah! dit-il,
maintenant me voilà seul. Ah! quel coquin, quel
manant je suis! N'est-il pas monstrueux que ce comédien qui était là, dans une pure fiction, dans un
rêve de passion, ait pu forcer son âme à s'accorder
avec elle à ce point que son visage tout entier a pâli,
que des larmes ont coulé de ses yeux, que l'égarement s'est peint sur sa physionomie, que les sanglots ont entrecoupé sa voix et que toutes les expressions de son être ont pris des formes en harmonie
avec ce personnage fictif? Et tout cela pour rien?
Pour Hécube? Que lui fait Hécube, et qu'est-il à
Hécube pour pleurer ainsi sur elle? Et que ferait-il
donc s'il avait les mêmes motifs de douleur que moi?
Mais il inonderait le théâtre de larmes, il déchire-
rait les oreilles des spectateurs d'horribles accents,
il rendrait fous les coupables. Et, cependant, moi,
drôle stupide, au cœur de boue, je suis là, inerte
comme un Jeannot rêveur, insensible à ma cause,

et je ne puis rien dire, rien; et cela pour un roi
dont le royaume et la vie précieuse ont été volés
par un crime damné. Ah! ah! je suis donc un lâche?
Qui..., qui veut m'appeler scélérat? qui veut me
frapper au travers du visage? qui veut m'arracher
la barbe et me la jeter à la face? qui veut me tirer
par le nez? qui veut me donner le démenti par la
gorge et me l'enfoncer jusqu'aux poumons? Qui veut
me faire cela, oh! sang de Dieu, je l'accepterais, car
il est trop évident que j'ai un foie de pigeon, et que
je manque de fiel pour donner à la tyrannie l'amertume qui lui convient. Ah! sans cela, j'aurais déjà
engraissé tous les vautours du pays avec la charogne
de mon oncle!

Il le dit, oui, mais il ne le fait pas. En paroles,
il est brave; en paroles, il l'est toujours. Quand on
rumine constamment ce qu'on doit faire, on est tout
prêt à le faire, on s'excite. Mais, quand on est devant
l'acte à exécuter, on trouve des raisons pour reculer,
on dit :

— Demain. Oui, demain.

Et c'est ce que dit Hamlet. Et nous sommes tous,
je le répète, de pauvres petits Hamlets. Lui aussi
est un pauvre malheureux homme, car il dit :

— Oui, oui! l'esprit que j'ai vu est peut-être un
mauvais esprit qui a voulu me tromper. Oui, décidément, ce piège que je leur tends (de faire jouer une
pièce ressemblant à leur crime), ça, c'est bon, parce
qu'alors, là, j'examinerai le roi, je verrai sur son
visage s'il est troublé; et, s'il est troublé, je serai
certain qu'il a commis le crime. Alors, alors, j'agirai.

✳✳✳

Il n'en est pas moins vrai que l'action est reculée;
nous voici au troisième acte, et c'est toujours le
même sujet Il va continuer ainsi tout le temps.

Avant qu'on ne joue la pièce, Polonius fait cacher
le roi et la reine pour assister à la scène entre

Hamlet et Ophélie. C'est alors que l'on va savoir s'il est fou, ou s'il est sage.

Il y a d'abord, là, — et il faut absolument nous y attarder, — le fameux monologue d'Hamlet qui, vous le savez, est célèbre et classique. Je pense qu'il est ici, parmi vous, mesdemoiselles, des personnes apprenant l'anglais, qui le savent par cœur. Vous devez le savoir par cœur; moi, je le sais encore, depuis le collège; je puis vous le réciter d'un bout à l'autre. Je ne le ferai pas. Mais je vais vous lire à peu près ce fameux monologue dans le texte, en suivant mot à mot le texte anglais.

On dit toujours :

— Est-ce vraiment de la philosophie qu'il y a dans *Hamlet?* Est-ce que c'est bien profond? Est-ce que ce n'est pas très banal, comme tous les poèmes en général?

On s'imagine que, quand les poètes font de la philosophie, ils n'ont pas les profondeurs des philosophes! C'est une erreur absolue. Ce sont les gens qui ne sont pas philosophes qui disent cela; les vrais philosophes — un Renouvier, par exemple, qui s'est donné la peine d'écrire un volume entier sur *Victor Hugo penseur* — ne sont pas de cet avis. Victor Hugo penseur! Il y a beaucoup de petits esprits, quand on parle de la pensée de Hugo, qui se récrient.

Hugo penseur? Non! Hugo n'est qu'un homme de forme!

Eh bien! si, la preuve, c'est qu'un homme comme Renouvier, le plus profond philosophe du xix° siècle, s'est donné la peine d'étudier Hugo penseur, et qu'il a consacré à cette étude tout un volume. Shakespeare aussi est un de ces poètes qui sont des penseurs. Vous allez le voir dans ce monologue; vous allez voir si chacun de nous n'a pas, à un moment donné, passé par les mêmes idées, peut-être pas exprimées avec la même acuité et la même profondeur, mais avec les mêmes doutes et les mêmes angoisses.

To be or not to be. Oui, être ou ne pas être. *That is the question.* Voilà la question.

Et même, plus loin, une expression beaucoup plus vulgaire.

— Est-il plus noble à l'esprit de souffrir les coups de fronde, les flèches de la fortune outrageuse, ou de prendre les armes, ou de tendre ses bras contre un océan de trouble, et, en s'y opposant, d'y mettre fin?

Car, enfin, toute la question est là : qu'est-ce qui vaut le mieux? Etre un homme qui supporte les douleurs de la vie ou qui s'en débarrasse? Mourir, c'est dormir.

« Et dire que par ce simple sommeil, — car voici la traduction à peu près exacte, — nous pouvons mettre fin à la douleur du cœur et aux mille naturelles attaques dont la chair est héritière. Cela, c'est une consommation, c'est une conclusion qu'on peut désirer avec dévotion. »

En effet, si on était sûr que tout soit fini quand on est mort. quand on en a assez, on se tuerait, car il y a des moments où l'on s'imagine que la vie ne vaut pas la peine d'être vécue!

« Oui, mourir, dormir. Dormir, c'est peut-être rêver, et qu'est-ce qu'on rêve dans ce sommeil-là? Ah! voilà le *hic!* (c'est la traduction exacte). Voilà le *hic!* » Si c'est précisément rêver, qu'est-ce qu'on va rêver? — tout est là, — et c'est ce qui fait que nous hésitons, ne sachant pas quels rêves viendront dans ce sommeil, nous hésitons à dérouler brusquement jusqu'au bout l'écheveau de ce cordage de la vie, et c'est ça qui nous fait arrêter, c'est cette simple considération qui fait la calamité d'une aussi longue vie. Car s'il n'y avait pas cela, qui est-ce qui voudrait supporter les coups de fouet et les mépris de la vie?

Et alors, ici, tout ce que nous supportons tous, à chaque instant :

« Le tort de l'oppresseur, l'insolence, la suffisance

de l'homme orgueilleux, les angoisses de l'amour méprisé, les délais de la loi... »

Si jamais vous avez un procès, vous saurez ce que c'est que les délais de la loi !

« ...L'insolence des gens en place et le coup de pied au derrière que reçoit le mérite de tous les gens qui... Tout cela, lorsqu'on pourrait soi-même faire son repos... »

Ici, ces choses intraduisibles : *With a bare bodkin*, ce qui veut dire, car cela a deux sens : « Avec une épée nue », — c'est le sens droit, — mais ce qui veut dire aussi, par calembour : « Avec un simple petit bout d'acier. » Oui, on peut se tuer avec une aiguille, si on sait se donner le coup. Par conséquent, on peut se débarrasser de tous ces maux de la vie, voyez, avec quel petit effort. Oui! Mais il y a cette chose terrible : la crainte de l'au-delà, la crainte de ce qu'il y aura après la mort.

« C'est un pays qui n'a pas encore été découvert, — Amérique que l'on ne connaît pas, — personne n'est revenu des limites de ce pays-là. Personne n'est revenu, et c'est la conscience de cela qui fait des lâches, des poltrons de tous, tant que nous sommes, c'est ce qui fait que la décision que nous avons, qui a une belle couleur de vie, devient tout de suite pâle par la réflexion, et c'est ce qui fait que l'action elle-même perd son nom, quand on se met à réfléchir. »

Voyez toute la profondeur de ce court monologue, car il est fini, il n'y en a pas plus long. Il n'est pas organisé comme un discours, mais il traduit, il exprime ce que chacun de nous a ressenti, ne fût-ce qu'une fois dans sa vie, devant une chose grave, ou bonheur, ou malheur, c'est-à-dire :

— Qu'est-ce qu'il y a après la vie? Est-ce que, vraiment, elle finit là? Et, s'il y a quelque chose après, qu'est-ce que c'est?

Voilà tout ce qu'il y a dans le monologue d'Hamlet.

❅❅❅

A ce moment, il voit Ophélie, et voilà la grande
scène avec elle. Grande? Elle n'est pas bien longue,
mais c'est la scène terrible où il se montre d'une
cruauté, d'une dureté extraordinaires avec elle. Je
ne vais vous en lire que quelques passages, car j'ai
toujours peur de ce temps effroyable!

— Eh! belle Ophélie, vous voilà?

— Mon bon seigneur, comment va Votre Honneur,
depuis ces longs derniers jours?

— Je vous remercie humblement; bien, bien, bien.
Il n'a pas l'air d'y attacher d'intérêt.

— Monseigneur, j'ai reçu de vous des présents
que, depuis longtemps, je désire vous rendre. Je vous
en prie, recevez-les, à cette heure.

— Non, non; je ne vous ai jamais donné quoi que
ce soit.

— O mon honoré seigneur, vous savez fort bien
que vous m'en avez envoyé, et, avec eux, des paroles
d'une si suave tendresse, que les cadeaux en aug-
mentaient de richesse. Reprenez-les, puisque le
parfum de ces paroles est perdu; car, pour les âmes
nobles, les riches présents deviennent pauvres, lorsque ceux qui les donnent montrent qu'ils n'aiment
pas. Les voici, Monseigneur.

— Ah! ah! ah! vous êtes honnête?

— Monseigneur?

— Etes-vous belle?

— Que veut dire Votre Seigneurie?

— Que, si vous êtes honnête et belle, votre honnêteté ne devrait avoir aucun commerce avec votre
beauté... Je vous ai aimée... autrefois...

— En vérité, Monseigneur, c'est ce que vous
m'avez fait croire!

— Vous n'auriez pas dû me croire; je ne vous
aimais pas.

— Oh! je n'en ai été que plus trompée.

— Allez dans un couvent, allez, allez! Pourquoi

voudriez-vous devenir une mère de pécheurs? Ah!
je suis moi-même à peu près honnête, et, cependant,
je pourrais m'accuser de telles choses qu'il vaudrait
mieux que ma mère ne m'eût pas mis au monde!

Alors, il dit tous ses défauts, tous ses vices, même :

— Je suis orgueilleux à l'excès, vindicatif, ambitieux, assailli par plus de tentations de péchés que
je n'ai de pensée pour les écouter, d'imagination
pour leur donner forme et de temps pour les mettre
en action.

D'ailleurs, il s'accuse comme on s'accuse toujours.
Jamais on se s'accuse de ses vrais défauts. Il en
trouve d'autres qui sont charmants; mais, ce qu'il
devrait dire, c'est :

— Je suis un lâche! J'ai peur de mon action, et,
en ce moment, je fais celui qui ne vous aime pas.
Je vous aime, je n'ose pas le dire : d'abord, pour
protéger ma vie; ensuite (car ce serait sa meilleure
raison), pour ne pas vous entraîner avec moi dans
l'horrible destinée qui est la mienne.

Mais comment une pauvre enfant pourrait-elle se
douter de cela? Elle ne sent que la cruauté de
l'homme qui continue à lui dire :

— Eh! eh! nous sommes tous de fieffés coquins,
Ophélie. Ne croyez à aucun de nous! Allez!... Va-t'en
bien vite, vite dans un couvent! Où est votre père?

— Il est au logis, Monseigneur.

— Faites fermer les portes sur lui, afin qu'il ne
puisse jouer le fou nulle part ailleurs que dans sa
propre maison. Adieu! adieu!

Ophélie (à part) :

O Dieu clément, secourez-le!

— Si tu te maries, Ophélie, je te donne pour dot
cette vérité maudite : Sois chaste comme la glace,
pure comme la neige, tu n'échapperas pas à la
calomnie. Va donc dans un couvent! Va, va, va!
Adieu! adieu! Et, cependant, cependant, si tu veux
absolument te marier, épouse un imbécile, Ophélie,

car les gens sages savent bien quels monstres vous
faites d'eux. Au couvent, va, et plus vite! Adieu!
— O puissances célestes, rappelez-le à la raison.
— J'ai aussi entendu dire plus d'une fois que vous
avez l'habitude de vous farder, mesdemoiselles! Or,
Dieu vous a donné un visage et vous vous en faites
un autre. Vous sautillez, vous glissez, vous biaisez,
vous donnez des petits noms enfantins aux créatures
de Dieu, et vous voulez faire passer pour de la
naïveté ce qui est de la coquetterie. Allez, allez! C'en
est assez de tout cela! Ce qui m'a rendu fou, je vous
le dis, c'est... Nous n'aurons plus de mariage. Ceux
qui sont déjà mariés, hormis un seul, vivront; les
autres resteront comme ils sont. Ah! au couvent, va,
va... Adieu, adieu!
Et il sort.
Voilà la scène qu'il a avec Ophélie, et il l'aime
du plus profond de son cœur.

✻✻✻

Quelles sont les causes de cette dureté? Je viens
de vous en dire deux. Hamlet garde son masque de
folie, il l'accentue, car il se sent guetté. Puis, il a
pitié d'Ophélie, qu'il ne veut pas entraîner dans son
terrible destin. Et, enfin, car voici ce que Shakespeare, observateur profond, réaliste comme Molière
lui-même, a voulu peindre, c'est que, — descendez
tous en vous-mêmes, voyez si ce n'est pas la vérité,
— quand on n'a pas rempli son devoir, quand on
n'est pas content de soi-même, à qui s'en prend-on?
A soi? Non! Aux êtres qu'on aime le mieux, aux
êtres qui sont près de vous. On n'est jamais mauvais, méchant avec eux, que lorsqu'on est en faute
avec soi-même, et c'est précisément parce qu'Hamlet
se sent lâche, se sent misérable de ne pas encore
avoir fait ce que l'au-delà lui a dit de faire, c'est
pour cela qu'il est cruel avec le plus humble, le
plus charmant, le plus tendre des êtres, qu'il adore,
avec la pauvre Ophélie.

Et, là, — je passe très vite, comme toujours, —
nous avons la fameuse scène avec les comédiens, les
conseils qu'il leur donne. Il y aurait toute une étude
à faire sur cela. Mais restons dans la ligne droite
qui va nous donner la clé même du drame; laissons
de côté cette scène des comédiens, où Shakespeare
donne des conseils charmants, qui prouvent qu'il
était sage, modéré, qu'il était un homme de goût, un
Celte, comme je vous l'ai déjà dit, parmi tous les
auteurs anglo-saxons d'alors, qui étaient des déchaî-
nés et des violents à côté de lui.

Nous continuons, et nous arrivons à une scène avec
Horatio, où Hamlet montre le fond de son cœur. Il
raconte qu'il a fait tendre le piège du meurtre de
Gonzague et que là, enfin, s'il est certain que Claudius ait tué son père, — il le verra par le trouble
de son visage, — alors il agira. Toujours il recule,
il recule, et nous arrivons à la fin du troisième acte,
sans qu'il ait encore rien fait.

La grande scène de la pièce que vous connaissez,
que vous avez vu jouer, c'est une de celles que les
traductions rendent le plus exactement, même les
traductions musicales. Hamlet est assis aux genoux
d'Ophélie, comme c'était alors la mode au théâtre.
Cette mode était charmante. Quand on était le
promis, le soupirant d'une jeune demoiselle qu'on
voulait épouser, elle s'asseyait et on se couchait à
ses pieds en posant la tête sur ses genoux. C'était
une façon exquise d'être au théâtre. C'est ce que
fait Hamlet, en posant sa tête sur les genoux
d'Ophélie. Et là, pendant que la pièce commence,
il lui dit encore des choses à double sens, terribles,
toujours dans l'idée de la vengeance.

— Vous êtes gai, dit-elle, Monseigneur?

— Oui, oui, aujourd'hui, fort gai! Ne suis-je pas
votre faiseur de chansonnettes? Qu'est-ce qu'un
homme a de mieux à faire que d'être gai? Tenez,
regardez donc comme ma mère a l'air joyeuse, en
ce moment? Et mon père est mort il y a deux
heures.

— Non, il y a deux fois deux mois, Monseignour.

— Si longtemps, croyez-vous? Eh bien! en ce cas, que le diable porte le deuil! Je veux porter, moi un beau vêtement de fourrures. Comment, mort depuis deux mois, et pas encore oublié?

Je passe toutes les petites plaisanteries qu'il fait.

Et là, nous avons, d'abord, une pantomime qui expose le sujet de la pièce. Rien que par cette pantomime, le roi est troublé, car elle représente un homme qui s'endort et un autre qui vient lui verser un poison dans l'oreille. Puis, la pièce est jouée; la scène est célèbre, et Hamlet continue à simuler le fou, de plus en plus. Les allusions sont transparentes, il dit des mots terribles, qui épouvantent Claudius : on le voit effaré. Les plaisanteries mêmes sont insultantes, et brusquement, à un moment, cela arrive à un tel point que Claudius se lève.

— Le roi se lève, dit Ophélie.

— Mais comment, comment? Effrayé par un jeu pour rire?

— Comment se trouve, Monseigneur? demande la reine.

— Cessez la représentation, dit Polonius.

— Eclairez-moi, dit le roi, éclairez-moi! Partons, partons! Des flambeaux! des flambeaux!

Et il s'en va.

Eh bien! là après tout ce qu'il a promis, — je vous ai dit la scène très brièvement, vous la connaissez tous certainement par cœur, — Hamlet est assuré que le crime a été commis, le trouble du roi Claudius fait lire le crime sur son visage et dans ses yeux, sa pâleur même est une signature à son crime. Pourquoi Hamlet ne va-t-il pas, à l'instant même, le tuer? Vous direz : « Parce qu'il redoute, lui, pour sa vie. » Non! non! ce n'est pas un lâche de cette espèce-là qu'Hamlet, il ne redoute pas pour sa vie, il n'est pas lâche devant sa mort à lui, il est lâche devant le geste à faire pour mettre son épée dans le corps d'un homme.

On vient alors le chercher de la part de la reine. Polonius a eu l'idée de dire :

— Faites-le interroger par sa mère, je me cacherai derrière la tapisserie et je saurai ce qu'il dira.

On vient donc le chercher; mais il refuse, il refuse d'une singulière façon. Quand Rosencrantz et Guildenstern essaient de l'emmener, il leur dit :

— Non, non, n'essayez pas de me barrer le passage comme pour me jeter dans un filet. Tenez, jouez plutôt de cet instrument.

Et il tend un instrument qu'on appelle, en général, une flûte; je crois que cela devait être plutôt une sorte de clarinette ou de basson, car, en anglais, c'est une « pipe », l'instrument des Écossais. Cela ressemble à une cornemuse. En tout cas, c'est un long instrument à anche, avec des clés et des trous. Les courtisans, à qui il offre cet instrument, disent :

— Monseigneur, je ne peux pas!

— Je vous en prie.

— Mais, croyez-moi, je ne peux pas!

— Je vous en conjure!

— Mais je ne sais pas du tout en jouer, Monseigneur!

— Mais c'est aussi aisé que de mentir! Gouvernez ces trous avec les doigts et le pouce, mettez le souffle avec votre bouche, et cela exécutera une très éloquente musique. Voyez, voici les trous.

— Je ne sais pas les manœuvrer, Monseigneur! de manière à leur faire rendre une harmonie.

— Eh bien! alors, voyez donc un peu comment vous me traitez. Vous voudriez jouer de moi; vous prétendez connaître les clés de mon instrument, à moi; vous voudriez faire jaillir le cœur de mon mystère, me faire résonner dans mes plus basses notes jusqu'aux plus hautes, et voilà ce petit instrument qui contient tant de musique, et, cependant, vous ne savez pas le faire parler. Ah! sang de Dieu! croyez-vous donc qu'il soit plus aisé de jouer de moi que d'une clarinette? Appelez-moi l'instrument que vous

voudrez; vous pouvez bien me manier dans tous les
sens, mais vous ne pouvez pas jouer de moi.

Et il lui prend l'instrument, et il le lui casserait
sur le dos, s'il osait.

Néanmoins, il se rend à l'invitation de Polonius
et va trouver sa mère. Ici, la grande scène entre sa
mère et lui. Mais, avant, savez-vous qui il rencontre?
Il est bien certain, maintenant, que Claudius, le roi,
a tué son père. Or, le roi est dans une chambre, il
pense au remords qu'il a, car, malgré tout, il a assassiné son frère pour prendre son trône et sa femme,
et il a horreur du crime qu'il a commis; alors, dans
sa terreur, il en demande pardon à Dieu, il s'agenouille et il prie. Hamlet passe dans la salle, il le
voit. Il a son épée au côté, il la tire, il va le tuer.
Imaginez Oreste, imaginez un Grec, un Méditerranéen,
un homme brun, à l'instant il fondrait sur Claudius
et le traverserait! Non pas l'homme gras, l'homme
blond, lymphatique qu'est Hamlet. Il hésite encore,
il dit :

— Ah! non, non! Si je le tuais en ce moment, il
irait peut-être au ciel, car il est en train de prier.
Il a tué mon père en état de péché mortel, je ne le
tuerai qu'en état de péché mortel.

Et, avec cette subtilité, cette casuistique, il retarde
encore un moment l'instant fatal.

Il va chez sa mère; il aime mieux aller là, puisque
là il sait qu'il n'a à tuer personne : son père le lui
a défendu.

※※※

La scène avec la mère est admirable, admirable de
brutalité, au début. Vous savez que Polonius s'est
caché derrière la tapisserie et qu'il guette.

Hamlet entre.

— Eh bien! mère, qu'y a-t-il?

— Hamlet, tu as gravement offensé ton père.

— Mère, vous avez grandement offensé mon père!

— Allons, allons! vous me répondez là, fils, avec une langue extravagante!

— Allons! allons, ma mère, vous m'interrogez avec une langue scélérate!

— Eh bien! qu'est-ce à dire, Hamlet?

— Qu'y a-t-il donc, maintenant?

— Avez-vous oublié qui je suis?

— Non, par le Crucifix, non certes; vous êtes la reine, la femme du frère de votre époux, et — plût au ciel que cela ne fût pas! — vous êtes ma mère.

— Allons, puisqu'il en est ainsi, je vais appeler quelqu'un qui pourra vous parler.

— Allons, allons, restez assise, madame! Vous ne bougerez pas avant que je vous aie présenté un miroir où vous pourrez voir l'intérieur de vous-même.

— Que veux-tu faire? Tu ne veux pas m'assassiner, sans doute? Au secours! Au secours!

Et, derrière la tapisserie, on entend une autre voix qui crie :

— Au secours! Ah..!

Et Hamlet plonge son épée dans la tapisserie. Il frappe, cette fois. Il suppose que c'est le roi Claudius qui est là. Oui, il a un instant d'énergie.

— Ah! je suis tué, dit la voix.

— Qu'as-tu fait? dit la reine.

— Vraiment, je ne sais pas, je ne sais pas.

Il soulève la tapisserie :

— C'est le roi, j'espère.

Il aimerait l'avoir tué à ce moment-là, parce qu'il ne l'a presque pas fait exprès : entendant la voix, il a donné un coup d'épée dans une tapisserie, dans le brouillard en quelque sorte. S'il avait la chance que ce fût Claudius, que le criminel fût derrière et qu'il l'ait tué presque sans le vouloir! Mais non, non, la vie ne nous donne pas de ces chances-là! Il trouve le malheureux, le pauvre Polonius.

— Ah! une action sanguinaire! Oui, j'ai fait une action sanguinaire, ma mère! Presque aussi sanguinaire que de tuer un roi et d'épouser son frère.

— Que de tuer un... Moi?

— Oui, madame, c'est bien ce que j'ai dit.

— Misérable! Sors!

Mais, alors, il se détend. Il n'a pas encore tué
l'homme qu'il devait tuer, il est ravi de ne pas
l'avoir fait. Il se détend, il va lâcher toute sa colère
rentrée en bavardages, car c'est un bavard. Il parle,
il insulte sa mère, il va beaucoup trop loin. Il se
monte lui-même; il s'excite. Maintenant qu'il ne
s'agit plus que d'être brave en paroles, il en dira
tant qu'on voudra. Il déclame, il se grise de mots.
C'est presque honteux, quand on l'aime comme je
l'aime, — car on ne peut pas ne pas l'aimer, — de
sentir tout ce qui abonde de mauvaises paroles
inutiles dans la bouche d'un homme qui n'a pas le
poing assez solide pour frapper. Rappelez-vous, dans
Oreste, la scène avec la mère, comme elle est brève;
et lui, c'est une chose terrible, obligé de tuer sa
mère, non seulement Egisthe (il en tuerait cent mille,
des Egisthes!) mais sa mère! Quand il est devant sa
mère, qu'est-ce qu'il fait? Il y a une lutte très brève.
Elle dit :

— Mais vous n'allez pas me tuer?

— Si, si, je vais te tuer!

— Ah! je suis là, vivante, dit la mère, à prier...

— Vous avez tué l'époux, vous devez mourir par
le fils!

Et il la traîne par les cheveux, il la jette dehors,
il la frappe. On entend crier : Clytemnestre meurt à
l'instant. Ce n'est pas cela que fait Hamlet. Il continue à crier, à discuter, à insulter sa mère, à lui
dire des choses même abominables, presque ordu-
rières, tellement que le Spectre reparaît et lui dit :

— Non, Hamlet, n'insulte pas ta mère. Elle est
troublée et va peut-être avoir un remords. Essaie de
parler à son âme.

C'est le Spectre qui lui donne ces conseils, non
pas de clémence, mais de pitié naturelle envers
une femme qui est en même temps sa mère.

La scène se continue. Hamlet se reprend, et il dit
qu'il va partir pour l'Angleterre, qu'il fera ce qui

est nécessaire, qu'il reviendra, qu'il sait qu'on lui tend un piège, mais qu'il ne se dérobera pas à ce piège.

— J'aurai la joie, dit-il, de lutter de ruse avec celui qui m'en veut. Rien n'est amusant comme un ingénieur qui se fait sauter lui-même en croyant faire sauter les autres. Je reviendrai, et, alors, je me vengerai.

Il s'en va. Et nous sommes à l'acte quatre, et il n'a pas encore tué le roi, Claudius, car tout le sujet de la pièce, je le répète, est toujours là.

✻✻✻

Nous y arrivons, maintenant : Hamlet a enterré Polonius en cachette, il ne veut pas dire où, et il part pour l'Angleterre. Les lettres qu'il emporte, ou plutôt qu'emportent Rosencrantz et Guildenstern, sont des lettres dans lesquelles le roi a donné ordre de tuer Hamlet, sitôt qu'il débarquera en Angleterre. Ici, la chose admirable que je vous ai dit de bien noter, qu'on oublie toujours et qui est la clé de l'œuvre : c'est le passage de Fortinbras. Le jeune roi de Norvège arrive avec vingt mille hommes. Il passe avec ses troupes, et Hamlet interroge un capitaine et lui dit :

— Où allez-vous?

— Où nous allons? Nous allons nous battre en Pologne.

— En Pologne? Et pourquoi?

— Mais parce que le neveu du roi de Norvège nous commande (Fortinbras), et que la Pologne...

— Est-ce qu'elle vous a fait quelque chose?

— Oh! pour vous dire la vérité, et sans y rien ajouter, nous allons y conquérir un lopin de terre qui n'a d'autre valeur que le nom. Je ne voudrais pas l'affermer pour cinq ducats, non, non, pas pour cinq ducats en tout. Et ni la Pologne ni la Norvège n'en tireront un plus gros revenu, même quand elles le vendraient en toute propriété pour l'éternité.

— Mais, en ce cas, les Polonais ne le défendront
pas!

— Pardon! Ils ont déjà mis des garnisons.

— Deux mille âmes et vingt mille ducats ne suffi-
ront pas pour résoudre le litige de ce brin de paille,
dit Hamlet.

Et, alors, toujours le philosophe, l'homme qui raisonne :

— C'est là l'abcès, né de trop de richesse et d'une
trop longue paix, qui crève à l'intérieur du corps
sans montrer pour quelle cause l'homme meurt. Je
vous remercie humblement, monsieur, merci! Dieu
soit avec vous.

— Vous plairait-il de venir? demande Rosencrantz.

— Oui, tout à l'heure, répond Hamlet.

Et, tout d'un coup, il réfléchit : il vient de philo-
sopher, de faire le pacifiste, de les trouver ridicules,
ces gens qui vont se faire tuer, qui partent joyeusement au son des trompettes pour combattre. Et, tout
d'un coup :

— Hélas! dit-il, comme toutes les circonstances
s'unissent pour m'accuser et pour éperonner ma
lente vengeance! Qu'est-ce qu'un homme, si son
principal bien et le principal emploi de son temps
consistent à dormir et à se nourrir? Une bête, pas
autre chose! Ah, oui, dit-il, oui! moi, je suis là. Est-
ce par un bestial oubli? est-ce un scrupule peureux
d'une pensée qui réfléchit trop minutieusement sur
l'acte à accomplir? Mais, cette pensée, il y entre un
quart de sagesse et trois quarts de lâcheté! Ah! je
ne sais vraiment pas pourquoi j'en suis encore à
dire : « Cette chose doit être faite... » Quel exemple
me donnent ce jeune homme et ces soldats qui vont
se battre! Hélas! être vraiment grand ne consiste
pas à ne se remuer que pour une grande cause!... Ces
gens vont se battre, vont se faire tuer pour un rien,
pour la gloire, pour conquérir un bout de terrain
qui ne sera pas même assez grand pour les enterrer
tous! Et moi qui ai un devoir à accomplir, je ne vais
pas me battre, je suis un lâche et un misérable, et

la vie n'est belle que quand on sait se faire tuer
pour quelque chose!

Pauvres civilisés que nous sommes, nous en sommes
tous là!

Rappelez-vous Fortinbras, vous le reverrez tout à
l'heure.

❖❖❖

Je continue la pièce.

Nous revoyons là Horatio et Ophélie, qui est devenue folle. La pauvre Ophélie est punie d'avoir aimé
ce malheureux, qui n'a pas de volonté. Elle chante
des chansons, — vous connaissez la scène, — elle
chante de ravissantes chansons; quelquefois, des
chansons un peu légères; mais elle est folle, elle ne
sait plus ce qu'elle dit. Elle chante *La Saint-Valentin.*
Et son frère, Laertes, revient.

Ici, va commencer la partie mélodramatique de
la pièce.

Laertes revient. Il sait que son père Polonius a
été tué, que sa sœur est folle, il est convaincu que
c'est le roi qui a tué Polonius; mais le roi lui explique
que ce n'est pas lui, qu'Hamlet est le seul coupable;
qu'Hamlet a rendu folle la jeune fille en lui faisant
croire qu'il l'aimait; que c'est lui qui a tué Polonius,
que la mort de Polonius, son père, a achevé de faire
perdre la raison à la jeune fille, et alors, à eux deux,
ils combinent et complotent tout ce qu'ils peuvent
pour se débarrasser d'Hamlet quand il reviendra.

On sait, par d'autres scènes, qu'Horatio a reçu une
lettre d'Hamlet expliquant que, en route, son bateau
a été attaqué par un autre bateau, que Rosencrantz
et Guildenstern sont partis seuls pour l'Angleterre et
qu'Hamlet revient. Comme il va revenir, voici ce
que machinent le roi et Laertes : on donnera un
assaut d'escrime, où Laertes, ayant d'abord empoisonné une épée, avec cette épée piquera Hamlet et
le tuera. Si cela ne réussit pas, il y aura une potion

préparée pour boire quand on sera échauffé par
l'assaut, et, cette potion empoisonnée, on la fera
boire à Hamlet.

Voilà tous les moyens mélodramatiques en jeu;
mais tout va s'arranger; rien de ce qui est prévu ne
se fait. On arrive, encore une fois, annoncer une
autre catastrophe : la pauvre Ophélie s'est noyée.
Vous voyez que les catastrophes s'entassent les unes
sur les autres. Mais ce n'est encore rien. Le dernier
acte est un véritable abatage de capucins de cartes
et tout le monde va être massacré. Cette œuvre, où
un homme hésite tout le temps à tuer un seul homme,
se clôt par un massacre général!

✳✳✳

Voici la fameuse scène qui commence le cinquième
acte : la scène du cimetière. Les fossoyeurs sont
en train de plaisanter sur leur affreux métier, et
Horatio et Hamlet viennent parmi eux. Ils disent
toutes sortes de plaisanteries; dans le nombre, il y
en a de bonnes, il y en a de mauvaises. Je ne vous
lirai qu'une partie de la scène, quand ils trouvent
le crâne du pauvre Yorik.

— Tenez, voici un crâne, dit le fossoyeur, qui a
été mis en terre, il y a vingt-trois ans.

— Et à qui appartenait-il? questionne Hamlet.

— Oh! c'était celui d'un camarade bien fou : à
qui pensez-vous qu'il appartenait?

— Mais, vraiment, je l'ignore, dit Hamlet.

— Eh bien! c'était un coquin bien fou, peste soit
de lui! Il me versa une fois, sur la tête, un flacon
de vin du Rhin. Eh bien! ce crâne, monsieur, ce
crâne que vous voyez là, c'était le crâne d'Yorik, le
bouffon du roi.

Ceci nous donne, d'ailleurs, l'âge d'Hamlet, qui
avait à peu près vingt-quatre ans, car il va raconter
qu'il l'a connu, étant tout petit.

— Ce crâne-ci?

— Celui-là même, monsieur.

— Laisse-moi voir?

Il prend le crâne.

— Hélas! pauvre Yorik! Je l'ai connu, Horatio. C'était un garçon d'une plaisanterie infinie, d'une fantaisie excellente! Il m'a porté mille fois sur son dos; et, maintenant, comme il fait horreur à mon imagination! ma gorge s'en soulève! Voilà ces lèvres qui me baisaient et que j'ai baisées...

Et il continue par ces plaisanteries macabres :

— Horatio, dis-moi une chose, je t'en prie.

— Quoi, Monseigneur?

— Crois-tu qu'Alexandre avait cette physionomie-là en terre?

— Exactement la même, Monseigneur.

— Et qu'il puait ainsi? Pouah!

— Absolument ainsi, Monseigneur.

Mais j'écourte la scène des fossoyeurs, le drame nous pousse.

Arrive un cortège : on vient enterrer Ophélie. Là, une scène extrêmement macabre. Laertes, s'adressant à sa sœur, qu'il a perdue, saute dans la fosse, déclame, lui déclare un amour fraternel exagéré, si bien qu'Hamlet, qui était caché, s'avance et saute, lui aussi, dans la fosse :

— Quel est le fou qui dit des bêtises pareilles? Parler d'une sœur ainsi? Moi, je l'aimais, moi, Hamlet, prince de Danemark!

Et ils se prennent au collet dans la fosse même. On les sépare, On amène Laertes à faire des excuses à Hamlet, en lui expliquant qu'Hamlet est fou et qu'il ne faut pas prêter attention à ce qu'il dit.

Pendant qu'on va préparer l'assaut final, Hamlet raconte qu'il a substitué, — car nous sommes en plein mélodrame à la fin, — qu'il a substitué aux lettres où le roi demandait qu'on le tuât, lui, d'autres lettres demandant instamment la mise à mort de Rosencrantz et Guildenstern.

L'assaut est annoncé à Hamlet par un seigneur. On rit, on se demande quelle est cette faute de goût extraordinaire où la catastrophe va se produire, car, enfin, il faut finir. Nous sommes à la fin du cinquième acte. Arrive un seigneur avec une énorme fraise, des plumes, des boucles d'oreilles; son langage est celui dont je vous ai parlé, fourmillant de pointes de mauvais goût; il vient apporter à Hamlet le cartel de Laertes. Et Hamlet lui répond dans le même ton. Non, ce n'est pas une faute, cela, c'est la philosophie même de Shakespeare qui dit :

— Vous ne voulez pas agir, vous croyez que vous pourrez toujours fuir devant l'action, en rêvant, en philosophant, en discutant? Non! La vie est là qui vous presse, et pendant que vous perdez du temps, que vous le gaspillez à des bêtises, à des niaiseries, — comme la conversation avec Osric avec des pointes, des fadaises, des calembredaines, — l'action est là, qui marche; elle va arriver.

Et la voici, en effet, qui arrive.

Nous avons là l'assaut en question. Tout est préparé : ce fleuret démoucheté que porte Laertes est empoisonné; il y a là une coupe de boisson, également empoisonnée. L'assaut a lieu. Laertes ménage Hamlet, car il ne veut pas avoir l'air de le toucher ni le tuer du premier coup. Il se fait toucher une première fois, puis une seconde fois. Alors, la reine fait le portrait d'Hamlet, en disant de lui : « Il est gras et il a l'haleine courte », ajoutant :

— Tiens, Hamlet, prends mon mouchoir et essuie ton front; la reine boit à ta fortune.

Et elle prend la coupe empoisonnée et la boit. A peine a-t-elle bu, qu'on la voit pâlir. Et, le duel continuant, Laertes touche Hamlet; mais, dans la chaleur du combat, ils échangent leurs épées. Voyez quel mélodrame, et Bouchardy, « Cœur de salpêtre », n'a jamais inventé plus fantastique que cela! Ils changent d'épée, et Hamlet blesse Laertes à son tour. Ce qui fait que la reine va mourir, Laertes va mourir, et Hamlet va mourir. La reine s'évanouit.

— Ah! qu'y a-t-il? Vous avez eu peur?

— Non, non, dit la reine, c'est le breuvage. Le

breuvage, ah! mon cher Hamlet, le breuvage, le breuvage... Je suis empoisonnée.

Elle savait donc, elle aussi, que le breuvage qu'allait boire son fils était empoisonné! Elle meurt.

— Ah! scélératesse! dit Hamlet. Holà! qu'on ferme la porte! Trahison! Qu'on découvre d'où elle vient.

Et Laertes :

— Elle est ici même, Hamlet! Hamlet, tu es assassiné.

Alors, Laertes lui raconte tout ce qu'on a fait, l'épée empoisonnée, la coupe qui était prête.

— Ah! misérable! dit Hamlet s'adressant à Claudius. La pointe empoisonnée aussi? Eh bien! fais ton œuvre, poison!

Et enfin, enfin, poussé par le hasard, la main forcée, comme je vous l'ai dit, il donne un coup d'épée à Claudius. Il y a cinq actes qu'il aurait dû le faire, depuis le moment où le Spectre lui avait dit :

— Je suis l'âme de ton père, voici comment on m'a tué!

Il aurait dû, à l'instant même, tuer Claudius, risquant sa vie, risquant tout. Mais non! il a attendu jusque-là. Et, à ce moment, l'action devant laquelle il a fui, est venue, car on a beau la fuir, elle vient, l'action, et elle vient tellement qu'à ce moment où il va mourir, où Horatio lui-même veut finir le poison, il lui dit :

— Non, reste, Horatio. Je suis mort; mais, toi, vis : tu justifieras ma cause et mon caractère auprès de ceux qui douteraient et seraient dans l'incertitude. Oh! oui, tu es encore éloigné de la suprême félicité qui est la mort. Mais consens à respirer dans la souffrance pour raconter mon histoire.

On entend alors des trompettes. Qu'est-ce? Le jeune Fortinbras, revenu vainqueur de Pologne, qui salue les ambassadeurs d'Angleterre.

— Ah! dit Hamlet, lui! Je vais mourir, Horatio. La puissance du poison terrasse mon âme! Ah! Je prophétise que l'élection doit tomber sur le jeune

Fortinbras. Oui, il a ma voix d'agonisant. Dis-le lui.
Apprends-lui les événements, grands et petits, qui
ont amené cette catastrophe. — Le reste est silence.

Et il comprend, enfin, la leçon que lui donne la
vie, la leçon qui est celle même de ce drame : c'est
que Fortinbras sera roi et qu'il l'a mérité parce que,
lui, c'est un homme d'action. Aussi, il ordonne des
décharges de mousqueterie en l'honneur du vainqueur. La mousqueterie éclate; de tous les côtés, on
entend crier :

— Vive le roi!

Et, pendant qu'Hamlet meurt, nous comprenons
la moralité de l'histoire, la moralité de toute cette
pièce, qui n'est plus celle de *Macbeth :*

« La vie est un conte conté par un idiot, pleine
de sons et de furie et ne signifiant rien. »

Non. Macbeth dit cela; mais Shakespeare dit ici,
dans *Hamlet :*

Oui, elle est pleine de tout ce que vous voudrez,
de sons et de furie; mais il ne faut pas croire qu'elle
ne signifie rien. Elle a un sens, elle a une beauté :
c'est précisément la vie, c'est l'action. La vie, ne
discutons pas ce qu'elle est, ne cherchons pas à
savoir pourquoi elle est. Elle est, elle nous pousse,
elle nous dit :

— Marche toujours, sois actif, va de l'avant, et,
quand l'occasion se présente d'agir, ne la fuis pas.
Va!

Et, la preuve, c'est que, quand le seul qui ait agi
là, ce Fortinbras, qui est allé en Pologne, en revient
vainqueur, l'explosion de la vie éclate avec l'éclat
des mousqueteries, et qu'au milieu de ces cadavres
accumulés par le hasard, il crie :

— Vive la vie!

IX

SHYLOCK

---

*Les Personnages du drame et leur caractère. — La
jeune et délicieuse Portia. — Le type de l'Usurier,
Shylock. — Le Patricien Antonio. — La Fille de
Shylock, Jessica. — La scène des Coffrets. —
La scène du Jugement. — La scène des Anneaux.*

MESDEMOISELLES,
MESDAMES,
MESSIEURS,

Jusqu'à présent, dans cette grande et mystérieuse
forêt shakespearienne, où nous avons déjà fait tant
d'excursions ensemble, je ne vous ai guère montré que
des paysages terribles, des sites dévastés, des rocs
foudroyés, des arbres brisés, des landes où vous
avez vu apparaître tantôt des sorcières, tantôt un
fou, puis un second fou, puis un troisième fou, et
une tempête se déchaîner sur ces trois folies. Nous
y avons vu, en outre, des fauves extraordinaires
comme Othello, bien que ce fût là, non plus dans la
forêt, mais dans un coin de forêt qui donnait sur la
délicieuse Venise; vous y avez vu apparaître des
fantômes, vous y avez vu des hommes comme Macbeth, des gens comme Hamlet qui résume tout le

doute et tout le mystère humains, et vous n'avez
trouvé que deux ou trois petits êtres charmants,
comme Cordelia, comme Juliette, qui n'est qu'une
enfant puisqu'elle n'a pas quatorze ans, et même,
dans cette délicieuse idylle, qui finit tragiquement,
de Roméo et Juliette, nous avons achevé notre
voyage dans un affreux cimetière. Par conséquent,
vous n'avez encore vu, de cette forêt, aucun des endroits délicieux, aucune des clairières que je vous
avais un peu annoncées à la légère, semble-t-il, car,
jusqu'à présent, je ne vous ai menés que dans des
endroits farouches. Eh bien! aujourd'hui, comme
repos, nous allons voir une de ces clairières charmantes, nous allons entrer dans une de ces œuvres
qui faisaient dire aux contemporains de Shakespeare, *the gentle Shakespeare* (« le gentil Shakespeare »). Jusqu'à présent, vous avez dû vous en
rapporter à ma parole pour que cette épithète ne
vous parût pas ironique; mais vous allez voir, en
effet, qu'elle est tout à fait méritée.

. Vous allez rencontrer, ici encore, une sorte de
fauve, d'une autre espèce, moins énorme, moins rugissant qu'un Othello ou qu'un Macbeth, mais curieux aussi, sinistre, tragique, qui est Shylock; mais
vous trouverez, à côté de lui, un personnage féminin
un peu plus développé que Juliette, plus aussi que
Cordelia, même plus que Desdémone; en réalité,
une des femmes les plus délicieuses du répertoire
de Shakespeare, une femme en qui s'incarne toute la
Renaissance avec son esprit, sa passion, sa somp-
tuosité, son faste : elle s'appelle Portia. C'est une
Vénitienne aux cheveux roux, semblables à des
grappes de soleil, comme dit un des personnages,
ce qui fait que, pour aller à la conquête de cette
Toison d'Or, il vient des conquérants des quatre
coins du monde; vous en verrez au passage, j'aurai
à peine le loisir de vous les montrer, sauf par leur
nom : un sultan du Maroc, un roi d'Aragon... Mais
vous verrez, en particulier, — car il y a deux pièces
qui sont mêlées ensemble et nous serons forcés de

nous transporter du personnage un peu sinistre
qu'est Shylock, au personnage délicieux de Portia, —
ici, vous jugerez aussi que Shakespeare est non
seulement le gentil Shakespeare par sa grâce et son
esprit; mais, comme je vous l'ai déjà dit, par sa
modération, par l'élégance de sa conscience et de sa
justice, par la bonté et la charité qui tempèrent les
élans souvent désordonnés de son génie.

Je vous ai dit que, comparé à ses contemporains,
il était un homme presque académique, dans le bon
sens du mot. En effet, vous avez ce personnage de
Shylock qui est extrêmement délicat à toucher,
car il représente surtout l'usurier, mais il représente aussi le Juif. Or, à l'époque où écrivait Shakespeare, à l'issue du Moyen Age, le juif était l'objet
de légendes et d'une haine atroces. On racontait
couramment, dans le peuple, qu'il massacrait des
enfants, que le Sabbat était constitué par des massacres d'enfants, et même des repas de chair d'enfants. Ces légendes étaient épouvantables. Si vous
vouliez vous rendre compte de ce qu'était l'opinion
populaire à cette époque touchant Israël, il vous
faudrait lire un autre drame d'un contemporain de
Shakespeare, et que peut-être j'aurai un jour l'occasion de vous lire, car c'est un chef-d'œuvre du
drame anglais, même à côté de Shakespeare, c'est
Le Riche Juif de Malte, de Christophe Marlowe, dont
je vous ai déjà parlé. Il y a là un juif effroyable,
qui se nomme Barabbas et qui est présenté, au
début, par Machiavel en personne, sous forme de
prologue, Machiavel faisant l'apologie de sa doc-
trine de ruse, de crime, de vice, d'empoisonnement,
disant que la force prime le droit, qu'il faut se
servir de tous les moyens pour arriver à satisfaire
ses passions, et cela est mis en pratique tout le
long de la pièce par cet effroyable Barabbas qui est
tout : voleur, assassin, empoisonneur, blasphémateur, athée, qui est, en réalité, quelque chose comme
le surhomme de la scélératesse.

Voilà l'opinion courante qu'on avait, à l'issue du

Moyen Age, sur Israël. Vous verrez combien celle de Shakespeare est différente, avec quelle douceur, quelle impartialité il en parle, bien qu'il présente quand même Shylock comme le type, et qu'il soit resté sous son nom le type de l'usurier. En réalité, son véritable vice, dans Shakespeare, c'est d'être cela, c'est d'être un homme qui fait suer, à l'argent, de l'argent, vice qui n'est pas absolument caractéristique d'Israël, mais que beaucoup de chrétiens ont aussi, et la preuve c'est que vous avez Harpagon dans Molière, vous avez Grandet dans Balzac, qui sont aussi de terribles rapaces d'argent.

Vous verrez que Shakespeare, grâce à la hauteur de son esprit, à son impartialité et à sa charité s'étendant sur tous les êtres humains, a représenté Shylock comme étant cela, en effet, comme étant féroce à l'occasion, mais sans, cependant, être vil. A un moment donné, il préfère, à la satisfaction de l'argent, la satisfaction de son sentiment, c'est-à-dire la haine. Oui, la haine. Mais vous verrez aussi que cette haine est justifiée dans la pièce et que, quand Shylock arrive à l'atrocité de ce drame de chair, de ce drame de boucherie, comme dit Paul de Saint-Victor, il y est un peu poussé aussi par la férocité des gens parmi lesquels il vit.

Quant à ce hideux marché, — vous connaissez le fond de la pièce du *Marchand de Venise :* c'est un billet stipulé payable, à défaut d'argent, par une livre de chair prise sur le débiteur, — il n'est pas de l'invention de Shakespeare, comme bien vous pensez. Le « gentil Shakespeare » n'était pas homme à inventer d'aussi atroces combinaisons. Non! C'est une légende qui courait la foule, qui avait déjà été traitée dans des contes bien anciens, dans des contes italiens, dans *Le Pecorone,* — *Aventures du jeune Gianetto,* — dans les *Gesta Romanorum,* qui faisait même le sujet d'une ballade anglaise populaire et chantée dans les rues, vendue deux sous du temps de Shakespeare. C'était classique, il était entendu que le créancier juif pouvait et devait —

c'était dans sa nature, avec la légende qu'on en
avait du Moyen Age — récupérer son argent par tous
les moyens, même par celui-là, qui consistait à se
payer sur la bête, si l'on peut employer cette
expression, en prélevant une livre de chair sur le
corps du débiteur insolvable. Mais vous verrez là, je
vous le répète, avec quelle douceur Shakespeare l'a
traité, et vous verrez surtout qu'il a encadré ce
drame de boucherie dans une comédie d'amour tout à
fait exquise et délicieuse de fantaisie et d'esprit,
une sorte de Conte des Mille et Une Nuits vénitien,
où. toute la Venise de la Renaissance apparaît, et
apparaît à tel point que lorsqu'on va à Venise — j'y
suis allé plusieurs fois et j'espère bien y retourner
encore, bien que Venise soit gâtée, maintenant, par
des bateaux à vapeur; mais il reste quand même
des gondoles, — quand on va à Venise, on ne peut
pas s'empêcher, en montant sur le Rialto, par
exemple, de penser qu'on va rencontrer Shylock;
qu'on verra passer, dans les ruelles, sa fille Jessica,
en qui revit tout l'Orient, et qui lui est enlevée.
C'est encore une raison pour laquelle il est devenu
féroce, car c'est l'être à qui l'on enlève la fleur de
son sang, qu'il préfère à tout, même à son argent;
et on espère aussi voir à Venise, venant du Lido,
venant de la terre ferme où elle avait sa délicieuse
maison de campagne, la délicieuse Portia. Tout cela
fait une autre pièce, une comédie mêlée au drame
que je vous ai dit tout à l'heure. Nous tâcherons de
voir les deux ensemble, en suivant toujours notre
procédé, qui consiste, comme il faut bien le faire
avec Shakespeare, à sauter d'une scène à l'autre, et
comme il l'a fait ici avec un art admirable, car le
drame en lui-même a quelque chose de noir, d'a-
troce et de monotone dans l'atrocité, qui est tout
de suite corrigé, égayé, fleuri par la comédie
d'amour qui est à côté et que, malheureusement, je
serai forcé de vous lire en français, tandis que toute
la partie de poésie, de fantaisie et de musique
devrait être lue en anglais. Il y a là des vers qui,

dits par une jeune fille anglaise, par une comédienne
anglaise, ressemblent à un gazouillis d'oiseaux : la
langue anglaise qui a l'air, souvent, d'une langue un
peu rude, ne l'est pas dans la bouche des femmes;
elle chante exactement comme certains oiseaux de
volière, je ne veux pas vous dire lesquels parce que
vous croiriez que je fais une mauvaise épigramme et
certainement je ne la fais pas! Il y a là un chant
d'oiseau que nous n'avons pas nous-mêmes dans la
langue française, et l'opinion répandue que l'italien
est la plus belle langue est fausse; pour le chant,
peut-être; pour le parler, non. Rien n'est plus gracieux qu'une conversation de jeunes filles anglaises
bavardant; c'est un gazouillement, surtout quand
cette langue est celle de Shakespeare, comme vous
vous en rendrez compte tout à l'heure.

Nous allons donc voir Shakespeare sous un autre
aspect, que vous ne connaissez pas encore. A côté
de l'Eschyle que je vous ai montré, vous allez voir
un Molière par l'étude du caractère de Shylock;
vous allez voir un Marivaux, un Musset, par la
comédie de passions et d'intrigues qui se passe à
côté du noir drame de tout à l'heure, et vous constaterez que, dans Shakespeare, il y a, en effet, tout
l'art dramatique, depuis le plus tragique et le plus
noir, jusqu'au plus léger, au plus aérien.

En réalité, il se présente — si j'étais peintre,
c'est ce que j'essaierais de traduire dans cette allé-
gorie — donnant la main, d'un côté à la Muse Thalie,
de l'autre à la Muse Melpomène, et je verrais au-
dessus de lui, planant et l'abritant de ses ailes, une
troisième Muse, qui n'est pas parmi les Muses de la
Grèce. Vous savez combien j'aime la Grèce. Eh bien!
cependant, cette Muse-là, c'est une fée, c'est une
fée que les Grecs ne connaissaient pas et que Shakespeare a connue, grâce à ceci que j'essaierai de
vous prouver peu à peu et de plus en plus, c'est
qu'il avait en lui une part de sang celtique, et que
c'est une fée de la forêt de Brocéliande qui se

mêlait chez lui, pour le conduire, aux deux Muses
de la Grèce dont je viens de vous parler.

❅❅❅

Pour nous débrouiller tout de suite dans cette
double intrigue, je vais vous présenter rapidement
les personnages principaux de l'une et de l'autre.

Nous avons d'abord, à Venise même, Antonio, le
marchand de Venise, qui a donné son nom à la
pièce. C'est un riche commerçant dont la fortune
est sur mer, sur des bateaux chargés de cargaisons,
allant dans tous les pays du monde. Il a pour ami
Bassanio, qui est un jeune homme de très riche
famille, autrefois riche, du moins; qui, lui, a gas-
pillé sa fortune en jeune gentilhomme vénitien qu'il
est, en faisant des folies. Il a pour ami Antonio, et,
quand il a besoin de quelque argent pour continuer
ses folies, il en demande à son ami, qui lui en donne
généreusement, car Antonio a cela de beau et de
particulier, que ne comprend pas Shylock, et qui
fait que, lui non plus, ne comprend pas Shylock,
— ce sont les antipodes : Shylock veut que son
argent rapporte, travaille, et Antonio est l'homme
qui veut que son argent s'amuse, — car Antonio
a cela de beau et de particulier qu'il prête sans
jamais demander d'intérêt. Vous voyez quel étrange
personnage il est, même pour notre société contem-
poraine; c'est un homme qu'on ne trouverait pas
facilement maintenant, je ne dis pas même à Venise,
mais fût-ce à Paris, car il faut être un ami bien
absolument dévoué pour donner à un ami, — je ne
dis pas son sang, on le fait assez facilement, surtout
entre Français, — mais son argent, qui paraît beaucoup plus précieux que le sang, même chez nous et
à notre époque.

A côté d'eux, il y a un certain Gratiano, qui est
l'ami d'Antonio et de Bassanio, et qui, lui, est un
garçon léger, fantasque, spirituel, trop spirituel

même, il abuse des concetti; puis un nommé Lorenzo : celui-ci est amoureux de Jessica, la fille de
Shylock. Vous verrez, tout à l'heure, qu'il manifeste
son amour d'une façon un peu vive, — cette façon,
vous l'avez vue, dans *Roméo* et surtout dans *Othello*,
— en enlevant la jeune fille, qui se laisse, d'ailleurs,
enlever avec une cassette et des bijoux. Chez Molière, c'est une chose qui se présente aussi fréquem-
ment.

Ainsi sont expliqués tous les personnages. Je ne
vous lis pas toutes les scènes, nous n'aurions pas le
temps.

❈❈❈

D'autre part, sur terre, à Belmonte, est une
maison de campagne, ce n'est pas assez dire, un
palais, où il y a des artistes et des musiciens en
permanence; il est habité par Portia. Portia est une
jeune fille délicieuse; elle est restée orpheline avec
une immense fortune, et son père a décidé qu'elle
épouserait l'homme qui viendrait se soumettre, chez
lui, à l'épreuve que voici : trois coffrets sont placés
devant lui, un en or, un en argent, un en plomb,
avec certains emblèmes, et il choisira, de ces trois
coffrets, celui qu'il voudra. Dans l'un des trois, il
y a le portrait de la belle Portia, et il l'épousera s'il
a choisi celui-là. Il est déjà venu des gens d'Aragon,
du Maroc, des rois, des sultans, pour demander sa
main, qui, l'un après l'autre, échouent. Je ne vous les
montrerai pas, parce que je ne vous lirai pas ces scènes, je les sacrifierai. Vous verriez un roi d'Aragon et
un sultan du Maroc tomber sur le mauvais coffret. En
réalité, Portia sera conquise par notre ami Bassanio.
Je dis notre ami, — il est notre ami déjà, — car
il est celui d'Antonio, qui lui prête de l'argent gratis. Evidemment, il viendrait nous en demander que
nous ne pourrions que lui en donner, car il est

tellement charmant qu'on ne peut rien lui refuser. Voyons ce qui lui arrive.

Il raconte à Antonio, par exemple, qu'il a été une fois dans la famille de Portia, au temps où elle avait encore ses parents, et qu'il a remarqué, ce jour-là, qu'il ne lui déplaisait pas.

— Or, lui explique-t-il, mon cher Antonio, je viens faire un gros appel à ta générosité. Jusqu'à présent, tu m'as donné tout l'argent que je te demandais, tu sais bien que je ne pourrai jamais te le rendre, car je suis, maintenant, au dernier degré de la pauvreté; je n'ai que mon nom et ma figure, assez agréable, pour moi. Or, je crois que la belle Portia n'est pas insensible à cette figure et à ce nom. Je voudrais donc tenter l'épreuve; mais comment me présenter chez elle, où il y a des rois, des sultans, avec le pauvre train que je peux mener maintenant? Quand j'étais à l'école, je me souviens que, lorsque je perdais une flèche, je n'avais qu'un moyen de la retrouver : c'était de lancer une seconde flèche dans la même direction; en allant chercher celle-ci, que je voyais très bien tomber, il m'arrivait souvent de retrouver les deux. Tu vas faire de même, aujourd'hui. Tu me donneras l'argent nécessaire pour que je puisse me présenter en bel équipage auprès de Portia; j'arriverai à l'épouser, j'aurai l'immense fortune dont elle est héritière, et ainsi tu retrouveras les deux flèches : celle que tu vas me prêter aujourd'hui et celle que j'ai perdue en gaspillant l'argent que tu m'as donné.

Antonio ne voit aucun inconvénient. Il dit :

— Combien te faut-il, mon cher ami?

— Trois mille ducats.

— C'est une grosse somme! Je ne l'ai pas à ma disposition, en ce moment. Tous mes capitaux sont sur mer, sur mes bateaux; mais, avec la réputation que j'ai dans le pays, certainement je trouverai un prêteur.

— Mais il y en a un tout trouvé, qui ne refuse jamais de faire fructifier son argent! C'est Shylock!

— Eh bien! soit, dit Antonio, demande à Shylock; et, s'il veut me les prêter, je suis tout prêt à les lui emprunter.

Vous voyez d'ici l'antagonisme qui va se présenter entre ces deux personnages : l'un qui déteste Shylock, prêteur d'argent, et l'autre, Shylock, qui déteste ce gaspilleur, cet homme qui traite l'argent de cette façon, qui ne le fait pas travailler, qui gaspille ce pauvre argent, en le laissant entre les mains de fous et de débauchés comme Bassanio. Peut-on faire cela de ce délicieux argent! Vous verrez qu'il en parle comme le père Grandet en personne.

Voici la première apparition de Shylock. Il est avec Bassanio.

— Trois mille ducats? Bien!

— Oui, monsieur, pour trois mois.

— Pour trois mois, bien.

— Pour lesquels, ainsi que je vous l'ai dit, Antonio se portera caution.

— Antonio se portera caution, bien.

— Pouvez-vous me rendre ce service? Voulez-vous me faire ce plaisir? Voulez-vous me faire connaître votre réponse?

— Trois mille ducats! Pour trois mois, et Antonio pour caution?

— Que répondez-vous à cela?

— Euh! Antonio est bon!

— Avez-vous jamais entendu quelqu'un prétendre le contraire?

— Oh! non, non, non! Mon intention, en disant qu'il est bon, est de vous faire comprendre que sa garantie m'est suffisante. Cependant, sa fortune ne peut être évaluée que par supposition. Il a un navire à destination de Tripoli, un autre en route pour l'Inde; j'ai appris qu'il en a un troisième au Mexique et un quatrième désigné pour l'Angleterre. Il a d'autres entreprises éparpillées de côté et d'autre. Eh! eh! les vaisseaux ne sont faits que de planches, les matelots ne sont que des hommes: Il y a des rats de terre et des rats d'eau, je veux dire des pirates!

De plus, il y a le péril des vagues, des vents, des rochers... Néanmoins, la caution est suffisante. Trois mille ducats... Je pense que je puis accepter son billet.

On dirait absolument que c'est le père Grandet qui parle.

BASSANIO. — Soyez assuré que vous le pouvez.

— Oh! je m'assurerai que je le puis, et, afin de m'en assurer, je vais y penser. Puis-je parler à Antonio?...

Justement, Antonio arrive. Et on le voit de loin. Vous allez sentir tout de suite que le fond de haine qui est en Shylock est justifié, car l'impartialité de Shakespeare va vous montrer quelles raisons il a de détester les gens parmi lesquels il vit.

— Quelle physionomie de publicain cajoleur! Ah! je le hais, celui-là! Parce qu'il est chrétien, d'abord, mais bien plus encore parce que, dans sa basse simplicité, il prête de l'argent gratis! Il fait ainsi baisser le taux de l'usure à Venise! Mais si jamais je puis lui poser la main sur les reins, je ferai largement repaître la vieille rancune que je lui porte. Il hait notre sainte nation, et, jusque dans le lieu où se réunissent les marchands, il se raille de moi, de mes affaires, de mon gain, légitimement acquis cependant, et qu'il appelle usure. Ah! maudite soit ma tribu si jamais je lui pardonne!

BASSANIO. — Shylock, je vous ai dit qu'Antonio venait. M'entendez-vous?

SHYLOCK. — Oui, oui, mais je suis en train d'établir le compte de mon capital à présent disponible, et, autant que je puis me fier à ma mémoire, je vois qu'il m'est impossible de faire immédiatement l'énorme somme de trois mille ducats. Mais, mais, peu importe!

— Cependant....

— Tubal, homme de ma tribu, me prêtera. Mais doucement, doucement; pour combien de mois désirez-vous cette somme? (*A Antonio.*) Le bonheur vous garde, mon bon signor! Nous venions justement de parler de Votre Honneur.

ANTONIO. — Shylock, quoique je ne prête ni n'emprunte à la condition de donner ou de recevoir plus que je n'ai emprunté ou prêté, cependant je sortirai, cette fois, de mes habitudes pour subvenir aux pressants besoins de mon ami Bassanio. Vous a-t-il informé déjà de ce qu'il voulait?

SHYLOCK. — Oui, oui, oui! Trois mille ducats.

ANTONIO. — Et pour trois mois.

SHYLOCK. — Oui, oui! J'avais oublié! Oui. Pour trois mois. Trois mille ducats, c'est une somme tout à fait ronde! Trois mois sur douze; voyons, à quel intérêt?

ANTONIO. — Eh bien! Shylock, est-ce que nous allons vous devoir de la reconnaissance?

SHYLOCK. — Signor Antonio, maintes et maintes fois, sur le Rialto, vous m'avez maltraité à propos de mon argent et des intérêts que je lui faisais rendre; cependant, j'ai supporté cela avec un patient haussement d'épaules, car l'endurance est la vertu caractéristique de ma race. Vous m'avez appelé mécréant, chien de malfaiteur; vous avez craché sur ma robe de juif, et tout cela pour l'usage de ce que je fais de ce qui m'appartient. Fort bien! fort bien! Mais il paraît que, maintenant, vous avez besoin de mon aide; alors, vous venez à moi et vous dites : « Shylock, nous aurions besoin d'argent! » Est-ce là ce que vous dites? Vous qui avez déchargé votre rhume sur ma robe et qui m'avez repoussé du pied comme vous chasseriez de votre seuil un chien des rues, vous demandez de l'argent! De l'argent! Que dois-je vous répondre? Ne devrais-je pas vous répondre : « Mais est-ce qu'un chien a de l'argent? Est-il possible qu'un mâtin prête trois mille ducats?» Ou bien, m'inclinant bien bas, sur le ton de voix d'un esclave, d'une respiration haletante, avec une humilité qui ose à peine parler, vous dirai-je donc ceci : « Mon bon monsieur, vous avez craché sur moi mercredi dernier, vous m'avez repoussé du pied un autre jour; telle autre fois, vous m'avez appelé chien, et, pour toutes ces courtoisies, je vais vous prêter tout l'argent que vous me demanderez? »

ANTONIO. — Il est probable...

Voyez, ici, l'impartialité de Shakespeare. Que va répondre Antonio à cela? Une nouvelle insulte, et, cependant, ce n'est pas un mauvais homme.

— Il est probable, dit Antonio, que je t'appellerai encore des mêmes noms, que je cracherai encore sur ta robe, que je te repousserai encore du pied. Mais, si tu veux prêter cet argent, prête-le, non pas comme à des amis, — car a-t-on jamais vu que l'amitié ait exigé d'un ami qu'il ferait faire des petits à un stérile morceau de métal? — mais prête-le comme à des ennemis, dont tu auras bonne grâce à exiger châtiment s'ils manquent à leur parole.

Remarquez l'orgueil du patricien.

— Là, là! dit Shylock, comme vous vous emportez! Je voudrais faire pacte d'amitié avec vous, gagner votre affection, oublier les outrages dont vous m'avez souillé, fournir à vos pressants besoins sans prendre aucun intérêt pour mon argent, et vous ne voulez pas m'écouter! Mon offre n'a, cependant, rien que d'obligeant, signor!

— Quoi! ce serait par pure obligeance?

— Eh! oui. Cette obligeance, je vais vous la prouver. Venez avec moi chez un notaire, vous m'y signerez simplement votre billet, et, par manière de plaisanterie, il sera stipulé que, si vous ne me payez pas tel jour, en tel lieu, la somme ou les sommes convenues, le dédit consistera dans une livre de votre belle chair, qui pourra être choisie et coupée dans n'importe quelle partie de votre corps qu'il me plaira.

ANTONIO. — Ma foi, cela me va! Je signerai ce billet, et je dirai, désormais, qu'on peut trouver dans un juif une très grande obligeance.

BASSANIO. — Vous ne signerez pas pour moi un tel engagement! Non, non! J'aime mieux rester dans l'embarras où je suis.

ANTONIO. — Ne crains rien, ami; je n'aurai pas à payer ce dédit. D'ici à deux mois, c'est-à-dire un mois plus tôt que l'échéance du billet, j'attends des rentrées pour neuf fois sa valeur.

SHYLOCK. — O père Abraham! Voilà bien ces chrétiens que la cruauté de leurs propres actes enseigne à soupçonner la pensée des autres! Je vous en prie, répondez à ceci, seigneur : si, par hasard, il fait défaut au jour convenu, moi, que gagnerais-je à exiger ce dédit? Une livre de chair humaine n'a pas autant de prix et ne peut faire autant de profit que la chair des moutons, des bœufs ou des chèvres! Je vous le répète, c'est pour acheter ses bonnes grâces que je lui fais cette offre amicale. S'il veut l'accepter, tant mieux! Sinon, adieu! adieu! Et, en retour de mon amitié, ne m'outragez pas, je vous en prie.

ANTONIO. — Oui, Shylock, je signerai ce billet, c'est entendu.

SHYLOCK. — Alors, allez de ce pas m'attendre chez le notaire, donnez-lui des instructions pour ce plaisant billet, et, à mon arrivée, je vous compterai immédiatement les ducats.

Vous voyez le côté réaliste puissant, par menus détails. Je le répète, aucune autre comparaison ne peut s'imposer que celle du Grandet, de Balzac.

※ ※ ※

Nous voici à l'acte II. Je vais passer rapidement sur beaucoup de scènes, pourtant charmantes. Il y a là un certain Lancelot Gobbo, domestique chez Shylock, et qui ne parle qu'en plaisanteries, calembours et à peu près. Il déclare qu'il veut quitter le service de Shylock et entrer au service d'un gentilhomme comme Gratiano ou Lorenzo. Je dois vous dire aussi, n'ayant pas le temps de lire les scènes, que Gratiano déclare à Bassanio qu'il l'accompagnera chez la belle Portia; d'autre part, sachez que Lorenzo est amoureux de Jessica, la fille de Shylock, et qu'il complote son enlèvement, et c'est par l'entremise du valet Gobbo que cet enlèvement se produit.

Shylock a enfermé sa fille en lui recommandant de ne pas sortir. C'est un jour où il y a des masques dans la rue; il veut qu'elle reste très sage à la maison. Mais elle s'ennuie, elle a des rêves, des fantaisies et voudrait dépenser de l'argent. Elle aime Lorenzo et elle se laisse enlever, habillée en jeune homme, en emportant, je vous le répète, la cassette et les ducats du pauvre Shylock.

Ici, je ne vous lis aucune de ces scènes, ni celle du roi d'Aragon, ni celle du sultan du Maroc : cela nous mènerait beaucoup trop loin. J'arrive au fait pur et simple que le pauvre Shylock, — je dis pauvre, vous verrez, tout à l'heure, pourquoi; car, si Shakespeare s'apitoie sur lui, d'autres personnes aussi s'y sont apitoyées, — pour vous montrer une raison de plus qu'il a de détester le grand seigneur Antonio, et Bassanio et tous les autres jeunes gens de cette bande. En effet, voici qu'ils racontent entre eux l'enlèvement de sa fille.

— Ah! ah! dit Salarino, je n'ai jamais entendu de plaintes aussi partagées d'objet, aussi baroques, aussi furieuses, aussi changeantes que celles dont le juif a fait retentir les rues. « Ma fille, disait-il, mes ducats! Ah! ma fille, enfuie avec un chrétien! Ah! mes ducats qui sont chrétiens! Justice! La loi! Mes ducats et ma fille! Un sac, les deux sacs de ducats, de doubles ducats, dérobés à moi par ma fille! Et des bijoux! Deux pierres, deux précieuses pierres! Qu'on trouve la fille! Elle a sur elle les pierres et les ducats! »

— Oui, dit un autre, les gamins de Venise le suivaient en riant et en répétant : « Ses pierres! Sa fille! Ses ducats! »

Vous voyez, c'est très comique, raconté par les autres! Mais qu'on essaie de se mettre à la place du pauvre homme : est-ce qu'il n'avait pas raison de

crier à travers les rues? Car, ce qu'il voulait, c'étaient
bien ses ducats, mais c'était aussi et surtout sa fille,
le plus beau, le plus riche de tous ses trésors; c'était
cette enfant unique qu'il avait! Et les gentilshommes
sont de leur âge, sont de leur temps, sont de leurs
mœurs, en se moquant du pauvre homme et en le
huant, en se moquant de lui parce qu'il mêle, dans
la tourmente de son désespoir, ses ducats qui deviennent chrétiens, et sa fille qui va devenir chrétienne
aussi. Mais, néanmoins, l'un d'entre eux a raison de
dire :

— Ah! prenons garde! que le bon Antonio fasse
bien attention à être exact au jour dit, ou c'est lui
qui paiera pour toute cette aventure!

Et vraiment, en toute impartialité, il faut avouer,
avec Shakespeare, qu'il y avait de quoi être furieux
contre cette bande.

En effet, un instant plus tard, nous voyons Shylock lui-même au désespoir d'avoir perdu sa fille,
rencontrant ces jeunes gens et les soupçonnant
d'avoir, sans doute, été complices dans l'enlèvement.
Et l'un d'entre eux lui répond :

— Mais oui, nous étions instruits! Pour ma part,
je connais le tailleur qui a confectionné les ailes
avec lesquelles Jessica s'est enfuie.

Car, je vous l'ai dit, elle est partie déguisée en
jeune garçon.

Alors, Shylock se lamente, il crie, il se désespère,
et voilà une scène où vous allez reconnaître encore
toute la générosité de Shakespeare, je dirai même
tout son courage, car il fallait, à cette époque, avec
les légendes, dont je vous ai parlé tout à l'heure,
qui couraient sur Israël, il fallait avoir un certain
courage et même un grand courage, pour oser faire
dire ce qu'il fait dire là à Shylock, ce qui n'est pas
dans la pièce de Marlowe, pour oser montrer ce
juif réclamant sa qualité d'homme, qui existe, en
somme, sous son apparence de juif.

Shylock dit :

— Ah! oui, voilà encore une affaire qui m'arrive...

Il apprend, en effet, qu'Antonio a perdu deux de ses vaisseaux sur la mer.

— C'est un banqueroutier, un prodigue qui ose, maintenant, à peine montrer sa tête sur le Rialto, un mendiant qui avait coutume de venir faire l'élégant sur le marché! Ah! qu'il prenne garde à son billet, par exemple! Il avait l'habitude de m'appeler usurier; qu'il prenne garde à son billet! Ah! il avait l'habitude de prêter de l'argent par courtoisie chrétienne, sans intérêt; qu'il prenne garde à son billet!

Salarino lui réplique :

— Je suis sûr que s'il n'est pas en règle, tu ne lui prendras pas sa chair! A quoi serait-elle bonne!

— A quoi? Ah! ah! A amorcer les poissons! Elle repaîtra ma vengeance si elle ne peut servir à rien de mieux. Ah! il a jeté le mépris sur moi, il m'a empêché de gagner un demi-million au moins, il a ri de mes pertes, il s'est moqué de mes gains, il a méprisé ma race, entravé mes affaires, refroidi mes amis, échauffé mes ennemis, et quelle raison a-t-il pour faire tout cela? Et quelle raison avez-vous tous pour me bafouer? Je suis un juif? Eh bien! est-ce qu'un juif n'a pas des yeux? Est-ce qu'un juif n'a pas des mains, des organes, des proportions, des sens, des affections? Est-ce qu'il n'est pas nourri des mêmes aliments, blessé par les mêmes armes, sujet aux mêmes maladies, guéri par les mêmes moyens, réchauffé et refroidi par le même été et par le même hiver que vous? Et si vous nous piquez, ne saignons-nous pas? Si vous nous chatouillez, ne rions-nous pas? Si vous nous empoisonnez, ne mourrons-nous pas? Et si vous nous outragez, ne nous vengerons-nous pas? Ah! si nous vous ressemblons en tout le reste, nous vous ressemblons aussi en cela. Si un juif outrage un chrétien, quel sera le nom de l'humilité dont fera preuve ce dernier? Vengeance! Et, si un chrétien outrage un juif, quel nom devra

porter la patience du juif, s'il veut suivre votre
exemple? Vengeance aussi, vengeance! Ah! la scélératesse que vous m'enseignez, je la mettrai en pratique, et cela ira bien mal si je ne dépasse pas les
leçons que vous m'aurez données...

⁂

Pendant que ce drame se corse, de ce côté-ci,
suivons l'autre, de l'autre côté, qui est charmant et
qui va nous consoler de cette âpreté, quand même
justifiée, il faut le répéter très loyalement, de ce
pauvre Shylock.

De l'autre côté, Bassanio est arrivé à Belmonte,
avec les trois mille ducats; il mène un grand train.
Je vous passe la scène où le roi d'Aragon et les
autres s'en vont. C'est la scène où lui, à son tour,
va choisir entre les trois coffrets. Il y a des paroles
exquises de Portia, qu'il faudrait vous lire, je le
répète, dans la langue anglaise. Les voici à peu près,
traduites en français. Vous allez voir l'exquis être
d'amour qu'est cette Portia, jeune fille, mais déjà
femme. Ce n'est plus la petite Juliette, ce n'est pas
non plus Desdémone âgée de dix-huit ou vingt ans;
c'est une jeune fille qui a passé vingt ans; elle a déjà
toutes les qualités de la femme. Ecoutez de quelle
façon délicieuse et originale elle dit son amour à
Bassanio; car, en effet, elle l'aimait et elle ne
souhaite qu'une chose, c'est qu'il tombe sur le bon
coffret. Elle sait où est ce bon coffret, mais elle ne
peut le lui dire sans se rendre parjure envers son
père et elle ne le veut pas, même au détriment de
son amour.

— Je vous en prie, dit-elle à Bassanio, ne vous
pressez pas! Attendez un jour ou deux avant de
consulter le sort, car, si vous choisissez mal, je
perds votre compagnie. Ainsi, différez un peu. Il y
a quelque chose qui me dit (oh! ce n'est pas l'amour,
non!), qui me dit que je ne voudrais pas vous

perdre. Mais vous savez vous-même que si ce n'est pas l'amour, ce n'est pas non plus la haine qui conseille une telle disposition d'esprit! Mais, de peur que vous ne me compreniez pas bien, — et, cependant, une jeune fille n'a pas un langage différent de sa pensée, — je voudrais vous retenir ici un mois ou deux, avant que vous vous remettiez, à cause de moi, aux mains de la fortune. Je voudrais vous enseigner le moyen de bien choisir; mais, alors, je serais parjure et je ne le serai jamais. D'un autre côté, vous pouvez me perdre, et, si cela arrive, vous me ferez regretter de ne pas avoir commis le péché de parjure. Ah! maudits soient vos yeux, Bassanio; ils m'ont ensorcelée, partagée en deux moitiés; l'une de ces moitiés est à vous, l'autre est à demi à vous, est à moi, veux-je dire; mais, si elle est à moi, elle est à vous, et ainsi je suis toute à vous.

Voyez quels charmants *concetti* il y a là, et quel esprit délicieux a cette femme!

Cependant, lui est pressé, il veut connaître son sort.

— Ah! dit-il, conduisez-moi vers les coffrets et vers ma fortune.

Un rideau se lève, les trois coffrets sont là. Il y a le coffret d'or, le coffret d'argent, le coffret de plomb.

— Eh bien! soit, alors, dit Portia. Un de ces coffrets contient mon portrait. Si vous m'aimez, vous me découvrirez tout droit. Nérissa (c'est sa suivante), et vous tous, tenez-vous à l'écart...

Et cette idée poétique et charmante à l'extrême, qui va revenir comme le *leitmotiv* de la pièce, l'idée que la musique doit être mêlée à tout :

— Que la musique résonne pendant qu'il choisira. De la sorte, s'il perd, il fera une fin de cygne et disparaîtra au sein de la mélodie. Afin que la comparaison soit plus juste encore, mes yeux seront le cours d'eau qui lui servira de lit de mort. Il peut gagner, au contraire, et alors que sera la musique? Eh bien! alors, la musique tiendra lieu de ces fan-

fares qui accompagnent les révérences des fidèles
sujets devant un roi nouvellement couronné.

Ici, la musique joue, et même un chœur chante de
ravissantes paroles qui, en français, deviennent vagues, comme toutes les paroles de chansons.

Avant de choisir, Bassanio prononce encore un
délicieux discours plein de pointes, que je ne peux
pas vous lire, parce que cela nous mènerait trop
loin, et Portia répond :

— Ah! comme elles se dissipent dans l'air, toutes
les passions qui m'agitaient, sauf une seule; anxiété
du doute, désespoir à la précipitation téméraire,
crainte frissonnante, jalousie aux yeux verts! O
amour, modère-toi! Comprime ton extase, fais
pleurer ta joie avec mesure, retranche ton excès? Je
sens trop vivement ta faveur, diminue-la un peu, je
crains qu'elle ne m'étouffe!

Et alors Bassanio ouvre le coffret de plomb : il y
trouve le portrait.

— Que vois-je ici? Le portrait de la belle Portia!

Et il la dépeint. Je vous passe encore toute la
description, qui est une suite de fins de sonnets.
On pourrait en faire tout un recueil de sonnets en
les traduisant et en ne prenant qu'un vers, et en en
mettant treize, pour que celui-ci fît le quatorzième.
Et là, ayant lu ces vers, — car il y a une petite
cédule qui dit : « Toi qui as eu la chance de choisir,
que ce bonheur se continue, et, maintenant, va demander ta récompense qui est un baiser de fiançailles. »

— Belle dame, dit-il, avec votre permission, je
viens, ma note à la main, pour donner et pour
recevoir.

Et il l'embrasse.

— Comme lorsque deux lutteurs, reprend Bassanio, se disputent une victoire, celui qui pense
avoir bien mérité aux yeux du peuple en entendant
les applaudissements et les hourras unanimes s'arrête, la tête saisie de vertige, et regarde incertain si
ces acclamations s'adressent ou ne s'adressent pas

à lui; ainsi, trois fois, belle dame, je m'arrête incertain de savoir si ce que je vois est vrai, jusqu'à ce que vous me l'ayez affirmé, confirmé, ratifié vous-même.

— Vous me voyez ici, seigneur Bassanio, telle que je suis. Pour ce qui est de moi seule, je ne nourrirais aucun ambitieux désir d'être mieux que je ne suis; mais, pour vous, je voudrais pouvoir me tripler vingt fois; je voudrais être mille fois plus belle, mille fois plus riche, et, afin seulement de m'élever plus haut dans le compte que vous faites de moi, je voudrais en richesses, en vertu, en beauté, en amis, excéder tout compte. Quant à moi, la somme totale de ma pauvre personne équivaut à zéro, c'est-à-dire, pour m'exprimer en résumé, équivaut à une jeune fille sans grande instruction, sans savoir, sans expérience, heureuse en ceci qu'elle n'est pas encore si vieille qu'elle ne puisse apprendre; mais plus heureuse en ceci encore qu'elle n'est pas si stupide qu'elle ne sache apprendre, et heureuse, par-dessus tout, de pouvoir remettre un esprit docile aux soins du vôtre pour qu'il le dirige comme son seigneur, son gouverneur et son roi.

Quel est l'homme qui ne voudrait recevoir une fiancée lui parlant de la sorte?

Et elle continue :

— Ma personne et tout ce qui m'appartient vous sont transférés et deviennent vôtres. Il n'y a qu'un instant, j'étais la souveraine de ce beau château, la maîtresse de mes serviteurs, la maîtresse de moi-même, et, maintenant... Maintenant, ce château et ces serviteurs, et cette personne qui est moi, sont vôtres, Monseigneur, je vous les donne avec cet anneau. Si jamais vous vous en séparez, le perdez ou le donnez, que ce soit le présage de la ruine de votre amour, et, pour moi, la seule et légitime occasion de me plaindre de vous.

Bassanio ne s'exprime pas là avec un moindre amour.

— Madame, dit-il, vous m'avez privé de tout pouvoir de parole. Mon sang seul vous répond dans mes veines, et il y a, dans mes facultés, une confusion pareille à celle qui se manifeste après quelque discours éloquent prononcé par un prince populaire, parmi la multitude bourdonnante de satisfaction, lorsque, de ses murmures mêlés ensemble, il sort ce bruit indistinct où il n'y a rien qu'une joie exprimée et non exprimée tout à la fois. Mais, lorsque cet anneau se séparera de mon doigt, madame, c'est que la vie me quittera, et alors vous pourrez dire hardiment : « Bassanio est mort! »

A ce moment, on vient. Nérissa, la suivante, entraînée par cet exemple, déclare la même chose : elle est aimée de Gratiano, elle l'aime; ils échangent aussi un anneau, et voilà un second mariage qui se fera. Il va arriver, en même temps, Lorenzo avec Jessica, et il va y avoir, dans ce château enchanté, trois couples amoureux : Bassanio et Portia, Gratiano et Nérissa, la suivante, et, enfin, Lorenzo et la belle Jessica.

Arrive aussi un ami, Solanio, qui apporte une lettre d'Antonio. Pendant que Bassanio lit cette lettre, il pâlit; Portia s'en aperçoit, elle lui demande ce qu'il a. Et, comme ce sont de beaux amoureux, ingénus et absolument purs et sincères, il lui raconte la vérité : ce qu'il a fait pour venir près d'elle, pour se présenter dans un état convenable étant complètement ruiné, comme il le lui avait dit gentiment, et il ajoute :

— J'étais plus que ruiné, car je devais trois mille ducats à un ami qui me les avait prêtés, après beaucoup d'autres, et qui se trouve, maintenant, en un grand embarras. Voici cette lettre qu'il m'envoie, et le papier en est comme le corps de mon ami; chacun de ses mots est comme une blessure ouverte qui laisse échapper la vie avec le sang!

Tous les bateaux d'Antonio se sont perdus sur la mer, et Solanio dit, d'autre part, que Shylock est impitoyable.

— Eh quoi! dit Portia, quelle somme doit-il donc au juif, votre ami?

— Il doit pour moi trois mille ducats.

— Comment! trois mille ducats, pas davantage? Mais payez-lui-en six mille et déchirez le billet! Doublez ces six mille et triplez cette dernière somme plutôt que Bassanio laisse perdre un cheveu, par sa faute, à un ami tel que celui qu'il vient de me décrire! Venez d'abord avec moi à l'église, donnez-moi· le titre d'épouse, et puis allez immédiatement à Venise retrouver votre ami...

Etre charmant et délicieux, et héroïque, et sublime dans la galanterie, — et c'est une des rares pièces où la galanterie arrive à être sublime, — elle lui dit :

— Votre ami a été le héros que vous me dites; allez le délivrer d'abord, car aussitôt nous serons mariés; je ne serai votre femme et vous ne dormirez à mes côtés qu'avec une âme tranquille. Vous aurez de l'or en quantité. Allez délivrer votre ami et vous reviendrez. En attendant, moi, je resterai votre épouse, mais je ne la serai complètement que lorsque vous reviendrez libérateur de votre ami.

Et, pour montrer que ce sont tous de belles âmes, voici la lettre que lui lit Bassanio, et qui est la lettre du pauvre Antonio.

Vous vous rappelez dans quelle situation il doit se trouver, et voici, cependant, ce qu'il écrit... Est-il possible qu'il y ait jamais eu des êtres comme celui-là! En tout cas, je ne crois pas qu'à notre époque ils soient fréquents, mais je crois qu'il n'en a jamais été, je crois qu'il n'y a jamais eu, des êtres vous ayant prêté de l'argent, cette chose plus précieuse que le sang, et qui, n'étant pas payés, et devant payer pour vous avec leur chair, vous écrivent une telle lettre :

« Mon aimable Bassanio, mes vaisseaux ont tous péri; mes créanciers deviennent féroces, ma fortune est au plus bas, mon billet souscrit à Shylock n'a pas été payé à l'échéance, et puisque, ne le payant pas, il est impossible que je vive, toutes vos dettes envers moi seront éteintes, si je puis vous voir seulement avant de mourir. Cependant, agissez comme il vous sera le plus agréable et que ma lettre ne vous contraigne pas à revenir si votre amitié ne peut pas vous y engager et si vous êtes plus heureux en ne revenant pas. »

Voilà vraiment des âmes d'élite!

Aussi Portia s'écrie-t-elle :

— Oh! mon chéri, dépêchez toutes vos affaires et partez!

Le voilà en route.

D'autre part, à Venise, nous voyons Antonio en prison et le geôlier qui le surveille. Shylock dit à celui-ci :

— Je ne veux pas que tu sortes avec lui, je ne veux pas que tu le quittes. Je veux les conditions de mon billet. Reste là et garde-le.

Mais Portia est inquiète. Elle sait bien que Bassanio est parti avec de l'argent qu'elle lui a donné; mais elle redoute qu'il se passe quelque chose. Elle a été terrifiée à l'idée que Shylock pouvait être impitoyable. Alors cette femme exquise, héroïque, je vous le répète, charge Lorenzo de garder sa maison, et, pendant qu'il la gardera, elle part avec Nerissa. Elle a une idée, et elle lui dit :

— Nous allons nous habiller en garçons, courir le monde pour aller à leur secours.

Son idée, vous la connaîtrez tout à l'heure, il faut vous en ménager la surprise; vous allez, du reste, la connaître bientôt.

Il y a un célèbre docteur qui s'appelle Bellario, est cousin de Portia; il habite Padoue; Portia lui fait porter en grand'hâte une lettre par son valet Balthazar. On saura plus loin pourquoi.

***

Nous sommes, maintenant, à Venise, dans la Cour

de Justice. Le duc est là, Antonio est amené; il lui dit :

— Je suis affligé pour toi, Antonio, mais tu as été appelé pour répondre à un ennemi de pierre, qui n'a pas dans le cœur la plus petite goutte de clémence.

— Soit! dit Antonio, je subirai la peine que j'ai méritée.

On fait venir Shylock. Le duc essaie de le rendre généreux et clément; Shylock refuse dans un plaidoyer très dur, que vous allez entendre, mais qui n'est pas de Shakespeare. C'est un des nombreux biens qu'il prenait où il trouvait, et dont il se servait, comme Molière. C'est dans un recueil de déclamations, de discours, qui furent faits par un certain Alexandre Silvayn et traduit en anglais en 1596. Les arguments sont presque tous pris là-dedans. C'est à Malone qu'on doit cette découverte. Et Shakespeare n'aurait peut-être pas trouvé tous ces admirables arguments, car le juif dit :

— J'ai informé Votre Grâce de mes intentions. Vous me demanderez pourquoi j'aime mieux prendre une livre de chair que de recevoir trois mille ducats. A cela, je ne répondrai pas autrement qu'en disant que telle est mon humeur. Je vous ferai observer que, si un rat trouble ma maison et s'il me plaît de donner dix mille ducats pour qu'on l'empoisonne, personne n'a le droit de m'en empêcher. Est-ce une bonne raison? Je ferai observer aussi qu'il y a des gens qui n'aiment pas entendre crier un cochon et que la vue d'un chat fait tomber en pâmoison. De même qu'on ne peut pas donner de raison valable pour expliquer cela, sinon de dire qu'ils sont contraints de céder à une humiliante antipathie, laquelle les pousse à offenser parce qu'ils sont offensés eux-mêmes. Ainsi, moi, je ne peux pas donner d'autres raisons et je ne veux pas en donner d'autres que celle-ci : j'ai pour Antonio une haine vive, une aversion absolue, qui me poussent à lui intenter le procès tel que je le fais. Etes-vous satisfaits de ma réponse?

BASSANIO. — Homme insensible, ce n'est pas là une réponse qui puisse excuser le débordement de ta cruauté!

SHYLOCK. — Je ne suis pas obligé de donner une réponse qui te fasse plaisir!

— Je vous en prie, dit Antonio, cessez de faire des démarches auprès de lui et des offres! N'épiloguons pas davantage! Prononcez le jugement et accordez-lui l'objet de son désir.

BASSANIO. — Mais, pour tes trois mille ducats, je t'en offre six mille!

SHYLOCK. — Quand bien même chacun des six mille ducats serait divisé en six parties et que chacune de ces parties serait un ducat, je ne les recevrais pas! Je veux l'exécution de mon billet.

LE DUC. — Comment pourras-tu espérer la clémence, si tu n'en accordes toi-même aucune?

— Et quel jugement ai-je à redouter, et quelle clémence à espérer, puisque je n'ai fait, moi, aucun mal? J'exige simplement mon droit : cette livre de chair que je lui réclame, je l'ai chèrement achetée; elle est à moi et je l'aurai. Si vous me la refusez, anathème sur votre loi! Les décrets de Venise seront désormais sans force! C'est une ville de commerce, le commerce y sera ruiné, et j'attends de vous justice. Répondez-moi, me la ferez-vous?

LE DUC. — En vertu de mon pouvoir, je puis congédier la Cour, à moins que Bellario, le savant docteur que j'ai envoyé chercher à Padoue, n'arrive aujourd'hui.

On vient annoncer, à ce moment, qu'un messager, nouvellement venu, apporte des lettres du docteur Bellario. On fait lire ces lettres. Bellario écrit qu'il est malade, mais qu'il envoie, pour le remplacer, un jeune docteur extrêmement savant en qui l'on peut avoir pleine confiance.

Le clerc qui vient annoncer cela est la jeune suivante, Nérissa, habillée en clerc, avec une plume fichée dans l'oreille et une perruque. Elle est méconnaissable.

BASSANIO, *à Shylock*. — Mais que fais-tu là?

Shylock est en train d'aiguiser sa longue flissah, son couteau oriental, sur la semelle de son soulier.

— Ce que je fais? J'aiguise mon couteau pour couper au banqueroutier le dédit qu'il me doit!

Ici, un calembour de Gratiano, qui fait toujours des calembours. Celui-ci est sinistre! Il faut vous dire qu'en anglais la semelle du soulier se dit : *sole*, et qu'il y a un mot anglais, le mot *soul*, qui se prononce à peu près de la même façon.

— Ah! non, ce n'est pas sur ta *sole* (sur ta semelle) que tu aiguises, c'est sur ta soul (sur ton âme).

— Qu'importe? lui répond-il, toutes tes railleries n'effaceront pas la signature de mon billet. Tu ne fais, en parlant si haut, autre chose que blesser tes poumons.

La lettre de Bellario étant lue, on fait entrer le jeune docteur. Vous l'avez deviné, c'est Portia, qui est habillée en docteur. Elle n'est pas reconnue, ni par Bassanio, ni par Gratiano, ni par personne.

LE DUC. — Donnez-moi la main. Vous venez de la part du vieux Bellario?

— Oui, Monseigneur.

— Vous êtes le bienvenu, jeune docteur. Prenez votre place. Etes-vous au courant de la cause?

— Oui, dit-il.

LE DUC. — Commençons. Antonio, et toi, vieux Shylock, avancez tous deux.

PORTIA. — Votre nom est-il Shylock?

— Shylock est mon nom.

PORTIA. — La demande que vous faites est d'une étrange nature, et, cependant, tellement légale que la loi vénitienne ne peut pas vous empêcher de poursuivre.

Comme toujours, dans Shakespeare, il y a l'idée philosophique, vous allez la voir sortir, et qui est très nette : c'est que l'extrême justice (c'est la traduction d'un proverbe latin, d'un dicton), c'est que l'extrême justice devient exactement pareille à l'extrême injustice. La justice est une chose terrible, et c'est pourquoi je me suis permis de parler contre elle quand j'ai dit :

— Personne n'a le droit de punir et de juger!

Et, en effet, — je n'en ai pas l'étrenne, — juger quelqu'un et vouloir l'extrême limite de son droit, c'est, presque toujours, aller à une injustice. Mais Portia le dit, infiniment mieux que je ne pourrais le dire, de la façon suivante :

— Par l'effet de quelle contrainte voudriez-vous me rendre clément? demande Shylock.

PORTIA. — Le propre de la clémence est de n'être pas contrainte. Elle tombe comme tombe douce la pluie du ciel sur la plaine qui est au-dessous d'elle. Elle est deux fois bénie : elle bénit celui qui la donne et celui qui la reçoit. C'est ce qu'il y a de plus puissant dans ce qui est tout-puissant. Elle est un attribut de Dieu lui-même, et le pouvoir terrestre approche, autant que possible, du pouvoir de Dieu lorsque la clémence tempère la justice. Par conséquent, Shylock, quoique la justice soit ton point d'appui, considère bien ceci : que ce n'est pas par la justice qu'aucun de nous trouvera jamais son salut. Nous prions pour demander la clémence, et cette même prière par laquelle nous la demandons, nous enseigne à tous que nous devons nous montrer cléments nous-mêmes. Je n'ai si longuement parlé que pour t'engager à modérer la justice de ta demande. Si tu y persistes, cette Cour de Venise, sévèrement fidèle à la loi, devra nécessairement prononcer la sentence contre Antonio ici présent.

— Que mes actions retombent sur ma tête, réplique Shylock. J'exige la loi, l'exécution de la clause pénale et le dédit de mon billet.

Elle va lui montrer, tout à l'heure, en poussant cela jusqu'au bout, c'est-à-dire jusqu'à l'absurde, que lorsqu'on veut aller jusqu'au bout de son droit, on va faire une injustice et qu'on mérite d'être puni.

Elle ira, peut-être, un peu plus loin qu'il ne faut, comme vous le verrez tout à l'heure.

Ici, Bassanio renouvelle son offre :

— Six mille ducats! Vingt mille ducats! Tout ce qu'on veut.

Et il dit :

— Je vous en supplie, jeune docteur, faites un petit mal pour un grand bien! Courbez l'obstination de ce cruel.

— Non, dit Portia, cela ne peut pas être. Il n'y a pas de pouvoir, à Venise, qui puisse altérer un décret établi. Un tel précédent introduirait dans l'Etat de nombreux abus! Cela ne peut pas être.

SHYLOCK. — Un Daniel est donc venu pour nous juger! Oui, un Daniel. O sage juge, combien je t'honore!

— Laissez-moi, je vous prie, examiner le billet, dit Portia.

— Le voici, très révérend docteur, le voici.

— Shylock, on t'offre de te rendre trois fois ton argent.

— Un serment, un serment, j'ai fait un serment au ciel! Chargerai-je mon âme d'un parjure? Non, non, je ne le ferais pas pour Venise entière.

— Oui, dit Portia, ce billet est échu sans paiement, et, par les conventions consignées, tu peux légalement réclamer une livre de chair que tu as droit de couper tout près du cœur de ce marchand. Mais sois compatissant! Reçois trois fois le montant de la dette, dix fois même, et laisse-moi déchirer le billet!

Vous voyez qu'elle va aussi loin qu'on peut aller dans les appels à la clémence.

— Non, dit-il, non! Lorsqu'il aura été acquitté conformément à sa teneur, tu le déchireras. Il paraît que vous êtes un digne juge; vous connaissez la loi, votre exposé a été solide; je vous enjoins donc, de par la loi, dont vous êtes une des colonnes les plus méritantes, de procéder au jugement. Je jure, par mon âme, qu'il n'est pas langue humaine ayant assez d'éloquence pour changer ma volonté. Je m'en tiens à mon billet.

ANTONIO. — Je supplie la Cour, de tout mon cœur, qu'elle veuille bien rendre le jugement.

— Eh bien! soit, alors le voici, fait Portia. Il faut vous préparer, Antonio. Offrez votre sein au couteau.

SHYLOCK. — Oh! noble juge! O excellent jeune homme!

— Par conséquent, dit Portia à Antonio, mettez votre sein à nu.

SHYLOCK. — Oui, sa poitrine, c'est ce que dit le billet, n'est-ce pas, noble juge? La place la plus près du cœur. Ce sont les termes mêmes.

PORTIA. — Les termes mêmes. Y a-t-il ici une balance pour peser la chair?

SHYLOCK. — Oui, j'en ai une toute prête.

— Shylock, avez-vous pris aussi quelque chirurgien à votre charge pour panser ses blessures, afin que le condamné ne saigne pas à mort?

— Cela est-il énoncé dans le billet?

— Non, cela n'est pas énoncé, mais qu'importe! Il serait bon que vous le fissiez par charité.

— Je ne vois pas pourquoi, si cela n'est pas dans le billet.

— Approchez, marchand! Qu'avez-vous à dire? Mais Antonio n'a rien à dire.

Bassanio, dans son désespoir, dit là deux paroles, paroles inutiles, comme vous le verrez tout à l'heure, ou plutôt utiles, car elles nous vaudront le cinquième acte :

— Je suis prêt à donner tout pour que mon ami ne subisse pas ce supplice, et même ma chère femme!

— Prenez garde, dit le juge, si votre femme entendait cette parole, elle pourrait vous en vouloir.

Gratiano dit la même chose.

— Pas du tout, dit Shylock! Tout cela nous fait perdre du temps.

Et, à part lui, il ajoute :

— Voilà bien les maris chrétiens! Moi, j'ai une

fille; j'aimerais bien mieux qu'elle épousât un homme de la race de Barabbas que de voir un chrétien l'épouser. Mais nous perdons du temps! Rendez donc la sentence.

— Il te revient une livre de la chair de ce marchand, et la Cour, par ma bouche, te l'adjuge.

— O juge très équitable!...

— Et vous pouvez couper cette chair sur sa poitrine, je le permets, la Cour vous y autorise.

— O très docte juge! Voilà une sentence! Oh! oh! grand Daniel!

— Arrête, dit Portia, un instant! Il y a encore quelque autre chose à dire.

Et voici, maintenant, la critique de la justice qui va jusqu'au bout de son droit, de la loi qui est appliquée à la lettre sans qu'on veuille faire intervenir le sentiment, le cœur, la bonté, la clémence.

— Ce billet ne t'accorde pas une goutte de sang; les mots sont formels, ils disent ceci : une livre de chair. Prends donc ce que t'accorde ton billet, prends ta livre de chair; mais si, en la coupant, il t'arrive de répandre une goutte de sang chrétien, tes terres et tes biens seront, de par la loi, confisqués au profit de l'État de Venise.

GRATIANO. — Ah! ah! ah! Le juge intègre! Ah! ah! n'est-ce pas, que voilà un docte juge!

— Mais est-ce la loi? dit Shylock.

— Tu verras toi-même, dit Portia. Puisque tu demandes justice, sois assuré que tu l'obtiendras plus que tu ne demandes.

— Ah! le docte juge, un vrai Daniel, n'est-ce pas, Shylock? Un vrai Daniel, dit Gratiano, qui se moque de lui.

Ici, la scène va rapidement. Voyant qu'il ne peut rien faire, qu'il est acculé par son propre raisonnement, Shylock accepte enfin la transaction.

— Non, non, non! dit Portia; tu ne peux plus accepter, tu as refusé! Prends la livre de chair qui te revient!

— Mais non, qu'on me paie trois fois...

— Non, prends ta livre de chair.

— Mais rien qu'une fois mon capital!

— Non!

— Eh bien! alors, qu'il aille au diable, je le fais quitte des trois mille ducats qu'il me doit.

Il est complètement au désespoir, mais vous allez voir comme Portia pousse loin la démonstration par l'absurde. Elle ajoute :

— Pardon, tu es encore coupable de quelque chose. De par la loi, tout étranger qui tente de conspirer contre la vie d'un citoyen de Venise doit être puni de la confiscation de ses biens et de la peine de mort. Donc, tes biens appartiennent à l'Etat, et tu vas être puni, car tu as voulu tuer cet homme.

Tout le monde lui donne tort; Antonio demande sa grâce, mais Portia dit :

— Non! Le duc le bannit simplement. Quant à sa fortune, la moitié reviendra à l'Etat et l'autre moitié à Antonio : qu'il en fasse legs et don à sa fille, Jessica, qui a épousé mon ami Lorenzo.

Alors, le pauvre Shylock — je dis bien pauvre, malheureux — est acculé par son raisonnement, réduit à perdre ses trois mille ducats, à perdre toute sa fortune, à perdre sa fille en lui donnant la moitié de son argent, pour son mari qui est l'abominable chrétien Lorenzo. Voilà à quel point la vengeance de Portia, ou plutôt la logique, qui ne veut pas qu'on soit injuste en étant trop juste, est poussée. Et, à ce moment-là, vraiment, quelque cruel et féroce qu'ait été Shylock, on ne peut pas oublier une certaine anecdote d'Henri Heine qui raconte que, voyant un jour, à Londres, jouer *Shylock*, il vit, derrière lui, une jeune Anglaise, « charmante, dit-il, qui n'avait, dans son type, rien de sémite, qui était une pure Anglaise-Saxonne, et qui pleurait. Je lui demandai pourquoi elle pleurait, elle me répondit : « Le pauvre vieil homme est vraiment puni injustement ». Il est certain qu'on va un peu loin dans le châtiment infligé à Shylock.

Ici, un poète dramatique ordinaire aurait fini la

pièce, car, en réalité, elle est finie. Il n'y avait qu'à faire reconnaître Portia et Nérissa par Bassanio et par Gratiano, et la pièce était finie. Mais Shakespeare est autre chose qu'un grand dramaturge. En général, quand un poète fait dés pièces de théâtre, il risque deux choses : ou il est plus auteur dramatique que poète, et alors il fait une pièce très bien charpentée, mais dont les vers sont abominablement mauvais, car ce qu'on appelle vers de théâtre, on peut le dire, est en général ignoble; ou bien il est un poète : il fait une pièce en très beaux vers, mais sa pièce est très mal faite, et elle est une pièce qui ne plaît pas au public. Shakespeare est les deux. C'est un grand auteur dramatique, mais c'est aussi un poète, et il est tellement poète qu'à certains moments il peut sacrifier l'auteur dramatique, faire triompher le poète, sans que personne s'en plaigne.

C'est ce qui arrive ici. Il y a un cinquième acte tout petit, tout court, mais qui est une merveille de grâce et de poésie, et l'on est ravi qu'il l'ait ajouté. Il s'est servi pour cela, je vous l'ai dit tout à l'heure, du mot que disent les deux amis du condamné et d'un tout petit détail, à la fin du quatrième acte : c'est que, quand ils ont gain de cause, ils offrent les trois mille ducats au jeune docteur; celui-ci les refuse et demande simplement à Bassanio :

— Donnez-moi vos gants.

L'autre tire ses gants.

— Oh! vous avez là un anneau qui est très simple, il me plaît beaucoup!

Et il lui demande l'anneau que lui a donné Portia et qu'il avait juré de ne quitter jamais. Bassanio résiste d'abord, il dit :

— Non, je ne peux pas vous le donner, c'est ma femme qui m'en a fait cadeau et j'ai juré de ne pas m'en séparer.

— Ah! dit le jeune docteur, voilà bien la façon de récompenser les gens qui vous ont rendu service! Vous cherchez une excuse pour ne pas me donner la petite chose que je vous demande!

Si bien que, lorsqu'il est parti, Antonio dit à Bassanio, tout d'abord :

— Tu aurais pu lui donner cet anneau, j'aurais expliqué à ta femme dans quelles circonstances tu le lui as donné; que c'est pour payer ma vie que Shylock voulait m'enlever et qu'il a sauvée.

Bassanio accepte. Il fait courir après le docteur et lui remet son anneau. La petite Nérissa fait la même chose avec Gratiano, et voici qui va amener le cinquième acte. Car Shakespeare, je vous l'ai dit, est un ficelier de théâtre merveilleux. Si c'était pour amener un mauvais cinquième acte, il aurait tort; mais c'est pour amener une merveille, et combien il a raison!

***

Nous sommes, ici, au cinquième acte. Lorenzo et Jessica sont là; et il y a là un très joli petit intermède où l'on sent encore la douceur, la conciliation de Shakespeare, qui a voulu montrer que, peut-être, un temps arriverait où les âmes de deux races aussi différentes que celles-là pourraient se conjoindre. Ils sont là, sous la lune, et Lorenzo dit des choses délicieuses.

— La lune est resplendissante. Ce fut par une telle lune que... Etc.

Et il continue. Il lui dit :

— Regarde comme le clair de lune dort doucement sur ce banc de gazon. Allons nous y asseoir, et laissons les accords de la musique se couler dans nos oreilles. La douce tranquillité et la nuit sont les meilleurs auxiliaires pour faire goûter la suave harmonie. Assieds-toi, Jessica. Vois comme le parquet du ciel est parsemé de nombreuses patènes d'or brillant! Il n'est pas jusqu'au plus petit de ces globes que tu contemples qui, par ses mouvements, ne rende une harmonie angélique qui s'accorde avec les voix des chérubins aux yeux éternellement jeunes. Les âmes immortelles ont en elles une telle musique. Mais pendant que ce vêtement de boue, fait pour tomber, l'emprisonne grossièrement entre ses cloisons, nous ne pouvons l'entendre.

Les musiciens arrivent. Et, ici, un court passage que je voudrais pouvoir vous lire en anglais et qu'il faudrait vous faire lire par la bouche d'une jeune miss anglaise. Vous sentiriez le gazouillis de cet éloge de la musique, car Jessica, entendant cette musique, éprouve une impression qui paraît singulière. D'abord, elle dit :

— Je ne suis jamais joyeuse quand j'entends une douce musique!

— En voici la raison, dit Lorenzo, c'est que votre esprit est attentif. Ainsi avez-vous remarqué une harde, un troupeau d'animaux sauvages et exubérants, ou une bande de jeune poulains, encore indomptés, qui bondissent, qui font des bonds de fous, qui s'ébrouent et qui se mettent à hennir très fort, ce qui est la condition naturelle de l'ardeur de leur sang. Mais si, par hasard, ils entendent un son de trompette, ou plutôt un air, non, pas un air, un souffle de musique qui vient toucher leurs oreilles, vous pouvez tout de suite remarquer qu'ils font halte, comme s'ils étaient d'accord et que leurs yeux sauvages prennent une expression tout apprivoisée. Cela, par le doux pouvoir de la musique, et c'est bien pourquoi le poète a imaginé qu'Orphée entraînait les arbres, les pierres et les fleuves, puisque rien n'est assez brute, assez rude, assez plein de rage pour que la musique, ne fût-ce qu'un moment, n'en puisse changer la nature. L'homme qui n'a pas de musique en lui-même, ou qui n'est pas ému par la concorde des sons harmonieux, celui-là est fait pour les trahisons, les stratagèmes et les brigandages. Les mouvements de son esprit sont sourds comme la nuit, et les affections qu'il a sont noires comme les rêves. Un tel homme, ne vous y fiez jamais. *Mark the music*, ce qu'on traduit toujours : « Ecoutez la musique. » C'est plus que cela : « Observez la musique, faites attention à ce que la musique va dire. »

Et ils écoutent cette musique, et c'est tandis qu'elle chante qu'arrivent Portia avec Nérissa, qui viennent leur recommander de ne pas raconter qu'elles ont été absentes. Car Bassanio va venir. En effet, Bassanio arrive avec Gratiano, avec Antonio. Il présente son ami, et là, imbroglio délicieux, mais qu'il faudrait lire et jouer dans le menu détail, et, cette fois, faire jouer par des comédiens habitués à jouer du Marivaux, — il n'y a qu'à la Comédie-Française qu'on pourrait rendre cela.

La petite Nérissa, dans la conversation, s'aperçoit que Gratiano n'a plus l'anneau qu'elle lui a donné.

— Qu'est-ce que vous avez fait de cet anneau?

— Je l'ai donné au clerc du docteur.

— Oh! oh! dit-elle, vous l'avez donné à une femme! Certainement!

— Non, je vous assure, c'est à un jeune clerc tout petit, pas plus grand que vous!

Et Portia, qui entend, dit :

— Quoi? Oh! vous avez eu tort! Certainement, Bassanio n'aurait pas fait chose pareille!

Bassanio se dit :

— Ah! ma main gauche, si je pouvais la couper et dire que je l'ai perdue en défendant cet anneau.

— N'est-ce pas que vous ne l'auriez pas fait?

— Hélas! si! Voici la vérité...

Car ils sont purs et ingénus!

— Je n'ai pas pu faire autrement, et j'ai cru devoir payer les services du docteur en donnant cet anneau.

— Ah! vous avez eu tort! Cela, je ne vous le pardonnerai jamais, dit Portia, qui exagérait encore.

Les deux femmes leur font une scène épouvantable, disant :

— Vous avez donné les anneaux, certainement, à des femmes. Vous nous êtes infidèles; c'est abominable! Nous qui vous attendions ici, dans un cou-

vent, en priant pour vous, comment avez-vous pu
faire une chose pareille!

— Mais non, c'est au jeune docteur...

— Eh bien! ce jeune docteur, il n'a qu'à venir,
dit Portia, et je suis toute à lui, je lui appartiens.

— Oh! non, c'est abominable! Je vous en prie...

Et enfin, dans la conversation, Antonio, qui veut
mettre le holà, lui dit :

— Je vais vous raconter comment cela s'est passé.
C'est à cause de moi que tout cela est arrivé.

— Alors, si c'est à cause de vous, finissons ce
débat. Voici cet anneau, dites-lui que celui-là je le
lui donne, mais que celui-là il ne le perde plus!

Bassanio reconnaît l'anneau qu'il a donné au docteur. Portia lui explique tout; tout s'arrange, sauf que
Gratiano fait encore un mot que je ne peux pas
vous dire, — cela, ce n'est plus du Marivaux, c'est
du Molière.

— Ne parlez pas si grossièrement, dit Portia, nous
sommes réunis; nous allons, maintenant, être très
heureux.

En effet, la musique va recommencer, et ils sont
dans cet admirable château, près de Venise. Ils vont
aller à Venise, tout à l'heure, raconter leur joie, et,
en somme, leur triomphe. Tout finit bien, excepté
pour le pauvre Shylock, *wronged*, comme on dit en
anglais, c'est-à-dire à qui l'on a fait du tort et des
injustices...

Vous le voyez, qu'il y a quelques petites clairières
dans la forêt de Shakespeare; vous vous êtes reposés
dans celle-ci, aujourd'hui; nous en trouverons d'autres dans quelque temps, et j'espère que nous finirons par les ravissantes et délicieuses clairières qui
s'appellent *Le Songe d'une Nuit d'Eté* et *La Tempête*,
où vous verrez, en effet, paraître, à côté des deux
Muses de Shakespeare, celle dont je vous parlais,
celle qui est la plus étrange, la plus inconnue, que
les Grecs n'avaient pas, la Muse de la Féerie, la
Muse de la Fantaisie fantastique, ce qui nous prouvera bien, ce que j'essaie de prouver, — car je

n'étudie Shakespeare que pour arriver à cela, — de prouver que Shakespeare n'est pas un pur Anglo-Saxon, mais qu'il est, mettons pour un dixième, si vous voulez, je m'en contenterai, notre cousin, un Celte.

X

ANTOINE & CLÉOPATRE

——

L'unité d'action dans le Drame de Shakespeare : Le duel entre la force d'Antoine et la séduction de Cléopâtre. Le portrait physique des deux héros. — La grande Scène « la Scène à faire » du départ d'Antoine. — Le caractère de Cléopâtre. — La Scène avec le Messager. — La Scène entre Antoine et Cléopâtre après la défaite d'Actium. — La mort d'Antoine. — La mort de Cléopâtre.

MESDEMOISELLES,
MESDAMES,
MESSIEURS,

Les admirateurs les plus enthousiastes de Shakespeare, les dévots les plus fervents à son culte, ceux qui n'admettent pas qu'on puisse le critiquer en quoi que ce soit, sont pourtant tous d'accord pour reconnaître qu'*Antoine et Cléopâtre*, malgré toutes les beautés, toutes les splendeurs dont le drame étincelle, est une pièce imparfaite. Ils sont tous d'accord pour dire que Shakespeare qui, dans ses autres pièces, en méprisant les trois unités classiques, garde toujours au moins l'unité de caractère ou de passion, n'a pas su, ici, concentrer l'intérêt sur un point capital; que l'action est dispersée, qu'il n'y a aucune unité, pas même une unité morale, et que malgré tout, malgré les grandes beautés, je le répète, qui distinguent cette pièce et l'illuminent, c'est une pièce mal faite.

Eh bien! je ne vais pas être d'accord même avec ces dévots fervents et je vais me montrer tout à fait intransigeant, un de ceux dont Victor Hugo disait qu'ils admirent Shakespeare — comme il l'admirait, d'ailleurs, lui-même — en bloc, ainsi qu'une brute. Et, cependant, je veux essayer de vous prouver que je ne suis pas une brute en l'admirant ainsi, et je vais vous donner mes raisons, en vous montrant, ce qui, je crois, est la vérité, que cette pièce est, au contraire, une pièce très bien faite.

Ceci a l'air d'un paradoxe. Des amis même, qui me l'ont entendu dire, m'ont traité de fou, mais cela m'est égal. Comme j'aime beaucoup Shakespeare et que je tiens à vous le faire aimer, je vais essayer de vous montrer rapidement, et je crois que j'y arriverai, que la critique est fausse.

Évidemment, quand on lit la pièce, on est frappé par les changements de lieux qui sont perpétuels. Nulle part autant qu'ici l'action n'est éparpillée, mais il est impossible qu'il en soit autrement, puisque les personnages qui font le drame sont eux-mêmes aux quatre coins du monde. Il s'agit, en effet, de la dispute du monde entre deux hommes, deux des triumvirs, Antoine et Octave; par conséquent, il est très naturel qu'il y ait une partie de la scène qui se passe à Rome où habite Octave et où habite aussi Lépide, le second triumvir, où habitent Fulvie, la première femme d'Antoine, et ensuite Octavie, sa seconde femme, et que, d'autre part, il y ait une seconde action à Alexandrie, où Antoine reste auprès de Cléopâtre. Quand on pense qu'en même temps que cela, il y a la guerre sur terre et sur mer, en Asie et en Afrique; qu'il y a des batailles contre les Parthes; qu'il y a, sur la mer, des pirates qui sont alliés avec Sextus Pompée, on voit tout de suite qu'il y a là, en effet, un éparpillement de l'action qui semble rendre impossible l'unité. Et, cependant, je vais vous exposer tout de suite que s'il y a un, et même deux, et même trois sujets, ils ne sont, en réalité, qu'un seul et même sujet.

Le premier de ces sujets est celui-ci : pour un homme amoureux, quels peuvent être les résultats d'une passion aussi bouleversante que la passion de l'amour; quels peuvent en être les résultats sur un grand homme, soit un grand capitaine, soit un grand artiste, soit un grand savant? C'est un sujet éternel, qu'on a traité bien des fois, et que Shakespeare traite particulièrement ici, dans *Antoine et Cléopâtre.* Voilà donc déjà une unité d'action.

Voici une seconde unité, unité morale : le personnage de Cléopâtre représente qui? Faisons abstraction de sa qualité de reine. C'est une grande amoureuse, ou plutôt une grande aimée. Elle a été aimée toute sa vie; vous allez voir qu'elle est ici aimée jusqu'au bout par ses suivantes fidèles, qui meurent de sa mort. Eh bien! il se trouve que cet être qui a été perpétuellement aimé n'a peut-être jamais aimé de sa vie. Pour la première fois, maintenant, elle aime Antoine, ou elle s'imagine qu'elle aime pour la première fois, mais c'est la même chose, car il s'agit d'être persuadé de ce qu'on croit et non pas de ce qui est vrai; elle croit qu'elle aime pour la première et la dernière fois de sa vie. Donc, c'est un être prodigieusement aimé et qui aime prodigieusement pour la première fois de sa vie. Voilà encore une unité morale.

Ainsi, quand nous nous attachons à ces deux personnages, nous voyons que nous avons là une unité morale qui se suit et qui se poursuivra du commencement jusqu'à la fin.

Voici un autre sujet, tout aussi un que celui que je viens de dire : c'est le heurt de deux mondes différents. Il y a tout l'Orient symbolisé par Cléopâtre, et tout l'Occident symbolisé par les triumvirs, par l'Empire de Rome. Il y a encore mieux que cela, il y a deux races qui s'opposent : la race sage, pondérée, équilibrée, qui est la race romaine, et puis une race bizarre, fantasque, car Cléopâtre n'est pas seulement une Orientale, Shakespeare l'appelle, par un anachronisme singulier, étant donné qu'elle est reine d'Egypte, une gipsy; et vous allez voir que, dans ce caractère particulier de la gipsy, donné par Shakespeare à Cléopâtre, il y a bien la gipsy, c'est-à-dire la bohémienne, comme celles qu'il avait vues en Angleterre et qui, vous le savez, sont les mêmes partout : ce sont des femmes extraordinaires quand elles sont complètes, et vous reconnaîtrez à quel point celle-là est complète : pas de défauts ni de qualités qu'elle n'ait. Il y a certainement des défauts et des qualités qu'on n'a jamais vus et qu'elle devait avoir, c'est Shakespeare seul qui a pu les traduire.

Nous avons donc l'opposition de deux races, et voilà encore une unité morale de sujet très caractéristique. Ajoutez ceci que le duel se trouve concentré entre un homme qui incarne toute la puissance de l'homme, car il est triumvir; or, ils ne sont que deux qui gouvernent le monde : Octave et lui, Antoine; Lépide, quoiqu'il soit le troisième, est une cinquième roue à un carrosse, si j'ose m'exprimer ainsi, et il n'existe autant dire pas; on le bafoue même comme un être dénué de tout esprit. Donc, voilà les deux piliers du monde : l'un de ces piliers est Antoine, qui représente toute la force, et il va y avoir duel entre lui et Cléopâtre, qui va, au contraire, incarner et symboliser toutes les faiblesses de la femme, je dis les faiblesses de la femme, mais poussées jusqu'à des faiblesses enfantines. Car vous reconnaîtrez que cet être singulier a, je le répète, tous les défauts de la femme, — je vous en demande bien pardon, — mettons de l'enfant, pour ne blesser personne. Elle est menteuse, elle est capricieuse, elle est coquette, elle est fantasque, elle est même voleuse avec délices (vous ne l'êtes certainement pas, mesdemoiselles, ni vous, mesdames, mais les enfants le sont quelquefois). Quels défauts, quelles contradictions rencontre-t-on encore en elle? Elle est cruelle, elle est féroce; elle est lâche et elle est brave, tout cela réuni dans la même personne. Seulement, elle a une qualité qui fait pardonner beaucoup de ces défauts : elle a le charme, elle a ce je ne sais quoi de particulier; vous la verrez, d'ailleurs, définir, tout à l'heure, bien mieux que je ne pourrais le faire, par Shakespeare lui-même, quand il fait parler Ænobarbus, le camarade, le serviteur, le chien fidèle d'Antoine, qui déteste profondément, et cela est tout naturel, la femme qu'il sent être la maîtresse absolue, la dominatrice de l'homme qu'il sert lui-même; et vous entendrez la justice qu'il lui rend.

Donc, voilà l'unité de sujet qui est le fond de la pièce de Shakespeare. Le tort des commentateurs et des critiques a été d'en chercher une autre. S'ils avaient vu celle-là et s'ils s'y étaient tenus, ils auraient compris qu'il y a là une unité absolue.

Toute la pièce pourrait se résumer, ou avoir pour épigraphe, la pensée de Pascal, longtemps après, mais qui résume admirablement le personnage. Vous connaissez cette pensée très ironique, très fantaisiste — car Pascal était un très grand fantaisiste avec ses profondeurs — qui consiste en ceci :

— Le nez de Cléopâtre, s'il eût été plus court, la face du monde était changée.

Oui! Mais qu'est-ce que va devenir la face du monde, si l'un des chefs de ce monde, Antoine, est en proie à cette femme? Pascal aurait été peut-être plus loin encore, s'il avait connu Cléopâtre comme Shakespeare l'a connue, car la forme même de son nez n'importait pas! En réalité, Cléopâtre était de telle façon, elle était faite avec une telle magique séduction, qu'elle était de ces femmes qui n'ont le nez d'aucune forme! Elle l'avait en trompette quand elle voulait, et aquilin quand cela lui faisait plaisir! Vous le verrez dans la pièce. A chaque instant, on se demande :

— Comment est-elle? Quel est son portrait?

Nous essaierons de le faire tout à l'heure, d'après

Shakespeare lui-même. Et je vais, d'ailleurs, tout de suite, avant d'entrer dans la pièce, vous dire comment étaient les deux protagonistes.

Antoine, nous avons son portrait fait par Plutarque. Il descendait, disait la légende, et il en était très fier, d'Anton, qui était fils d'Hercule. Il avait donc pour ancêtre Hercule, et il lui ressemblait. Il avait le front plus large qu'Hercule, moins bas, le nez aquilin, une barbe de dieu très noble, dit Plutarque, des cheveux frisés qui, alors, commençaient à grisonner, une allure d'athlète, mais très distinguée en même temps. Vous savez, d'autre part, que c'était un très grand orateur; vous l'avez vu à l'œuvre au moment de la mort de Jules César. C'était aussi un très grand capitaine, le plus grand qu'il y eut alors, précisément, depuis la mort de Jules César.

Quant à Cléopâtre, comment était-elle? Elle se dépeint en personne, et vous savez que quand une femme se dépeint elle-même, il faut savoir lire entre les lignes de ce qu'elle dit. De même que lorsqu'une femme vous dit qu'elle a quarante ans, vous savez très bien ce que cela veut dire et quel est l'âge qu'elle a. Mais voici ce que Cléopâtre dit de son physique :

— Je suis noire, j'ai le visage brûlé par les morsures du soleil, trop noire...

Elle a l'air de dire qu'elle est une négresse. Elle n'était pas du tout une négresse! Elle dit encore qu'elle a le visage sillonné par les rides. Sillonné par les rides! Alors, ce sont de ces rides dont on parlait dans un charmant madrigal du XVIIIᵉ siècle, qui étaient chacune un petit nid où pouvait nicher un amour; voilà les rides qu'elle devait avoir. Quant à son âge, elle dit elle-même qu'Antoine l'appelait « mon serpent du vieux Nil »; et, au besoin, elle aurait dit : « Mon vieux serpent du vieux Nil. » Qu'est-ce que cela fait? Vous allez voir vous-mêmes l'âge qu'elle a, je vous lirai ce qu'elle dit, vous l'écouterez parler, je tâcherai — hélas! comme je pourrai, avec ma voix d'homme — de vous donner un aperçu de la voix qu'elle pouvait avoir; mais, enfin, vous entendrez sa voix à travers les mots qui vous arriveront aux oreilles, et vous-mêmes vous jugerez, vous direz l'âge qu'elle a.

❧❧❧

Voici, dès le début de la pièce, dans la première scène, comment Shakespeare a posé le sujet, ce qui prouve que je n'invente rien quand je dis qu'il a voulu ce sujet et qu'il avait parfaitement dans l'idée de ne traiter que cela : Cléopâtre centre du drame, ce qui fait que tout l'éparpillement de l'action ne signifie rien, pas plus que l'éparpillement des planètes autour du système solaire ne prouve qu'il est mal fait; les planètes sont éparpillées, mais il n'y a qu'un centre : le soleil; ici, il n'y a qu'un centre : Cléopâtre. Donc, deux amis, deux serviteurs d'Antoine parlent d'elle. Ils continuent une conversation.

— ...Mais cet amour extravagant de notre général dépasse la mesure. Ces yeux superbes qui rayonnaient comme ceux d'un Mars quand ils inspectaient les défilés des troupes, concentrent maintenant toutes leurs fonctions, dévouent maintenant toutes leurs facultés à se mirer sur ce visage aux tons de bistre. Son cœur de capitaine qui, dans les mêlées, faisait éclater sur sa poitrine les boucles de sa cuirasse, dément sa trempe et sert maintenant de soufflet et d'éventail pour rafraîchir le sang trop chaud d'une gipsy! D'ailleurs, regardez, les voici qui viennent. Observez bien, et vous verrez un des trois piliers du monde métamorphosé en ceci, le fou d'une...

Je ne vous dis pas le mot, c'est un mot grossier de soldat, dans le texte.

Et voici Cléopâtre qui entre au bras d'Antoine, avec une suite, des eunuques, des esclaves qui l'éventent avec de grands éventails en plumes d'oiseaux, d'autruche évidemment. Et Cléopâtre parle :

— Si vous m'aimez vraiment, dites combien vous m'aimez.

ANTOINE. — Oh! il est bien pauvre l'amour qui peut se compter.

CLÉOPATRE. — N'importe! Je veux savoir quelle est la borne où s'arrête l'amour que je puis inspirer, et, en ce cas, il te faut inventer un nouveau ciel, une nouvelle terre!

A ce moment, un messager apporte des nouvelles de Rome.

— Ah! elles m'ennuient, dit Antoine. Dites leur substance.

CLÉOPATRE. — Mais non, voyons, écoutez-les, Antoine! Fulvia [c'est sa femme qu'il a laissée à Rome], Fulvia est peut-être en colère! Ou qui sait si le presque imberbe Octave ne vous envoie pas son mandat souverain : « Fais ceci! Fais cela! Prends ce royaume, affranchis celui-là, accomplis mes ordres, ou bien nous te condamnons! »

— Qu'est-ce à dire, mon amour?

— Oh! peut-être cela! Et peut-être, très probablement, ne devez-vous pas rester ici plus longtemps! Votre démission vous est envoyée par César! Par conséquent, écoutez le message, Antoine. Où est la sommation de Fulvia..., de César, veux-je dire, ou de tous les deux peut-être? Appelez donc les messagers. Aussi vrai que je suis reine d'Egypte, tu rougis, mon Antoine! Ah! ce sang-là rend hommage à Octave. Ou bien, peut-être, est-ce aussi que ta joue paie sa dette de honte lorsque gronde Fulvia, la Fulvia à la voix criarde! Où sont les messagers?

— Que Rome s'enfonce dans le Tibre, dit Antoine, que l'arc immense de l'architecture de l'Empire s'effondre! Ici est mon univers, ici seulement. Les royaumes sont de l'argile; notre terre fangeuse nourrit également l'homme et la bête, et lorsqu'un tel couple, lorsque deux êtres tels que nous peuvent le faire, la seule noblesse de la vie consiste à faire cela.

Il la prend dans ses bras de capitaine et il l'embrasse.

— Non, écoutez les ambassadeurs.

— Mais non, reine querelleuse! Laissez! Tout vous va bien, sans doute, gronder, rire, pleurer; chez vous, toute passion lutte de toutes ses forces pour apparaître belle et se faire admirer! Mais pas d'autre messager que toi-même. Tout seuls, ce soir, si tu veux, nous irons errer à travers les rues, nous observerons les mœurs du peuple. Venez, ma reine... Allons, venez!

Et il l'emmène. Elle s'en va en sautillant, ils vont faire une promenade à Montmartre..., à Subure, veux-je dire, ou, plus exactement, puisque nous sommes à Alexandrie, dans les bas quartiers, autour du môle.

Quel âge a-t-elle, cette petite femme qui parle ainsi? Elle a seize ans, dix-sept ans? Jamais on ne s'imaginerait que c'est la reine d'Egypte, et vous seriez étonnés, à la vérité, si l'on vous disait qu'elle a déjà été mariée trois fois, qu'elle a été trois fois veuve. Elle a été mariée, il est vrai, la première fois à l'âge de onze ans; par conséquent, elle a commencé bien jeune; mais enfin elle a un grand garçon qui s'appelle Cesarion, de son troisième mariage, mariage avec César, et qui a peut-être... Ne disons pas son âge. Il est peut-être colonel dans l'armée égyptienne, mais ne cherchons pas à savoir l'âge qu'il a, ne regardons qu'elle!

La voilà partie en promenade dans les rues d'Alexandrie. Pendant ce temps-là, il se passe au palais une scène de bonne aventure; ce sont tout à fait des gipsies, des bohémiennes, comme Cléopâtre l'était elle-même, qui disent la bonne aventure; et l'on apprend aussi les nouvelles de Rome. Fulvia, la femme d'Antoine, avec son frère, Lucius, luttent contre Octave; d'autre part, Labiénus, avec les Parthes, a soulevé toute l'Asie, les pirates sillonnent la mer, et il serait urgent qu'Antoine revînt pour s'occuper un peu de ses affaires. Et tandis qu'Antoine se promène avec Cléopâtre, arrive un second mes-

sager qui apporte une nouvelle beaucoup plus grave
encore : Fulvia, la femme d'Antoine, est morte. Le
voilà donc libre. Qu'est-ce qu'il va faire? Il sent
très bien que sa présence est nécessaire à Rome;
c'est un politique, malgré tout; c'est le grand homme
amoureux, mais il reste le grand capitaine et le
grand homme d'Etat : il faut qu'il s'occupe de Rome.
Il commence à regretter cette reine enchanteresse,
dont il parle, puis il dit :

— Décidément, je crois qu'il serait plus sage de
partir. Il faut que je parte.

A quoi Ænobarbus, son chien fidèle, lui répond :

— Ah! seigneur, si vous annoncez une chose pareille à Cléopâtre, elle va mourir!

— Oh! elle va mourir! Je l'ai déjà vue mourir
plus de vingt fois pour des causes bien moins impor-
tantes que celle-là!

Et Antoine, qui la connaît fort bien, ne peut s'empêcher de dire :

— Ah! oui, elle est rusée au delà de toute imagination. Ah! que je voudrais, que je voudrais ne
l'avoir jamais vue!

Et, cependant, il sent tout ce qui le rappelle à
Rome; il sent qu'il faut partir, et nous allons voir ce
que Sarcey appelait la scène à faire : c'est la scène
où il va annoncer à cette femme sous la puissance
de laquelle il est complètement, où il va annoncer
son départ.

Comment va-t-elle prendre cela? Vous allez le
voir.

Elle est avec ses femmes et des serviteurs, et il
il y a surtout deux femmes sur lesquelles il faut que
j'arrête votre attention : ce sont deux femmes, deux
princesses qui la servent et qui la servent avec une
telle adoration que vous les verrez tout à l'heure
mourir de sa mort. L'une s'appelle Charmian et
l'autre Iras.

— Où est-il? demande Cléopâtre.

CHARMIAN. — Ah! je ne l'ai pas vu depuis qu'il est
sorti.

— Voyez où il est et qui est avec lui, ce qu'il fait.
Faites comme si je ne vous avais pas envoyée, n'est-
ce pas? Si vous le trouvez triste, dites-lui que je
danse; si vous le trouvez en gaieté, dites-lui je
suis subitement tombée très malade. Vite, et revenez.

Charmian lui dit :

— Madame, quel singulier moyen vous employez
pour...

— Oh! tu veux m'enseigner, sotte que tu es? Je
sais très bien ce qu'il faut faire, sois tranquille!
D'ailleurs, je me sens malade et maussade.

Et Antoine entre.

— Je suis désolé, chère reine, d'être obligé de vous
annoncer un projet...

— Aide-moi, chère Charmian, je vais tomber! Ah!
cela ne peut pas durer ainsi, les forces de la nature
ne me le permettront pas!

— Ecoutez, chère reine...

— Oh! non, non, je vous en prie, tenez-vous plus
loin de moi...

— Mais qu'y a-t-il?

— Ah! je lis dans vos yeux que vous avez reçu de
bonnes nouvelles... Que dit-elle, la femme mariée?
Vous voulez partir?

— Oui.

— Eh bien! partez! Plût au ciel qu'elle ne vous
eût jamais donné la permission de venir. Ah! qu'elle
ne dise pas que c'est moi qui vous retiens ici. Ah!

— Je n'ai pas...

— Vous êtes tout à elle...

— Les dieux savent...

— Oh! jamais reine ne fut trahie au point où je
le suis! Mais j'avais vu cela dès l'origine, que vous
me trahiriez.

— Cléopâtre!

— Oh! quand bien même vous feriez des serments
à ébranler les dieux sur leur trône, comment puis-je
croire que vous êtes à moi, et que vous êtes sincère
puisque vous avez été faux avec votre femme!

— Mais, cependant...

— Oh! non, non! écoutez, ne cherchez pas de pré-
texte pour votre départ. Dites-moi adieu et partez.
Lorsque vous sollicitiez pour rester, c'était alors le
temps des paroles; vous ne parliez pas de partir,
alors! Ah! l'éternité était dans nos lèvres et dans
nos yeux, le bonheur sur nos visages penchés l'un
contre l'autre; nulle partie de nous-mêmes n'était si
pauvre qu'elle ne contînt un avant-goût du ciel. Il en
est encore ainsi, ou bien toi, qui es le plus grand
soldat du monde, tu en es devenu le plus grand
menteur, voilà tout! Ah! tiens, je voudrais avoir ta
taille, être aussi grande que toi; tu saurais alors qu'il
y a un cœur en Egypte.

Antoine prend son courage à deux mains et lui
explique les raisons politiques de son départ. Elle
ne l'écoute pas, comme bien vous pensez; elle le
laisse parler, et tout d'un coup il sent qu'il n'y a
qu'un moyen de faire avaler à cette enfant gâtée la
pilule qu'il faut qu'elle avale, c'est de la dorer. Et
il la dore avec la nouvelle que voici :

— Ma femme est morte.

Elle va se dire: « Il est veuf, il va pouvoir
m'épouser! » Ne croyez pas cela.

— Oh! très faux amour, dit-elle. Mais où sont les
vases sacrés que tu devrais remplir des larmes de
ta douleur? Ah! je le vois maintenant, je le vois par
la mort de Fulvia, je vois comment la mienne sera
reçue quand je mourrai... Charmian, ah! je t'en prie,
viens, laissons-le. Oh! je me sens bien et mal, en un
clin d'œil; c'est ainsi qu'Antoine aime.

Elle lui dit :

— Pleure, pleure la femme que tu as perdue, que
tu aimais tant! Tu diras que c'est pour moi que tu
pleures, parce que tu t'en vas, mais je sais très bien...

Il n'y a pas moyen de sortir de cette scène, comme
vous le voyez. Elle dit, pourtant :

— Un mot, un mot, seigneur... Vous et moi, nous
devons nous séparer, oui... Non, ce n'est pas cela
que je voulais dire! Seigneur, vous et moi nous nous
sommes aimés... Non, ce n'est pas encore cela que je

voulais dire, cela, vous le savez suffisamment bien. Oh! je voulais dire quelque chose pourtant, mais ma mémoire est un véritable Antoine, et je ne suis tout entière qu'oubli. Allez, allez-vous-en et partez!

Et elle s'en va.

Voilà comment est présentée cette scène terrible.

Elle cède? Ne le croyez pas. Elle cède pour le moment, puisqu'il y a des raisons politiques qui exigent qu'Antoine s'en aille, mais elle sait fort bien qu'en n'importe quel endroit où il sera, quelque terribles que soient les affaires qui le rappellent à Rome, elle n'aura, à travers l'espace, qu'un signe à faire du petit doigt, pour qu'il revienne à tire-d'aile.

A Rome, où on le jugeait complètement perdu, il va retrouver le triumvir et voir ce qu'il y a à faire contre Pompée et les pirates qui sont les maîtres de la mer.

Il est à Rome. Que fait Cléopâtre pendant qu'il est en route? C'est là que nous allons voir si elle est sincère, car, jusqu'à présent, vous pouvez croire qu'elle joue la comédie. Pas du tout! Elle ne serait pas l'être qu'elle est si elle n'était pas sincère. Elle aime profondément Antoine, vous allez bien le voir.

— Charmian?

— Madame?

— Donne-moi à boire de la mandragore.

— Mais pourquoi, madame?

— Afin que je puisse dormir tout ce grand laps de temps, pendant lequel mon Antoine va rester loin de moi.

— Vous pensez trop à lui, madame.

— Ah! Charmian, où crois-tu qu'il soit à cette heure? Est-il debout ou couché? Se promène-t-il ou bien est-il sur son cheval? cheval heureux de porter le poids d'Antoine! Marche avec orgueil, cheval, car sais-tu bien qui tu mènes? C'est le demi-Atlas de cette terre, le bras et le casque du genre humain. Il se parle à lui-même, maintenant, j'en suis sûre, ou bien il murmure : « Ah! où est-il, mon serpent du vieux Nil », car c'est ainsi qu'il m'appelle... Allons,

voilà que je me nourris du vieux miel qui est le plus
délicieux poison. Penser à moi! est-ce qu'il peut
penser à moi, qui suis noire des amoureuses meur-
trissures de Phébus, à moi dont le visage est sillonné
de rides par les années?...

Et elle se rappelle qu'autrefois elle a été aimée par
le grand César lui-même, l'homme au vaste front.
Mais l'a-t-elle aimé? Elle ne le croit pas, elle préfère
Antoine; c'est Antoine qu'elle a aimé, elle appelle à
témoin Charmian et elle lui demande :

— Tu te souviens, n'est-ce pas, dis-moi la vérité,
ai-je jamais aimé César autant que j'aime Antoine?

Et Charmian, très mutine :

— Ah! ce brave César!

— Que ton exclamation t'étouffe, petite peste, si tu
la recommences. Dis : ce brave Antoine!

— Le vaillant César!

— Ah! je vais te casser les dents, si tu viens
encore comparer à César le plus grand des hommes.

— Avec votre très gracieux pardon, madame, je ne
fais que chanter l'air que vous chantiez autrefois!

— Oui, à mon temps d'herbe en pousse, quand
j'étais verte encore de jugement, que mon sang était
tout froid. Venir aujourd'hui me répéter ce que je
disais alors, mais c'est de la folie! Tiens, va me
chercher de l'encre et du papier, je vais lui envoyer
une lettre, Antoine recevra un message de tendresse
chaque jour, quand je devrais dépeupler l'Egypte
pour les lui envoyer.

Vous voyez qu'elle adore Antoine et que c'est sincère. Et c'est le seul amour de sa vie, dit-elle. Est-ce
le dernier? Non, c'est bien le premier, elle croit que
c'est le premier, elle est comme une jeune fiancée.
Mais quel âge a-t-elle, cette femme-là? Elle n'a plus
quinze ans! Nous avons cru qu'elle avait quinze ans,
tout à l'heure, nous exagérions, elle a à peine quatorze ans, vous allez voir tout à l'heure qu'elle aura
moins encore.

⁂

Mais laissons là la politique et arrivons à ce qui se passe à Rome. Antoine est arrivé. Il a eu des discussions violentes avec Octave; on les a raccommodés, en proposant de marier Antoine à la sœur d'Octave, Octavie. C'est un mariage de raison, un mariage de politique qu'on lui fait faire; il va céder. On raconte alors à Rome tous les potins (car il n'y a pas d'autre mot) qu'on a pu inventer sur cet amour extraordinaire et monstrueux d'Alexandrie, qui fait qu'un Romain, un triumvir, un consul s'abaisse au point d'être comme le favori, l'aimé de cette reine gipsy. Et on raconte toutes les folies auxquelles il s'est livré; en particulier, un sénateur demande à Ænobarbus :

— Est-il vrai que la première fois que vous avez dîné là-bas, dans les cuisines, alors que vous étiez quatre à dîner, Antoine et Cléopâtre, on rôtissait douze sangliers tout entiers?

— Oui, répond-il.

— Mais pourquoi cette prodigalité?

— C'est bien simple! Cléopâtre ne sait jamais à quelle heure on dîne, à ce moment-là, elle est toujours occupée à quelque chose; au moment de dîner, elle a envie de faire une promenade! Alors, comme il faut que tout soit parfait, que le sanglier n'est bon qu'à un certain point de cuisson, — trop cuit, il n'est pas bon, pas assez cuit, il est mauvais, — alors, pour manger un morceau de filet à point, entre quatre convives, on en fait rôtir douze à la file, de façon que, au moment où Cléopâtre dit : « J'ai faim! », le filet de sanglier soit cuit à point.

— Est-ce vrai, ce ne sont pas des légendes, Ænobarbus?

— Mais, au fait, je vais vous raconter sa première rencontre avec Antoine, sur le Cydnus.

Et voici le récit qu'il en fait, imité de Plutarque :

« La galère dans laquelle elle était assise, resplendissante comme un trône, semblait brûler sur l'eau. La poupe était d'or battu, les voiles étaient de pourpre, et si parfumées, que les vents semblaient languir d'amour pour elles. Les rames, qui étaient d'argent, frappaient en cadence au son des flûtes et forçaient l'eau qu'elles battaient à suivre au plus vite, comme si elle eût été amoureuse de leurs coups. Quant à la personne même de Cléopâtre, elle rendait toute description misérable. Couchée dans son pavillon de tissus d'or, elle surpassait la peinture de cette Vénus où nous voyons, cependant, l'imagination surpasser la nature. A chacun de ses côtés se tenaient de gentils enfants à fossettes, pareils à des Cupidons souriants, avec des éventails de diverses couleurs dont le vent semblait allumer les délicates joues et, en même temps, les rafraîchir, faisant ainsi ce qu'il défaisait... »

Et il continue la description avec une telle magnificence, que l'un des auditeurs dit :

— Oh! Oh! la royale femme, comme elle fait les choses avec splendeur!

— Tout cela n'est rien, dit Ænobarbus, il faut l'avoir vue elle-même.

Et il en raconte un trait. Vous allez voir quelle femme séduisante elle était, et que c'était déjà la femme qu'on prétend avoir été inventée par les romantiques; c'est Carmen, c'est Vellini la Malagaise, c'est toutes les femmes qu'on a imaginées comme étant un piment perpétuel; car voici ce qu'il dit :

— Tenez! je l'ai vue une fois sauter à cloche-pied quarante pas dans la rue, et quand elle eut perdu le souffle, elle palpita, mais elle palpita de telle sorte qu'elle fit de cette défaillance une chose exquise, et que, de ce manque de souffle, elle exhala une nouvelle puissance de séduction.

Voilà la femme à laquelle Antoine est enchaîné. Comment voulez-vous qu'il puisse l'oublier? Aussi ne l'oublie-t-il pas, et quand son devin, qu'il a emmené avec lui, l'avertit :

— Ah! prends garde, Antoine [et ceci est encore

un trait caractéristique de la gipsy qu'elle est], elle
porte malheur à ceux dont elle est aimée lorsqu'ils
cessent de l'aimer. Méfie-toi, quand tu es avec Octave,
ta chance n'existe plus.

— C'est vrai, dit Antoine. Encore hier, je jouais
aux dés contre lui et je perdais. Mes cailles et mes
coqs ont combattu contre ses cailles et ses coqs, et
toujours mes coqs victorieux et mes cailles victo-
rieuses ont été vaincus par les siens.

— Tu vois! dit le devin.

— Oui, dit-il, tu as raison! J'ai fait ici un mariage
pour avoir la paix, mais je retournerai en Egypte
et le plus tôt possible, car c'est là seulement, en
Orient, que sont ma joie et ma volupté.

✻✻✻

Cléopâtre est là-bas. Et qu'est-ce qu'elle fait? Vous
allez l'entendre.

— Faites-moi de la musique. Oui, la musique, c'est
l'aliment fantasque qui nous convient, à nous, qui
vivons d'amour.

LE CHEF DES EUNUQUES. — De la musique, holà!

— Non, non, non! Laissons là la musique! Tiens!
allons jouer au billard.

— Au billard, dit Charmian, mon bras me fait mal.
Jouez plutôt avec quelque autre.

— Non, non! Et, tiens, je ne veux plus du tout
jouer au billard. Donne-moi ma ligne, nous irons au
fleuve, et là, pendant que la musique jouera au loin,
je trahirai les poissons aux brunes nageoires; mon
hameçon tendu traversera leur mâchoire limoneuse,
et quand je les retirerai, je m'imaginerai que chacun
d'eux est un Antoine, et je lui dirai :

« Ah! ah! vous êtes pris, Antoine, vous êtes pris! »

Vous allez voir quelle enfant elle est, et quelles
plaisanteries elle a faites, vous allez voir comment
on ne pouvait vraiment pas s'ennuyer une minute
avec une femme comme celle-là.

CHARMIAN. — Ce fut bien amusant le jour où vous fîtes des paris à propos de votre pêche, où votre plongeur attachait à l'hameçon d'Antoine, sur votre ordre, un poisson salé qu'il tira de l'eau avec transport!

Elle faisait de petites plaisanteries, de petites farces, comme vous voyez.

— Oh! oui, oh! oui, ce jour-là, oh! quel temps c'était! Je ris de lui à lui faire perdre patience; et, le soir, je ris encore de lui à le remettre en patience, et, le lendemain matin, je le fis tellement boire qu'il dut se mettre au lit, et alors je plaçais sur lui tous mes vêtements, tous mes manteaux...

Voyez cette femme qui s'amuse à habiller ce guerrier, en mettant sur lui des robes, du satin, du velours, de la soie, des plumes!

— ... et, pendant ce temps-là, moi, je me ceignais de la grande épée qu'il portait à Philippes.

Voyez quelle enfant! Elle fait des plaisanteries comme pourrait en faire un petit modèle. C'est vraiment inutile qu'elle demande à aller faire une promenade à Montmartre, elle en descend. Elle n'a plus seize ans, ni quinze ans, c'est à peine si elle en a treize. C'est une gamine qui s'amuse à faire des plaisanteries.

✣✣✣

Alors, arrive un messager qui a le visage bouleversé.

— Quelle nouvelle? Antoine n'est pas mort? Ah! dis-moi vite! Ecoute, si tu as de mauvaises nouvelles à m'annoncer, ne les dis pas; mais, si elles sont bonnes, tiens, voici de l'or, et je te donne à baiser mes veines au sang bleu, le plus pur de ma main que des rois ont touchée de leurs lèvres et ont baisée en tremblant.

— D'abord, madame, il est en bonne santé. Mais laissez-moi...

— Oui, je t'écouterai, mais ta figure ne me dit rien de bon! Pourquoi as-tu la figure morose?

— Vous plairait-il de m'écouter, madame?

— Ah! tiens, j'ai une envie de te frapper avant que tu parles! Cependant, si tu dis qu'Antoine vit, qu'il est en bonne santé, ami de César, qu'il n'est pas captif, je ferai tomber sur toi une pluie d'or, une grêle de perles...

— Madame, il est en bonne santé, et ami de César, très ami.

— Tu es un honnête homme.

— César et lui sont les plus grands amis qu'on puisse voir.

— Fais-moi donner pour toi la fortune que tu voudras.

— Mais cependant, madame...

— Ah! tais-toi! Ah! tais-toi! Je n'aime pas ce *mais cependant!* cela atténue tes bonnes paroles précédentes. Ce *mais cependant*, c'est comme un geôlier chargé de faire avancer quelque malfaiteur monstrueux. Je t'en prie, mon cher ami, verse dans mes oreilles le paquet des nouvelles bonnes et mauvaises. Il est en bonne santé, et libre, libre, n'est-ce pas?

— Libre, madame? Je n'ai rien rapporté de semblable. Il est lié à...

— Tais-toi! Je suis pâle, n'est-ce pas, Charmian, toute pâle? Mais parle!

— Madame, il est marié à Octavie.

— Marié? Ah! que la peste la plus maligne tombe sur toi!

Et elle le frappe à grands coups d'éventails. Il se sauve qu'elle le frappe encore.

— Hors d'ici, horrible scélérat! Tais-toi, ou je vais faire rouler tes yeux devant moi comme des billes! Oui, je te ferai arracher tous les cheveux de la tête..., tu seras fouetté avec un fouet en fil de fer, tu cuiras lentement dans la saumure, canaille, canaille, canaille!

Il se sauve, effaré; elle court derrière lui, elle lui

jette à la tête tout ce qu'elle peut avoir. Un instant
après, elle le fait rappeler et elle le chasse encore.
Elle n'en peut plus et elle dit :

— Oh! je m'évanouis! Ah! Charmian! Ah! mon
Dieu! Mais c'est abominable, mais ce n'est pas possible! Allez le chercher, demandez-lui comment elle
est, Octavie; quelle est la couleur de sa chevelure
et rapportez-moi sa réponse vivement! Mais non,
emportez-moi dans ma chambre, je vais mourir, je
vais mourir...

Le messager revient et elle revit, à l'instant même,
car lui, qui a compris enfin à quelle femme il avait
affaire, répond à tout ce qu'elle demande :

— Oui, madame, elle est laide.

— Mais elle a le visage rond, n'est-ce pas?

— Oui, madame, affreusement rond!

— C'est ça, c'est bien signe de bêtise. Et quel âge
a-t-elle?

— Oh! madame, elle a trente ans.

— Trente ans! Ecoute, Charmian, trente ans, elle
a trente ans! Est-elle vieille!

Elle la trouve vieille, elle qui a un fils colonel
dans son armée! Mais peu importe.

— Et elle est veuve, n'est-ce pas?... Oh! tu entends,
elle est veuve, elle est veuve!

Elle qui a été trois fois veuve! Mais cela ne fait
rien, c'est son ennemie, elle la voit veuve de quinze
maris, mère d'enfants qui sont proconsuls, extrêmement vieille, laide, stupide, et, naturellement, elle
est contente.

La guerre continue là-bas, mais vous pensez bien
qu'au point où elle en est, elle n'a eu qu'un signe à
faire par un messager, et même peut-être sans messager, par la télépathie, dont les gipsies sont les
principaux artisans; elle n'a eu qu'un désir à exprimer en rêve, et Antoine a lâché toute la politique,
tous les triumvirs, toutes les armées, et il est revenu
auprès d'elle. Il est revenu auprès d'elle pour livrer
combat à son ennemi Octave, et elle, comme elle
aime son Antoine, elle l'accompagne à la guerre.

Nous allons, ici, nous trouver à Actium, là où s'est livrée la fameuse bataille qui fut si bien décrite, comme vous le savez, dans un admirable sonnet de Heredia, et où Antoine perdit l'empire du monde.

A Actium, la bataille aurait pu être livrée sur terre par les soldats d'Antoine, qui étaient de braves soldats romains. Mais comme Cléopâtre était Egyp-tienne et qu'elle avait plus de confiance dans sa marine, elle voulut que la bataille eût lieu sur mer; aussi Ænobarbus, le fidèle serviteur d'Antoine, l'avait-il un peu blâmée.

— Je te le ferai payer, dit-elle. Ah! n'en doute pas!

— Mais pourquoi, dit la reine, pourquoi, dit-elle à Ænobarbus, pourquoi t'es-tu prononcé contre ma présence dans cette guerre en disant qu'elle n'était pas convenable?

L'est-elle, en effet, l'est-elle?

— Non! Votre présence doit nécessairement gêner Antoine, lui prendre une partie de son cœur, de sa tête, de son talent. On le taxe déjà trop de légèreté, et l'on dit, à Rome, que cette guerre est dirigée par Fortinus, un eunuque et par vos femmes.

— Crève Rome, qu'elle crève, et pourrissent les langues de tous ceux qui parlent contre nous!

Antoine arrive et elle lui fait dire, en effet :

— N'est-ce pas qu'il faut se battre sur mer?

— Parfaitement, dit Antoine, c'est sur mer qu'il faut se battre. Je combattrai sur mer.

Naturellement, puisqu'elle le veut. Elle comman-derait la bataille, elle donnerait l'ordre de marche, qu'il l'exécuterait à l'instant même. Il n'est plus son maître; il est son serviteur.

La bataille d'Actium a lieu. Vous savez ce qui arriva. Mais quels furent les motifs de cette défaite? On ne l'a jamais dit. Au milieu de la bataille, la galère qui portait Cléopâtre tourna, vira de bord et s'enfuit. Et Antoine, voyant la galère de Cléopâtre s'en aller, partit pour la suivre.

Pourquoi se sauva-t-elle? Eut-elle peur? C'était

la première fois qu'elle voyait une bataille, peut-
être eut-elle peur. Peut-être a-t-elle été abominablement lâche. Vous verrez cependant, tout à l'heure,
que, au moment de sa mort, elle a été superbement
brave dans la mort.

Peut-être simplement s'est-elle sauvée pour voir si
Antoine la suivrait, car la perversité de certaines
femmes va jusqu'à ceci qu'elles ne sont sûres de
l'amour d'un homme que lorsqu'elles lui font faire
une chose infâme. Qu'un homme se dévoue à une
femme, qu'il soit héroïque pour elle, elle trouve cela
très simple; c'est très naturel qu'elle le rende héroïque; mais qu'un grand capitaine devienne un homme
qui fuit le danger, qu'un honnête homme devienne
un coquin, voilà la plus grande preuve d'amour que,
pour certaines femmes, un homme puisse donner.
Et peut-être est-ce pour avoir cette preuve d'amour
donnée par Antoine qu'elle a fui au milieu de la
bataille. Antoine l'a suivie, la bataille a été perdue,
et les voilà réfugiés à Alexandrie, lui piteux pour
la première fois comme un grand capitaine qui s'est
effondré dans la défaite.

***

Voici encore une scène à faire, et vous allez voir
tout ce que Cléopâtre va trouver à répondre à tout
ce que va dire Antoine. Il est là avec les gens de sa
suite, accablé, désespéré, honteux d'avoir fait ce qu'il
a fait. Il leur dit qu'il a ramené avec lui un bateau
où sont tous ses trésors; qu'ils aillent le prendre,
qu'ils se partagent toutes les pièces d'or qui s'y
trouvent, ainsi que les bijoux, les joyaux, — lui ne
veut rien garder. Il ne pense qu'à une chose, c'est
qu'il a pris la fuite.

— Ah! j'ai appris aux lâches à courir, moi, oui,
et à montrer leurs épaules. Partez donc, fuyez, vous
aussi! Moi, j'ai poursuivi ce que je rougis mainte-

nant de regarder; mes cheveux mêmes se révoltent contre moi, dit-il.

Et là, dans un trait de mauvais goût extraordinaire :

— Oui, dit-il, les bruns blâment les blancs pour leur crainte et leur radotage, les blancs reprochent aux bruns leur téméraire précipitation.

Il s'imagine qu'il s'est sauvé parce qu'il est devenu vieux et qu'il n'est plus brave. Il est là, dans un coin, assis, se frappant la poitrine, ruminant sa défaite. Entre Cléopâtre avec Iras, Charmian et l'affranchi d'Antoine, qui a un nom bien symbolique : il s'appelle du mot grec « Eros », qui veut dire amour.

EROS. — Allons, bonne madame, approchez-vous de lui, consolez-le.

IRAS. — Oui, faites cela, très chère reine.

CLÉOPATRE. — Laissez-moi m'asseoir...

ANTOINE (*de son coin*). — Non, non, non!

EROS. — Voyez, voyez qui est ici, seigneur.

Il lève la tête et l'aperçoit.

— Oh! fi! fi! fi! fait-il.

Et il se détourne; il ne veut pas même la regarder.

IRAS. — Madame! madame! bonne impératrice...
Seigneur...

ANTOINE. — Non! C'est lui, là-bas, qui est mon seigneur, maintenant, lui qui, à Philippes, portait son épée comme un danseur, tandis que moi je frappais le maigre et ridé Cassius, et ce fut moi qui achevai la déroute du fou Brutus. Ah! alors, il agissait seulement comme mon lieutenant, ce petit Octave, il n'avait aucune expérience de la guerre, et à cette heure, cependant... Ah! ah! ah! lâche que je suis... Ecartez-vous, écartez-vous!

EROS. — La reine, monseigneur, la reine.

IRAS. — Approchez-vous de lui, madame; parlez-lui, la honte lui fait oublier que vous êtes là.

CLÉOPATRE. — Oui, soutenez-moi, je vais lui parler. Je saurai lui dire...

EROS. — Très noble seigneur, levez-vous; la reine

s'approche de vous. Sa tête est affaissée sur son épaule, la mort va s'emparer d'elle, — voyez comme elle est pâle, — si vous ne la secourez pas par vos consolations.

Il faut que ce soit lui, maintenant, qui console Cléopâtre.

ANTOINE. — Hélas! j'ai taché ma réputation d'une fuite très ignoble.

EROS. — Seigneur, la reine...

ANTOINE. — Oui, je la vois. O reine d'Egypte, où m'as-tu conduit? Vois comme je détourne ma honte de tes yeux, en portant mes regards en arrière, sur les choses que j'ai laissées au loin, brisées sous mon déshonneur.

CLÉOPATRE. — O mon seigneur, mon cher seigneur! pardonnez à mon vaisseau qui a eu peur! Je ne pensais pas que vous m'auriez suivie.

ANTOINE. — Mais, reine d'Egypte, tu savais trop bien que mon cœur était lié par ses fibres à ton gouvernail et que tu me traînerais après toi. Tu connaissais ton entière suprématie sur mon esprit, et tu savais bien que sur un signe de toi j'aurais désobéi aux dieux.

CLÉOPATRE. — Oh! oui, oh! oui, pardonne-moi!

ANTOINE. — Et, maintenant, il faut que j'envoie au jeune homme d'humbles propositions, que je rampe, que je biaise en des détours de bassesse, moi qui, jadis, maître de la moitié du monde, jouais le jeu qui me plaisait! Ah! vous saviez à quel point vous étiez maîtresse de moi-même, et que mon épée, affaiblie par cet amour, lui obéirait en toute circonstance.

CLÉOPATRE. — Pardon, oh! pardon!

Elle ne répond rien, elle ne trouvera pas un argument. A quoi cela servirait-il? Elle pleure, elle pleure toutes les larmes qu'elle peut pleurer, elle en inventerait au besoin, elle pleurerait du sang, elle pleurerait des perles et des diamants, si elle le voulait. Mais elle n'en a pas besoin, d'ailleurs: Il la prend dans ses bras et il la console.

— Voyons, oh! je t'en prie, oh! ne laisse pas tomber une larme, même une seule de tes larmes égale tout ce qui a été joué et perdu. Tiens, tiens, donne-moi un baiser et cela me paiera entièrement de tout. Oh! chérie, je suis pesant comme du plomb. Oui, du vin dans une coupe, et notre repas! Ah! la fortune sait bien qu'à l'heure où elle nous frappe le plus fortement, c'est là où nous la méprisons le plus. Viens, je suis payé de tout ce que j'ai perdu!

Il l'emmène. Il retourne avec elle. Et tout le reste de la pièce va être cela, car, comment en sortir? Que va pouvoir faire Antoine? Il est cerné par les troupes d'Octave, et il a l'idée folle, lui, un homme grisonnant, d'envoyer un cartel, provoquant Octave à un duel, seul à seul. Faut-il qu'il ait perdu le sens et que son amour l'ait rendu fou! Comment Octave, avec toutes ses troupes, va-t-il accepter ce duel avec cet homme? Lui, pense que tout va finir par là. Mais non! Octave le fera prisonnier avec ses troupes. Mais Antoine croit que cela le rajeunit de se battre corps à corps avec un jeune homme.

Quant à Cléopâtre, elle, c'est la gipsy, c'est la gitane, c'est la femme qui va inventer toutes les ruses, non pas qu'elle cesse d'aimer Antoine, — vous verrez qu'elle l'aimera jusqu'au bout, — mais pour se tirer d'affaire, pour être plus astucieuse que l'ennemi dont elle est enserrée. Arrive un envoyé d'Octave; elle discute les conditions, elle est calme avec lui, elle l'enjôle, elle le séduit à tel point que cet envoyé demande, comme récompense, de baiser le bout des doigts de la reine d'Egypte. Elle lui tend sa main à baiser, et, à ce moment même, Antoine paraît. Très probablement, elle a vu arriver Antoine, et c'est pour cela qu'elle a laissé baiser le bout de ses doigts : à l'instant, Antoine est pris d'une rage de jalousie pire que s'il était Othello.

— Misérables, dit-il à cet envoyé et à elle, car il l'insulte ignoblement, comme un soldat. Quoi! se laisser baiser le bout des doigts par cet homme qui va, tout à l'heure, recevoir un pourboire de son maître? Qu'on le prenne, qu'on le fouette jusqu'au sang et qu'on le renvoie ainsi à celui qui l'a envoyé, qu'on le renvoie à Octave! Il verra comment je reçois ses messagers! Quant à toi, misérable!

Il va l'insulter, il prononce quelques mots, à peine en a-t-il le temps qu'elle lui dit :

— J'étais bien sûre de ce que tu ferais! Je savais que tu m'aimais toujours, je voulais voir si tu m'aimais. Et puis, je suis ravie que tu fasses fouetter ce messager, c'est précisément ce que je voulais. Je voulais qu'Octave vît comment tu traitais son messager, et comment je t'aime, moi, et comment tu m'aimes encore. Tiens, maintenant, je suis contente, je vois que l'Antoine que j'aimais est toujours le même; alors, je suis redevenue aussi ta Cléopâtre! C'est aujourd'hui l'anniversaire de ma naissance, nous allons faire des danses, des orgies extraordinaires.

L'anniversaire de sa naissance! Quel anniversaire? Elle a onze ans, maintenant; tout à l'heure, elle sera une enfant!

Et voici les dernières batailles, qui sont tout à fait admirables, et j'aurais ici à vous lire des scènes d'héroïsme très belles. Je ne peux pas, il faut aller vite et nous concentrer dans l'unique sujet de Shakespeare : l'amour d'Antoine et de Cléopâtre.

Il arrive un moment où Antoine se croit encore trahi par Cléopâtre; il l'appelle immonde chipie, immonde femme. Il veut la tuer. Elle se sauve et va trouver ses femmes, disant :

— Il est fou! Cette fois, il est devenu fou! Comment le ramener encore à moi, il est plus fou que Télamon; le sanglier de Thessalie n'écuma jamais avec une telle rage.

Charmian, la délicieuse princesse dont elle est si tendrement servie, lui dit :

— Ecoutez, reine, allez vous enfermer au monument funèbre, et envoyez-lui dire que vous êtes morte.

— Voilà une excellente idée, dit Cléopâtre. Au

monument funèbre, oui. Qu'on aille lui dire que je me suis tuée et que le dernier mot que j'ai prononcé en mourant était : Antoine! Et dites-lui cela, je vous prie, d'un ton bien affligé. Allez! allez! Et nous verrons comment il apprendra ma mort.

Antoine est en train, à ce moment, de se désespérer plus que jamais; il est honteux surtout d'avoir aimé, d'avoir pu aimer une femme par laquelle il a été trahi jusqu'au bout, croit-il. On vient lui dire qu'elle est morte; alors, il veut se faire tuer. Le petit Eros, son affranchi, à qui il demande ce service, ne veut pas le lui rendre et tourne l'épée contre lui-même. Alors, Antoine veut se tuer et il se manque. Et lorsqu'il est là, blessé, râlant, on vient lui dire que Cléopâtre n'est pas morte, que c'était une fausse nouvelle. Alors, il se fait porter au monument funèbre où elle s'est réfugiée.

L'endroit est singulier. C'est une sorte de pyramide avec une chambre souterraine, et, au premier étage, une chambre dans laquelle se trouve la reine.

— Oh! Charmian, dit-elle, je ne sortirai plus jamais d'ici!

— Oh! chère madame, laissez-moi vous consoler.

— Non, non, je ne veux pas. Tous les événements les plus terribles et les plus inattendus sont désormais les bienvenus, et je méprise les consolations. Eh bien! quelles nouvelles? dit-elle aux gens qui sont en bas.

— La mort le tient, madame, mais il n'est pas mort! Regardez, voici qu'on l'amène.

Et, en effet, on apporte Antoine dans la chambre inférieure de la pyramide.

CLÉOPATRE. — O soleil, brûle la grande sphère dans laquelle tu te meus! Ténèbres, recouvrez éternellement le visage changeant du monde! O Antoine, Antoine, Antoine!... A l'aide, Charmian, à l'aide, Iras! A l'aide, vous qui êtes en bas, mes amis, tous aidez-moi, hissons-le jusqu'ici, je veux le voir encore de près.

— Oui, dit Antoine, oui, je vais mourir, reine

d'Egypte, mais je viens ici importuner un instant la mort pour qu'elle attende jusqu'à ce que de tant de baisers j'aie placé sur tes lèvres le pauvre dernier.

— Ah! chéri, je n'ose pas, je n'ose pas descendre, j'ai peur d'être prise! Le triomphe orgueilleux d'Octave, favori de la fortune, ne peut pas être décoré de ma personne! non! Ah! mais les poignards, les poisons, les serpents n'ont point été faits... Je suis en sûreté. Ecoute, écoute, il n'aura jamais l'honneur d'insulter mon destin. Mais toi, viens, viens, Antoine! Aidez-moi, mes femmes, nous allons le hisser ici, aidez-moi!

Et toutes ces femmes tirent sur des cordes comme de pauvres servantes, comme des esclaves, et elles amènent Antoine jusqu'au premier étage.

— Oh! vite, dit-il, vite, ou je suis mort.

— O le plus noble des hommes, quoi, tu veux mourir?

— Oui!...

Et il lui conseille de se rendre à César pour qu'il lui laisse la vie.

— Non, non, dit-elle, je ne me rendrai pas à César! Je veux que tu vives et rester avec toi. O mes femmes, voyez, oh! le diadème du monde qui se fond...

Antoine meurt. Elle pousse des cris déchirants et même s'évanouit. On croit qu'elle est morte.

— Madame, madame! reine d'Egypte! impératrice!

— Non, il n'y a plus de reine, plus d'impératrice, mais une simple femme dominée par les mêmes pauvres passions qui dominent une servante. Ah! j'aurais le droit de rejeter mon sceptre aux dieux insultants et de leur dire que ce monde égalait le leur avant qu'ils eussent volé mon joyau. O mes pauvres chères femmes, comme vous êtes bonnes pour moi! O nobles filles! Hélas! écoutez, soyez jusqu'au bout braves! Il ne reste plus qu'une chose à faire, nous allons l'ensevelir comme il doit être enseveli, puis nous reviendrons ici et nous saurons mourir.

En effet, elles vont ensevelir Antoine et remontent dans leur espèce de citadelle, et là elles attendent de pied ferme les messagers d'Octave.

On lui envoie demander ce qu'elle compte faire:

— Tout ce que voudra Octave, répond-elle. Je suis prête à subir mon sort, puisque je suis vaincue.

A ce moment, les envoyés d'Octave la saisissent. La porte d'en bas est fermée, elle comprend qu'elle a été prise dans un piège et elle essaie de se tuer. On lui arrache le poignard.

— Soit! dit-elle, mais je me laisserai mourir de faim; je me laisserai mourir de soif, je me laisserai mourir de la volonté de mourir, mais je n'irai pas, non, je n'irai pas là-bas figurer à la Cour de votre maître; je ne m'exposerai pas à être humiliée par l'œil dédaigneux de la sotte Octavie. Est-ce que, par hasard, on compte m'élever sur les bras pour me montrer à la valetaille braillarde de Rome? Non! Qu'un fossé de l'Egypte me serve plutôt de tombeau paisible! Que je sois plutôt exposée entièrement nue dans la boue du Nil et rongée par les insectes jusqu'à devenir un objet d'horreur! Que les hautes pyramides de mon royaume me servent de gibet et que j'y sois pendue, enchaînée, mais je n'irai pas là-bas!

Et elle clame son amour pour Antoine, elle dit que jamais un homme n'a été plus beau; elle le dépeint dans des termes d'un lyrisme magnifique et tout à fait oriental :

— Il était comme un soleil qui, de là-haut, voyait ce tout petit O, la terre, [la terre qui n'est plus pour elle qu'une lettre de l'alphabet], il était grand, il était beau; jamais on ne trouvera le pareil!

Et dans ce moment d'exaltation, — voilà où est la puissance de Shakespeare qui n'oublie aucun détail, — elle reste la gitane, la gipsy, car César vient et elle va essayer s'il y a quelque chose à tenter encore en face de ce nouveau vainqueur; s'il y a

moyen de le vaincre et de le dompter, et d'abord
elle essaie de le voler. C'est Carmen exactement. Elle
lui dit :

— Voici la liste de tous mes trésors, je te les
donne. J'aime mieux te les donner que de te voir
les prendre.

Et elle appelle en témoignage Séleucus, son intendant.

— Dis la vérité, Séleucus, est-ce que ce n'est pas
la liste exacte de mes biens?

Mais Séleucus la trahit :

— Non, Majesté, il y a à peu près là le tiers de
vos trésors. Les deux autres tiers, dit-il à César,
elle les a soigneusement cachés dans les pyramides.

Alors, cette femme, furieuse, outrée qu'on l'ait
prise en flagrant délit de mensonge, s'excite encore
davantage. Octave la flattant, elle dit à mi-voix :

— Ecoutez, il me flatte, mes filles, mais c'est pour
que je manque de noblesse envers moi-même. Non!
Ecoute, Charmian...

Et elle lui parle tout bas à l'oreille.

César s'en va, elle reste seule, un instant, gardée
par des soldats. On voit alors entrer un paysan qui
apporte un panier de figues, dans lequel il y a des
aspics. C'est une entrée de clown, exactement : ce
paysan parle avec des pataquès; il fait le plus
grand éloge de ce petit aspic, qui est délicieux,
dit-il, quand on se fait piquer par lui et qu'on veut
mourir. Mais peu importe, il disparaît.

Elle reste donc seule avec ses femmes. Elle demande sa plus belle robe, sa couronne, ses beaux
atours.

— Oui, dit-elle, maintenant, jamais plus le suc
des grappes d'Egypte ne mouillera cette lèvre.
Allons, dépêche, dépêche, ma bonne Iras, vite! Il
me semble que j'entends Antoine qui m'appelle. Oui,
je le vois se relever pour louer ma noble action et
je l'entends se moquer du bonheur de César. Ah!
je viens, mon époux, je viens, car, maintenant, je
prouve par mon courage mes titres à ce nom. Je ne

suis plus qu'air et feu, j'abandonne à la vie plus grossière mes autres éléments. Allons! Allons! Avez-vous fini? Là, là, viens maintenant, toi, reçois la dernière chaleur de mes lèvres, ma chère Charmian, et toi, Iras, un long adieu.

A peine Iras a-t-elle été embrassée par Cléopâtre qu'elle tombe morte.

— Quoi? Ai-je donc l'aspic sur mes lèvres? Tu tombes! Mais si toi et la nature, vous pouvez si doucement vous séparer, le coup de la mort n'est donc que la chiquenaude d'un amant qui blesse et qui est désirée?

Elle prend un aspic et elle l'applique sur son sein.

— Viens, toi, mortel assassin. Coupe d'un seul coup, avec tes dents aiguës, ce nœud compliqué de la vie...

Et, restée fantasque jusqu'au bout, jusqu'au moment de la mort fantaisiste, car il n'y a pas d'autre mot, la petite femme que vous avez vue tout à l'heure couvrant Antoine de ses vêtements, de ses plumes, et s'habillant avec son baudrier, c'est la même petite femme qui dit au moment de mourir, pendant que Charmian crie : « O étoile d'Orient! » :

— Paix, tais-toi! Ne vois-tu pas l'enfant que j'ai au sein et qui tette sa nourrice pour l'endormir?

— Oh! brise-toi, mon cœur!

— Non, c'est aussi délicieux que le baume, aussi doux que l'air. O Antoine! Tiens, tiens, toi, je vais te prendre aussi.

Elle prend un autre aspic et le met à son bras.

— Pourquoi resterais-je...?

Et elle meurt sans achever sa phrase.

— Pourquoi resterais-je dans ce vil monde, dit Charmian, voilà ce qu'elle a voulu dire. Hélas! tu peux être fière, Mort, tu as en ta possession une femme sans pareille. O fenêtres duvetées, fermez-vous, et que le doré Phébus ne soit contemplé jamais plus par des yeux aussi royaux! Pauvre reine!

Votre couronne est de travers, je vais la replacer droite, et puis remplir mon rôle.

Elle s'approche, remet la couronne de Cléopâtre, elle arrange son voile : elle veut qu'elle soit en beauté sur son lit de mort. Pour elle, elle attend les envoyés de César, et, quand ils arrivent, elle se met aussi un aspic au bras, si bien qu'ils trouvent tout le monde mort ou mourant.

Et quelle était la volonté de Cléopâtre? De ne jamais servir au triomphe d'Octave. Ce qu'elle a voulu, dans son orgueil, c'est être victorieuse, une fois encore, d'un vainqueur du monde. Elle l'a été par sa propre mort.

Et voilà maintenant le dernier sujet de la pièce, le dernier symbole que je ne vous ai pas dit et que je voudrais dégager, pour vous montrer que tel est bien ce sujet. C'est que Cléopâtre, non seulement incarne la gipsy, la reine égyptienne, la grande aimée, amoureuse pour la première fois, l'amoureuse qui bouleverse le monde, mais elle incarne plus que cela. Ne vous fâchez pas, mesdemoiselles, ni vous, mesdames, d'un mot qui va peut-être vous paraître injurieux. Ce qu'elle incarne, c'est toute une catégorie de femmes. Oh! elles sont rares, par bonheur! Et, il faut bien en convenir, ce sont des monstres; et il est bien entendu que je ne vous les propose point pour modèles. Loin de là, certes! Mais, enfin, cette femme-monstre existe; les poètes l'ont chantée; les dramaturges, les romanciers l'ont analysée. Eh bien! le type le plus complet, le voici, en Cléopâtre.

Oui, c'est une femme, et avec tous les défauts que peut avoir la femme, qui est un enfant ayant un peu grandi, mais qui n'est pas exactement ce qu'est un homme. Ce qui nous distingue, en effet, nous, c'est ce que nous appelons avec orgueil notre raison, notre intelligence qui discute les choses, qui voit le pourquoi et le comment, qui fait des syllogismes et des raisonnements. La femme, c'est l'instinct qui la mène, qui peut la mener aux plus grandes choses, je vous l'ai dit souvent, l'instinct dont la plus belle manifestation est la maternité.

Dévoyé, cet instinct peut faire aussi des lady Macbeth et encore moins que cela. Il fait précisément cette Cléopâtre, qui a tous les vices et tous les défauts, vous l'avez vu, qui est restée un enfant en pleine inconscience. Oui, elle est menteuse comme un enfant, voleuse exactement comme les bohémiens que l'on rencontre dans les campagnes; elle est coquette à un point exaspéré et exaspérant; c'est une Célimène, mais quelle Célimène! Célimène (je n'ose pas dire un mot injurieux pour ce personnage que j'adore dans Molière), mais enfin, Célimène, peut avoir l'air d'une chatte; tandis que Cléopâtre, ce n'est pas une chatte, c'est une panthère noire dans sa coquetterie. Elle est, avec cela, séduisante et cruelle, elle est même féroce! Vous l'avez vue lorsqu'elle veut faire rouler les yeux de cet envoyé comme des billes devant elle; elle le menace de le mettre dans le sel et de le faire cuire lentement dans la saumure! Elle a donc tous les vices, tous les défauts, toutes les tares qu'une femme, la femme enfant et monstre, peut avoir. Mais il lui reste quand même cette chose unique que l'homme ne pourra jamais avoir, le charme. Nous avons beau faire tout ce que nous voulons et tout ce que nous pouvons, nous n'avons jamais cette chose : elle l'a.

C'est à cause de cela que les hommes, certains hommes du moins, lui pardonnent lâchement tout le reste. Faut-il aller jusque-là? Faut-il, en faveur de son charme, absoudre Cléopâtre qui a, comme dirait un père de l'Eglise, les sept péchés capitaux incarnés en elle septante sept fois dans chaque fois? Non, certes! Et quand même, en fin de compte, comment ne pas garder un peu d'indulgence pour un sexe qui, au prix du noir et infernal terreau où poussent des poisons comme lady Macbeth et Cléopâtre, nous donne à respirer ces fleurs suaves et célestes, une Desdémone, une Juliette, une Cordelia?

XI

LE SONGE
D'UNE NUIT D'ÉTÉ

---

*Les Personnages de la Féerie de Shakespeare et leur
caractère aérien. — Le Rêve d'un Poète. —
Obéron, le Roi des Génies, et Titania, la Reine des
Fées. — Le fidèle Puck. — Les Fées Fleur des
Pois, Toile d'Araignée, Graine de Moutarde, etc.
— L'Acteur Bottom. — La Trame de la Pièce. —
Ses imbroglios. — Le Bois fantastique.*

MESDEMOISELLES,
MESDAMES,
MESSIEURS,

Voici, hélas! l'avant-dernière promenade que nous
ferons dans ce que nous avons appelé « la forêt
shakespearienne », et je m'aperçois avec désespoir
que, par amour des sites farouches, violents, déses-
pérés, tragiques, je ne vous ai pas montré les choses
les plus charmantes, les plus exquises, celles qui
étaient le mieux faites pour vous : je veux parler
de toute la série des comédies. A peine, parmi les
drames que nous avons vus trop vite, à peine ai-je
pu vous montrer un coin délicieux de Venise et
un autre endroit qui n'est pas tout à fait forestier,

qui est un quartier un peu crapuleux — il n'y a pas
d'autre mot — de la ville de Londres; mais ce que
je ne vous ai pas fait voir, ce sont les ravissantes
clairières dont je vous avais parlé et qu'il faudrait
aujourd'hui parcourir, je ne sais pas comment en
si peu de temps, car il y a là toute une série de
comédies, d'œuvres plus légères qui, néanmoins,
sont toutes remplies de philosophie et de symboles,
et qui vous feraient voir un Shakespeare qui est
Marivaux, qui est Musset, qui est, en même temps,
un magicien, qui est un psychologue très subtil et
un poète extrêmement délicat, ressemblant au génie
que vous verrez la prochaine fois dans *La Tempête*,
au délicat Ariel, comme il l'appelle lui-même.

Précisément aujourd'hui, l'affiche, je crois, porte
Beaucoup de Bruit pour Rien, et une autre pièce,
Le Songe d'une Nuit d'Eté; sans doute, serai-je
obligé de ne vous parler que d'une seule pièce.
C'est déjà un grand sacrilège de faire, d'une œuvre
de Shakespeare, une sorte de sketch qu'on joue,
qu'on mime en une heure; mais deux pièces à la
fois, ce serait tout à fait de la clownerie! Vous
m'excuserez si je ne pousse pas les choses jusque là.

Songez qu'il y a, — je les ai comptées et je les
ai notées pour n'en laisser aucune :

La Mégère Domptée, ou plutôt *Apprivoisée*, ou
plutôt : *Taming of the shrew*, *L'Apprivoisement
de la Pie-Grièche*, qui est connue par beaucoup
d'adaptations;

Mesure pour Mesure, qui est un chef-d'œuvre
d'arrangements, car c'est sur un canevas grossier
du conteur italien Cinthio que Shakespeare a écrit
toute une œuvre qui, non seulement est une comédie, mais une œuvre de justice sociale, où il proclame ce que nous ne sommes pas encore arrivés
à reconnaître, hélas! ce que dénonçaient déjà, vous
vous en souvenez peut-être si vous avez suivi l'histoire de la littérature grecque que nous avons étudiée
ensemble, ce que dénonçaient le vieil Eschyle, et
Sophocle, et Euripide, à savoir que la loi écrite,

quand elle est contraire à la loi de nature, est une abomination contre laquelle on a le droit de se révolter. Il y a jusqu'à des choses de cette hauteur de philosophie dans ces comédies légères.

Nous avons aussi *Le Conte d'Hiver*, qui est d'une audace extraordinaire dans la passion et qui, en même temps, étant l'œuvre de la maturité de Shakespeare, est écrit dans une langue riche, pleine de goût, car cet homme, qu'on représente comme d'un mauvais goût effréné, sait, quand il le veut, avoir un goût aussi pur que les plus purs de nos écrivains français. Et déjà vous voyez poindre ici une des choses que j'avais pensé à vous prouver par argument démonstratif et que je serai forcé de vous suggérer plutôt que de vous la prouver, à savoir combien Shakespeare est proche de nous, en réalité, et nous pouvons nous en féliciter, est un peu notre cousin. Nous avons là, dans ce *Conte d'Hiver*, au quatrième acte, une fête paysanne, la fête de la tonte des moutons, qui est à la fois du réalisme le plus cru et d'une poésie, d'un lyrisme exquis comme peuvent l'être les choses de la campagne, quand elles sont très belles.

Enfin, nous avons *Peines d'Amour Perdues*, cette pièce qui est de sa jeunesse, qu'il a refaite, qu'il a reprise plusieurs fois, à laquelle, par conséquent, il tenait et dont je vous ai dit quelques mots à propos des hypothèses sur le véritable auteur des drames de Shakespeare. Les baconiens, ceux qui veulent que ce soit le chancelier Bacon qui soit l'auteur de ces œuvres, prennent surtout cette pièce comme argument solide, car on rencontre là Biron, Longueville et Dumaine, trois gentilshommes français à la Cour du roi de Navarre, et ces gentilshommes et les dames parlent un langage raffiné, élégant, spirituel, plein non plus de concetti à l'italienne, comme dans *Roméo et Juliette*, mais de jeux de mots, de calembours, comme les étrangers pensent que nous en faisons à la volée, — nous en faisons très souvent, en effet, beaucoup plus que nous ne

croyons. Eh bien! là, on a dit, presque à juste titre,
que l'homme qui avait écrit cette pièce si française devait avoir vécu en France, et vous savez que
le propre frère de Bacon avait été, précisément,
ambassadeur à la Cour du roi de Navarre, où existaient des gentilshommes qui s'appelaient, en effet,
Byron ou Biron, comme vous voudrez, en français,
Longueville et Dumaine. Là, et aussi dans *Tout est
bien qui finit bien*, nous aurions vu avec quelle
pénétration Shakespeare a pu comprendre et exprimer notre caractère français, si difficile à bien
connaître pour les étrangers.

A côté de cela, nous avons encore *Le Soir des
Rois*, une mascarade, une farce extravagante, mais
aussi drôle que celles des meilleurs farceurs et de
Molière en particulier; puis, *Beaucoup de bruit pour
Rien*, qui est une pièce pleine de finesse, de nuances
psychologiques, qui est un dialogue entre Béatrice et
Bénédict, Bénédict qui était le rôle préféré du grand
acteur Garrick, et où on trouve, à la fois, les larmes,
le sourire, tout cela amalgamé.

Et, enfin, *Comme il vous plaira (As you like it)*,
« Comme vous voudrez », « Comme vous l'aimez »,
car cela n'a pas un sens bien précis; en effet, on
peut y trouver tout ce que l'on veut; c'est le chef-
d'œuvre pur de la pastorale, c'est-à-dire non pas cette
chose fade qu'est la pastorale, en général, où l'on
voit des grands seigneurs, des femmes du monde
qui s'habillent en bergers, et qui croient avoir l'air
de bergers parce qu'ils ont une houlette dans la
main, un petit ruban au bout de la houlette et aussi
des rubans dans les cheveux, comme on met des rubans aux caniches pour les faire ressembler, pré-
tend-on, à des lions. Vous avez ici de véritables
paysans, quelques âmes de paysans, très fines,
comme elles sont, et en même temps rudes, mais
avec une finesse particulière telle que les gens du
monde n'en ont pas idée. On peut causer avec un
paysan pendant une demi-heure en se disant :

— Dieu! que cet homme est bête!

Et, quand on l'a quitté, au bout d'une autre demi-
heure, après avoir réfléchi, on se dit :

— Tiens, il s'est moqué de moi pendant une demi-
heure, et je ne m'en suis pas aperçu!

Il y a de ces paysans-là. Mais, ce qu'il y a surtout,
ce sont des gens du monde, en effet, des gens de
Cour, des gentilshommes qui redeviennent des êtres
de nature, des forestiers, des gens aimant les bois,
des gens aimant les arbres, des gens aimant rêver;
et il y a, en particulier, deux personnages divins
avec lesquels j'aurais voulu pouvoir me promener
en même temps que vous pour vous les faire connaître, vous les présenter dans l'intimité : c'est Ro-
salinde, l'une des femmes les plus délicieuses de
Shakespeare, un esprit mutin, éveillé, spirituel, et,
en même temps, plein de cœur; c'est aussi et surtout Jacques le mélancolique, le misanthrope, qui est
très probablement lui-même, que Shakespeare a mis
en scène, cet homme qui est ramené à la nature, non
pas par la raison, mais par le cœur, et qui se dit :

— Il est bon d'avoir souffert parce qu'on a besoin
d'être consolé, et il n'y a qu'une seule consolatrice,
c'est la nature.

Cette philosophie qui revient à la nature par la
douleur humaine est tout à fait unique dans l'œuvre
de Shakespeare et même dans aucune œuvre théâtrale qui soit au monde.

Nous sommes obligés de passer tout cela. Je
viens de vous montrer rapidement toutes ces clairières qui sont dans la forêt comme si nous passions au-dessus en aéroplane, à vol d'oiseau, c'est
le cas de le dire. Je vous en fais toutes mes excuses,
je suis certain que vous me pardonnerez et que
vous voudrez bien vous concentrer, tant que vous
pourrez, dans une seule pièce, *Le Songe d'une Nuit
d'Été.*

Nous finirons par *La Tempête*, et vous verrez là,
et vous allez déjà le voir aujourd'hui, pourquoi j'ai
osé cette hypothèse que Shakespeare est notre cousin
et qu'il est un peu Gaulois. L'homme qui a rêvé ces

chimères n'est pas un Anglo-Saxon; il avait du sang anglo-saxon, mais il a aussi beaucoup du sang de nos aïeux, qui aimaient *argute loqui*, parler avec finesse, avec délicatesse, et qui, en même temps, étaient, vous le savez, de grands rêveurs et de grands chimériques, car nulle race n'a été plus chimérique que cette admirable race gauloise dont nous avons fait les trois quarts de notre sang, cette race qui croyait tellement à l'au-delà que, chez les Gaulois, on faisait cette chose extraordinaire, très simplement : on empruntait de l'argent qui était remboursable dans l'autre monde.

※※※

Cette pièce de Shakespeare, *Le Songe d'une Nuit d'Eté*, a été faite en pleine jeunesse. Il avait environ une trentaine d'années; c'est en 1594, si je ne me trompe, qu'elle a été représentée pour la première fois. Elle est presque entièrement de son invention; on n'a pas pu retrouver de conte dont il se soit réellement inspiré, qu'il ait pris comme scénario et qu'il ait simplement arrangé à sa façon, comme il faisait très souvent. Non. Ici, tout est sorti de son invention. On y retrouve bien, certainement, des souvenirs de ses lectures, d'abord Plutarque, car le personnage principal c'est Thésée, qu'il appelle le duc d'Athènes, qui va se marier avec Hippolyte, la reine des Amazones, et l'anecdote est prise dans la vie de Thésée par Plutarque. Il y a aussi des souvenirs des conteurs anglais comme Chaucer, comme Spenser; des Italiens comme Arioste, Boiardo, qui avaient été traduits; et, en particulier, des souvenirs d'un roman du cycle breton, des romans de chevalerie qui avaient été traduits par un lord, lord Berners, si je ne me trompe, que, par conséquent, il a dû connaître, et où l'on trouve le personnage principal féerique de la pièce de Shakespeare, Obéron, le roi des Génies.

Les commentateurs allemands ont essayé de prouver que cet Obéron était allemand, qu'il venait de « Albéric », le roi des nains. Vous verrez quelle différence il y a, quel abîme, entre ce roi des nains, rude, grossier, incarnant les mines d'or, d'argent ou de cuivre, et Obéron, qui est un être céleste, un être aérien, un être beau, jeune, qui fait plutôt penser à une sorte d'Apollon, non pas germain, presque pas anglais, mais surtout, comme vous le verrez, breton.

Eh bien! cet Obéron, et sa femme, Titania, reine des fées, existaient déjà aussi depuis longtemps dans les contes populaires anglais, et un autre personnage qui est le serviteur, le bon chien fidèle d'Obéron, qui fait toutes ses commissions, bonnes ou mauvaises, Puck. Ah! celui-là est un génie très particulier, on l'appelle lutin, farfadet, on l'appelle Robin *the good fellow*, Robin bon garçon, Robin bon enfant. C'est surtout un paysan; dans une partie de la pièce, une fée qui ne le reconnaît pas l'appelle *clod*, *clod spirit*, rustaud, croquant des esprits. C'est, en effet, un petit paysan, mais d'une malice, d'une astuce! Il passe tout son temps à faire des farces. Vous le verrez décrit, et vous verrez quelle intelligence il a, quelle rapidité et quelle subtilité pour faire les commissions, car déjà, ayant inventé la télégraphie sans fil, dont il se servait, il faisait, comme il dit, la ceinture du monde en moins de temps qu'il n'en faut pour parler. Vous verrez aussi toutes sortes de fées qui ont des noms délicieux : Graine de Moutarde, Toile d'Araignée, et d'autres tout à fait charmantes.

Avant tout, pour bien vous faire suivre la pièce, en allant très rapidement, cependant, à travers tous ces méandres, sachez qu'il y a quatre pièces, en quelque sorte, entremêlées dans celle-ci : Il y a, d'abord, le mariage de Thésée avec la reine des Amazones, Hippolyte. Cela pourrait représenter, dans cette trame, un cordon, un fil en or si vous voulez. Il y a deux couples amoureux, ou plutôt une femme qui est aimée par deux hommes, et l'un de ces hommes qui est aimé par une autre femme; il y a là un second imbroglio, et vous verrez, — plutôt non, vous ne le verrez pas, car je ne pourrai entrer dans tous les détails, nous serions absolument perdus dans les broussailles, nous ne pourrions plus en sortir, Puck viendrait nous sortir par les cheveux et nous tomberions dans un marécage, il n'y a pas d'erreur, — sachez donc seulement que ceci fait comme un cordon de soie; puis, vous avez des artisans, des ouvriers d'Athènes, un menuisier, un serrurier, un chaudronnier, qui veulent répéter une pièce, *Pyrame et Thisbé*, pour la jouer à la fête des noces royales. Ceci serait le cordon de chanvre. Et, enfin, nous avons une querelle de ménage entre Obéron, le Roi des Génies, et sa femme, Titania, la Reine des Fées. Cela serait un fil de la Vierge, et nous aurions une étoffe faisant comme une grande écharpe où il y a un fil d'or, un fil de soie, un fil de la Vierge, un fil de chanvre, et tout cela, finalement, représente une sorte de grande toile d'araignée sur laquelle les gouttes de rosée, prismatisant la lumière de toutes les couleurs, jettent comme des pierres précieuses, des rubis, des saphirs, des émeraudes, des chrysoprases, des chrysobéryls, et tout ce qu'un poète comme Banville vous aurait dit dans une ballade, par exemple; tout cela forme la pièce. Nous ferons notre possible pour ne pas nous prendre dans cette toile d'araignée, pour ne pas la déchirer, et aussi pour voir, sans en rien perdre, cette immense écharpe se déployer et chatoyer au soleil.

❊❊❊

Avant tout, pour vous conduire dans ces dédales de broussailles, et de brume, et d'écharpe, je vais vous raconter très sommairement, comme un guide, le commencement de la pièce, l'exposition.

Il y a, d'abord, Thésée qui parle à Hippolyte des
fêtes qu'il prépare et qu'il veut qu'on prépare à
Athènes pour leurs noces. Puis, un berger vient se
plaindre de sa fille, Hermia. Sa fille Hermia, en
effet, est aimée par deux hommes, Démétrius et Lysandre. Le père a promis la main d'Hermia à Démétrius; mais, comme cela arrive presque toujours
dans ce cas-là, Hermia préfère un autre jeune
homme qui s'appelle Lysandre; celui-ci l'a conquise
et séduite par son beau langage, par ses vers, par
son amour et, finalement, par ce je ne sais quoi qui
fait que l'amour souffle où il veut. Il se trouve donc
qu'ils s'aiment ainsi et que Démétrius n'est pas aimé.
Démétrius, de son côté, est adoré par une autre jeune
fille, Hélène, amie d'Hermia, mais que lui n'aime pas
du tout. Vous voyez déjà quelle source de complications nous avons là, car les deux jeunes filles
sont très bonnes amies, elles s'aiment et elles se
disent tous leurs secrets. Hermia est désolée que
Démétrius n'aime pas Hélène et qu'il l'aime, elle,
puisqu'elle ne l'aime pas; elle dit à Hélène :

— Sois tranquille, je te débarrasserai de ma présence, et, quand Démétrius sera seul devant toi, il
t'aimera certainement.

Thésée, appelé par le père à juger le cas, veut
que la loi soit obéie; il décide que, tel jour, Hermia
devra prendre un parti et épouser l'homme que son
père lui destine, ou bien alors être condamnée à
mort ou mise dans un couvent. Un couvent, comme
il pouvait y en avoir à cette époque-là, de chasse-
resses, de nymphes destinées à Diane. Hermia refuse avec énergie de se marier avec Démétrius, et
Lysandre la décide alors à le suivre; il lui donne
rendez-vous dans un bois, près d'Athènes, où ils se
retrouveront le soir, pour aller chez des parents
qu'il a loin de la ville.

Hermia, pour prouver à Hélène qu'elle l'aime, et
que, si elle lui prend le cœur de Démétrius, ce n'est
pas de sa faute, lui révèle le plan qu'ils ont conçu
de se sauver. Hélène pour se faire bien venir de

Démétrius, — voyez la pauvre âme innocente! —
n'a rien de plus pressé que d'aller avertir celui-ci
qu'Hermia va se sauver; comme cela, pense-t-elle,
il va courir après elle, « mais il me saura gré de ce
que je lui ai dit, et peut-être m'aimera-t-il » ! Voyez
comme elle connaît peu le cœur des hommes, — je
ne dis pas des femmes; peut-être qu'une femme se
serait laissé prendre à cet héroïsme; mais un
homme, jamais de la vie. Il est beaucoup trop grossier!

Vous allez voir ces deux couples, ou plutôt Hermia aimée par les deux hommes, et Hélène qui
court après Démétrius, se retrouver dans le bois voi-
sin d'Athènes. Or, c'est dans ce même bois que les
artisans viendront répéter *Pyrame et Thisbé*, pour
être tranquilles. Et, enfin, c'est dans ce même bois
que vont se rencontrer Obéron et Titania, qui sont
en bisbille. Tout va donc se concentrer dans ce bois,
et vous jugez d'ici l'imbroglio et toutes les aventures menues qui vont s'imbriquer les unes dans
les autres et faire un galimatias d'aventures duquel
on ne pourra pas sortir. On en sortira tout de
même, rassurez-vous, puisqu'il y a là un magicien
qui est Shakespeare, et son serviteur qui est le petit
Puck.

✢✢✢

Maintenant, entrons rapidement dans la pièce,
vous allez comprendre tout.

Au début, c'est la scène du père venant se plaindre
à Thésée, qui décide qu'Hermia devra épouser Démétrius ou se retirer du monde; puis, la scène où
Hermia, ayant décidé de fuir avec Lysandre, en fait
la confidence à Hélène qui le répète à Démétrius.
Vous êtes déjà au courant. Nous voici maintenant à
Athènes, où les artisans discutent sur la répétition
qu'ils vont faire.

Ici, je suis forcé tout de suite d'entrer dans la tra-

duction des noms des personnages, — on ne le fait
jamais. Ce sont des noms un peu symboliques. Il
y en a un qui est célèbre par sa bêtise, il faut que je
vous dise son nom : en anglais, il est très grossier,
en français aussi, d'ailleurs. Mais, comme je vais
vous dire celui des autres, je serai bien forcé de vous
dire aussi celui-ci.

Les artisans sont là, dans une chambre de la demeure de Quince. Quince veut dire *Coin*, c'est le
coin qu'on met dans le bois. Le deuxième, Snug, ce
qui veut dire *Joint*, le joint du bois. Le troisième
s'appelle Snout : c'est déjà moins bien, cela veut
dire *M. Mufle*. Le quatrième s'appelle M. Flute,
M. Tuyau. Un autre, M. Starveling, c'est-à-dire
M. Crève-de-Faim. Et, enfin, le dernier s'appelle
M. Bottom. *Bottom*, en anglais, signifie l'endroit sur
lequel nous sommes tous assis et l'endroit dans lequel le petit Puck donne avec joie et ravissement
des grêles de coups de pied quand il court après les
artisans; je ne vous indique pas davantage le mot
français qui traduit *Bottom*.

Ils sont là, entre eux.

— Toute notre troupe est-elle ici?

— Oui, oui!

— Vous ferez bien de les appeler tous les uns
après les autres, dans l'ordre du papier.

Alors, on les appelle. D'abord, le... Quince (c'est-
à-dire *Coin*) *:*

— Dites-nous le sujet de la pièce, puis lisez le
nom des acteurs et arrivons ainsi à notre affaire...

Vous allez voir là que Shakespeare, quoiqu'il fût
comédien lui-même et qu'il aimât les comédiens, par
conséquent, a symbolisé, dans Bottom, le genre de
comédien qu'on rencontre très souvent encore,
l'homme qui se croit appelé aux plus hautes destinées et capable de jouer tous les rôles, l'homme à
qui l'on dit: « Je viens d'écrire un rôle pour Mounet-Sully », et qui répond: « Oh! cela ferait bien
mon affaire! » Si c'est un rôle pour Sarah

Bernhardt, il dira la même chose. Bottom est exactement comme celui-là.

La pièce est intitulée *La Très lamentable Comédie et la Mort très cruelle de Pyrame et de Thisbé*.

BOTTOM. — Une réflexion. Un bien bon ouvrage, je vous en réponds, et tout à fait gai. Maintenant, bon Pierre Quince, appelez les acteurs dans l'ordre de la liste. Messieurs, mettez-vous sur les rangs.

QUINCE. — Le tisserand?

BOTTOM. — Présent. Dites-moi le rôle qui m'appartient, et puis continuez.

— Vous, Nick Bottom, vous êtes désigné pour le rôle de Pyrame.

— Qu'est-ce que c'est que Pyrame? Un amoureux, un tyran?

— Un amoureux qui se tue très bravement, par amour.

— Oh! oh! il faudra quelques larmes pour bien représenter ce rôle! Si je le joue, l'auditoire n'a qu'à surveiller ses yeux! Je ferai tomber des averses, je serai pathétique comme il faut. Passons aux autres. Cependant, avant tout, mon goût est plutôt pour les tyrans. Je pourrais jouer Hercule d'une rare façon, ou encore un rôle de pourfendeur de chats, de manière à tout casser.

> Les rochers fulminants,
> Et les chocs frémissants,
> Les verrous briseront
> Des portes de prisons.

Ah! oh! voilà qui est sublime! Mais nommez un peu les autres acteurs... Ça, c'est l'humeur d'Hercule, l'humeur d'un tyran; un amant est plus plaintif, je saurai être plaintif.

On les appelle successivement les uns et les autres, et à chacun Bottom fait une réflexion. Quand on donne le rôle de Thisbé à l'un d'eux, Bottom dit :

— Ah! si je pouvais cacher mon visage! Laissez-moi jouer aussi le rôle de Thisbé, je me ferai une voix monstrueusement petite. — Thisbé! Thisbé! — O Pyrame, mon cher amour! ta Thisbé chérie, ta dame chérie...

— Non, non! On vous dit de jouer Pyrame! Laissez-le.

— Bien, bien continuez.

— Robin Starveling, le tailleur; vous, vous jouerez la mère de Thisbé.

Je passe rapidement. On leur distribue les rôles.

— Vous, Snug, vous jouerez le rôle du lion. J'espère, maintenant, que voilà une pièce bien montée.

SNUG. — Avez-vous le rôle du lion en manuscrit? Si vous l'avez, donnez-le moi, je vous prie, car j'ai besoin, moi, d'étudier longtemps.

QUINCE. — Vous pouvez le jouer, ce rôle, sans étude : il ne s'agit que de rugir.

BOTTOM. — Oh! oh! laissez-moi aussi jouer le lion. Oh! je rugirai de telle sorte que ce sera pour tout le monde un plaisir de m'entendre! Je rugirai de façon à faire dire au duc : « Laissez-le rugir encore, laissez-le rugir encore! »

QUINCE. — Mais vous le joueriez d'une manière trop terrible, Bottom! Vous effrayeriez tellement la duchesse et les dames qu'elles en crieraient.

BOTTOM. — Oh! il faut vous accorder, mes amis, que si vous effrayiez les dames au point de leur faire perdre l'esprit, elles ne se feraient aucun scrupule de vous faire pendre. Mais moi, moi, je manœuvrerai ma voix de telle sorte que je rugirai comme une colombe amoureuse, je rugirai comme si c'était un rossignol. Laissez-moi jouer le lion!

On ne veut pas. Un autre est chargé d'un autre rôle, c'est le mur.

— Ah! le mur, dit Bottom! Moi, je puis vous jouer le rôle très bien, avec une barbe couleur de paille, ou une barbe orange foncé, ou une barbe rouge...

— Mais non, mais non, il ne s'agit pas de barbe, c'est pour un mur.

— Messieurs, maintenant que vous avez tous vos rôles, allons répéter.

Et ils décident qu'ils iront dans le bois répéter la pièce.

***

Nous voici dans ce bois et, tout de suite, vous allez voir que, de cette farce un peu grosse, nous arrivons dans la féerie d'une légèreté, d'une grâce, d'un bleu extraordinaires.

Puck est là, en face d'une Fée.

PUCK. — Eh bien! esprit, où errez-vous ainsi?

LA FÉE. — Par-dessus les collines, par-dessus les vallées, à travers les buissons, à travers les broussailles, par-dessus les parcs, par-dessus les palissades, à travers l'eau, à travers le feu je glisse, errante en tous lieux, plus rapidement que la sphère de la lune. Et je suis au service de la Reine des Fées pour mouiller de rosée, sur le gazon, les cercles laissés par ses danses. Les grandes primevères sont ses pensionnaires; sur leur robe d'or vous voyez des taches, ce sont les rubis, cadeaux des fées; dans ces mouchetures vivent leurs parfums. Or, il nous faut, ici, chercher quelques gouttes de rosée et suspendre une perle à l'oreille de chaque primevère.

Puck explique à la Fée que le roi va venir tenir ici sa fête et que, depuis quelque temps, Obéron et Titania sont très fâchés l'un contre l'autre; il y a eu une querelle de ménage, le torchon brûle à la maison des fées comme partout ailleurs. Et la Fée dit :

— Mais, ou je me trompe fort sur votre figure, monsieur, et votre manière d'être, ou vous êtes cet esprit rusé et polisson qu'on appelle Robin *Good Fellow*, Robin bon garçon. N'êtes-vous pas cet esprit qui s'amuse à effrayer les filles des villages?

— Oui, fait-il.

— Celui qui écrème le lait, qui, quelquefois, met tout sens dessus dessous dans le moulin, empêche le beurre de venir dans la baratte de la ménagère essoufflée, et d'autres fois se plaît à dépouiller la bière en fermentation de sa force capiteuse; celui qui égare les voyageurs nocturnes en riant de leur aventure. Et quand on vous appelle Hobgoblin et gentil Puck, vous faites l'ouvrage des gens et vous leur portez bonheur. N'est-ce pas vous ?

— Tu as trouvé juste. C'est moi qui suis ce joyeux vagabond nocturne. J'amuse Obéron, et je le fais sourire lorsque je trompe quelque cheval gras, bien nourri de fèves, en imitant de loin le hennissement d'une pouliche. Parfois aussi, je me blottis dans la coupe d'une commère sous la forme d'une pomme cuite, puis, lorsqu'elle veut boire, je fais *paf* entre ses lèvres et je répands la bière sur sa gorge par-cheminée. La plus respectable des aïeules, pendant qu'elle raconte les plus belles de ses histoires, me prend souvent pour un escabeau à trois pieds, mais, crac! je me sors de dessous elle, et la voilà qui, en criant, dégringole... Et alors tous les assistants, en chœur, se mettent à rire, et à rire encore davantage, et à éternuer.

Mais, place! voici Obéron.

Obéron et Titania arrivent. Ils se disent qu'ils ne veulent plus se voir. Ils sont fâchés. La cause de la dispute est tout à fait charmante : une jeune femme qui avait le culte de Titania mourut, laissant un petit enfant et le prit à sa Cour; elle l'éleva, quoiqu'il fût sance pour l'amitié de cette femme, recueillit le petit enfant et le prit à sa Cour; elle l'éleva, quoiqu'il fût un simple mortel. Or, il était tellement gentil que le roi, Obéron, en devint jaloux; il était jaloux de voir Titania prodiguer ses caresses à cet enfant, il lui demanda de le mettre dans ses pages; elle refusa, et de là vint toute leur colère, et, à la suite de cette colère, il y eut un détraquement des saisons extraordinaire, comme celui que nous venons de subir cette année : l'hiver se trouva au printemps, le printemps à l'hiver. Vous voyez que tout a toujours existé et qu'on ne fait que recommencer éternellement.

— Oui, dit Titania, à ce moment-là tout fut troublé. A ce moment-là, tout arriva pour me venger : pompés dans la mer, les brouillards contagieux,

retombant sur la terre, ont à ce point rendu orgueil-
leuses les plus chétives rivières qu'elles ont débordé
de leurs rives; le bœuf a porté en vain son joug, le
laboureur a perdu ses sueurs, et le blé vert s'est
pourri avant que sa jeune tige eût pris la barbe. Le
printemps, l'été, l'opulent automne et le hargneux
hiver échangèrent entre eux leur costume, et tous les
produits furent tellement bouleversés que le monde
ne savait plus quelle saison régnait ou ne régnait
pas. Dire que tout cela est notre faute!

— Portez-y remède, dit Obéron, donnez-moi cet
enfant, j'en ferai mon page.

— Jamais, je ne vous le donnerai jamais. Je
l'aime, je veux le garder avec moi.

Et la reine s'en va, je ne dirai pas en faisant
claquer la porte, puisqu'ils sont dans le bois, mais
en faisant ce geste particulier par lequel la femme
dit, et d'une façon impérieuse qui vous rend obéissant :

— Tu peux dire tout ce que tu voudras, je ne
céderai pas!

Alors, Obéron pense à se venger, et voici la vengeance qu'il imagine : Il envoie le petit Puck cueillir
une fleur qui s'appelle « la vague d'amour » en
Angleterre, et dont il suffit d'exprimer le suc sur les
yeux de quelqu'un qui dort, pour qu'en se réveillant
il devienne amoureux fou de la première personne
qu'il rencontre.

— Bon, dit Puck, je vais la chercher. Je mettrai
une ceinture autour de la terre en moins de quarante
minutes.

Vous voyez, c'est la télégraphie sans fil!

Obéron demeure. Et dans ce bois arrivent alors
Démétrius et Hélène qui le poursuit; Hélène est
fatiguée, elle n'en peut plus; elle essaie de séduire
le pauvre Démétrius, qui ne veut rien entendre. Ils
sortent tous les deux. Et, quand ils sont partis,
Obéron, prenant pitié de cette pauvre femme, dit :

— Sois tranquille, nymphe, aie bon espoir. Avant

que cet homme sorte du bois, c'est lui qui cherchera
ton amour et toi qui le fuiras.

Entre Puck. Notez qu'il n'y a pas même quarante
minutes, mais à peine trois, qu'il est parti. Il rapporte la fleur.

— Je t'en prie, dit Obéron, donne-la-moi. Je connais un coin du bois où le thym sauvage exhale ses
senteurs, où croissent les grandes primevères et les
violettes à la tête penchée, et que recouvrent presque,
comme d'un dais, les chèvrefeuilles à l'odeur délicieuse, les suaves roses musquées et les églantines.
La couleuvre, là, se dépouille de sa peau émaillée,
juste assez large pour habiller une fée, et Titania s'y
repose dans le sommeil, à certaines heures de la
nuit, bercée sur ces fleurs par les danses et les
délices. Avec le jus de cette plante, je frotterai ses
yeux et je la remplirai de détestables fantaisies.
Prends-en aussi un peu et cherche dans ce bosquet;
il s'y trouve une aimable dame athénienne amoureuse d'un jeune homme dédaigneux. Mouille les
yeux de celui-ci, mais fais attention que la dame
soit la première personne qu'il aperçoive. Tu recon-
naitras ce jeune homme à ses vêtements athéniens.
Exécute la chose avec soin et reviens me trouver
avant le premier chant du coq.

Ici, Titania, entre avec sa suite et dit des choses
délicieuses. Je n'ai pas le temps de vous les lire
toutes; il faudrait le faire en anglais.

— Allons, maintenant, une ronde, une chanson de
fées, puis vous sortirez un tiers de minute, les unes
iront tuer les vers dans les boutons de roses, les
autres faire la guerre aux chauves-souris et leur
enlever le cuir de leurs ailes pour en faire les habits
de mes petits Elfes. D'autres iront chasser le hibou
criard qui, toute la nuit, insulte et gourmande nos
esprits. Chantez, maintenant, pour m'endormir,
chantez.

Et les fées chantent, dansent une ronde, et la
reine s'endort.

Pendant qu'elle dort, Obéron arrive, exprime le

suc de sa fleur sur les yeux de Titania, puis s'en va.

Arrivent Lysandre et Hermia, fatigués, et, dans le bois où ils s'étaient donné rendez-vous, ils se couchent pour dormir. Mais comme Hermia est une jeune fille très bien, elle ne veut pas que le jeune fiancé, qui n'est encore que son fiancé, dorme trop près d'elle; elle veut dormir auprès d'un buisson, et qu'il dorme dans un autre buisson, malgré la peur qu'elle aura peut-être, et de là vont sortir toutes sortes de malheurs, comme vous allez le voir.

Entre Puck. Il a erré à travers toute la forêt. Il regarde. Qui est là? C'est un jeune homme qui est couché, il a des vêtements d'Athénien. La femme est couchée un peu plus loin. C'est bien cela, c'est le jeune homme dédaigneux qui a voulu aller dormir un peu loin de la jeune fille. Il s'approche de lui et il frotte les paupières de Lysandre, au lieu de frotter celles de Démétrius. Vous voyez le quiproquo qui va se produire à l'instant même, car bientôt arrive Démétrius, toujours poursuivi par Hélène, qui n'en peut plus, et à qui il dit :

—Non, laissez-moi tranquille, je ne vous aime pas, je vous déteste, je n'aime que Hermia. Allez-vous-en!

Il fuit, éperdu. C'est un homme, il abuse lâchement de sa force, comme nous faisons toujours, et il court très vite. Hélène ne peut plus le suivre, elle tombe, et elle tombe devant Lysandre qui s'éveille. Instantanément, il oublie Hermia et il dit à Hélène :

— Ah! je passerais à travers le feu pour l'amour de ta douce personne, ô lumineuse Hélène :

Hélène ne comprend pas et se dit :

— Il se moque de moi! Non seulement Démétrius ne m'aime pas, mais voilà maintenant que son ami, qui aime Hermia, me fait des déclarations d'amour. Je suis la victime d'un abominable sortilège.

Et, croyant que Lysandre se moque d'elle, elle se sauve. Lysandre court après elle. La petite Hermia se réveille à son tour et, se trouvant toute seule, elle appelle Lysandre, et regrette beaucoup de l'avoir éloignée d'elle. Mais il est bien parti, et elle court à sa recherche dans le bois. Les voilà tous perdus dans ce bois fantastique.

Alors là, près de ce buisson où Titania dort, arrivent les artisans qui vont répéter la pièce.

— Sommes-nous tous réunis? dit Bottom.

Car Bottom, vous allez le voir, est un être singulier, il est lourdaud et il est malin. C'est M. Prudhomme et c'est, en même temps, un paysan qui a quelque finesse et qui ne s'étonne de rien. Voici l'aventure qui lui arrive :

— Au complet?

— Oui, nous y sommes tous.

— Alors, répétons.

— Ce tracassier de Bottom, qu'a-t-il?

— Répétons, répétons!

— Par Notre-Dame, tout cela est terriblement redoutable.

— Hem! hem! Nous allons avoir un prologue écrit en vers de six pieds et de huit pieds.

BOTTOM. — Non, non, ajoutez deux pieds de plus, qu'il soit écrit en vers de huit et de huit, c'est beaucoup mieux.

— Eh bien! soit!

— Mais, à propos, est-ce que les dames n'auront pas très peur du lion?

BOTTOM. — Messieurs, écoutez-moi bien! Il faut prendre la peine de mûrement réfléchir. Dieu nous protège! Amener un lion parmi les dames est une chose à redouter, car il n'y a pas d'oiseau sauvage plus terrible que le lion vivant. Nous ferons donc bien d'y regarder à deux fois. Voici. Il faudra que, dans le prologue, vous disiez son nom et qu'on voie la moitié de son visage au travers du mufle, et alors lui-même parlera au travers en disant ceci ou quelque chose d'approchant : « Mesdames, ou belles dames, je vous conseille, ou je vous supplie, ou je vous conjure, comme vous voudrez, de n'avoir pas peur et de ne pas trembler. Ma vie répond de la vôtre. Si vous veniez à croire que je suis un lion véritable, votre vie serait fort en danger. Mais, pas du tout, je suis Snug, le menuisier, c'est moi qui fais le lion. »

— C'est très bien! Voilà une bonne idée.

— Ah! maintenant, le clair de lune! Comment allons-nous faire le clair de lune?

— Eh bien! un calendrier. Est-ce que la lune brillera ce soir?

On regarde un calendrier, on voit que la lune brillera, en effet, cette nuit-là.

— Non! bien plus simple que tout cela...

Vous savez (ceci est un dicton anglais) que, dans la lune, pour les Anglais, pour les enfants anglais, qu'il y a, dans la lune, un homme qui porte un fagot d'épines et une lanterne.

— Rien de plus simple, dit Bottom, il n'y a qu'à prendre un homme avec un fagot d'épines, puis une lanterne, on comprendra très bien que c'est le clair de lune. Quant au mur, ah! le mur. Eh bien! le mur est encore plus simple. Un homme ou un autre pourra représenter un mur; qu'il ait seulement sur lui un peu de plâtre, de terre glaise ou de crépi, cela signifiera muraille, et, pour que Pyrame et Thisbé parlent à travers la fente de la muraille, il tiendra ses doigts comme cela : ça fera la fente de la muraille.

— Parfait, tout cela va très bien.

Puck les observe du fond de la scène et se dit :

— Qu'est-ce que c'est que ces lascars ridicules? Je m'en vais les écouter et me mêler à leurs jeux.

Un instant après, quand il sait de quoi il s'agit, il se sauve et il va rejoindre Bottom, qui est dans le buisson en train de préparer son entrée. Un instant après, celui-ci arrive avec une énorme tête d'âne que Puck lui a mise sur les épaules. Quand les autres le voient, ils poussent des cris épouvantables :

— Oh! monstrueux, étrange! Nous sommes ensorcelés! Récitons nos prières! Messieurs, fuyons, fuyons...

Et tous se sauvent.

PUCK. — Ah! je vais vous suivre, vous.

Puck se lance à leur poursuite, leur distribue de

grands coups de pied dans ce qui sert de nom à notre ami Bottom, et, pendant ce temps-là, Bottom dit :

— Mais qu'est-ce qu'ils ont à s'enfuir? C'est pour me faire une farce! Ils veulent me faire peur.

— Bottom! ah! comme tu es changé! Qu'est-ce que je vois sur tes épaules?

— Eh bien! qu'est-ce que vous voyez, idiot? Est-ce une tête d'âne?

— Précisément, une tête d'âne.

— Je vois, dit-il, leur malice. Ils veulent faire de moi un âne pour m'effrayer, si c'est possible. Mais qu'ils fassent tout ce qu'ils voudront, moi je ne bougerai pas de cette place. Je me promènerai de long en large, je chanterai pour qu'ils entendent bien que je n'ai pas peur.

Et il se met à chanter d'une voix d'ouvrier athénien. Tout d'un coup, Titania s'éveille.

— Quel ange m'éveille sur mon lit de fleurs? soupire Titania.

Il continue à chanter.

— Je t'en prie, charmant mortel, oh! chante encore! Mon oreille est éprise de la mélodie de ta voix, autant que mon œil est captivé par la beauté de ta forme; et la force de ta remarquable distinction me contraint irrésistiblement, dès mon premier regard, à te dire, à te jurer que je t'aime.

Voyez l'abominable plaisanterie que lui a faite Obéron. Mais voyez aussi le symbole qui se cache là-dessous : c'est que quand l'amour, qui souffle où il veut, a soufflé dans votre cervelle, vous ne voyez plus, — rappelez-vous la tirade, dans *Le Misanthrope*, où Éliante dit que la laide à faire peur paraît une femme admirable, la noire à faire peur une brune adorable, ce qui est traduit, d'ailleurs, de Lucrèce. De tout temps, on sait que l'amour a été aveugle, représenté avec un bandeau sur les yeux. Mais songez quel bandeau peut avoir la pauvre Titania, elle qui admire même la distinction de cette brute à tête d'âne!

27

BOTTOM. — Il me semble, madame, que vous auriez peu de raison pour cela; et cependant, pour dire la vérité, la raison et l'amour font rarement compagnie au jour d'aujourd'hui. C'est grand dommage que d'honnêtes voisins n'essaient pas d'en faire une paire d'amis. Certes, je puis plaisanter à l'occasion, comme vous voyez, madame.

— Tu es aussi sage que tu es beau.

— Ah! non, ni sage non plus, madame; mais, si j'avais assez d'esprit pour sortir de ce bois, j'en aurais juste ce qu'il me faut pour faire présentement ce que je veux faire.

— Oh! non, ne désire pas sortir de ce bois; tu resteras ici, que tu le veuilles ou non. Je suis un esprit d'un ordre peu commun, l'été dure éternellement dans mes Etats et je t'aime. Ainsi, viens avec moi, je te donnerai des fées pour te servir; elles iront te chercher des diamants au fond du gouffre marin; elles chanteront pendant que tu dormiras sur des fleurs écrasées, et je te purgerai si bien de ta matérialité mortelle que tu seras tout semblable à un esprit de l'air. Fleur des Pois! Toile d'Araignée! Phalène! Graine de Moutarde!...

Et les petites fées arrivent.

Et voyez le paysan malin, qui ne s'étonne de rien, — le paysan est comme l'Arabe à qui l'on demandait :

— Le chemin de fer ne t'étonne pas?

Et qui répondait :

— Non, pourquoi veux-tu que cela m'étonne?

— Mais tu ne comprends pas comment il marche!

— Non; mais, puisqu'il marche, c'est qu'il devait marcher. Par conséquent, je ne vois pas pourquoi je m'étonnerais qu'une chose marche.

Bottom, de même; il ne s'étonne pas de la bonne fortune qui lui arrive.

Titania dit aux fées :

— Soyez aimables et polies pour ce gentilhomme. Sautillez à ses côtés, dans ses promenades, et gambadez devant ses yeux; nourrissez-le d'abricots, de groseilles, de raisins pourprés, de figues vertes, de mûres; dérobez aux bourdons leur sac à miel, et, pour flambeaux de nuit, coupez leurs cuisses chargées de cire que vous allumerez aux flammes des yeux du ver-luisant afin de l'éclairer, mon bien-aimé, à son coucher et à son lever; arrachez les ailes peintes des papillons pour écarter de ses yeux endormis les rayons de la lune. Saluez-le, Elfes, et faites-lui beaucoup de courtoisies.

Fleur des Pois, Toile d'Araignée et Graine de Moutarde s'inclinent respectueusement devant Bottom.

BOTTOM. — Je rends grâce de tout cœur à vos seigneuries. Plairait-il à Votre Seigneurie de me dire son nom?

— Toile d'Araignée.

— Je désire faire plus amplement connaissance avec vous, monsieur Toile d'Araignée, et si je me coupe le doigt je m'adresserai à vous. Votre nom à vous, honnête gentilhomme?

— Fleur des Pois.

— Oh! présentez tous mes respects, je vous prie, à Mᵐᵉ Gousse, votre mère, et M. Cosse, votre père. Mon bon monsieur Fleur des Pois, je désire également faire plus ample connaissance avec vous. — Votre nom à vous aussi, monsieur?

— Graine de Moutarde.

— Oh! mon bon monsieur Graine de Moutarde, je connais parfaitement votre patience. Ce lâche géant, Roastbeef, a dévoré plus d'un gentilhomme de votre maison. Je vous assure que vos parents m'ont fait venir les larmes aux yeux plus d'une fois. Oh! je désire continuer votre connaissance, mon bon monsieur Graine de Moutarde.

TITANIA. — Allons, faites-lui escorte, conduisez-le à mon berceau. Il me semble que la lune regarde avec des yeux humides, et lorsqu'elle pleure, toutes les petites fleurs pleurent aussi. Enchaînez la langue de mon bien-aimé, conduisez-le en silence, qu'il aille dormir.

Entrent Obéron et Puck. Et Puck lui raconte

l'abominable farce, qu'il a corsée encore en mettant une tête d'âne sur les épaules de Bottom; il lui raconte aussi que la pauvre Titania est amoureuse de celui-ci. Puis, ils voient entrer Démétrius et Hermia, et ils s'aperçoivent alors qu'une erreur a été faite, qu'on a frotté les yeux de Lysandre et non pas de Démétrius. Mais, peu importe! Obéron raccommodera tout cela.

⁂

Je vous passe tous les détails de l'imbroglio, sans quoi nous ne sortirions jamais de la pièce, pour arriver à ce qui est plus important pour nous, à ce qui est purement la féerie.

Puck assiste à toutes sortes de discussions : Hélène et Hermia se disputent; les deux jeunes gens eux-mêmes veulent se couper la gorge. Il les sépare, il les rattrape, il les égare, il les oblige à ne pas se retrouver. Et, cependant, tout le monde va se réveiller peu à peu. Il les rendort dans le fond du bois, et il dit qu'il mettra le suc de la plante sur les yeux de Démétrius et qu'il en mettra un autre sur les yeux de Lysandre et qu'ainsi tout sera raccommodé. Puis, nous retrouverons alors Titania et Bottom ensemble.

TITANIA. — Tiens, assieds-toi sur ce lit de fleurs pendant que je caresserai tes charmantes joues, que je poserai des roses musquées dans le poil doux et lisse de ta tête, que je baiserai tes belles larges oreilles, ô ma joie suave!

— Où est M. Fleur des Pois? dit Bottom.

— Me voici.

— Grattez ma tête, Fleur des Pois. Où est M. Toile d'Araignés?

— Me voici.

— Monsieur Toile d'Araignée, mon bon monsieur, prenez vos outils, allez me tuer un bourdon à cuisse rouge sur la pointe d'un chardon; puis, mon bon monsieur, apportez-m'en le sac à miel. Ne vous

échauffez pas trop, mon bon monsieur, à cette besogne, ayez bien soin que le sac à miel ne crève pas;
j'aurais du regret à vous voir submergé par le sac
à miel. Eh! monsieur Graine de Moutarde!

— Me voici.

— Donnez-moi votre menotte, monsieur Graine de
Moutarde, je vous en prie, mon bon monsieur, trêve
à vos salutations. Aidez donc le *cavallero* Toile
d'Araignée à me gratter. Il faut que j'aille trouver
le barbier, monsieur, car il me semble que j'ai le
visage merveilleusement poilu, et je suis un âne si
sensible, que dès que mon poil me démange tant
soit peu, il faut que je me gratte. Grattez-moi, Graine
de Moutarde, grattez-moi.

TITANIA. — Voulez-vous entendre un peu de musique, mon cher amour?

BOTTOM. — Oh! j'ai une oreille passablement bonne
pour 'a musique. Faisons venir les pincettes et les
cast ignettes, j veux bien.

Et, alors, une indication de scène, dans l'in-folio
de 1623 qui dit : « A ce moment, on faisait un cha-
rivari de pincettes et de casseroles. » C'est la musique
qu'aimait Bottom.

TITANIA. — Mon cher amour, que désires-tu
manger?

— Euh! euh!... ma foi, un picotin d'avoine. Je
mâcherais volontiers de la bonne avoine sèche. Et
le foin frais, une botte de foin bien frais, il n'y a
rien de comparable!

— Ecoute! J'ai une fée fureteuse qui découvrira
les greniers de l'écureuil et qui t'apportera des noix
vertes, si tu veux.

— Non, non! Je préfère une poignée ou deux de
pois secs. Mais, je vous en prie, que personne de
votre monde ne vienne me troubler maintenant; je
me sens une disposition au sommeil...

— Eh bien! dors... Dors, pendant que je t'enlacerai
dans mes bras. Fées, partez; allez à vos fonctions.
Ainsi le suave chèvrefeuille enlace le chèvrefeuille
des bois; ainsi, le lierre à la faiblesse féminine met

ses anneaux aux doigts d'écorce de l'orme. Oh!
comme je t'aime, comme je t'aime, mon bien-aimé,
comme je suis folle de toi!

Et ils s'endorment, elle enlaçant la tête de l'âne
et la pressant violemment, et de toutes ses forces,
contre son cœur.

Puck et Obéron s'avancent.

— Regarde le gracieux spectacle! Sa folie commence à me faire pitié!

Et il réveille Titania après lui avoir frotté de
nouveau les yeux avec une autre herbe. Brusquement, elle voit cette tête d'âne appuyée sur son
épaule.

— Eveille-toi, ma Titania, ma douce reine.

— Quel rêve j'ai fait, mon Obéron! Il m'a semblé
que j'étais amoureuse d'un âne.

— Eh oui! voici votre amour à côté de votre
épaule.

— Mais comment ces choses sont-elles arrivées?
Comme mes yeux exècrent maintenant ce visage!

— Un instant de silence, dit Obéron. Robin, enlève
cette tête. Titania commande un peu de musique,
et qu'un sommeil plus profond que le sommeil ordinaire appesantisse les sens de ce mortel.

TITANIA. — Holà! de la musique, de celle qui enchante le sommeil.

PUCK, — Lorsque tu t'éveilleras, regarde-toi,
Bottom, avec tes yeux ordinaires d'imbécile.

— Jouez, musique! Venez, ma reine.

Et tous trois s'en vont, laissant Bottom endormi.
Entrent Thésée, Hippolyte et leur suite. On entend
des cors de chasse. Thésée promet une belle fête de
chasse à la reine des Amazones, qu'il va épouser; il
présente ses chiens, des bassets admirables. Puis les
jeunes gens s'éveillent. Ils ne comprennent rien à ce
qui leur est arrivé dans cette nuit, car le titre *Mid-
summer night's dream*, qu'on traduit par *Songe d'une
Nuit d'Eté*, veut dire aussi : Conte de la nuit d'été
la plus courte de l'année. » En si peu de temps, il
est arrivé tant d'événements, et incompréhensibles,

et ils ne s'expliquent pas, quand ils se retrouvent ensemble, comment, maintenant, Démétrius aime Hélène, qui aime Démétrius, Hermia et Lysandre sont d'accord, et tous ces mariages vont se faire en même temps que le mariage de Thésée et d'Hippolyte.

Reste Bottom endormi. Mais Bottom aussi se réveille.

— Ah! ah! lorsque mon tour de donner la réplique viendra, appelez-moi et je répondrai. Ma prochaine réplique est : « Très beau Pyrame. » Eh bien! Quince, hé! tuyau, raccommodeur de soufflets, hé! Snout, chaudronnier! Hé! Starveling! Mort de ma vie, ils ont tous décampé et m'ont laissé endormi! J'ai eu une très rare vision. J'ai fait un rêve, et tout l'esprit d'un homme ne suffirait pas pour dire quel rêve c'était. Celui-là ne serait qu'un âne qui essaierait de l'expliquer. Il me semblait que j'étais... Il n'y a pas d'homme capable de dire ce qu'il me semblait que j'étais..., il me semblait que j'avais... Non! impossible de dire ce que l'œil de l'homme n'a pas entendu, ce que l'oreille de l'homme n'a pas vu, ce que la main de l'homme n'est pas capable de goûter ni sa langue de concevoir... Raconter ce qu'était mon rêve! Je vais engager Pierre Quince à écrire une ballade sur ce rêve; elle s'appellera *Le Rêve de Bottom*, parce que ce rêve n'a aucun fondement.

Je vous demande pardon du calembour; il est en anglais.

Pendant ce temps, ses compagnons sont désolés de ne pas le voir revenir. Enfin, le voici.

— Je ne vous raconterai pas ce qui m'est arrivé! leur dit-il. Allons vite nous préparer, le duc veut bien écouter notre pièce.

***

Nous abordons le dernier acte.

Jusqu'à présent, nous avons été en pleine farce, en pleine féerie. Il y a ce symbole de l'amour aveugle, de l'amour qui découvre toutes les qualités dans l'être aimé et qui, lorsqu'il se réveille de cette maladie particulière qu'est l'amour, le voit tel qu'il est, heureux quand il reste tel qu'on l'a rêvé.

Au commencement de l'acte, nous avons une déclaration du duc Thésée, qui ne croit pas à ces fariboles, qui ne croit pas aux féeries qu'on vient de raconter, et vous allez voir que, tout à l'heure, il en donnera, cependant, l'explication, et c'est là la sagesse et la moralité de la pièce.

⁂

Nous avons maintenant, pour terminer, la farce pure, la représentation de *Pyrame et Thisbé*, par ces grossiers artisans. Mais, avant, c'est un passage charmant. Thésée fait la récapitulation des fêtes qu'on va donner, il y a ceci, il y a cela, et enfin, dit-il, « il y a une ennuyeuse et courte scène du jeune Pyrame et de son amante Thisbé, joyeuseté fort tragique ». Oui, joyeuse et tragique, ennuyeuse et courte. C'est comme qui dirait de la glace brûlante et de la neige tout aussi extraordinaire. Comment trouver l'accord de ce désaccord?

Et Philostrate, l'intendant, explique que c'est une comédie qui va être jouée par des artisans, et que rien n'est plus comique que de voir ces malheureux se démener dans une action qu'ils ont à peu près inventée, qu'ils ont écrite eux-mêmes et qu'ils sont tout à fait incapables de rendre.

Aussi la reine préférerait-elle ne pas entendre cette pièce, car, dit-elle, « je n'aime pas voir l'indigence d'esprit s'épuiser en efforts et le devoir succomber sous le fardeau de sa tâche »; à quoi Thésée lui répond :

— Mais, douce amie, nous ne verrons rien de pareil, et nous n'en serons que plus gracieux à les remercier pour rien. Notre plaisir sera de comprendre bien ce qu'ils comprennent mal! L'effort infructueux d'une pauvre bonne volonté loyale, une noble bienveillance l'accepte pour l'intention et non pas pour le mérite. L'affection et la simplicité ont la langue nouée, et, par cela même qu'elles sont plus silencieuses, parlent davantage à ma nature.

Je vous passerai le prologue de *Pyrame et Thisbé*, qui a surtout ceci de comique que la chose qu'il raconte n'a aucune ponctuation, d'où un galimatias incompréhensible. Puis, la pièce se joue; mais arrivons tout de suite, si vous le voulez bien, au rôle principal du grand acteur Bottom, qui voulait jouer tous les rôles. C'est lui qui fait Pyrame.

Il faudrait se représenter la scène telle qu'elle devait être, cet homme, habillé grotesquement en Pyrame, s'écriant :

— O nuit au visage renfrogné! Nuit si noire de teint! Nuit qui es toujours quand le jour n'est pas. O nuit! ô nuit! hélas! hélas! Je crains que ma Thisbé n'ait oublié sa promesse! Et toi, ô mur, ô doux, ô aimable mur, toi qui sépares les terrains de son père et du mien, montre moi ta fente, afin que mon œil regarde au travers.

Le mur écarte ses doigts.

— Merci, mur courtois; Jupiter te protège pour cette action. Mais qu'est-ce que je vois? Ce n'est pas Thisbé que je vois. O méprisable mur, à travers lequel je ne vois pas mon bonheur! Maudites soient les pierres qui me trompent ainsi!

Entre Thisbé.

— O mur, que de fois tu m'as entendue me lamenter sur la séparation que tu mets entre mon beau Pyrame et moi. Mes lèvres de cerise ont bien souvent baisé tes pierres, tes pierres unies ensemble par de la chaux et de la bourre.

— Oh! oh! dit Pyrame, donne-moi un baiser, ma Thisbé, à travers la fente de ce mur.

THISBÉ. — Je baise la fente de ce mur, mais je ne trouve pas du tout vos lèvres.

PYRAME. — Veux-tu venir me rejoindre sur l'heure à la tombe de Nini?

— De Ninus, lui souffle-t-on.

— De Ninus, de Ninus.

THISBÉ. — Vienne la vie! vienne la mort! j'irai sans délai.

LE MUR. — Ainsi j'ai, mur, rempli mon rôle. Maintenant qu'il est terminé...

Le mur s'en va, il salue et il sort.

Et la pièce continue ainsi. Le lion arrive à son tour, levant son mufle :

— Vous, mesdames, vous, dont les cœurs timides redoutent la plus petite monstrueuse souris qui trottine sur le plancher, peut-être frémirez-vous et tremblerez-vous, lorsque vous entendrez le féroce lion rugir avec la rage la plus sauvage. Sachez donc que je suis un certain Snug, menuisier, et pas du tout un lion cruel, ni même une femelle de lion.

THÉSÉE. — Une très bonne bête, qui a de la conscience.

DÉMÉTRIUS. — La plus honnête conscience qu'on ait jamais connue...

Et la pièce continue.

La lune parle à son tour :

— Cette lanterne que je porte représente la lune et ses cornes, et moi-même, qui la porte, je suis l'homme qui paraît être dans la lune.

— Eh bien! mais pourquoi n'y es-tu pas, dans la lune, dit un des assistants?

LYSANDRE. — Continue, continue, ne te trouble pas!

— C'est tout ce que j'ai à vous dire. J'ai à vous dire que cette lanterne est la lune; moi, l'homme dans la lune, moi, je suis l'homme dans la lune, ce fagot d'épines est mon fagot d'épines, et ce chien est mon chien.

Il salue et s'en va.

A ce moment, arrive Thisbé.

— Voici bien la tombe de Ninus. Où est mon amour?

Le lion remettant son mufle, et rugissant :

— Oh! oooooo!!!

Thisbé s'enfuit. Et c'est là que se trouve le fameux mot de Démétrius :

— Bien rugi, lion !

THÉSÉE. — Bien couru, Thisbé !

HIPPOLYTE. — Bien brillé, lune ! Ah ! vraiment, la lune brille avec une bonne grâce parfaite.

THÉSÉE. — Bien déchiré, lion.

— Et alors, dit Démétrius, Pyrame va arriver ! Le voici.

BOTTOM (en Pyrame). — Douce lune, je te remercie pour tes rayons solaires ! Je te remercie, lune, de briller avec tant d'éclat, car à la faveur de tes ondes gracieuses dorées et brillantes, j'espère goûter la vue de la très fidèle Thisbé. Mais, arrêtez ! oh ! malheur, oh ! malheur ! Pauvre chevalier, quel terrible objet de douleur est ici ?... Voyez-vous clair, mes yeux ? Comment cela peut-il être ? ô mignonne poulette, ô chérie ! Quoi, ton beau manteau de sang est taché, de sang est taché, de sang est taché ! Approchez-vous, cruelles furies ! ô destins, venez, venez couper la corde et le fil ; abattez, écrasez, terminez, massacrez !... Terminez, massacrez... Hors du fourreau, épée ! Blesse la mamelle du fidèle Pyrame, oui, sa mamelle gauche où sautille son cœur.

Il se transperce,

— Meurs ainsi, ainsi, ainsi, ainsi ! Maintenant, je suis mort ! Maintenant, je me suis enfui ; mon âme est dans le ciel. Langue, perds ta lumière... Lune, prends ton vol...

Le clair de lune sort.

— Maintenant, toi, décède, décède, décède, décède, décède...

Et il meurt. Démétrius fait un calembour là-dessus. Entre Thisbé, elle se met à gémir aussi !

— Endormi, mon amour ? Quoi, mort, ma colombe ! O Pyrame, lève-toi, parle, parle... Tout à fait muet ? Mort, mort ? Une tombe va recouvrir tes doux yeux, ces lèvres de lis, ce nez de cerise, ces joues jaunes comme des primevères... Tout cela n'est plus, n'est plus !... Amants, gémissez !... Ses yeux étaient verts comme des poireaux. O vous, les trois sœurs, venez à moi avec vos mains pâles comme du lait, plongez-les dans le sang, puisque vous avez coupé avec vos ciseaux son fil de soie. Ma langue, plus un mot! Viens, ma fidèle épée, viens, ma lame, pénètre mon sein.

Elle se poignarde.

— Et maintenant, adieu, adieu, adieu. Ainsi finit Thisbé! Adieu! adieu!

Il ne reste plus que le clair de lune et le lion pour ensevelir les morts, et le mur aussi.

—Je vous assure, Monseigneur, dit Bottom, le mur qui séparait leurs pères est démoli. Vous plai-rait-il, maintenant, d'entendre une danse berga-masque dansée par deux bons acteurs de notre compagnie?

— Pas d'épilogue, dit Thésée, je vous en prie. La comédie n'a pas besoin d'excuse, elle était charmante, mes amis. Mais voyons votre danse bergamasque.

La pièce finit, en effet, par une danse bergamasque, puis tout le monde s'en va, il ne reste plus que des personnages féeriques, comme si ceux-là seuls étaient réels.

PUCK. — Maintenant, le lion affamé rugit pour tout de bon, et le loup hurle à la lune. Tandis que le laboureur, fatigué, ronfle, tout rompu de sa pénible tâche, moi je suis envoyé en avant avec un balai pour chasser la poussière derrière la porte.

Entrent Obéron et Titania avec leur escorte.

— Remplissez cette maison d'une douce lumière, ordonne Obéron.

Tous les deux disent des choses charmantes. Puis, Obéron salue, il s'en va, et il ne reste plus que Puck, qui prononce le petit discours que voici :

— Si nous, ombres que nous sommes, nous vous avons déplu, supposez seulement, et ainsi tout sera réparé, que vous n'avez fait que dormir ici pendant une heure, pendant que ces visions apparaissaient. Messieurs, donc, soyez indulgents pour ce thème faible et futile, qui ne représente rien qu'un rêve.

Si vous nous pardonnez, nous nous corrigerons,
aussi vrai que je suis un honnête Puck; sinon,
appelez Puck un menteur. Là-dessus, bonne nuit
à vous tous, mesdames, messieurs, donnez-moi vos
mains, nous serons amis, et Robin bon enfant vous
sera très reconnaissant.

Et il sort.

Au commencement de l'acte, voici les paroles
que prononçait Thésée. Je les ai gardées pour la
fin, car c'est là, en effet, que vous verrez toute la
moralité de la pièce, s'il y en a une. Mais en est-il
besoin d'une? C'est une féerie, c'est une fantaisie,
je vous l'ai lue à la galopade, du moins mal que
j'ai pu; mais, vraiment, il faut la voir, la voir incarnée, la voir vivre, pour en sentir toute la délicatesse
et tout le charme.

Voici ce que dit Thésée, au commencement de
l'acte :

— Les amants et les fous ont des cerveaux si
fumants, des imaginations si fort hallucinées, qu'ils
aperçoivent dans les choses plus que la froide raison
n'en peut comprendre. Le lunatique, l'amant et le
poète, sont entièrement composés d'imagination. Le
premier voit plus de diables que le vaste enfer n'en
saurait contenir, et celui-là on l'appelle un fou.
L'amant, tout aussi frénétique, voit la beauté d'Hélène
sur le front d'une gipsy. L'œil du poète, échauffé
d'une belle fièvre, roule ses regards de la terre au
ciel et du ciel à la terre, et comme l'imagination se
figure des choses inconnues, la plume du poète les
métamorphose en réalités visibles, et donne un lieu
d'habitation et un nom à un rien fait d'air.

Eh oui, c'est précisément là qu'est la faiblesse ou
la force, comme vous voudrez — moi, je prétends
que c'est la force — du poète. C'est qu'avec des
riens, avec de l'air, avec des bulles de savon qu'il
souffle, que même il ne souffle pas, — c'est encore
là une image, — que souffle son imagination, car
elle ne prend rien du tout, de l'air, et elle en fait des
rêves, de ces rêves que le poète arrive à faire des

réalités, des réalités qui sont plus vivantes que la réalité elle-même. Car si vous voulez lire à fond les fantaisies de Shakespeare, comme je vous ai lu aussi celles d'Aristophane, vous vous souviendrez éternellement de ses personnages ; vous vous souviendrez non seulement des acteurs tragiques, des amoureux qui ont éprouvé ce que vous avez éprouvé ou ce que vous éprouverez dans la vie, mais encore vous vous souviendrez de ces personnages aériens du rêve, de l'imagination; vous vous souviendrez d'Obéron, de Titania, de Puck, comme s'ils avaient existé. C'est en cela que se manifeste la toute-puissance, la magie du poète. Car, prendre rien, prendre zéro, et puis faire comme en mathématiques, la formule de 8 renversé qui représente l'infini, le mettre à côté de ce 0, multiplier ce 0 par cette formule et que tous les chiffres en sortent, voilà le miracle, le miracle de la création, et il n'y a que deux êtres au monde qui le fassent ; c'est le Démiurge, et c'est le Poète, créant le monde, quand il le rêve.

XII

LA TEMPÊTE

La Tragédie des Ambitieux et les Purs Esprits. —
Deux Figures idéales: Prospero et Miranda.—Deux
Personnages de fantaisie : Ariel et Caliban. —
Deux basses créatures : Stephano et Trinculo. —
L'Histoire de trois Intrigues dans l'île de Prospero.

MESDEMOISELLES,
MESDAMES,
MESSIEURS,

Comme *Le Songe d'une Nuit d'Eté*, et peut-être
plus encore, *La Tempête* est une pièce dont Shakespeare n'a pris ni le scénario, ni la matière nulle part.
On a fait des recherches. Certains commentateurs
ont prétendu trouver des pistes, mais, finalement,
on n'en a pas rencontré de réelles : Shakespeare a
pris le sujet, la matière, tous les éléments de cette
œuvre, surtout en lui-même; on peut aller jusqu'à
dire que c'est lui-même, sa propre pensée, son propre
cœur qu'il a mis dans cette pièce. C'est, aussi bien,
une des dernières qu'il ait écrites, très vraisemblablement la dernière, et de nombreux commentateurs,
comme Paul de Saint-Victor, comme Montégut, le
traducteur, prétendent que Shakespeare a parfaite-

ment voulu qu'elle soit comme son testament, qu'il
a exprimé ses pensées philosophiques, ses adieux
à la poésie dramatique, à son idéal de l'art dramatique dans cette pièce de *La Tempête*. L'a-t-il fait
sciemment ou inconsciemment? Peu importe, d'ailleurs. Vous verrez que partout on est forcé, une
fois qu'on est prévenu, de trouver cette idée et de la
constater. Mais n'y eût-il pas cela dans la pièce,
comme féerie simplement, elle est un pur chef-
d'œuvre et, en quelque sorte, le microcosme de
l'humanité. Tout le petit univers que nous formons
est là; notre âme entière est traduite là, synthétisée,
symbolisée et incarnée en un très petit nombre de
personnages.

Il y a tout d'abord, en haut, Prospero, qui est,
en réalité, le poète, l'artiste, car c'est un roi détrôné,
ce que Banville appelait un exilé. Il a été privé de
son pouvoir matériel parce qu'il ne s'occupait pas
assez de ce qui s'agitait autour de lui. Il s'occupe
de rêves, il s'occupe de livres. Ici, c'est un magicien
très puissant, et on profite de ce qu'il s'absorbe dans
ses rêves de magicien pour le déposséder de son
duché de Milan. Il y a là, à côté de lui, sa fille
Miranda, qui est la plus exquise des créations de
Shakespeare, même et y compris Cordelia. Dieu sait
que je vous ai dit tous les éloges qu'on peut faire,
qu'on doit faire de la ravissante Cordelia! Eh bien!
Miranda est encore plus exquise. Et dans la thèse
que nous venons de dire tout à l'heure, elle symbo-
liserait la pensée même du poète, c'est-à-dire quelque
chose d'enfantin, de virginal. Elle est toujours, dans
le monde, comme si elle venait d'y naître; elle a été
élevée dans une île déserte, n'ayant jamais vu d'autre
être humain que son père. La pensée du poète doit
être comme elle. Chaque fois qu'il se trouve devant
un sujet nouveau, devant une chose nouvelle, il doit
la regarder avec des yeux d'enfant et la traduire
avec une ingénuité d'enfant. C'est ce qui fait le grand
poète, et vous verrez que Shakespeare indique cela
de façon telle qu'on ne puisse pas le discuter.

En bas, opposés à ce groupe lumineux d'en haut,
à ce couple plutôt, vous avez les hommes ordinaires :
un roi, qui est un ambitieux; un duc, qui est le
frère du duc de Milan, Prospero, et qui est, lui,
l'auteur de la dépossession de son frère. Il s'est
allié avec le roi de Naples, Alonzo, pour détrôner ce
frère bien-aimé, très aimé du peuple, mais ne s'occu-
pant pas assez de son métier de duc. Le roi de
Naples, Alonzo, a lui-même un frère, Sébastien, qui
est aussi un ambitieux. Il n'y a de bon, dans cette
troupe et dans leur suite, qu'un pauvre vieux gentilhomme, un vieux conseiller qui s'appelle Gonzalo :
c'est un homme charmant, mais un de ces rêveurs
qui ne font que penser le bien et ne sont assez éner-
giques ni pour l'exprimer artistiquement comme le
poète, ni pour être les hommes d'action qui le réa-
lisent.

❧❧❧

Voilà donc deux groupes : ces ambitieux, en bas,
et ces purs esprits, en haut.

A côté de ces ambitieux qui sont des rois et des
ducs, il y a deux autres basses créatures : Stéphano,
un sommelier ivrogne, et Trinculo, un bouffon. Ces
deux-là, vous le verrez, eux aussi, sont des ambitieux, des intrigants à leur manière. Ils essaient, à
un moment donné, de déposséder le roi de l'île où
ils ont échoué. Eux, au moins, ont une excuse, c'est
qu'ils sont ivres, d'abord, et, en second lieu, qu'ils
sont conduits par un monstre dont j'ai maintenant
à vous parler. Car, à côté de ces deux groupes, au-
dessus de l'humanité, d'un côté, et au-dessous, de
l'autre, il y a deux personnages absolument de fantaisie et de féerie : l'un est Ariel et l'autre Caliban.

Caliban, vous le savez, est un être monstrueux,
difforme de corps, difforme d'esprit, difforme de
cœur. Il est le fils d'une sorcière d'Algérie, nommée
Sycorax, qui vint en cette île ayant été exilée et qui
y mit au monde ce monstre. Elle-même a commis

beaucoup de méfaits de sorcière, des enchantements;
elle avait, en particulier, enchanté le délicat Ariel
dont je vous parlerai tout à l'heure, l'ayant enfermé
sous l'écorce d'un pin parce qu'il n'avait pas voulu
lui obéir. Ces deux êtres-là sont absolument opposés.
On a voulu voir, dans Caliban, le symbole du peuple.
Non. Il symbolise l'humanité en général, l'humanité
qui est encore prise dans la bestialité, qui est encore
presque toute matière, qui n'a pas d'esprit, qui n'a
pas de cœur, qui se laisse instruire afin de profiter
de cette instruction pour être plus mauvaise, plus
astucieuse, plus cruelle et plus féroce.

Et il y a Ariel. Il est presque impossible de définir
Ariel. C'est un être, comme son nom l'indique, qui
est aérien, qui est éthéré; il est fait d'un souffle. C'est
l'âme errante des choses, c'est de la musique, c'est
un être qui lui, personnellement, n'a pas une morale
particulière; il obéit par reconnaissance à Prospero,
parce qu'il a été apprivoisé par lui, mais il désire
sa liberté, et plus tard, vous le verrez, quand il
reprend cette liberté, quand Prospero la lui rend,
très aimablement d'ailleurs, il redevient éthéré de
nouveau, une onde dans l'air, une vapeur, une
musique qui se remet à chanter, quelque chose qui
est un rien, un véritable rien chantant et rêvant.
C'est le rêve même du poète, une fois qu'il est dis-
sous et n'est plus qu'une vapeur dans l'esprit des
hommes où il a été semé.

Or, entre ces deux extrêmes, ce bas et ce haut,
toute la vie évolue, et elle est peuplée, — vous
l'entendrez tout à l'heure exprimé dans une admirable tirade, si j'ose employer ce vilain mot de tirade,
de Prospero, — elle est peuplée de rêves, uniquement de rêves qui sont les rêves que fait le poète et
les rêves qu'il fait faire à l'humanité.

De toute cette œuvre étrange, bizarre, mais en
apparence, car, en réalité, elle est très limpide et
très lumineuse, y a-t-il une leçon à tirer? une moralité? Oui. Quels symboles y sont contenus? Il y en
a de très curieux. Quelle philosophie haute et pro-

fonde? Il y en a une. Est-elle encourageante? Est-elle décourageante? Est-ce le pessimisme, est-ce l'optimisme? Vous le saurez tout à l'heure. Ce serait de la pédanterie que de vouloir vous en parler maintenant avant d'entrer dans cette œuvre; ce serait travailler comme certains savants botanistes ou entomologistes que notre délicieux ami Henri Fabre a stigmatisés dans l'une de ses pages en disant :

— Vous autres, vous étudiez la nature en la tuant. Vous disséquez les plantes; vous disséquez les insectes; vous disséquez les papillons. Il ne faut pas étudier la vie dans la mort, il faut étudier la vie dans la vie.

Eh bien! s'il y a une moralité, une philosophie dans cette œuvre, et il y en a une, vous le verrez, nous ne la chercherons pas en disséquant ces mythes délicieux, mais nous cueillerons les fleurs quand nous les rencontrerons; nous prendrons les papillons délicatement, du bout des doigts, et sans les piquer sur un bouchon, sans les faire souffrir, nous regarderons la poudre qui décore leurs ailes, puis nous les laisserons s'envoler en secouant cette poudre, — et si c'est de la poudre aux yeux qu'on nous jette, nous n'y ferons pas attention, — nous les aimerons, nous les adorerons, nous les traiterons comme des poètes nous-mêmes, et c'est la seule joie qui nous reste à prendre aujourd'hui, hélas! car c'est, vous le savez, notre dernière promenade dans la forêt de Shakespeare. Nous la terminons heureusement d'une façon délicieuse, dans cette île qui est une île complètement féerique et où vous allez voir, cependant, que toute la leçon de la vie est contenue, mais comme les poètes savent l'enseigner, je vous l'ai dit tout à l'heure, sous forme de fleurs qui sentent bon et de papillons qui s'envolent en nous jetant de la poudre aux yeux.

❋❋❋

Tout de suite, au début, nous avons une chose très réaliste. Nous sommes très loin de la féerie.

C'est une tempête aussi violemment décrite que celle
de Rabelais. Tout le monde est là sur le pont; on
crie, on a peur, et l'on connaît aussitôt combien les
grands de la terre sont peu de chose devant la
nature. Le roi Alonzo, le duc Antonio, celui qui a
supplanté son frère à Milan, leur suite, leurs conseillers, le frère du roi Sébastien, essaient de brutaliser
le maître d'équipage, mais celui-ci les renvoie à leurs
cabines en disant :

— Allez-vous-en, vous gênez la manœuvre!

Et il les traite comme on traite les passagers, et
comme il faut toujours traiter les passagers quand
il y a un danger, et comme il faut, dans la vie
ordinaire, quand un peuple est en danger, traiter
tout le monde, car, à ce moment, il faut qu'une
volonté seule guide le bateau et guide la nation.

Je passerai assez rapidement sur tout ce qui a trait
à ce groupe d'ambitieux. Ce sont les moins intéressants; ils ne deviennent intéressants qu'à la fin,
lorsqu'ils se repentent. Mais les personnages qu'il faut
connaître tout de suite, c'est Prospero, et c'est aussi
Miranda.

Il y a là une belle scène que je voudrais pouvoir
vous lire, mais je suis forcé de vous la résumer, car
il y en a tant qu'il faudrait lire la pièce d'un bout à
l'autre, depuis le premier mot jusqu'au dernier.

Prospéro explique à Miranda ce que je vais vous
dire en quelques mots : comment ils ont quitté
Milan; comment il a été détrôné parce qu'il s'occupait
de choses plus hautes que le traintrain banal de
l'existence; comment son frère en a profité pour
faire alliance avec le roi de Naples en promettant
d'asservir Milan à Naples pourvu que, lui, il eût le
trône ducal; comment on aurait pu les tuer, mais
on n'a pas osé, parce que le poète et sa pensée,
malgré tout, sont aimés par le peuple; on ne veut pas
les voir martyriser, on veut bien qu'ils soient sup-
primés, qu'ils crèvent de faim, à condition de ne
pas le savoir. Aussi on les a embarqués sur un
bateau pourri, se disant qu'une fois en mer ils

mourraient et que personne ne pourrait être accusé de leur mort. Heureusement, on a chargé de cette sinistre besogne le bon Gonzalo, dont je vous ai parlé. Comme il est tendre et charitable, il a laissé embarquer par le duc tous les livres qui sont son plus grand trésor, les fameux livres magiques qui lui donneront tout à l'heure le pouvoir que vous verrez, et la pauvre petite Miranda, qui est une enfant, qui a à peine connu le monde, qui se rappellera vaguement avoir vu une nourrice, des femmes, mais qui ne sait pas ce que c'est qu'un visage d'homme. Ils sont donc partis sur ce bateau pourri, sans agrès, qui devait les noyer; mais ils ont, grâce au pouvoir magique de Prospéro, pu voguer et aborder enfin dans cette île. Dans cette île, ils ont trouvé un être singulier, ce Caliban, son seul habitant, qui est le fils de la sorcière Sycorax.

Prospéro raconte tout cela à sa fille, et il va lui raconter d'autres choses quand, se ravisant :

— Non, le reste, tu le verras par toi-même. La tempête qui vient d'avoir lieu, c'est moi qui l'ai soulevée, tu sauras pourquoi. Endors-toi et tu te réveilleras joyeuse.

Elle s'endort. Alors arrive Ariel, le délicat Ariel, le suave Ariel, comme il l'appelle, le cher Ariel, ce petit oiseau, ce sylphe qui fait toutes les commissions de Prospéro avec joie et, cependant, de temps en temps, en disant : « Quand, quand me rendras-tu ma liberté? Car ce que j'aime le mieux au monde, c'est de retourner dans le grand tout, dans l'air, dans la subtilité du rien »; et c'est là, en réalité, ce que peut devenir la pensée du poète. Prospero lui demande s'il a bien exécuté tous ses ordres.

— Parfaitement, dit Ariel. Le vaisseau, on a cru qu'il sombrait. Il n'a pas sombré, je l'ai parfaitement mis à l'abri dans une crique avec tous les matelots dedans, qui sont endormis sous les écoutilles.

Avant cela, tout le monde a été pris de frénésie, d'épouvante. Ferdinand, le fils d'Antonio, qui est, par conséquent, le propre neveu de Prospero, s'est jeté à l'eau; puis le roi, puis le duc, puis Sébastien, puis toute la bande, puis aussi le bouffon, Trinculo, et enfin Stephano, l'ivrogne, qui, en cette qualité d'ivrogne, monté à cheval sur une pipe de vin, une pièce, une barrique de vin, a flotté dessus jusqu'à l'île.

Et, maintenant, Ariel les a tous égarés, par petits groupes, dans l'île. Il y aura tout à l'heure trois groupes qu'il faudra suivre, dans leurs évolutions. Quand nous y arriverons, je vous les préciserai exactement.

Ariel demande encore sa liberté à Prospero, qui lui rappelle qu'il doit lui être reconnaissant de l'avoir délivré du tronc de pin où l'avait enfermé Sycorax. Il lui donne des ordres nouveaux pour la suite de l'action, qui va continuer, et il réveille Caliban.

Caliban est à l'intérieur de la grotte.

— Allons, viens-tu? Arrive préparer le feu, esclave! Caliban! Hé! fange, réponds!

— Il y a assez de bois ici, répond Caliban, qui est un être extraordinaire.

Je ne sais pas comment on le représente, je n'ai jamais vu jouer la pièce en Angleterre. Nous l'avons jouée, nous, autrefois, à ce délicieux Théâtre de Marionnettes de la rue Vivienne, nous l'avons représentée, c'était facile! Il était haut comme cela, tel qu'il est décrit dans Shakespeare. C'est un être dont on ne peut dire s'il est homme ou s'il est poisson. C'est une espèce de phoque humain qui a des moustaches comme un phoque, des cheveux, dont les mains ont l'air de nageoires, qui sent la marée; — vous entendrez tout à l'heure que quelqu'un, en le voyant, demande si ce n'est pas un poisson, et même un poisson qui n'est pas très frais, car il sent très fort!

Caliban arrive, en grognant.

— Qu'une rosée aussi malfaisante qu'en ait jamais ramassé ma mère sur un marécage pernicieux, avec une plume de corbeau, tombe sur vous deux, ta fille

et toi! Qu'un vent du sud-ouest souffle sur vous
deux et vous couvre de pustules!

— Et toi, dit Prospero, je te ferai, cette nuit,
ravager par des crampes et des points de côté, qui
te couperont le souffle.

Ne croyez pas que Prospero soit cruel, vous allez
bien voir qu'il ne l'est pas. Il a fait tout ce qu'il a
pu pour faire de cet animal un homme, un être qui
pense et ait du cœur, et c'est Caliban qui se plaint.

— Cette île, dit-il, tu l'as prise à moi; elle était
à moi de par Syrocax, ma mère. Dans les premiers
temps de ton arrivée, tu me faisais bon accueil, tu
me donnais de petite tapes d'amitié sur la joue, tu
me faisais boire de l'eau avec du jus de baies, tu
m'apprenais comment il faut nommer la grosse lumière qui brûle pendant le jour, et aussi la petite
lumière qui brûle pendant la nuit. Et alors moi je
t'aimai et je te montrai toutes les ressources de l'île,
les ruisseaux d'eau fraîche, les creux d'eau salée, les
places stériles, les places fertiles. Ah! que je sois
maudit pour l'avoir fait! car, maintenant, je compose à moi seul tous tes sujets, moi qui étais autrefois mon propre roi. Et vous me donnez pour chenil
un creux de ce dur rocher pendant que vous me
prenez tout le reste de l'île.

Il semblerait que c'est Caliban qui a raison. Mais
écoutez ce que lui répond Prospero :

—Triple menteur d'esclave! que les coups peuvent émouvoir, mais non pas la bonté. Je t'ai traité,
tout ordure que tu sois, avec une sollicitude tout
humaine, et je t'ai logé dans ma propre cellule
jusqu'au jour où tu essayas, misérable, de ravir
l'honneur de mon enfant. Ah! ce jour-là, esclave
abhorré sur qui aucun bien ne peut faire empreinte,
être capable de tout mal! J'eus pitié de toi; jusqu'alors, j'avais eu pitié, je m'étais imposé la fatigue
de te faire parler, je t'avais enseigné à toute heure
une chose ou une autre; alors que tu ne savais pas,
sauvage, démêler ta propre pensée et que tu jappais
des cris inarticulés comme la plus brute des créa-

tures, je pourvus tes sentiments obscurs d'expressions qui les rendissent intelligibles. Mais ta vile essence, quoique tu t'instruisisses, avait en elle ces éléments vicieux dont de bonnes natures ne pourraient supporter le contact, et c'est pourquoi tu fus justement confiné dans ce rocher, toi qui avais mérité un véritable cachot.

Voyez, ce n'est pas le peuple, comme on a voulu le dire, c'est toute l'humanité qui est ainsi, car elle a de tout temps persécuté ceux qui sont venus lui apporter la justice, la lumière, la bonté.

Et, en effet, voici la réponse formidable que fait Caliban :

— Vous m'avez appris à parler, oui, et le profit que j'en retire, c'est de savoir les mots qu'il faut pour te dire : « La peste rouge te tue, toi et ta fille, pour m'avoir appris le langage! »

— Hors d'ici, graine de sorcier! Va ramasser tes bûches, et si tu montres la moindre négligence...

— Oh! non, non, je t'en prie... (*Et tout bas.*) Il faut lui obéir; son bras est d'une telle puissance, ah! que je suis forcé de lui obéir.

Il ne cède, en réalité, qu'à la force.

Quelle différence avec le doux Ariel!

Ariel est en train d'amener Ferdinand qui est, rappelez-vous, le fils d'Antonio, et, par conséquent, le neveu de Prospero. Invisible, il joue de la musique et chante. Ferdinand l'écoute et il suit.

— Venez sur ces sables jaunes, chante Ariel, et puis prenez-vous les mains; et lorsque vous vous serez salués, ô génies! dansez çà et là de vos pieds agiles. Vous, esprits, accompagnez le refrain. Ecoutez! écoutez! (*Voix éparses dans le lointain.*) Baoôo, vaoôo! Les chiens de garde qui aboient! Bao, vao! Ecoutez, j'entends, maintenant, le chant aigu de Chantecler qui crie....

C'est-à-dire l'effort (la langue est admirable, impossible à traduire) : *the strain of strutting Chanticlere cry* veut dire « l'effort, le cri poussé avec effort, de Chantecler qui se gonfle ». C'est le coq

qui se dresse et qui se gonfle pour pousser son cri.
Et voici le cri du coq en anglais; il est aussi beau
que notre cocorico; il est même, peut-être, plus
significatif en anglais : *cock a doodle doo..*

Et Ariel chante...

— Quelle est cette musique? demande Ferdinand.
D'où vient-elle? Je l'ai suivie, ou plutôt elle m'a
traîné après elle jusqu'ici, mais je ne vois pas la
personne dont la voix chante.

Et Ariel reprend, lui parlant de son père, car il
veut lui persuader que son père est mort noyé :

— Sous les eaux, à cinq brasses de fond, tombé
et couché. Ses os en corail sont changés ; ce qui
était ses yeux perles est devenu. Rien de lui ne
s'anéantira, mais tout subira une transformation
marine et deviendra quelque chose de riche et de
merveilleux. Les nymphes de la mer incessamment
sonnent son glas. Ding-dong, ding-dong... Écoute les
bruits de la mer, entends-tu? *Ding-dong bell, ding-
dong bell!*

Et il imite avec sa voix le bruit de la mer qui,
par moments, nous fait penser à des cloches. C'est
de là qu'est venue, vous le savez, la légende de la
ville d'Ys qui est enfouie sous l'eau et dont, à certains jours, les Bretons croient encore entendre les
cloches, et non seulement les Bretons, mais les autres. Je les ai entendues; on n'a qu'à bien écouter.

❊❊❊

Ferdinand comprend donc que cette chanson parle
de son père naufragé. Voici ce qu'a voulu Prospero :
faire rencontrer, pour la première fois, ce Ferdinand qui est son neveu, avec sa fille, Miranda, car
Prospero est bon et ce qu'il va chercher, dans toute
cette pièce, c'est à rendre joyeux et heureux les
bons, et à faire que les méchants deviennent bons
par leur repentir.

Pendant que le jeune homme s'approche, Prospero dit à sa fille :

— Relève les rideaux frangés de tes yeux, Miranda, et dis-moi qui tu vois là-bas.

MIRANDA. — Ah! qu'est-ce? Un esprit? Mon Dieu, comme cet être regarde tout autour de lui! Sur ma vie, seigneur père, cela porte une noble forme, et c'est un esprit, n'est-ce pas?

— Non, petite fille, cela mange, dort et possède les mêmes sens que nous, les mêmes. Ce galant que tu vois se trouvait dans le naufrage, et n'était-il un peu flétri par le chagrin, tu pourrais l'appeler un beau jeune homme. Il a perdu ses compagnons et il erre çà et là pour les retrouver.

— Oh! je pourrais bien l'appeler une chose divine, mon père, car, parmi les choses de la nature, je n'en vis jamais d'aussi noble.

PROSPERO, *bas*. — L'affaire marche, je le vois, au gré de mes résolutions. Esprit, mon rare Ariel, sois tranquille, je t'affranchirai dans deux jours.

FERDINAND. — A coup sûr, voici la déesse que cette musique accompagnait... Accordez à ma prière d'apprendre si vous habitez sur le sol de cette île et d'obtenir quelques utiles informations sur la manière dont je dois m'y conduire. Mais la première de mes requêtes est celle-ci que je vous adresse pourtant la dernière : « O vous, vous, merveille, êtes-vous ou n'êtes-vous pas une jeune fille? »

MIRANDA. — Une merveille, non, seigneur, mais une jeune fille, certainement!

Et comme dans *Roméo et Juliette*, ils ont le coup de foudre. Mais le père adresse des mots un peu rudes :

— Un mot, jeune homme, un mot! Je crains que vous ne vous soyez fait quelque tort par vos paroles.

MIRANDA. — Oh! pourquoi mon père lui parle-t-il si peu doucement? Voilà le troisième homme que j'aie jamais vu... [Elle pense à Caliban et à son père], et c'est le premier pour qui j'aie soupiré. Oh! puisse la pitié pousser mon père à incliner du côté de mon penchant!

FERDINAND. — Oh! si vous êtes une jeune fille et si vos affections ne sont pas encore engagées, mademoiselle, je vous ferai reine de Naples.

PROSPERO. — Doucement, monsieur, doucement! Encore un mot. Ils sont au pouvoir l'un de l'autre, je le vois, mais il faut embarrasser la marche rapide de cette affection, de peur qu'une trop facile victoire fasse paraître son prix trop léger. Monsieur, encore un mot! Je te somme de me suivre. Tu usurpes un nom qui ne t'appartient pas, et c'est comme espion que tu t'es introduit dans cette île, afin de me l'arracher, à moi, son souverain.

— Oh! non, aussi vrai que je suis un homme!...

— Rien de mal ne peut habiter, dit Miranda, dans un tel temple. Si le mauvais esprit a une si belle demeure, les esprits du bien s'efforceront d'y loger avec lui.

— Suis-moi. Et toi, fille, ne parle pas sans savoir. C'est un abominable traître! (*A Ferdinand.*) Allons, viens! Je vais lier par une même chaîne ton cou et tes pieds; l'eau de mer sera ta boisson, tu auras pour nourriture des coquillages de ruisseaux, des racines desséchées, les cosses qui sont l'enveloppe du gland. Suis-moi.

— Hélas! dit Ferdinand, avant de subir un tel traitement, j'attendrai que mon ennemi ait plus de puissance.

Et il veut tirer son épée, Prospero l'enchante, l'oblige à le suivre. Miranda le plaint, ne comprenant pas la dureté de son père. Et Ferdinand dit :

— Hélas! mes moyens pour résister sont bien faibles; mes esprits sont paralysés comme en un rêve. La perte de mon père, la fatigue que j'éprouve, le naufrage de tous mes amis, les menaces mêmes de cet homme auquel je suis soumis, ne sont pour moi que de légères souffrances, si je puis seulement, de ma prison, ah! si je puis contempler, une fois par jour, cette jeune fille. Que la liberté s'empare de toutes les autres parties de la terre; pour moi, une prison comme celle-ci est un assez vaste espace pour mon bonheur.

Prospero l'emmène en se disant :

— Tout va bien !

***

Et, maintenant, vont se dérouler et s'enchevêtrer, sans s'enchevêtrer d'ailleurs, les trois intrigues que voici : la première autour du roi Alonzo avec les vilains ambitieux qui complotent de le détrôner; la seconde entre Caliban qui va rencontrer Trinculo, le bouffon, et Stephano, le sommelier, et qui, eux aussi, vont conspirer, car Caliban va leur expliquer qu'il veut arracher l'île à Prospero et en devenir le roi; et la troisième, la plus exquise, comme bien vous pensez, entre Miranda et Ferdinand.

Je passe rapidement sur la première intrigue, celle des ambitieux, qui n'est certainement pas faite pour vous plaire. Ariel relie les trois intrigues, et il va empêcher les conspirations d'aboutir par la facilité avec laquelle il peut remplir les ordres que lui donne son maître et par son intelligence très subtile à tout écouter et à tout rapporter. Nous arrivons, ce qui est plus amusant, à une scène entre Caliban et les deux autres.

Caliban porte son fardeau de bûches. On entend tout d'un coup un bruit de tonnerre.

— Ah! dit-il, ce sont encore les esprits qu'il envoie pour me tracasser!

Et il raconte qu'il n'est pas très heureux; que lorsqu'il ne travaille pas autant qu'il le devrait, il entend des cris, des bruits; des êtres viennent le mordre; des hérissons se mettent en boule sur son chemin. Et, tout d'un coup, il aperçoit Trinculo, le bouffon.

— Oh! dit-il, en voilà un! C'est lui qui fait tonner! Je vais me mettre à plat, il ne m'apercevra pas.

Trinculo avance et il aperçoit, lui aussi, Caliban. Vous devinez la scène comique qui va s'ensuivre.

— Eh! qu'y a-t-il là? Que diable! est-ce un homme ou un poisson? Cela est-il mort ou cela vit-il?

Caliban fait le mort et ne bouge pas.

— Oh! oui, oui, c'est un poisson; il sent, comme un poisson, une vieille odeur de rance qui est tout à fait comme celle d'un poisson, une manière de merluche qui ne serait pas des plus fraîches! Ah! ce doit être un Indien mort, quelqu'un qui a reçu le tonnerre et qui est tombé là. Mais oui, il a des jambes comme un homme; ses nageoires sont comme des bras. Il est encore chaud. Oh! oui, sûrement, c'est le tonnerre qui l'a frappé.

Le tonnerre redouble.

— Allons, bon, voilà la tempête revenue. Ce que j'ai de mieux à faire, c'est de me fourrer sous son caban.

Il s'insinue sous l'espèce de caban ou plutôt de manteau que porte Caliban.

— Eh! dit-il, le malheur nous accouple souvent à de drôles de camarades de lit! Enfin, je me fourre là-dessous jusqu'à ce que l'orage ait fini de pleurer.

Je traduis par pleurer, le mot anglais est beaucoup plus expressif.

On voit alors arriver Stephano, le sommelier, ivre, et qui tient une bouteille à la main, naturellement. Il s'est sauvé à cheval sur un tonneau de vin et il en a tiré des bouteilles dont il a plein ses deux bras. Il arrive en chantant une chanson qu'il faudrait vous chanter en anglais, elle est tout à fait délicieuse. Chez les Marionnettes de la rue Vivienne, nous la chantions dans une exquise traduction qu'avait faite mon ami, le bon poète Maurice Bouchor, qui fait des vers anglais aussi bien que des vers français, et qui eût été le seul homme, je crois, capable de nous donner la vraie traduction complète de Shakespeare. Je me la rappelle encore, je pourrais vous la chanter, car c'est moi qui chantais pour ce monstre, en compagnie d'autres monstres. Caliban était joué par notre excellent ami — c'était le seul comédien réellement professionnel de la troupe — Coquelin Cadet; il était admirable dans ce rôle de poisson. La chanson, je ne vous la chanterai pas, je vous en dirai simplement les vers... Alors..., je vous la chanterai. C'est une voix avinée; ce n'est pas ma voix ordinaire!

Trois mat'lots, et puis moi, et l' canonnier,
Et l' patron de not' bateau.
Nous aimions Madelon, Marion, Margoton,
Mais pas un n'en pinçait pour Cateau;
Cette sale rogne,
Qui nous appelle ivrognes
Dit que le goudron
Ne sent pas bon!
Pendez-moi cett' Cateau
Qui n'aim' pas not' bateau...
Vite en mer! Mes garçons il faut partir!

Voilà la chanson d'ivrogne dans toute son horreur!

En entendant cette voix d'ivrogne, Trinculo, qui est là, caché sous le caban du monstre, dit :

— Mais il me semble reconnaître cette voix! Mais, ce n'est pas possible, il est noyé! Comment un noyé peut-il chanter?

Et Stephano, apercevant le tas que font le monstre et l'autre, dit :

— Oh! c'est extraordinaire! Ce monstre a deux voix et quatre jambes, c'est un monstre tout à fait précieux.

Il s'approche et il reconnaît Trinculo, qui est accroupi sous Caliban.

— Mais, voyons, si tu es Trinculo, sors de là-dessous ou je vais te tirer par tes courtes jambes. Voyons! Oui, c'est bien Trinculo, en vérité. Mais comment diable as-tu fait pour servir de siège à ce veau de lune qui est assis sur ton dos?

Et Caliban, les voyant tous les deux, avec l'admiration de la brute, s'écrie :

— Oh! oh! que voilà de beaux êtres! Oh! s'ils ne
sont pas des esprits, qu'est-ce que c'est? Celui-là est
un brave dieu, il possède une liqueur céleste qui le
fait si bien chanter. Je vais me mettre à genoux
devant lui.

Il s'agenouille et il proclame qu'il se fait l'esclave
de ce dieu. Comme vous voyez, c'est là une autre
image du peuple que vous avez vu, l'autre jour, dans
La Mort de César, qui, après le discours d'Antoine,
disant que Brutus a si bien parlé, crie : « Faisons-le
César! » Caliban, lui, qui vient de se révolter contre
Prospero, n'a qu'un désir : se faire l'esclave de ce
nouveau dieu qu'il rencontre.

— Oui, dit-il, je te montrerai jusqu'au plus petit
bout de terre fertile de l'île et je baiserai ton pied.
Je t'en prie, laisse-moi baiser ton pied.

— Avance! avance! Allons, à genoux, et baise
mon pied tout de suite.

L'autre se précipite, et, comme Stephano n'est
qu'un sommelier, Trinculo trouve cela très ridicule.

— Moi, dit-il, je suis autant qu'un sommelier.
Quel imbécile, ce monstre, de se mettre à genoux
devant cet ivrogne!

Mais Caliban en appelle tout le temps à l'ivrogne
et lui dit :

— Défends-moi, mon maître!

Et, peu à peu, buvant continuellement, Caliban
arrive aussi à être complètement ivre, et, lui aussi,
se met à chanter. Cette fois, je ne chanterai pas
parce que, malgré tout, je ne peux me faire une
voix de poisson, je n'y arriverais jamais. Il chante :

— Je ne travaillerai plus, je ne porterai plus de
bois dans le feu. Banbanban, cacacacali Caliban a
un nouveau maître; cherche un autre domestique.
Liberté! Ohé! Liberté!

Et ils s'en vont tous les trois, titubant à travers
l'île qui n'a jamais vu d'ivrogne, puisque c'était une
île déserte.

❀❀❀

D'autre part, en opposition avec cette scène brutale et grossière, voici Ferdinand et Miranda. C'est
le plus délicieux duo d'amour, presque plus amoureux que le duo de *Roméo et Juliette.*

Ferdinand est là qui porte des bûches, qui porte
du bois pour allumer le feu et qui peine sous son
fardeau, car ce jeune fils de roi qui a dix-huit ans
n'est pas habitué à ce métier si dur. Miranda est à
côté de lui, et Prospero se tient caché à distance
pour voir comment marchent les fiançailles de ceux
qu'il aime, son neveu et sa fille.

MIRANDA. — Hélas! je vous en prie, ne travaillez
pas si fort! Je voudrais que le tonnerre brûle tout
ce bois qu'il vous est enjoint d'empiler! Je vous en
prie, posez cette bûche, reposez-vous. Lorsqu'elle
brûlera, elle pleurera pour vous avoir fatigué. Mon
père est enfoncé dans l'étude; je vous en conjure,
reposez-vous; il en a au moins pour trois heures
avant de sortir.

FERDINAND. — O très chère, le soleil se couchera
avant que j'aie achevé la tâche que je dois m'efforcer
d'accomplir.

MIRANDA. — Ecoutez. Si vous voulez vous asseoir,
je porterai vos bûches pendant ce temps-là. Je vous
en prie, donnez-moi celle-là, je vais la joindre à la
pile.

FERDINAND. — Oh! non, précieuse créature, j'aimerais mieux rompre mes nerfs et briser mes reins,
que de vous laisser subir un tel déshonneur, pendant que je serais assis à ne rien faire.

MIRANDA. — Mais cette besogne me conviendrait
aussi bien qu'à vous; je l'accomplirais beaucoup plus
aisément, car mon cœur m'y porte et le vôtre y
répugne.

Prospero, caché à quelque distance, est ravi et il
les écoute avec joie.

MIRANDA. — Vous avez l'air si fatigué!

— Non, non, chère maîtresse. C'est une fraîche matinée pour moi puisque votre présence est là. Dites-moi, je vous prie, dites-moi surtout, afin que je puisse le placer dans mes prières, dites-moi quel est votre nom.

— Miranda. O mon père, dit-elle à part, en le disant, je viens de désobéir à votre ordre.

FERDINAND. — Miranda admirée, véritablement le comble de l'admiration, égale à tout ce qu'il y a de plus précieux au monde, si parfaite, si incomparable! Vous êtes formée avec ce qu'il y a de meilleur dans chaque créature.

MIRANDA. — Je ne connais personne de mon sexe, je ne me rappelle aucun visage de femme, excepté le mien, que mon miroir m'a fait connaître; et de ceux que je puis appeler hommes, je n'en ai pas vu d'autre que vous, mon cher ami, et mon cher père. Comment sont les visages humains ailleurs qu'ici, je ne le sais pas. Mais par ma pudeur, ce joyau de mon douaire, je ne souhaite pas d'autre compagnon que vous, et mon imagination serait impuissante à me créer une figure, en dehors de la vôtre, que je puisse aimer. Mais je babille un peu trop follement et j'oublie les leçons de mon père.

FERDINAND. — Par ma condition, je suis prince, chère Miranda, et aussi, je le crois bien (plaise à Dieu que non et que mon père soit vivant!) roi peut-être. Écoutez parler mon âme. Dès l'instant où je vous vis, mon cœur s'envola pour s'attacher à votre service; c'est là qu'il réside, pour m'enchaîner à cet esclavage, et c'est pour l'amour de vous que je suis un si patient bûcheron.

— M'aimez-vous, vraiment?

— O ciel, o terre! soyez témoins de mes paroles. Couronnez, si je dis vrai, mes déclarations d'un dénouement favorable, et si je n'exprime que de faux semblants, que tout le bonheur qui m'est réservé soit par vous converti en infortunes. Oui, oui, Miranda, je vous aime, je vous révère, je vous honore au delà de toute chose au monde, Miranda!

— Oh! oh! je suis folle de pleurer pour cela, qui me rend si joyeuse.

PROSPERO, *à part.* — Quelle noble rencontre de deux rares affections. Ah! que le ciel fasse pleuvoir sa grâce sur le sentiment qui vient de naître en eux.

FERDINAND. — Pourquoi pleurez-vous, Miranda?

MIRANDA. — A cause de mon faible mérite. Il me retient d'offrir ce que je désire donner, et encore davantage de prendre, ce dont je mourrais d'être privée. Mais ceci est pur enfantillage, et plus mon affection cherche à se cacher, plus démesurée elle se montre. Arrière, artificieuse timidité; sois mon inspiratrice, simple et sainte innocence. Je suis votre femme, si vous voulez m'épouser; sinon je mourrai votre servante. Vous pouvez me refuser pour compagne, mais je serai votre servante, que vous le vouliez ou non.

FERDINAND. — Non, dites que vous serez la maîtresse de ma vie, et moi toujours aussi humble que je le suis maintenant.

MIRANDA. — Mon mari, alors?

— Mais oui! et avec un cœur aussi désireux de l'esclavage que l'esclave fut jamais désireux de la liberté. Tenez, Miranda, voici ma main.

— Oh! voici la mienne avec mon cœur dedans. Et maintenant, cher, adieu pour une demi-heure.

— Oh! oui, mille et mille fois tien!

Et ils se séparent sur ce mot.

Voyez si ce duo d'amour, dans son ingénuité, n'est pas aussi beau et aussi ardent, en même temps, que les plus beaux qu'il y ait dans *Roméo et Juliette*.

※※※

Nous revenons à nos monstres. Ils sont de plus en plus ivres; ils se disputent, et la dispute est encore aggravée par ceci, qu'Ariel vient voler au-dessus d'eux, complètement invisible, et qu'à tous les mots qu'ils disent il jette des interruptions, si bien que l'un croit que c'est l'autre. Ainsi, quand Caliban dit :

— Oui, tu seras le maître de l'île, et moi je te servirai. Je te réponds que quand nous rencontrerons Prospero, tu pourras lui enfoncer un clou dans la tête.

— Tu mens!

— Hein? Quel nigaud que cet arlequin qui dit que je mens. Paillasse odieux! J'en supplie Ta Grandeur, écoute-moi. Donne-lui des coups, tiens, retire-lui sa bouteille, quand il ne l'aura plus, il ne pourra plus boire que de l'eau salée; moi, je ne lui montrerai pas les sources vives.

— Mais qu'est-ce que j'ai fait? dit Trinculo. Je n'ai rien fait! Alors, je vais m'en aller plus loin.

STEPHANO. — N'as-tu pas dit qu'il mentait?

LA VOIX D'ARIEL, *dans l'air.* — Tu mens!

Vous voyez le quiproquo qui continue. A chaque mot qu'ils disent, Ariel lance une interruption et ils finissent par se battre. Mais néanmoins ils complotent. Ariel ira tout raconter à son maître.

Le complot est celui-ci : ils essaieront de surprendre Prospero endormi dans sa grotte. Et, alors, grâce à Caliban, on lui plantera un clou dans la tête, après quoi Caliban considérera Stephano non seulement comme son maître, mais comme son dieu. Et Ariel, pour les égarer et les faire partir, se met à souffler en un chalumeau accompagné d'un tambourin, et aux sons de cette musique, les trois ivrognes s'en vont, perdus à travers la campagne, et tandis qu'ils s'en vont, on comprend dans quelle île féerique nous sommes, on comprend que cette île, c'est l'œuvre de Shakespeare. Voilà un des symboles qui sort brusquement, cueillons-le comme une fleur sauvage. C'est Caliban lui-même qui l'explique, c'est une brute qui vit dans cette île, qui vit dans cette œuvre de Shakespeare, et qui leur dit :

— N'ayez pas peur, l'île est ainsi pleine de bruits, de sons, d'airs doux qui donnent du plaisir et ne font pas de mal. Quelquefois, mes oreilles bourdon-

nent des accords de mille bruyants instruments;
d'autres fois, ce sont des voix si douces que s'il
m'arrive de m'éveiller après un long sommeil, elles
vont me faire dormir encore, et alors, si je rêve, il
me semble voir les nuages s'ouvrir et me montrer
des richesses prêtes à pleuvoir sur moi, si bien que
je m'éveille sur ces entrefaites, je pleure, je pleure
du désir de rêver encore.

Oui, voilà l'effet que peut faire la poésie, même
sur un être comme Caliban.

Et ils continuent de marcher, suivant la musique,
le chalumeau et le tambourin, et ils s'en vont dans
une autre partie de l'île.

Alors, là, nous avons le roi, le duc, leur suite.
On complote, et c'est Ariel qui vient encore tout
sauver. Il réveille le brave conseiller Gonzalo, pour
qu'il défende son maître en danger de mort. Nous
ne nous occuperons pas de tous ces misérables,
nous allons voir simplement Ariel qui vient, — car
tout est féerie, — tout d'un coup parmi le tonnerre
et les éclairs, sous la figure d'une harpie. Une table
se dresse, couverte de mets. Ils vont manger; mais
Ariel balaie avec ses ailes tous les mets. Les autres
veulent le frapper de leur épée, mais il leur dit :

— Non, non! vous pouvez frapper de votre épée,
vous ne me toucherez pas, vous n'enlèverez pas une
plume à mes ailes!

Et il ajoute :

— Vous êtes des misérables. Toi, tu t'es allié avec
le roi de Naples pour chasser ton frère, Prospero;
toi, tu viens maintenant de conspirer pour ôter la
vie à ce roi et mettre sur son trône son frère Sébastien. Vous êtes d'infâmes misérables...

Je vous passe la tirade, qui est fort belle. Ariel
s'évanouit dans un éclat de tonnerre, et, aux accords d'une douce musique, entrent des fantômes
qui dansent avec des grimaces, des mines moqueuses
et en montrant du doigt les coupables. Ceux-ci sont
pris de remords, ils sentent l'horreur du crime qu'ils
ont fait faire. Et c'est bien cela qu'a voulu Pros-

pero, car, je vous le répète, il n'a aucune méchanceté; bien au contraire, il veut le repentir des coupables et leur retour au bien.

✿ ✿ ✿

Je suis forcé d'aller aussi vite que possible. Je
reviens, maintenant, à la grotte où Prospero est avec
Ferdinand et Miranda.

— Je vous ai trop sévèrement puni, dit-il au jeune
homme. C'est la compensation que vous allez recevoir, qui réparera mon offense; car je vous ai
donné une des fibres de ma propre vie, ou, pour
mieux dire, celle pour qui seule je vis. Une fois
encore je la remets entre tes mains. Tous les tour-
ments que je t'ai imposés n'ont eu pour but que de
mettre à l'essai ton amour, et tu as merveilleusement
supporté l'épreuve. Ici, à la face du ciel, je ratifie le
riche présent que je te fais.

Et, pour fêter leurs fiançailles, il ordonne à Ariel
de jouer un masque. Un masque, c'est une de ces
pièces mythologiques qu'on aimait à la Cour d'Elisabeth. Nous avons ici un petit intermède, mais qui
a pour comédiens les sylphes, les lutins qui arrivent
habillés, — ceci devait être charmant si c'était
réalisé, ce devait être joué par des enfants, — qui
arrivent habillés en Iris, en Cérès, en nymphes, et,
au moment où la danse s'anime, les Nymphes disent :

— Vous aussi, moissonneurs, brûlés du soleil et
qu'août accable, sortez de vos sillons et livrez-vous
à la joie. C'est un jour de fête, mettez vos chapeaux
de paille de seigle et unissez-vous par groupes, à ces
fraîches nymphes dans une danse rustique.

Et on voyait entrer des laboureurs dans le costume de leur condition, s'unissant aux nymphes et
dansant avec elles une danse gracieuse.

Cela encore est symbolique de toute l'œuvre de
Shakespeare où l'on voit, en effet, des êtres féeri-

ques, des rois, des êtres surnaturels, et puis de pauvres gens du peuple, des humbles, des marins, des paysans, car il les aimait, et il leur prouve du mieux possible son amour, en les mêlant précisément à ces personnes de haute condition, dont ils deviennent les égaux, en les faisant danser avec des nymphes.

Mais voici que, brusquement, la féerie va être interrompue par les trois ivrognes qui reviennent pour massacrer Prospero. Cependant, avant qu'elle ne soit interrompue, au moment où tout s'évanouit et où l'action terrible et noire va reprendre, écoutez ce que dit Prospero. Ceci, c'est probablement le testament de Shakespeare sur son œuvre, sur l'œuvre du poète. Il leur dit :

— Oui, tout vient de s'évanouir. Ces êtres, ces acteurs que vous venez de voir, comme je vous l'ai dit avant, étaient tous des esprits, et ils se sont fondus en une sorte d'air, en un air raréfié, subtil...

C'est-à-dire que l'œuvre du poète, quand elle a fait ce qu'elle devait faire, s'en va comme une bulle de savon qui crève.

— Et, comme l'édifice sans base de cette vision que vous venez d'avoir, les tours couronnées ou coiffées de nuages, les palais somptueux, les temples solennels, même ce grand globe du monde (voyez, la comparaison monte), tout cela, et tout ce qu'il possède en héritage, tout ce qui est le doux air du monde, se dissoudront, doivent se dissoudre, comme cette insubstantielle parade, qui s'est évanouie et qui n'a pas de substance, ne laissera pas derrière elle une vapeur, un flocon de vapeur.

Puis, la phrase qui est célèbre : « Nous sommes faits de la même étoffe que sont faits nos rêves. »

En réalité, nous ne sommes que des rêves, et notre petite vie est environnée de sommeil. Il ne dit pas de sommeil, d'une sorte de sommeil.

Ceci est presque la réplique — je vous le dirai tout à l'heure — du terrible mot mis dans *Macbeth*: « La vie est un conte conté par un idiot. » Non,

notre vie est un rêve, enveloppé dans du sommeil,
dans un sommeil, et nous sommes faits, et notre vie,
qui a l'air d'une substance, est faite de la même
étoffe que nos rêves.

Et, après ceci, nous voyons arriver ces malheureux ivrognes qui viennent là se disputer. Ariel, pour
les arrêter, a suspendu, sur des cordes, des oripeaux
brillants : ils se les arrachent et s'en revêtent, pour
faire croire qu'ils sont rois. On dirait une tribu de
ces nègres du centre de l'Afrique qui demandent
toujours un petit morceau de galon, s'imaginant
qu'ainsi ils deviennent les égaux des blancs. Les
ivrognes continuant à se disputer, on les fait poursuivre par des chiens. On entend encore : « Baôoo!
Voôoo! » Ce sont les esprits qui les poursuivent.

⁂

Et nous allons arriver tout de suite à la fin. Hélas!
je suis navré que ce soit la fin. Je voudrais avoir à
vous parler de Shakespeare encore pendant de longs
mois. On pourrait en parler toute sa vie; on ne
trouverait jamais tout ce qu'il y a entre les lignes,
ni dans les mots.

Ariel donne là des nouvelles de tous ceux qu'il a
dispersés. Tous sont pleins de remords, et il dit à
Prospero :

— Si vous les voyiez maintenant, votre cœur en
serait vraiment touché.

— Crois-tu, esprit?

— Le mien le serait, dit Ariel, si j'appartenais à
la race humaine.

Mais Prospero, le bon poète Prospero, l'incarnation de Shakespeare, appartient, lui, à la race humaine.

— Le mien aussi le sera. Eh quoi! toi qui n'es
rien que de l'air, tu éprouverais un frisson de pitié,
une émotion pour leurs peines; et moi qui suis de
leur espèce, moi qui sens aussi vivement, moi qui

suis passion comme eux, je ne serais pas plus tendrement touché que toi?

Homo sum, et nihil humani a me alienum puto.

Lui aussi, le poète, lui qui est au sommet, dans le sublime, dans l'éther, dans la pensée, est un pur esprit comme Ariel; mais il est homme par certains côtés; il a de la passion, il a de la pitié, et c'est pourquoi il devient tendre pour tous les malheureux. Il va leur pardonner, et il va même renoncer au pouvoir magique qui le rend supérieur aux autres, il va redevenir leur égal.

Il donne congé à tous les esprits qui l'ont aidé, les elfes, les nymphes des ruisseaux, des lacs dormants et des bosquets. Je ne peux pas vous lire toute la tirade, qui est absolument délicieuse; en anglais, c'est une merveille de sonorité et de poésie. Et, en même temps, il définit l'art du poète, du créateur, qui, avec ces riens subtils que sont les esprits et la musique des choses, sait nous émouvoir.

— Oui, grâce à vous qui êtes des êtres bien faibles, qui êtes de pauvres petits esprits, grâce à votre aide, j'ai pu, dans tout l'éclat de son midi, obscurcir le soleil, évoquer les vents à la rage séditieuse, déchaîner la guerre rugissante, entre la vaste mer et la voûte azurée, allumer le tonnerre aux grondements redoutables et décapiter avec la propre foudre de Jupiter le chêne orgueilleux qui lui est cher, faire trembler les promontoires sur leur base massive, retourner par leurs racines le cèdre et le pin, ordonner aux tombeaux de réveiller leurs dormeurs, d'ouvrir leurs portes et de les laisser sortir. Oui, voilà, avec l'aide des esprits, voilà jusqu'où mon art a pu porter sa puissance.

Voyez, en effet, si toute l'œuvre de Shakespeare ne vous donne pas l'image exacte de ce qu'il vient de dire là: il peut bouleverser la nature et plus même que des rochers, puisqu'il peut bouleverser des cœurs.

— Mais, dit-il, j'abjure ici cette impérieuse magie, et lorsque je vous aurai ordonné — ce que je fais

en ce moment — un peu de musique céleste pour
opérer sur les sens de ces hommes le but que je
poursuis, alors je briserai ma baguette de magicien,
je l'enfouirai à plusieurs toises sous la terre, et,
plus avant que n'est encore descendue la sonde, je
plongerai mon livre de magie sous les eaux.

Hélas! c'est ce qu'il a fait, puisque, après *La
Tempête*, il n'a plus jamais écrit.

Prospero va pardonner à tout le monde, il va reprendre son vêtement de duc de Milan, il va redevenir un homme avec un chapeau de feutre, avec sa
rapière pareille aux autres, et son cher Ariel va le
quitter. Et, cependant, il vient, ce charmant Ariel,
il chante encore une délicieuse chanson, il dit :

— Joyeusement, joyeusement, je vais m'en aller;
je vais être libre, je vais aller sucer le miel dans
les fleurs, avec l'abeille.

Une dernière féerie. La voici. Devant les malheureux repentants qui sont là, à l'entrée de la grotte
élargie, l'on voit paraître dans le fond Ferdinand et
Miranda qui sont en train de jouer aux échecs.

— Mon doux seigneur, dit Miranda, vous me tri-
chez.

— Non, mon cher amour, je ne le ferais pas pour
le monde entier.

— Oui, et vous me disputeriez par tricherie une
vingtaine de royaumes que je dirais que vous jouez
franc jeu.

ALONZO. — Allons, ceci est encore une fantas-
magorie de l'île. J'aurai donc perdu deux fois un
fils chéri?

FERDINAND. — Bien que les mers menacent, elles
sont compatissantes! Je les ai maudites sans sujet!

Il se jette au cou de son père.

Alors, tout s'explique. Et voici un admirable cri
de Miranda. Elle voit tous ces gens qu'elle n'avait
jamais vus. Des hommes, elle ne sait pas ce que
c'est! Elle peut croire qu'ils sont hideux. Non, ne
le pensez pas.

— O merveille! s'écrie-t-elle, que de superbes

créatures de tous côtés! Comme le genre humain
est beau! Oh! l'excellent nouveau monde qui contient un tel peuple!

— Oui, dit Prospero, le monde est beau, il est
nouveau pour toi.

Voilà, en effet, ce que le poète sait faire et doit
toujours faire; grâce à lui, chaque génération qui
arrive à la vie s'écrie :

— Oh! que la vie est belle, que le monde est
beau!

Ils auront bien le temps de voir si ce n'est pas
vrai; mais, pour le moment, ils disent que la vie est
belle, et ils l'aiment, et c'est précisément ce que
Shakespeare a voulu expliquer là.

Ariel ramène ensuite les matelots, tout l'équipage,
il ramène même Caliban et les deux ivrognes, à qui
aussi on pardonnera. Et alors Prospero dit :

— Nous allons retourner tous à Naples, on ma-
riera ces deux amants et ils deviendront duc et
duchesse de Milan. Quant à moi, dit-il, je rentrerai
à Milan, je m'y retirerai, et là, sur trois de mes
pensées, il y en aura une pour la tombe.

Et il dit à Ariel, à son délicat Ariel qui est l'em-
blème de son génie, qui est sa pensée la plus subtile,
il lui dit adieu bien simplement, mais d'une façon
très touchante. Il lui dit :

— Toi, mon Ariel, mon petit oiseau, retourne aux
éléments. Sois libre et porte-toi bien.

Et il dit lui-même l'épilogue.

— Maintenant, dit-il aux spectateurs, tous mes
charmes sont détruits; je n'ai plus d'autre force que
la mienne propre et elle est bien faible.

Il veut dire :

— Je suis redevenu un homme, je ne suis plus
l'être de génie, je n'écrirai plus *Hamlet, Othello,
Le Roi Lear, La Tempête,* je ne veux plus écrire,
je ne veux plus rien faire; maintenant, je n'ai plus
d'esprit pour exécuter, ni d'art pour chanter, et ma
fin dernière sera le désespoir, à moins que je ne

sois secouru par la prière qui pénètre si avant qu'elle emporte d'assaut la miséricorde divine elle-même et délie de toutes les fautes. Comme vous voudriez obtenir le pardon pour vos péchés, permettez à votre indulgence de m'accorder enfin la liberté.

Et c'est là-dessus qu'il est retourné à Stratford-sur-Avon, et l'on a les larmes aux yeux en pensant que, lorsqu'il a écrit cela, il a décidé qu'il redeviendrait un homme comme tout le monde.

Oui, il ira là-bas végéter, redevenir une pauvre plante humaine, un brin d'herbe parmi les brins d'herbe; il finira sa vie avec le vieil usurier; avec des ivrognes tels que ceux qu'il vient de dépeindre, il boira des verres de bière; il mourra peut-être, comme l'a prétendu M. Demblon, d'indigestion et d'ivrognerie.

Cela ne prouverait qu'une chose : c'est qu'à ce moment, il avait constaté trop amèrement la tristesse de la vie, et qu'il voulait garder pour lui seul cette constatation désolante. Mais du moins, en se retirant de l'âpre bataille, il laissait son testament dans *La Tempête,* le testament de son cœur, moins désespéré que celui de sa pensée. Il ne voulait point partir sur la sinistre formule exprimée jadis par son Macbeth aux abois :

— La vie est un conte conté par un idiot, plein de bruit et de furie, ne signifiant rien.

Il y ajoutait ce *post-scriptum* encourageant et donnant un sens à la vie :

— Nous sommes vêtus de la même étoffe que nos rêves.

Et cela voulait dire :

— Le tout, quelle que soit la vie, c'est donc de la faire belle par nos rêves.

Ainsi pouvait-il s'en aller en paix avec sa conscience de poète, même s'il mourait de tristesse philosophique à Stratford, puisqu'il semait, de son dernier geste, dans le cœur des hommes, la foi en la beauté des rêves. Et peut-être la plus noble façon de mourir, pour un poëte, est-elle, en effet, de mourir en léguant aux autres la religion de la Beauté, même s'il n'est plus lui-même absolument certain de l'avoir encore.

TABLE DES MATIÈRES

Pages

I. — *Le Roman de sa vie et de son temps* 5

II. — *Othello* 49

III. — *Roméo et Juliette*............... 89

IV. — *Macbeth* 127

V. — *Falstaff* 173

VI. — *Le roi Lear*..................... 211

VII. — *Jules César*..................... 247

VIII. — *Hamlet* 285

IX. — *Shylock* 323

X. — *Antoine et Cléopâtre*............ 361

XI. — *Le Songe d'une nuit d'été*........ 395

XII. — *La Tempête*..................... 429

PARIS
IMPRIMERIE GAMBART & Cie
52, AVENUE DU MAINE, 52

www.ingramcontent.com/pod-product-compliance
Lightning Source LLC
Chambersburg PA
CBHW070751030726
47504CB00003B/517